Amie Kaufman · Jay Kristoff

AURORA ERWACHT

Aus dem amerikanischen Englisch
von Nadine Püschel

FISCHER Taschenbuch

Wenn deine Crew schwer zu finden war
oder du immer noch suchst,
dann ist dieses Buch für dich.

MIX
Papier aus verantwortungsvollen Quellen
FSC® C014496

Erschienen bei FISCHER Kinder- und Jugendtaschenbuch
Frankfurt am Main, September 2023

Die englischsprachige Originalausgabe erschien 2019
unter dem Titel »Aurora Rising – Aurora Cycle 1«
bei Alfred A. Knopf, einem Imprint von
Penguin Random House LLC, New York

Satz: Dörlemann Satz, Lemförde
Druck und Bindung: GGP Media GmbH, Pößneck
Printed in Germany
ISBN 978-3-7335-0557-8

Über das Buch:

Wir schreiben das Jahr 2380. Tyler Jones hat gerade seine Ausbildung an der Aurora Academy abgeschlossen und steht kurz davor, sich sein erstes Team zusammenzustellen. Das coolste und beste Squad, das ein Abschlussjahrgang der Aurora Academy je gesehen hat! Doch am Vorabend der Teamwahl läuft alles anders. Tyler KANN. NICHT. SCHLAFEN. Er unternimmt einen verbotenen Ausflug und stößt im interdimensionalen Raum auf ein havariertes Raumschiff. Die einzige Überlebende an Bord: Aurora, ein Mädchen, das die letzten 200 Jahre im Kryoschlaf verbracht hat. Vielleicht hätte er sie besser nicht geweckt. Nun droht ein Krieg auszubrechen – und ausgerechnet sein Team soll das verhindern. Ouuups. Don't panic!

© Christopher Tovo

Amie Kaufman wuchs in Australien und Irland auf und hatte als Kind das Glück, in der Nähe einer Bücherei zu wohnen. Heute lebt sie mit ihrem Mann und ihrem Hund Jack in Melbourne und schreibt Science-Fiction- und Fantasy-Romane für Jugendliche. Sie liebt Schokolade und Schlafen, hat eine riesige Musiksammlung und einen ganzen Raum voller Bücher.

Jay Kristoff verbrachte den Großteil seiner Jugend mit einem Haufen Bücher und zwanzigseitiger Würfel in seinem spärlich beleuchteten Zimmer. Als Master of Arts verfügt er über keine nennenswerte Bildung. Zusammen mit seiner Frau und dem faulsten Jack-Russell-Terrier der Welt lebt er in Melbourne. Jay Kristoff glaubt nicht an Happy Ends.

Weitere Informationen zum Kinder- und Jugendbuchprogramm der S. Fischer Verlage finden Sie unter www.fischerverlage.de

Teil I

Das Mädchen aus einer anderen Zeit

I Tyler

Ich verpasse die Auslese.

Die *Hadfield* zerfällt allmählich in ihre Einzelteile. Schwarze Quantenblitze schmelzen die Schiffshülle zu Schlacke. Mein Raumanzug kreischt in siebzehn verschiedenen Alarmtönen, das Schloss an dieser verdammten Kryokapsel will einfach nicht aufgehen, und *das* ist der Gedanke, der mich beherrscht. Nicht etwa, dass ich im Bett hätte bleiben sollen, um ausgeruht in den Tag zu starten. Oder dass ich schon längst wieder in der Aurora Academy sein könnte, wenn ich den scheiß Notruf ignoriert hätte. Oder wie dämlich es ist, auf diese Weise zu sterben.

Weit gefehlt. Im Angesicht des Todes denkt Tyler Jones, Squad Leader erster Klasse, nur an eins.

Ich verpasse die verdammte Auslese.

Ich meine, wenn du dein Leben lang auf eine einzige Sache hinarbeitest, ist dir die wichtig. Schon klar. Aber die meisten rational denkenden Leute würden die Gefahr, in einem manövrierunfähig durch den interdimensionalen Raum treibenden Raumschiff vaporisiert zu werden, als ein kleines bisschen wichtiger einstufen als die Schule. Sag ich mal so.

Ich schaue zu dem Mädchen runter, das in der Kryokapsel schläft. Sie hat ziemlich kurze schwarze Haare, mit einer komischen weißen Strähne im Pony. Sommersprossen. Trägt einen grauen Overall. Ihr Gesicht hat diesen seligen Ausdruck, den man nur bei Babys und kryonisch Eingefrorenen sieht.

Ich frage mich, wie sie wohl heißt.

Ich frage mich, was sie sagen würde, wenn sie wüsste, dass ich ihretwegen gleich hopsgehe.

Und ich brumme kopfschüttelnd in mich hinein, während die Warnmeldungen an meinem Anzug immer lauter jaulen und das Schiff um mich herum in Millionen brennende Trümmer zerbirst.

»Na, hoffentlich ist sie es wert.«

***

Ich springe mal ein Stück zurück.

Ungefähr vier Stunden, um genau zu sein. Ich weiß, eine Geschichte braucht einen spannenden Einstieg, aber ihr solltet schon wissen, was hier eigentlich abgeht, damit es euch nicht ganz egal ist, ob ich vaporisiert werde. Es wäre nämlich echt scheiße, wenn ich vaporisiert würde.

Also. Vier Stunden zuvor liege ich noch in meinem Zimmer im Wohnheim der Aurora Academy. Ich starre die Unterseite von Björkmans Matratze an und bete zum Schöpfer, dass unsere Ausbildungsoffiziere mit so was wie einem Schwerkraftausfall oder einem Probealarm um die Ecke kommen. In der Nacht vor der Auslese gönnen sie uns wahrscheinlich unseren Schlaf. Aber ich bete trotzdem, dass es anders kommt, weil:

a) Björkman schnarcht gerade irre laut, was er sonst nie macht, und ich kann nicht schlafen.

b) Ich wünsche mir so sehr, dass mein Dad mich morgen sehen könnte, und ich kann nicht schlafen.

c) Es ist die Nacht vor der Auslese, und ICH. KANN. NICHT. SCHLAFEN.

Keine Ahnung, warum ich so aufgeregt bin. Ich sitze das doch mit einer Arschbacke ab. Ich habe jede Prüfung mit Auszeichnung bestanden. War in fast jedem Fach Klassenbester. Gehörte zum obersten ein Prozent aller Kadetten der Academy.

Jones, Tyler, Squad Leader erster Klasse.

Goldenboy. So nennen mich die anderen Alphas. Manche meinen es beleidigend, aber ich fasse es als Kompliment auf. Keiner hat sich so reingehängt wie ich, um hier aufgenommen zu werden. Keiner hat in den letzten fünf Jahren so hart gearbeitet wie ich. Und jetzt wird sich das alles auszahlen, weil morgen die Auslese stattfindet und ich mir vier von den fünf Top-Absolventen aussuchen darf und den besten Squad zusammenstellen werde, den ein Abschlussjahrgang der Aurora Academy je gesehen hat.

Warum kann ich dann nicht schlafen?

Ich gebe mich mit einem Seufzer geschlagen, steige aus dem Bett und in meine Uniform, fahre mit der Hand durchs Haar. Und mit einem letzten Blick zu Björkman, den ich am liebsten killen oder wenigstens stummschalten würde, klatsche ich auf das Kontrollfeld der Tür, stapfe auf den Flur hinaus und schneide mit der sich schließenden Tür sein Geschnarche hinter mir ab.

Es ist spät: 02.17 auf der Stationsuhr. Die Beleuchtung ist runtergedimmt, um Nachtzeit zu simulieren, aber als ich den Flur entlangschlendere, springen die Leuchtstreifen im Boden an. Über mein Uniglass schicke ich meiner Schwester Scarlett eine Nachricht. Keine Antwort. Ich überlege, ob ich Cat anpingen soll, aber die schläft wahrscheinlich. Was ich auch tun sollte.

Ich spaziere an einem langen Plastahl-Fenster vorbei und betrachte den Aurora-Stern, der dort draußen lodert und den Fensterrahmen in einem blassen Gold strahlen lässt. In der alten terranischen Mythologie war Aurora die Göttin der Morgenröte, die den kommenden Tag und das Ende der Nacht verhieß. Irgendwer hat vor langer Zeit einen Stern nach ihr benannt, und dieser Stern gab der Akademie, die ihn heute umkreist, und damit auch der Legion, der ich mein Leben verschrieben habe, ihren Namen.

Seit fünf Jahren lebe ich hier. Ich wurde an meinem dreizehnten Geburtstag aufgenommen, zusammen mit meiner Zwillingsschwester.

Der Musterungsoffizier auf der New Gettysburg Station hatte unseren Vater gekannt. Sprach uns sein Beileid aus. Schwor, dass diese Schweinehunde dafür büßen würden. Dass das Opfer, das unser Dad und alle unsere Soldaten erbracht hatten, nicht umsonst gewesen sei.

Ich frage mich, ob ich das immer noch glaube.

Ich sollte schlafen.

Ich weiß nicht, wohin ich gehe.

Dabei weiß ich genau, *wohin ich will.*

Ich gehe immer weiter durch den Flur Richtung Andockbucht.

Spanne den Kiefer an.

Vergrabe die Fäuste in den Taschen.

***

Vier Stunden später hämmere ich mit eben diesen Fäusten gegen die Versiegelung der Kryokapsel.

Um mich herum befinden sich Tausende weitere solcher Kapseln, alle von einer weißen Eisschicht überzogen. Das Eis knackt unter meinen Schlägen, aber die Versiegelung hält stand. Das Programm, das ich auf meinem Uniglass laufen lasse, um das Funkschloss zu hacken, ist zu langsam.

Wenn ich nicht schleunigst hier rauskomme, bin ich tot.

Die nächste Stoßwelle trifft die *Hadfield* und rüttelt das ganze Schiff durch. Weil die Schwerkraft in dem Wrack ausgesetzt ist, kann ich nicht umfallen. Aber obwohl ich mich an der Kryokapsel festklammere, werde ich wie ein Kinderspielzeug hin und her geschleudert und krache mit meinem Helm gegen die benachbarte Kapsel, woraufhin sich ein neuer Alarm zu den siebzehn anderen gesellt, die mir schon in den Ohren gellen.

Achtung: Anzug nicht mehr intakt. H_2O-Tank beschädigt.

Oh-oh …

Das Mädchen in der Kryokapsel runzelt im Schlaf die Stirn, als hätte sie einen Albtraum. Kurz kommt mir der Gedanke, was es für sie bedeuten würde, falls wir das hier überleben.

Und dann spüre ich an meinem unteren Hinterkopf etwas Nasses. *In* meinem Helm. Ich verdrehe den Kopf, um das Problem zu orten, und die Flüssigkeit schwappt mir über den Nacken, von der Oberflächenspannung auf meine Haut gepresst. Mir wird klar, dass mein Trinkschlauch gerissen ist. Dass sich meine Wasservorräte *in* meinen Helm ergießen. Und dass sich, selbst wenn ich diesen Raumfaltensturm überleben sollte, mein Helm in ungefähr sieben Minuten mit Wasser gefüllt haben wird und ich wohl der erste Mensch sein werde, der im All ertrinkt.

Falls wir das hier überleben?

»Vergiss es«, murmele ich.

***

»Vergiss es«, sagt die Offizierin.

Dreieinhalb Stunden zuvor stehe ich im Flugsicherungszentrum der Aurora Academy. Die Flugdeckoffizierin, Lieutenant Lexington, ist nur zwei Jahre älter als ich. Auf der Gründungstagparty vor ein paar Monaten war sie so beduselt, dass sie mir gestanden hat, wie hübsch sie meine Grübchen findet. Seither lächle ich ihr so oft wie möglich zu.

Hey, man darf mit seinen Reizen nicht geizen.

Selbst zu dieser späten Stunde ist viel los an den Docks. Vom Zwischengeschoss aus sehe ich, wie ein schwerer Frachter aus dem Traskischen Sektor entladen wird. Das riesige Schiff hängt an der Flanke der Station, die Hülle sichtlich ramponiert von den Milliarden Kilometern, die es schon auf dem Buckel hat. Beladerdrohnen umsurren es in einem metallisch glänzenden Schwarm.

Ich drehe mich wieder zu der Offizierin. Lächle noch ein bisschen breiter.

»Nur für eine Stunde, Lex«, bitte ich.

Second Lieutenant Lexington zieht eine Augenbraue hoch. »Meinten Sie nicht: ›Nur für eine Stunde, Ma'am‹, Kadett Jones?«

Ups. Übers Ziel hinausgeschossen.

»Jawohl, Ma'am.« Ich salutiere so zackig, wie ich nur kann. »Verzeihung, Ma'am.«

»Sollten Sie sich nicht eher ausruhen und hinlegen?«, fragt sie zweifelnd.

»Ich kann nicht schlafen, Ma'am.«

»Lampenfieber vor der Auslese?« Sie schüttelt den Kopf und ringt sich endlich zu einem Lächeln durch. »Sie haben die höchste Punktzahl von allen Alphas in Ihrem Jahrgang. Wovor sollten Sie Angst haben?«

»Ist nur Adrenalin.« Ich nicke zu den Phantoms rüber, die in Bucht 12 aufgereiht stehen. Die Aufklärer sind schnittig. Tränenförmig. Schwarz wie das Nichts da draußen. »Ich dachte, ich könnte die nervöse Energie vielleicht für eine kleine Flugübung in der Raumfalte nutzen.«

Ihr Lächeln erstirbt. »Negativ. Ohne einen Wingman dürfen Kadetten nicht in die Raumfalte, Jones.«

»Ich habe eine Fünf-Sterne-Empfehlung von meinem Flugtrainer. Und ab morgen bin ich Vollmitglied der Legion. Ich fliege auch nicht weiter als ein Viertel Parsec.«

Ich beuge mich vor. Drehe den Grübchencharme bis zum Anschlag auf.

»Ich würde Sie doch niemals belügen, Ma'am.«

Und langsam, ganz langsam wandern ihre Mundwinkel wieder in die Höhe.

Danke, Grübchen.

Zehn Minuten später sitze ich im Cockpit einer Phantom. Die Triebwerke laufen warm, die Docksysteme befördern mein Schiff in die Startröhre, und unter geräuschlosem Tosen werde ich in die schwarze Leere katapultiert. Hinter den Schutzscheiben glitzern Sterne. Ringsum erstreckt sich die unendliche Weite des Alls. Die Aurora Station leuchtet hinter mir; flinke Kreuzer und schwerfällige Großkampfschiffe ankern an ihren Liegeplätzen oder brausen durch die Dunkelheit um die Raumstation. Ich ändere den Kurs und werde von Schwindel gepackt, als die Schwerkraft von mir abfällt.

Vor mir, etwa fünftausend Kilometer vom Bug der Raumstation entfernt, ragt das Raumfaltentor auf. Ein riesenhaftes Hexagon. Seine Pylone blinken grün. Im Innern des Sechsecks erkenne ich ein schimmerndes, von nadelspitzen Lichtern durchlöchertes Feld.

In meinem Kopfhörer knackt eine Stimme.

»Phantom 151, hier ist die Aurora-Flugsicherung. Eintritt in die Raumfalte ist freigegeben, Ende.«

»Verstanden, Aurora.«

Ich zünde meine Triebwerke und werde von dem mächtigen Schub in den Beschleunigungssitz gepresst. Das automatische Leitsystem übernimmt, das Raumfaltentor gleißt heller als die Sonne. Und ich tauche völlig geräuschlos in einen unendlichen, farblosen Himmel ein.

Milliarden Sterne funkeln mir entgegen. Die Raumfalte klafft weit auf und verschluckt mich, und in diesem Moment höre ich weder das Dröhnen meiner Triebwerke noch das Piepen meines Bordcomputers. Die Gedanken an die Auslese und die Erinnerungen an meinen Dad sind wie weggeblasen.

Für einen klitzekleinen Moment ist die gesamte Milchstraße vollkommen still.

Und ich höre rein gar nichts.

★★★

Ich höre rein gar nichts.

Bis ich die Kryokapsel endlich aufgeschlossen kriege, hat der Wasserklumpen an meinem Hinterkopf meine Ohren erreicht und würgt die Alarmsignale meines Anzugs ab. Ich schüttele heftig den Kopf, aber in der Schwerelosigkeit wabert die Flüssigkeit nur über meine Haut nach vorn, ein großer Klecks, der sich auf meinem linken Auge sammelt und mich halb blind macht. Mit einem unterdrückten Fluch löse ich die Versiegelung der Kapsel und ziehe die Tür auf.

Das Farbspektrum in der Raumfalte ist monochrom – alles ist auf Schwarz- und Weißtöne reduziert. Als die Beleuchtung in der Kapsel zu einer anderen Graustufe wechselt, bin ich also nicht sicher, welche Farbe sie annimmt, bis …

Alarmstufe Rot. Stasis unterbrochen. Kapsel 7173 unbefugt geöffnet. Alarmstufe Rot.

Auf den Monitoren blinken Warnungen, sobald ich meine Hände in das dickflüssige Gel tauche. Ich stöhne auf, als die eisige Kälte durch meinen Anzug dringt. Ich habe keinen blassen Schimmer, was mit dem Mädchen passiert, wenn ich sie vorzeitig da raushole, aber wenn ich sie in diesem Raumfaltensturm zurücklasse, stirbt sie auf jeden Fall. Und ich auch, wenn ich jetzt nicht endlich die Biege mache.

Und ja, das wäre wirklich verdammt scheiße.

Das Gute ist: Die Hülle der *Hadfield* scheint schon vor Jahrzehnten leckgeschlagen zu sein. Somit dürfte es keine Atmosphäre mehr geben, die die letzte Wärme aus dem Körper des Mädchens ziehen könnte. Der Nachteil daran: Dann gibt es auch keine Atemluft für sie. Aber die Medikamente, mit denen sie vor dem Einfrieren vollgepumpt wurde, haben ihren Stoffwechsel wahrscheinlich sowieso so stark verlangsamt, dass sie ein paar Minuten ohne Sauerstoff überleben kann. Mit dem

Trinkbrunnen, der weiter in meinen Helm sprudelt, muss ich mir eher um mich Sorgen machen, was das Atmen angeht.

Schwerelos hängt das Mädchen an ihren Infusionsleitungen über der Kapsel, immer noch umschlossen von dem eiskalten Kryogel. Durch die *Hadfield* geht wieder ein Ruck, und ich bin froh, dass ich nicht hören kann, was der Raumfaltensturm mit dem Rumpf anstellt. Neben mir sengt sich ein pechschwarzer Blitzstrahl durch die Wand. Das Wasser, das in meinen Helm läuft, kriecht mit jeder Sekunde näher an meinen Mund heran. Ich schaufle mehrere Handvoll von dem Kühlzeugs vom Gesicht des Mädchens und schleudere es durch die Kammer, wo es gegen andere Kryokapseln klatscht. Reihenweise Kapseln, alle mit diesem Gefriergel gefüllt, alle mit einer verschrumpelten Menschenleiche im Innern.

Sie sind alle tot. Tausende. Zehntausende.

Sämtliche Terraner auf diesem Raumschiff sind tot, bis auf sie.

Gerade als ein Blitz einen weiteren Teil des Rumpfs schmelzen lässt, flackert das holographische Display in meinem Helm. Es ist eine Nachricht vom Bordcomputer meiner Phantom.

Achtung: Raumfaltensturm gewinnt an Stärke. Empfehle sofortigen Abflug. Ich wiederhole: Empfehle sofortigen Abflug.

M-hm, danke für den Tipp.

Ich sollte das Mädchen hierlassen. Das würde mir niemand zum Vorwurf machen. Und die Galaxis, in der sie aufwachen wird? Beim Schöpfer, sie würde es mir wahrscheinlich danken, wenn ich sie stattdessen dem Sturm ausliefere. Aber wenn ich diese ganzen Leichen in den anderen Kapseln so sehe … all diese Leute, die sich vor so vielen Jahren von der Erde verabschiedet haben und mit der Verheißung eines neuen Horizonts eingeschlafen sind, nur um niemals mehr aufzuwachen … da wird mir klar, dass ich sie nicht einfach ihrem Schicksal überlassen kann.

Geister gibt es auf diesem Schiff schon mehr als genug.

Mein Dad hat uns gern Geistergeschichten über die Raumfalte erzählt.

Mit diesen Schauermärchen sind wir großgeworden, meine Schwester und ich. Mein Vater blieb bis spät nachts bei uns sitzen und erzählte von den alten Zeiten, als die Menschheit ihre ersten wackeligen Schritte weg vom Planeten Terra wagte. Damals, als wir zum ersten Mal den Weltzwischenraum *entdeckten, in dem das Universum anders zusammengefügt ist. Und weil wir Terraner ja so wahnsinnig kreativ sind, haben wir diesen Zwischenraum nach dem simplen, magischen Phänomen benannt, das wir darin erlebten.*

Die Raumfalte.

Also. Ihr nehmt ein Blatt Papier. Jetzt stellt euch vor, dieses Blatt ist unsere gesamte Galaxis, die Milchstraße. Bisschen viel verlangt, aber vertraut mir. Denn hey, können diese Grübchen lügen?

Okay, und jetzt stellt euch vor, dass ihr euch auf einer Ecke von diesem Blatt befindet. Und die gegenüberliegende Ecke ist am gaaaanz anderen Ende der Galaxis. Selbst wenn ihr mit Lichtgeschwindigkeit unterwegs wärt, bräuchtet ihr einhunderttausend Jahre, um da hinzukommen.

Aber was passiert, wenn ihr das Blatt in der Mitte faltet? Dann liegen diese Ecken übereinander, stimmt's? Aus einer eintausend Jahrhunderte langen Reise ist ein Spaziergang ans Ende der Straße geworden. Das Unmögliche ist auf einmal möglich.

So funktioniert die Raumfalte.

Die Sache ist nur: So was hat natürlich seinen Preis.

Dad hat uns echte Horrorstorys erzählt. Die Stürme, die aus dem Nichts angepeitscht kommen und riesige Weltraumregionen abschneiden. Die frühen Expeditionsschiffe, die einfach verschwanden.

Das unheimliche Gefühl, nicht allein zu sein, sitzt einem dort ständig im Nacken.

Offenbar verwirrt der Aufenthalt in der Raumfalte den Verstand umso mehr, je älter man ist. Ist man über fünfundzwanzig Jahre alt, wird es einem nur noch empfohlen, wenn man sich vorher einfrieren lässt. Ich habe also sieben Jahre als Legionär, und danach werde ich das Cockpit für den Rest meines Lebens gegen einen Schreibtisch eintauschen.

Aber jetzt, beziehungsweise vor etwas über einer Stunde, sitze ich am Steuer meiner Phantom. Überquere binnen Minuten die weiten Gefilde zwischen den Sternen. Sehe zu, wie die Sonnen verschwimmen und der Raum dazwischen sich kräuselt und Entfernungen bedeutungslos werden. Und trotzdem kriecht allmählich dieses Gefühl in mir hoch. Der Atem streicht über meinen Nacken. Die Stimmen sind gerade noch außer Hörweite.

Ich bin lang genug in der Raumfalte gewesen.

Morgen ist die Auslese.

Ich sollte mich mal aufs Ohr hauen.

Schöpfer, was habe ich hier draußen überhaupt zu suchen?

Ich will gerade einen Kurs zurück zur Aurora Academy eingeben, als die Botschaft auf meinem Hauptbildschirm erscheint. Sich in kurzen Abständen wiederholt. Eine automatisierte Nachricht.

SOS.

Beim Anblick der drei blinkenden Buchstaben wird mir flau im Magen. Laut der Charta der Aurora Legion sind alle Schiffe verpflichtet, einem Notruf nachzugehen, aber mein Sensor ortet einen Raumfaltensturm von vier Millionen Kilometern Durchmesser in der Nähe des Notrufsenders.

Und dann übersetzt mein Computer den Transpondercode des Notrufs.

Fahrzeug: Terranisches Raumschiff der Archen-Klasse

Name: Hadfield

»Ich werd nicht mehr«, flüstere ich.

Die Hadfield-Katastrophe ist jedem ein Begriff. In der Anfangszeit der terranischen Expansion verschwand das ganze Schiff in der Raumfalte. Die Tragödie beendete das Zeitalter privatwirtschaftlicher Weltraumexpeditionen. Knapp zehntausend Kolonisten kamen dabei um.

Da leuchtet noch eine Computermeldung auf meinem Schirm auf.

Achtung: Biosignal empfangen. Überlebender an Bord.

Ich wiederhole: Überlebender an Bord.

»Schöpfer hilf«, flüstere ich.

***

»Schöpfer hilf!«, brülle ich.

Nur wenige Meter von meinem Kopf entfernt bricht ein weiterer Quantenblitz durch die Hülle der *Hadfield*. Weil die Atmosphäre fehlt und meine Ohren sowieso voller Wasser sind, kann ich nicht hören, wie das Metall verglüht. Aber mir dreht sich der Magen um, und das Wasser in meinem Helm schmeckt auf einmal nach Salz. Inzwischen bedeckt es auch meinen Mund – nur mein rechtes Auge und meine Nase sind noch frei.

Es hatte eine Weile gedauert, bis ich sie fand. Ich musste mich lange durch die lichtlosen Eingeweide der *Hadfield* hangeln, vorbei an Tausenden von Kryokapseln mit Tausenden von Leichen, während draußen der Sturm immer näherkam. Ich entdeckte keine Hinweise darauf, woran diese Leute gestorben waren oder warum ein Einziger von ihnen noch lebte. Und dann stieß ich endlich auf *sie*. Sie lag mit geschlossenen Augen zusammengerollt in ihrer Kapsel, als wäre sie gerade erst eingeschlafen. Wie Dornröschen.

Und sie schläft auch jetzt noch, obwohl die Erschütterungen mich so hart gegen die Wand schleudern, dass mir die Luft wegbleibt. Das Wasser in meinem Helm wabbelt hin und her, sodass ich es versehentlich einatme und einen Hustenanfall bekomme. Mir bleiben vielleicht noch zwei Minuten, bis ich ertrinke. Also ziehe ich ihr kurzerhand den Sauerstoffschlauch aus dem Hals, reiße die Infusionsleitungen aus ihren Armen und sehe ihr Blut im luftleeren Raum kristallisieren. Sie rührt sich immer noch nicht. Aber sie runzelt weiter die Stirn, als könnte sie ihrem Albtraum nicht entkommen.

Kann ich gerade gut nachempfinden.

Der Wasserklumpen klebt mir jetzt auf beiden Augen. Drückt von beiden Seiten gegen meine Nasenflügel. Blinzelnd halte ich das Mädchen fest und trete gegen das Schott. Wir sind beide schwerelos, aber durch die ständigen Erschütterungen und meine verschwommene Sicht ist es fast unmöglich, sich gezielt zu bewegen. Wir krachen in eine Traube von Kryokapseln, alle mit einer uralten Leiche im Innern.

Ich frage mich, wie viele dieser Leute sie kannte.

Wir prallen von der gegenüberliegenden Wand ab, ohne dass meine Finger Halt finden. Der Bauch dieses Schiffs ist ein einziges Labyrinth aus Kammern mit Kryokapseln. Aber Orientierung in der Schwerelosigkeit war eine meiner Paradedisziplinen. Ich weiß genau, wo wir hinmüssen. Ich kenne den Weg zurück in die Hangarbucht der *Hadfield*, wo meine Phantom wartet.

Doch da schwappt das Wasser über meine Nase.

Und ich kriege keine Luft mehr.

Klingt ziemlich übel, ich weiß ...

Okay, es *ist* übel.

Aber wenn ich sowieso nicht mehr atmen kann, brauche ich meinen Sauerstoffvorrat auch nicht mehr. Also drehe ich mich in Richtung des Korridors, der aus dem Kryobereich hinausführt, taste an der Rückseite meines Raumanzugs nach den richtigen Schläuchen und reiße sie ab. Und das O_2 entweicht in einem so kräftigen Stoß, dass es uns wie ein winziger Strahlantrieb vorwärtskatapultiert.

Ich drücke das Mädchen fest an meine Brust. Steuere uns mit meiner freien Hand, blinzele durch das Wasser, das meinen Helm mittlerweile fast vollständig füllt. Meine Lungen brennen. Blitze durchschneiden die Wand aus Titan, als wäre sie aus Butter. Das Schiff bebt, und wir prallen von Wand zu Wand, Konsole zu Konsole, während ich wie wild mit den Füßen trete, um uns irgendwie auf Kurs zu halten.

Raus.

Weg.

Jetzt sind wir in den Docks. Meine Phantom parkt am anderen Ende, ein dunkler Fleck in meiner Unterwassersicht. Vor den Toren der Bucht lauern gewaltige, wirbelnde Sturmwolken. Schwarze Blitze wölben sich über uns. Schwarze Punkte tanzen vor meinen Augen. Die ganze Galaxis verschwimmt. Ich bin fast taub. Fast blind. Ein einziger Gedanke drängt sich in mein Bewusstsein.

Wir sind immer noch zu weit vom Schiff entfernt.

Mindestens zweihundert Meter. In wenigen Sekunden wird mein Atemreflex einsetzen, ich werde mir die Lungen mit Wasser vollsaugen und kurz vor dem rettenden Hafen sterben.

Wir werden beide sterben.

Schöpfer, steh uns bei.

Blitze zucken. Meine Lungen kreischen. Mein Herz kreischt. Die gesamte Milchstraße kreischt. Ich schließe die Augen. Denke an meine Schwester. Bete für sie. Ein Schwindel packt mich. Und dann spüre ich es unter meiner Hand. Metall. Vertraut.

Was zum …

Ich öffne die Augen, und tatsächlich: Wir schweben unmittelbar neben meiner Phantom. Meine Finger berühren die Einstiegsluke. Das ist unmöglich. Das kann nicht s…

Halt dich nicht mit Fragen auf, Tyler.

Ich stemme die Luke auf, ziehe uns beide hinein und werfe sie hinter mir zu. Während sich die winzige Luftschleuse mit O_2 füllt, reiße ich mir den Helm vom Kopf, schüttele das Wasser um mein Gesicht weg und schnappe mit letzter Kraft nach Luft. Vornübergekrümmt, rudernd, keuchend sauge ich in gierigen Atemzügen Sauerstoff in meine Lungen. Die schwarzen Punkte vor meinen Augen zerbersten. Die *Hadfield* zittert und ruckt, und die Phantom schwankt in den Andockhalterungen hin und her.

Komm in die Gänge, Tyler.

MACH SCHON, IDIOT.

Ich schiebe die Luftschleuse auf, hangele mich mit schmerzenden Lungen und tränenden Augen auf den Pilotensitz. Schlage auf die Steuerkonsole ein, aktiviere die Zünder, noch bevor die Koppelungen sich überhaupt gelöst haben, und düse aus dem Bauch der *Hadfield*, als hätte ich Feuer unterm Hintern.

Hinter uns tobt der Raumfaltensturm, alle meine Sensoren blinken im roten Bereich. Der Schub drückt mich in den Sitz, die Schwerkraft quetscht mir die Brust zusammen, als wir beschleunigen. Nach dem Sauerstoffmangel gibt mir das den letzten Rest.

Ich schaffe es gerade noch, mit zitternden Händen einen Notruf abzusetzen. Dann versinke ich. In das Weiß hinter meinen Augen. Die gleiche Farbe wie die Sterne, die da draußen im unendlichen Schwarz funkeln.

Und mein letzter Gedanke, bevor ich endgültig ohnmächtig werde?

Nicht etwa, dass ich gerade jemandem das Leben gerettet habe, oder dass ich keine Ahnung habe, wie wir die letzten zweihundert Meter bis zur Luftschleuse der Phantom zurückgelegt haben, oder dass wir beide eigentlich mausetot sein müssten.

Ich denke daran, dass ich die Auslese verpassen werde.

2 Auri

Ich bin aus Beton. Mein Körper ist aus einem Felsblock gemeißelt, und ich kann keinen einzigen Muskel bewegen.

Und das ist das Einzige, was ich weiß. Dass ich mich nicht rühren kann.

Ich weiß nicht, wie ich heiße. Ich weiß nicht, wo ich bin. Ich weiß nicht, warum ich weder sehen noch hören, weder schmecken noch riechen noch irgendetwas spüren kann.

Aber dann … nehme ich etwas wahr. Es ist so, als würde man fallen und könnte nicht sagen, wo oben und wo unten ist. Oder als würde einen ein Wasserstrahl treffen, von dem man nicht sagen kann, ob er heiß oder kalt ist. Ich bin nicht sicher, ob ich höre, sehe oder fühle. Ich weiß nur, dass ich etwas spüre, was ich vorher nicht spüren konnte, und so warte ich ungeduldig darauf, was als Nächstes passiert.

»Bitte, Ma'am, wenn Sie mir mein Uniglass geben würden, könnte ich mich von hier aus zuschalten. Dann erwische ich vielleicht noch die letzten Runden der Auslese, und wenn es nur …«

Ich höre die Stimme eines Jungen, und ich verstehe die meisten Wörter, auch wenn ich keine Ahnung habe, wovon er spricht – aber in seinem Ton schwingt eine solche Verzweiflung mit, dass mein Puls prompt schneller schlägt.

»Sie müssen verstehen, wie wichtig das ist.«

***

»Du musst verstehen, wie wichtig das ist, Aurora.« Ich höre die Stimme meiner Mutter, die hinter mir steht und mir einen Arm um die Schultern legt. »Das ändert alles.«

Wir stehen an einem Fenster. Hinter der dicken Scheibe sind Schleierwolken oder Smog zu sehen. Ich beuge mich vor, um die Stirn an das Glas zu drücken, und als ich runterschaue, erkenne ich, wo ich bin. Tief unten leuchtet ein schmuddelig grüner Fleck. Der Central Park mit seinem braunen Flickenteppich, den Barackendächern und den kleinen Äckern, die von den Bewohnern angelegt wurden, und daneben das graubraune Wasser.

Wir sind in der West Eighty-Ninth Street in der Zentrale von Ad Astra Incorporated, der Firma, in der meine Eltern arbeiten. Der Start der Expedition Octavia III steht kurz bevor. Meine Eltern wollten, dass wir verstehen, warum sie mitfahren. Warum wir uns auf ein Jahr Internat und Ferien bei verschiedenen Freunden einstellen müssen. Das war ungefähr zwei Monate, bevor Mom erfuhr, dass sie von der Mission suspendiert wurde.

Bevor Dad ihr mitgeteilt hat, dass er ohne sie fährt.

Da beginnen vor meinen Augen die Bäume im Central Park zu wachsen. Sie schießen in die Höhe wie die Bohnenranke im Märchen. Binnen Sekunden sind sie so hoch wie die Wolkenkratzer ringsum. Mehrere Triebe springen auf unser Gebäude über und umranken es im Schnellvorlauf. Wie Schlangen ziehen sie ihren Würgegriff enger, bis der Putz an den Wänden zu bröckeln beginnt und feiner Staub von der Decke rieselt.

Blaue Flocken fallen wie Schnee vom Himmel.

Aber dieser Teil meiner Erinnerung ist nie passiert, und der Anblick ist schmerzhaft – auf eine Art und Weise unangenehm, die ich selbst nicht genau fassen kann. Ich schrecke zurück, schüttle die Erinnerung von mir ab, strampele wieder an die Oberfläche meines Bewusstseins.

Zurück ins Licht.

Das Licht ist hell, und der Junge redet immer noch, und als ich in meine leibliche Hülle zurückkehre, erinnere ich mich an meinen Namen. Ich bin Aurora Jie-Lin O'Malley.

Nein, Moment. Ich bin Auri O'Malley. So ist es besser. Das bin ich.

Und ich habe definitiv einen Körper. Das ist gut. Das ist ein Fortschritt.

Mein Geschmack- und mein Geruchsinn sind zurück, und ich wünsche sie mir sofort wieder weg, denn holy cake, ich habe einen Geschmack im Mund, als wären zwei Viecher reingekrochen, hätten sich bis auf den Tod bekämpft und wären dann vermodert.

Jetzt höre ich eine Frauenstimme. Sie scheint etwas weiter weg zu sein. »Ihre Schwester wird bald hier sein. Wenn Sie bitte einfach warten würden.«

Und der Junge: »Scarlett kommt her? Schöpfer hilf, ist schon alles vorbei? Wie lange muss ich denn noch warten?«

Wie lange muss ich denn noch warten?

Ich bin in einem Videochat mit meinem Dad, und diese Frage geht mir andauernd im Kopf herum. Die Uplink-Verzögerung zerrt an meinen Nerven, denn das Übertragungssystem lässt mich jedes Mal zwei Minuten warten, bis meine Antwort ihn auf Octavia erreicht, und genau so lange dauert es, bis seine zurückkommt.

Aber Dad hat Patrice neben sich sitzen, und ich wüsste nicht, warum sie dabei sein sollte, wenn sie mir nicht höchstpersönlich die große Neuigkeit mitteilen wollte. Ich rechne fest damit, gleich von ihr zu hören, dass die Warterei, die mein Leben zwei Jahre lang beherrscht hat, sehr bald vorbei sein wird. Gleich werde ich erfahren, dass die viele Arbeit sich endlich auszahlt und ich für die dritte Mission nach Octavia eingeteilt bin.

Heute ist mein siebzehnter Geburtstag, und das wäre das schönste Geschenk im ganzen weiten Universum.

Aber noch hat Patrice nichts gesagt, und Dad redet belangloses Zeug und grinst dabei, als hätte er den galaktischen Jackpot gewonnen. Sein Zelt ist weg – sie sitzen vor einer richtigen Wand, mit echtem Fenster und allem. Also geht es auf der Kolonie wohl tatsächlich voran. Auf Dads Schoß sitzt einer der Schimpansen des Octavia-Biologie-Programms, für das Dad arbeitet. Wenn meine Schwester und ich uns danebenbenehmen, bezeichnet er die Affen zum Spaß als seine Lieblingskinder.

»Meiner Adoptivfamilie geht es prima«, sagt er lachend und streichelt das Tier. »Aber ich freue mich darauf, wenigstens eins meiner Mädchen bei mir zu haben.«

»Also ist es bald so weit?«, platze ich raus.

Ich stöhne innerlich, lege den Kopf in den Nacken und stelle mich auf die nächsten vier Minuten Wartezeit bis zu seiner Antwort ein. Aber ich verspüre einen Stich, als ich meine Frage endlich bei ihnen ankommen sehe. Dad lächelt unbeirrt, doch Patrice wirkt … nervös? Besorgt?

»Es ist bald so weit, Jie-Lin«, verspricht mein Vater. »Aber … heute wollten wir dir etwas anderes sagen.«

… Wie, er hat doch nicht etwa an meinen Geburtstag gedacht?

Er lächelt immer noch, und er hebt seine Hand so hoch, dass ich sie auf dem Bildschirm sehen kann.

Mothercustard, er hält Patrices Hand.

»Patrice und ich haben in den letzten Monaten viel Zeit zusammen verbracht«, sagt er. »Und wir haben beschlossen, dass es Zeit wird, es etwas offizieller zu machen und ein gemeinsames Quartier zu beziehen. Wir werden also zu dritt sein, wenn du herkommst.« Er redet weiter, aber ich höre kaum noch hin. »Vielleicht könntest du Reismehl

mitbringen. Und Tapiokastärke. Ich wünsche mir wenigstens eine nicht synthetische Mahlzeit, um unser Wiedersehen zu feiern. Ich werde euch Reisnudeln kochen.«

Es dauert einen Moment, bis ich kapiere, dass er fertig ist und auf meine Antwort wartet. Ich starre die zwei an, wie sie Händchen halten. Dads Lächeln ist hoffnungsvoll, Patrices eher verkrampft. Ich denke an meine Mom und versuche zu verarbeiten, was das bedeutet.

»Das ist doch nicht dein Ernst«, sage ich schließlich. »Du willst, dass ich … feiere?«

Eine Diskussion mit vier Minuten Zeitverzögerung nach jeder Wortmeldung bringt nichts, also lasse ich meine Übertragung weiterlaufen. Rede mir einfach alles von der Seele, bevor er etwas entgegnen kann.

»Tut mir leid, Patrice, dass du das hören musst, aber Dad war ja leider nicht rücksichtsvoll genug, es mir unter vier Augen zu erzählen.« Ich richte meinen wütenden Blick auf meinen Vater und halte den Übertragungsknopf so fest gedrückt, dass mein Knöchel weiß hervortritt. »Erst mal danke für deine Glückwünsche zu meinem Geburtstag, Dad. Danke für die Gratulation zu meiner Titelverteidigung im All-States-Turnier. Danke, dass du daran gedacht hast, Callie vor ihrer Aufführung alles Gute zu wünschen. Sie hat übrigens hervorragend gespielt. Aber vor allem – danke dafür. *Mom hat keine Fluggenehmigung für Octavia bekommen, also hast du sie einfach* ersetzt? *Ihr seid noch nicht mal geschieden!«*

Ich will seine Antwort nicht abwarten. Ich will keine neuen Versionen von alten Ausreden oder Entschuldigungen hören. Mit einem Knopfdruck beende ich die Übertragung. Aber bevor ich mich abwenden kann, flackert das Standbild der beiden.

Ich sehe einen Lichtblitz.

Er ist so grell, dass die ganze Welt weiß zu gleißen beginnt. Und als ich blinzelnd die Hände vor mich halte, merke ich, dass ich nichts mehr sehen kann.

Ich kann nichts sehen.

Ich kann sehen.

Ich liege auf dem Rücken, und ich kann die Decke sehen. Sie ist weiß, und Kabel schlängeln sich daran entlang, und irgendwo über mir ist ein Licht, das mir in den Augen weh tut. Wie in meinem Traum halte ich die Hände schützend vor mich und bin fast überrascht, dass ich meine Finger sehen kann.

Aber von den schrägen Träumen mal abgesehen weiß ich jetzt immerhin meinen Namen. Und ich erinnere mich an meine Familie. Ich war Teil des dritten Kolonistentransports auf den Planeten Octavia III. Fortschritt!

Vielleicht bin ich jetzt auf Octavia, und das gehört alles zum Auftauprozess?

Ich starre an die Decke, lasse die Augen zum Schutz vor dem Licht aber halb geschlossen. Ich spüre mehr Erinnerungen in mir aufkeimen, aber sie entfalten sich noch nicht weiter. Vielleicht sollte ich einfach in eine andere Richtung schauen, damit sie sich raustrauen. Und dann packe ich blitzschnell zu.

Also konzentriere ich mich auf etwas anderes und versuche, den Kopf zu drehen. Ich entscheide mich für die linke Seite, weil die Stimme des Jungen von dort kam, glaube ich zumindest. Ich fühle mich wie einer dieser Muskelmänner, die sich dabei filmen, wie sie eine komplette Beladerdrohne per Hand zu ziehen versuchen, denn im Kampf gegen die Trägheit muss ich jedes Atom in mir anstrengen. Das ist ein extrem komisches Gefühl – ein unermesslicher Kraftaufwand ohne jegliche körperliche Wahrnehmung.

Belohnt werde ich dafür mit dem Anblick einer Glaskabine,

die ungefähr bis in Hüfthöhe mattiert ist. Der Junge tigert auf der anderen Seite der Scheibe hin und her wie ein eingesperrtes Tier.

Mein Gehirn spielt verrückt, weil es zu viele Informationen auf einmal zu verarbeiten hat.

Tatsache: Der Typ ist so was von heiß. Markante Kiefer, blonde Wuschelhaare, düster funkelnder Blick mit einer perfekten kleinen Narbe quer durch die rechte Braue – er sieht einfach verboten gut aus. Das nimmt schon mal einen Großteil meines Denkvermögens in Beschlag.

Tatsache: Er trägt kein T-Shirt. Dieser Fakt konkurriert mit dem ersten um den Spitzenplatz der wichtigsten Tatsachen und kommt meinen Interessen momentan sehr entgegen.

Was auch immer meine Interessen sind.

Wo auch immer ich hier bin.

Aber Moment, meine Damen, Herren und Diversen. Wir haben eine neue Anwärterin auf die Tatsache des Jahrhunderts. Alle anderen Tatsachen machen jetzt bitte Platz.

Tatsache: Obwohl das Mattglas alle reizvollen Details verschleiert, steht zweifelsfrei fest, dass der schöne Unbekannte auch keine Hose trägt.

Der Tag fängt auf jeden Fall gut an.

Er runzelt die Stirn, was die Narbe an der Braue perfekt in Szene setzt.

»Das dauert echt ewig«, sagt er.

»Das dauert echt ewig.«

Der Mann vor mir stöhnt schon wieder. Wir stehen zu Hunderten für die Einfrierprozedur an, und im ganzen Gebäude riecht es nach chemischen Putzmitteln. Ich habe ein Flattern im Bauch, aber nicht vor Nervosität, sondern aus Vorfreude. Das Training dafür hat Jahre gedauert. Ich habe mit Zähnen und Klauen für meinen Ausbildungsplatz gekämpft. Ich habe mir diesen Moment verdient.

Gestern habe ich mich von meiner Mutter und meiner kleinen Schwester Callie verabschiedet, und das war bei weitem der schwerste Schritt. Seit der Sache mit Patrice habe ich nicht mehr mit Dad gesprochen, und ich habe keine Ahnung, was wir einander sagen werden, wenn wir uns wiedersehen. Patrice selbst hat es wohl ganz gut weggesteckt – sie hat mir ein paar Briefings geschickt, die ich lesen sollte, und blieb immer freundlich und professionell. Aber warum musste mein Vater sich ausgerechnet die Frau, die meine Betreuerin sein wird, zum Vögeln aussuchen?

Na vielen Dank auch, Dad.

Ich rücke bis an den Anfang der Warteschlange vor. Gleich bin ich mit Duschen dran, und ich werde mich so gründlich abschrubben wie noch nie, meinen dünnen grauen Overall überziehen und in die Kapsel treten. Wir werden betäubt, bevor die Sauerstoffschläuche und Magensonden gelegt werden.

Das Mädchen hinter mir ist ungefähr so alt wie ich und höllisch nervös. Ihr Blick zuckt hin und her, als würde er sofort abprallen, sobald er irgendwo landet.

»Hallo«, sage ich und probiere es mit einem Lächeln.

»Auch hallo«, erwidert sie mit zittriger Stimme.

»Ausbildung?«, tippe ich, um sie abzulenken.

»Meteorologie«, sagt sie mit einem etwas einfältigen Grinsen. »Ich bin ein Wetter-Nerd. Komme halt aus Florida. Da kriegen wir die ganze Palette ab.«

»Ich mache Erkundung und Kartographie«, sage ich. »Expeditionen ins Unbekannte, solche Sachen. Aber in der Basisstation werde ich auch oft sein. Wir könnten uns ja mal treffen.«

Sie neigt den Kopf zur Seite, als hätte ich etwas Seltsames gesagt, und die ganze Szene beginnt zu flimmern. Irgendwo flackert ein helles

Licht, wie ein Stroboskop. Das Mädchen kneift geblendet die Augen zusammen, und als sie sie wieder aufschlägt, hat sich ihr rechtes Auge verändert. Die Pupille und der schwarze Rand der Iris sind immer noch zu sehen, aber im Gegensatz zu ihrem braunen linken Auge ist das rechte komplett weiß geworden.

»Eshvaren«, flüstert sie und starrt durch mich hindurch, als wäre ich gar nicht da.

»... Was?«

Der ungeduldige Mann, der vor uns in der Schlange steht, wiederholt das Wort flüsternd.

»E-E-Eshvaren.«

Ich fahre herum und sehe, dass auch sein rechtes Auge weiß geworden ist.

»Was bedeutet das?«

Aber keiner von beiden antwortet mir. Sie flüstern das Wort noch einmal, und es springt auf die anderen Wartenden über wie ein Waldbrand.

»Eshvaren.«

»Eshvaren.«

»Eshvaren.«

Mit sengendem Auge und zitternden Fingern streckt das Mädchen die Hand nach meinem Gesicht aus.

Ah, hallo, Tastsinn. Schön, dass du auch noch zu uns stößt. Und jetzt, wo du da bist, merke ich, dass ich an allen möglichen Stellen Schmerzen empfinde, die ich physiologisch bisher nicht für möglich gehalten habe.

Eine weitere Schmerzwelle erfasst mich, spült den letzten Rest von diesem unheimlichen Erinnerung-Wachtraum-Mischmasch weg und macht mir unmissverständlich klar, dass ich körperlich genauso im Eimer bin wie geistig. Ich kann nur keuchen und stöhnen – was in meiner brennenden Kehle einen Würgereiz auslöst – und durchhalten, bis es allmählich abklingt. Immerhin kehrt mit dem Schmerz und dem Tastsinn auch meine Beweglichkeit zurück. Und das heißt, dass ich mich auf die Ellbogen hochstemmen und noch mal nach dem Typen Ausschau halten kann. Seine untere Hälfte ist jetzt dunkelgrau, woraus ich schließe, dass er inzwischen leider eine Hose anhat.

So ein Pech aber auch.

Die Sache mit der Hose kitzelt eine Frage in meinem Kopf wach, und ich gucke unter das leichte, silbrige Tuch, mit dem ich zugedeckt bin, was *ich* eigentlich anhabe. Nichts, wie sich rausstellt. Also gar nichts.

Oha.

Ich schaue wieder zu dem Jungen rüber, und im gleichen Moment dreht er sich zu mir um und macht große Augen, als er sieht, dass ich wach bin. Ich hole Luft und versuche zu sprechen, aber es kommt nur ein Röcheln heraus. Mein Hals fühlt sich an, als würde mir jemand die Stimmbänder einzeln rausziehen.

»Geht es dir gut?«, fragt er.

»Ist das hier Octavia?«, raspele ich.

Er schüttelt den Kopf, und seine blauen Augen begegnen meinen. »Wie heißt du?«

»Aurora«, bringe ich mühsam hervor. »Auri.«

»Tyler«, entgegnet er.

Ich sollte ihn fragen, wo ich bin. Ob wir auf der *Hadfield* sind und ich vorzeitig aufgetaut wurde, oder noch auf der Erde, weil die ganze Mission geplatzt ist. Aber in seinem Blick liegt etwas, das mich davor zurückschrecken lässt.

Es klopft dumpf, als er die Stirn gegen die Scheibe fallen lässt. Wie ich damals am Fenster in der Eighty-Ninth Street.

Die Erinnerung erwischt mich eiskalt, und auf einmal werde ich von einem Ich-will-meine-Mama-Heimweh überwältigt. Dieser Junge sieht genauso verloren aus, wie ich mich fühle.

»Geht es *dir* gut?«, wispere ich.

»Ich hab sie verpasst«, sagt er nach einer Weile. »Die Auslese. Ich hab sie komplett verpasst.«

Ich habe keine Ahnung, was diese Auslese sein soll oder warum sie so wichtig ist. Aber ich frage trotzdem.

»Ist was dazwischengekommen?«

Er nickt und seufzt. »Deine Bergung.«

Bergung.

Das ist kein gutes Wort.

»Wer weiß, wen ich abgekriegt habe«, sagt er, und wir wissen beide, dass er das Thema wechselt. »Ich hätte mir vier der fünf besten Kandidaten aussuchen dürfen, und jetzt krieg ich nur noch die ab, die übrig geblieben sind. Die Ausgemusterten, die sonst keiner wollte. Und dabei hab ich mich nur an die Vorschri…«

»*So* schlimm ist es nun auch wieder nicht gekommen, Ty.«

Die samtig tiefe Stimme erreicht mich von irgendwo außerhalb meines Blickfelds. Ein Mädchen.

Tyler wirbelt herum, als wäre ich Schnee von gestern, und geht an die Frontseite seiner Kabine. »Scarlett.«

Ich lasse den Blick vorsichtig in ihre Richtung wandern – ich muss weiterhin planvoll und strategisch vorgehen, spontan macht mein Körper noch gar nichts mit – und nehme besagte Scarlett in Augenschein. Da stehen zwei Mädchen, beide in Uniformen von der gleichen blaugrauen Farbe wie die Hose, die Tyler irgendwie zugeflogen ist. Eine hat flammend rote Haare – eigentlich eher orange, tolle Tönung –, die zu einem asymmetrischen Bob frisiert sind und über markante Kieferknochen fallen, die Tylers wie aus dem Gesicht geschnitten sind. Sie hat auch genauso volle Lippen und dichte Augenbrauen wie er. Ihr Uniformrock ist beeindruckend kurz. Sie ist sehr groß. Und sieht hammermäßig aus. Das muss wohl Scarlett sein.

Das andere Mädchen hat ein schmales Gesicht und ein Tattoo von einem aufsteigenden Phönix auf dem Hals (autsch). Schwarzes Haar im Iro-Schnitt, mit Spikes oben und noch mehr Tattoos unter dem kurz geschorenen Flaum an den Seiten. Mir scheint, dass sie Grübchen hat und sehr breit lächeln kann, aber das ist nur eine Vermutung, weil sie gerade dreinschaut, als hätte jemand ihre Großmutter auf dem Gewissen.

»Cat?«, fragt Tyler sie. Seine Stimme ist leise, flehend.

»Ketchett wollte mich haben«, sagt Cat. »Und danach noch ein paar andere. Ich hab ihnen gesagt, dass ich schon einen Alpha habe, der es nur nicht zur Auslese geschafft hat.«

»Ach was, gesagt hast du es ihnen? Lebt Ketchett noch?«

»So halb«, sagt sie grinsend. »Wenn du demnächst mal in eine Kapelle gehst, könntest du vielleicht für seine Eier beten.«

Er atmet tief durch und legt seine Hand flach an das Glas, und sie legt ihre von der anderen Seite darauf.

Das Mädchen mit dem orangen Haar mustert sie. »Ich musste nicht *ganz* so stur bleiben«, sagt sie sarkastisch. »Aber ich konnte dich ja schlecht allein losziehen lassen. Du würdest da draußen keine drei Tage überleben, wenn du mich nicht hättest, um dich rauszuhauen, Bruderherz.«

Das Tattoo-Mädchen schiebt die Ärmel ihrer Uniform hoch. Darunter kommen noch mehr Tattoos zum Vorschein. »Apropos, kannst du uns mal verraten, warum du auf eigene Faust in die Raumfalte abgezischt bist? Hast wohl wieder mit deinem anderen Kopf gedacht?«

Scarlett nickt zustimmend. »Jungfrauen in Nöten zu retten ist total 22. Jahrhundert, Ty.«

… *Häh?*

Tyler hebt in einer »Was wollt ihr von mir?«-Geste die Hände, und die Mädchen schauen zu mir rüber und beäugen mich neugierig. Checken mich ab. Von oben bis unten.

»Ich mag ihre Frisur«, stellt Scarlett fest. Dann scheint ihr einzufallen, dass ich kein Gegenstand bin, und sie wiederholt etwas lauter und langsamer: *»Ich mag deine Frisur.«*

Das zweite Mädchen schnaubt. Sie wirkt weniger angetan. »Hast du ihr schon die schlechte Nachricht zu ihren Bibliotheksbüchern überbracht?«

»Cat!«, schnauzen die beiden anderen gleichzeitig.

Bevor sie weiterreden können, mischt sich eine Erwachsenenstimme ein. »Legionär Jones, Ihre Quarantäne ist aufgehoben, Sie dürfen gehen.«

Ty schaut zu mir, und unsere Blicke treffen sich. Er zögert.

Hast du ihr die schlechte Nachricht überbracht?

»Sie können morgen früh anrufen und fragen, wann ein Besuch möglich ist«, sagt die Stimme.

Er nickt widerstrebend und verlässt seine Box, als die Tür vor ihm aufgleitet. Mit einem letzten Blick zu mir geht das Trio aus dem Zimmer, und Ty verschwindet aus meiner Sicht- und Hörweite.

»Hey, habt ihr ein T-Shirt für mich?«, ist das Letzte, was ich von ihm höre.

Jetzt registriert mein Gehirn weitere Tatsachen, und während die Kälteschlaflethargie allmählich von mir abfällt, macht sich Unruhe in mir breit.

Wo bin ich? Wer sind diese Leute? Sie sind alle in Uniform – ist das eine Art Militärstützpunkt? Wenn ja, was mache ich dann hier, und bin ich in Sicherheit? Ich versuche, eine Frage zu krächzen, aber meine Stimme spielt nicht mit. Und es ist sowieso niemand da, den ich fragen könnte.

Und so bleibe ich allein zurück, in einer vollkommenen Stille, in der sämtliche Nerven im Rhythmus meines Herzschlags pochen, mir tausend unausgesprochene Fragen auf der Zunge brennen und mein Kopf mit der Verwirrung kämpft, die der Kälteschlaf offenbar mit sich bringt.

Ich weiß nicht, wie viel Zeit verstrichen ist, als ich wieder Stimmen höre. Ich bin mitten in einem weiteren seltsamen Traumding von einer fremden Welt voller grüner Schlingpflanzen und blauem Schnee, der vom Himmel fällt, und da –

»Aurora, können Sie mich hören?«

Mühsam dränge ich die Bilder zurück und wende den Kopf. Ich muss eingedöst sein, denn neben mir steht eine Frau in der gleichen blaugrauen Uniform wie die anderen vorhin.

Die Frau ist ganz und gar weiß. Und damit meine ich nicht »Ich bin zur Hälfte Chinesin und du bist weißer als ich«-weiß, ich meine weiß wie frisch gefallener Schnee. Unfassbar weiß. Ihre Augen sind hellgrau – das ganze Auge, nicht nur die Iris – und viel zu groß. Ihr knochenweißes Haar ist zu einem Pferdeschwanz gebunden.

»Ich bin Greater Clan Battle Leader Danil de Verra de Stoy.« Sie macht eine Pause, damit ich diesen Bandwurm schlucken kann. »Ich freue mich, Sie kennenzulernen, Aurora.«

Great Clan wie bitte?

»M-hmm«, stimme ich zu. Ein anderes Geräusch riskiere ich lieber nicht.

Aurora werde ich nur genannt, wenn es Ärger gibt.

»Ich nehme an, dass Sie viele Fragen haben.«

Sie erwartet sichtlich keine Antwort. Ich nicke fast unmerklich und nehme meine ganze Willenskraft zusammen, um nicht wieder wegzudriften.

»Leider habe ich schlechte Neuigkeiten«, fährt sie fort. »Ich wüsste nicht, wie ich Ihnen das behutsam beibringen könnte. Also sage ich es Ihnen ganz offen. Auf der Reise nach Lei Gong gab es einen Zwischenfall mit Ihrem Schiff.«

»Wir waren nach Octavia unterwegs«, krächze ich leise, aber ich weiß, dass der Name meiner Kolonie gerade keine Rolle spielt. An ihrem vorsichtig-zurückhaltenden Ton erkenne ich, dass die eigentliche Hiobsbotschaft erst noch kommt. In der Luft liegt eine Spannung wie kurz vor einem Gewitter.

»Sie wurden unsachgemäß aus dem Kryoschlaf geholt«, erklärt die Frau, »deshalb fühlen Sie sich so gerädert. Das wird sich bald bessern. Aber die *Hadfield* ist in der Raumfalte in einen Zwischenfall verwickelt worden, Aurora.«

»Auri, bitte«, flüstere ich und stocke.

Ein Zwischenfall in der Raumfalte.

»Auri.«

»Was für ein Zwischenfall?«, frage ich.

»Sie sind eine ganze Weile durchs All getrieben. Ihnen ist sicher aufgefallen, dass ich anders aussehe als Sie.«

»Meine Mutter hat immer gesagt, dass es unhöflich ist, so etwas anzusprechen.«

Das quittiert sie mit einem traurigen Lächeln. »Ich bin Betraskerin. Ich gehöre zu einer von vielen extraterrestrischen Spezies, denen die Terraner begegnet sind, seit Sie sich auf der *Hadfield* eingeschifft haben.«

In meinem Kopf schalten sich schlagartig alle zusammenhängenden Gedanken ab und weichen einem monotonen *Biiiiiiiiiiiiep.*

Extraterrestrische Spezies?

Viele?

Beim Ausführen ist ein Fehler aufgetreten, bitte neu starten.

»Ähm«, sage ich probehalber. Mein Gehirn rattert wie wild verschiedene Möglichkeiten durch und findet nichts Brauchbares. Sind diese Leute Verschwörungstheoretiker? Bin ich von Spinnern entführt worden? Vielleicht sind das tatsächlich Soldaten, und man hat den Erstkontakt vor uns Zivilisten geheim gehalten?

»Das ist schwer zu verdauen, ich weiß«, sagt sie.

»Wir sind Außerirdischen begegnet?«, bringe ich heraus.

»Ja.«

»Aber die Reise durch die Raumfalte nach Octavia sollte nur eine Woche dauern! Wenn wir nicht angekommen sind, können doch höchstens ein paar Tage vergangen sein, oder?«

»Leider nein.«

Irgendetwas schiebt sich von den Rändern in mein Blickfeld, wie einsickerndes Wasser, nur dass dieses Wasser phosphoreszierend ist und von tausend türkisfarbenen Lichtpunkten durchbohrt wird. Ich schiebe es weg und konzentriere mich auf die Frau an meinem Bett.

»Wie …« Mein Hals schnürt sich zu. Die Frage kommt nur gehaucht heraus. »Wie lange war ich da drin?«

»Es tut mir leid, Aurora. Auri.«

»Wie lange?«

»… Zweihundertzwanzig Jahre.«

»Was? Ist nicht Ihr Ernst. Das ist …« Aber mir fehlen die Worte dafür. *»Was?«*

»Ich verstehe, dass das schwierig ist«, sagt sie vorsichtig.

Schwierig?

Schwierig?

Ich muss mit jemandem reden, der nicht so wirres Zeug von sich gibt. Mein Herz klopft fast zum Zerspringen, passend zu dem wilden Pochen hinter meinen Schläfen. Ich presse das silbrige Laken an mich und setze mich auf. Prompt dreht sich alles, aber ich schaffe es, die Beine von der Bettkante zu hieven und das Tuch wie eine Toga um mich zu wickeln, während ich wackelig aufstehe.

»Aurora –«

»Ich will mit jemandem von Ad Astra sprechen, jemandem von der Octavia-Expedition. Ich will mit meiner Mutter oder meinem Vater sprechen.«

»Aurora, bitte –«

Ich stolpere ein Stück vorwärts, und der Schwung trägt mich zur Tür, die vor mir aufgleitet. Zwei Frauen in blaugrauen Uniformen fahren zu mir herum, und eine macht einen Schritt auf mich zu.

Ich versuche auszuweichen, kippe aber fast zur Seite um. Sie packt mich an den Schultern. Weil ich das Laken festhalten muss, trete ich ihr kurzerhand gegen das Knie. Sie stöhnt laut auf und bohrt die Finger noch fester in meine Arme.

»Lassen Sie sie durch«, sagt die Dame in Weiß hinter mir, und während ich total Panik schiebe, klingt sie ganz ruhig. Irgendwie resigniert.

Die Frau lässt mich los, und mit zittrigen Beinen tapse ich weiter. Mein Hals fühlt sich so eng an, als wollte mich jemand erdrosseln.

Und da sehe ich die Fenster am anderen Ende des Flurs. Und das, was dahinter ist.

Sterne.

Mein Gedankenkarussell dreht sich immer schneller. Was ich da vor den Fenstern sehe, ist keine Wand. Es ist kein Gebäude.

Es ist eine gewaltige, mit hellen Lichtern übersäte Front aus Metall, die sich in einem weiten Bogen vor mir erstreckt.

Was da draußen hin und her saust wie ein Schwarm winziger Fische um einen Hai, das sind Raumschiffe.

Das hier ist eine Raumstation. Ich bin im *Weltall.* Das ist doch nicht möglich. Gegen dieses Ding wirken die Cid-Schiffswerften, von denen die *Hadfield* ins All geschossen wurde, wie eine Tankstelle im hinterletzten Kaff.

Das ist doch nicht möglich.

Es sei denn, diese Frau ist tatsächlich ein Alien.

Es sei denn, ich bin tatsächlich im All.

Es sei denn, das hier ist tatsächlich die Zukunft.

Biiiiiiiiiiiiiiiep.

Fehler beim Ausführen, bitte neu starten.

Ich bin 237 Jahre alt.

Jeder, den ich kenne, ist tot.

Meine Eltern sind tot.

Meine Schwester ist tot.

Meine Freunde sind tot.

Mein Zuhause ist weg.

Alle, die ich kenne, sind weg.

Das ist zu viel für mich.

Die nächste Welle der Vision schwappt heran.

Und diesmal lasse ich das glitzernde Wasser über mir zusammenschlagen.

Und mich in die Tiefe ziehen.

3 Scarlett

Mann, was für eine Scheiße.

Das geht meinem Bruderherz gerade durch den Kopf. Ich sehe es ihm deutlich an. *Sagen* würde er das nie, weil Tyler Jones, Squad Leader erster Klasse, natürlich nicht flucht. Tyler Jones kifft nicht, trinkt nicht und tut auch sonst nichts, was wir Normalsterbliche machen, wenn wir Spaß haben wollen. Aber wenn ich in meinen achtzehn Jahren in dieser komischen kleinen Galaxie eins gelernt habe, dann das:

Nur weil du es nicht sagst, heißt das noch lange nicht, dass du es nicht denkst.

Wir sitzen auf einer Galerie über dem Arboretum – na ja, Cat und ich jedenfalls. Tyler streunt hin und her und versucht damit klarzukommen, dass die letzten fünf Jahre Arbeit für die Tonne waren. Er fährt mit der Hand durch sein goldblondes Haar, und als er zum siebenhundertsten Mal an mir vorbeigeht, entdecke ich einen kleinen Kratzer auf seinen sonst so blitzblanken Stiefeln.

Auweia, es steht nicht gut um ihn.

Die durchsichtige Kuppel über uns lässt das Licht einer Milliarde ferner Sonnen herein. In dem Garten unter uns wachsen Pflanzen aus sämtlichen Planeten der Galaxis: Reben der rigellianischen Glasranke mischen sich mit den kugelförmigen Früchten der pangarischen Crepuscula und den Blüten des Singkristalls aus der Stillen See auf Artemis IV. Das Arboretum ist mein Lieblingsort hier in der Academy, aber die üppige Pracht geht meinem Brüderchen gerade wohl am Allerwertesten vorbei.

Verständlicherweise.

»Das ist doch nicht das Ende der Milchstraße, Ty«, sage ich schließlich.

»Das nicht, aber es ist verdammt nah dran«, gibt Cat zurück.

Ich werfe ihr von der Seite einen Blick zu, setze mein bestes Halt-jetzt-bloß-die-Klappe-Lächeln auf und sage leichthin: »Wir sollten das positiv sehen, Cat.«

»Ach hör doch auf, Scar«, sagt Cat, an der mein schönes Lächeln glatt abprallt. »Jeder weiß, dass Ty um seine Chance betrogen worden ist. Er hatte die besten Noten von allen Alphas in unserem Jahrgang. Und jetzt hat er sämtliche Loser und Assis an der Backe, die keiner in seiner Crew haben wollte.«

»Ich füttere dein fettes Ego ja nur ungern«, seufze ich, »aber du bist das Top-Ace der Academy, Cat. Zu den Losern oder Assis zählst du jedenfalls nicht.«

»Danke.« Sie grinst. »Ich hab ja auch dich und die anderen gemeint.«

»Oh nein, sag das nicht.« Ich presse die Hand auf die Brust. »Mein armes Herz.«

»Ooooh. Soll ich dich drücken?«

»Küss mich.«

»Aber ohne Zunge.«

Catherine Brannock ist meine Zimmergenossin an der Aurora Academy. Sie ist das Yin zu meinem Yang. Das halb leere Glas zu meinem halb vollen. Das Waffelröllchen in meinem Pinocchio-Eis. Außerdem ist sie meine und Tylers beste Freundin. Ty hat Cat an unserem ersten Tag im Kindergarten geschubst, und sie hat ihm dafür einen Stuhl so fest auf den Kopf gedonnert, dass das Holz gesplittert ist. Die ganze Aufregung bescherte meinem Bruder eine süße kleine Narbe in der rechten Augenbraue, die zu seinen supersüßen Grübchen passt, und eine Freundin, auf die er sich zu hundert Prozent verlassen kann.

Nur falls ihr euch fragt: Sie steht natürlich kein bisschen auf ihn.

»Diese O'Malley hing zweihundert Jahre in der Raumfalte fest«, sagt Cat jetzt. »Die Legion sollte Ty einen verdammten Orden dafür verleihen, dass er sie gerettet hat, statt ihm ein Team aus lauter Nieten ans Bein zu binden.«

»Nieten?«, sage ich. »Hey, du kannst von Glück sagen, dass ich so ein gefühlloses Arbeitstier bin. Sonst könnte ich mich glatt ein *bisschen* gekränkt fühlen.«

Cat verzieht das Gesicht. »Die Aurora Legion ist unsere beste Chance, die Milchstraße zu befrieden. Wie sollen wir uns mit einem Team aus Psychos, schwer Vermittelbaren und Gremp-Streichlern da draußen nützlich machen?«

»Es gibt Leute, die Gremps streicheln?«

»Ist mir zu Ohren gekommen ...«

»Wer macht denn bitte so was?«

»Sie hat recht«, sagt Tyler.

Cat und ich schauen zu meinem Bruder hoch. Er ist stehen geblieben und starrt auf den Garten runter. Kurz erinnert er mich an unseren Dad. Und obwohl ich mein Bestes gebe, weiter die Queen of Bitch raushängen zu lassen, empfinde ich in meinem verkümmerten schwarzen Herzen tatsächlich so etwas wie Mitleid mit ihm.

»Sie hat völlig recht«, wiederholt Tyler seufzend.

»Klar hab ich recht«, knurrt Cat. »Wir sollten mit de Stoy reden. Offiziell Beschwerde einlegen. Du hast dir deine Punkte verdient, Ty, das ist nicht fair.«

»Ich meine, Scarlett hat recht«, sagt Tyler.

»Was, sie?«

»Was, ich?«

Tyler dreht sich zu uns um und lehnt sich mit verschränkten Armen an das Geländer.

»Ich hätte von vornherein nicht in die Raumfalte fliegen dürfen. Es war meine Schuld.«

»Ty, du hast dein Leben ris…«

»Nein, Cat«, sagt Ty und schaut seine beste Freundin an. »Ich weiß, du hättest dir deinen Squad aussuchen können, und ich rechne es dir hoch an, dass du zu mir gehalten hast. Aber die Auslese ist vorbei. Es wäre nicht fair, eine Sonderbehandlung einzufordern. Ich muss die Sache jetzt durchziehen.«

Seufz.

Den Weg kennen.

Den Weg weisen.

Und den Weg gehen.

Das zeichnet einen guten Anführer aus, hat unser Dad, der große Jericho Jones, immer gesagt. Und das sind die Leitsätze, nach denen Tyler lebt. Sie sind der Grund dafür, dass er sich schon immer um mich und alle in seinem Umfeld gekümmert hat. Sie sind der Grund, warum er sich überhaupt für die Aurora Legion gemeldet hat. Und normalerweise verspüre ich jedes Mal, wenn er sie aufsagt, den Drang, ihn in sein Hochheiligstes zu treten. Aber ganz gelegentlich erinnern sie mich auch daran, wie sehr ich den kleinen Hosenscheißer liebe.

Tyler atmet tief durch und nickt entschlossen.

»Die Legion hat einen Auftrag. Es gibt Leute da draußen, die unsere Hilfe brauchen, und keinem ist damit geholfen, dass wir hier hocken und uns selbst leidtun. Immerhin habe ich die beste Pilotin der Legion in meinem Squad.« Er schenkt Cat ein Lächeln mit einer Extraportion Grübchen. »Das ist doch schon mal was, oder?«

Cat zieht eine imaginäre Mütze. »Das kannst du laut sagen.«

Ty zwinkert mir zu. »Und meine Diplomatin ist zumindest kein Totalausfall.«

»Etwas mehr Respekt vor dem Alter bitte, Bruderherz.«

»Du bist nur drei Minuten älter als ich, Schwesterherz.«

»Drei Minuten und 37,4 Sekunden, Baby-Bro.«

»Du weißt, dass ich es hasse, wenn du mich so nennst.«

»Was glaubst du denn, warum ich es mache?« Aber ich stehe langsam auf und salutiere ironisch. »Legionärin Scarlett Isobel Jones meldet sich zum Dienst, Sir.«

Tyler salutiert ebenfalls, und ich verdrehe die Augen.

»Der höchstrangige Alpha der Aurora Academy«, sagt er. »Das beste Ace. Ein Top-Face. Klingt doch nach einem super Team. Ich meine, wir gehen auf eine Elite-Militärakademie mit den besten Schülerinnen und Schülern der gesamten Galaxis, oder? Wie schlimm kann der Rest meiner Crew dann schon sein?«

Cat und ich wechseln einen betretenen Blick.

»Ähm, tja … Was das angeht …«

»Sie ist eine Psychopathin«, fasst Tyler zusammen.

»Streng genommen eher eine Soziopathin«, verbessere ich.

»Schau dir diese ganzen Disziplinarstrafen an, Scarlett.«

»Äh, ich hab sie gelesen, als ich das Dossier für dich erstellt habe. Bitte, keine Ursache.«

Cat, Tyler und ich laufen die C-Promenade entlang, auf der frühmorgendliche Betriebsamkeit herrscht. Hier ist immer viel los, aber heute ist das Gewusel besonders groß, weil die neu berufenen Squads auf ihre ersten Missionen entsandt werden. Alle in der Menge sind Soldaten – vor allem Betrasker und Terraner in unseren skandalös drögen Uniformen.

Ich schwöre, wer diese Dinger entworfen hat, muss *langweilig* für eine interstellare Sportart gehalten haben. Ich würde lieber dem Großen Ultrasaurus von Abraaxis IV die Füße massieren, als so was zu tragen. Der Schnitt ist ja noch ganz okay, figurbetont und mit Plattierungen und schicken Schulterpolstern. Aber sie sind in hässlichem Blaugrau gehalten und haben vorne auf der Brust das glänzende Logo der Aurora Legion und auf den Schultern und Ärmelaufschlägen einen einzelnen farbigen Streifen, der anzeigt, welcher Division wir angehören:

Blau für das Führungskorps, die Alphas.

Weiß für Cat und ihre Pilotenkollegen, die Aces.

Grün für die Wissenschaftsoffiziere, die Brains.

Lila für die Technikfreaks, die Gearheads.

Rot für die Kampfmaschinen, die Tanks.

Und – zum Glück – ein kräftiges, zu meinem sonnigen Gemüt passendes Goldgelb für das diplomatische Korps, die Faces.

Ich gebe mir alle Mühe, das Outfit aufzuhübschen – mein Rocksaum ist fünf Zentimeter höher, als die Vorschriften eigentlich zulassen, und mein BH setzt sich womöglich über das Newtonsche Gravitationsgesetz hinweg. Aber wenn ich es überreize (sinnbildlich gesprochen), handele ich mir einen Tadel von einem unserer Ausbilder ein, und davon habe ich definitiv schon mehr als genug angesammelt.

Es ist vierundzwanzig Stunden her, seit Tyler in der Raumfalte den edlen Ritter gespielt hat. Battle Leader de Stoy und Admiral Adams haben die Manöverkritik mit ihm schon durch, und abgesehen von dem ungewöhnlichen Ereignis, dass er ein zweihundert Jahre altes Waisenmädchen aus dem berühmtesten Wrack der terranischen Geschichte gezogen hat, geht alles seinen gewohnten Gang. Die ersten Missionen werden im Stundentakt vergeben, und je früher unser Squad sich versammelt, desto schneller können wir los. Auf diesen Moment haben wir fünf Jahre hingearbeitet, und ich habe derart die Nase voll von dieser Station, dass ich kaum noch Luft kriege. Schule ist so was von *gestern*.

Tyler geht immer noch das digitale Dossier auf seinem Uniglass durch. »Zila Madran. Terranerin. Achtzehn Jahre. Wissenschaftsdivision.«

»Schlau ist sie«, sage ich. »Ihre fachlichen Leistungen sind top.«

»Sie hat in den letzten zwei Jahren zweiunddreißig Verweise bekommen.«

»Tja, wir sind nicht alle solche Musterschüler wie du, Bruderherz.«

»Schließ bloß nicht von dir auf andere«, sagt Cat und klatscht sich grinsend auf den Hintern. »Ich bin eine Überfliegerin.«

Tyler schaut kopfschüttelnd von seinem Uniglass auf. »Hier steht, dass Kadettin Madran zwei Mitschüler in ein Labor eingeschlossen und sie dem Itreya-Virus ausgesetzt hat, um ein selbst gemixtes Serum zu testen.«

»Immerhin hat es funktioniert«, wende ich ein. »Sie sind nicht erblindet.«

»Sie hat mit einer Disruptorpistole auf ihre Zimmergenossin geschossen.«

»Die war aber auf Betäuben eingestellt.«

»Mehrmals.«

»Vielleicht hatte das Mädel ein dickes Fell?«, spottet Cat.

»Auch du, Brannock?«, fragt Tyler.

Wir salutieren vor einem vorbeikommenden Ausbilder, weichen einer Schar jüngerer Kadetten aus (die beim Anblick des berühmten Tyler Jones angemessen ehrfürchtig zu tuscheln beginnen) und betreten einen Aufzug, der zu den Briefingräumen der Squads runterfährt. Während die Raumstation mit ihrem Gewimmel aus zwanzigtausend Bewohnern vor dem durchsichtigen Plastahl vorbeisaust, ruft Tyler das Dossier zu unserem nächsten Teammitglied auf.

»Finian de Karran de Seel. Betrasker. Neunzehn Jahre. Technische Division.«

»Ein kluger Kopf«, sage ich. »Gehört zu den besten zehn Prozent. Wenn man so was wichtig findet.«

»Hier steht, dass er in Raumfaltendynamik durchgefallen ist.«

»Sonst wäre er unter den besten zwei Prozent«, erwidere ich. »Siehst du? Superklug.«

»Und dann steht da noch, dass er ein künstliches Exoskelett trägt«, fährt Tyler fort.

»Ja«. Ich nicke. »Er leidet an Nervenschäden und Muskelschwäche und ist mobilitätseingeschränkt. Als Kind hat er sich mit der Lysergia-Seuche infiziert. Der Anzug gleicht das aus.«

»Alles klar.« Tyler überlegt kurz. »Aber wenn er so klug ist, warum ist er dann in Raumfaltendynamik durchgefallen?«

»Die letzte Prüfung war eine Gruppenaufgabe.«

»Ja, und?«

»Wirst du gleich sehen«, seufzt Cat.

Wir verlassen den Fahrstuhl, zwängen uns durch die Menge und erreichen ein paar Korridore später den uns zugeteilten Briefingraum. An den Wänden flimmern Displays – Sternkarten von galaktischen Herrschaftsgebieten, tagesaktuelle Meldungen zum syldrathischen Bürgerkrieg, Nachrichtenbilder von den Flüchtlingsflotten, die sich am Rand des terranischen Sektors stauen. In der Mitte steht ein großer Tisch aus SmartGlass, auf den das Siegel der Aurora Academy und unser Motto projiziert sind.

Wir die Legion
Wir das Licht
Das die Dunkelheit durchbricht

Und an entgegengesetzten Enden des Raums, buchstäblich so weit voneinander entfernt wie möglich, warten zwei unserer neuen Squadmates.

Zila Madran ist Terranerin. Sie ist sogar noch kleiner als Cat, mit dunkelbrauner Haut und langen, krausen schwarzen Locken. Der grüne Streifen der Wissenschaftsdivision auf ihren Schultern passt nicht optimal zu ihrem Teint, aber wenn man ein süßes Gesicht als Waffe einsetzen könnte, wäre ihres ein guter Kandidat. Nur ihr Blick ist irgendwie seltsam. Als wäre hinter ihren dunklen Augen niemand zu Hause.

Aber hey, wenigstens hat sie heute keine Disruptorpistole dabei.

An der gegenüberliegenden Wand lehnt unser zweites Squadmitglied. Er ist so ziemlich das genaue Gegenteil des ersten. Wie bei allen Betraskern ist seine Haut weiß wie ausgebleichte Knochen. Der einzige farbige Akzent an ihm ist der lila Streifen der technischen Division auf seiner Uniform. Seine Augen sind größer als die eines Menschen, und die Kontaktlinsen, mit denen er sie schützt, sind pechschwarz. An seinen langen, schmalen Knochen sieht man, dass er in der Schwerelosigkeit aufgewachsen ist, was bei Betraskern ungewöhnlich ist. Sie reisen zwar gern, aber die meisten von ihnen werden auf Trask, ihrem Heimatplaneten, aufgezogen. In Finians Datei steht, dass er einen Großteil seiner Kindheit auf außerweltlichen Stationen verbracht hat. Er hat kurzes, zu Spikes gestyltes Haar mit nur gerade so viel Gel darin, dass man fast meinen könnte, er hätte keins benutzt. Aber mir macht er damit nichts vor.

Das Bemerkenswerteste an ihm ist das leichte Exoskelett, das in seinem Dossier erwähnt wurde. Es ist aus silbernem Metall und besteht aus einer Halbschale, die seinen Rücken bedeckt, und feingliedrigen Ärmeln, Handschuhen und Stiefeln. Ein hypermoderner High-Tech-Anzug, in dem er sich geschmeidig und fast geräuschlos bewegt. Aber selbst wenn ich nichts von seiner Vorgeschichte wüsste, würde ich erkennen, dass der Anzug ihm die meiste körperliche Arbeit abnimmt.

Tyler schaut die beiden an und salutiert formvollendet.

»Guten Morgen, Legionäre.«

Sie starren ihn beide nur an – Zila, als würde sie alle seine Atome einzeln zählen, und Finian, als hätte man ihm gerade ein Gericht serviert, das ganz anders aussieht als auf dem hübschen Foto auf der Speisekarte. Trotzdem rührt er sich als Erster und legt halbherzig eine Hand an die Stirn.

»Sir.« Wie ein Kompliment klingt die Anrede nicht.

Zila glotzt stumm weiter. Als sie endlich doch den Mund aufmacht, spricht sie leise. Höflich sogar.

»Guten Morgen.«

Tyler dreht sich stirnrunzelnd zu mir um. »Fehlt nicht noch jemand?«

»Was fragst du das mich, Bruderherz?«

»Er wird das Briefing verpassen.«

»M-hm.« Ich taste demonstrativ über meine Uniform und schaue an mir runter. »Ich glaube, ich hab den Teil von mir, den das interessiert, in meiner anderen Hose gelassen.«

Anmerkung: Ich liebe meinen Bruder über alles und weiß, dass er einen miesen Tag hat, aber ich habe mir die halbe Nacht um die Ohren geschlagen, um ihm sein Dossier zusammenzustellen, und hatte noch kein Koffein. Normalerweise bin ich nicht so gemein zu ihm.

... Ja, ja, wer's glaubt.

Ty verzieht das Gesicht und kommt zur Sache.

»Na gut. Also, zuerst möchte ich mich für die ungewöhnlichen Umstände entschuldigen. Ich weiß nicht, ob ihr Bescheid wisst, wie die Auslese abgelaufen ist, aber es sieht so aus, als würden wir auf absehbare Zeit zusammenarbeiten. Unsere offizielle Bezeichnung, die das Kommando der Aurora Legion uns zugeteilt hat, lautet Squad 312. Mein Name ist Tyler Jones. Ich werde der Alpha dieses Squads sein. Das ist unser Face, Scarlett Jones, und unser Ace, Cat Brannock.«

Cat setzt sich und lehnt sich in ihrem Stuhl zurück. »Nennt mich Zero.«

»Weil unsere Erfolgsaussichten gleich null sind?«, fragt Finian im Unschuldston.

»Weil die meisten Kadetten in der Pilotenabschlussprüfung zwölf bis fünfzehn Prozent der Ziele verfehlen«, sagt Tyler.

»Dreimal darfst du raten, wie viel ich verfehlt habe, Bohnenstange«, sagt Cat grinsend.

Besagte Bohnenstange reckt sich, wobei sein Anzug leise summt und ein paarmal klickt. »Finian de Karran de Seel. Oder einfach Fin, wenn euch das zu anstrengend ist. Gearhead. Was ihr kaputt macht, bau ich euch wieder zusammen. Eine hundertprozentige Erfolgsquote kann ich euch aber nur bei meinen coolen Sprüchen versprechen.«

Ich nicke ihm zur Begrüßung zu und schaue unsere Wissenschaftsoffizierin an, die sich auf ihrem Stuhl ganz klein gemacht hat und das Kinn auf die Knie stützt. Sie guckt verdattert, als wäre ihr nicht klar, was diese Vorstellungsrunde soll. Irgendwie kann ich sie verstehen – neue Leute zu treffen ist nicht immer leicht. Vor allem wenn sie weiß, dass sie nicht Tylers erste, fünfte oder auch nur letzte Wahl war.

»Zila Madran«, sagt sie schließlich. »Wissenschaftsoffizierin.«

»Tolle Ohrringe«, sage ich, um das Eis zu brechen.

Tja, eine Reaktion erntet es immerhin. Zilas Blick zuckt zu mir zurück, und sie hebt eine Hand an den Reif aus Goldperlen, als wollte sie ihn verstecken.

Hmmm. So was Auffälliges trägt man doch, damit es bewundert wird. Aber sie mag das offenbar nicht.

Aaaaha.

»Also«, sagt Fin und richtet seinen schwarzen Blick auf Tyler. »Ich muss zugeben, ich bin schwer beeindruckt, Goldenboy. Es wurden schon Wetten abgegeben, wie lange du in deiner Koje rumheulst, bis du dich zusammenreißt und uns eine flammende Motivationsrede hältst. Ehrlich gesagt hätte ich eher auf morgen früh getippt.«

Er testet Tylers Grenzen.

»Wie hoch war dein Einsatz?«, fragt mein Bruder.

»Fünfzig Creds.«

»Laut den Vorschriften der Academy ist Glücksspiel verboten«, sagt Tyler trocken.

»Und wer gegen Tyler Jones wettet, ist sowieso ein Volltrottel«, fügt Cat hinzu.

Finian schaut blinzelnd von Tyler zu Cat.

»Ist das dein Liebster, oder wie?«

Oh-oh. Kein guter Move.

Cats Augen weiten sich. Sie steht langsam auf und packt ihren Stuhl.

»Rühren, Legionärin Brannock!«, warnt Tyler.

Finian zuckt mit keiner Wimper. Ich bin nicht sicher, ob ihm klar ist, was Cat mit dem besten Stück eines Mannes anrichten kann, wenn sie ein Möbel in die Finger kriegt. Aber Tyler ist jetzt ihr Kommandant, und das zählt bei Cat dann doch was.

Schnaubend setzt sie sich wieder und straft unseren Gearhead mit einem Blick, der Plastahl schmelzen könnte.

Fin grinst Tyler an. »Hey, stimmt es eigentlich, was über dich geredet wird?«

»Wahrscheinlich nicht«, seufzt Tyler. »Was wird denn geredet?«

»Dass du deine Pole Position bei der Auslese verschenkt hast, weil du in der Raumfalte eine Zivilistin retten musstest?«

»Das ist Geheimsache«, wehrt Tyler ab. »Ich darf nichts dazu sagen.«

»Dann stimmt es also wirklich«, feixt Finian. »Du bist also ein ganz gewöhnlicher … wie heißt das bei euch Terranern … Pfadfinder? Ein gewöhnlicher kleiner Pfadfinder?«

Zila hat offenbar genug von der Unterhaltung. Sie greift zu ihrem Uniglass, wischt über das Display und beginnt in einem schnellen Rhythmus zu tippen. Ausgeklinkt. Trotz Schlaf- und Koffeinmangel tut mir Ty ein bisschen leid. Traumkandidaten sind diese beiden wirklich nicht. Aber mein Bruder lässt sich nicht aus der Ruhe bringen.

»Jetzt erinnere ich mich an dich«, sagt er zu Fin. »Du bist der Kadett, der das Antriebslabor verstrahlt hat, um sich vor der Prüfung in Dynamik zu drücken.«

»Genau genommen ist damit die Prüfung für alle ausgefallen.«

»Hattest wohl Angst, dass du sie verkackst?«

»Ist das hier ein Teambildungsding?«, fragt Fin. »Ich habe das Gefühl, wir haben schon einen guten Draht zueinander.«

»Und du bist auch der Typ, den ich im Speisesaal immer allein in einer Ecke sitzen sehe.« Tyler wendet sich Zila zu. »*Dich* sehe ich überhaupt nicht. Aber ob es euch gefällt oder nicht, ich bin jetzt euer CO, und wir müssen in den nächsten zwölf Monaten miteinander klarkommen. Entweder du lässt dich drauf ein, Legionär, oder du riskierst weiter eine dicke Lippe und verbringst das kommende Jahr im Latrinendienst. Deine Entscheidung.«

Ein Ultimatum. Geschickter Schachzug, Bruderherz.

Finian erwidert seinen Blick gerade lang genug, um sein Gesicht zu wahren. Aber eigentlich ist er damit mattgesetzt, und das weiß er auch. Also salutiert er so langsam und lässig, wie er es sich gerade noch erlauben kann.

»Jawohl, Sir.«

»Ich höre, Legionärin Uniglass?«, fragt Tyler.

Zila schaut von ihrem Gerät auf. Neigt den Kopf zur Seite und blinzelt einmal.

»Ich verstehe, Sir.«

Tyler nickt geschäftsmäßig. »Also dann. Ich weiß nicht, wo unser Tank steckt, aber ich muss noch Berichte schreiben. Unsere Einsatzbesprechung ist morgen früh um acht Uhr – wenn wir Glück haben, hat die Führung eine Mission für uns, mit der wir uns nützlich machen können. Seid pünktlich. Danke, wegtreten!«

Tyler steht auf, und ich zwinkere ihm anerkennend zu. Er durchschaut andere nicht ganz so leicht wie ich, aber an mein Talent kommen auch nicht viele ran. Zila Madran kann ich noch nicht so recht einschätzen, aber mit Typen wie Finian de Seel hatte ich schon zigmal zu tun. Auf Krawall gebürstet und gleichzeitig empfindlich wie noch was.

Der wird uns noch Ärger machen.

Wir gehen nacheinander auf den Flur hinaus. Cat unterhält sich mit Tyler über das Briefing morgen und spekuliert mit ihm, in welchen Sektor wir wohl entsandt werden. Zila und Finian folgen uns schweigend. Ich gehe mit meinem Uniglass in der

Hand vorneweg und schicke unserem fehlenden Squadmitglied eine Nachricht. Weshalb es mich kalt erwischt, als ein blutender Hundert-Kilo-Schrank gegen meinen Busen taumelt.

»Scar!«, ruft Tyler.

Wir krachen zu Boden. Der Schrank landet in unschmeichelhafter Pose auf mir, und mir kommt der Gedanke, dass die fehlenden fünf Zentimeter an meinem Rock vielleicht doch keine gute Idee waren.

»Autsch?«

Ty will den Brocken von mir runterwälzen, aber der Typ ist schon hochgesprungen und stürzt sich zurück in die Schlägerei, aus der er gekommen ist.

»Na warte, Spitzohr«, knurrt der Schrank.

Es sind fünf, die sich da am Ende des Flurs kloppen. Alle jung. Die roten Streifen an ihren Uniformen weisen sie als Tanks aus. Vier sind Terraner – stämmige Kraftpakete, wie man sie in der Kampfdivision der Academy erwartet. Der fünfte Tank ist größer. Wendig und schlank. Er hat olivfarbene Haut, und seine langen Ohren laufen spitz zu. Sein silbernes Haar ist zu mehreren Zöpfen geflochten, die straff zurückgebunden sind und bis über die Schultern fallen. Die Augen leuchten in einem sagenhaften Violett, und seine Kieferknochen sind so scharf geschnitten, dass man sich die Finger daran aufschlitzen könnte. Wenn die Blutspritzer auf seinen Fäusten und seinem Gesicht nicht wären, sähe er unfassbar gut aus.

Es gibt nicht viele seiner Art in der Academy, also ist schnell klar –

Er ist Syldrathi.

»Ne'lada vo esh«, sagt er ruhig und hebt seine blutigen Hände.

»Sprich Terranisch, du Kobold!«

Einer der Terraner holt zu einem Fausthieb gegen den Kopf des Syldrathis aus, und ich begreife, dass es ein Kampf vier gegen einen ist. Der Syldrathi blockt den Schlag mühelos ab, hebelt dem Angreifer mit einem Knirschen, das man von seinem eigenen Ellbogen niemals hören wollen würde, den Arm aus und schleudert den Typen gegen ein Mädchen von der Statur eines Truppentransporters, wodurch beide zu Boden gehen.

»Esh«, sagt er und weicht einen Schritt zurück. »Esh ta.«

»He!«, brüllt Tyler in seinem besten Befehlston. »Sofort aufhören!«

Tylers Befehlston ist ziemlich gut, aber es hört trotzdem keiner auf ihn. Der Syldrathi bekommt einen Kinnhaken ab und rammt seine Fingerspitzen in den Hals seines Angreifers. Der Kerl bricht röchelnd zusammen, und der Syldrathi tritt ihn mit einer Brutalität, die sogar Cat aufstöhnen lässt, in die Kronjuwelen, was einen gellenden Schrei zur Folge hat. Mit völlig entspannter Miene duckt sich der Syldrathi unter dem nächsten Schlag weg und setzt einen weiteren Kadetten mit einem Tritt gegen das Knie außer Gefecht. Und obwohl es vier gegen einen steht, wird mir klar …

»Oh Schöpfer«, murmelt Cat. »Er *gewinnt.*«

Der Syldrathi wird gegen die Wand geschmettert und schlägt sich die Stirn auf. Dunkellila Blut strömt über sein Gesicht. Geschmeidig wie ein Tänzer, mit fliegenden silbernen Zöpfen, geht er zum Gegenangriff über.

»Auseinander!«, brüllt Tyler, stürzt sich in das Getümmel und zieht einen der blutenden Terraner zurück. Cat, die für jede Keilerei zu haben ist, springt ihm bei, während Finian mir hochhilft.

»Na, gut zu wissen, dass die Security hier so auf Zack ist«, sagt er fröhlich.

In einem Wirbel aus Fäusten und verschiedensprachigen Flüchen löst sich die Prügelei allmählich auf. Der Syldrathi bearbeitet den letzten Terraner mit Hieben ins Gesicht, auf die Brust und in die Leisten, und gerade als er ihn fallen lässt, legt Tyler ihm eine Hand auf die Schulter. Damit hat mein kleiner Bruder ausnahmsweise einen Fehler gemacht – Syldrathi können es prinzipiell nicht leiden, wenn man sie ohne ihr Einverständnis anfasst.

»He, sachte!«

Da passieren drei Dinge gleichzeitig.

Erstens trifft der Wachschutz endlich ein. Der Trupp kommt in voller Montur und mit Elektroschockschlagstöcken, liebevoll »Kotzknüppel« genannt, weil einem von den Stromstößen speiübel wird.

Zweitens boxt der Syldrathi Ty voll ins Gesicht. Ty reißt verblüfft die Augen auf, wirft sich gegen den viel größeren Jungen und kracht mit ihm um. Es folgt eine wüste Rangelei, bei der der Syldrathi Tyler aus seinen nicht ganz so blanken Stiefeln hauen will, während Tyler ihn in den Schwitzkasten zu nehmen versucht und dabei »Aufhören! Schluss jetzt!« brüllt.

Und drittens erkenne ich unter dem ganzen Blut auf einmal das Gesicht des Syldrathis.

»Auweia, das ist nicht gut«, flüstere ich.

»Findest du?« Finian mustert den Syldrathi und wirft mir dann grinsend einen Blick zu. »Von hier aus sieht das doch *ziemlich* gut aus.«

»Oh *bitte*«, sage ich mit einem Augenrollen.

Die Wachmänner teilen mit ihren Kotzknüppeln aus. Prompt geht die Brecherei los. Als Cat protestiert, legen sie allen Beteiligten magnetische Handschellen an, um sie einzubuchten. Finian rührt sich neben mir nicht vom Fleck, und

Zila steht hinter uns und sieht mit leerem Gesichtsausdruck zu.

Ich hingegen presse eine Hand auf meine schmerzenden Rippen und trete mit meinem schönsten Lächeln vor, um die Sache zu entschärfen. Schließlich habe ich im Diplomatieunterricht nicht geschlafen.

(Mein Mittagsschläfchen habe ich lieber in Astrometrie gehalten.)

»Hallo, Mr. Sanderson«, flöte ich.

Der Teamleiter, der gerade Tyler fixiert, schaut auf.

»*Lieutenant* Sanderson, meine ich«, sage ich und lächle noch strahlender.

»So, so. Scarlett Jones. Hätte mir denken können, dass Sie was damit zu tun haben.«

»Wollen Sie mich etwa als Unruhestifterin darstellen?« Ich stemme eine Hand in die Hüfte und mache einen Schmollmund. »Jetzt bin ich aber gekränkt.«

Regt euch ab, es ist nicht so, wie ihr denkt.

Und überhaupt … bäh.

»Wie geht's Jaime?«, frage ich.

»Gut. Zurück auf Terra bei seiner Mutter.«

(Jaime Sanderson. Ex Nr. 37. Pro: guter Küsser. Kontra: mag Jazz.)

»Grüßen Sie ihn mal von mir.«

»Mach ich.«

»Ähm, also, wissen Sie« – ich lasse meinen Blick über meinen Bruder und das Schlachtfeld um uns herum wandern –, »das war alles nicht Tylers Schuld. Er wollte nur dazwischengehen. Müssen Sie ihn wirklich einsperren?«

»Vorschrift ist Vorschrift.« Der Lieutenant zuckt unbeeindruckt mit den Schultern. »Wenn die Aufnahmen der Überwachungskameras gesichtet sind und es stimmt, was Sie sagen, kommt Legionär Jones rechtzeitig zum Abendessen wieder frei.«

Ich setze noch mal meinen Schmollmund ein. »Aber Lieutenant …«

»Lass gut sein, Scar«, stöhnt Tyler, der noch gegen den Brechreiz ankämpft. »Ich komm schon klar.«

Die Securityleute ziehen alle auf die Füße und achten dabei penibel darauf, keine Kotze auf ihre Uniformen zu kriegen. Der Kadett mit dem gebrochenen Arm wimmert vor Schmerzen, der Typ, der den Tritt in die Weichteile abbekommen hat, ist nicht mal bei Bewusstsein. Als Lieutenant Sanderson dem Syldrathi Handschellen anlegt, glänzt das dunkellila Blut auf seinem hübschen Gesicht. Seine Fäuste sind mit Tylers hellrotem Blut verschmiert.

»Das war eine unfaire Nummer«, sagt Tyler zu ihm.

Der Syldrathi sagt nichts. Seine Miene ist eiskalt, und jedes Haar sitzt makellos an seinem Platz.

Ich sehe zwischen den beiden hin und her und frage mich, ob mein Lächeln so verkrampft aussieht, wie es sich anfühlt.

»Ähm … Das ist jetzt etwas unangenehm …«

»Wieso?« Tyler blinzelt.

Ich zeige vielsagend auf den Syldrathi. »Aaaaalso …«

»Nein«, sagt Tyler.

»Leider doch, Baby-Bro.«

»Neeeeein.«

»Squad Leader Tyler Jones«, sage ich mit Blick auf mein Uniglass, »darf ich Ihnen Ihren Kampfspezialisten vorstellen, Legionär Kaliis Idraban Gilwraeth, ältester Sohn von Laeleth Iriltari Idraban Gilwraeth, Adept der Kabale der Wildgeborenen.«

Der Syldrathi wirft meinem Bruder einen vernichtenden Blick aus seinen violetten Glutaugen zu.

Spuckt einen Mundvoll lila Blut auf den Boden.

Spricht mit einer Stimme wie schmelzende Schokolade.

»Nennt mich Kal.«

4 Zila

Hmm.

Die auf meine gegenwärtige Situation zutreffende Beschreibung wäre …

… suboptimal.

5 Auri

Ein Schrei.

Direkt neben mir schreit jemand.

Ich reiße die Augen auf und fahre mitsamt meiner Bettdecke hoch.

In der Mitte meines Zimmers steht ein Junge. Starrt an mir vorbei, als wollte er mit seinem Blick ein Loch in die Wand brennen. Er hat langes silbernes Haar, das in mehreren Zöpfen zurückgebunden ist, und wirkt in etwa so alt wie ich, nur dass er geradewegs aus Mittelerde entsprungen zu sein scheint. Spitze Ohren wie ein *Elb* (!!), wunderschöne violette Augen, irre groß und grazil. Auf seiner Stirn ist eine kleine Tätowierung.

»Cho'taa«, sagt er. *»Es hat nichts mit meinem Blut zu tun.«*

»Äh, w-was?«, stammele ich und zucke innerlich zusammen, weil ich schon an zwei Silben scheitere.

Ich höre einen dumpfen Aufprall, das ohrenbetäubende Quietschen von Metall. Eine kalte Stimme.

»Wir sehen uns in der Großen Weite, Wildgeborener.«

Energie blitzt auf, violett wie seine Augen. Der Junge schreit auf und fällt. Ich spüre etwas Warmes auf meinen Händen, senke den Blick und sehe, dass sie voller Blut sind.

Lila Blut.

In meiner Kehle steigt ein Entsetzensschrei auf, aber einen Wimpernschlag später verblasst alles. Löst sich auf wie eine meiner Visionen, bis nur noch mein rasender Herzschlag und ein eiskaltes Gefühl im Magen zurückbleiben und ich merke, dass es genau das war – noch eine Vision von etwas, das ich nie erlebt habe.

Ich starre auf die Stelle, an der er gestanden hat, und mein Puls kommt langsam von den Hundertachtzig runter.

»Was um alles …«

Wann hören diese Visionen endlich auf?

Liegt das daran, dass mein Gehirn sich noch umstellen muss?

Ich drücke mit den Knöcheln gegen meine Augen, um das Bild loszuwerden, und warte darauf, dass mein Herz sich beruhigt. Vielleicht ist das nur eine weitere Nebenwirkung meines langen Kälteschlafs?

Oder werde ich jetzt komplett verrückt?

Als ich mich umschaue, erkenne ich, dass ich mich in einem anderen Zimmer befinde als gestern. Die Glasscheiben sind weg. Jetzt habe ich vier graue Wände um mich, passend zu dem grauen Teppich und der grauen Zimmerdecke. Mein neues Zimmer ist klein und nur schwach erhellt von einer Lichtquelle, die in den Fugen zwischen Wand und Decke versteckt ist.

Ich erinnere mich dunkel an verschiedene Arztvisiten und dass mir zwischendurch eine überraschend normale Mahlzeit gebracht wurde. Das war aber auch das einzig Normale, was mir bisher untergekommen ist. Weil das die *Zukunft* ist. Und ich über zweihundert Jahre alt bin. Und halluziniere. Und es hier allen Ernstes Aliens gibt, wo auch immer *hier* ist.

Ich glaube, ich wäre gern wieder bewusstlos, bitte.

Ich liege in eine weiche weiße Decke gewickelt in einem Bett, und als ich mich aufsetze, stelle ich fest, dass ich mich ein bisschen besser fühle. Mein Herz trommelt noch laut, aber mir ist nicht schwindelig oder benommen zumute. Und das Beste: Am Fußende des Betts liegt in einem ordentlichen grauen Stapel Kleidung für mich bereit.

Ich beuge mich vor, und mit einem leisen Tappen landen zwei rote Tropfen auf meinem makellos weißen Bettzeug.

Blut.

Ich fasse an meine Nase, und als ich meine Finger ansehe, sind sie rot verschmiert. Ich humpele zu einem kleinen Waschbecken in der Ecke, um mich zu waschen, und sehe in den Spiegel, der darüber hängt. Über meiner Oberlippe klebt ein ekliger Schnurrbart aus Blut und …

Holy cake, was ist denn mit meinen *Haaren* passiert?

Ich habe immer noch denselben verstrubbelten Kurzhaarschnitt, aber mein Spiegelbild zeigt mir eine fette weiße Strähne in meinem Pony. Ich kämme sie mit den Fingern durch und frage mich, ob das auch vom Kälteschlaf kommt. Vielleicht bin ich ja krank. Ob ich jemanden darauf aufmerksam machen soll? Andererseits ist es wohl ein Wunder, wenn ich nach zwei Jahrhunderten im Scheintod auf einem havarierten Schiff mit nicht mehr als einer blutigen Nase und ein paar weißen Haaren davonkomme.

Na ja, einer blutigen Nase, ein paar weißen Haaren und *Halluzinationen.*

Ich wasche mir das Gesicht und tausche dann meinen weißen Pyjama gegen ein Outfit, das wie eine Kreuzung aus einer Schuluniform und einer Art Sportdress aussieht. Es besteht aus einem Slip, einem BH, der für meine Oberweite etwas zu optimistisch ausfällt, Leggings und einer langärmeligen Uniformjacke mit einem mir unbekannten Logo auf der Vorderseite.

Ich entdecke ein Paar Stiefel neben der Tür, und dabei fällt mir auch ein kleines rotes Licht auf einem Bedienpanel am Türrahmen auf. Kurz überlege ich, ob das heißt, dass ich eingeschlossen bin, und ob es sich lohnt, das nachzuprüfen.

Eigentlich nicht. Wo würde ich denn hingehen?

Oben in einer Ecke des Zimmers leuchtet ein zweites rotes Licht, vermutlich eine Kamera. Gerade als ich zu ihr hochschaue, klopft es leise, und als die Tür aufgleitet, kommt Captain Sexy zum Vorschein – der Typ, der mich aus der *Hadfield* geborgen hat. Er ist im gleichen Blaugrau gekleidet wie ich und meine Fata Morgana von vorhin, und an seinem Kiefer ist ein schwacher Bluterguss zu sehen. Er hält ein rotes Schächtelchen mit einer Schleife obendrauf in den Händen, der einzige Farbtupfer im Zimmer. Mal abgesehen von meinem Blut, natürlich.

Das Geschenk fällt derart aus dem Rahmen, dass ich Goldlöckchen im ersten Moment für eine weitere Halluzination halte. Wenigstens blutet oder schreit diesmal keiner. Ich frage mich, ob ich noch erfahren werde, was er mir mitgebracht hat, bevor er sich auflöst.

»Kann ich reinkommen?«, fragt er.

Als ich nicht antworte, geht er vorsichtig bis zum Fußende des Betts und setzt sich in höflichem Abstand zu mir auf die Kante. Ich starre ihn an, und er starrt mit leicht besorgter Miene zurück. Das Herz hämmert mir bis zum Hals, und wenn ich nicht aufpasse, kriege ich einen Panikanfall.

Die Visionen fühlen sich immer echter an.

»… Ist alles okay?«, fragt er. »Ich bin Tyler, weißt du noch?«

»Ich weiß«, sage ich. »Löst du dich jetzt in Luft auf, ja?«

Er hebt die Augenbrauen und schaut über die Schulter zurück zur Tür, als wollte er nachsehen, ob ich mit jemand anderem rede. »Ähm, wie?«

In dem Moment fällt mir auf, dass die Matratze unter seinem Gewicht ein bisschen einsinkt.

Moment – ist er echt?

Ich pikse an seine Brust und stoße auf harten Muskel. Schnell ziehe ich den Finger wieder zurück und überlege fieberhaft, wie ich mich da rausreden kann und ob ich den gruseligen Kannibalenschnurrbart vollständig weggewischt habe.

»Was um alles in der Welt hast du da unter dem Hemd? Steine?«

Hast du das gerade wirklich gesagt, son of a biscuit?

»Ich hab dir ein Geschenk mitgebracht«, sagt er und erlöst mich von mir selbst, indem er mir die Schachtel hinhält. »Ich dachte, du könntest vielleicht ein bisschen Abwechslung gebrauchen.«

Ich reiße das Geschenkpapier auf – dass er sich die Mühe gemacht hat, es einzupacken, rührt mich besonders – und nehme eine flache, etwa handtellergroße Scheibe aus Hartglas mit abgerundetem Rand heraus.

Ich wende sie hin und her und halte sie dann gegen das Licht, um durchzugucken. »Ich glaube, ich brauche eine Bedienungsanleitung«, gebe ich zu.

»Das ist ein Uniglass. Ein tragbarer Computer, der mit dem Stationsnetz verbunden ist«, erklärt er und nimmt es mir aus der Hand. »Ich halte es vor dein Auge, damit es dich als seine neue Benutzerin registrieren kann.«

Er hebt es auf die Höhe meines Gesichts, und ich sehe starr geradeaus, während eine dünne rote Linie darüber wandert. Dann erscheint eine Meldung in demselben Rot auf der Scheibe: Netzhaut-Scan abgeschlossen.

Das Ding leuchtet auf, als hätte jemand ein Streichholz in einen Haufen Feuerwerk geworfen. Auf beide Seiten der Scheibe werden holographische Menüs projiziert, Daten scrollen über das Display, Anzeigen blinken auf und verschwinden wieder. Am unteren Rand sehe ich eine Auswahl von Menüpunkten.

Adressbuch	Speicher	Netzwerk
Messenger	Standort	Kalender

»Alles Gute zum Geburtstag.« Tyler grinst, und Himmel hilf, diese Grübchen sollten ihre eigenen Fansites haben. »Ich meine, ich weiß nicht, an welchem Tag du genau Geburtstag hast, aber weil du ja ein paar davon verpasst hast, finde ich, dass du ein Geschenk verdienst.«

Mein Geburtstag.

Mein Dad hat vergessen, mir zum Geburtstag zu gratulieren.

Das war das Letzte, was ich zu ihm gesagt habe. Ich habe mich ausgekotzt und dann das Gespräch beendet.

Und jetzt ist er …

Aber diesen Gedanken kann ich noch nicht zulassen – den Gedanken daran, was ich verloren habe. Mit allem, was in den letzten Tagen passiert ist, wäre das einfach zu viel. Also verdränge ich ihn und greife zu dem Uniglass. Ich drehe das Gerät um und lege es mir auf den Handteller, und die Anzeigen springen um, sodass ich sie wieder vor mir habe. Probehalber tippe ich auf den leuchtenden Schriftzug **Standort**. Einmal ein Kartographie-Nerd, immer ein Kartographie-Nerd.

Über dem Uniglass erwacht ein holographisches Display zum Leben, das mehrere Stockwerke über und unter mir anzeigt. Ein blinkender roter Punkt markiert meinen Standort, und ein kleines Icon fragt: **Wohin soll es gehen?**

Der Detailreichtum ist der Wahnsinn, und mir bleibt der Mund offen stehen. Prototypen von solchen Geräten habe ich mal gesehen, als ich mit meinem Vater auf Fachmessen in Shanghai war, aber verglichen mit diesem Teil waren das Dreiräder neben einer Harley.

»Wow«, sage ich. »Danke.«

Das Uniglass piept mich dreimal an und spricht dann mit einer fisteligen Roboterstimme: **»Ha, das ist noch gar nichts.«**

Ich lasse es beinahe fallen, grabsche hastig danach und halte es mit beiden Händen fest. Fast hätte ich gefragt: *Hat dieses Ding gerade mit mir geredet?*, aber ich verkneife es mir.

Auri, du bist eine Botschafterin für dein ganzes Jahrhundert. Captain Sexy hält dich vermutlich für total primitiv. Reiß dich zusammen.

»Dieses Ding ist wahrscheinlich schlauer als ich«, murmele ich.

»Oooh, mach dir keinen Kopf, Boss. Du bist ja bloß ein Mensch.«

»Das war nicht an dich gerichtet.«

»Ich bin der letzte Schrei unter den Uniglass-Modellen der neuesten Generation und ausschließlich in der Academy erhältlich«, schnarrt es zurück. »Ich bin siebzehn Mal so schlau wie er. Und sehe dreimal besser aus. Du solltest lieber mit mir reden –«

»Ton aus«, befiehlt Tyler.

Das Uniglass verstummt, und ich schaue zu dem Jungen, der auf meinem Bett sitzt.

»Das ist mein altes Gerät«, erklärt er und lässt wieder sein umwerfendes Lächeln aufblitzen. »Es kann nur auf Informationen aus den Archiven der Academy zugreifen, aber das ist besser als nichts.«

»Es ist der Wahnsinn«, sage ich. »Sind die alle so … gesprächig?«

»Eigentlich nicht. Aber die älteren Modelle waren mit einer ›Persönlichkeit‹ in der Betriebsmatrix ausgestattet. Das machen sie heute nicht mehr – die IT-Leute haben das nie richtig hingekriegt. Nur dass du Bescheid weißt: Diese Modelle hatten ein paar Macken. Darunter eine … sehr nervige muntere Art.«

»Ich glaube, damit kann ich mich arrangieren«, sage ich. »Das … das ist wirklich total nett von dir.«

Eine freundliche Geste, wenn man niemanden kennt – das ist wie Wasser in der Wüste, merke ich jetzt. Er kaut unschlüssig auf seiner Unterlippe.

»Und, wie kommst du so klar?«, fragt er.

Ich starre auf mein Uniglass, auf das blinkende Feld mit dem Satz **Wohin soll es gehen?**

»Ganz gut«, sage ich nach einer Weile.

Ich beschließe, das auf meinen körperlichen Zustand zu beziehen, denn ich glaube nicht, dass wir uns schon gut genug kennen für ein *Ich bin verängstigt und allein, und als hätte ich nicht schon genug Realität zu verkraften, phantasiert sich mein Gehirn eine eigene Version zusammen, und ich habe Mühe, die beiden auseinanderzuhalten.*

Über so was redet man erst beim dritten oder vierten Date, oder?

»Ich fühle mich ein bisschen schwach«, sage ich und setze mich neben ihn aufs Bett. »Müde. Na ja, ich war so lange auf der *Hadfield*, dass wohl niemand genau sagen kann, wie es mir gehen sollte. Ich weiß nicht, ob es immer noch gefährlich ist, aber als wir damals aufgebrochen sind, konnten wir nicht lange in der Raumfalte bleiben, sonst fing man an zu halluzinieren und wurde paranoid …«

Ich breche ab, als mir klar wird, dass ich ja tatsächlich Halluzinationen habe.

Kommt die Paranoia auch noch?

»Es ist immer noch gefährlich«, bestätigt Tyler. »Aber man hat festgestellt, dass der Aufenthalt in der Raumfalte sich bei Jüngeren viel weniger stark auswirkt. Unsere Technologie hat sich seit deiner Zeit auch weiterentwickelt. Als die *Hadfield* ins All geschossen wurde, konnten die Menschen ja nur durch natürlich vorkommende Tore reisen, Schwachstellen in der Raumfalte. Inzwischen können wir eigene Zu- und Ausfahrten bauen, wo wir wollen. Ein großes Tor ist zum Beispiel direkt vor der Station, auf der wir uns befinden.«

»Hab ich gesehen …« Ich schüttele den Kopf, als mir der Anblick der Raumstation vor den Fenstern im Flur wieder einfällt. »Wenn der Mensch also überallhin reisen kann, wo sind wir dann jetzt?«

»Du wirst lachen«, sagt er und kaut wieder auf seiner Lippe.

»… Wieso?«

»Hast du schon mal von einem Sonnensystem namens Aurora gehört?«

Ich blinzele. »Willst du mich verarschen?«

»Wir umkreisen Gamma Aurorae, den dritten Stern in diesem Sternhaufen«, sagt er und breitet die Arme aus. »Aurora O'Malley, willkommen in der Aurora Academy, der Ausbildungsstätte der Aurora Legion.«

»… Ich habe jetzt eine Legion?«

Schulterzuckend schenkt er mir sein sexy Lächeln, und ich schwöre, ich weiß nicht, ob ich hingerissen sein, staunen oder endgültig die Krise kriegen soll.

»Ich war auf sechzehn verschiedenen Schulen«, sage ich. »Es gab immer eine zweite Aurora in meiner Klasse. Jetzt muss ich meinen Namen auch noch mit einem Stern teilen?«

»Und einer Weltraum-Akademie.«

Ich schüttele den Kopf, und meine Gedanken driften zurück zu …

»Meine Mom hätte gesagt, das ist Schicksal.«

»Der Schöpfer hatte ein Auge auf dich«, stimmt Tyler zu.

Ich beiße mir auf die Lippe. Ich brauche Antworten, keine neuen Fragen.

»Also bewohnen die Menschen jetzt mehr als zwei Planeten. Und … wir haben Aliens entdeckt. Gestern Abend habe ich eine kennengelernt. Wenn ich sie richtig verstanden habe, ist sie die Kommandantin?«

»Ja, das ist Battle Leader de Stoy«, sagt er. »Sie ist Betraskerin. Ihr Heimatplanet ist Trask im Belinari-System. Die Betrasker leben vorwiegend unter der Erde und können im Gegensatz zu uns kein Vitamin D verarbeiten, daher fehlt ihnen das Melanin, und sie brauchen Kontaktlinsen. In biologischer Hinsicht sind wir uns aber ziemlich ähnlich. Sie waren die erste Spezies, mit der die Terraner, oder Menschen, wie du wahrscheinlich sagen würdest, in Berührung kamen. Am Anfang haben wir Krieg gegeneinander geführt, aber jetzt sind sie schon seit Generationen unsere stärksten Verbündeten.«

Ich denke an den Jungen, der mir in meiner Vision erschienen ist. Den gut aussehenden Typen mit dem wütenden Blick, den spitzen Ohren und dem langen silbernen Haar.

»Gibt es noch andere, ähm, Spezies auf der Station? Vielleicht Leute mit …« Ich bringe es nicht über die Lippen und tippe stattdessen an meine Ohrmuschel. Wenn ich ihn mir komplett eingebildet habe, wird Tyler mich für bescheuert halten.

»Syldrathi.« Er nickt, und sein Lächeln erstirbt. »Mit denen lagen wir auch ein paar Jahrzehnte im Krieg. Terra hat erst vor zwei Jahren ein Friedensabkommen mit ihnen geschlossen.«

Er hebt die Hand und legt die Finger an die Kette, die er um den Hals trägt. Er zupft kurz daran – ich glaube nicht, dass er es bewusst macht –, und ich erkenne einen Ring, bevor er die Faust darum ballt.

Dann setzt er wieder ein Lächeln auf, ein schwächeres allerdings.

»Dieses Kapitel der Geschichte tut aber gerade nichts zur Sache. Du brauchst erst mal nur zu wissen: Ja, wir haben eine *Menge* anderer Spezies entdeckt. Mit manchen kommen wir gut aus, mit manchen eher weniger.«

»Und was machst du hier so?«

Ich gehe mal davon aus, dass diese Grübchen keine Vollzeitbeschäftigung sind.

»Ich bin Legionär«, sagt er. »Zu deiner Zeit gab es doch diese sogenannte UNO, oder?«

Ich nicke. »Das seid ihr?«

»So was in der Art«, sagt er. »Wir sind die Aurora Legion. Ein Bündnis von Terranern und Betraskern. Vor zwei Jahren, als der Krieg für beendet erklärt wurde, haben sich uns auch einige Syldrathi angeschlossen. Wir sind eine unabhängige Friedenssicherungstruppe. Wir vermitteln in Grenzkonflikten, überwachen neutrale Weltraumzonen. Ich würde es einen humanitären Auftrag nennen.« Jetzt grinst er wieder richtig. »Nur dass viele von uns keinen humanen Hintergrund haben.«

»Und gestern war was mit den Kadetten? Das Pflegepersonal hat über irgendwelche Squads geredet?«

Und zack, habe ich sein schönes Lächeln wieder abgemurkst. *Lebt wohl, Grübchen. War schön mit euch.*

»In unserem Abschlussjahr bilden wir Squads«, sagt er. »Je ein Legionär oder eine Legionärin aus den sechs Divisionen, in denen wir hier an der Academy ausgebildet werden. Gestern fand die Auslese statt, ein großes Ereignis, das nur einmal im Jahr abgehalten wird. Da werden die Squads zusammengestellt.«

»Ein großer Tag. Aber du machst ein Gesicht, als hätte jemand deine Katze überfahren.« Mein Versuch, sein Lächeln wieder hervorzulocken, ist halbwegs erfolgreich.

»Bei der Auslese suchen sich die Alphas ihre Squadmitglieder aus, und die mit den besten Abschlussnoten dürfen zuerst wählen.«

»Aber du warst in der Zeit mit meiner Rettung beschäftigt.« Ich zähle eins und eins zusammen und sehe ihn betroffen an. »Das tut mir leid, Tyler.«

Er schüttelt entschieden den Kopf. »Nein«, sagt er fest. »Das braucht dir nicht leidzutun. Ich habe getan, was jedes Mitglied der Legion getan hätte, und ich würde es wieder tun. Ich bin froh, dass du hier bist, Aurora.«

»Auri«, murmele ich.

»Auri«, wiederholt er leiser.

Einen Moment sitzen wir schweigend beieinander. Ich schätze, diese ganze Rettungsgeschichte verbindet schon irgendwie, weswegen wir verlegener reagieren, als wir sollten, als die Tür aufgeht und eine mürrisch dreinblickende Krankenschwester reinmarschiert kommt.

»Schluss für heute, Legionär Jones«, zerschneidet sie die Stille.

Ty zögert kurz, dann steht er langsam auf. »Kann ich …«

»Sie können sie morgen besuchen«, sagt die Krankenschwester.

»Ich reise heute ab, Ma'am.«

»Du fährst weg?«, platze ich raus und spüre Panik in mir aufsteigen.

»Keine Sorge, ich komme wieder«, beschwichtigt er. »Aber ja, ich hab dir doch von diesen humanitären Missionen erzählt. In zwanzig Minuten hat mein Squad die erste Einsatzbesprechung.«

»Dann beeilen Sie sich mal, Legionär«, befiehlt die Krankenschwester.

Ihr Ton ist kurz angebunden, die Miene resolut. Tyler salutiert stramm und blendet mich dann noch mal mit seinem Grübchenlächeln.

»Ich besuche dich, sobald wir zurück sind, okay?«

»… Okay.«

Nein, eigentlich ist das überhaupt nicht okay.

Und mit einem kleinen, traurigen Winken geht Captain Sexy zur Tür hinaus.

Die Krankenschwester pikst und pocht mit verschiedenen mir völlig unbekannten Instrumenten auf mir rum. Ich schlage die weiße Bettdecke zurück, damit sie das Blut nicht sieht und noch mehr komisches Zeug mit mir anstellt.

Während ich die Prozedur über mich ergehen lasse, wird mir klar, dass ich zigtausend Lichtjahre von der Erde entfernt auf einer Raumstation festsitze. Mutterseelenallein.

Was für ein Leben ist das?

Warum habe ich überhaupt die Chance auf ein Leben bekommen, während zehntausend andere Menschen an Bord der *Hadfield* ihres verloren haben?

Endlich zieht die Krankenschwester ab, und ich bin wirklich allein. Meine Gedanken beginnen zu rasen, und jetzt erst, wo mich nichts mehr ablenkt, wird mir das volle Ausmaß meiner Lage bewusst.

Selbst wenn meine Eltern über mein Verschwinden hinweggekommen sind und noch ein langes, glückliches Leben hatten, sind sie seit über einem Jahrhundert tot. Ich werde sie nie wiedersehen.

Auch meine Schwester Callie werde ich nie wiedersehen.

Jeder, den ich kannte, ist nicht mehr.

Mein Zuhause, meine Sachen.

Das ist so unfassbar, dass ich mich an die Vorstellung herantaste, wie man einen kaputten Zahn mit der Zunge befühlt, um herauszufinden, wo es weh tut. Ich trauere den bescheuertsten Sachen nach. Meinen Laufschuhen. Meinen Pokalen. Dass ich zweihundert Jahre später nie erfahren werde, wie meine Lieblingsserie weitergegangen ist.

Ich schaue auf Tylers Geschenk in meiner Hand. Auf dem Bildschirm blinkt ein kleines Eingabefeld.

Bitte benennen Sie Ihr Gerät.

Nach kurzem Nachdenken tippe ich ein einzelnes Wort ein.

Magellan.

Weil das ein ziemlich weitgereister Entdecker war … na ja, bis zu seinem elenden Tod weit weg von zu Hause. Aber davor war er ganz schön rumgekommen auf der Welt. Und das ist der Grund, warum ich mir Erkundung als Fachgebiet ausgesucht habe. Ich will überall rumkommen.

Na, vielleicht werde ich das ja jetzt. Und dabei könnte ich mir von Big M bestimmt eine Scheibe abschneiden.

Das Ding rödelt kurz, dann leuchtet es auf und spricht.

»Hallo! Brauchst du was, Boss?«

»M-hm.« In meinem Kopf rattert es. »Kannst du Sachen für mich nachschlagen?«

»Nur zu«, kommt es zurück.

Ich weiß, wenn ich das jetzt sehe, kann ich es nicht mehr vergessen. Aber ich weiß auch, dass ich keine andere Wahl habe. Wenn ich nicht frage, wird es mir jemand anders erzählen.

»Die Kolonie, zu der die *Hadfield* unterwegs war«, sage ich langsam, weil mir einfällt, dass Battle Leader de Stoy einen anderen Namen dafür hatte. »Kannst du mir dazu was sagen?«

»Na klaro!«, zwitschert Magellan, mit einem fröhlichen Piep für das Satzzeichen. **»Kolonie Lei Gong, kommt sofort.«**

Ach ja, so hat sie sie genannt. Anscheinend haben sie den Namen geändert …

Magellan projiziert ein 3-D-Sonnensystem über den Bildschirm, in dem die Planeten langsam um die Sonne in der Mitte kreisen. Ich stutze.

»Warte mal, Magellan. Das ist nicht Octavia.«

»Nein«, pflichtet er mir bei. **»Das ist Lei Gong.«**

»Okay, hast du ein Octavia-System in deinen Daten?«, frage ich vorsichtig.

Magellan zeigt ein anderes Sonnensystem an, das ich sofort wiedererkenne. Ich tippe an den dritten Planeten. »Ranzoomen und Ansicht drehen, bitte.«

Und da ist es. Ich sehe den vertrauten Küstenabschnitt und die Stelle landeinwärts, ein Stück den Fluss hinauf, wo die Butler-Siedlung gegründet wurde. Wo ich hätte sein sollen.

»Ich will dir ja nicht in die Parade fahren«, sagt Magellan in quietschvergnügtem Ton, obwohl er genau das tut, »aber es gab noch nie irgendeine Siedlung auf irgendeinem Planeten in diesem System. Es ist galaktisches Sperrgebiet.«

»… Was soll das heißen?«

»Jeglicher Zutritt zu dem System ist streng verboten. Gesperrte Systeme stellen eine Gefahr für mindestens 25 vernunftbegabte Spezies dar und sind mit einer planetarischen Warnbake markiert. Die Strafen für das Eindringen in ein Sperrgebiet sind kein Spaß.«

»Aber Octavia war bewohnbar«, protestiere ich.

»Nö«, widerspricht mir Magellan. »Der Planet wurde als ungeeignet für ein Leben auf Kohlenstoffbasis eingestuft und nie besiedelt. Wie wäre es stattdessen mit weiteren Informationen über den Import-Export-Handel oder die Festivalsaison auf Lei Gong?«

Mein Magen zieht sich zusammen, aber ich zwinge mich, die Frage trotzdem zu stellen.

»Kannst du in den kolonialen Archiven suchen? Mich interessiert ein gewisser Zhang Ji. Geboren 2125. Er war mein Vater.«

Es dauert eine gefühlte Ewigkeit, aber trotzdem kommt es irgendwie zu schnell, als Magellan sich mit einem Piepen, das wie ein Räuspern klingt, zurückmeldet.

»Für diesen Namen gibt es keinen Treffer in den Datenbanken der terranischen Kolonisation.«

Ich kriege kaum Luft.

Vielleicht liegt da nur eine Verwechslung vor?

Doch bevor ich nachhaken kann, klopft es leise an der Tür und die Betraskerin, Battle Leader de Stoy, kommt herein. Ihre blaugraue Uniform ähnelt Tylers, nur wirkt sie noch viel offizieller.

»Guten Morgen, Aurora«, sagt sie und schließt die Tür. Ihr Blick zuckt zur Kamera hoch und wandert dann zu mir, als sie sich zu mir aufs Bett setzt. »Ich freue mich, dass Sie wohlauf sind. Sie haben ein Uniglass bekommen, wie ich sehe.«

Magellan ist klug genug, seine vorlaute Klappe zu halten, und ich lege ihn neben mich aufs Kissen. »Ja«, sage ich und bemühe mich um einen nüchternen Ton. Wenn ich sie meine Verstörung spüren lasse und meine blankliegenden Nerven zeige, wird sie mich wie ein Kind behandeln. Ich will aber nicht, dass andere Leute Entscheidungen für mich treffen. Ich muss dahinterkommen, was hier los ist.

»Und wie geht es Ihnen?«

»Es geht schon«, bringe ich heraus.

»Gewisse Nebenwirkungen sind nicht ungewöhnlich, wenn man der Raumfalte zu lange ausgesetzt war.« Unsere Blicke treffen sich, und mich schaudert bei ihren leeren grauen Augen. »Selbst ein junger Geist kann stark in Mitleidenschaft gezogen werden. Ihre Gemütsverfassung und Ihre Erinnerungen werden wohl noch eine Weile beeinträchtigt bleiben.«

Soll ich ihr von dem Nasenbluten erzählen? Dass eine ganze Haarsträhne komplett weiß geworden ist? Dass ich Halluzinationen habe?

Was hält mich davon ab?

Ich beschließe, stattdessen mit einer Frage zu beginnen. Mal sehen, ob sie bereit ist, offen mit mir zu sprechen. »Ich wollte gerade nachschlagen, was …« Meine Stimme zittert, und ich lasse es zu. »Ich wollte nachschlagen, was aus meinem Vater geworden ist. Aber mit den Archiven unserer Kolonie stimmt etwas nicht. Alle Hinweise auf meinen Vater sind … verloren gegangen.«

So ein harmloses Wort für so eine tragische Sache.

Sie schweigt einen Tick zu lang, bevor sie antwortet. »Ach wirklich?«

»Ja«, beteuere ich. »Und das irritiert mich irgendwie, weil ich gern wissen würde, wie es den Menschen ergangen ist, die mir wichtig waren.«

»Natürlich«, sagt sie. »Wir werden jemanden bitten, dem nachzugehen.«

Im Klartext: Vergiss es.

»Was heißt denn ›nachgehen‹?«, frage ich. »Das sind ja keine alten Karteizettel, die Sie aus Versehen verlegt haben. So was muss doch irgendwo digital gespeichert sein, oder nicht?«

»Bestimmt«, pflichtet sie mir bei. »Übrigens habe ich gute Neuigkeiten. Die terranische Regierung schickt ein Schiff, um Sie abzuholen. Die Global Intelligence Agency räumt Ihrem Fall höchste Priorität ein. Wenn ihre Agenten hier eintreffen, werden Sie umgehend nach Hause eskortiert. Die Operation wird vollkommen sicher sein.«

Sicher? Was für eine komische Aussage.

Warum sollte sie nicht sicher sein?

Und was heißt überhaupt »nach Hause«? Unsere Wohnung gibt es doch längst nicht mehr – niemand, den ich kenne, lebt noch auf der Erde. Ich weiß nicht, wo ich jetzt zu Hause bin.

Da fällt mir auf, dass sie sich so mit dem Rücken zur Wand gedreht hat, dass sie genau zwischen mir und dem roten Kameralicht in der Ecke sitzt. Und beim Sprechen schüttelt sie langsam, fast unmerklich den Kopf.

Als würde sie ihren eigenen Worten widersprechen.

»A-aha«, stammele ich und beginne innerlich zu zittern. »Also sollte ich mit diesen Leuten mitfahren?«

»Unbedingt«, sagt sie und greift nach meiner Hand. »Die Agenten der GIA werden bald hier sein. Ich bin sicher, dass Sie sich auf Ihrem Heimatplaneten wohler fühlen werden.«

Als sie ihre Hand zurückzieht, liegt ein winziger Zettel auf meiner. Ich schließe die Faust darum.

»Alles klar«, sage ich mit pochendem Herzen. Sie warnt mich, so viel ist klar. Aber wovor? Was soll ich stattdessen tun?

»Es war schön, Sie kennenzulernen«, sagt sie im Aufstehen. »Viel Glück, Aurora O'Malley. Das meine ich ganz aufrichtig.«

Sie verabschiedet sich mit einem militärischen Gruß. Sobald sie hinausgegangen ist, schnappe ich mir Magellan, lasse mich zurück aufs Bett fallen und versuche, mich so natürlich wie möglich auf der Seite zusammenzurollen, mit dem Rücken zur Kamera.

Ich zwinge mich, ganz still liegen zu bleiben, während ich bis dreißig zähle. Dann spähe ich vorsichtig auf den Zettel in meiner Hand.

Dock 4513-C. Zugangscode: 77981–002.

Ich schaue auf Magellan. Das leuchtende Menü am unteren Bildrand.

Standort.

Wohin soll es gehen?

Ich balle die Hand wieder um den Zettel und werfe einen Blick zur Tür. Und da sehe ich, dass das kleine Licht am Schloss nicht mehr rot leuchtet.

Es ist auf Grün umgesprungen.

Ich werde belogen, und ich weiß nicht, wem ich trauen soll. Aber ich habe ja eine Informationsquelle, bei der ich mein Glück versuchen kann.

»Magellan?«

»Hey Boss, du hast mir auch gefehlt! Was gibt's?«

»Ich will, dass du mir alles erzählst, was du über diese Station hier weißt. Fang ganz von vorn an.«

Und noch bevor er richtig losgelegt hat, bin ich schon aus der Tür.

Squads der Aurora Legion

▶ **Squadmitglieder**

▼ **Divisionen**

Im dritten Jahr werden die Kadetten in Divisionen aufgeteilt und für besondere Aufgaben innerhalb eines sechsköpfigen Squads ausgebildet, das jederzeit in einen beliebigen Winkel der Galaxis beordert werden kann. Dank ihrer Vielseitigkeit sind die Squads der Aurora Legion praktisch jeder Herausforderung gewachsen.

Alphas: verantwortlich für Führung und Planung

Faces: verantwortlich für Diplomatie und Verhandlungen

Aces: verantwortlich für Steuerung und Transport

Gearheads: verantwortlich für Reparaturen, Wartung und mechanische Arbeiten

Tanks: verantwortlich für taktische Gefechte und Kampfstrategie

Brains: verantwortlich für wissenschaftliche und medizinische Dienste

6 Cat

»Werdet Teil der Aurora Academy, hieß es …«

»Cat«, warnt Tyler.

»Seht mehr von der Milchstraße, hieß es …«

»Cat.«

Wir sitzen mit unserer nagelneuen Truppe in unserer nagelneuen Flugausrüstung auf der Brücke unserer nagelneuen Longbow. Unsere Plätze sind um eine breite, kreisrunde Konsole mit leuchtenden Bedienelementen und Monitoren angeordnet. Das holographische Display, das über der Konsole schwebt, zeigt gerade das Bild unserer Bugkameras: die lange Bahn durch die Startröhre bis zu einem fernen schwarzen Punkt.

Scarlett und Finian sitzen mir gegenüber, Zila und unser syldrathischer Kampfspezialist zu meiner Rechten. Kaliis Dingsbums, ältester Sohn von Laeleth Blablabla, hat ein paar hübsche blaue Flecken von der Klopperei gestern und ein hübsches kaltes Funkeln in seinen violetten Augen. Er hat noch kein Wort gesagt, seit wir ihn heute Morgen aus seiner Zelle geholt haben. Wobei, von Zila hab ich bisher auch noch nichts gehört.

Ey, immerhin halten sie die Klappe.

Von meinem Sitz an der Hauptsteuerung werfe ich einen kurzen Blick zu meinem Kopiloten links von mir. Tyler studiert seine Instrumente. Sein Haar ist verstrubbelt und seine Augen sind blau wie Ozeane. In der Augenbraue sehe ich die Narbe, die ich ihm verpasst habe, als wir klein waren. Und obwohl er so müde aussieht, wie ich ihn noch nie erlebt habe, spüre ich – Schöpfer, steh mir bei – wieder die Schmetterlinge in meinem …

»Vorflugkontrolle abgeschlossen«, meldet er. »Wir sind bereit zum Start, Legionärin Brannock.«

»Sir, darf ich darauf hinweisen, was für eine beschissene Zeitverschwendung das ist?«, frage ich.

Finian schaut von seinen Displays auf und blinzelt Tyler mit seinen ausdruckslosen schwarzen Augen an.

»Ich kann der nervigen Kleinen nur zustimmen«, sagt er. »Sir.«

»Mit dir hat niemand geredet, Finian«, blaffe ich.

»Kommt mir bekannt vor.«

Ich starre wieder zu Tyler rüber, und mein Frust über diese idiotische Truppe und diese idiotische Mission kocht in mir hoch. Nach fünf Jahren Ausbildung, nach unzähligen Stunden harter Arbeit haben wir heute Morgen endlich unseren ersten Auftrag bekommen, und was drücken sie uns aufs Auge? Einen verdammten *Versorgungsflug*. Ich fasse es nicht. Ich, die beste Pilotin der ganzen Academy, werde zu einer simplen Kurierin degradiert. Den Job könnte eine automatisierte Drohne für uns erledigen. Das weiß auch Tyler. Ich weiß es. Jeder auf diesem blöden Schiff weiß es.

Aber unser Alpha erwidert meinen Blick völlig ungerührt.

»Befehl ist Befehl«, sagt er. »Dafür sind wir Legionäre geworden.«

»Du vielleicht«, erwidere ich. »Ich hab mir doch nicht fünf Jahre lang den Arsch aufgerissen, damit ich einem Häuflein Flüchtlinge irgendwo in der planetaren Pampa Medikamente liefern darf.«

»Ach, nicht?«, sagt Finian. »Aber mal ehrlich, ich finde auch, dass …«

»Halt die Klappe, Finian.«

»Das ist nun mal der Job«, sagt Tyler und schaut in die

Runde. »Ich weiß, wir haben uns alle mehr erhofft, aber wir können auch nicht erwarten, mit unserem ersten Einsatz gleich die ganze Milchstraße zu retten. Es ist vielleicht nicht die anspruchsvollste Mission, aber diese Leute brauchen unsere Hilfe.«

»Schon klar«, sage ich. »Aber meinst du nicht, die Aurora Legion könnte für meinen top ausgebildeten, übertalentierten Knackarsch etwas Besseres finden als einen Job als Pizzabotin?«

Scarlett grinst. »Doch, das *könnte* man als Ressourcenverschwendung betrachten.«

Ich funkele Tyler immer noch an.

»Ich hätte in jeden Squad gehen können, das weißt du, oder?«

»Und ich liebe dich dafür, dass du zu mir gehalten hast, das weißt du, oder?«, gibt er zurück.

Hmm.

Dieses Wort.

Ich tue, als hätte ich nichts gehört, greife in meine Fliegerjacke, hole Kleeblatt raus und stelle ihn neben meinem Steuerpult auf. Sein Fell ist weich und grün, und aus einem Riss in der Naht quillt das Füllmaterial. Ich sollte ihn endlich mal stopfen.

»Was um alles in der Milchstraße ist das?«, fragt Finian.

»Ein Drache«, erwidere ich. »Ein Geschenk von meiner Mutter. Mein Glücksbringer.«

»Das ist ein Plüschtier. Wie soll d…«

»Halt die Klappe, Finian.«

»… Oh, baggerst du mich an? Ich hab das Gefühl, du baggerst mich an.«

»Ich bagger dir gleich deine Fresse weg, du bl…«

»Ruhe, Legionär de Seel«, sagt Tyler unbeeindruckt. »Noch mal, Legionärin Brannock: Vorflugkontrolle ist abgeschlossen.

Also bitte, bitte mit Zucker obendrauf, mach uns jetzt zum Start bereit, danke.«

Ich werfe ihm einen Seitenblick zu, und er hebt die vernarbte Augenbraue und setzt sein unmögliches Ladykillerlächeln auf, das ich – verdammt! – unwillkürlich erwidere.

»Dann bin ich auch dein allerbester Freund«, legt er nach.

Sofort knipse ich mein Lächeln wieder aus. Ich wechsle einen Blick mit Scar, wende mich dann meiner Konsole zu und hämmere meine Befehle ein. Unsere Longbow schnurrt wie ein junges Kätzchen, das Vibrieren ihrer Triebwerke schüttelt uns auf unseren Sitzen durch, und für einen Augenblick ist der Impuls, Ty die Grübchen aus dem Gesicht zu schlagen, vollkommen vergessen.

Dafür sind wir Legionäre geworden? Pah.

Ich tippe an mein Kehlkopfmikrophon. »Aurora Flugsicherung, hier ist Squad 312, erbitte Startfreigabe, Ende.«

»Startfreigabe erteilt, 312. Glück ab, Ende.«

Ich schaue über die Konsole zu meinen Squadmates.

»Okay, haltet eure Unterhosen fest, Kinder.«

Unsere Steuerraketen zünden und drücken uns brutal in die Sitze. Die Wände der Startröhre rasen vorbei, dann breitet sich das herrliche Schwarz mit seinen winzigen weißen Nadelstichen vor uns aus. Und auf einmal spielt es keine Rolle mehr, dass ich mit dieser idiotischen Truppe auf eine idiotische Mission gehe und einen idiotischen Job mache, den ein dressierter Gremp übernehmen könnte. Weil ich zu Hause bin.

Als wir aus den Armen der Raumstation gleiten, schaue ich auf die Monitore meiner Heckkameras. Sie zeigen ein Dutzend weiterer Longbows, die wie silberne Pfeilspitzen durch die Dunkelheit schießen. Hinter uns erstrahlt die Academy in all ihrer Pracht: ein Stadthafen aus blanken Kuppeln, funkelnden

Lichtern und unmöglichen Formen, der im luftleeren Raum schwebt. Der Andruck von unserem Startschub hält die Schwerelosigkeit fern, aber ich spüre sie trotzdem unmittelbar um uns.

Das große Nichts.

Mein Element.

»Squad 312, die Signalstelle des Tors hat Sie erfasst. Eintritt in die Raumfalte ist freigegeben.«

»Verstanden, Aurora. Stellt mir einen Drink kalt, zur letzten Runde bin ich wieder da.«

Meine Finger fliegen über das Steuerpult, lenken uns auf das riesige Hexagon zu, das an der Flanke der Station aufragt. Ich sehe die Raumfalte zwischen den blinkenden Pylonen des Tors – diese wunderschöne schwarze Schneise, in der Milliarden winziger Sterne glitzern. Als wir darauf zurasen, versinkt alles andere um mich herum. Ich spüre das Schiff unter mir, über mir, in mir. Wie es die Leere durchschneidet wie ein Messer.

»Kurs einprogrammiert«, meldet Tyler. »Übertragung an Navcom läuft.«

Seine Stimme holt mich in die Wirklichkeit zurück. Ruft mir in Erinnerung, wer wir sind.

Wohin wir fliegen.

Was wir erlebt haben.

Ich werde dein allerbester Freund sein?

Wir durchqueren das Tor und stoßen in die farblose See der Raumfalte vor. Ein Ruck geht durch das Schiff, als sich undenkbare Entfernungen aufheben.

Das Farbspektrum um uns herum wechselt zu Schwarz-Weiß. Auf meinen Radarschirmen blitzen Signallichter auf – Tausende von Raumfaltentoren, die dort draußen in der Helligkeit strahlen. Wie ein Raum voller sechseckiger Türen und einer neuen Sonne hinter jeder Tür. Auf dem Hauptbildschirm über unseren Stationen flimmert eine 3D-Karte auf. Winzige Anzeigen, endlose Zahlenreihen, ein blinkender Punkt, der unsere Position markiert.

»Horizont ist klar«, melde ich. »Keine Sturmtätigkeit. Bis Juno sollten wir gut durchkommen. Navcom berechnet … sechs Stunden und dreiundzwanzig Minuten.«

»Verstanden. Ein Spaziergang.«

Tyler schnallt sich ab, steht auf und verstaut seine Fliegerjacke hinter dem Kopilotensitz. Der Ärmel seines T-Shirts ist nicht lang genug, um das auf seinen rechten Bizeps tätowierte Emblem der Alpha-Division zu verdecken. Zwischen den Drachen und Schmetterlingen auf meinen Armen, dem Falken auf meinem Rücken und dem Phönix auf dem Hals (ja, das hat echt weh getan) habe ich ein ähnliches Tattoo wie Ty.

Meins ist natürlich das Emblem der Piloten. Aber wir haben sie uns am selben Ort und zur selben Zeit stechen lassen.

Meine Gedanken wandern zurück zu dem Abend, an dem ich Tyler dazu überredet habe, sich mit mir tätowieren zu lassen. Landgang auf Cohen IV. Das letzte Mal, dass ich ihn Alkohol habe trinken sehen. Der Schmerz der frischen Tattoos auf unseren Armen, die Drinks in unserem Blut und die Aufregung über das bevorstehende Abschlussjahr – eine explosive Mischung. Nur du und ich, Tyler. Und das Knistern zwischen uns, als wir uns über den Kneipentisch und die vielen leeren Gläser hinweg anschauen.

Beste Freunde für immer, oder?

Alles um uns herum ist monochrom. Tylers strahlend blaue Augen sind jetzt grau, und er starrt mit einem ganz seltsamen Gesichtsausdruck auf den Hauptbildschirm.

Wahrscheinlich denkt er an seinen letzten Aufenthalt in der Raumfalte.

An das Mädchen, das er in dieser unendlichen Leere aufgelesen hat.

Und hübsch ist sie auch noch …

»Okay, gehen wir den Auftrag noch mal durch«, sagt er.

Finian seufzt und massiert sich die Schläfen. Sein Anzug sirrt dabei leise. »Wir haben das doch schon durchgekaut, Sir. Hatten wir dafür nicht das Briefing heute Morgen?«

Tyler wirft Spitzohr einen Blick zu. »Legionär Gilwraeth war haftbedingt verhindert, also kann es nicht schaden, es noch mal zu besprechen.«

»Müssen wir anderen dann zwingend dabei sein? Sir?«

Ich verschränke die Arme und sehe ihn wutschnaubend an. »Sag mal, bist du Arschloch von Beruf oder was?«

»Noch ist es nur ein Hobby«, schießt Finian zurück. »Aber ich hoffe, dass ich in der nächsten Spielzeit in die Profiliga aufsteige.«

Grinsend lauert er darauf, welchen Ball ich ihm als Nächstes zuspiele. Weißhäutig und schwarzäugig, wie er ist, ist Finian der Einzige von uns, der in der Raumfalte gleich aussieht. Ich verkneife mir einen Kommentar, aber insgeheim bin ich genauso frustriert wie unser Gearhead. Ketchetts Squad, habe ich gehört, ist nach Beta Fushicho geschickt worden, um eine Piratenflotte zu eliminieren. Troiles Squad hat den Joker gezogen und darf Botschafter zu den Sentanni-Friedensgesprächen eskortieren. Für einen Alpha von Tylers Format ist diese Mission eine Ohrfeige. Und dieser Squad eine Gurkentruppe. Aber er bleibt professionell, wie immer. Das hat er drauf.

Nur bei den Hübschen kommt er ins Wanken.

»Wir haben sechs Stunden und zweiundzwanzig Minuten bis

zu unserem Ziel«, sagt Tyler ausdruckslos. »Du darfst gern den Latrinenboden schrubben, bis du dich darin spiegeln kannst. Oder du bleibst zur Besprechung hier. Wie du willst.«

Der Betrasker spitzt nachdenklich die Lippen. »Also wenn das so ist …«

»Dann bitte.«

Tyler tippt eine Reihe von Befehlen in sein Pult, und statt der Miniaturkarte der Raumfalte leuchtet das Hologramm eines großen Felsbrockens auf, der in einem Meer aus anderen Felsbrocken schwimmt. Es ist ein Asteroid. Die hässliche Mutter aller Asteroiden.

Ein Blick auf die geographischen Daten verrät, dass er einen Durchmesser von etwa tausend Kilometern hat und durchlöchert und angefressen ist wie ein verfaultes Stück Obst. An einer Seite erkennt man die Kuppeln und Masten einer großen Fabrik, die sich wie Seepocken an den Asteroiden klammert.

»Das ist die Sagan Station im Juno-System«, sagt Tyler. »Sie war eine Förderanlage zur Erzgewinnung im Besitz der inzwischen erloschenen Jupiter Mining Corporation, die 2263 aufgegeben wurde. Seit vor zwölf Monaten der syldrathische Bürgerkrieg ausgebrochen ist, strömen Geflüchtete aus dem syldrathischen Sektor nach Sagan und haben die verlassenen Fabrikgebäude besetzt. Das Kommando der AL schätzt die Zahl der dort untergekommenen Geflüchteten auf mittlerweile siebentausend.«

Ich behalte unseren syldrathischen Neuzugang im Auge, während Tyler redet, aber Spitzohr hat ein gutes Pokerface. Sein Blick ist kalt und stechend. Er strahlt die typische Überheblichkeit der Slydrathi aus. Die »Ich bin besser als ihr, das ist einfach Fakt«-Attitüde. Jedes seiner silbernen Haare sitzt makellos, sein Gesicht würde auch auf das Cover einer Modezeitschrift passen, und selbst mit den blauen Flecken von der Prügelei muss ich Scarlett recht geben: Man würde ihn nicht aus dem Bett werfen, nur weil er schnarcht.

»Der Stern Juno befindet sich in einer neutralen Zone«, fährt Tyler fort. »Und da die terranische und die betraskische Regierung sich immer noch weigern, syldrathische Geflüchtete aufzunehmen, ist die Aurora Legion für ihre Versorgung verantwortlich.«

»Was ich überhaupt nicht verstehe«, sagt Scarlett.

»Wir sind ein neutrales Hilfswerk, Scar, wir sind verpf…«

»Ja, danke, Baby-Bro.« Scar verdreht die Augen. »Ich weiß, was die AL ist. Ich meine, ich verstehe nicht, warum die Terraner und die Betrasker nicht endlich ihre Grenzen öffnen und diesen Leuten *helfen*. Ihr Heimatsystem ist von einem ihrer eigenen Archonten zerstört worden. Warum lassen Terra und Trask sie so hängen?«

»Es herrscht Krieg«, sagt Finian achselzuckend. »Wenn sie ihre Grenzen öffnen, wer kann ihnen dann garantieren, dass einige der aufgenommenen Flüchtlinge nicht selbst eine Gefahr darstellen?«

»Das ist doch Quatsch, Finian«, knurre ich.

»Ich behaupte nicht, dass das richtig ist, ich sage nur, was sie denken.«

»Also lassen wir diese armen Leute da draußen einfach verrotten?«, fragt Scarlett.

»Tun wir ja eben nicht«, sagt Tyler. »Wir haben einen ganzen Frachtraum voller Medizintechnik für sie.«

Scar beginnt auf ihrem Bruder rumzuhacken, dass das ja wohl nicht besser sei, Finian steuert seinen Senf bei, und kurz bricht auf der Brücke ein wildes Wortgefecht los, bis auf einmal eine tiefe, volle Stimme ertönt.

»Sie fürchten sich.«

Es wird schlagartig still, und alle Blicke richten sich auf Kaliis Sowieso, ältester Sohn von … Scheißdrauf.

»Eure Regierungen«, fuhr er fort. »Sie fürchten den Sternentöter.«

Das haut rein. Wir wechseln alarmierte Blicke. Als hätte die Erwähnung seines Namens ihm sogar noch mehr Macht verliehen.

»Diese Furcht ist berechtigt«, fährt Kal fort. »Der Sternentöter hat alle freien Syldrathi zu Feinden erklärt. Und die, die ihnen Zuflucht bieten, betrachtet er ebenfalls als seine Feinde.«

Tyler starrt Kal an, und selbst ihm, dem Superstar-Kadetten, scheint mulmig zumute zu sein. »Da du beim Briefing nicht dabei warst, wärst du vielleicht so freundlich, uns jetzt ins Bild zu setzen? Die Hilfsgüter, die wir liefern, sind für dein Volk gedacht. Was kannst du uns sagen?«

»Bei dem Schicksal, das Ihren Vater ereilt hat, hätte ich erwartet, dass Sie über die Syldrathi Bescheid wissen, Sir«, erwidert Kal mit seiner samtigen Stimme.

Scarlett verengt die Augen zu Schlitzen. Tylers Stimme wird scharf.

»Und was glaubst du über meinen Vater zu wissen, Legionär?«

»Dass er ein Kriegsheld war. Ein Senator, der sich für Frieden mit meinem Volk ausgesprochen hat, lange bevor es Frieden gab. Und der in der Orion-Schlacht im Kampf gegen die Syldrathi gefallen ist.«

»Gedenkt Orion«, murmele ich und berühre das Symbol des Schöpfers an meinem Hals. Ich sehe, dass Finian die Geste ebenfalls ausführt.

»Del'nai«, erwidert Kal und mustert mich mit seinen funkelnden Augen.

»Ich spreche kein Syldrathisch, Spitzohr«, brumme ich.

»Das bedeutet ›immer‹«, übersetzt Scarlett. »›Auf immer und ewig‹.«

Spitzohr nickt Scar knapp zu und blickt wieder Tyler an. »Ich weiß von dem großen Jericho Jones. Ich weiß, wie er gestorben ist. Ich bitte also um Verzeihung, Sir. Ich kann mir denken, dass Sie einen Syldrathi in Ihrem Squad als … Zumutung empfinden.«

»Wofür hältst du mich?«, schießt Tyler zurück. »Für jemanden, der eine ganze Spezies verabscheut, nur weil einer davon seinen Vater umgebracht hat?«

»In Anbetracht der Umstände der Schlacht gehe ich davon aus, dass die meisten damit ihre Schwierigkeiten hätten, ja.«

Tyler bohrt seinen Blick in Kals. »Na, dann kannst du von Glück sagen, dass ich nicht die meisten bin.«

Kal hält seinem Blick stand. Diese unsägliche Arroganz strahlt in Wellen von ihm aus. Ich weiß, dass Syldrathi zweihundert Jahre alt werden können, wenn man sie lässt, und obwohl Kal erst neunzehn ist, sieht er uns an, als wären wir lästige Eintagsfliegen. Heute hier, morgen tot. Die Spuren von seinem Kinnhaken sind an Tylers Kiefer noch deutlich zu sehen. Genau wie seine eigenen Blutergüsse und Schnitte von der Schlägerei mit den Kadetten.

Alles Terraner. Vier gegen einen, und er hat sie trotzdem fertiggemacht.

Gedenkt Orion …

Kal deutet mit dem Kopf auf das Hologramm der Sagan Station.

»Die Syldrathi sind ein stolzes Volk«, sagt er. »Die Flüchtlinge werden uns mit Misstrauen begegnen und unsere Hilfe ablehnen. Ihr Vertrauen wird nicht leicht zu gewinnen sein.«

Tyler wirft seiner Schwester einen Blick zu. »Na ja, Scar spricht fließend Syldrathisch. Ich bin zuversichtlich, dass ihr beide sie davon überzeugen könnt, dass wir nur helfen wollen.«

Kal blinzelt. »Sie haben doch nicht ernsthaft vor, mich an Bord der Station zu schicken?«

»Warum nicht?«

Spitzohr zeigt auf die kleine Tätowierung auf seiner Stirn. Drei gekreuzte Klingen.

»Ich nehme an, Sie wissen, was das ist, Sir.«

»Eine Glyfe«, sagt Tyler. »Sie zeigt die Zugehörigkeit zu einer der fünf syldrathischen Kabalen an.«

Kal nickt. »Und das ist die Glyfe der Kabale der Wildgeborenen.«

»Und?«

»Was glauben Sie, warum ich bei der Auslese als Letzter übrig geblieben bin? Was glauben Sie, warum nicht einmal die anderen Syldrathi mich in ihrem Squad haben wollten?« Kal lässt den Blick über uns alle wandern und beantwortet die Frage selbst. »Weil der Sternentöter ein Wildgeborener ist. Und seine Templer Wildgeborene sind. Und alle seine Paladine Wildgeb …«

»Nicht jeder Syldrathi aus der Kabale der Krieger hat sich dem Sternentöter angeschlossen«, unterbricht ihn Tyler. »Nicht alle von euch sind an seinen Verbrechen mitschuldig.«

Kal sieht Tyler mit unverhohlener Verachtung an. »Ich bin sicher, die ausgehungerten, verzweifelten Seelen an Bord der Station werden sich das gern von einem *Terraner* erklären lassen.«

»Ähm, Entschuldigung.« Finian hebt die Hand. »Aber ich glaube, mit mir und Rotschopf hat unser Squad die Sarkasmusquote schon erfüllt.«

»Stimmt.« Scarlett lächelt Kal herzlich zu. »Und *ich* bin das Face dieser Truppe. Also bleibst du vielleicht besser dabei, Sachen kurz und klein zu hauen? Darin bist du ja offenbar ziemlich gut.«

Scar wendet sich ihrem Bruder zu und nickt.

»Wir kriegen das hin, Sir.«

»Alles klar«, sagt Tyler. »Die Flotten des Sternentöters jagen alle Syldrathi, die sich nicht zu seiner neuen galaktischen Ordnung bekennen. Aber ein so winziges Nest wie Sagan ist wohl zu unbedeutend, um Aufmerksamkeit auf sich zu ziehen. Ich nehme an, dass die Geflüchteten es deswegen als Versteck gewählt haben. Die Wahrscheinlichkeit, dass unser Auftrag davon behindert wird, ist gering.«

»Ungefähr achttausendsiebenhundertfünfundzwanzig zu eins.«

Wir fahren alle überrascht zu Zila herum. Ehrlich gesagt habe ich fast vergessen, dass sie auch noch auf der Brücke ist. Sie sitzt an ihrer Station und saugt an einer ihrer schwarzen Locken, während sie mit fliegenden Fingern auf ihren Tastaturen tippt. Der Widerschein der Bildschirme glänzt auf ihrer dunkelbraunen Haut.

»Achttausendsiebenhundertfünfundzwanzig zu eins?«, wiederhole ich.

»Ungefähr«, sagt sie, ohne hochzuschauen.

»Wie hast du das rausgekriegt?«, fragt Finian.

Zila tippt sich mit einem Finger an den Kopf. »Mit meinem Hirn.«

Eine betretene Stille tritt ein, bis Tyler sich räuspert.

»Okay«, sagt er. »Trotzdem gilt für uns alle hohe Alarmbereitschaft. Das ist unsere erste Gelegenheit, uns der Legion würdig zu erweisen. Falls ihr also denkt, dass ihr mehr als nur

Pizzaboten seid« – Tyler wirft mir einen Blick zu –, »dann habt ihr jetzt die Chance, zu zeigen, was ihr draufhabt. Kann sein, dass unsere Regierungen Angst vor dem Sternentöter haben, aber wir sind die Aurora Legion. Wir knicken nicht vor Tyrannen ein, und wir schrecken nicht vor einem Kampf zurück.«

Selbst in den Einheitsfarben der Raumfalte sehe ich das Feuer in Tylers Augen. In seiner Stimme schwingt eine Leidenschaft mit, bei der ich Gänsehaut bekomme. Auch wenn ich vorhin Gift und Galle gespuckt habe – wenn ich ihn so reden höre, wird mir wieder klar, warum er der beste Alpha unseres Jahrgangs ist. Und warum ich damals, an diesem Kneipentisch mit den vielen leeren Gläsern zwischen uns, daran geglaubt habe, dass es mit uns was werden könnte.

»Squad 312, hier ist die Aurora Flugsicherung, Ende.«

Ich tappe an mein Funkgerät. »Hier ist Squad 312, Ende.«

»Das Kommando der Legion möchte Ihren Alpha sprechen, 312, Ende.«

Ich blinzele. Runzele an Tyler gewandt die Stirn. Er drückt den Empfangsknopf an seiner Konsole.

»Hier spricht Legionär Jones.«

Über unseren Pulten materialisiert sich ein Hologramm von Battle Leader de Stoy in Galauniform. Ihr Haar ist zu einem strengen Pferdeschwanz gebunden. Neben ihr steht Admiral Adams, ebenfalls im offiziellen Dienstanzug, der in der Raumfalte schwarz-weiß-grau erscheint. Er hat die Arme über seiner breiten, mit Orden gespickten Brust verschränkt.

Adams und Ty haben seit langem ein besonderes Verhältnis. Er und Tys Vater waren in ihrer Zeit als Piloten für die Terran Defense Force beste Freunde. Nach dessen Tod nahm er Ty und Scar unter seine Fittiche. Er und Ty gehen jedes Wochenende zusammen in die Kapelle, und er hat ihm immer ein bisschen mehr Aufmerksamkeit geschenkt als den anderen Kadetten.

Aber als ich zu Tyler rüberschaue, stelle ich fest, dass er genauso verdutzt ist wie ich.

»Guten Morgen, Legionäre und Legionärinnen«, grüßt uns Adams und legt die Hand an die Mütze.

Wir salutieren ebenfalls und murmeln Guten Morgen. Dann ergreift de Stoy das Wort.

»Wir wollten Ihnen und Ihrem Squad Glück wünschen, Legionär Jones.«

»Danke, Ma'am«, entgegnet Tyler.

»Das ist Ihr erster Schritt auf eine viel größere Bühne«, sagt Adams. *»Vor Ihnen liegen ungeahnte Herausforderungen. Aber wir haben vollstes Vertrauen in Ihre Fähigkeiten. Sie werden es schaffen. Was auch kommen mag. Bleiben Sie stark.«* Adams sieht Tyler direkt an. *»Du darfst den Glauben nicht verlieren, Tyler.«*

Also das ist echt schräg. Auch wenn Adams und Ty sich nahestehen, erhält gemeines Fußvolk wie wir normalerweise keine Anweisungen von ganz oben. Wir sind so weit unten in der Befehlskette, dass wir quasi nicht existieren, und diese Mission ist ein Witz. Aber hier wenden sich *beide* Kommandanten der Legion an uns, als wären wir ein Squad erster Klasse mit einem Auftrag höchsten Ranges.

Und da sieht Adams mir in die Augen und spricht das Motto der Academy.

»Wir die Legion. Wir das Licht. Das die Dunkelheit durchbricht.«

»... Jawohl, Sir«, antworte ich.

»Durchbrechen Sie die Dunkelheit, Legionäre und Legionärinnen«, sagt de Stoy. *»Die Fracht, die Sie transportieren, ist wertvoller, als Sie alle ahnen können.«*

»Möge der Schöpfer mit Ihnen sein«, bekräftigt Adams.

»Ähm …«, sagt Tyler. »Danke, Sir. Ma'am.«

Die Hologramme flimmern noch kurz weiter, als wollten sie sich uns ins Gedächtnis brennen. Ich frage mich, was zum Teufel das soll. Aber dann salutieren unsere Kommandanten zum Abschied, und ihre Bilder weichen der rotierenden Projektion der Sagan Station. Baff starren wir alle an die Stelle, wo de Stoy und Adams eben noch zu sehen waren. Bis Zila die Stille mit einem einzigen Wort beendet, das unsere Gefühle ziemlich gut auf den Punkt bringt.

»Seltsam …«

Tyler streicht sich das Haar aus der Stirn und nimmt Platz. Bestimmt ist er genauso verwirrt wie ich, aber er geht sofort wieder zur Tagesordnung über.

»Also dann«, sagt er und beugt sich vor, um einen imaginären Fleck von seinem blitzblanken Stiefel zu wischen. »Kal, ich brauche Strategien für den Fall, dass wir da draußen auf feindliche Syldrathi treffen. Scar, entwickle diplomatische Optionen für die Gespräche mit den Geflüchteten. Zila und Finian, ihr beschäftigt euch mit den Systemen der Station. Wir haben sechs Stunden. An die Arbeit.«

»Und ich?«, frage ich.

Tyler wirft mir einen Blick zu, hebt die eingekerbte Braue und verzieht den Mund zu seinem verdammten Lächeln.

»Halt uns auf Kurs, Zero.«

Nur du und ich, Tyler.

Und das Knistern zwischen uns, als wir uns über den Kneipentisch und die vielen leeren Gläser hinweg anschauen.

Wir kennen uns, seit wir fünf Jahre alt waren.

Ich drehe mich zu meinem Steuerpult um und gebe unseren Kurs ein. »Jawohl«, seufze ich.

Beste Freunde für immer, oder?

Squads der Aurora Legion

► **Squadmitglieder**

▼ **Tanks**

Sie sind groß, sie sind stark, und sie treffen dich da, wo es am meisten weh tut. Tanks sind die Mitglieder der Squads der Aurora Legion (AL), die darauf gedrillt werden, anderen Schmerzen zuzufügen, und verstörend viele von ihnen haben wohl auch Spaß daran.

Tanks verbringen unendlich viel Zeit in Fitnessstudios, Dojos und Schießständen, um ihren Körper auf Höchstleistung zu trimmen. Wenn sie die Wahl haben, schießen sie zuerst und lassen ihr Face danach die Fragen stellen.

Tanks sind Spezialist*innen für Kampfkünste und müssen in den unterschiedlichsten Schwerkraftverhältnissen losschlagen können. Ein Plus sind gute Kenntnisse in speziesübergreifender Anatomie, eine hohe Schmerztoleranz und Hobbys wie das Verletzen von kleinen, flauschigen Dingern.

7 Kal

Es ist immer dasselbe Lied.

Vor zwei Stunden sind wir durch das heruntergekommene Raumfaltentor in der Nähe der Sagan Station in den Echtraum zurückgekehrt. Vor neunzig Minuten haben die syldrathischen Flüchtlinge auf der Station Verhandlungen mit uns aufgenommen. Vor einer Minute ist Scarlett Jones mit der Information herausgerückt, dass sich ein Angehöriger der Kabale der Wildgeborenen an Bord unseres Schiffes befindet. Und seit zehn Sekunden hat das Verteidigungsnetz der Station Raketen auf uns gerichtet.

Die Menschenkinder sind solche Narren.

Wohlmeinende Narren manchmal.

Aber dennoch Narren.

»... Das respektiere ich ja auch, Sir«, sagt Scarlett Jones gerade und versucht, den riesigen »RAKETEN AKTIV«-Hinweis auf unseren Monitoren zu ignorieren. »Aber Legionär Gilwraeth ist unser Kampfspezialist. Wenn wir Ihre Abwehrsysteme auf Schwachstellen untersuchen sollen ...«

»Solange ich Erster Wanderer bin, setzt kein Adept der Kabale der Wildgeborenen einen Fuß auf diese Station!«, kommt die Antwort. *»Bei den Seelen der Großen Weite, das schwöre ich!«*

Ich betrachte die holographische Projektion, mit der Scarlett spricht. Taneth Lirael Ammar ist ein Ältester – dem Aussehen nach mindestens zwei Jahrhunderte alt. Seine Haut ist von leichten Fältchen überzogen, und der Silberglanz seines Haars ist vom Alter verdunkelt. In seine Stirn ist das kleine Symbol der Kabale der Wegewanderer gestochen. Die Glyfe erinnert mich an meine Mutter. Wie weit ich von zu Hause fort bin.

Oder von dem, was von meinem Zuhause noch übrig ist.

Die anderen Rassen sagen uns Syldrathi nach, wir seien überheblich und verbärgen unsere Gefühle hinter Mauern aus Eis und Blicken aus Stein. Doch Taneth zeigt seinen Zorn über meine Anwesenheit ganz offen. Seine violetten Augen blitzen, als er spricht, und die Spitzen seiner Ohren verfärben sich schwach rot.

In dem Versuch, ihn zu beschwichtigen, hebt Tyler Jones bittend die Hände. »Erster Taneth, Legionär Gilwraeth ist Mitglied der Aurora Legion, und ich kann …«

»Er ist ein Wildgeborener!«, speit Taneth aus. *»Er ist hier nicht willkommen!«*

Ich sehe meinen Anführer an und verbeiße mir ein *Ich habe dich gewarnt*.

Vor zwei Jahren endete der Krieg zwischen Syldra und Terra. Zwanzig Monate ist es nun her, seit ich versucht habe, mir gegen den Willen meiner Mutter eine Zukunft als Mitglied der Aurora Legion aufzubauen. Ich bin unter Terranern zur Schule gegangen. Habe in ihrer Mitte gelebt, gearbeitet und gekämpft. Und doch begreife ich sie immer noch nicht.

Sie sind wie Kinder. Die jüngste Rasse in den galaktischen Gefilden. Blind vor Rechtschaffenheit. Zutiefst überzeugt, dass jedes Problem sich lösen lässt, wenn man nur fest genug daran glaubt, hart genug arbeitet oder, wenn das alles nicht hilft, zu den Waffen greift.

Aber sie haben nicht mitansehen müssen, wie ihre Sonne starb. Wie ihr Volk verbrannte. Wie ihre Welt unterging. Und sie wissen nicht – noch nicht –, dass manches, was zerbricht, nicht wieder zu kitten ist.

»Vielleicht können wir uns auf einen Kompromiss einigen?«, schlägt Scarlett Jones vor und fährt sich durch ihr feuerrotes Haar. »Wenn Sie bereit wären, Legionär Gilwraeth in die Ladebucht zu lassen, könnte er die medizinischen Hilfsgüter übergeben, während wir anderen uns um die Bordsysteme der Station kümmern?«

Hmm.

Ich sehe das Menschenkind an, das für mich sprechen soll.

Dieses hier ist weise.

Der Älteste Taneth reibt sich nachdenklich die Stirn.

»Wirklich, Sir, je zügiger wir arbeiten, desto schneller sind Sie uns wieder los«, versichert ihm Tyler Jones. »Ich gebe Ihnen mein Wort, dass sich Legionär Gilwraeth an Bord Ihrer Station an alle Protokolle der Aurora Legion halten wird.«

Mit zusammengekniffenen Augen sehe ich das Menschenkind an, das mein Anführer sein soll.

Dieses hier vertraut leicht.

Trotz der Zugeständnisse unserer Diplomatin glaube ich nicht, dass Taneth einlenkt. Die Syldrathi sind ein edles und uraltes Volk. Die Krieger, die dem Sternentöter gefolgt sind, die einen Friedenspakt mit den Terranern abgelehnt haben, nannten sich in ihrer Hybris die Ungebrochenen. Selbst diejenigen von uns, die den Frieden akzeptierten, fühlten sich von dem Vertrag in ihrem Stolz verletzt. Obwohl wir Syldrathi unsere einstige Größe längst eingebüßt haben, nehmen wir keine Almosen von anderen an. Vor allem nicht von jenen, die erst vor wenigen hundert Jahren die ersten unsicheren Schritte in die Raumfalte getan haben.

Und so überrascht es mich, als Taneth die Lippen schürzt und sich mit einer Verbeugung einverstanden erklärt. Als ich seine Augenringe und sein verhärmtes Gesicht betrachte, wird mir klar, dass ihre Lage verzweifelter sein muss, als ich erwartet habe.

Hier ist nicht alles, wie es scheint.

Die Luftschleuse unserer Longbow surrt auf, und mir schlagen abgestandener Sauerstoff und alter Schweiß entgegen. In der Ladebucht flackert eine defekte Beleuchtung, und ein halbes Dutzend Syldrathi erwarten uns. Sie tragen traditionelle, wallende Gewänder, die mit der Glyfe der Kabale der Wegewanderer bedruckt sind, und Silberglasreifen mit Kristallen aus der Großen Weite um den Hals. Sie sind hochgewachsen und anmutig. Aber dünn. Abgemagert. Viele haben Jahrhunderte in ihrem bohrenden Blick, und abgesehen von einem psionischen Schwert am Gürtel ihrer jüngsten Vertreterin ist keiner von ihnen bewaffnet.

Körperkontakt gilt in meinem Volk als höchst intim. Syldrathi fassen Unbekannte nicht an, aber ich weiß, dass es unter Terranern Brauch ist, sich bei der ersten Begegnung die Hände zu schütteln. Daher bin ich erstaunt, als Scarlett Jones auf Taneth zugeht und die Finger in einem formvollendeten Gruß erst auf ihre Augen, dann auf ihre Lippen und zuletzt auf ihr Herz legt.

Der Erste Wanderer erwidert die Geste mit einem kleinen, verdutzten Lächeln. Er wirkt erfreut, eine mit unseren Umgangsformen vertraute Terranerin vor sich zu haben.

Scarlett Jones stellt die anderen Squadmitglieder vor. »Tyler Jones, unser Kommandant. Zila Madran, Wissenschaftsoffizierin. Finian de Seel, Techniker. Catherine Brannock, Pilotin. Und Kaliis Idraban Gilwraeth, unser Kampfspezialist.«

Ein Syldrathi nach dem anderen schließt die Augen und kehrt mir den Rücken zu, bis uns Taneth als Einziger gegenübersteht. Aber er würdigt mich keines Blickes.

»Sie fünf sind hier willkommen«, teilt er den anderen mit. »Auch wenn wir nicht darum gebeten haben, nehmen wir jede Hilfe, die uns die Aurora Legion anbietet, dankbar an.«

Tyler Jones sieht sich in der Ladebucht um, registriert die schwankende Stromversorgung, die Kabel und Schaltungen, die aus Rissen in den Wänden hängen, die abgestandene Luft. Er erkennt den Ernst der Lage so schnell wie ich. Die Station wurde vor Jahren von ihren Erbauern verlassen, und ohne Geld und regelmäßige Wartung verfällt sie allmählich. Ihre Bewohner bedürfen ganz klar unserer Hilfe. Dennoch bedrückt es mich, dass Angehörige meines Volkes so händeringend zugreifen. Vor diesen Kindern im Staub kriechen wie Bettler.

Einst durchstreiften wir das Dunkel zwischen den Sternen und überstrahlten alles.

Was ist aus uns geworden?

»Wo ist der Rest Ihrer Leute?«, fragt Tyler.

Taneth blinzelt. »Der Rest?«

»Das Kommando der Legion hat von knapp siebentausend Geflüchteten gesprochen.«

»Wir sind höchstens einhundert, junger Terraner.«

Tyler Jones wechselt einen beunruhigten Blick mit seiner Schwester. Zila Madran zwinkert nur kurz, wie ein Roboter, der Daten für spätere Abfragen speichert. Finian de Seel steht dieselbe Frage ins Gesicht geschrieben wie Catherine Brannock. Wie mir.

Für so wenige fliegen wir so weit und riskieren so viel?

»Haben Sie ein Kommando- und Kontrollzentrum?«, fragt Tyler Jones. »Wir müssen uns Ihre Systeme genauer ansehen, um den Wartungsbedarf zu ermitteln.«

»Und eine Kapelle vielleicht?«, murmelt unser Ace und sieht

sich in der Bucht um. »Damit wir den Schöpfer fragen können, was wir hier eigentlich verloren haben?«

»Wir haben ein Kontrollzentrum«, bestätigt Taneth. »Bitte folgen Sie mir.«

Er wendet sich der Jüngsten unter ihnen zu, der Syldrathi mit dem psionischen Schwert. »Aedra, du beaufsichtigst das Ausladen der Hilfsgüter. Und überwache« – ein flüchtiger Blick zu mir – »*das da.* Gründlich.«

Die Syldrathi funkelt mich aus kalten violetten Augen an. Sie antwortet in unserer eigenen Sprache. »Deine Stimme, meine Hände, Erster Taneth.«

Tyler Jones sieht mich mit fragend erhobener Augenbraue an. Ich bedeute ihm mit einer Verbeugung, dass er unbesorgt sein kann. Mein Squad folgt den Wegewanderern in einen Fahrstuhl, der älter aussieht als Taneth – und doppelt so gebrechlich.

»Spielt brav, Kinder«, spottet Finian de Seel.

Scheppernd und ächzend setzt sich der Fahrstuhl in Richtung der höheren Ebenen in Bewegung. Mit einem Ruck hält er zwischendurch ohne erkennbaren Grund an, und unser Gearhead hämmert auf das Bedienpanel, damit er weiterfährt. Schließlich entschwinden sie endgültig.

Ich und die Syldrathi bleiben allein zurück.

Sie ist groß und schlank. Ihre Haut ist gebräunt, ihr straff zurückgebundenes silbernes Haar fällt ihr in Wellen über die Schultern. Jetzt, wo die Terraner außer Sichtweite sind, lässt sie mich ihre Verachtung spüren. Ihr hasserfüllter Blick durchbohrt mich. Ich weiß, dass sie mich telepathisch ergründet – meine Mutter gehörte ebenfalls der Kabale der Wegewanderer an und brachte mir bei, die Zeichen zu erkennen. Ich spüre den sanften Druck ihres Geistes auf meinem, als sie die Gedanken an der Oberfläche meines Bewusstseins überfliegt.

Ich blicke kurz auf die Hand an ihrem psionischen Schwert und sehe die Glyfe um ihren Zeigefinger. Sie scheint mir sehr jung für jemanden, der dem Sog gefolgt ist. Und doch erkenne ich an der einzelnen Träne in dem Kreis, dass ihre Lebensliebe bereits gestorben und in die Weite zurückgekehrt ist.

»Mögen die Seelen ihn heimgeleiten«, wünsche ich.

Sie bewegt sich. Schnell wie ein Sonnenstrahl. Ein Energieblitz fährt aus dem Heft ihres Schwerts – ein blasslila, knisternder Bogen, der sich in ihren Augen spiegelt, während sie ihn auf meine Kehle richtet.

Etwas wallt in mir auf, als sie die Waffe zieht.

Der Ruf meines Blutes.

Der Feind im Innern.

Doch ich dränge ihn zurück. Zwinge mich zur Ruhe.

»Diese Menschenkinder, die du deine Kameraden nennst, magst du getäuscht haben«, knurrt sie, »aber ich sehe dein dunkles Herz. Du bist zur Gewalt geboren. Du bist im Blut unserer Heimatwelt getränkt. Du und deine ganze elende Sippe.«

Dieses Lied kenne ich. Sämtliche Syldrathi an der Academy haben es gesungen. Sämtliche Syldrathi, denen ich begegnet bin, seit unser Stern zu Asche verbrannt ist. Die Glyfe auf meiner Stirn sagt ihnen, wer ich bin, bevor ich überhaupt zu Wort kommen kann. Aber ich antworte dennoch, in der Hoffnung, dass die Melodie diesmal eine andere ist.

»Die Ungebrochenen sind nicht meine Sippe«, sage ich. »Als der Sternentöter unsere Heimatwelt zerstörte, hat er uns alle verraten. Ich blute so tief wie du.«

»Noch nicht, Wildgeborener«, zischt sie. »Aber wenn du noch einmal mit mir zu sprechen wagst, wirst du bluten.«

Ich sehe ihr in die Augen und kämpfe gegen den Drang an, Zorn mit Zorn zu vergelten. Dem nachzugeben, wozu ich geformt wurde. Der Ruf ist so stark, die Wut so mächtig. Sie lodert in meiner Brust wie Feuer, das mich zu verzehren droht, das aus mir herausbrechen will.

Stattdessen neige ich langsam, mit erhobenen Händen, den Kopf. Noch langsamer lässt sie ihre Waffe sinken. Ich drehe mich zu der Luftschleuse unserer Longbow um, gehe in den Frachtraum und fange an, die Hilfsgüter auszuladen.

Ich mache ihr ihren Hass nicht zum Vorwurf.

Ich versuche es jedes Mal.

Aber das Lied ist immer dasselbe.

»Kal, hier ist Tyler, kannst du mich hören?«

Die Stimme knarzt aus meinem Uniglass, als ich zum dreiundfünfzigsten Mal aus dem Frachtraum komme und die Medikamentenkiste auf die Laderampe wuchte. Die Kisten sind groß und fast zu schwer für mich. Das Ganze ginge doppelt so schnell, wenn Aedra sich dazu herablassen könnte, mir zu helfen, aber sie folgt mir nur auf Schritt und Tritt, die Hand am Schwertgriff, und belauert jede meiner Bewegungen.

»Ich höre, Sir.«

»Wie geht's da unten voran?«

Ich werfe einen Blick zu Aedra, die etwas in der Wand entdeckt hat und tut, als belausche sie nicht jedes meiner Worte. Ihr Gesicht zuckt, als sie mich einen Terraner »Sir« nennen hört.

»Langsam«, antworte ich.

»Lass dir ruhig Zeit, bei uns dauert es länger. Zila bringt die Lebenserhaltung wieder zum Laufen. Finian und Cat checken die Abwehrsysteme.«

Auf dem anderen Kanal höre ich Catherine Brannock höhnisch lachen. *»Du meinst das, was hier als Abwehrsystem durchgeht.«*

»Also der Hit ist das hier nicht«, bestätigt Finian de Seel. *»Ihr Verteidigungsnetz ist aus den morschen Kähnen zusammengeflickt, in denen sie hergekommen sind, was immerhin bedeutet, dass sie uns wahrscheinlich eh nicht hätten abschießen können. Das ist leider die einzige gute Nachricht. Die Kurzstreckensensoren müssten aber gleich wieder einsatzbereit sein.«*

»Mit dem Ausladen bin ich in spätestens einer Stunde fertig«, sage ich.

»Verstanden«, gibt mein Alpha zurück. *»Wenn du bis dahin was brauchst, gib einfach Bescheid.«*

»Eine Frage hätte ich, Sir.«

Scarlett Jones meldet sich. *»Geht es darum, woher die Babys kommen?«*

»Nein.«

»Über kurz oder lang wird dich jemand aufklären müssen, Hübscher.«

Das soll wohl witzig sein.

»Seit Syldra zerstört worden ist, sind Millionen syldrathischer Flüchtlinge in der ganzen Galaxis verstreut. Alle auf Hilfe angewiesen. Alle heimatlos und auf sich allein gestellt.«

»Ich höre keine Frage, Legionär«, sagt Tyler Jones.

»Warum hat das Kommando der Legion uns ausgerechnet hierher geschickt? Auf eine marode Raumstation in einem abgelegenen System, mit nur hundert Leuten an Bord?«

An der Stille in der Funkverbindung erkenne ich, dass die anderen sich alle dieselbe Frage stellen. Mag sein, dass die Aurora Academy keine Verwendung für uns hatte. Die meisten von uns sind in diesem Squad gelandet, weil uns niemand sonst haben wollte. Aber ich habe das Gefühl, man bestraft uns für etwas, was wir noch gar nicht getan haben.

»Ich weiß es nicht, Legionär Gilwraeth«, gibt unser Alpha zu. *»Aber eins weiß ich: Als wir in den Dienst der Legion getreten sind,*

haben wir beide einen Eid geschworen. Den Hilflosen zu helfen. Den Wehrlosen beizustehen. Und obwohl die …«

»Ähm, Sir?«, sagt Finian de Seel. *»Wir haben vielleicht ein Problem.«*

»Außer dem, dass du meine Rede unterbrichst, meinst du? Ich habe nämlich eine Stunde lang daran gefeilt und war gerade so schön in Fahrt.«

»Das ist mir auch wirklich äußerst unangenehm, Sir, aber ich habe die Sensoren jetzt wieder hochgefahren und wollte noch mal darauf zurückkommen, was Legionärin Madran und ihr Hirn uns vorhin mitgeteilt haben, nämlich dass die Wahrscheinlichkeit, hier draußen den Ungebrochenen über den Weg zu laufen, bei achttausend zu eins liegen soll.«

»Achttausendsiebenhundertfünfundzwanzig«, korrigiert ihn Zila Madran. *»Ungefähr.«*

»Also ich weiß ja nicht, was ›ungefähr‹ bei euch Terranern bedeutet. Jedenfalls ist gerade ein syldrathischer Schlachtkreuzer durch das Raumfaltentor gestoßen. Voll bestückt. Wraith-Klasse. Unter der Flagge der Ungebrochenen unterwegs. Mit Kurs auf uns.«

Aedra blickt mich mit aufgerissenen Augen an.

»Ähm, mal eine ganz andere Frage«, sagt Scarlett Jones. *»Hat jemand zufällig eine zweite Hose eingepackt?«*

»Ja«, gibt unser Gearhead zurück. *»Aber ich glaube, die brauche ich selber.«*

»Lasst den Quatsch.« Unser Kommandant schlägt einen barschen Befehlston an. *»Finian, mach die Raketen scharf. Zila, du bringst die Kommunikation zum Laufen. Kal, ich brauche dich hier oben. Jetzt!«*

Ich spüre einen Adrenalinschub im Magen, hieve meine Kiste hoch und schleppe sie zu dem perfekten Turm, den ich aufgestapelt habe. Uns bleiben vielleicht zehn Minuten, bis das

Schiff der Ungebrochenen in Reichweite ist. Ein Kreuzer der Wraith-Klasse ist klein, mit einer Besatzung von siebenundzwanzig Adepten. Aber gegen unsere Longbow und die primitiven Abwehrsysteme dieser Raumstation sind wir an Waffen und Schlagkraft unterlegen. Die Aussicht auf ein Blutbad kitzelt etwas wach.

Den Feind im Innern.

Aedra ballt die Fäuste und misst mich mit vernichtendem Blick.

»Das ist *deine* Schuld«, speit sie aus.

Ich verziehe unwillkürlich den Mund. »Was?«

»Seit sechs Monaten verstecken wir uns hier, ohne dass wir entdeckt worden sind. Du kommst an, und keine Stunde später treffen die Ungebrochenen ein?«

»Dass ihr hier seid, scheint bekannt zu sein«, sage ich. »Zumindest wusste die Legion davon. Aber du verdächtigst sofort *mich*?«

»Du bist ein Wildgeborener«, zischt sie.

Ich versuche, mir eine Antwort zu verkneifen, doch der Feind hat die Oberhand gewonnen.

»Und du bist eine Närrin«, höre ich ihn sagen.

Aedras Augen weiten sich, und sie zieht zähnefletschend ihr Schwert. Und obwohl sie von flinker, geschmeidiger, glänzender Gestalt ist, ist ihr nicht gegeben, wozu ich geschaffen bin.

Ich wurde mit dem Geschmack von Blut im Mund geboren.

Ich kam mit geballten Fäusten zur Welt.

Ich bin für den Krieg gemacht.

Die Brutalität in mir bricht sich Bahn, ungehindert, heiß, rasend. Das Ding, zu dem ich von Kind auf geformt wurde, übernimmt. Ich weiche aus, als sie ihr Schwert schwingt. Denken und Bewegung werden eins, und ich ramme ihr die ausgestreckten Finger in den Hals. Schnell wie die Sonne. Hart wie Stahl. Ein Kinderspiel. Der Treffer auf die Nerven betäubt ihren Arm, und sie jault auf und taumelt gegen meinen schönen Turm. Die Behälter krachen auf das Deck, die Verschlüsse an der größten Kiste schnappen mit einem metallischen Klingen auf.

Und ein Mädchen purzelt heraus.

Sie ist schlank wie ein Lias-Baum. Ihr Haar ist schwarz wie die Nacht, mit einer Strähne weiß wie Sternenlicht. Ihre Haut ist hellbraun, und die Sommersprossen auf ihren Wangen bilden perfekte Konstellationen. Als sie über das Deck rollt, holt sie mit einem dünnen, schmerzerfüllten Pfeifen Luft, und doch klingt dieses Wimmern wie Musik in meinen Ohren. Und als ich in ihr Gesicht sehe, verspüre ich einen Stich in der Brust, so klar und scharf und echt wie geborstenes Glas.

Ein Gefühl, von dem ich dachte, es bliebe mir für immer verwehrt.

Aber …

Aber dann erkenne ich, dass sie …

Ein *Menschenkind* ist?

»Ähm«, sagt sie und schaut zu Aedra auf. »Hi.«

Sie stemmt sich auf die Ellbogen hoch, und endlich fällt ihr Blick auf mich. Und hinter dem Schmerz, dem Schock und der Verwunderung sehe ich noch eine weitere Farbe in ihren Augen.

Ihre Gedanken sind ein Kaleidoskop.

Ihre Stimme ist ein Flüstern.

»Ich habe dich schon mal gesehen …«

8 Zila

Die schlechte Nachricht ist, dass das Lebenserhaltungssystem, das ich wiederherstellen sollte, ins Museum gehört. Um das Kommunikationssystem steht es bestimmt noch schlimmer.

Die gute Nachricht ist, dass es auf den Zustand der Anlagen bald wohl nicht mehr ankommt.

Finian späht aus dem Terminal hervor, an dem er gerade herumwerkelt.

»Weißt du, was ich nicht kapiere?«, fragt er.

»Ich kann es mir denken«, sage ich.

9 Auri

Das ist der Typ aus meiner Vision. Mr. Mittelerde.

Nur dass er diesmal real ist.

Und direkt vor mir steht.

Und ich …

»Verrat«, zischt jemand hinter mir. »Wann wolltet ihr uns sagen, dass ihr zu siebt seid?«

Ich reiße meinen Blick von der Erscheinung los und drehe mich nach der Sprecherin um. Sie gehört zu derselben Spezies: groß und schlank, mit olivfarbener Haut und langem silbernem Haar. Nur das kleine Tattoo auf ihrer Stirn ist ein anderes – bei ihm sind es drei gekreuzte Klingen, bei ihr ein Auge, aus dem fünf Tränen rinnen.

»Ich wusste nichts davon.« Der Typ klingt unsicher, aber wenigstens nicht so, als wollte er mich aufschlitzen und meine Eingeweide begutachten. Also schiebe ich mich im Sitzen näher an ihn ran. Meine Arme und Beine sind noch ganz verkrampft, weil ich so lange in der engen Kiste eingequetscht war, und meine Augen brennen vom stundenlangen Lesen auf Magellans winzigem Bildschirm. Außerdem muss ich ganz dringend mal. Warum kommt das in Agentenfilmen nie vor?

»Sie ist Terranerin«, sagt das Mädchen und umklammert einen schmalen schwarzen Zylinder, wie man eine Waffe halten würde. »Sie trägt die Uniform. Sie gehört zu euch.«

»Sie …« Er wirft einen Blick zu mir und beißt die Zähne zusammen. »Sie ist nicht von Belang.«

… Moment, was hat er eben gesagt?

Wir befinden uns in einer großen Halle, die wohl zu einer

Raumstation gehört und so marode wirkt, dass sie offensichtlich nur noch von Glück und Spucke zusammengehalten wird. In den Wänden klaffen Löcher mit gefährlich frei liegenden Stromleitungen, die Lichter flackern, als würden sie gleich durchbrennen, und das Einzige, was einigermaßen neu aussieht, sind die Kisten, in denen ich mich versteckt habe. Ich habe mich an die Anweisungen von Battle Leader de Stoy gehalten, also muss sie ja gewollt haben, dass ich hierherkomme? Ich wüsste nur gern, warum.

Ich wüsste gern überhaupt irgendwas.

Als Antwort auf die Behauptung des hochgewachsenen Jungen hebt das Mädchen den Stab, und da – *holy cake, das Ding ist tatsächlich eine Waffe.* Lila Energie sprüht daraus hervor wie die Klinge eines langen Krummschwerts, und ich krabbele so schnell rückwärts, dass ich gegen Legolas' Beine stoße.

»Beruhige dich, Aedra«, sagt er kühl. »Es ist beschämend, dass du vor einem Menschenkind so die Kontrolle über dich verlierst. Falls wir überleben, können wir das später ausdiskutieren.«

Ich möchte wissen und lieber doch nicht wissen, warum unser Überleben infrage steht, aber offenbar habe ich nichts zu melden – er bückt sich, hebt mich auf, als wäre ich eine Feder, stellt mich auf die Füße und hält mich fest, bis ich mein Gleichgewicht gefunden habe. Während meine Knie noch über die gestreckte Position jammern, würgt das Mädchen den Saft an ihrer Waffe ab, wirft uns einen vernichtenden Blick zu und stolziert dann durch die Halle davon, als erwarte sie, dass wir ihr folgen.

»Mein Name ist Kal«, sagt der Junge leise.

»Aurora«, antworte ich. Ich bin immer noch ein bisschen sauer wegen der »Nicht von Belang«-Bemerkung.

»Du bist das Mädchen, das Tyler Jones in der Raumfalte gefunden hat.«

»… Woher weißt du das?«

»Du wurdest aus einem berüchtigten Wrack geborgen, das zweihundert Jahre lang verschollen war, und trägst denselben Namen wie die Akademie, in der ich die letzten zwei Jahre gelebt habe.«

Okay, das ist ein Argument.

»Ja. Also, sorry, aber …«

»Das kann warten, bis die Gefahr vorüber ist«, fällt er mir ins Wort. »Bleib solange an meiner Seite und lauf nicht weg.«

Seine Augen haben die gleiche lila Farbe wie die Energie, mit der diese Aedra eben rumgewedelt hat. Als er mir in meinem Zimmer erschienen ist, dachte ich, es läge am Licht, dass sein Haar so silbrig glänzt, aber nein – es ist *wirklich* silbern und wie in meiner Vision in langen, perfekten Zöpfen von der Stirn zurückgebunden. Auch die blauen Flecken am Kiefer erkenne ich wieder.

Ich erinnere mich an das Schreien.

Das Blut an meinen Händen.

Als er mich ansieht, jagt mir ein so heftiger Schauer über den Rücken, dass meine Muskeln verkrampfen. Es fühlt sich an wie eine Angstreaktion, aber es ist nicht nur das. Er hat etwas Kaltes an sich. Etwas ganz und gar … na ja … *Außerirdisches.* Ich fürchte mich vor ihm, aber trotz seiner lausigen Manieren fürchte ich mich vor ihm ein bisschen weniger als vor allem anderen im Universum. Also laufe ich ihm, als er losmarschiert, brav hinterher.

»Was ist denn los?«, flüstere ich, für den unwahrscheinlichen Fall, dass ich die Antwort verstehe.

Er mustert mich distanziert.

»Das hier ist eine stillgelegte Förderstation«, sagt er schließlich, als wir einen vorsintflutlichen Fahrstuhl betreten. »Ich gehöre zu einem Squad der Aurora Legion, die hierher entsandt wurde, um Hilfsgüter und Ausrüstung zu liefern. Ein Kriegsschiff unter dem Kommando einer … einer gewalttätigen Splittergruppe meines Volkes ist ganz in der Nähe.«

»Es wurde herbeigerufen«, behauptet Aedra, und obwohl sie jetzt mit ruhiger Stimme spricht, kann der Junge froh sein, dass Blicke nicht töten können.

»Es ist gefährlich«, sagt er, als hätte sie nichts gesagt, und wendet sich von mir ab. »Aber hab keine Angst, Menschenkind. Du bist jetzt unter Freunden.«

»Ach was«, murmele ich.

Der Fahrstuhl hält abrupt an, und die Türen öffnen sich auf ein Kontrollzentrum. Auf großen Bildschirmen flimmern Aufnahmen der Sterne und unbegreifliche Diagramme und Grafiken, an den Wänden reihen sich halb zerlegte Instrumentenpulte aneinander, und um die zentrale Steuerkonsole in der Raummitte drängen sich alle möglichen Leute, die hin und her rennen und wild durcheinanderrufen.

»Aurora?«, fragt jemand ungläubig. Es ist Captain Sexy. Tyler, meine ich. Neben ihm steht seine Schwester, die mit den knallorangen Haaren, Scarlett, und ein Typ mit kreideweißer Haut. Also wohl ein Betrasker, wie Battle Leader de Stoy. Nur dass er eine Art Roboteranzug über seiner Uniform trägt, der leise surrt, als er sich zu mir umdreht.

Alle drei starren mich an, als hätte Kal mich aus dem Hut gezaubert. Ich spüre, wie er sich neben mir versteift und die Arme verschränkt.

»Hi«, sage ich.

Damit kann man nichts falsch machen, oder?

Scarlett runzelt die Stirn. »Ähm, was macht die denn hier?«

»Erst die Ungebrochenen«, sagt Kal. »Dann die Fragen.«

Die Ungebrochenen sind wohl diese gewalttätige Splittergruppe, die er erwähnt hat, und wenn ich mir die Gesichter der Umstehenden so ansehe, läuft es mir eiskalt den Rücken runter.

Tyler nickt nur. »Cat, du umkreist die Station mit der Longbow. Bleib außer Sichtweite. Kal, du übernimmst unsere Verteidigung. Wenn wir ihnen keinen Grund geben, sich fernzuhalten, wird diese Wraith in zehn Minuten über uns herfallen.«

Das Mädchen mit den vielen Tattoos, das ich auf der Krankenstation gesehen habe, rempelt mich im Vorbeilaufen fast um und verschwindet im Fahrstuhl.

Nachdem er mir einen Blick zugeworfen hat, geht Kal zu einer Reihe von Konsolen. Ich würde gern fragen, was los ist, aber bei der Stimmung hier sollte ich wohl besser versuchen, keinem im Weg rumzustehen. Also weiche ich erst mal an die Wand zurück und stelle mich neben einen älter wirkenden Syldrathi. Mein Herz rast wie wild, und am liebsten würde ich mich irgendwo in einem Loch verkriechen. Das ist jetzt wirklich zu viel. Dass ich zweihundert Jahre eingefroren war, kann ich beinahe verkraften, wenn ich nicht zu lange über die Folgen nachdenke. Ich komme auch irgendwie damit klar, dass ich als blinde Passagierin auf einem Raumschiff voller Unbekannter durchs All gereist bin. Oder dass mir keiner die Wahrheit sagt. Aber dass uns hier ein *Angriff* droht, ist vielleicht der eine Tropfen, der das Fass zum Überlaufen bringt.

Leider habe ich keinen Raum voller top ausgebildeter Agenten vor mir, die wie eine gut geölte Maschine zusammenarbeiten. Im Gegenteil. Die Legionäre reden alle gleichzeitig, brüllen Fragen, ohne auf eine Antwort zu warten, und klingen immer panischer. Wenn diese Truppe der Squad ist, den Tyler nicht anführen wollte, verstehe ich jetzt, was er meint – keiner hört zu, dabei sieht man auch als Unbeteiligter sofort, wie dringend nötig das wäre.

Ich gucke zu dem alten Mann neben mir, der als Einziger untätig bleibt. »Ich bin Auri«, stelle ich mich leise vor. Aber weil er so vollkommen Haltung bewahrt, dass ich mich zu einer formelleren Begrüßung gedrängt fühle, hänge ich gleich noch eine Verbeugung dran. »Aurora Jie-Lin O'Malley.«

Er mustert mich irritiert, als wäre ich ein Hund, der gerade ein drolliges Kunststück vollführt hat. »Ich bin Erster Wanderer Taneth Lirael Ammar, junge Terranerin«, erwidert er mit tiefer, kühler Stimme. »Du darfst mich Erster Taneth nennen.«

»Die Leute auf dem Kriegsschiff …« Ich schlucke mühsam. Der Speichel brennt in meiner wunden Kehle. »Werden die uns töten?«

»Mit Sicherheit«, sagt er im selben Ton, in dem er sich vorgestellt hat.

Son of a biscuit. Das wird ja immer besser.

Die Ironie heitert mich nicht auf, und mein Atem wird plötzlich ganz flach, als würde mir jemand den Brustkorb zusammenquetschen. Ich werde doch nicht auf einer unbekannten Raumstation zweihundert Jahre in der Zukunft in einem Kampf sterben, dessen Hintergründe ich nicht kenne.

Oder?

Es gibt so vieles, was ich hätte erledigen sollen, bevor so ein Moment eintritt. Ich habe noch nicht mal recherchiert, was aus meiner Mom oder aus Callie geworden ist. In all den endlosen Stunden, die ich mit Magellan in dieser Lieferkiste festsaß, hatte ich einfach zu große Angst davor, sie auf Namen und Daten in einer Suchmaschine reduziert zu sehen. Oder schlimmer, sie wie Dad überhaupt nicht zu finden. Also habe ich es gar nicht erst versucht, und jetzt bekomme ich vielleicht nie mehr Gelegenheit dazu.

Kals Stimme übertönt den Lärm ringsum, das Chaos aus gebrüllten Fragen und Anweisungen der Crew. »Die Abwehrsysteme der Station können gegen die Wraith nichts ausrichten. Wir müssen alle verfügbaren Waffen sammeln und uns auf die Enterung vorbereiten. Die Ungebrochenen werden keine Gnade walten lassen.«

Der betraskische Junge antwortet trocken, als fände er die Situation irgendwie lustig. »Unser Kampfspezialist rät uns also, zu scharfen Tafelmessern und spitzen Stöcken zu greifen und uns Hals über Kopf in den sicheren Tod zu stürzen? Weißt du, ich mag dich, Kal.«

Der andere hebt eine perfekt geschwungene silberne Braue. »Hast du einen besseren Plan?«

»Wir könnten die Ungebrochenen auf ein paar Drinks einladen, ein bisschen flirten und das im Gespräch klären?«

»In dir steckt kein großer Krieger, oder, Finian?«

»Und du bist kein großer …«

»Halt die Klappe, Finian«, sagt Scarlett und wechselt einen Blick mit ihrem Bruder. Sie neigt den Kopf zur Seite, er hebt das Kinn, und etwas geht zwischen ihnen vor sich. Sie verständigen sich auf dieselbe wortlose Geschwisterart wie ich und meine Schwester. *Damals.*

Ich frage mich, ob Callie sich ihren Traum erfüllt hat und Komponistin geworden ist.

Ich frage mich, wie es wohl war, nur Mom im Publikum zu haben. Ob Mom wohl extra laut geklatscht hat, um Dads und mein Fehlen auszugleichen.

Ty legt den Kopf in den Nacken und spricht zur Decke.

»Zila, steht die Verbindung endlich?«

Zu meiner Verblüffung antwortet ihm eine Stimme von oben. »Sofort, Sir.«

Durch eine offene Luke erscheint ein Paar Beine in der gleichen blaugrauen Uniform, die wir alle tragen, gefolgt von dem Rest eines Mädchens, das ungefähr so alt ist wie ich. Sie hat dunkelbraune Haut und lange schwarze Locken, die zu einem lockeren Zopf geflochten sind, was ihre großen goldenen Kreolen zur Geltung bringt. Sie sieht aus, als hätte sie mit mir auf der Highschool sein können. Sie tippt eine Reihe von Befehlen in eine Konsole und nickt.

»Das Signal ist jetzt stark genug, um einen Notruf in die Raumfalte abzusetzen«, teilt sie ihm mit. »Wir können auch das syldrathische Schiff anfunken.«

Kal schüttelt den Kopf. »Mit unseresgleichen werden die Ungebrochenen nicht verhandeln.«

»Und wenn wir alle evakuieren?«, fragt Scarlett. »Durch das Asteroidenfeld abhauen?«

Der Betrasker, Finian, meldet sich wieder zu Wort. »Wir passen nicht alle in die Longbow. Und die Schrottkisten, in denen sie herkamen, haben gegen eine syldrathische Wraith keine Chance.«

Das Mädchen aus der Decke – Zila – steuert ebenfalls einen Vorschlag bei. Sie ist die Einzige, der keine Spur von Panik anzumerken ist, und sie studiert immer noch ihre Konsole, als müsste sie ein Kreuzworträtsel lösen. »Legionärin Brannock könnte unsere Longbow in das syldrathische Schiff fliegen. Der Zusammenstoß wäre zwar tödlich für sie, aber wenn sie die richtige Stelle erwischt, bestehen sehr gute Chancen, den Reaktor und die Waffensysteme auszuschalten.«

Cats Stimme dröhnt aus dem Lautsprecher.

»Du weißt schon, dass ich dich hören kann?«

»Ja«, sagt Zila ausdruckslos.

»Also wenn wir Befehle vermeiden könnten, die auf ›rammen‹ enden, wäre ich euch sehr verbunden, danke. Ty, ich bin gestartet. Zickzacke jetzt durch das Asteroidenfeld. Die haben mich noch nicht geortet.«

»Bleib außer Reichweite ihrer Sensoren«, weist Tyler sie an. »Zila, bereite einen SOS-Ruf vor, aber schick ihn noch nicht ab. Wenn wir stillhalten, denken sie vielleicht, dass dieser Schrotthaufen hier unbewohnt ist.«

»Sir, mir wird ein Start von den Andockbuchten am Heck angezeigt«, meldet Zila.

»Visualisieren«, bellt Tyler.

Auf dem größten Bildschirm leuchtet eine Weltraumansicht auf – ein Trümmerfeld, das größtenteils aus Gesteinsbrocken und vereinzeltem Technikschrott besteht. Ich habe das Gefühl, ein Computerspiel zu sehen, als Zila näher ranzoomt. Das Bild stellt sich allmählich scharf, bis ich eine winzige Raumfähre auf dem Weg durch den Asteroidengürtel erkennen kann. Der alte Mann neben mir versteift sich und flüstert etwas in einer fremden Sprache.

»De'sai …«

»Einer der Flüchtlinge hat sich vom Acker gemacht«, kommentiert Finian und stemmt die Hände in die Hüften. »Versucht wohl, seinen Allerwertesten zu retten und unsere neuen Freunde an Bo…«

Weiter kommt er nicht, denn in diesem Moment zerbirst der Shuttle geräuschlos in unzählige glitzernde Scherben, die ins All hinauswirbeln. Wir schauen alle mit angehaltenem Atem zu, bis Zila die Stille in ihrem seltsam ruhigen Ton bricht.

»Ein syldrathischer Schlachtkreuzer der Wraith-Klasse nimmt Kurs auf uns, Sir.«

»Schöpfer steh uns bei«, murmelt Ty.

»Eingehende Übertragung«, meldet sie.

»Anzeigen«, befiehlt Ty und dreht sich zu seiner Schwester um. »Scar, jetzt bist du dran mit Zaubern.«

»Zaubern?« Ungläubig hebt Scarlett eine ihrer makellosen Augenbrauen. »Meinen Zauberstab hab ich leider in meiner anderen Hose gelassen, Baby-Bro.«

Tyler sieht ihr herausfordernd ins Gesicht. »Das kriegst du hin, Scar.«

Auf dem Hauptbildschirm taucht das Bild einer wunderschönen jungen Frau auf, eine Syldrathi wie Kal, Aedra, der Erste Taneth, wie alle hier abgesehen von den Legionären. Ihre Haut ist olivfarben, fast golden, ihr silbernes Haar zu mehreren kunstvollen Zöpfen geflochten und straff zurückgebunden. Ihre schwarze Rüstung, die ihre breiten Schultern noch kantiger wirken lässt, ist mit etwas verziert, das wie Messerklingen aussieht. Auch ihre Eckzähne scheinen zu Spitzen geschliffen zu sein – oder vielleicht sind sie von Natur aus so scharf. Sie spricht eine Sprache, die wohl Syldrathisch ist, aber als sie Scarlett vor sich sieht, macht sie ein noch grimmigeres Gesicht, und in ihren eisigen Ton schleicht sich Misstrauen.

»Was hast du hier zu suchen, Terranerin?«

»Mein Name ist Scarlett Jones«, erwidert Scarlett ungerührt. »Mein Squad und ich sind Vertreter der Aurora Legion und im neutralen Weltraum im Hilfseinsatz.«

»Ihr mischt euch in innersyldrathische Angelegenheiten ein.«

»Wir leisten medizinische Hilfe für Geflüchtete, wie es im Abkommen der …«

»Wer Feinden der Ungebrochenen hilft, macht sich den Ungebrochenen ebenfalls zum Feind.«

Scarlett fährt mit der Hand durch ihr rotes Haar, strafft die

Schultern und spannt den Körper an, als wollte sie gleich mit einem Fausthieb antworten. »Mit Verlaub, die Aurora Legion ist eine neutrale Partei in Ihrem Konflikt. Ich rate Ihnen zum Rückzug, Ma'am. Wir sind befugt, zurückzuschlagen, wenn unsere Sicherheit bedroht ist.«

»Bedroht?«

Die junge Frau schnaubt höhnisch.

»Wir äußern keine Drohungen, kleine Terranerin. Nur Versprechen. Macht euch bereit. Eure Seelen werden in die Große Weite eingehen. Bei Caersan, ihr werdet eliminiert.«

Der Bildschirm wird schwarz.

»… Das nennst du Zaubern?«, fragt Finian leise.

»Halt die *Klappe*, Finian!«, schnauzt Scarlett zurück.

»Sie beschleunigen«, sagt Zila vollkommen sachlich. »ETA vier Minuten.«

»Zila, setz den Notruf ab«, befiehlt Ty. »So laut und weit, wie du kannst.«

Scarlett rauft sich wieder das Haar. »Niemand wird reagieren. Wenn die terranischen oder betraskischen Verteidigungskräfte das Signal auffangen, gilt die Order, *nicht* einzugreifen. Und wenn es ein weiteres Schiff der AL in Reichweite gäbe, wären wir erst gar nicht hergeschickt worden. Wir sind auf uns allein gestellt.«

Ty nickt nur und macht weiter. »Finian, du übernimmst die Brücke. Mach die Raketen klar. Zila, du bleibst hier und hörst den Funk ab.«

Ausnahmsweise kommt kein frecher Kommentar zurück – die beiden murmeln nur zustimmend und machen sich an die Arbeit. Ich glaube, das jagt mir mehr Angst ein als alles andere bisher.

»Dann halten wir uns also an deinen Plan, Kal«, fährt Ty fort.

»Du, ich, Scar, an die Waffen. Wir gehen zur Ladebucht. Erster Taneth, holen Sie alle Ihre Leute her, die eine Waffe haben, und kommen Sie nach.«

Kal und die junge Syldrathi gehen schon auf die Tür zu, an der der Erste Taneth und ich stehen, und Tylers Blick bleibt an mir hängen, als sie näherkommen.

»Du hast nicht zufällig eine Gefechtsausbildung, oder?«, fragt Ty gedämpft.

»Ähm«, sage ich. »In der Schule hab ich mal einen Selbstverteidigungskurs gemacht.«

»Sie haben doch nicht vor, sie da runterzuschicken?«, sagt Kal.

Tyler wirft ihm einen kurzen Blick zu. »Gib ihr eine Schusswaffe.«

Kal richtet sich empört auf. »Das ist *äußerst* unklug, Sir. Sie wird uns nur belasten.«

»Jetzt pass mal auf, Herr Elrond …«, beginne ich.

»Wir haben es mit Adepten der Ungebrochenen zu tun«, sagt Kal zu Tyler, ohne mich überhaupt anzusehen. »Syldrathi sind schneller und stärker als Terraner. Und diese Krieger sind eigens für den …«

»Danke für den Hinweis, Legionär. Aber uns steht das Wasser gerade bis zum Hals.«

Aus der Brusttasche meiner Jacke dringt ein dünnes elektronisches Piepen. **»Also wenn ich eine Meinung vorbringen dürfte …«**

»Nein, darfst du nicht«, sagt Tyler zu Magellan. »Ton aus.«

Mein Uniglass verstummt, und Ty wendet sich wieder mir zu. »Hör zu, Auri, es tut mir leid. Ich weiß nicht mal, warum du hier bist, aber wir brauchen alle verfügbaren Leute, sonst sind wir tot. Wenn du einen Abzug drücken kannst, bist du uns nützlich. Hilfst du uns?«

Das Herz schlägt mir bis zum Hals, und meine Hände sind feucht. Ich bin eine Million Lichtjahre von zu Hause entfernt und zweihundert Jahre aus der Zeit gefallen und begreife überhaupt nicht, wie mir geschieht. Aber wenn wir sowieso alle sterben …

»Okay«, sage ich leise.

Gleich darauf bin ich mit den anderen aus der Truppe in dem Gitterfahrstuhl eingequetscht. Kal hält mir eine gefährlich aussehende Hightech-Pistole hin, und als ich sie ihm abnehme, schießt mir der Satz *»Sie wird uns nur belasten«* durch den Kopf.

»Das hier ist die Zielerfassung«, erklärt er mir. »Hier feuerst du sie ab. Für den unwahrscheinlichen Fall, dass du tatsächlich jemanden triffst, halte zur Sicherheit noch zweimal drauf.«

»Danke«, sage ich. »Aber in meinem Kolonistentraining habe ich den Umgang mit Leuchtpistolen gelernt. Schießen kann ich, Legolas.«

Er blinzelt. »Mein Name ist Kal, Menschenkind. Wer ist dieser Legolas?«

Ich verdrehe die Augen und murmele ich mich hinein: »Lies mal ein Buch, son of a biscuit!«

Mein Gegrummel erstirbt, als ich merke, wie still alle anderen sind. Und erst in diesem Moment holt mich die Wirklichkeit mit voller Wucht ein. Ich werde mich an einem *Kampf* beteiligen. Meine Hände sind schweißnass, und ich bin nicht sicher, ob ich die Waffe überhaupt richtig halten kann. Mein Körper schmerzt noch vom stundenlangen Eingesperrtsein, und meine Lungen schnüren sich derart zusammen, dass ich nicht mal langsam durchatmen kann, um mich zu beruhigen. In Wahrheit verhält sich dieses Ding in meinen Händen zu einer Leuchtpistole wie ein ausgewachsener Löwe zu einem Lamm.

Vor meinem geistigen Auge ziehen all die albernen Rituale

vorbei, die ich zu Hause vor einem großen Wettkampf immer veranstaltet habe: die Aufwärmgymnastik, die Atemübungen, die Motivationssongs. Das kommt mir jetzt alles so unfassbar klein und dumm vor. Diese Version von mir – die Auri, die zu wissen glaubte, wie es sich anfühlt, wenn es um Leben oder Tod geht – erscheint mir jetzt kindlich und unendlich weit weg, obwohl ich noch vor ein paar Tagen genau dieser Mensch war.

Ich würde *alles* dafür geben, wieder sie zu sein. Meiner Mom sagen zu können, dass ich Angst habe, und von ihr geschimpft zu bekommen, ich solle den Horrorfilm ausschalten. Meinem Dad sagen zu können, dass ich mich nicht bereit fühle, und mit seiner Hilfe die Antworten in einem weiteren Lehrgang nachzuschlagen.

Alles, was ich je gelernt habe, habe ich in Simulatoren oder aus Büchern gelernt.

Aber das hier ist *echt.*

Als wir die Ladebucht betreten, tönt Finians Stimme aus Tylers Uniglass.

»Hab die Raketen abgefeuert, Sir. Sie sind von dem Syldrathi-Schiff abgeprallt wie Kebar-Bälle. Es ist jetzt in Position, und gerade versucht ein Shuttle, an der Station anzudocken. Ich überlege, ob ich einen Teil der Außenhülle unter Strom setze, damit sie nicht ankoppeln können, aber ich bin nicht sicher, wie gut isoliert hier alles ist. Ich will denen ja nicht die Arbeit abnehmen und euch alle grillen.«

»Alles klar«, sagt Ty grimmig und bedeutet uns, hinter den Kisten in Deckung zu gehen. »Cat, sobald das Enterkommando hier andockt, nimmst du ihren Kreuzer ins Visier. Dann sind sie maximal abgelenkt.«

»Verstanden«, sagt Cat über Funk in knappem Ton. *»Klatsche für das Mamaschiff ist startklar. Ich ziele direkt auf den Lustbrunnen.«*

»So was gibt's jetzt auch auf Schlachtschiffen?«, fragt Scarlett.

»Man hört ja so manches …«

Die Fahrstuhltüren quietschen wieder, als sie sich öffnen, wir treten heraus, und der Erste Taneth und die junge Aedra kommen mit ihren Leuten – einige Dutzend ältere Syldrathi in langen Gewändern, die sich allesamt langsam bewegen und Waffen umklammern, denen sogar ich ansehe, dass sie so alt sind wie ihre Träger. Kal, der neben mir hinter einem hohen Kistenstapel steht, ruft ihnen Anweisungen zu.

»Besetzt die Gerüste rund um die Bucht. Wir übernehmen die Bodendeckung.«

»Von dir lassen wir uns nicht herumkommandieren, Wildgeborener«, zischt Aedra. »Und von deinen terranischen Schoßhündchen genauso wenig. Das ist *unsere* Station.«

»Wir müssen mit vereinten Kräften kämpfen, Aedra«, sagt Kal ruhig. »Oder wir fallen jeder für sich allein.«

Aedra löst sich aus der Gruppe der Syldrathi und stürmt auf uns zu. Kal macht einen Schritt zur Seite, um sich zwischen uns zu stellen.

»Du sprichst von vereinten Kräften?« Die lila Klinge in ihrer Hand blitzt auf, das Licht ebenso feurig wie ihr Blick. »Nachdem deine Sippe unsere gesamte Welt vernichtet hat?«

»Du weißt nichts darüber, wer ich bin«, sagt er. »Oder was es mich gekostet hat, hier zu sein.«

Sie hebt ihre Hand, und ich sehe ein Tattoo an ihrem Ringfinger. Ein Kreis mit einer einzelnen Träne darin. »Ich weiß, dass mein Be'shmai euretwegen tot ist, Wildgeborener. Er und unsere ganze Welt mit ihm.«

»Aedra!«, ruft Taneth. »Dafür ist jetzt nicht die Zeit!«

»Wir werden gleich sterben, Taneth!«, schreit sie. »Wann, wenn nicht jetzt?«

Mit einem höhnischen Grinsen wendet sie sich wieder Kal zu.

»Dein Weg ist von Tod gesäumt, und dein Blut ist dein Schicksal.«

»Cho'taa«, sagt Kal in frostigem Ton. »Es hat nichts mit meinem Blut zu tun.«

Und da verschlägt es mir den Atem.

Denn …

Das habe ich schon mal erlebt.

Genau so stand er in meiner Vision auf der Aurora Station vor mir. Vollkommen still und doch aufs Höchste angespannt, wie eine entsicherte Waffe, mit blauen Flecken im Gesicht und Verachtung in der Stimme. Und er hat exakt dieselben Worte gesprochen.

Das kann nicht sein …

Meine Vision ist Wirklichkeit geworden.

Plötzlich ertönen ein dumpfer Schlag und das Kreischen von Metall. Niemand braucht eine Meldung von Finian, dass das Enterkommando an der äußeren Luftschleuse angedockt hat. Kal wendet den Kopf, und alle Blicke heften sich auf das Tor der Bucht.

Das Mädchen nutzt ihre Chance und reißt die knisternde lila Klinge in die Höhe.

»Wir sehen uns in der Großen Weite, Wildgeborener.«

Alles verlangsamt sich. Es ist, als würde ein Film eingefroren, als würde ein Stroboskop aufflackern und ich könnte jeden Moment, jede Bewegung einzeln sehen.

Was ich gerade sehe und was ich schon *gesehen habe.*

Aedra wird ihr Schwert heben und es schwingen, ein lila Blitz wie in meiner Vision, ein mörderischer Schlag. Kal wird herumfahren, aber es wird zu spät sein. Die Klinge wird in ihn fahren, und er wird aufschreien und vor mir zu Boden gehen, und meine Hände werden mit Blut beschmiert sein. Lila Blut.

Seinem Blut.

Ich sehe es in Gedanken vor mir.

So klar und deutlich wie die Wände um uns herum.

Meine Hände vor meinem Gesicht.

Und ich weiß, dass ich es ändern kann.

Auf einmal gleißt die Ladebucht in flimmerndem weißem Licht. Ich reiße die Hände hoch. Und obwohl ich weit weg stehe, fliegt Aedra rückwärts. Mit ausgebreiteten Armen kracht sie in die Wand. Als sie auf dem Boden zusammenbricht, schneidet mir ein brennender Schmerz durch das rechte Auge und bohrt sich in meinen Kopf. An meinen Schläfen drückt etwas wie eine Schraubzwinge zu, immer fester, und während ich mich zusammenkrümme und die Sägen, die eine Öffnung in das Tor schneiden, meinen Schrei übertönen, tropft wieder Blut aus meiner Nase. Warm und salzig rinnt es mir über die Lippen und spritzt auf den Metallboden unter mir.

Und Kal steht vor mir, bewegt die Lippen und starrt mich fassungslos an.

»Bei den Seelen der Großen Weite«, flüstert er. »Dein Auge …«

Squads der Aurora Legion

▶ **Squadmitglieder**

▼ **Gearheads**

Als Mechaniker*innen der AL-Squads sind die Gearheads dafür zuständig, alle Maschinen und sonstiges Equipment am Laufen zu halten und Sachen zu basteln, die ihr Squad vielleicht braucht, aber nicht mitgenommen hat. Die meisten von ihnen sind durchgeknallte Erfinder*innen.

Gearheads gelten als Technik-Genies, fahren auf Gadgets ab und sind oft mit Öl beschmiert. Typische Eigenschaften sind u. a. fehlende Augenbrauen und eine Vorliebe für Dinge, die Bumm machen.

10 Finian

In meinem Ohrstecker rauscht die Funkverbindung, während ich mit den Systemen dieses Schrotthaufens kämpfe. Irgendwo zu meiner Linken arbeitet Zila stumm an der Verbesserung unserer Reichweite, und ich quäle mich mit einem Rechnernetz herum, das älter und hässlicher ist als mein dritter Großvater. Wenn ich gewusst hätte, dass diese verfickte Station mich so hart rannehmen würde, hätte ich mir zuerst ein Dinner ausgeben lassen.

Die Ungebrochenen haben ihre Andockklammern angebracht und schneiden jetzt durch die äußere Hülle. Wenn ich sie nicht schleunigst davon abhalte, eine neue Tür zur Ladebucht zu bohren, stehen Zila und ich vor einer plötzlichen – und wahrscheinlich sehr kurzen – Beförderung.

»Ich hoffe, der Schöpfer hält uns zugute, dass wir auf einer wohltätigen Mission gestorben sind.« Ich stöpsele mein Uniglass in einen Anschluss und bete, dass es sich noch mit diesem altmodischen Haufen Schrauben und Muttern verbinden kann. »Ich werde jedenfalls dringend ein Versteck brauchen, wenn meine Großeltern in die Nachwelt eingehen. Die werden mir ordentlich die Meinung geigen.«

Zila antwortet nicht, und als ich zu ihr rüberlinse, sehe ich sie mit ihrem leeren Blick auf ihren Monitor starren, als hätte sie mich gar nicht gehört.

»Meine Eltern sind tot«, sagt sie nüchtern.

Tja.

Das killt die Unterhaltung gründlicher, als die Ungebrochenen da draußen es könnten.

Dieses Mädchen ist mir echt ein Rätsel. Keine Ahnung, was in ihrem großen Hirn vor sich geht, was um alles in der Milchstraße sie hier macht oder wie sie so ruhig bleiben kann, wenn wir alle bald als Eiswürfelchen durchs Weltall schweben.

Genau das ist nämlich unser Problem. An sich ist niemand von uns *schlecht* in dem, was wir tun. Als Individuen haben wir es ja drauf, zumindest auf dem Papier. Nur ist die Hälfte von uns nicht freiwillig hier, und die andere Hälfte wusste einfach nicht, wohin mit sich. Wir hätten nie zu einem Squad zusammengewürfelt werden sollen.

Wir sind einfach nicht … auf einer Wellenlänge.

Ehrlich gesagt hätte ich nicht gedacht, dass ich von allen Gearheads als Letzter übrig bleibe.

Sie tun alle so, als wäre der Exoanzug kein Thema, aber natürlich ist er das. War er immer. Das ist das Erste, was die Leute sehen, wenn sie mich anschauen. Trotzdem, ich bin ein verdammt guter Gearhead, und da hat es schon ziemlich weh getan, dass die ganzen Unfähigen vor mir gecastet worden sind. Gearheads, die nicht weiter als zehn zählen können, ohne sich die Socken auszuziehen, kriegten einen Platz, und ich stand mit meinem Werkzeug in der Hand nur blöd rum.

Allein.

Mit sechs Jahren wurde ich von zu Hause weggeschickt – es hieß, auf einer Raumstation bei meinen Großeltern hätte ich es leichter. Ich könnte dort in geringer Schwerkraft schlafen und würde von den besten Ärzten versorgt. Was sie aber in Wahrheit meinten, war, dass es für *alle anderen* leichter wäre. Inzwischen sollte ich eigentlich gelernt haben, meine Erwartungen runterzuschrauben.

Na ja, gleich ist es mit solchen Sorgen – oder überhaupt allen Sorgen – sowieso vorbei.

Mein Uniglass tut, was es soll, und über der Konsole leuchtet ein virtuelles Display auf. Die plötzliche Erleichterung ist wie eine Droge. *Damit* kann ich umgehen. Mit Menschen weniger. Aber das hier kann ich.

Ich trete zurück, hebe beide Hände wie ein Orchesterdirigent und lege Schicht um Schicht uralter Wartungsalgorithmen frei. Ich zerknülle sie in der Faust, wische Sicherheitsprotokolle beiseite und jage einen elektrischen Spannungsstoß in die Kupplungen, die den syldrathischen Shuttle mit der Station verbinden. Auf dem Umweg über Tylers Uniglass höre ich einen schwachen Schrei, und das nervenzerfetzende Kreischen der Plasmaschneider bricht jäh ab. Das verschafft uns dreißig Sekunden.

Ich tauche noch mal in das schwindelerregende Code-Gewirr ab und jage einen zweiten Stromstoß in die Kupplungen, aber die syldrathischen Tekkies haben mich jetzt geortet. Mit einer Handbewegung wische ich das Display weg und verlagere das Gewicht auf die Fersen. Mein Anzug surrt leise, als er sich anpasst.

Vielleicht könnte ich ihre Messwerte sabotieren, um dem Bordcomputer zu suggerieren, dass in der Ladebucht nicht genug Atmosphäre für den Druckausgleich vorhanden ist. Das ist etwas mehr Handarbeit.

Ich klappe ein Multifunktionswerkzeug aus seinem Fach in der warmen Rundung meiner Brustplatte und stemme die Abdeckung des Computerclusters hoch, damit ich hineinkriechen kann. Ich hoffe schwer, dass mein Anzug geerdet bleibt, sonst bin ich gleich Grillfleisch. Aber selbst wenn es funktioniert, halte ich das nicht lange durch. Und meine Hände zittern. Normalerweise gehorchen sie mir, vor allem dank der winzigen Stimulationskabel, die bis in meine Fingerspitzen verlaufen –

die meiste Unterstützung brauchen meine Beine, die Kniestrecker und die Hüften.

Aber sobald Adrenalin im Spiel ist, wird alles schwerer, und Adrenalin habe ich gerade wirklich nicht zu knapp. Vor meinem geistigen Auge sehe ich die Ungebrochenen die Ladebucht stürmen und sich meinen Squad zum Abendessen vornehmen, bevor sie sich hier oben den Nachtisch holen kommen.

Behalte ich lang genug die Nerven, um ihnen gegenüberzutreten?

Oder werde ich mich irgendwo verkriechen, sodass sie mich rauszerren müssen?

Es gibt noch so viel, was ungesagt geblieben ist. Ich hätte netter zu meinen Großeltern sein sollen. Ich hätte mich bei meinen Eltern entschuldigen sollen. Eigentlich hätte ich mich wohl bei den meisten Leuten, die ich kenne, entschuldigen sollen, aber irgendwie mache ich es damit jedes Mal nur schlimmer.

Egal, das ist jetzt meine letzte Chance, es wenigstens zu versuchen.

»Du, Zila«, sage ich. »Das mit deinen Eltern, das …«

»Sir, ich empfange gerade eine Übertragung von einem Zerstörer der Terran Defense Force«, sagt sie. »Name: *Bellerophon.* Sie haben unseren Notruf abgefangen und sind soeben durch das Raumfaltentor gestoßen. Sie schätzen, dass sie in elf Minuten in Schussweite sind.«

Tyler antwortet über Funk. *»Ähm, bist du sicher?«*

Er klingt so verwirrt, wie ich es bin. Nie und nimmer würde sich die TDF in so ein kleines Scharmützel einmischen. Nie und nimmer wäre sie überhaupt in diesem hinterletzten Winkel der Galaxis unterwegs, geschweige denn bereit, den Nichtangriffspakt zwischen Terra und den Ungebrochenen zu gefährden …

»Jawohl«, sagt Zila, ohne mit der Wimper zu zucken.

»Stell mich zu den Syldrathi durch, Zila«, meldet sich Scarlett.

»Übertragung läuft.«

»Syldrathische Invasoren«, beginnt Scarlett in herrischem Ton. *»Wir weisen Sie darauf hin, dass uns das Schiff der Terran Defense Force, das Sie zweifellos auf Ihren Radarschirmen auftauchen sehen, Unterstützung zugesichert hat. Sollte Ihnen also etwas an Ihren hübschen Hintern liegen, rate ich Ihnen zum sofortigen Rückzug. Sie können aber auch gern hierbleiben und ausprobieren, ob ein syldrathischer Kreuzer der Wraith-Klasse gegen einen voll bestückten terranischen Zerstörer bestehen kann. Das überlasse ich Ihnen.«*

Ist es schräg, dass der herrische Ton dieser Frau mir Lust macht, sie auf mir herumreiten zu lassen?

Wir halten den Atem an. Ich bleibe, wo ich bin, auf allen vieren, halb in und halb vor einem uralten Computercluster. Über mir rührt Zila ebenfalls keinen Muskel, und über mein Uniglass höre ich die anderen Squadmitglieder in der Ladebucht leise schnaufen und das Gewicht verlagern, während sie die Stellung halten.

Dann ein Ruck, ein Klongen – und der syldrathische Shuttle zieht ab.

»Sie entfernen sich, Sir«, meldet Zila in exakt demselben sachlichen Ton, den sie während dieser gesamten Nahtoderfahrung beibehalten hat.

Was ist bloß mit der los?

Tyler antwortet über Funk. *»Cat, nimm Kontakt zu dem TDF-Zerstörer auf, der da im Anflug ist, damit sie dich nicht aus Versehen wegpusten. Zila, wir brauchen dich hier unten zur Notfallversorgung. Finian, dich auch.«*

Ich krabbele rückwärts und wechsele einen Blick mit Zila.

Warum ist ein Notfall zu versorgen, wenn niemand an Bord gegangen ist?

Als wir in die Ladebucht kommen, haben sich die syldrathischen Flüchtlinge in einer Ecke zusammengeschart und machen beeindruckend coole Miene zu einem Spiel, bei dem sie immerhin fast brutal zu Tode gekommen wären. Die Jones-Zwillinge beugen sich über die junge Syldrathi, die bewusstlos auf dem Boden liegt, das silberne Haar wie ein Heiligenschein ausgebreitet, die Arme von sich gestreckt. Kal hat sich ein Stück weiter weg aufgebaut, neben unserer blinden Passagierin. Jetzt fällt mir auch ein, wie sie heißt – Aurora – und in welchem Zusammenhang ich den Namen gehört habe.

Das ist das Mädchen, das unser Goldenboy aus der *Hadfield* geholt hat.

Aber was hat sie hier zu suchen?

Zila bricht eine Kiste mit Medizintechnik auf, und ich helfe ihr, einen Erste-Hilfe-Kasten zu der bewusstlosen Syldrathi zu tragen. Sie hat ganz offensichtlich eine gescheuert bekommen und sich an der Wand hinter ihr ordentlich die Birne angeschlagen. Könnte unsere Aurora gewesen sein, denn als ich noch mal zu ihr rübergucke, sehe ich, dass sie aus der Nase blutet. Sie sieht total fertig aus, stützt ein Knie auf den Boden und drückt sich mit einer Hand ein Tuch an die Nase, um die Blutung zu stoppen. Ihre Wangen sind nass, als hätte sie geweint. Und das Allerschrägste: Ihre rechte Iris ist fast komplett weiß geworden.

»Was ist mit ihrem Auge passiert?«, fragt Zila.

Ich zucke mit den Schultern und mustere die gebleichte Strähne in Auroras Stirnfransen.

»Passt jetzt immerhin zu ihrer Frisur.«

Aurora schenkt uns beiden keine Beachtung, sondern schaut stattdessen zu Tyler.

»Da kommt ein Schiff von der terranischen Regierung?«

»Korrekt«, bestätigt er nach kurzem Zögern.

»Bitte sag ihnen nicht, dass ich hier bin. Sie dürfen mich nicht mitnehmen.«

Er blinzelt und wechselt einen Blick mit seiner Schwester.

»Auri«, setzt er an. »Genau das sollten sie tun. Ich weiß nicht, wie du hergekommen bist, aber du bist Terranerin. Sie werden sich um dich kümmern.«

»Eben nicht«, beharrt sie und lässt die blutgetränkte Binde sinken. »Battle Leader de Stoy hat mich vor ihnen gewarnt. Sie *wollte*, dass ich mich auf eurem Schiff verstecke.«

Der nächste Zwillingsblickwechsel. Auri versucht es mit ihrer flehenden Miene bei mir. Dann wimmert sie, presst eine Hand an den Kopf, als hätte sie Schmerzen, und betupft ihre blutige Nase.

Scarlett übernimmt von ihrem Bruder. Offenbar haben sie per Gedankenübertragung beschlossen, dass das ein Job für eine Diplomatin ist. »Auri, de Stoy hat keinen Grund, so etwas zu sagen. Vielleicht hast du sie falsch verstanden?«

»Ich darf nicht gehen«, beharrt Auri mit noch irrerem Blick, womit sie sich wirklich keinen Gefallen tut. »Ihr versteht das nicht. *Ihr habt ja keine Ahnung.* Sie haben sämtliche Spuren meiner Kolonie gelöscht. Als hätte es Octavia nie gegeben. Jetzt wollen sie mich auch noch auslöschen.«

Kal starrt sie aus seinen kalten violetten Augen an. Zila mustert sie wie ein Insekt unter einer Lupe. Auri kommt nicht so rüber, als hätte sie noch irgendwelche Tassen im Schrank, aber wenn ich ehrlich bin, steckt ihre Unruhe mich an. Vielleicht sind es nur meine Nerven, nachdem ich gerade haarscharf dem Tod durch einen Haufen mordlüsterne Ungebrochene entronnen bin. Oder es liegt daran, dass mir die Terraner manchmal auch nicht ganz geheuer sind. Sie sind so komplex, mit so vielen Sprachen, so vielen verschiedenen Kleidern und Farben, wie ein Schwarm Kazar-Vögel, die sich ständig zanken und wild durcheinanderflattern. Jedenfalls bin ich mir nicht sicher, ob wir dieses Mädchen zwingen sollten, irgendwohin mitzugehen, wo sie nicht hinwill.

»Hör zu.« Sie wendet sich wieder direkt an unseren Squad Leader. »Ich weiß, das klingt verrückt, aber … ich habe de Stoy schon gesehen, bevor ich sie zum ersten Mal getroffen habe, Tyler. Ich habe Kal in meinem Krankenzimmer gesehen und ihn *genau* die Worte sprechen hören, die er vor ein paar Minuten gesagt hat. Und ich habe gesehen, was sie mir antun werden. Ich sehe es in diesem Moment vor mir, ich *spüre* es, und …«

Ah. Oh. Ach so.

Sie hat sich zu lange in der Raumfalte aufgehalten.

Unser unerschrockener Anführer muss zu demselben Schluss gekommen sein, denn sein Ton wird ganz sanft. »Sie können dir helfen, Auri. Das wird schon wieder.«

Kal geht neben ihr in die Hocke und murmelt ihr etwas ins Ohr. Sie sieht ihn wütend an und umklammert die Pistole, die sie hält, noch fester. Aber erstaunlicherweise scheint sie zu beruhigen, was er sagt, denn sie lässt zu, dass er ihr ganz sachte die Waffe entwindet.

Ich höre Scarlett über Funk mit der Besatzung des Zerstörers reden, der sich nun der Station nähert. Mit einem dumpfen Klirren dockt sein Verbindungskanal an das Außentor an, und der Erste Taneth entriegelt die Luftschleuse. Unser Squad gibt keinen Mucks von sich. Wir können Auris Atem stocken und rasseln hören, als versuchte sie, nicht zu weinen.

»Sie haben keine Gesichter«, wispert sie.

Ich blinzele. »Was hast du gesagt?«

»Sie haben keine *Gesichter*«, zischt sie verzweifelt. »Und sie werden alles hier auslöschen, sie werden es säubern, sie werden es *schwarz* übermalen.«

Kal erhebt sich, als das Tor zur Luftschleuse beiseite rumpelt. Ich sehe die vertrauten khakifarbenen Uniformen der terranischen Verteidigungskräfte, die in schwerer Tac-Rüstung und schweren Stiefeln in die Bucht marschiert kommen. Keiner der Soldaten ist über fünfundzwanzig.

Der berühmte Ty Jones tritt vor, um sie zu begrüßen, und obwohl er gerade erst zum Legionär ernannt worden ist, schafft er es irgendwie, Autorität auszustrahlen. Was umso beeindruckender ist, da er bestimmt genauso verwirrt ist wie wir, warum die TDF sich überhaupt hier einmischt.

»Wir sind mehr als froh, Sie zu sehen, Lieutenant«, sagt er, salutiert höflich und schickt das glühende Lächeln hinterher, das er so gut draufhat.

»Natürlich.« Eine junge Frau salutiert zurück. »Schön, dass wir helfen konnten.«

»Ich muss zugeben, Ma'am, dass wir nicht mit Ihrer Hilfe gerechnet haben«, sagt er. »Wenn sich herumspricht, dass die TDF eingegriffen hat, könnten die Ungebrochenen das als Parteiergreifung werten und einen Vergeltungsangriff gegen die terranische Regierung starten.«

Hinter der Gruppe von Soldaten ertönt eine Stimme, leise und stählern, als käme sie aus einem Lautsprecher. »Dieses Risiko ist berücksichtigt worden, Legionär.«

Die Soldaten teilen sich wie von einer Riesenhand durchkämmt, und mit schweren, bedächtigen Schritten treten fünf hochgewachsene Gestalten vor.

Was zum …?

Sie sind von Kopf bis Fuß in Dunkelgrau gekleidet, und ihre Gesichter sind vollständig hinter Masken verborgen. Doch die sind leer und glatt wie verlängerte Gravity-Bike-Helme. Keine Augen, keine Nase, kein Mund. Nur eine matt spiegelnde Oberfläche, die jeden individuellen Gesichtszug verschwinden lässt. Durch die elektronische Sprachausgabe kann man nicht mal das Alter oder das Geschlecht erraten.

»Ach du *Scheiße*«, murmelt Scarlett. »Die GIA.«

Ich frage mich, ob es ein ungünstiger Zeitpunkt ist, auf die Sache mit der Wechselhose zurückzukommen. Ich bin zwar kein Terraner, aber sogar ich weiß, dass mit Agenten der Global Intelligence Agency nicht zu spaßen ist.

Sie haben keine Gesichter.

Und hier sind sie.

Die fünf GIA-Agenten sehen vollkommen identisch aus, bis auf ihren Leitwolf. Der oder die Vorderste ist in reines Weiß gekleidet, so makellos und akkurat, dass es fast unheimlich ist. Und ich bin Betrasker – wenn mir etwas zu weiß ist, dann will das was heißen.

Vielleicht tragen diese Nicht-Farbe nur die ganz hohen Tiere, denn Goldenboy salutiert zackig und nimmt Haltung an, als wäre er auf dem Exerzierplatz.

»Legionär Tyler Jones meldet sich zur Stelle.«

Die Gestalt mustert uns. Ihre Atemzüge zischeln leise. Die Augen kann man nicht sehen, aber ich erkenne trotzdem, dass sie auf unsere blinde Passagierin gerichtet sind. Die Antwort an Tyler wirft sie ihm nur beiläufig hin.

»Sie werden mich mit Princeps ansprechen.«

Tyler räuspert sich und gerät nun doch etwas ins Schwimmen. »Princeps, es geht mich ja nichts an, aber wenn diese Ungebrochenen …«

»Die *Bellerophon* hat zwei Kampfgeschwader losgesandt«, unterbricht ihn das Ding mit ausdrucksloser, toter Stimme. »Die Wraith der Syldrathi wird pulverisiert. Es wird keine Spuren von einer terranischen Beteiligung an diesem … Zwischenfall geben.«

»Wenn ich mir die Frage erlauben darf, Princeps: Wie haben Sie uns so schnell erreicht? Uns wurde kein terranisches Raumfahrzeug in diesem Sektor gemeldet.«

Tyler lehnt sich einen Tick zu weit aus dem Fenster, und ich sehe Scarlett fast unmerklich zusammenzucken. Die Maske wendet sich Tyler zu.

»Die Global Intelligence Agency hat ihre Augen überall, Legionär Jones.«

Sie streckt unserer blinden Passagierin die Hand entgegen.

»Aurora«, schnarrt sie. »Wir sind gekommen, um dich nach Hause zu eskortieren.«

Sie haben keine Gesichter. *Und sie werden alles hier auslöschen, sie werden es säubern, sie werden es* schwarz *übermalen.*

»Schick mich nicht weg«, fleht Aurora.

Sie sieht Tyler an, den Goldenboy, unseren furchtlosen Anführer. Mit Tränen in den Augen und Blut auf dem Mund.

»Bitte, Tyler«, flüstert sie. »Lass nicht zu, dass sie mich mitnehmen.«

Tyler wirft einen Blick zu den TDF-Soldaten, den blanken GIA-Gesichtern. Er ist zwar Legionär, aber im Grunde seines Herzens ist er immer noch Terraner. Das sehe ich in seinen Augen. Der jahrelange militärische Drill, die unzähligen *Jawohl, Sir, Nein, Sir, Danke ergebenst, Sir.* Man wird nicht der beste Alpha der Academy, indem man aus der Reihe schert. Man steigt nicht zum Goldenboy auf, indem man Befehle ignoriert.

»Du solltest mit ihnen mitgehen, Auri«, sagt er.

Kal tritt vor, die Hand an der Waffe, und funkelt Princeps an.

»Diese Station steht unter syldrathischer Kontrolle, Terraner. Sie sind nicht befugt …«

Die TDF-Soldaten heben ihre Waffen. Zwei Dutzend Ziellaser beleuchten Kal, als wäre heute Föderationstag.

»Pfeifen Sie Ihren Mann zurück, Legionär Jones«, sagt Princeps.

»Legionär Gilwraeth«, sagt Tyler leise. »Wegtreten.«

»Kii'ne dō all'iavesh ishi«, zischt der Syldrathi, und ein Fünkchen Zorn durchbricht das Eis. »Ich werde …«

»Das ist ein Befehl!«, blafft Tyler.

In Kal schwelt die Wut, aber syldrathische Arroganz hin oder her, die auf sein hübsches Gesicht gerichteten Gewehre scheinen ihre Wirkung nicht zu verfehlen. Er tritt zurück.

Auri sieht mit tränennassen Augen in die Runde, aber niemand aus unserer Gruppe rührt sich. Ich jedenfalls werde mich ganz bestimmt nicht für sie in die Bresche werfen. Wir Betrasker sind Feilscher. Wir denken immer ans Geschäft. Und bei einem so schlechten Deal ist es das Klügste, man lässt die Finger davon. Die anderen Squaddies scheinen sich sowieso an Tyler zu orientieren, und der macht auch keine Anstalten, sie zu retten. Schließlich hat er für das Mädel schon einmal alles aufs Spiel gesetzt. Und was er davon hat, sieht man ja.

Eine Mission am Arsch des Weltalls.

Mit uns.

Und so hebt Aurora den Kopf und tritt auf ihre Eskorte zu, als ginge sie ihrer Hinrichtung entgegen.

Die TDF-Soldaten bedeuten uns mit ihren Gewehren, ihnen zu folgen.

Hm, bei der Sache hab ich kein gutes Gefühl. Gar kein gutes.

Terranische Sicherheitskräfte

▸ Global Intelligence Agency

▾ Überblick

Für die terranische Sicherheit sind folgende Organe zuständig:

Militärische Operationen: die Terran Defense Force (TDF)

Friedenssicherung: die unabhängige Aurora Legion (AL), der auch die Betrasker und die Freien Syldrathi angehören

Und dann gibt es noch die Global Intelligence Agency (GIA), den Nachrichtendienst der terranischen Regierung. GIA-Agent*innen sind die furchteinflößenden Schweinehunde, deren Job es ist, alle deine Geheimnisse zu kennen.

Das Markenzeichen der GIA-Agent*innen sind graue Anzüge, gesichtslose Helme und Sprachgeneratoren, mit denen sie völlig identisch erscheinen. Außerdem erkennt man sie an ihren nahezu unbegrenzten Machtbefugnissen, missliebige Personen zu verfolgen und zu inhaftieren.

Solltest du der GIA jemals in die Quere kommen, empfehle ich eine erschrockene und untertänigste Entschuldigung. Sonst hilft wohl nur noch Beten.

11 Auri

Ich stolpere hinter der weiß gekleideten Gestalt und gefolgt von den anderen grauen einen langen Flur aus brüniertem Stahl entlang. Sie gehen im Gleichschritt, ihre Stiefel donnern unisono auf den Gitterrost wie bei einem Parademarsch. Und dazwischen ich, hilflos und verwirrt. Ich habe Mühe, ihr Tempo zu halten. Mein rechtes Auge schmerzt, als hätte ich einen Glassplitter darin. Auf meinen Lippen schmecke ich Blut.

Da kommt mir in den Sinn, was Kal mir ins Ohr geflüstert hat, als er mir behutsam die Waffe abnahm.

Geh in Würde. Du bist mehr als das.

Obwohl es bei ihm wie ein Tadel klang, straffe ich bei der Erinnerung die Schultern. Ich habe jahrelang an Wettkämpfen und Turnieren teilgenommen und mir alles abverlangt, um einen Platz auf Octavia zu ergattern. Jetzt greife ich verzweifelt nach der Selbstbeherrschung, die mich damals immer getragen hat, doch sie gleitet mir durch die Finger.

Die weiße Gestalt bleibt vor einer massiv gesicherten Tür stehen und dreht sich zu ihren Untergebenen hinter mir um. Nach kurzem unbehaglichen Schweigen nicken zwei der Agenten, obwohl kein Wort gefallen ist, und gehen in die Richtung zurück, aus der wir gekommen sind. Mir brummt der Schädel, und mein Auge sticht immer noch. Und als ich in dem gesichtslosen Helm mein Spiegelbild sehe, erkenne ich mit Schrecken, dass meine rechte Iris komplett weiß geworden ist.

Ich will meine Mama. Ich will meinen Papa. Ich will so schnell und so weit weg von hier wie möglich, mich an einem sicheren Ort verkriechen und nie wieder rauskommen.

»Bitte«, flüstere ich. »P-Pri…«

»Princeps«, ergänzt die weiße Gestalt und wischt sich ein imaginäres Staubkorn vom Revers.

Ich spüre Tränen in meinen Augen brennen. »Ich w-will nach Hause.«

»Du fährst nach Hause, Aurora. Ich werde gleich melden, dass du unterwegs bist.« Sie winkt mit einer makellos weiß behandschuhten Hand in Richtung der anderen Agenten. »Meine Kollegen werden dich solange mit allem Nötigen versorgen.«

Die weiße Gestalt wendet sich ab und geht weiter den Flur entlang. Einer der grau Vermummten tippt auf ein Kontrollfeld, und die schwere Tür gleitet geräuschlos auf.

Ich will dem Agenten schon über die Schwelle folgen, halte aber so abrupt inne, dass der gesichtslose Graue hinter mir fast gegen mich prallt.

Sein Stolperer ist der erste menschliche Zug, den diese Leute bisher an den Tag gelegt haben.

Ich habe den Raum schon mal gesehen, und das Déjà-vu ist ein Schock. Als ich vorhin in der Ladebucht den Namen *Terran Defense Force* gehört habe, ist ein Bild von diesem Raum in mir aufgeblitzt. Die Vision war so grauenvoll, dass ich sogar meine Panik nach der Sache mit der jungen Syldrathi vergaß, die ich offenbar mit bloßer Gedankenkraft an die Wand geschmettert hatte.

Was um alles in der Welt passiert mit mir?

Ich habe genau diese stahlgrauen Wände gesehen, die ich jetzt vor mir habe, genau diese gleißenden Lichter, genau diesen einzelnen Stuhl in der Raummitte, und darauf saß ich. Meine Hände waren vor meinem Körper gefesselt, mit Schellen im selben Grauton wie die Anzüge meiner Vernehmer, und der Schmerz, der von diesen Fesseln ausging – schon bei der Erinnerung daran durchläuft mich ein Zittern. Es war ein Schmerz, der einem das Fleisch von den Knochen sengt, ein Schmerz, bei dem man sich beide Hände abhacken will, damit er endet. Instinktiv weiche ich zurück und stoße gegen meinen Bewacher.

Zwei grau behandschuhte Hände schließen sich um meine Schultern und drücken so fest zu, dass meine Knochen beinahe bersten, meine Knie nachgeben und meine Sicht verschwimmt.

Dieselben Hände umfassen meine Oberarme und bugsieren mich grob zu dem Stuhl, wo sie mich umdrehen und hinsetzen. Ich erinnere mich daran, wie ich meine Hände in die Höhe gerissen und das Syldrathi-Mädchen weggestoßen habe, ohne sie überhaupt zu berühren, und ich starre meine Bewacher halb blind vor Schmerz und Tränen an und warte verzweifelt auf eine Eingebung, wie ich vorgehen muss, um sie durch den Raum zu schleudern, irgendeine rettende Idee – aber mein Kopf ist vollkommen leer.

Das war meine Vision. Die Handschellen, der Schmerz und dieselben immerfort gebrüllten Worte, so heiser, dass ich meine eigene Stimme kaum erkannte.

»Ich weiß es nicht. Bitte, ich weiß es nicht.«

Erst als zwei Helme sich zu mir herunterneigen, merke ich, dass ich meine Antwort schon flüstere. Ich flehe schon, noch bevor sie mir überhaupt die erste ihrer unmöglichen Fragen gestellt haben.

»Ms. O'Malley«, sagt einer von ihnen ruhig, mit vollkommen monotoner, vollkommen neutraler Stimme, kalt wie der luftleere Raum um die dünnen Wände dieses Schiffs. »Glauben Sie mir, uns wäre es auch lieber, wir könnten uns das ersparen.«

Squads der Aurora Legion

► **Squadmitglieder**

▼ **Alphas**

Die Alphas sind die Leiter*innen der Squads der Aurora Legion (AL), was sie fast ausnahmslos als hochernste Angelegenheit betrachten. Alphas verfügen über ein enzyklopädisches Wissen zu Regeln und Vorschriften und eine einschüchternde Arbeitsmoral, aber die meisten sind auch charismatische Führungspersönlichkeiten. Ist ja nicht unpraktisch, wenn dein Gefolge dir, räusper, auch folgen will.

In die Alpha-Division werden nur die talentiertesten Kadetten*innen der Academy berufen, und sie sind verantwortlich für den Erfolg oder Misserfolg einer Mission und das Überleben ihres Squads.

Kein Druck …

12 Tyler

»Also bequem ist was anderes.«

Ich schaue zu Finian auf. Er lehnt an der Wand aus brüniertem Stahl und heftet seine schwarzen Augen auf mich. Sein im Licht der Neonröhren silbern schimmernder Exoanzug surrt leise, als er sich an dem Wasserspender bedient.

»Für einen ›Besprechungsraum‹ ist die Einrichtung ein bisschen spärlich«, fährt er fort, nachdem er an einem Einwegbecher genippt und sich umgesehen hat. »Ihr Terraner habt ja einige Defizite, was Stilbewusstsein angeht, aber ich würde sagen, das sieht doch ziemlich wie eine Zelle aus.«

»Och, mach bitte weiter«, sagt Scarlett, beugt sich auf unserer Bank vor und klimpert mit den Wimpern. »Ehrlich, ich könnte dir den ganzen Tag zuhören, wenn du so motzt und jammerst, Finian.«

Finian setzt sich nun ebenfalls auf eine Bank und seufzt. »Ich bin zu alt für diesen Scheiß.«

Zila neigt den Kopf zur Seite. »Mit gerade mal neunzehn, Legionär de Seel?«

»Eben. Zu alt für diesen Scheiß.«

»Aufhören«, knurre ich. »Ihr alle.«

Wir hocken in einem quadratischen Raum, etwa fünf mal fünf Meter groß, mit schmalen Bänken an den Wänden. Scarlett sitzt neben mir, Zila gegenüber. Kal hält sich so fern von uns wie möglich und zieht einen Flunsch wie ein Goldfisch. Nachdem uns die Ungebrochenen fast plattgemacht hätten, ist das Nervenkostüm bei allen etwas dünn, und ich muss aufpassen, dass das nicht ausartet. Dabei bin ich selber ziemlich angespannt. Finian hat recht. Eine Schar Soldaten hat uns an Bord der *Bellerophon* getrieben und hierher eskortiert, wo wir auf ein »Debriefing« warten sollten, hieß es. Aber mit der verschlossenen Tür und den leeren Wänden wirkt dieser Schuhkarton, in dem sie uns gesteckt haben, tatsächlich wie eine verdammte Arrestzelle.

Durch die Bank unter mir spüre ich die mächtigen Triebwerke des Zerstörers vibrieren, der auf dem Rückweg zum Faltentor in die Weiten des Alls eintaucht. Ich versuche, nicht daran zu denken, wie Auri mich angesehen hat, als sie sie weggeschleift haben. Wie sich ihr eines weißes und ihr anderes braunes Auge in mich gebohrt haben, als wäre ich ihre letzte Hoffnung.

Bitte, Tyler. Lass nicht zu, dass sie mich mitnehmen.

Die Arme. Dass ein zu langer Aufenthalt in der Raumfalte zu Bewusstseinstrübungen führt, weiß man ja, aber dass sich dadurch die *Augenfarbe* ändern kann, habe ich noch nie gehört. Was auch immer da gerade mit ihr passiert, mir war nicht klar, wie schlimm es sie erwischt hat.

Ich hoffe, sie können ihr irgendwie helfen.

Der Schöpfer weiß, dass ich nichts …

»Nehmt eure dreckigen Finger weg, ihr verdammten Gremp-Streichler!«

Die Tür schnurrt auf, und zwei TDF-Kolosse in voller Tac-Montur stoßen unsere fluchende, schimpfende Pilotin herein. Die Eskorte hat uns gesagt, sie werde zu uns gebracht, sobald die Longbow angedockt hat, und das war offenbar kein Kinderspiel. Cats Gesicht ist rot, ihr Fake-Iro plattgedrückt. Ihren Plüschdrachen Kleeblatt hat sie in die Innentasche ihrer Fliegerjacke gestopft. So sauer habe ich sie überhaupt noch nie erlebt. Als sie zu dem größeren der beiden Soldaten herumfährt, schlägt er schnell auf das Bedienpanel und schließt sie mit uns anderen ein. Ihr Stiefel hinterlässt eine Schramme in dem Plastahl, als sie dagegentritt.

»Ja, hau bloß ab, du feiger Sack!«

»Cat?«, fragt Scar und springt auf. »Alles okay bei dir?«

»Wie sieht's denn aus?«, blafft Cat. »Erst, wenn ich den nächsten« – noch ein Tritt gegen die Tür – »TDF-Wichser, der auf meinem Radar auftaucht, die Fresse eingeschlagen habe!«

»Cat«, sage ich und stehe ebenfalls auf. »Komm mal runter.«

»Sie haben sie *massakriert*, Tyler!« Sie wirbelt zu mir herum.

Ich blinzele. »Was? Wen?«

»Die Flüchtlinge!«, brüllt Cat und gestikuliert wild Richtung Tür. »Taneth und alle anderen! Kaum hatte ich die Longbow angedockt, hat die TDF die komplette Station pulverisiert. Sie ist *weg*!«

Finian bringt nur ein Flüstern heraus. »Beim Schöpfer …«

Ich versuche blinzelnd zu begreifen, was Cat gerade gesagt hat. Scarlett sackt mit bleichem Gesicht auf die Bank zurück.

Alle Blicke wandern zu Kal.

Er behält zwar seine gewohnt coole Fassade, aber sein Gesicht ist wie versteinert, als er aufsteht und im Zimmer auf und ab geht. Dann stützt er sich mit flachen Händen an die Wand, lässt den Kopf hängen und murmelt etwas in sich hinein. Ich spreche lange nicht so gut Syldrathisch wie Scar, aber ich weiß auch so, dass es Flüche sind.

»Kal?«, fragt Scar behutsam. »Ist alles in Ordnung?«

Ich sehe die Wut in seinen Augen, als er sich zu ihr umdreht. Ich sehe seinen inneren Aufruhr. Aber seine Stimme ist so leer und kalt wie das All da draußen.

»Einhundert Seelen meines Volkes«, sagt er. »Einhundert Lieder sind für immer verstummt. Einhundert Leben und

Tausende Jahre in der Großen Weite verschwunden. Reicht es ihnen nicht, mit anzusehen, wie unsere eigenen Leute uns niedermetzeln? Muss Terra das mörderische Werk der Ungebrochenen nun fortführen?«

»Es gibt bestimmt einen Grund dafür«, sagt Scarlett.

»Sie waren Wegewanderer«, sagt Kal und macht einen Schritt auf sie zu. »Weise und Gelehrte. Welchen Grund könnte es dafür geben?«

»Ruhig, Legionär«, warne ich ihn.

»De'sai!«, zischt er und sieht von mir zu Scar. »De'sai si alamm tiir'na!«

Ich beiße die Zähne zusammen, als ich einzelne Wörter erkenne. »Hat er gerade gesagt, was ich …«

»Schande«, übersetzt Scarlett wutbebend. »Schande über deines Vaters Haus.«

Das war's. Das ist der letzte Tropfen. Die verpasste Auslese. Die idiotische Mission. Die Losertruppe. Die Lügen unserer Kommandanten und der Ausdruck in Auris Augen, als sie abgeführt wurde – und jetzt wagt es dieses hinterfotzige Spitzohr auch noch, meinen Vater ins Spiel zu bringen.

Das ist der Funke, der das Inferno auslöst.

Er blockt meinen ersten Schlag – er ist viel schneller als ich. Aber ich hebele ihn aus, ziehe ihm ein Bein weg, und wir rollen zusammen über den Boden, wo es weniger auf Reaktionsschnelligkeit ankommt, und Schöpfer steh mir bei, als ihm bei meinem zweiten Haken die Lippe aufplatzt, grinse ich schadenfroh. Der ganze Frust der letzten Tage kocht in mir hoch, während wir miteinander ringen, während Cat mir zuschreit, dass ich aufhören soll, während Fin sarkastisch applaudiert und Zila auf ihrem Uniglass herumtippt, als langweilte sie sich zu Tode. Kals Finger schließen sich um meine Kehle, ich greife nach seinen –

Da klatscht mir kaltes Wasser auf den Hinterkopf. Röchelnd und japsend reiße ich Kals Hände von meinem Hals und schaue hoch. Scarlett steht über uns und schüttelt demonstrativ die letzten Tropfen aus dem Wasserspender, den sie über uns ausgeleert hat. Dann wirft sie den Behälter beiseite.

»Werd erwachsen«, sagt sie. »Sir.«

Mit verschränkten Armen setzt sich meine Schwester wieder auf die Bank und schlägt die Beine übereinander. Finian zieht eine Augenbraue in die Höhe und spricht in das allgemeine Schweigen hinein.

»Lernt man so was im Diplomatie-Unterricht?«

»Ich hab improvisiert«, knurrt Scarlett.

Cat bietet mir ihre Hand an, und ich lasse mir ächzend hochhelfen. Wasser läuft an mir herunter, mein triefendes Haar hängt mir in die Augen. Unser Ace mustert mich mit einem schiefen Grinsen und schüttelt den Kopf. Kal scheint hinter mir wie von selbst in die Höhe zu gleiten. Auch seine Uniform ist klatschnass, sein Blick immer noch wild vor Zorn, aus seiner Lippe quillt violettes Blut. Jetzt, wo ich nicht mehr auf den Überraschungseffekt setzen kann, wird er mich wohl in Stücke reißen. Ich mache mich gerade auf die nächste Runde gefasst, als auf einmal alle unsere Uniglasses gleichzeitig piepen.

Ich schaue auf das Gerät an meinem Gürtel. Eine einzelne Textzeile leuchtet auf dem Display.

Eingehende Nachricht, Squadchat. Absender: Zila M, Wissenschaftsoffizierin.

Wir tippen alle auf unsere Bildschirme, um die Nachricht zu öffnen.

Zila M: Ich gehe davon aus, dass die TDF die Verschlüsselung unseres Squad-Netzwerks noch nicht geknackt hat. Bestimmt arbeiten sie schon daran. Wir sollten schnell sprechen.

Cat schaut Zila an, als hätte sie nicht mehr alle.

»Ähm, hast du deine Zunge verschluckt?«

Zila tippt wieder, und Sekunden später piept mein Uniglass.

Zila M: Dieser Raum wird garantiert abgehört und mit Kameras überwacht. Wenn wir offen sprechen, ermorden sie uns womöglich noch früher als geplant. Wir müssen aus dieser Zelle ausbrechen und Aurora befreien. Sonst werden wir alle sterben.

Ich runzele die Stirn und will schon den Mund aufmachen, doch Zila schüttelt so entschieden den Kopf, dass ihre goldenen Kreolen klimpern. Ihr warnender Blick bringt mich dazu, meine Antwort stattdessen zu tippen.

Tyler J: Was um alles in der Milchstraße redest du da?

Zila M: Ich schätze, uns bleibt nur noch sehr wenig Zeit, bevor die TDF dich zum »Debriefing« abholt. Nach dem Verhör wirst du getötet. Danach werden wir anderen einzeln verhört und ebenfalls getötet.

Fin tippt eilig und sieht Zila dabei an.

Finian dS: Hast du heute Morgen vergessen, deine Glückspillen zu nehmen?

Zila M: Nein. Ich bin immer so.

Tyler J: Finian, halt die Klappe. Zila, was willst du uns sagen?

Zila seufzt und tippt mit fliegenden Fingern.

Zila M: Die Crew der Bellerophon hat gerade 100 unschuldige Syldrathi liquidiert. Wahrscheinlich haben sie auch die Wraith der Ungebrochenen zerstört, Legionärin Brannock?

Cat nickt.

Zila M: Ergo sind wir die einzigen noch lebenden Zeugen.

Ich tippe entnervt zurück.

Tyler J: Du behauptest also, dass sie uns töten werden, um zu vertuschen, dass sie gegen die terranische Neutralitätsvereinbarung mit den Ungebrochenen verstoßen haben? Nichts gegen deinen Input,

Zila, aber das ist doch unlogisch. Warum sollten sie uns retten, um uns direkt danach zu töten?

Zila M: Sie vertuschen nicht ihren Vertragsbruch, Sir. Sie bringen jeden zum Schweigen, der wissen könnte, dass sie Aurora O'Malley in Gewahrsam haben.

Scarlett J: Hä, was hat Aurora denn jetzt damit zu tun?

Zila M: Das kann man sich doch leicht ausrechnen. Wie kann es sein, dass ein TDF-Zerstörer zufällig in der Nähe war, als wir unseren Notruf abgesetzt haben?

Cat B: Ich hab euch doch gesagt, dass Kleeblatt uns Glück bringt.

Finian dS: Schon vergessen, Legionärin Madran? *Gruselstimme* Die Global Intelligence Agency hat ihre Augen überall bliblablub.

Zila M: Sie sind uns gefolgt. Das ist die einzige Erklärung, warum sie so nah waren. Aurora meinte, Battle Leader de Stoy habe ihr gesagt, sie solle sich an Bord unserer Longbow verstecken. De Stoy wollte Aurora bei uns haben, weg von der GIA.

Cat B: Quatsch. O'Malley hat VIEL zu viel Zeit in der Raumfalte verbracht. Deswegen tickt sie nicht mehr richtig.

Zila M: Was hat de Stoy zu uns gesagt? *»Die Fracht, die Sie transportieren, ist wertvoller, als Sie alle ahnen können.«* Unsere Mission war nicht der Versorgungsflug nach Sagan. Wir sollten Aurora O'Malley von der Academy wegbringen, bevor die GIA eintraf, um sie nach Terra mitzunehmen.

Finian dS: Sie haben keine Gesichter.

Cat B: Beim Schöpfer, Finian, drehst du jetzt auch durch?

Finian dS: Leck mich, Cat.

Cat B: Lieber leck ich den Großen Ultrasaurus von Abraaxis IV.

Tyler J: LASST DEN SCHEISS. FIN, WAS MEINST DU?

Finian dS: Das hat Aurora zu mir gesagt, kurz bevor die GIA ankam. *»Sie haben keine Gesichter.«* Und sie hat was davon gebrabbelt, dass sie alles säubern. Es schwarz übermalen.

Zila M: Was die gesichtslosen GIA-Agenten in eben diesem Moment tun. Außerdem hat Aurora behauptet, Kal schon vor ihrer ersten Begegnung in einer Vision gesehen zu haben.

Cat B: WEIL DIE RAUMFALTE IHR INS HIRN GESCHISSEN HAT.

Kaliis G: Als Aedra mich in der Ladebucht angegriffen hat, hat Aurora sie gegen die Wand geschleudert, ohne sie überhaupt zu berühren.

Finian dS: Machst du Witze?

Kaliis G: Ich schwöre es bei den Seelen der Großen Weite. Ihr rechtes Auge leuchtete so hell, dass es blendete. Und nach dem Kampf hatte es eine andere Farbe.

Scar und ich wechseln einen Blick. Ich sehe Skepsis in ihren hellblauen Augen.

Aber Auris Iris ist tatsächlich weiß geworden.

Tyler J: Passt auf, eins habe ich in meinem Bericht nicht erwähnt, weil ich es selbst nicht glauben wollte. Aber als ich Aurora aus der *Hadfield* gerettet habe, da hat sie mich, glaube ich …

Tyler J: Also sie hat mich bewegt.

Scarlett J: Bewegt? So wie ein Lovesong dich bewegt?

Cat B: Oh verschone mich.

Tyler J: Ich war noch zweihundert Meter von meiner Phantom weg, als ich fast ohnmächtig wurde. Und auf einmal waren wir direkt vor der Luftschleuse.

Zila M: Telekinese. Präkognition. Interessant.

Cat B: Das ist ja total schräg.

Scarlett J: Leider muss ich meiner schlagkräftigen, aber gebildeten Zimmergenossin recht geben.

Cat B: Danke, Schätzchen.

Scarlett J: Aber gerne. Du hast übrigens noch meinen Eyeliner.

Zila M: Es ist bekannt, dass ein längerer Aufenthalt in der Raumfalte extreme mentale Belastungen mit sich bringt. Ich darf daran erinnern, dass Aurora mehr als zweihundert Jahre darin verbracht hat. Eine so lange Einwirkung hat noch niemand überlebt.

Finian dS: Und was will die GIA dann mit ihr?

Zila M: Eine sehr gute Frage. Aber ich denke, die weitaus dringendere Sorge ist unsere unmittelbar bevorstehende und zweifellos brutale Ermordung durch ihre Agenten.

Finian dS: Ich gebe zu, dass dieser Princess nicht gerade der Frohsinn in Person war.

Scarlett J: PrincePs. Das ist Lateinisch für »der Erste unter Gleichen«.

Zila M: Ich wusste nicht, dass du Lateinisch sprichst.

Finian dS: Was im Namen des Schöpfers ist Lateinisch?

Cat B: Also, das ergibt doch alles keinen Sinn. Wenn sie uns töten wollen, warum haben sie uns dann nicht schon auf der Station eliminiert?

Zila M: Vielleicht möchten sie Tyler dazu befragen, wie er Aurora gefunden hat? Oder sichergehen, dass wir niemandem sonst mitgeteilt haben, wo sie sich befindet? Wie auch immer, wenn wir nicht schnell einen Fluchtweg finden, werden wir dieses Schiff nicht lebend verlassen.

Tyler J: Wir reden hier von der Terran Defense Force.

Zila M: Hier hat die Global Intelligence Agency das Sagen, Sir. Die TDF chauffiert sie nur herum.

Tyler J: Trotzdem sind es Terraner! Beim Schöpfer, was sollen wir denn machen? Unsere eigenen Leute angreifen?

Finian dS: Alternativ zu: uns von ihnen hinrichten lassen?

Über die Lautsprecheranlage des Zerstörers ertönt eine Signalhupe, gefolgt von einer schiffsweiten Durchsage.

»ALLE MANN BEREIT ZUM EINTRITT IN DIE RAUMFALTE. T MINUS FÜNFZEHN SEKUNDEN.«

Das Dröhnen der Triebwerke wird lauter, und wir holen alle

tief Luft. Ein kurzer Schwindel, ein Anflug von Schwerelosigkeit, und die Farben um uns herum werden zu schwarz-weiß. Mein Squad sieht mich an. Sie warten auf eine Entscheidung.

Das Ganze klingt zwar völlig abgefahren, aber Zilas Argumente sind bestechend logisch. Ich bin für diese Truppe hier verantwortlich, und unser aller Leben steht auf dem Spiel. Wenn ich ihr nicht glaube – und damit falschliege –, könnte das tödliche Folgen haben.

Das Dumme ist nur: Wenn die TDF uns tatsächlich liquidieren will, bleibt uns eigentlich nichts anderes übrig, als uns den Weg freizu*kämpfen*. Und das würde bedeuten, Terraner zu töten. Mein Vater war in der TDF, bevor er Senator wurde. Gäbe es die Aurora Legion nicht, wäre ich wahrscheinlich selbst in der TDF.

Ich fange Scars Blick auf, und sie neigt den Kopf fast unmerklich zur Seite.

Es ist seltsam, einen Zwilling zu haben. Dad hat Scar und mir mal erzählt, dass wir uns eine eigene Sprache ausgedacht haben, als wir klein waren. Wir hätten uns mit Wörtern verständigt, die niemand außer uns verstand. Scar kann mir mit einem Blick eine Geschichte erzählen. Mit einer einzigen hochgezogenen Augenbraue einen ganzen Roman schreiben. Und in diesem Moment weiß ich genau, was sie mir wortlos mitteilt.

Weise uns den Weg, Bruderherz.

Die Tür schnurrt auf, und vier TDF-Soldaten kommen reinmarschiert. Sie stecken von Kopf bis Fuß in Tac-Rüstungen und sind mit Disruptorgewehren bewaffnet. Die junge Offizierin, mit der ich auf der Sagan Station gesprochen habe, führt den Trupp an. Ich sehe sie hinter ihrem Visier eine Augenbraue hochziehen, als sie vor der Pfütze auf dem Boden stehen bleibt und meine tropfnasse Uniform mustert.

»Also dann, Legionär«, sagt sie lächelnd. »Wenn Sie jetzt bitte zur Besprechung mitkommen würden. Danach bringen wir Sie und Ihren Squad direkt zur Aurora Station, dann sind Sie pünktlich zum Abendessen zurück.«

Ich werfe Scar einen fragenden Blick zu. Ich übertreibe nicht, wenn ich sage, dass sie in anderen lesen kann wie in einem offenen Buch. Das ist manchmal fast unheimlich. Schon als kleines Kind konnte ich ihr nichts vormachen.

Sie betrachtet die Offizierin von oben bis unten.

Späht zu mir.

Schürzt die Lippen.

Lüge.

Ich spüre die Anspannung im Raum. Cat hat die Hände zu Fäusten geballt. Kal starrt die Soldaten, die gerade einhundert seiner Leute ermordet haben und so tun, als wäre alles in bester Ordnung, mit eiskalter Wut an. Ich weiß nicht, wie gut sich Finian oder Zila in einem Handgemenge schlagen werden, aber wir sind zu sechst, sie zu viert, und wenn sie glauben, dass ich mich so einfach aufs Schafott führen lasse, haben sie sich geschnitten.

Ich stehe mit einem lässigen Lächeln auf, knipse meine Grübchen an.

»Kein Problem, Lieutenant«, sage ich.

Und ramme ihr meinen Ellbogen in den Hals.

Ihre Rüstung puffert den Stoß zwar ab, aber er ist heftig genug, um sie aus dem Gleichgewicht zu bringen. Ich trete ihr gegen das Knie, sodass sie stürzt und dabei ihren Disruptor fallen lässt.

Sofort bricht die Hölle los. Die drei anderen TDF-Soldaten richten ihre Waffen auf meine Brust. Kal gleitet hinter einer Soldatin in die Höhe und bohrt ihr die ausgestreckten Finger hinters Ohr, woraufhin sie zusammenbricht, als hätte man eine Dosis Leirium-Rocksmoke auf sie abgefeuert. Cat greift ihren Nebenmann an und versucht, ihm das Gewehr zu entringen, und Scar donnert dem dritten den leeren Wasserbehälter an den Kopf. Er taumelt rückwärts gegen Finian, der ihn mit seinem sirrenden Anzug umklammert wie ein Schraubstock.

Ich schnappe mir den Disruptor der gestürzten Offizierin und schlage ihr mit dem Kolben auf Höhe ihres Gesichts eine deutliche Delle in den Helm. Sie reißt mich zu sich auf den Boden und tritt das Gewehr beiseite. Als sie mir ihr Knie in den Schritt rammt, gleißt die ganze Welt weiß vor Schmerz. Sie wirft mich auf den Rücken, zieht die Pistole aus ihrem Gürtel und zielt auf meinen Kopf.

Eine Hand packt sie am Kiefer, und drei Finger bohren sich seitlich in ihren Hals. Mit einem Seufzer verdreht die Offizierin die Augen ins Weiße und kippt von mir runter. Über mir steht Kal. Er hat die Augen zu Schlitzen verengt, kein einziges silbernes Haar ist verrutscht, nicht mal außer Puste ist er. In meiner Leistengegend tobt der Schmerz, als ich mich in der Zelle umsehe. Die drei anderen TDF-Soldaten liegen wie kaputte Spielsachen auf dem Boden verstreut.

Sie sind alle k. o. Grün und blau geschlagen, blutüberströmt und mit gebrochenen Knochen. Scar, Cat und Finian starren unseren Tank halb ehrfürchtig, halb entgeistert an. Es ist totenstill.

»Das soll jetzt nicht heißen, dass ich dich mag, Kal«, sagt Cat schließlich. »Aber ich gebe zu: Ich bin beeindruckt.«

»Ist es hier drin gerade ziemlich heiß geworden, oder geht das nur mir so?«, fragt Scarlett.

»Das geht nicht nur dir so«, brummt Finian und fächert sich Luft zu.

Der Syldrathi streckt mir seine Hand hin.

»Wir müssen weg hier, Tyler.«

Mir wird bewusst, dass Kal mir zum ersten Mal seit unserer Prügelei in der Academy die Hand anbietet. Offenbar gibt er seine Distanz zu mir ein Stück weit auf. Und weil ich weiß, dass es einen Syldrathi große Überwindung kostet, sich überhaupt berühren zu lassen, sollte ich wohl einschlagen. Ich nehme seine Hand, und er zieht mich hoch. Ich versuche, die blutenden Soldaten um mich herum nicht anzusehen. Die blutenden *Terraner*. Meine Gedanken rasen, während ich nach einem Ausweg suche.

Zahlenmäßig sind wir natürlich haushoch unterlegen. Die GIA hat Auri in Gewahrsam. Unsere Longbow ist gut gesichert. Aber ich habe mich schon als Sechsjähriger mit terranischen Raumfahrzeugen befasst und kenne den Aufbau eines Zerstörers in- und auswendig. Und obwohl diese Truppe aus Vollidioten und Soziopathen der klägliche Rest ist, den bei der Auslese niemand haben wollte, sind sie auf ihrem Gebiet alle ziemlich gut. Wenn ich uns irgendwie zu einem Team zusammenschweißen könnte, wäre es vielleicht sogar möglich, es hier lebend rauszuschaffen …

Da schrillt ein Alarm los, und aus den Lautsprechern dröhnt eine Durchsage.

»SECURITY ZU ARRESTZELLE 12A. SECURITY SOFORT ZU 12A.«

»Die meinen uns«, warnt Cat.

»Okay, hört her«, sage ich. »Ich habe einen Plan.«

»FEUERALARM, LEVEL 12. LÖSCHMANNSCHAFT SOFORT AUF LEVEL 12.«

Wir marschieren unter dem Jaulen der Sirenen Richtung

Fahrstühle, als uns der erste TDF-Trupp über den Weg läuft. Sie kommen mit den Gewehren im Anschlag um die Ecke getrappelt, die Ziellaser durchschneiden den Sprühnebel aus der Sprinkleranlage. Weil wir noch im monochromen Farbspektrum der Raumfalte sind, glänzt das Wasser silbern, und die Augen des Unteroffiziers, der den Trupp anführt, sind fast schwarz.

»Halt!«, bellt er.

Scarlett tritt vor. An ihrem Kragen funkelt das Offiziersabzeichen, und ihr flammendes Haar ist mattgrau. Meine Stiefel sind zu groß, und ohne jetzt rumprahlen zu wollen, ist mir der Schritt in dieser Rüstung viel zu eng. Aber dafür, dass wir die Uniformen vier bewusstlosen TDF-Soldaten vom Leib gezogen haben, kommen wir eigentlich ganz überzeugend rüber. Cat und Zila bilden die Schlusslichter, und Kal und Finian stehen mit magnetischen Handschellen gefesselt zwischen uns und gucken betreten. Die letzten Zweifel macht Scarlett mit ihrem übergroßen Selbstbewusstsein locker wett.

»Zwei haben wir«, schnauzt sie. »Die vier anderen sind zu den Luftschächten geflohen. Geht ihr hoch auf 13, wir bringen diese beiden in den Bau!«

Der Unteroffizier runzelt die Stirn. »Zu den Schächten? Wir sollen …«

»Bist du als Baby auf den Kopf gefallen, Soldat?«, donnert Scarlett. »Das war ein Befehl! Beweg deinen Arsch, bevor ich ihn in die Raumfalte spüle!«

Man kann ja vom Militär halten, was man will, aber selber denken lernt man dort praktischerweise nicht. Man lernt, Befehle auszuführen. Ob in der Legion, der TDF oder in welcher Uniform auch immer – sobald ein Offizier einen gemeinen Unteroffizier anbrüllt, dass er die Beine in die Hand nehmen soll, rennt der los.

Da ist dieser Unteroffizier zu unserem Glück keine Ausnahme.

»Jawohl, Ma'am«, bellt er und dreht sich zu seinem Trupp um. »Level 13, zack, zack!«

Der Trupp stürmt an uns vorbei. Scarlett brüllt in ihr Ansteckmikrophon, wo denn verdammt nochmal die Löschmannschaften bleiben. Wir erreichen den Turbolift, und ich hämmere in dem silbernen Regen auf das Bedienfeld ein, bis die Anzeigen grau aufleuchten.

»Okay, Finian, wie viel Zeit bleibt uns, bis sie ihre Kameras wieder am Netz haben?«

Finian schaut kurz auf sein Uniglass und schüttelt den Kopf. »Das war ein ziemlich simpler Hack. Wir haben noch eine, höchstens zwei Minuten.«

»Okay. Sämtliche Wachtrupps sind jetzt auf dem Weg hierher zu Level 12. Die Andockbucht ist auf Level 5. Cat, du bringst Zila, Fin und Kal da runter und machst die Longbow startklar. *Leise.* Wenn wir nicht in fünf Minuten an Bord sind …«

»Ty, ich hebe nicht ohne dich ab«, sagt Cat.

»Ich wollte gerade sagen, gib uns dann noch mal fünf Minuten, aber nein, du hast recht, ihr solltet auf jeden Fall ohne mich abheben.«

»Wo willst du hin?«, fragt Finian.

»Scar und ich gehen Aurora holen.«

»Ich komme mit«, sagt Kal.

»Nein«, blaffe ich. »Vergiss es. Du fällst auf wie ein zwei Meter großer blauer Daumen mit spitzen Ohren. Du fährst mit runter in die Andockbucht. Vielleicht müsst ihr euch da den Weg freikämpfen.«

»Zu Aurora müsst ihr euch definitiv den Weg freikämpfen«, sagt Kal und tritt vor. »Und das kann ich besser als ihr.«

»Das war ein Befehl, Legionär«, knurre ich.

Kal neigt den Kopf. »Dann bekomme ich eben einen Verweis in die Akte, Sir.«

»Bei allen …«, seufzt Scar. »Könnt ihr zwei euch bitte küssen und wieder vertragen?«

»Au ja, ich mach mit«, sagt Finian.

Der Lift kommt an, und die Türen gleiten auf. Ich frage mich, was mit Kal los ist. Auf der Sagan Station hat er Aurora noch wie eine lästige Schmeißfliege behandelt. Aber an seinem Blick erkenne ich, dass er auf stur stellt, und für einen weiteren Streit haben wir verdammt nochmal keine Zeit.

»Scar, geh mit Cat mit. In fünf Minuten startet ihr. Das ist ein *Befehl.*«

Scarlett sieht mich durch den silbernen Regen an. »Jawohl.«

Die vier gehen an Bord des Turbolifts, und ich sehe Cat in die Augen, als die Türen zugleiten. Dann funkele ich Kal an, der knallhart zurückstarrt.

»Der Hochsicherheitstrakt müsste auf Level 11 sein«, sage ich.

»Mir nach«, sagt der Syldrathi. »Sir.«

Wir rennen zur Treppe und springen in wenigen Sätzen eine Ebene tiefer. Auf dem Korridor hebt Kal seine gefesselten Hände, und ich spiele seinen Wächter, indem ich mit gezücktem Gewehr hinter ihm hermarschiere. Eine Tech-Crew mit Löschausrüstung trappelt an uns vorbei, dicht gefolgt von einem Trupp TDF-Soldaten. Sie beachten uns nicht weiter. Der Alarm gellt immer noch, über Lautsprecher wird der Brand ausgerufen, den Zila in den Stromleitungen ausgelöst hat. Ich nehme mir vor, Fin zu fragen, warum er einen Propanbrenner in seinem Exoanzug aufbewahrt und was er da drin noch für Überraschungen versteckt.

Falls wir hier lebend rauskommen, versteht sich.

Der Gefängnistrakt ist fast unbewacht – die meisten Soldaten sind oben und suchen nach uns. Hinter dem Aufnahmebereich sehe ich einen von schweren Türen gesäumten Flur. Ein Junior-Offizier tippt an einer Workstation, und ein zweiter sitzt hinter der Rezeption und brüllt über den Lärm des schiffsweiten Alarms hinweg in eine Sprechanlage. Er hebt eine Hand, um mir zu bedeuten, dass ich warten soll.

Da beginnt es.

Zuerst spüre ich nur ein seltsames Kribbeln im Nacken. Die Luft fühlt sich auf einmal schmierig an, knisternd, wie elektrostatisch aufgeladen. Ein Geräusch hebt an, höher als das Brummen der Triebwerke, tiefer als das Kreischen der Alarmanlage. Eine Art …

Flüstern?

Ich sehe Kal an und erkenne an seiner leicht irritierten Miene, dass er es auch hört. Der Offizier blinzelt und starrt in die Richtung der Gefängniszellen.

Ohne jede Vorwarnung gehen die Lichter aus, und es wird stockfinster. Das Flüstern schwillt an, fast ist es laut genug, um einzelne Wörter auszumachen, und der Raum … *erzittert.* Spitze Schreie gellen durch die Dunkelheit, gefolgt von einem feuchten Knirschen, und sämtliche Zellentüren wölben sich gleichzeitig nach außen, als wären die Titanplatten aus Papier.

Sämtliche Displays auf sämtlichen Konsolen werden schwarz.

Die Triebwerke und Alarmanlagen verstummen.

Über uns springt die trübe Notbeleuchtung an.

Terranische Zerstörer haben vier separate Reaktoren, zig Fail-Safe-Vorrichtungen und ein Dutzend verschiedene Backup-Systeme. Aber auch wenn es eigentlich unmöglich ist: Gerade ist auf dem gesamten Schiff die Energie ausgefallen. Nach all dem Lärm herrscht plötzlich eine ohrenbetäubende Stille, und ich starre ungläubig auf den Flur vor uns. Unter einer der verknautschten Türen quillt ein langes, dunkelgraues Rinnsal hervor, das aussieht wie …

»Blut«, flüstert der Offizier und greift nach seiner Pistole.

Kal nutzt die Gunst der Stunde, um seine Handschellen abzustreifen und sie dem Mann in den Hals zu rammen. Der kippt japsend rückwärts, und Kal setzt über den Tresen und schlägt ihn mit zwei Hieben k. o. Der zweite Mann fährt brüllend herum und reißt seine Waffe hoch, doch Kal hat ihm schon Handgelenk und Ellbogen gebrochen und ihn bewusstlos geschlagen, bevor ich überhaupt abdrücken kann.

Der Syldrathi richtet sich auf und wirft seine langen Zöpfe über die Schultern zurück. Seine Miene ist so ungerührt, als hätte er gerade Essen bestellt.

Großer Schöpfer, er ist gut …

Ich habe keine Ahnung, wie es zu dem Energieausfall kam, aber für Nachforschungen haben wir jetzt keine Zeit. Als die Notfallbeleuchtung wie eine Diskokugel zu flackern beginnt, wache ich aus meiner Betäubung auf, setze ebenfalls über den Tresen und renne hinter meinem Tank bis zu der Tür mit der Blutpfütze. Mit pochendem Herzen hebe ich mein Disruptorgewehr und nicke Kal zu. Obwohl er stärker ist als jeder Terraner, verlangt es ihm äußerste Kraftanstrengung ab, die Tür aufzustemmen, aber schließlich gibt sie quietschend nach.

Ich gehe mit dem Gewehr im Anschlag hinein.

»Oh Schöpfer«, flüstere ich.

Aurora hängt zusammengesunken und mit gefesselten Händen auf einem einzelnen Stuhl in der Raummitte. Ihre Augen sind geschlossen, und aus ihrer Nase rinnt Blut. Der Boden, die Decke und die Wände sind nach außen gewölbt, sodass der

Raum fast eine Kugel bildet. Ich sehe zwei gesichtslose Helme auf dem Boden, zwei anthrazitgraue Anzüge liegen platt daneben, und ihr Inhalt ist in einer breiigen Mischung aus Grau und Schwarz an der Wand verschmiert. Die sonderbaren Flecken reichen bis an die Decke, als wären die Leute in den Anzügen Zahnpastatuben gewesen, die jemand einfach ... *ausgedrückt* hat.

»Amna diir ...«, keucht Kal.

»Hol Aurora.« Ich kämpfe gegen den Würgereiz an. »Wir müssen los.«

Er nickt finster, geht neben den zerfetzten Anzügen in die Hocke und kramt in den triefnassen Taschen, bis er die Schlüsselkarte gefunden hat. Mit einem Wisch klacken Auroras Schellen auf, und Kal hebt sie mühelos hoch und bettet sie sacht auf seine Arme. Dann sprinten wir über den blutverschmierten Boden in das flackernde Licht hinaus. Unsere Schritte hinterlassen dunkle Spuren, die in dem Lichtkegel der kleinen Taschenlampe an meinem Gewehrlauf feucht glänzen.

Weil die Fahrstühle alle ausgefallen sind, rennen wir die Treppe runter zu Level 5. Als wir durch die Tür spähen, sehe ich vier TDF-Soldaten um eine Konsole gedrängt stehen.

Ich weiß, dass ich keine Wahl habe, dass ihr Leben gegen unseres steht, aber mir zieht sich trotzdem der Magen zusammen, als ich auf ein Knie gehe und das Feuer eröffne. Sie schreien auf und stürzen in Deckung, was die Dummys im Schießtraining nie getan haben.

»Lauf! *Lauf!*«, brülle ich Kal zu.

Mit Aurora auf den Armen rennt er quer durch die Andockbucht der *Bellerophon* auf unsere Longbow zu. Mein Gewehrfeuer hat sämtliche Soldaten in der Bucht alarmiert, doch da taucht plötzlich Scar hinter einem Stapel Frachtkisten auf und ballert los. Das Disruptorfeuer zieht weiße Streifen durch die

Dunkelheit. Hinter der Sicherheitsscheibe unserer Longbow sehe ich Cat, die es in dem Chaos irgendwie an Bord geschafft hat. Ich spreche ein Stoßgebet, dass unser Schiff bei dem, was da vorhin den Zerstörer lahmgelegt hat, verschont geblieben ist, und seufze vor Erleichterung, als die Triebwerke hochfahren.

Vom Deck sprühen Funken auf, als die Soldaten Kal unter Beschuss nehmen. Ich versuche, ihm mit dem letzten Rest Disruptorenergie aus meiner Waffe Deckung zu geben. Cat feuert die Gaußkanonen unserer Longbow ab, und eine Salve Überschallgranaten zwingt die TDFler zum Rückzug.

Scar kommt aus der Deckung und rennt zur Longbow, und ich gebe mir mit trommelndem Herzen einen Ruck und setze Kal nach. Die Triebwerke der Longbow werden lauter, das Schiff hebt langsam ab. Von der Dockrampe, über die Scarlett sich gerade in Sicherheit bringt, winkt Finian mir hektisch zu. Kal springt in drei großen Sätzen die Rampe hoch, ich hechte hinterher, werfe mich im Blitzgewitter der TDF-Disruptoren flach auf den Bauch und brülle: »LOS, CAT!«

Mit einem Ruck klappt die Rampe ein, und unsere Longbow legt sich hart backbord. Ein kurzes Aufjaulen ertönt, gefolgt von einem scharfen *Zzzzisch*, als Cat zwei Plasmaraketen in das Innentor der Bucht feuert und das Metall zu Schlacke schmilzt. Kugeln prasseln wie Hagel auf unseren Rumpf. Cat feuert noch mal, und diesmal durchschlagen die Geschosse den Plastahl der Außenhülle, sodass die farblose Leere der Raumfalte vor uns aufklafft.

Die Atmosphäre entweicht ins All, und der schlagartige Druckabfall stellt die TDF-Soldaten vor die Wahl zwischen Flucht und Erstickungstod. Über das Kreischen der Warnsirenen und das Dröhnen der Triebwerke knarzt Cats Stimme aus dem Intercom unseres Schiffs.

»Haltet eure Unterhosen fest, Kinder!«

Eine Handvoll TDF-Geschosse klapsen uns zum Abschied aufs Heck, als wir aus der Bucht düsen. Die Backbordtriebwerke schaben über die Überreste des geschmolzenen Innentors, dann heben wir in die Weite der Raumfalte ab.

Ich sehe mich nach den anderen um. Niemand scheint ernsthaft verletzt zu sein. Kal hockt neben Aurora und passt auf, dass sie nicht hin und her schlittert. Sie ist bewusstlos – ihre Augen geschlossen, die Lippen und das Kinn blutverschmiert, ihr Gesichtsausdruck so selig wie in dem Moment, als ich sie aus der Kryokapsel gezogen habe.

Das ist erst drei Tage her.

»Alles klar bei euch da hinten?«, fragt Cat über das Intercom.

Zur Antwort tippe ich auf mein Uniglass.

»Tyler hier«, ächze ich. »Uns geht's allen gut.«

Vom anderen Ende des Frachtraums wirft Scarlett mir einen bohrenden Blick zu. »Du hast eine seltsame Auffassung von ›gut‹, Baby-Bro.«

Ich sehe meiner Zwillingsschwester an, was sie denkt. Als hätte sie es laut und deutlich ausgesprochen.

Wir haben gerade auf einem Zerstörer der Terran Defense Force einen gewaltsamen Aufstand angezettelt.

Wir haben gerade mindestens einhundert Vorschriften der Aurora Legion gebrochen.

Wir haben gerade Angehörige der TDF angegriffen.

Großer Schöpfer …

Mit donnernden Triebwerken rasen wir durch die Raumfalte, weg von der gelähmten *Bellerophon*, dem Schauplatz unserer Verbrechen, hinaus in die glitzernde Dunkelheit.

Wir sind zwar mit dem Leben davongekommen, aber damit ist die Sache noch lange nicht vorbei. Nicht nach dem, was

Aurora da drin getan hat. Wenn du GIA-Agenten getötet hast, bist du des Todes. Es ist nur eine Frage der Zeit, bis die Global Intelligence Agency und die gesamte Terran Defense Force uns im Nacken sitzen. Na ja, sie wollten uns sowieso schon an den Kragen, aber …

Wir sind auf der Flucht, denke ich. *Vor unseren eigenen Leuten.*

Scar kaut auf ihrer Unterlippe und nickt.

Was würde Dad sagen?

Finian sieht in die Runde, bis seine großen schwarzen Augen an mir hängen bleiben.

»Und, Goldenboy«, sagt er, »was im Namen des Schöpfers machen wir jetzt?«

Ich hole tief Luft und puste mir die Haare aus den Augen.

»Das«, seufze ich dann, »ist eine sehr gute Frage.«

Teil 2

Ein Himmel voller Geister

Squads der Aurora Legion

► **Squadmitglieder**

▼ **Faces**

Wenn man es mit einem Mitglied der Aurora Legion zu tun bekommt, das geschmeidiger ist als ein Glas Larassian Semptar Single Malt, dann kann man davon ausgehen, das Face des Squads kennengelernt zu haben. Als geborene Diplomat*innen sind sie für den Umgang mit Freund und Feind ausgebildet – und den Besten unter ihnen gelingt es schon mit wenigen Worten, Letzteren zu Ersterem zu machen.

Egal, ob es sich um einen Erstkontakt handelt, die Schlichtung eines lokalen Konflikts oder eine geschickte Ausrede, wenn eine galaktische Kacke am Dampfen ist – die Faces kennen sich mit den Kulturen, Traditionen und Sprachen vieler Spezies aus und gelten als eloquente Unterhändler*innen.

Gegen ein Face Karten zu spielen ist *nicht* ratsam.

13 Scarlett

Marc de Vries. Ex Nr. 29. Pro: stark wie ein Baum. Kontra: dumm wie Brot.

»Jein«, murmele ich.

[Speichern]

Tré Jackson. Ex Nr. 41. Pro: sieht aus wie Adonis. Kontra: weiß das genau.

»Neee.«

[Löschen]

Ich sitze auf der Brücke unserer Longbow, Füße auf der Konsole, mein Uniglass in der Hand. Bis auf das leise Brummen der Triebwerke und vereinzelte Piepser von den LADAR-Sensoren, die wir aktiviert haben, ist alles still. Wir haben die Raumfalte durch das Tor bei NZ-7810 verlassen und fliegen jetzt mit gedrosselter Leistung durch irgendein abgeranztes Sonnensystem in einer neutralen Zone. Bevor Cat in ihrer Koje verschwunden ist, hat sie einen Kurs eingespeichert, mit dem wir in der Nähe des Tors bleiben. Nur falls wir Leine ziehen müssen.

Die anderen haben sich alle schlafen gelegt, nur ich habe die Arschkarte gezogen und muss als Erste Wache schieben. Also nutze ich die Zeit, um meine Kontakte durchzugehen und ein paar Verflossene zu löschen.

Der Speicher war fast voll.

Riley Lemieux. Ex Nr. 16. Pro: wahnsinnig in mich verknallt. Kontra: WAHNSINNIG in mich verknallt.

[Löschen]

Eigentlich ein komischer Zeitpunkt, um sich aufs Ohr zu hauen. Mir zittern immer noch die Hände, wenn ich daran denke, was in den letzten vierundzwanzig Stunden alles passiert ist, und ich mag mir gar nicht vorstellen, was uns noch bevorsteht. Andererseits ist es eine gute Idee, jetzt unseren Schönheitsschlaf nachzuholen – nach der Aufregung auf der Sagan Station und an Bord des TDF-Zerstörers waren wir alle fix und fertig. Außerdem kann Ty besser denken, wenn er ausgeruht ist, und die Entscheidung, die er als Nächstes treffen muss, wird wahrscheinlich die wichtigste seines Lebens sein.

Kein Druck, Bruderherz.

Wir sind Vogelfreie. Gesuchte Verbrecher. Abtrünnige Legionäre. Offiziell stehen wir zwar noch unter dem Kommando der Legion, aber wir sind aus einem TDF-Schiff ausgebrochen. Haben terranische Soldaten angegriffen. Unsere eigenen Leute.

Ich beiße mir auf die Lippe und überfliege mein Uniglass-Display.

Alex Naidu. Ex Nr. 38. Pro: Bizeps!!! Kontra: unbekannt.

»Warum hab ich mit dir noch mal Schluss gemacht?«

[Speichern]

Zugegeben, als ich damals an der Aurora Academy aufgenommen wurde, habe ich mir meine berufliche Laufbahn ganz anders vorstellt. Ehrlich gesagt wollte ich nicht mal zur Legion. Aber Ty war wild entschlossen, »etwas zu bewegen«, und für mich stand fest, dass ich ihn auf keinen Fall allein zum Militär gehen lasse. Wir sind ohne Mutter aufgewachsen. Dad wurde in der Orion-Schlacht getötet, als wir elf waren. Bloß nicht auch noch meinen Zwillingsbruder verlieren, dachte ich.

Ich weiß noch, wie Ty und ich als Dreizehnjährige auf der New Gettysburg Station in der Schlange standen und darauf warteten, vom Musterungsoffizier aufgerufen zu werden. Ich weiß noch, wie ich Tyler fragte, ob unsere Entscheidung richtig gewesen sei. Ob alles gutgehen würde.

»Ich weiß es nicht«, sagte er.

Dann berührte er das Symbol des Schöpfers an seinem Kragen und zuckte die Schultern.

»Aber manchmal muss man einfach Vertrauen haben.«

Weil ich hervorragend auf den letzten Drücker büffeln kann, habe ich alle Prüfungen bestanden. Ich hätte auch richtig gut sein können, wenn ich mich angestrengt hätte. Meine Betreuerin hat mir mal gesagt, die Formulierung »sollte sich mehr bemühen« sei in meinen Zeugnissen häufiger aufgetaucht als bei jedem anderen Kadetten in der Geschichte der Schule. Aber ich habe es gehasst.

Die Regeln, den starren Tagesablauf, die Station. Alles.

Das einzig Gute waren die Jungs.

*Jesse Broder. Ex Nr. 45. Pro: A****. Kontra: A****loch.*

»Hmmmmm …«

[Speichern]

Was soll ich sagen, ich habe eben einen einfachen Geschmack.

Ich höre das schwache Wispern der aufgleitenden Tür und rechne mit Zila, die nach mir Wachschicht hat. Stattdessen sehe ich unsere blinde Dauerpassagierin, Aurora O'Malley. Das Mädchen, das aus der Zeit gefallen ist.

Das Mädchen, das aus dem Bett gefallen ist?

»Wie bist du hier raufgekommen?«, frage ich.

Es war zwar nicht sonderlich nett, aber mein kleiner Bruder hat klugerweise darauf bestanden, Miss O'Malley einzuschließen, anstatt sie frei in unserer Longbow rumlaufen zu lassen. Keine Ahnung, was er bei der Rettungsaktion an Bord des Zerstörers erlebt hat, aber es scheint ihn ziemlich erschüttert zu haben. Also hat Finian sie mit einer Decke in den Frachtraum eingeschlossen, nachdem sie, Kal und Ty sich notdürftig gewaschen und umgezogen hatten, und eigentlich hatte er die Tür auch mit einer zusätzlichen Verschlüsselung gesichert. Die hat er offenbar vergessen zu aktivieren, denn jetzt steht Aurora leibhaftig vor mir auf der Brücke, wo sie definitiv nicht hingehört.

Ich nehme mir vor, das Finian nachher um die Ohren zu hauen.

»Aurora?«, frage ich.

Sie antwortet nicht. Ihre Haare mit der halb coolen, halb befremdlichen weißen Strähne im Pony sind vom Schlaf verdrückt. Ihre Augen sind fast geschlossen. Die Lider flattern. Ihre rechte Iris ist jetzt ungefähr genauso kreidebleich wie die Haarsträhne, was aber weder cool noch befremdlich ist, sondern einfach nur spooky.

Ihre Bewegungen sind steif, mit ihrer Körpersprache stimmt irgendwas *überhaupt* nicht, und mein erster Gedanke ist, dass sie schlafwandelt. Aber das erklärt nicht, wie sie aus dem Frachtraum ausgebrochen ist. Es sei denn, Finians Verschlüsselung ist so miserabel, dass ein vor zweihundert Jahren geborenes Mädchen sie knacken kann. Im *Schlaf.*

Oh ja, der kriegt nachher was zu hören …

Aurora wendet den Kopf, als sähe sie sich im Raum um. Ich kann mir nur schwer vorstellen, was in ihr vorgeht. Zwei Jahrhunderte in die Zukunft versetzt. Aus ihrer Welt herauskatapultiert in eine Galaxis, in der es drunter und drüber geht. Aber sie hat hier oben nichts zu suchen.

»Ist alles in Ordnung?«, frage ich.

Sie geht langsam, aber gezielt auf Cats Steuerkonsole zu. Das ist der Moment, in dem ich beschließe, dass unsere wunderschöne Heldin, Legionärin Scarlett Isobel Jones, von diesem Spielchen genug hat.

Ich lasse eine Hand an die Disruptorpistole an meinem Gürtel gleiten und setze die Füße auf den Boden.

»Also schön, Verehrteste, wenn …«

Ihr rechtes Auge nimmt einen flackernden Glanz an, hell wie Mondschein. Sie hebt die Hand, ohne mich anzusehen, und ein unsichtbarer Schlag in meine Brust schleudert mich rückwärts an die Wand. Ich schnappe nach Luft und versuche, meinen Disruptor zu ziehen, doch Aurora verkrümmt die Finger zu Krallen, ihr Auge leuchtet gleißend weiß auf, und etwas drückt so brutal auf mein Handgelenk, dass ich die Waffe senken muss.

»Dielrimtutse«, sagt Aurora mit einer Stimme, die überhaupt nicht wie ihre klingt. Hohl. Hallend, wie aus einer Echokammer. *»Rimhiezrev.«*

Ich spüre einen Schmerz, als würde eine unsichtbare Schraubzwinge meine Knochen zusammenpressen. Ich lasse den Disruptor los, und als er klirrend aufs Deck fällt, nimmt der Druck ab.

Das Herz schlägt mir bis zum Hals, und mir bricht der kalte Schweiß aus. Ich bin wie versteinert, und meine Kehle wird so eng, dass ich kein Wort rausbringe. Aurora legt den Kopf schräg und betrachtet mit flatternden Lidern die Steuerkonsole. Ihr rechtes Auge leuchtet immer noch, ihr Haar bewegt sich ganz leicht, als würde eine Brise darüberstreichen. Mit ihrer freien Hand beginnt sie, in schwindelerregendem Tempo Befehle einzutippen.

»W …« Stöhnend presse ich die Silben durch meine gequetschte Kehle und die zusammengebissenen Zähne. »W-was … m-machst … du?«

Ihre Nase fängt an zu bluten. Ein rotes Rinnsal, das über ihre

Lippen läuft. Sie tippt unbeirrt weiter, und mir wird klar, dass sie sich an den Navigationssystemen zu schaffen macht. Einen neuen Kurs eingibt. Sie ist eine absolute Laiin, null Flugstunden. Beim Schöpfer, sie hat die letzten zwei Jahrhunderte in der Raumfalte verschlafen.

Woher weiß sie, wie die Navigationssysteme einer Longbow funktionieren?

»Ytinretipmes«, flüstert sie. *»Tugtug.«*

Das Triebwerkgeräusch verändert sich leicht, was einen Kurswechsel verrät. Das Blut strömt jetzt über Auroras Kinn und tropft auf die Konsole. Ohne ihre ausgestreckte Hand zu senken, dreht sie sich zu mir um. Ihr rechtes Auge schimmert. Mein Bauch ist eiskalt, Angst pocht mir in den Schläfen. Aber obwohl ich alle meine Kraft aufbringe, drückt mich ein unsichtbares Gewicht weiter gegen die Wand.

Ich kann mich nicht rühren.

Ich kann nicht kämpfen.

Ich kann nicht mal schreien.

Aurora durchläuft ein Zittern. Sie runzelt die Stirn, ihre Lippen bewegen sich langsam, vorsichtig, als bereite ihr das Sprechen große Mühe.

»Rrregg-girtt-t-t«, sagt sie und zeigt auf sich selbst. *»Gggirt…«*

Ich höre das vertraute *BÄMM!* eines Disruptors. Auroras Augen weiten sich, und sie taumelt. Der Druck, der mich festnagelt, lockert sich, und mir knicken die Beine weg. Zila steht an der Tür und zielt mit ihrer Pistole auf Aurora.

Ein Betäubungsstrahl aus einem Disruptor ist stark genug, um einen rigellianischen Steinbullen umzuhauen, aber Aurora hält sich irgendwie noch auf den Beinen. Sie dreht sich zu Zila um, die ein zweites Mal feuert. Aurora geht stöhnend in die Knie und hebt eine Hand in Zilas Richtung. Ihr rechtes Auge lodert wie eine Sonne. Und mit der Abgebrühtheit, die ihr zweiunddreißig Verweise eingetragen hat, ballert Zila weiter –

BÄMM!

BÄMM!

BÄMM!

– bis Aurora mit dem Gesicht voran aufs Deck kippt.

»Zila«, keuche ich.

BÄMM!

»Zila!«

BÄMM!

Zila sieht mich blinzelnd an, den Finger noch am Abzug.

»Ja?«, fragt sie.

»Sie ist k-k. o.«, ächze ich unter rasenden Kopfschmerzen. »Du k-kannst jetzt aufhören zu schießen.«

Zila schaut auf ihren Disruptor. Ihr Blick wandert zu der ohnmächtig auf dem Deck liegenden Aurora. Und dann – vielleicht zur Sicherheit, vielleicht einfach zum Spaß – verpasst unsere Wissenschaftsoffizierin dem bewusstlosen Mädchen noch eine Ladung.

BÄMM!

»Interessant«, sagt sie.

***

»Wir sollten diese Irre jetzt sofort in den Weltraum pusten«, faucht Cat.

Unser gesamter Squad hat sich um den ohnmächtigen Körper von Aurora O'Malley versammelt. Wir haben sie auf einen Klappsitz auf der Brücke gesetzt und ihr die Hände mit magnetischen Handschellen gefesselt, wobei ich nicht sicher bin, ob die irgendwas bringen, wenn sie aufwacht. Für den Fall, dass sie eine Neuauflage ihrer »Angriff auf unsere bildhübsche, aber bodenständig gebliebene Weltraumdiplomatin«-Nummer plant, haben Cat, Zila und ich unsere Disruptoren auf sie gerichtet. Jetzt fällt mir auch auf, dass Zila ein neues Paar Ohrringe trägt – diesmal sind es kurze Goldkettchen, an denen winzige Amulette in Form von Waffen hängen. Ein Mini-Gewehr, ein Messer, ein Wurfstern.

Hat sie sich erst mal in Ruhe umgezogen, bevor sie mir zu Hilfe gekommen ist?

Kal steht stumm an der Tür und schürzt nachdenklich seine hach-so-schön geformten Lippen. Aber bei dem Vorschlag, Aurora ins All zu schießen, blickt er Cat scharf an.

»Mach dich nicht lächerlich«, sagt er in verachtungsvollem Ton. »Wir können sie nicht töten.«

»Fresse, Spitzohr«, blafft Cat zurück. »Sie hat Scarlett fast umgebracht. Kopf aus dem Arsch, bitte, danke.«

»Scar, bist du sicher, dass es dir gutgeht?«, fragt Tyler.

»Ja, ja«, erwidere ich. »Bin bloß noch ein bisschen durch den Wind.«

»Sie hat dich echt … nur mit ihrem Blick an die Wand gerammt?«

Ich nicke und massiere mir den Nacken. Wir sind wieder in der Raumfalte, auf dem Kurs, den Aurora in unseren Bordcomputer eingegeben hat, bevor Zila sie ausgeknockt hat. Die Quetschungen an meinem Handgelenk sind hässliche dunkelgraue Flecken. Dagegen ist meine Haut im Farbspektrum der Raumfalte knochenweiß – fast so bleich wie der Glanz aus Auroras Auge, als sie mich gegen die Wand geschleudert hat.

»Tyler«, sagt Cat. »Es ist doch völlig bescheuert, dass wir dieses Mädel an Bord behalten. Wir müssen sie jetzt entweder sofort aussetzen oder sie gründlich sedieren und den Behörden übergeben, bevor die uns vor ein Militärgericht schleifen.«

Kal wirkt, als würde er gleich Gift und Galle spucken, aber bevor er etwas sagen kann, knarzt eine Stimme aus dem Intercom.

»Goldenboy, kannst du mich hören?«

Tyler tippt auf sein Uniglass. »Wir hören dich, Fin, wie sieht es bei dir aus?«

»Ich bin im Frachtraum, und ich muss schon sagen, so was Gruseliges hab ich nicht mehr gesehen, seit ich mit zwölf bei meinen dritten Großeltern ins Zimmer geplatzt bin.«

»Berichte.«

»Na ja, ich hatte einen Arzttermin, der abgesagt wurde, und kam früher nach Hause und sah meine Oma und meinen Opa mit einer Schüssel Sagarin und einem dreißig Zentimeter langen …«

»Beim Schöpfer, Finian, du sollst berichten, was du im Frachtraum gesehen hast!«, schnauzt Tyler ihn an.

»Oh«, antwortet Finian. *»Ach so. Also, ich weiß nicht, wie unsere kleine Trittbrettfahrerin das gemacht hat, aber die Innentüren sind aufgeschält wie diese Dinger, die ihr Staubkinder manchmal esst. Mir fällt gerade nicht ein, wie sie heißen … Die sind so rund. Orangefarben.«*

»Du meinst Orangen?«

»Pfff. Jedenfalls sind die Türen aus Hartmetall und Titan. Und sie hat sie aufgebogen, als wären sie aus Pappe.«

»Schieß sie ins All, Tyler«, sagt Cat.

Kal stößt sich von der Wand ab und baut sich vor Cat auf. Seine Stimme ist eiskalt.

»Du wirst ihr nichts tun.«

Ich sauge an meiner Unterlippe, während ich Kals ruhigen Ton und seinen bohrenden Blick abschätze. Abgesehen von ihrer »Wir sind so viel besser als ihr, und ja, das wissen wir«-Ausstrahlung ist die Körpersprache der Syldrathi schwer zu deuten, aber Kal wirkt, als würde er Cat in Stücke reißen, wenn sie das Mädchen auch nur schief anschaut. Dasselbe Mädchen, wohlgemerkt, das er vor gerade mal zwölf Stunden wie Dreck behandelt hat.

Cat ist dreißig Zentimeter kleiner als Kal – jetzt vielleicht noch mehr, weil ihr Fake-Iro vom Schlaf platt gedrückt ist. Aber unterbuttern lässt sich unsere Pilotin trotzdem nicht. »Du hast doch gehört, was sie im Frachtraum gemacht hat, Spitzohr! Falls du in Mechatronik geschwänzt hast: Unsere *Hülle* ist aus demselben Material wie diese Türen. *Und* sie hat meine Steuerung sabotiert. Woher konnte sie wissen, wie so was geht, wenn sie zweihundert Jahre in der Raumfalte festgehangen hat? Die ist nicht, was sie zu sein scheint.«

»Das sehe ich auch so«, sagt Kal schlicht. »Und eben deswegen lässt du die Finger von ihr.«

Aurora stöhnt, und drei Disruptoren fahren jäh zu ihr herum. Kal tritt dazwischen und fixiert Tyler.

»Tyler«, sagt er. »Wenn Aurora Scarlett hätte töten wollen, wäre sie tot. Wir haben gesehen, was sie mit den GIA-Agenten gemacht hat.«

»Oh ja.« Tyler betrachtet das Mädchen, das sich zu rühren beginnt, und ich kann geradezu hören, wie es in seinem Kopf rattert. »Welchen Kurs hat sie eingegeben, Cat?«

Unser Ace blinzelt und lässt die Waffe sinken. Mit einem unterdrückten Fluch wischt sie Auroras Blut von ihrem Steuerpult und tippt darauf herum.

»Sempiternity«, sagt sie schließlich.

»Was ist das?«, frage ich.

»Hast du noch nie vom Weltschiff gehört?«, wundert sich Cat.

»Astrographie war nicht so mein Ding«, gebe ich zurück. »Da hab ich meistens geschlafen.«

»Ach, und mit wem?«

»Sempiternity«, zwitschert ein munteres Stimmchen, und in Auroras Brusttasche leuchtet Tylers altes Uniglass auf. »Auch bekannt als das Weltschiff. Tief in einer neutralen Zone gelegen, ist Sempiternity ein Umschlagplatz für den galaktischen Handel. Es unterliegt keinerlei staatlicher Gerichtsbarkeit und wird von … interstellaren Unternehmern betrieben.«

»Also von Weltraumpiraten«, präzisiert Cat.

»Ich wollte es höflicher ausdrücken«, sagt das Gerät.

»Ton aus«, knurrt Tyler.

»Oooch.«

Nachdem das Uniglass verstummt ist, ruft Cat über der Hauptkonsole eine 3D-Ansicht von Sempiternity auf. Es ist ein gigantisches Gebilde aus hunderttausenden Raumschiffen aller Marken, Modelle und Größen, die zu einer ausgefransten Kugel zusammengeschraubt, -genietet und -genagelt sind. Wunderschön. Potthässlich. Einfach unfassbar.

»Anfangs war Sempiternity nur ein kleiner Raumhafen«, erklärt Cat. »Betrieben von einem Freibeuterkartell und angesteuert von Piratencrews, die ihre Prise verkauft haben und von dort zu neuen Beutezügen aufgebrochen sind. Aber in den letzten fünfzig Jahren sind immer mehr Erweiterungen dazugekommen. Schiffe, die beschließen, sich dort niederzulassen, und sich einfach mit der bestehenden Struktur verbinden. Inzwischen ist das Ding riesig, fast so groß wie ein kleiner Mond. Daher der Name: das Weltschiff.«

Ich schaue zu Aurora, die immer noch in sich zusammengesunken auf ihrem Stuhl sitzt. »Und warum will sie, dass wir da hinfliegen?«

Als hätte sie gespürt, dass über sie gesprochen wird, hebt Aurora stöhnend den Kopf. Wimmernd vor Schmerzen registriert sie die drei auf sie gerichteten Disruptoren. Ihre verschiedenfarbigen Augen weiten sich vor Schreck, als sie merkt, dass sie gefesselt ist. Dass sie Blut auf den Lippen schmeckt.

»Ähm«, sagt sie. »Wenn das wieder eine Vision ist, würde ich jetzt gern aufwachen, bitte.«

»Das nennst du eine Entschuldigung?«, frage ich.

»W-wofür entschuldige ich mich?« Sie stöhnt wieder auf und lässt langsam ihre Schultern und den Kopf kreisen. »Und ... warum fühle ich mich, als hätte mich ... ein Auto überfahren?«

»Was, du weißt nicht mehr, wie du mich gegen die Wand geschleudert hast, ohne mich zu berühren? Oder dass Zila dich mehrfach mit dem Disruptor beschossen hat?«

Ein Kaleidoskop von Gefühlen huscht über ihr Gesicht. Angst. Bestürzung. Frust. Ehrliche Verblüffung, als sie sich umsieht und erkennt, dass sie sich nicht in dem Raum befindet, in dem sie eingeschlafen ist.

»N-nein«, sagt sie.

»Computer«, rufe ich. »Spiele Aufzeichnung der Überwachungskamera auf der Brücke, ab 01:29 Schiffszeit.«

Der Computer piept, und auf dem Hauptbildschirm läuft die Videoaufzeichnung an. Fassungslos sieht Aurora sich selbst dabei zu, wie sie auf die Brücke kommt, die Hand hebt, während ihr Auge zu glühen beginnt, und mich rücklings an die Wand schmettert.

»Dielrimtutse«, dröhnt die Aufnahme in dieser sonderbaren Höhlenstimme. *»Rimhiezrev.«*

»Ich ...« Aurora schüttelt den Kopf und schaut mit wachsender Panik zu Tyler. »Ich erinnere mich an *überhaupt* nichts von dem, was ich da tue.«

»Wie praktisch«, sagt Cat.

»Sehr«, sage ich.

»Auri, warum hast du unseren Kurs geändert?«, fragt Tyler in nüchternem, hartem Ton. »Warum willst du nach Sempiternity?«

»Was ist Sempiternity?«, flüstert sie.

»Moment.«

Alle Blicke richten sich auf Zila. Sie spielt gedankenverloren mit dem winzigen Messer an einem ihrer Ohrringe. Ihre dunklen Augen sind auf die Überwachungsaufnahmen geheftet.

»Computer, spiele die Aufzeichnung rückwärts ab. In Echtzeit. Mit Ton.«

Mit einem leisen Piep setzt der Computer den Befehl um, und wir schauen zu, wie Aurora an der Steuerkonsole rückwärts tippt. Die Blutrinnsale laufen übers Kinn hoch und in ihre Nase. Mein Disruptor springt vom Boden zurück in meine Hand. Und Aurora sieht zu mir und spricht mit dieser seltsamen Höhlenstimme. Nur dass diesmal die Tonspur rückwärts läuft. *»Verzeih mir«*, sagt sie. *»Es tut mir leid.«*

Zila blinzelt. »Computer, spiele Sequenz von 02:43 bis 02:52.«

Die Aufzeichnung springt an die Stelle, wo Aurora vor mir steht, auf sich selbst zeigt und vor Anstrengung das Gesicht verzerrt.

»T-t-ttrig-ggerrrrr«, sagt sie. *»Trigg …«*

»Trigger«, wiederholt Zila mit schräg gelegtem Kopf.

»Was soll das bedeuten?«, fragt Tyler sie.

Unsere Wissenschaftsoffizierin dreht sich zu Aurora um und mustert sie.

»Ich habe keine Ahnung, Sir. Aber ich bin sicher, dass Commander de Stoy ihre Gründe hatte, warum sie uns Aurora anvertraut hat. Meiner Meinung nach sollten wir den Kurs beibehalten.«

Finian meldet sich über die Sprechanlage. *»Ich für meinen Teil gebe der kleinen Spinnerin recht, Goldenboy. Das wird allmählich spannend.«*

»Und der Gedanke an das Militärgericht, das uns auf der Aurora Station erwartet, hat damit sicher nichts zu tun, Finian?«, fragt Tyler.

»Überhaupt nichts, Sir.«

Tyler seufzt und wendet sich mir zu. Das klingt jetzt vielleicht nicht weltbewegend, aber genau das ist einer der Hauptgründe, warum mein kleiner Bruder der beste Alpha der Academy war. Und es ist auch einer der Gründe, warum ich ihn noch nicht mit einem Kissen im Schlaf erstickt habe. Er scheut sich nie, um Rat zu fragen, wenn er nicht weiterweiß.

Ich denke an die aufgeschälte Tür unseres Behelfsgefängnisses. An die dünne Hülle, die uns vor dem Nichts schützt, das da draußen lauert.

»Wir sollten zur Academy zurückfliegen«, sage ich. »Wenn wir mit der Führung sprechen, findet sich vielleicht irgendein Ausweg. Wir stecken bis zum Hals in der Scheiße.«

»Das kannst du laut sagen«, knurrt Cat. »Ich bin dafür, sie den GIA-Leuten zu überlassen.«

»Muss ich euch an Commander de Stoys Worte erinnern?«, fragt Kal. »Sie sagte: *›Die Fracht, die Sie transportieren, ist wertvoller, als Sie alle ahnen können.‹«* Der Syldrathi sieht Ty ins Gesicht. »Admiral Adams hat sich direkt an dich gewandt, Tyler. Er sagte, du dürftest den Glauben nicht verlieren. Was, wenn nicht das, soll er sonst gemeint haben?«

Tyler kaut nachdenklich auf seiner Lippe.

Doch es ist Aurora, die als Erste spricht. »Ich will nach H-Hause«, sagt sie mit zitternder Stimme. Tränen steigen ihr in die Augen, und obwohl sie um Selbstbeherrschung ringt, ist sie dem Zusammenbruch nahe. Sie schaut zu Tyler auf. »Ich sollte gar nicht h-hier sein.«

Auch wenn sie mich fast getötet hat – als ich sie so mit den Tränen kämpfen sehe, kann ich nicht umhin, Mitleid mit ihr zu empfinden. Ich lege ihr eine Hand auf die Schulter und drücke sanft, während sie stumm weinend den Kopf hängen lässt.

»Ist schon gut, Aurora.«

»Ich will aufwachen«, stößt sie tonlos hervor. »Ich will auf Octavia III aufwachen, *so wie es geplant war.*«

Zila legt den Kopf schief. »Die *Hadfield*-Expedition hatte Lei Gong III zum Ziel, und …«

»Nein, das stimmt nicht!«, protestiert Aurora, und in ihren tränennassen Augen blitzt ein Feuer auf, als sie uns wütend ansieht. »Wenn ich es euch doch sage, wir waren nach Octavia unterwegs! Ich habe jahrelang jeden Zentimeter des Planeten studiert, ich weiß, zu welchem wir sollten! Ich habe keine Ahnung, warum sie versuchen, sämtliche Spuren unserer Kolonie auszumerzen und *mich* noch dazu, aber darum geht es hier.«

Cat verdreht genervt die Augen und trommelt mit den Fingern auf ihre Konsole. Kal verschränkt die Arme und reagiert mit der typischen syldrathischen Überheblichkeit auf diesen ach so menschlichen Gefühlsausbruch. Doch das scheint Aurora nicht zu kümmern.

»Ich w-will nach H-Hause«, wiederholt sie, gibt ihre Selbstbeherrschung endgültig auf und schluchzt los. »Ich will meine Familie zurück. Ich habe mir das alles nicht ausgesucht! *Ich habe mir das nicht ausgesucht und ich will nach HAUSE!*«

Tyler sieht ihren Zusammenbruch mit an, und ich weiß genau, dass er einen Kloß im Hals und Zweifel im Herzen hat. In Wahrheit hat keiner von uns auch nur den blassesten

Schimmer, was wir hier draußen eigentlich sollen. De Stoy und Adams haben wohl ihre Gründe gehabt, die Kleine mit uns wegzuschicken. Aber Tyler ist darauf gedrillt worden, sich an die Regeln zu halten, und ich sehe, wie sehr er damit zu kämpfen hat, dass wir gesuchte Verbrecher sind, denen womöglich die Ermordung unserer eigenen Leute zur Last gelegt wird.

Wir haben größeren Ärger an der Backe, als wir uns je hätten vorstellen können.

»Drei Stimmen fürs Weiterfliegen, drei dagegen. Der Squad Leader entscheidet.« Tyler sieht Aurora traurig an und seufzt. »Cat, nimm Kurs auf die Aurora Academy. Wir fliegen nach Hause.«

»Verstanden«, freut sich Cat.

Kal schüttelt den Kopf, widerspricht aber nicht. Tyler fährt sich mit der Hand durchs Haar, während Cats Finger über ihr Steuerpult fliegen.

»Okay, Kurs ist eingespeist«, meldet sie. »Wir sollten bis …«

Durch die Longbow geht ein jäher, heftiger Ruck. Ich taste nach einem Halt, aber da bockt das Schiff ein zweites Mal, und ich werde an die Wand geschleudert. Ich jaule vor Schmerz auf, als ich gegen die Titanfläche und dann auf den Boden pralle. Nachdem ich mir die Haare aus dem Gesicht gestrichen habe, sehe ich mich auf der Brücke um. Mein Squad liegt stöhnend und wimmernd auf dem Deck verstreut. Nur Kal hat es geschafft, sich auf den Beinen zu halten. Finians Stimme scheppert durch das Intercom.

»Was im Namen des Schöpfers war das?«

»Hat uns etwas getroffen?«, fragt Tyler.

»Auf den Radaren ist nichts, Sir«, meldet Zila.

»Cat, Status?«, verlangt Tyler.

»Wir haben …« Cat tippt zur Bestätigung auf ihre Konsole. »Angehalten?«

»Sind die Triebwerke ausgefallen?«

»Nein, ich meine, wir haben verdammt nochmal *angehalten.* Die Triebwerke arbeiten auf Hochtouren, aber es ist, als …« Cat schüttelt den Kopf. »Als würde uns etwas festhalten.«

»Nicht etwas«, presse ich hervor. *»Jemand.«*

Die anderen folgen meinem Blick, bis wir alle Aurora anstarren. Das aus der Zeit gefallene Mädchen hat den Kopf in den Nacken geworfen, und ihr rechtes Auge verströmt ein gespenstisches weißes Licht. Ihr Körper zittert vor Anstrengung, die Halsschlagadern und Armvenen treten hervor. Ein Faden Blut rinnt ihr aus der Nase.

»Schöpfer, steh uns bei«, flüstert Tyler.

»T-t-ttrig-ggerrrrr«, sagt Aurora.

Cat stützt sich auf ein Knie und zielt mit ihrem Disruptor auf Auris Kopf, aber Kal stellt sich mit einer einzigen geschmeidigen Bewegung dazwischen.

»Aus dem Weg!«

»Du wirst ihr nichts tun!«

Auroras Blick wandert zu Tyler. Sie bebt jetzt am ganzen Körper. Auch die Longbow bebt, ein heftiges, entsetzliches Rütteln, als versuchte das Raumschiff, sich selbst entzweizureißen.

»Gl-gl …«, stammelt sie.

»Was?«, haucht Tyler und beugt sich zu ihr.

»Gl-gl-glaube …«

Ein weiterer Stoß wirft mich zurück auf den Boden. Der ganze Rumpf ächzt, die Nieten beginnen sich quietschend zu drehen. Tyler sieht zu mir. Auf seinen Squad. Auf das Schiff, das zu zerbersten droht. Ich sehe, wie es in ihm arbeitet. Wie er die Gefahr für seine Crew abwägt. Die Botschaft, die uns de Stoy und Adams beim Abflug mitgegeben haben. Seine Hand wandert zu der kleinen Ausbeulung unter seinem Hemd – dem Senatorenring unseres Vaters, den er an einer Kette aus Titan um den Hals trägt. Ty hat sich immer an die Regeln gehalten. Seit wir mit dreizehn auf der New Gettysburg gestanden und auf der gepunkteten Linie unterschrieben haben.

Die Fracht, die Sie transportieren, ist wertvoller, als Sie alle ahnen können.

»*Glaube ...*«, flüstert Aurora.

Tyler beißt die Zähne zusammen. Seine Finger gleiten von Dads Ring zum Symbol des Schöpfers an seinem Kragen. Unter dem Gerüttel und Geschüttel der Longbow kriecht Ty über das Deck zu seiner Konsole, loggt sich in den Bordcomputer ein und wechselt den Kurs.

Schlagartig hört die Longbow auf zu beben. Die Triebwerke drehen hoch, und ich spüre die Wucht der Beschleunigung durch unsere Trägheitskompensatoren.

Das Licht in Auroras Auge flackert und erstirbt, als hätte jemand einen Schalter umgelegt. Wieder sackt sie bewusstlos und mit blutender Nase auf ihrem Stuhl zusammen. Zila rennt zu ihr, um ihr den Puls zu fühlen, und Kal springt ihr bei. Cats Augen sind zu Schlitzen verengt, und sie umschließt den Griff ihres Disruptors zitternd mit beiden Händen. Ich spähe auf den Monitor des Bordcomputers, auf dem der neue Kurs angezeigt wird.

»Wohin fliegen wir, Baby-Bro?«, frage ich, obwohl ich die Antwort schon kenne.

»Sempiternity«, sagt er leise und sieht in die Runde.

»Bist du sicher, dass das eine gute Idee ist?«, frage ich.

»Ich weiß es nicht.«

Er berührt wieder das Symbol des Schöpfers an seinem Kragen und starrt Auri an.

»Aber manchmal muss man einfach Vertrauen haben.«

14 Auri

»Jie-Lin, wach auf.«

Ich öffne die Augen und frage mich, wo ich bin. Ich erinnere mich an den Streit auf der Brücke der Longbow. An Tyler, Kal, Scarlett und Cat. An ein helles Licht. Aber jetzt liege ich in einem weichen Bett. Bei warmem Lampenschein. An den Wänden Poster, die ich wiedererkenne, neben mir ein vertrautes Plüsch-Eichhörnchen.

Mein Zimmer.

Ich bin in meinem Zimmer.

»Jie-Lin?«

Ich sehe auf, und über mir erscheint ein für immer verloren geglaubtes Gesicht. Runde Wangen. Die Falten auf der Stirn, über die meine Mutter gern gescherzt hat, dass er sie schon mit fünfzehn gehabt habe, weil er sich so über die Welt wunderte.

»Daddy?«

»Ich habe auf dich gewartet, Jie-Lin.«

Er zieht mich in seine Arme, und ich spüre seine Brust beben, weil er lacht und weint, und ich lache und weine auch. Mir schießt alles in den Kopf, was ich hätte sagen können, alles, was ich hätte sagen sollen, denn er ist nicht tot und es ist nicht zu spät, und ich versuche zurückzuweichen und zu sprechen, weil ich so viel auf dem Herzen habe.

Aber ich kann es nicht.

Ich kann mich nicht von ihm lösen. Er hält mich zu fest. Ich kann nicht atmen, und ich kann nicht sprechen. Ich drücke ihn mit aller Kraft von mir weg, aber er ist wie aus Teer. Teile von ihm bleiben an mir haften, als ich zurückweiche. Er zieht lange Fäden wie menschliches Karamell. Sickert in meine Haut ein.

»Lass mich los!«

Er sieht mich an und lächelt, und seine Iris haben die Form von blauen Blumen angenommen.

»Ra'haam«, sagt er.

»Lass los!«

»Ra'haaaaaaam.«

***

»Aurora?«

Ich schlage die Augen auf. Scarlett sitzt neben mir, hinter ihr stehen Zila und Kal. Mein Mund ist ausgedörrt, mein Herz rast, und mir tut alles weh. Aber allmählich begreife ich, dass ich immer noch hier bin. Nicht dort.

Ein Albtraum.

Ich weiß nicht, ob ich Erleichterung oder Trauer empfinden soll. Ich bin nicht zu Hause, nicht zurück in meinem Zimmer. Ich bin Millionen Lichtjahre von meinem Zuhause entfernt auf einem Raumschiff. Alle sind immer noch tot, mein Dad ist …

Halb teilnahmsvoll, halb misstrauisch reicht Scarlett mir einen Becher Wasser. Mir entgeht nicht, dass Zila die Hand an ihrer Pistole hat. Auch Kal, der seine kalten violetten Augen auf mir ruhen lässt, ist bewaffnet.

»Erinnerst du dich, was passiert ist?«, fragt Scarlett.

In meinem Kopf flackern Bilder auf. Die Handbewegung, mit der ich Scarlett gegen die Wand schleudere. Blut auf meinen Lippen. Erregte Stimmen. Die Haut meines Vaters, die wie Karamell mit meiner verschmilzt. Ein Bild brennt heller als der Rest. Ein Name.

»Sempiternity«, murmele ich.

Zila und Scarlett wechseln einen Blick, und Scarlett nickt. »Wir sind seit fast vier Stunden in der Raumfalte unterwegs. Es ist nicht mehr weit. Tyler hat uns gebeten, dich auf die Brücke zu bringen, falls du … etwas siehst.«

Ich blinzele energisch, um das Bild zu verdrängen, wie mein Vater sich auflöst und Teile von ihm in mich einsickern. Als Scarlett mir hochhilft, stöhne ich vor Schmerz. Wir befinden uns in einer Art Schlafraum mit Pritschen, Spinden und dem Logo der Aurora Legion auf den maschinengewehrgrauen Wänden. Aus dem Augenwinkel sehe ich mich selbst in einem Spiegel. Das schockierende Weiß meiner Haarsträhne, meiner rechten Iris. Ich weiß nicht, was das alles zu bedeuten hat, aber ich habe das Gefühl, dass mich eine Fremde aus dem Spiegel anblickt. Hilflos. Wütend.

»Ich weiß, ihr haltet mich alle für verrückt«, murmele ich.

»Niemand hält dich für verrückt, Auri«, sagt Scarlett und berührt mich am Arm. »Du hast viel durchgemacht, das wissen wir alle.«

»Die *Hadfield* war nach Octavia III unterwegs, Scarlett«, sage ich eindringlich, leise. »Für meinen Platz an Bord dieser Expedition habe ich eine jahrelange Ausbildung gemacht. So was vergisst man nicht. In jeder freien Minute habe ich trainiert – Karten auswendig gelernt, an Felswänden klettern geübt, Orientierungsläufe absolviert. Und alles auf ein einziges Ziel hin: Octavia.«

Sie schenkt mir ein mitfühlendes Lächeln, schüttelt aber den Kopf. »Auri, wir haben in den Archiven nachgesehen. Octavia III ist unbewohnbar.«

»Hab ich doch gesagt«, tschilpt es aus meiner Tasche. **»Aber hört sie auf mich? Nein …«**

Ich stülpe die Hand über Magellan, um ihn zum Schweigen zu bringen. »Warum fliegen wir dann nicht hin und prüfen es nach? Ich kenne die Zusammensetzung der Atmosphäre und die Lage der Kontinente – ich kann euch zeigen, wo die Butler-Siedlung und die Außenposten sind, ich …«

»Octavia III ist seit Hunderten von Jahren Sperrgebiet«, sagt Zila.

»Und als wir das letzte Mal versucht haben, den Kurs zu ändern, hast du beinahe das Schiff zerstört«, mischt Kal sich ein. Ich sehe zu ihm rüber, aber seine Miene ist so undurchdringlich wie immer. Wenn ich daran denke, wie ich auf der Videoaufzeichnung Scarlett angegriffen habe und wie weiß mein Auge dabei glühte, kann ich schlecht widersprechen.

»Offenbar bist du dazu bestimmt, nach Sempiternity zu fliegen«, sagt Scarlett. »Und wir sollen wohl auch mit, wie's aussieht.«

Sie berührt mich wieder am Arm, und verglichen mit Kals frostigem Blick ist ihr Lächeln warm und freundlich. Ich kann gar nicht anders, als es matt zu erwidern. Sie war zwar dafür, mich in die Academy zurückzubringen, aber jetzt, wo der Kurs feststeht, wird mir klar …

Sie versucht, nett zu mir zu sein.

»Na komm«, sagt sie. »Ty erwartet dich auf der Brücke.«

Ich fange einen Blickwechsel zwischen Zila und Kal auf, als wir aus dem Zimmer gehen, und habe sehr wohl gemerkt, dass Zila während des gesamten Gesprächs die Hand nicht von der Pistole genommen hat. Jetzt machen wir uns zusammen auf den Weg durch einen langen Flur, Kal vorneweg, Scarlett neben mir, Zila hinterher. Meine Knochen knacken, mein Puls hämmert wie wild, und mein Kopf schmerzt zum Zerspringen.

Als wir auf die Brücke kommen, drehen sich die anderen zu mir um, aber nur kurz. Als ich zu dem Bildschirm über der Hauptkonsole hochschaue, sehe ich, dass wir gerade in einem Raumhafen andocken, der wohl zu Sempiternity gehören muss. Cat und Tyler sind vollauf damit beschäftigt, uns durch ein Labyrinth aus Schiffen, Andockstationen, Beladern und Shuttles zu manövrieren, und dahinter zeichnet sich ein unfassbarer Anblick ab.

Die Zukunft ist schäbiger, als ich erwartet habe. Dreckiger, als sie sein sollte. Sempiternity ähnelt einem nach außen gestülpten Termitennest, aus dem unzählige Erweiterungen hervorwachsen. So viele glitzernde Lichter, bizarre Formen und unmögliche Winkel. Zigtausende Raumfahrzeuge, die zu einem einzigen gewaltigen Weltschiff verbunden, verschraubt und verlötet sind.

»Holy cake«, murmele ich.

Woher wusste ich, dass es diesen Ort gibt?

Woher kannte ich seinen Namen?

Und wie habe ich unser Schiff gestoppt und es in Richtung dieser gigantischen Schrottkugel gedreht?

Wenn ich auch nur auf eine dieser Fragen eine Antwort fände, könnte ich vielleicht verstehen, was mit mir passiert. Warum meine eigene Regierung versucht, mich auszulöschen. Am liebsten würde ich sofort nach Octavia aufbrechen und nachsehen, ob von der Kolonie, deren Existenz ich beschwören kann, noch irgendetwas übrig ist. Aber das Ding, das mich beherrscht, hat mich hierher geführt, nach Sempiternity.

Scar klappt einen Crewsitz für mich aus und nimmt dann ihren Platz an der runden Hauptkonsole ein. Ich sehe mich im Kreis meiner Mitreisenden um. Betrachte die sechs jungen Soldatinnen und Soldaten, mit denen ich jetzt auf Gedeih und Verderb zusammengeschweißt bin. Die Fremden, von denen mein Leben abzuhängen scheint.

Squad 312.

Ich frage mich, was sie zu denen gemacht hat, die sie sind.

Was sie dazu bewegt, überhaupt hier zu sein.

Cat achtet hauptsächlich darauf, uns sicher durch das Gewimmel von Raumfahrzeugen zu steuern, die von dem chaotischen Hafen dieses Sektors starten oder an Luftschleusen andocken und ihre Besatzung in das Gewusel an Bord des Weltschiffs entlassen. Aber aus dem Augenwinkel beobachtet auch sie mich ganz genau. Alle dreißig Sekunden, so regelmäßig wie ein Uhrwerk, zuckt ihr Blick zu mir.

Sie traut mir nicht über den Weg.

Kann ich ihr nicht verdenken.

Tyler wirkt eigentlich ganz im Reinen mit sich. Sein verstrubbeltes blondes Haar hängt ihm in die strahlend blauen Augen, während er seine Instrumente studiert. Offenbar ist er innerlich zu einer Entscheidung gekommen und zieht das jetzt in aller Ruhe durch. Trotzdem wird es nicht leicht, ihn und seine Schwester für mich zu gewinnen, und dabei bin ich nicht mal sicher, was ich ihnen von mir preisgeben will und kann.

Neben Tyler sitzt Fin: weiße Haarspikes über weißem Gesicht und ein hinter riesigen schwarzen Kontaktlinsen verborgener Blick. Manchmal erkennt man kaum, was oder wen er ansieht. Sein Schutzschild aus Sarkasmus ist mindestens genauso wirkungsvoll – beides führt dazu, dass man bei ihm nicht so recht weiß, woran man ist. Gerade hat er den Kopf gesenkt und werkelt mit einem magnetischen Schraubenzieher an etwas im Unterarm seines Anzugs herum. Zila setzt sich auf den Platz neben ihm, aber ihre dunklen Augen sind weiter auf mich geheftet, als wäre ich eine Rätselaufgabe, die sie lösen kann, wenn sie mich nur lange genug beobachtet.

Kal wirft mir zwar hin und wieder einen Blick zu, aber ich kann nichts daran ablesen. Mit seinen gut zwei Metern sehniger Muskelmasse und dem langen Silberhaar sieht er aus wie jemand, der Gandalf beraten könnte. Und tut, als wäre er was Besseres als ich. *Belastung* hat er mich genannt. *Nicht von Belang.* Auch ein Alien kann offenbar ein Arsch sein.

Sie begegnen mir alle mehr oder weniger mit Misstrauen. Manche haben Angst. Ich habe ja selbst Angst vor mir, aber ich versuche, tapfer zu sein. Ich weiß nicht, was mit mir los ist, aber ich will genauso dahinterkommen wie sie. Ich will wissen, wohin mein Weg mich führt und warum. Woher ich diese unheimlichen Kräfte habe. Dabei weiß ich nicht mal, wovor ich *weg*laufe, geschweige denn wo*hin*.

Aber vielleicht hält diese Raumstation ja alle Antworten bereit. Wie Scarlett gesagt hat: Vielleicht ist es uns bestimmt, hierherzukommen.

Als wir den Liegeplatz erreichen, rumst es leicht, und mit einer Reihe dumpfer Schläge und einem kurzen Chor elektronischer Geräusche koppeln wir an das Andocksystem an. Cats Hände tanzen über die Konsolen, während sie den Hauptantrieb herunterfährt. Sie küsst ihre Fingerspitzen und drückt sie erst gegen ihren Monitor und dann auf den Plüschdrachen, der obendrauf hockt. Langsam erstirbt das Dröhnen der Triebwerke, und die Computergeräusche verstummen. Alle sehen ratlos in die Runde, was wir jetzt machen sollen.

»Wir brauchen drei Dinge«, sagt Tyler in das betretene Schweigen hinein.

Fin schaut von seiner Heimwerkerei auf und antwortet wie aus der Pistole geschossen. »Für mich bitte eine frische Hose, eine professionelle Masseurin und einen Larassian Semptar.«

Tyler geht elegant über den Einwurf hinweg. »Eine Unterkunft, Informationen und andere Kleidung. Fin hat also in einem von drei Punkten richtig gelegen. Hier haben Piraten das Sagen, da werden wir in unseren Uniformen nicht weit kommen.«

»Wir brauchen vier Dinge«, korrigiert ihn Cat.

»Wir müssen herausfinden, warum Aurora uns hergebracht hat«, ergänzt Zila.

Klar, dass jetzt wieder alle zu mir gucken. Dabei schmerzen mir von meinem letzten Anfall alle Muskeln, mein Albtraum hallt in mir nach, ich bin todmüde, und ich *kenne die Antwort immer noch nicht.*

Scarlett erlöst mich. »Ich geh die Klamotten kaufen. Ist bestimmt nicht schwer, hier einen Markt zu finden. Und ich habe einen besseren Geschmack als ihr alle zusammen.«

Tyler wirkt leicht gekränkt. »He, ich …«

Scarlett wirft ihm einen vernichtenden Blick zu, und er hält wohlweislich die Klappe.

»Ich habe hier einen Cousin«, sagt Fin. »Ich kann uns einen Unterschlupf besorgen.«

Zila blinzelt ihn an. »Das grenzt ja an Zufall.«

»Na ja«, sagt er und dreht seine flache Hand relativierend hin und her. »Also wenn man es ganz genau nimmt, ist er der zweite Cousin meiner dritten Mutter zweiten Grades mütterlicherseits, aber wir sagen im Allgemeinen einfach ›Cousin‹.«

»Der zweite der dritten …?« Tyler legt den Kopf schief, und er ist nicht der Einzige, der gewissermaßen an allen Fingern und Zehen zu zählen beginnt, um den Verwandtschaftsgrad zu bestimmen.

»Betraskische Familientreffen sind eine Herausforderung«, grinst Finian.

»Geh du zu deinem Cousin«, sagt Tyler. »Nimm Cat mit.«

Cat blinzelt. »Ich sollte aber …«

»Ich schicke ihn nicht allein los. Wir bleiben mindestens zu zweit. Scarlett, du nimmst Zila mit. Ich erkunde mit Kal und

Auri die Lage. Vielleicht entdeckt Auri ja jemanden oder etwas, das sie wiedererkennt, sodass wir genauer sagen können, was wir hier eigentlich tun sollen. Wenn wir unsere Währungskonten benutzen, kann man uns nachverfolgen, also legt alle Creds zusammen, die ihr bei euch habt.«

★★★

Es gibt keine Ausweis- oder Einlasskontrolle, als wir aus der Luftschleuse in einen langen, von schweren Türen gesäumten Gang kommen. Der Tunnel besteht aus einem durchsichtigen Material, und ich sehe, dass von jeder Lukenöffnung ein solcher transparenter Verbindungsgang wegführt. Am anderen Ende hängt jeweils ein Raumschiff, als gehörten wir zu einer riesigen Rispe Weintrauben. Und jenseits der Schiffe und der Lichtglocke der Raumstation kann ich die Sterne schimmern sehen.

»Wie wunderschön«, flüstere ich.

»Nein, grausig ist das«, sagt Finian neben mir und tut die grandiose Schönheit der Galaxis mit einer verächtlichen Handbewegung ab. Aber obwohl er es in sich hineinbrummelt, habe ich den Eindruck, dass es ein Versuch war, Konversation zu machen. Und sonst redet ja keiner mit mir.

»Magst du Sterne nicht?«, frage ich.

»Nein«, sagt er leise, ausnahmsweise ohne ironisches Grinsen und ohne den Blick vom Boden zu heben. »Viele von diesen Sternen sind schon vor Millionen Jahren gestorben. Sie sind nur so weit weg, dass das Licht, das sie vor dem Verlöschen abgegeben haben, noch immer zu uns unterwegs ist.« Noch eine wegwerfende Handbewegung. »Du schaust in einen Himmel voller Geister.«

»M-hm, die Vorstellung ist deprimierend.«

»Mein Volk lebt unterirdisch«, sagt er achselzuckend. »Weite, offene Räume sind nichts für uns.«

»Und du hast dich zum Dienst im Weltraum gemeldet?«, spottet Scarlett.

»Tja.« Er zwinkert. »Ich bin ein faszinierender Typ, was?«

Scarlett verdreht die Augen, und wir erreichen das Ende des Tunnels. Wir durchqueren eine weitere Luftschleuse mit blitzenden Kugeln und Lichtstrahlen, die unsere Körper scannen, dann treten wir auf eine helle Promenade hinaus, auf der ein geschäftiges, lautes Treiben herrscht. Kaum sind die Sterne nicht mehr in Sicht, wirkt Finian ein bisschen entspannter. Er strafft die Schultern und klopft Cat auf den Rücken.

»Dann stürzen wir uns mal ins Getümmel, was?«

»Nimm vor einer Pilotin nie das Wort ›stürzen‹ in den Mund, Finian«, knurrt Cat. »Und wenn du mich noch mal anpatscht, geb ich dir deine Finger zu fressen.«

»Du gefällst mir, Zero«, grinst er und schafft es irgendwie, den Spitznamen nur ein ganz klein wenig ironisch klingen zu lassen. »Bleib, wie du bist, ja?«

Cat wirft Tyler einen vorwurfsvollen Blick zu, und sie und Finian verschwinden in der Menge, um uns eine Unterkunft zu organisieren. Scarlett und Zila machen sich mit einem Großteil des Bargelds in den Taschen (oder in Scarletts Fall im BH) auf den Weg zum Markt, um unauffällige Outfits zu besorgen. Ich bleibe bei Kal und Tyler, die mich in die Mitte nehmen, und starre die Menge um uns herum mit offenem Mund an.

Es sind viele Menschen darunter, und die meisten anderen haben zumindest eine menschliche Gestalt. Ich sehe scharenweise Betrasker mit lilienweißer Haut, die überwiegend dunkle, zu ihren Kontaktlinsen passende Kleidung tragen. Mir fällt auf, dass keiner von ihnen ein Exoskelett wie Fin hat – ich dachte, dass das vielleicht typisch für seine Spezies ist, aber offenbar ist er der Einzige, der eins braucht.

In der Ferne erspähe ich zwei silberhaarige Syldrathi, aber davon abgesehen gibt es jede Menge andere … Aliens, nehme ich an. Ich sehe mitternachtsblaue Haut und schuppiges Rot, ich sehe Augen, die von gelb getönten Schutzbrillen verdeckt werden und tief in den Falten feuchter grauer Gesichter verborgen sind.

Ich starre zwei Leute an, deren wallende Seidengewänder wie Wasser hinter ihnen herströmen, und entdecke ein Grüppchen von höchstens hüfthohen, stämmigen Gestalten, die wahrscheinlich in Hyperschwerkraft aufgewachsen sind. Ich zähle Dutzende unbekannte Spezies, und kein einziger Passant würdigt mich auch nur eines Blickes.

»Und, wo gehen wir hin?«, frage ich.

Tyler lächelt matt. »Dorthin, wo man den neuesten Klatsch als Erstes erfährt. In eine Bar.«

Wir tauchen in das Gedränge ein, das immer dichter wird, je weiter wir uns von den Docks entfernen. Kal schiebt sich vor uns, und sein Blick sorgt wie von Zauberhand dafür, dass uns niemand auf die Pelle rückt. Hoch aufgerichtet, fast drohend schreitet er voran, die Hand nah an der Waffe. Die meisten Leute sehen nur kurz auf die drei gekreuzten Klingen auf seiner Stirn und machen uns schleunigst Platz.

Nicht lang, und wir erreichen ein Gebäude, in dem sich eine Bar befinden muss – an der Fassade blinken bunte Lämpchen und sonderbare Neonbuchstaben. Wir gehen durch eine schmale Tür, die so niedrig ist, dass beide Jungen sich ducken müssen. Im Türrahmen glimmt ein schwaches Licht auf, das uns scannt, und die Luft schmeckt nach Zimt und Gummi. Hinter der Schwelle bleiben wir kurz stehen, um uns an das Halbdunkel zu gewöhnen, und ich sehe mich im Raum um.

Holy cake, das ist ja der Wahnsinn.

Die Bar ist eine Mischung aus Sportkneipe und Western-Saloon, verteilt über drei rotierende, runde Ebenen. Körper aller Formen und Größen quetschen sich auf Barhocker oder in Sitzecken, Köpfe stecken sich zu leisen Gesprächen zusammen. In einer Ecke machen fünf … Dinger? Leute? Beides? … seltsame, wunderschöne Musik. Sie haben durchscheinende Haut und Tentakel anstelle von Fingern.

Ich spanne den Kiefer an, damit mir die Kinnlade nicht runterklappt.

Am Rand des Raums stehen mit fluoreszierendem Gelb beschichtete Tische, auf denen runde, eckige und gezackte bunte Steine in komplizierten Mustern verteilt sind. Für die Spieler, die sich darum drängen, scheinen diese Formationen eine besondere Bedeutung zu haben. Ich sehe eine Frau mit einem hoch gewölbten Schädel, deren Kleid fast wie eine Fortsetzung ihrer blauen Haut wirkt, so nahtlos geht beides ineinander über. Mit einem langen Stab stupst sie lächelnd einen grünen Stein vorwärts und schiebt einen anderen beiseite. Die Umstehenden beginnen zu grölen – ob aus Begeisterung oder aus Wut, kann ich nicht erkennen.

In der Mitte des Raums ragt eine große Bar wie eine Insel aus hellrosa Rauchschwaden auf. Darüber rotiert eine Reihe von Monitoren, auf denen ein Dutzend schnelle Spiele laufen. Es sind eindeutig Sportarten, auch wenn sie mir fremd sind.

»Such uns schon mal einen Tisch, Kal«, sagt Tyler. »Ich besorg uns was zu trinken.«

Anscheinend gehöre ich für Ty nicht zum Team, was mich ein bisschen ärgert. Ich weiß, mir ist das alles neu, aber wie ein

Gepäckstück will ich auch nicht behandelt werden. Also warte ich nicht ab, bis Kal die Initiative ergreift, sondern mache mich selbst auf die Suche nach einem freien Tisch, sodass Kal mir notgedrungen folgen muss.

Als ich eine freie Sitzecke mit einem Blick auf die gesamte Bar entdecke, rutsche ich an den leeren Gläsern vorbei auf die Bank und schaue zu dem Syldrathi auf.

»Passt das hier?«

Kal scheint meine Wahl gutzuheißen, denn er setzt sich wortlos mir gegenüber. Mit einem Knopfdruck stellt er eine Projektion aus winzigen 3D-Gestalten ab, die über der Tischplatte irgendeinen Weltraumsport spielen. Ich rücke so weit nach innen wie möglich, aber er bleibt außen sitzen und beobachtet den rotierenden Raum. Hier gibt es Wesen in den verschiedensten Formen und Farben, in schmuddeligen Mechaniker-Overalls oder schimmernden Roben und allen Abstufungen dazwischen.

Ich habe das Gefühl, in einem Traum zu sein.

Vielleicht verliere ich gerade den Verstand.

Immerhin tut der Kopf mir nicht mehr weh, aber meine schmerzenden Muskeln erinnern mich immer noch daran, was auf der Brücke der Longbow passiert ist. In Gedanken sehe ich die Aufnahmen vor mir, auf denen ich Scarlett gegen die Wand schleudere, und höre die Worte, die ich mit dieser fremden Stimme gesprochen habe. Ich gebe mir einen Ruck und sehe mich noch einmal aufmerksam im Raum um. Gibt es hier irgendeinen Hinweis, einen Anhaltspunkt, warum ich – oder was auch immer von mir Besitz ergriffen hat – unbedingt hierherwollte?

»Er wird gleich kommen.« Kals Stimme schreckt mich auf.

»Wie?«

Er nickt in Tylers Richtung. »Keine Sorge. Er wird gleich kommen.«

Daran hatte ich eigentlich keine Zweifel. Kal wirkt eher selbst besorgt, und ich merke, dass er gar nicht Tyler im Auge hat, sondern eine Gruppe von schwarz gekleideten Syldrathi an der Bar.

»Sind das Freunde von dir?«, frage ich.

»Nein.«

Das Wort hängt schwer und bedeutungsvoll zwischen uns.

»… Wer sind sie dann?«, hake ich nach.

Kal überhört die Frage einfach und starrt weiter zu den anderen Syldrathi hinüber. Ich fühle mich immer gereizter. Ich habe es satt, wie er mit mir spricht oder mich wie Luft behandelt. Zwei Meter pure Sexyness hin oder her, der Typ ist einfach unmöglich.

»Lass mich raten«, sage ich. »Ich bin für sie nicht von Belang?«

»Höchstwahrscheinlich nicht«, sagt er, immer noch ohne mich anzusehen.

»Also sollte ich mir deswegen nicht mein hübsches kleines Köpfchen zerbrechen, ja?«

»Richtig.«

Ich hole tief Luft und platze los: »Sind alle Syldrathi so selbstverliebt wie du?«

Er blinzelt und lässt sich dazu herab, in meine Richtung zu schauen.

»Ich bin nicht selbstverliebt.«

»Hochnäsiger als du kann man gar nicht sein«, widerspreche ich. »Was hast du für ein Problem mit mir? Ich habe nicht darum gebeten, hier zu sein. Ich sollte bei meinem Vater auf Octavia III aufwachen, und stattdessen habe ich jetzt ein komisches Auge und hässliche Haare und sitze mit einem herablassenden Saftsack auf einer Piratenraumstation fest.«

Seine tätowierte Stirn legt sich langsam in Falten. »Was ist ein Saftsack?«

»Schau mal in den Spiegel, Elrond.«

Die Falten vertiefen sich. »Mein Name ist Kal.«

»Du. Bist. Unerträglich.«

Ich verschränke die Arme und starre ihn an. Er starrt mit schräg gelegtem Kopf zurück.

»Bist du … zornig auf mich?«, fragt er.

Ich bin baff.

»Warum bist du zornig?«, fragt er. »Ich beschütze dich doch.«

»Nein, du behandelst mich wie ein kleines Kind«, sage ich. »Ich bin ja nicht blöd. Seit wir hier sitzen, lässt du diese anderen Syldrathi nicht aus den Augen und hältst die Pistole griffbereit. Wenn dir wirklich so viel daran liegt, mich zu beschützen, könntest du mich vielleicht einweihen, warum du so angespannt bist, anstatt mich zu ignorieren?«

Zuerst mustert er mich nur stumm, und ich frage mich, ob er überhaupt antworten wird. Mal ist er gleichgültig, mal regelrecht abweisend. Ich kapiere diesen Typen einfach nicht.

Endlich macht er doch den Mund auf.

»Mein Volk teilt sich in Gruppen, die wir Kabalen nennen. Die Weber. Die Werker. Die Wächter. Die Syldrathi, die du auf der Sagan Station gesehen hast, waren Wegewanderer. Das sind unsere mystischen Denker, die sich der Erkundung der Raumfalte widmen.« Er tippt auf das Tattoo auf seiner Stirn. »Wir alle tragen hier eine Glyfe. Das Abzeichen unserer Kabale.«

Ich spüre, dass mein Ärger verraucht. Er redet immer noch wie der größte Großkotz aller Zeiten, aber immerhin redet er. Das ist schon mal ein Pluspunkt.

»Deine Glyfe ist anders als die der Bewohner von Sagan«, sage ich.

»Ja.« Wieder hängt das Wort schwer in der Luft. »Ich bin ein Wildgeborener. Wir sind Krieger.«

Ich betrachte ihn mit neuen Augen. Ja. Das beschreibt ihn perfekt. Wenn ich ihn so ansehe, wird mir klar, dass Kal für Gewalt gemacht ist. Wie er sich bewegt, wie er spricht, einfach alles an ihm lässt das erahnen. Unter der kalten, ausdruckslosen Oberfläche simmert ein heißer Zorn. Er hält ihn unter Verschluss, aber als er auf der Sagan Station mit Aedra gesprochen hat, konnte ich seinen Zorn deutlich spüren. Und ich spüre ihn auch jetzt, als er seinen Blick wieder den anderen Syldrathi zuwendet.

»Zu welcher Kabale gehören die?«, frage ich und deute mit dem Kopf auf die Gruppe in Schwarz.

»Zu keiner«, antwortet er. »Das sind Ungebrochene.«

»Hast du nicht gerade gesagt …«

»Mein Volk und deines haben sich viele Jahre lang bekriegt«, unterbricht er mich. Das war's dann wohl mit den Pluspunkten. »Es war ein erbitterter Kampf. Ich bin einer der wenigen Syldrathi, die sich nach dem Friedensabkommen der Aurora Legion angeschlossen haben. Die meisten misstrauen mir immer noch. Deswegen blieb ich bei der Auslese als Letzter übrig und kam in den Squad von Tyler Jones. Aber selbst nach dem Waffenstillstand weigerten sich einige Wildgeborene, den Vertrag zwischen den Menschenkindern und den Syldrathi anzuerkennen. Sie nannten sich die Ungebrochenen, und sie führen nun einen Feldzug gegen jene Syldrathi, die für den Frieden mit Terra waren.«

»Das klingt ja … nett«, kommentiere ich.

»Das ist hoffentlich ironisch gemeint.«

»Schlaukopf.«

In diesem Moment rutscht Tyler, der Kals letzte Sätze noch mitbekommen haben muss, auf den Platz neben mir. Er stellt uns drei Gläser hin, die so kalt sind, dass eine dünne Eisschicht sie überzieht. Damit die Finger nicht daran kleben bleiben, ist ein Halteband dran. Ein zweiter Gummiring schützt den oberen Rand, damit die Zunge nicht dasselbe Schicksal erleidet.

»Was ist gerade das Thema?«, fragt er und verteilt die Drinks.

»Saftsäcke«, gibt Kal zurück.

»Auf wessen Seite sind die Menschen?«, frage ich Tyler interessiert. »Im syldrathischen Krieg, meine ich?«

Ty sieht von Kal zu mir. Offenbar überlegt er, wie viel er mir erzählen soll.

»Auf keiner«, sagt er schließlich. »Dafür hat der Sternentöter schon gesorgt.«

Er macht eine Pause, und Kal schließt bei dem merkwürdigen Wort die Augen.

»… Was ist ein Sternentöter?«

»Nicht was«, murmelt Kal. »Wer.«

Aus meiner Tasche tönt ein leiser Piepser. »Caersan, alias der Sternentöter, ist ein abtrünniger syldrathischer Archont und Anführer der Ungebrochenen. Seine Gruppe spaltete sich im Jahr 2370 von der syldrathischen Regierung ab, als die Friedensverhandlungen mit Terra vor dem Durchbruch standen. Während eines vereinbarten Waffenstillstands attackierten die Ungebrochenen die terranischen Streitkräfte an den Werften bei Sigma Orionis.« Ein weiterer Piep. »Möchtest du noch mehr erfahren?«

»Pst, Magellan«, flüstere ich.

Ich tippe auf das Display, um ihn stummzuschalten. Eine sprechende Enzyklopädie in der Tasche zu haben, ist das Eine, aber ein Gespräch mit Leuten, die das Ganze persönlich erlebt haben, ist noch mal eine andere Nummer. Und ich spüre, dass sowohl Tyler als auch Kal hierüber einiges zu sagen hätten. Dass es für beide etwas *bedeutet*.

Ich schaue Tyler erwartungsvoll an.

Mit gedankenverlorenem Blick berührt er die Kette an seinem Hals, den Ringanhänger. Dieselbe Geste habe ich auch in der Krankenstation beobachtet. »Mein Vater … war Senator. Aber davor war er beim terranischen Militär. Als die Ungebrochenen Sigma Orionis angegriffen haben, hat Terra alle Piloten der Reserve mobilisiert …«

Ich sehe die Traurigkeit in Tylers Augen und begreife …

Sein Vater muss in diesem Kampf gestorben sein.

»Gedenkt Orion«, sagt Kal leise.

Tyler wirft ihm einen scharfen Blick zu, aber Kal hat den Kopf schon wieder den anderen Syldrathi zugewandt. Er spricht mit so gedämpfter Stimme, dass ich ihn fast nicht verstehe.

»Der Angriff bei Orion verlängerte den Krieg um weitere acht Jahre«, sagt Kal. »Schließlich haben unsere beiden Völker Frieden geschlossen. Doch die Ungebrochenen setzen ihren Widerstand unvermindert fort. Vor einem Jahr …«, er presst die Lippen aufeinander und schüttelt den Kopf, »… griffen sie Evaa an. Den Stern, den unser Heimatplanet Syldra umkreiste.«

»Niemand weiß, wie sie das geschafft haben.« Auch Tyler spricht im Flüsterton. »Aber sie haben den Kollaps der syldrathischen Sonne ausgelöst. Den Stern in ein Schwarzes Loch verwandelt, das alles Leben in diesem System ausgelöscht hat.«

»Zehn Milliarden Syldrathi starben.« Kal sieht mich an, und die Traurigkeit in seinen Augen durchbohrt mir das Herz. »Zehn Milliarden Seelen sind in die Große Weite eingegangen.«

Ich lasse diese Zahl sacken. Versuche, ihr schieres Ausmaß zu begreifen.

»Sternentöter«, murmele ich.

Tyler nickt. »Seit bekannt ist, dass er über eine solche Waffe verfügt, fürchtet sich die ganze Galaxis vor ihm. Und er hat klar gemacht, dass er uns in Ruhe lassen wird, solange Terra im innersyldrathischen Konflikt neutral bleibt.«

Wir sitzen einen Moment schweigend da. Die Luft im Raum fühlt sich irgendwie schwerer an, das Licht noch trüber. Schließlich ist es Kal, der in nüchternem Ton das Thema wechselt und seine Gefühle wieder hinter einer Mauer aus Eis verschanzt.

»Hast du an der Bar etwas in Erfahrung gebracht?«

Tyler schüttelt seufzend den Kopf. »Die Barfrau hat meine Uniform auf jeden Fall erkannt, aber das hat sie nicht zu irgendwelchen Bemerkungen veranlasst. Unser Ausbruch aus dem TDF-Zerstörer scheint sich also noch nicht bis hierher rumgesprochen zu haben.«

Ich nippe an meinem Drink und denke darüber nach, was ich gerade gehört habe. Die süße, spritzige Flüssigkeit kitzelt auf der Zunge, erfrischend und belebend zugleich. Ich schaue von Kal zu Ty und frage mich, welches unserer vielen Probleme oder Rätsel ihnen gerade durch den Kopf geht. Dass sie unter ihren eigenen Leuten als Abtrünnige gelten? Dass wir die einzigen Zeugen des terranischen Massakers auf der Sagan Station sind? Dass wir plan- und ratlos durchs Weltall schippern?

Oder dass ich der einzige Grund für all das bin?

Ich weiß ja auch nicht weiter. Die Kolonie, mein Vater, was mir widerfährt – lauter Fragezeichen. Aber ich lerne Tag für Tag mehr über diese Welt, in die es mich verschlagen hat. Und ich werde hinter die Wahrheit kommen, koste es, was es wolle.

»Hebt jetzt nicht den Kopf«, sagt Kal. Seine Stimme ist so

kühl wie der Drink in meiner Hand. »Die Ungebrochenen kommen gerade auf uns zu.«

Ich tue wie geheißen und luge nur vorsichtig unter meinem Pony hervor. Auf dem Weg zu uns pflügen die Syldrathi durch die Menge wie scharfe Messer. Auf den ersten Blick sehen sie alle gleich aus. Wie bei Kal ist ihr langes silbernes Haar zu schmalen Zöpfen geflochten, und ihre Augen blitzen in den verschiedensten Violetttönen. Sie tragen elegante schwarze Rüstungen mit deutlichen Schrammen und anderen Kampfspuren, bemalt mit weißen Linien, die wunderschöne Buchstaben in einer mir unbekannten Sprache bilden. Alle sechs sind hochgewachsen, schlank, muskulös. Ätherisch und anmutig. Und alle tragen die Glyfe, die auch Kals Stirn ziert.

Die drei Klingen.

Doch als sie näherkommen, erkenne ich Unterschiede zwischen ihnen – bei einem stecken Knochen in der Flechtfrisur, eine andere hat sich mehrere abgetrennte spitze Ohren in einer diagonalen Linie an die Brust geheftet, wie eine morbide Schönheitsköniginnenschärpe. Der Größte der Gruppe ist von einer schaurigen Narbe verunstaltet, die quer über sein schönes Gesicht führt. Nur die kalte, verächtliche, drohende Ausstrahlung ist bei allen identisch. Sie vermitteln den Eindruck, zu äußerster Gewalt und Brutalität bereit zu sein. Dass diese Syldrathi wilde Krieger sind, muss mir niemand sagen.

An der Spitze steht eine Frau. Ihr blasssilbernes Haar ist zu einem so straffen Zopf zurückgebunden, dass sie bestimmt Kopfschmerzen davon bekommt. Vielleicht ist ihre Miene deswegen so extrem unfreundlich.

»Menschenkind«, sagt sie zu Tyler. »Ich sehe, du hast ein Schoßhündchen.«

»Ich habe einen Squadmate«, gibt Tyler zurück und grüßt

mit einem höflichen Nicken. »Und der genehmigt sich hier gerade in Ruhe einen Drink, so wie ich. Wir wollen keinen Ärger.«

Durch die Gruppe läuft ein unwirsches Raunen.

»Er hat die legitime Sache seines Volkes verraten«, sagt die Anführerin. »Er sucht die Gesellschaft von Terranern, obschon es für alle Wildgeborenen noch ein Werk zu vollenden gibt. Bis unser gesamtes Volk nicht unter Archont Caersan vereint ist, können und dürfen wir nicht ruhen. Er ist ein Verräter. Cho'taa.«

Die anderen hinter ihr grummeln zustimmend und funkeln Kal hasserfüllt an. Schön und hässlich zugleich. Die Frau beugt sich vor und spuckt demonstrativ zwischen Kal und Tyler auf den Tisch.

»Pass auf, dass er als Nächstes nicht dich hintergeht, Menschenkind.«

»Das willst du nicht ernsthaft, Templerin«, sagt Kal leise und ohne die Frau anzusehen. »Glaub mir.«

»Dir glauben?« Sie lacht kurz und höhnisch auf. »Dir, dem Ehrenlosen? Dir, der du die Uniform des Feindes trägst?«

»Wir haben gleich ausgetrunken«, sagt Tyler in unbeirrt freundlichem Ton. »Wenn wir fertig sind, gehen wir unserer Wege, und Sie können Ihrer Wege gehen.«

»Ach ja?«, sagt die Frau und legt den Kopf schräg, als hätte er etwas Absurdes gesagt. »Ich sehe keinen Weg zwischen euch und der Tür.«

Kals Blick zuckt zu der Frau und sofort wieder weg. »Vielleicht, weil du ebenso blind wie töricht bist.«

Tyler schaut zu ihm. »Sachte, Legionär Gilwraeth.«

Einen Moment lang sitzt Kal vollkommen reglos da, und die Frau mit dem straffen Zopf sieht ihn scharf an. Es fühlt sich an, als wäre plötzlich die Luft dünner geworden.

»I'na Sai'nuit«, zischt sie.

Kal wendet sich an mich. »Bleib hinter mir, Be'shmai.«

Die Frau sieht ungläubig zu mir. »Du nennst ein Menschenkind Be…«

Kal rammt ihr die flache Hand in den Bauch und den Ellbogen in den Kiefer, sodass sie blutend und spuckend zurücktaumelt. Mit einem Satz springt er zu den anderen und bricht zwei weiteren Syldrathi die Nase. Seine Gegner sind kurz überrumpelt, doch dann gehen sie brüllend und zähnefletschend zum Gegenangriff über. Tyler ist auch auf dem falschen Fuß erwischt worden, aber er fasst sich sofort und stellt sich mit erhobenen Fäusten neben Kal.

Das Problem ist: Sie sind zu sechst und wir nur zu zweit.

Na ja, zu dritt eigentlich. Wenn man mich mitzählt.

Kal hält immer noch sein Glas in der Hand, das er einem der Syldrathi mit einer blitzschnellen Bewegung an den Kopf donnert. Es zerspringt, und der Mann geht von dunkellila Blut überströmt zu Boden. Mit bloßen Fäusten stürzen sich Kal und Ty auf je einen weiteren Syldrathi. Das ist kein Kampf, wie ich es von Videos kenne – es ist brutal, hässlich, grausam. Ihre Gegner torkeln zurück, aber die Jungs setzen ihnen nicht nach, sondern bleiben mit dem Rücken zu unserer Sitzecke Schulter an Schulter stehen, um möglichst wenig Angriffsfläche zu bieten.

Ihr Kampfstil ist völlig verschieden. Kals Bewegungen haben eine dunkle Anmut. Trotz seiner Körpergröße ist er enorm geschmeidig, und als er einen Gegenhieb abwehrt und mit einem Haymaker kontert, wirkt alles wie ein perfekt choreografierter, tödlicher Tanz.

Ty kämpft mehr wie ein Sportler. Er ist fit und stark und hat eine gute Technik – das erkenne sogar ich. Er boxt, er tritt, und wenn es sein muss, schlägt er auch unter die Gürtellinie. Die anderen sind alle größer als er. Schneller und stärker. Und trotzdem scheint er keine Angst zu kennen.

Ein dritter Ungebrochener geht vor Kal zu Boden, und die letzten zwei rücken nach.

Ty weicht allen Schlägen seines Gegners geschickt aus und tänzelt wie ein Boxer vor und zurück. Kal entzieht sich seinem nächsten Widersacher mühelos und sagt etwas zu ihm, das dem Mann ein wütendes Knurren entringt, worauf Kal ihm kurzerhand die Zähne ausschlägt. Inzwischen hat sich um die Szene ein Ring aus Gaffern gebildet. Halb verfolge ich den Kampf, halb lauere ich auf meine eigene Reaktion – ich habe Angst, dass ich wieder die Kontrolle über mich verliere, dass mich der Nebel verschluckt, dass ich etwas Schreckliches tun werde, um die beiden zu verteidigen, etwas, das sämtliche Anwesenden auf uns aufmerksam macht.

Aber ich will auch nicht untätig herumsitzen …

Einer der Ungebrochenen stößt einen Gast an den Spieltischen beiseite, entreißt ihm seinen Stab und holt damit aus wie mit einem Speer. Ohne nachzudenken, packe ich mein Glas und spüre gerade noch, wie die Kälte mir die Finger versengt, bevor ich es werfe. Es trifft den Kerl mitten ins Gesicht, und er stolpert mit einem unmissverständlichen Fluch rückwärts.

Kal wirft einen Blick über die Schulter und deutet mit einem Zucken seiner Mundwinkel ein Lächeln an.

Son of a biscuit, ich lächele doch tatsächlich zurück.

Da teilen sich die Schaulustigen, um einen zwei Meter großen, wütenden Menschen durchzulassen: die Barfrau. Sie hat ein Nasenring-Piercing und von oben bis unten tätowierte Arme, und sie wirkt nicht gerade erfreut. Sie hält einen großen

Kanister, an den ein Schlauch angeschlossen ist, und erst als sie die Düse auf den Rücken eines Ungebrochenen richtet und einen weiteren mit schäumendem weißem Glibber beschießt, kapiere ich, dass es sich um einen Feuerlöscher handelt.

»Der Sicherheitsdienst ist schon unterwegs!«, brüllt sie. »Also macht gefälligst draußen weiter, bevor ich euch in den Müllschlucker trete!«

Elegant gelöst, Bardame. Du gefällst mir.

Wir stehen alle wie festgefroren da. Ty und Kal, die leicht schwanken, die um uns verstreuten Syldrathi, alle triefen vor Schaum. Das wäre ein sehr, *sehr* günstiger Zeitpunkt, um sich vom Acker zu machen. Ich drehe mich zum Ausgang um, und da entdecke ich Zila und Scarlett.

Sie stehen mit prall gefüllten Tüten beladen in der Tür. Scarlett tritt vor, um ihre Diplomatinnennummer abzuziehen, aber schon ihre ersten Worte gehen in einem lauten, tiefen Signalton unter.

Alle Anwesenden halten inne. Aus den Lautsprechern scheppern Durchsagen in einem Dutzend verschiedener Sprachen. Die holographischen Monitore über der Bar beginnen zu kriseln, dann flackern sie erneut auf.

Und jeder Einzelne zeigt ein Bild von mir.

Es ist ein Standbild aus Aufnahmen, die an Bord des TDF-Zerstörers entstanden sein müssen. Ich trage die Uniform, die ich gerade anhabe. Ich bin klar und deutlich zu erkennen – mein schwarz-weiß meliertes, stärker als sonst verstrubbeltes Haar umrahmt mein Gesicht, mein weißes und mein braunes Auge sind weit aufgerissen.

Auf jedem Bildschirm blinkt direkt unter meinem Gesicht ein Hinweis.

FAHNDUNGSAUFRUF
ENTFLOHENER STRÄFLING
JEDER HINWEIS AN DIE TDF WIRD BELOHNT

Die Zeit bleibt stehen. Mit pochendem Herzen starre ich die Monitore an. Aber auch wenn sich alles in mir dagegen sträubt, reiße ich meinen Blick langsam los und sehe mich im Raum um.

Sämtliche Augenpaare sind auf mich gerichtet.

Son of a *biscuit*.

Betraskische Gesellschaft

► **Clanstruktur**

▼ **Verpflichtungen**

Die weit verzweigten Verwandtschaftsverhältnisse in der betraskischen Gesellschaft sind so verworren, dass selbst Betrasker*innen Mühe haben, den Durchblick zu behalten. Kurz gesagt ist die betraskische Clanstruktur komplizierter als eine sechsfache Hochzeitszeremonie auf Firalor und verpflichtet auf zwei im Familiennamen angezeigten Ebenen zu Loyalität.

Zum Beispiel: Sara de Mosto de Tren ist zuallererst Mitglied des Mosto-Clans – dazu gehören ihre Geschwister, höchstens ein Dutzend Eltern (siehe auch betraskische Familienstruktur) und ein- bis zweihundert Blutsverwandte.

Auf einer zweiten, nachrangigen Ebene ist sie zudem Mitglied des Tren-Clans, der typischerweise aus mehreren tausend Personen besteht. Die betraskische Gesellschaft legt allerhöchsten Wert auf familiäre Verpflichtungen, die als Gefallen bezeichnet werden und die der gesamte Clan jederzeit von einem einzelnen Clanmitglied einfordern kann.

Wie die Betrasker*innen da noch durchsteigen, wissen nur sie selbst.

15 Finian

Mein Quasi-Cousin Dariel verstellt uns die Tür, und die Sache läuft nicht so rund, wie ich gehofft habe. Ich beackere ihn schon eine ganze Weile, dass er uns reinlässt und wir bei ihm so lange unterschlüpfen können, bis wir rausgefunden haben, was wir hier eigentlich sollen. Und deswegen lungert Cat jetzt seit zwanzig Minuten wie ein übel gelaunter Bodyguard hinter mir herum, während Dariel und ich familiäre Details austauschen, um unseren jeweiligen Platz im erweiterten Familienstammbaum zu klären – was dann wiederum bestimmt, wer wem was schuldet und was ein fairer Preis für seine Hilfe wäre. Denn an einem Ort wie Sempiternity gibt es nichts umsonst.

Ich bin Dariel noch nie begegnet, aber er hat ganz klar die Nase der de Seels. Sein schulterlanges Haar ist passend zu seinen Kontaktlinsen pechschwarz gefärbt, wodurch er ein bisschen wie eine terranische Leiche aussieht. Die weiße Haut, die bei weißem Naturhaar ganz normal wirkt, kommt so einfach nur schräg und totenbleich rüber.

Und er sieht nicht nur aus wie eine Leiche, sondern wie eine Möchtegern-Macker-Lover-Leiche: Sein Outfit besteht aus einer schwarzen Hose und einem schwarzen Hemd, an dem mindestens zwei Knöpfe zu viel offen sind.

Was mir vor Cat echt ein bisschen peinlich ist.

»Ferilien de Vinner de Seel ist der Bruder meiner dritten Mutter«, sage ich geduldig.

»Aber du bist ein de Karran de Seel«, sagt er zum dritten Mal.

Okay, also eine *dämliche* Möchtegern-Macker-Lover-Leiche.

Puh.

»Meine dritte Mutter ist eine angeheiratete de Karran«, erkläre ich seufzend. »Aber ursprünglich ist sie eine de Vinner, und die de Vinners sind deine …«

»Ach du Scheiße«, flucht Cat hinter mir.

Ich drehe mich zu ihr um, aber sie hat nicht etwa das Interesse an unserem Punkte-verbinden-Spiel verloren. Sie starrt zu dem großen Holoschirm in einer Ecke des dunklen Gangs, an dem Dariels Wohnung liegt. Ich folge ihrem Blick und sehe eine Nahaufnahme von unserer blinden Passagierin, unter der das Wort FAHNDUNGSAUFRUF leuchtet. Irgendwo da draußen hat Goldenboy einen noch beschisseneren Tag als bisher.

Das verschlechtert meine Verhandlungsposition natürlich erheblich.

Dariel stützt beide Hände gegen den Türrahmen und beugt sich vor, um auf den Bildschirm zu spähen. »Ist das 'ne Freundin von euch?«

Es fällt mir schrecklich schwer, aber ich bemühe mich um einen so neutralen Gesichtsausdruck wie möglich. »Wenn du uns reinlässt, schulde ich dir einen Gefallen.«

Sein Grinsen wird breiter, und er drückt meine Hand, um die Sache zu besiegeln, während ich versuche, meine Panik zu überspielen. Dass ich ihm bedingungslos einen Gefallen verspreche, macht mich angreifbar – jetzt weiß er, wie verzweifelt die Lage ist. Wortlos tritt er beiseite, um uns durchzulassen.

»Willkommen, Cousin, willkommen.«

Cat hat schon ihr Uniglass gezückt und checkt ihren Fake-Iro in dem spiegelnden Display, als sie durch die Tür geht. »Ty, ich schicke dir unseren Standort«, sagt sie. Ich höre ihre Stimme in meinem Ohrstecker.

»Verstanden«, kommt es zurück.

»Ist alles okay bei euch?«, fragt Cat. »Du klingst so atemlos.«

»Renne grade«, keucht Tyler.

»... Was ist passiert?«

»Schlägerei inner Bar.«

»Verdammt, ihr habt euch ohne mich geprügelt?«

Ich ziehe an Cat gewandt eine Augenbraue in die Höhe und spreche ebenfalls in mein Uni. »Braucht ihr Verstärkung, Goldenboy?«

»Negativ«, ächzt unser edler Anführer. *»Haltet eure Stellung.«*

Mit einem Achselzucken folge ich Cat in Dariels Wohnung, und als ich über die Schwelle trete, trifft mich fast der Schlag. Es ist, als hätte ich ein Raumfaltentor passiert und wäre in einem Zimmer zu Hause auf Trask gelandet. Die Wände sind mit weißem Stein ausgelegt, und von Nischen unter der Zimmerdecke hängen leuchtend grüne Flic-Ranken aus versteckten Blumentöpfen und bilden mit ihren schwach leuchtenden Blättern eine zusätzliche Lichtquelle. Wasser plätschert an den Wänden herab, und die Decke ist eine zerklüftete Landschaft aus Stalaktiten.

Ich fühle mich an einen Ort zurückversetzt, an dem ich seit meiner frühen Kindheit kaum noch war, und bin völlig unvorbereitet auf ... ich könnte nicht mal sagen, was das für ein Gefühl ist.

»Die meisten habe ich selber aus Salz gezogen.« Dariels Stimme dicht hinter mir schreckt mich auf, und als ich mich zu ihm umdrehe, zeigt er auf die Stalaktiten über sich. »Und ein paar habe ich aus Stein anfertigen lassen – das macht so ein Typ auf Trask.«

»Es ist, ähm, sehr authentisch«, bringe ich hervor.

Cat sieht sich in dem vollgestopften Wohnzimmer um, als hätte sie Angst, dass die Oberflächen radioaktiv sind, und ich kann es ihr nicht verdenken: Überall stehen bis an die Decke gestapelte Kisten, Computer und Computerzubehör, und an jeder freien Stelle hängen Notizen, Bilder und Monitore. Sauber ist es auch nicht gerade. Offenbar leitet mein Cousin von hier aus ein ganzes Geschäftsimperium. Erstaunlich, dass sein Hirn zu so was fähig ist.

Es dauert ungefähr vierzig Minuten, bis der Rest unseres Squads auftaucht, und Dariel und ich verbringen einen Großteil der Zeit mit Familienklatsch – wie immer, wenn man zwei Betrasker in einen Raum steckt. Als die anderen eintreffen, hat Cat vor Ungeduld schon zig Runden zwischen den Kisten, Schachteln und Stapeln von anderem Krempel im Zimmer gedreht.

Unsere Squaddies haben es irgendwie geschafft, sich unterwegs umzuziehen, und das Ergebnis ist mehr als beeindruckend. Beide Jones-Zwillinge sehen zum *Anbeißen* aus, er in einem hautengen, die Muskeln betonenden Shirt, und sie in einem genauso hautengen Bodysuit aus … einer Art schwarzem … Etwas.

Hey, wie soll man sich auf Stoffarten konzentrieren, wenn einem solche Glocken in Stereo entgegenkommen?

Spitzohr hat einen Mantel mit Kapuze an, die einen Schatten auf das Kabalenzeichen an seiner Stirn wirft – geschickter Schachzug, Scarlett. Zila trägt einen über und über mit Taschen besetzten blauen Overall und hat sich ihre krausen schwarzen Locken zu einem Zopf zurückgebunden.

Kal und Tyler schleppen eine Plastin-Kiste zwischen sich. Beide sind außer Atem und sehen aus, als hätten sie Ärger gehabt – Goldenboy hat eine aufgeplatzte Lippe, und Kal humpelt. Und ihre Haare sind feucht.

»Seid ihr alle heil geblieben?«, fragt Cat und späht nervös auf den Flur hinaus.

»Squad vollzählig angetreten«, sagt Tyler und macht die Tür

hinter sich zu. Er sieht sich rasch in dem schummerig beleuchteten Raum um und registriert die steinernen Wände, die sanft fluoreszierenden Pflanzen, das plätschernde Wasser. Das ist echt ein Trip, wenn man aus den metallenen Gängen da draußen in dieses kleine Stückchen Trask stolpert.

»Ich hätte nie gedacht, dass ich das mal sage«, ächzt Scar und streift sich die feuchten roten Haare aus den Augen. »Aber ich danke den Sternen für die vielen Runden, die wir im Training absolvieren mussten.«

Tyler schüttelt den Kopf. »Es wird mir für immer ein Rätsel bleiben, wie du mit solchen Absätzen so schnell laufen kannst.«

»Das ist eine Gabe, Baby-Bro.« Mit einer koketten Pirouette führt Scarlett ihre neuen High-Heel-Stiefel vor. »Sind die nicht *total* hübsch?«

»Was habt ihr mit unserem Problemfall gemacht?«, fragt Cat.

Zur Antwort pocht Tyler mit den Knöcheln auf die Kiste, und Kal geht daneben in die Hocke und stemmt den Deckel auf. Eine blinzelnde, zerzauste Aurora kommt zum Vorschein. Ihre schwarz-weißen Haare sind verstrubbelt, die hellbraunen Wangen so gerötet, dass die Sommersprossen nicht mehr zu erkennen sind. Sie trägt ein schwarzes Kapuzenkleid über einer schwarzen Leggings und sieht ziemlich fertig aus.

»Könnt ihr mich nächstes Mal in was Weicherem transportieren?«, stöhnt sie, als Goldenboy ihr hochhilft. »Mit Roomservice?«

Dariel lehnt mit über dem offenen Hemd verschränkten Armen an einem trockenen Abschnitt der Wand und verfolgt das alles mit unverhohlenem Interesse. Ich seufze innerlich und spule die Formalitäten ab.

»Squad, das ist mein Cousin Dariel. Dariel, das ist mein Squad.«

Tyler mustert unseren Gastgeber und nickt höflich. »Wir sind dankbar für deine Hilfe«, sagt er.

»Damit rechne ich fest.« Dariel lächelt, womit die Frage, welche Gegenleistung er erwartet, wohl beantwortet wäre.

»Finians Freunde sind unsere Freunde«, sagt Scarlett, die ihre Aufmerksamkeit nun ebenfalls meinem Cousin zugewendet hat und ihr Killerlächeln auf ihn loslässt.

Dariel ist von dem Face unseres Teams genauso schwer beeindruckt wie ich, denn er holt eine grüne Schachtel hervor, bei deren Anblick mir das Wasser im Mund zusammenläuft. Als er den Deckel abnimmt, beugt sich Scarlett vor und schnalzt bewundernd mit der Zunge.

»Sind das Luka-Törtchen?«

»Das Original«, nickt er und bietet ihr die Schachtel an.

Sie nimmt sich ein Törtchen und pegelt ihr Lächeln auf Herzschmerzstärke hoch. »Das Gildensiegel bedeutet, dass sie direkt aus Trask kommen, wenn ich mich recht erinnere? Tolle Wohnung übrigens. Die Ranken geben dem Ganzen den perfekten Touch.«

Versteht mich nicht falsch – ich finde beide Jones-Zwillinge scharf und würde mit jedem der zwei sofort in die Kiste springen. Aber in solchen Momenten ist es schwer, den Blick von Scarlett loszureißen. Feuerroter Lippenstift, abgestimmt auf ihren flammend roten Bob und den gleichfarbigen Lidschatten um diese großen blauen Augen. Dariel versucht eindeutig, mit den Törtchen bei ihr Eindruck zu schinden – Delikatessen von unserem Heimatplaneten sind schwer zu bekommen. Ihre lobende Anerkennung ist die beste Antwort, die sie finden kann.

Ich nehme mir auch schnell eins, falls Dariel vergisst, mir was anzubieten. Der Blätterteig schmilzt mir auf der Zunge, das Aroma der leicht süßen, leicht säuerlichen Füllung aus gemahlenen Luka-Nüssen entfaltet sich in meinem Mund. Diese Dinger schmecken nach zu Hause. Aber wenn ich nicht aufpasse, schmecken sie nach Heimweh. Nach Sicherheit. Nach der Sehnsucht, schleunigst hier wegzukommen. Ich schlinge sie hastig runter.

Scarlett kaut viel langsamer und genussvoller. »Ich mag Männer, die sich ihre Wünsche zu erfüllen wissen. Bestimmt kennst du Sempiternity in- und auswendig, oder?«

Wie zu erwarten schwillt Dariel vor Stolz die Brust. »Ich weiß gut Bescheid, ja.«

»Das glaub ich gern«, sagt sie mit einem Augenzwinkern. »Bringst du mir was bei?«

Er wanzt sich aalglatt an sie ran. »Ich kann dir eine Menge beibringen, kleine Terranerin.«

Scarlett lächelt nur noch strahlender. »Über diese Station, meine ich. Fürs Erste jedenfalls. Es geht doch nichts über die Tipps eines Einheimischen.«

»Was willst du denn wissen?«

Sie zuckt mit den Schultern, und ihre Augen blitzen. »Alles, was du uns erzählen willst.«

Dariel wirft mir einen Blick zu und beugt sich dann zu Ms. Jones vor.

»Also, erst mal dürft ihr euch Sempiternity nicht bloß als eine große Stadt vorstellen.« Jetzt macht er auch noch auf coolen Checker. »Stellt euch vor, es sind hundert verschiedene Städte, die zufällig aneinander angrenzen. Auf ihnen leben insgesamt gut eine Million Seelen. Wir haben Regierungsräte und rechtsfreie Räume, Warlords und Eliten und gerüchteweise schwarze Sektoren im Untergrund. Wenn man Geld hat, kann man hier alles kaufen. Wir haben hippe Kunst, wir haben Waffen, wir haben Genüsse, die von allen Sorgen befreien. Wenn du zum

Beispiel einen Ort suchst, wo du in diesen *schicken* neuen Klamotten tanzen gehen kannst …«

Ich könnte nicht mal sagen, ob er das wirklich so anzüglich meint oder einfach keine Sozialkompetenz hat – aber wenn *ich* schon merke, wie platt ein Spruch ist, sollte man sich echt an die Nase fassen. Scarlett zieht sich mit einem »Vielleicht irgendwann mal«-Achselzucken elegant aus der Affäre.

»Wir haben einen ziemlich langen Flug hinter uns, Süßer.« Sie streckt sich und unterdrückt mit der Hand ein Gähnen. »Eigentlich suche ich einen Ort, wo wir schlafen können?«

Dariel blinzelt. »Du meinst … du und ich, oder …«

»Ich und sie«, sagt Scarlett lächelnd und deutet in die Runde.

»… Moment, ihr wollt alle …«

»Zermartere dir nicht zu lange das Hirn drüber«, knurre ich.

Mein Cousin steht kurz wie angewurzelt da und versucht, diese Information zu verarbeiten, doch dann gibt er es auf und führt uns in ein Hinterzimmer. Es ist nur spärlich eingerichtet – normale Wände, keine Verzierungen an der Decke. Am anderen Ende wächst eine einzelne Flic-Ranke, doch die Blätter schimmern nur ganz leicht. In dem winzigen Raum steht ein Stockbett mit drei Pritschen, wobei die unteren beiden als Lager für Dosen mit weißer Leuchtfarbe und gefriergetrocknete Sarbo-Ölkapseln dienen. Ich frage lieber nicht. Wahrscheinlich waren sie im Angebot.

»Das ist perfekt«, sagt Scarlett. »Danke, Süßer.«

»Kein Problem«, grinst Dariel. »Wenn ihr noch mehr Gesell …«

Der Rest seines Angebots geht unter, weil Scarlett mit einem letzten Zwinkern die Tür zuschiebt und wir endlich unter uns sind. Keine Ahnung, wie sie das anstellt, aber sie kriegt es irgendwie hin, ohne ihn zu kränken – wahrscheinlich könnte sie dich auch ohrfeigen und es dir hinterher als Kompliment verkaufen. Die anderen fangen an, sich Schlafplätze einzurichten. Tyler räumt die Pritschen frei, und Kal stapelt den Krempel, der auf dem Boden herumliegt, fein säuberlich in einer Ecke auf. Nur Scarlett bleibt neben mir an der Tür stehen, wo wir nicht im Weg sind.

»Kommst du klar? Soll ich helfen?«, flüstert sie.

Sie spricht leise, damit die anderen es nicht mitbekommen. Ich dachte, ich hätte mich einigermaßen flüssig bewegt, seit wir an Bord sind, aber offen gestanden schmerzen meine Muskeln – es tut ihnen nicht gut, ständig mit Adrenalin geflutet zu werden. Und obwohl ich normalerweise gleich zuschnappe, wenn jemand mich darauf anspricht, sagt sie es irgendwo so, dass es mir nichts ausmacht. Ohne Mitleid, ohne sanft besorgte Miene. Nur als beiläufiges Angebot.

Ganz ehrlich, für ein paar Stunden in geringer Schwerelosigkeit würde ich jetzt alles geben – dann könnte ich meinen Anzug ablegen und mich zum Schlafen richtig zusammenrollen. Aber dafür müsste ich den Squad eine Weile verlassen. Und die Liste an Dingen, für die ich Dariel einen Gefallen schulde, um einen weiteren Posten verlängern.

Eigentlich war ausgemacht, dass ich eine eigene Koje mit niedriger Schwerkraft bekomme, sobald ich einem Squad zugeteilt bin. In der Academy hatte ich ein eigenes Zimmer, in dem ich nachts die Schwerkraft senken und mich ohne den Anzug bewegen konnte. Wenn ich hier mit Anzug schlafe, wird mir das später zu schaffen machen. Aber damit befasse ich mich morgen. Gerade ist mir wirklich nicht danach, jemanden um Hilfe beim Ausziehen zu bitten.

»Danke, es geht schon«, sage ich. »Er ist so konstruiert, dass ich ihn notfalls auch mehrere Tage tragen kann.«

Scarlett nickt und belässt es dabei.

»Glaubst du, wir können deinem Cousin vertrauen?«, fragt sie mit gedämpfter Stimme. »Mein Bauchgefühl sagt ja.«

Ich nicke. »Die Familie versiegelt deinen Bau, sagt man in meinem Clan.«

»Den Spruch kenne ich noch nicht«, gibt sie zu. »Was bedeutet das?«

»Dass wir ihm vertrauen können.«

Das sollte schon meine ganze Antwort sein, aber sie sieht mich weiter erwartungsvoll an. Typisch Faces: Stellen ihr Schlafbedürfnis sofort zurück, wenn es was Neues über Umgangsformen zu lernen gibt.

Seufzend hole ich zu einer Erklärung aus. »Du weißt bestimmt, dass wir auf Trask unter der Erde leben, weil auf der Oberfläche immer Wind herrscht. Und dieser Wind enthält mikroskopisch kleine Steinsplitter. Wenn man zu viel davon einatmet, kann man sterben.«

»Also muss man den Bau dagegen versiegeln?«, folgert sie.

»Genau. Wenn man eine neue Wohnhöhle baut, kommt die Familie vorbei und formt Streifen aus Peta-Ton, mit denen die Kanten der Tür hermetisch verschlossen werden. Das ist eine richtige Zeremonie und eine Geste des Vertrauens. Jeder macht sich die Hände schmutzig.«

»Verstehe«, murmelt sie. »Man zeigt seiner Familie, dass man ihr vertraut, indem man sie die Siegel anfertigen lässt. Wenn sie das nicht ordentlich macht …«

»Dann stirbt man, ja. Also versiegelt man alles gründlich und zofft sich, wenn es sein muss, hinter verschlossener Tür. Dariel wird uns nicht ans Bein pissen, weil ich zur Familie gehöre.« Ich grinse. »Außerdem sind meine Omas ziemlich furchteinflößend.«

Sie schweigt einen Moment, dann sagt sie sanft: »Muss ganz schön hart sein, von der Familie getrennt zu sein.«

Ich schnaube. »Für mich? Nö. Ich bin früh weggeschickt worden und hab die meisten dann nicht mehr gesehen.«

Sie kauft mir das nicht ganz ab, fragt aber nicht nach.

»Leg dich ruhig hin«, sagt sie nur. »Ich pass noch ein bisschen auf.«

Der Squad ist schon dabei, sich zum Schlafen auf die Betten zu verteilen – nach allem, was in den letzten Tagen passiert ist, sind alle ziemlich erschossen. Unser Zweimetermann Kal liegt auf der obersten Pritsche, Auri und Zila haben sich auf der mittleren nebeneinander gezwängt. Ty hockt an die Wand gelehnt auf dem Boden – offenbar plant unser edler Anführer, im Sitzen zu schlafen, was er später garantiert *überhaupt* nicht bereuen wird. Cat hat sich an der gegenüberliegenden Wand ausgestreckt. Sie wirkt immer noch verstimmt, dass sie die Schlägerei verpasst hat.

Scarlett und ich wissen beide, dass ich das untere Bett brauche, also reiche ich ihr wortlos das Kissen und die Decke, die sie neben ihrem Bruder auf dem Boden ausbreitet. Ich lege mich auf die Matratze und starre zu Auroras Stiefeln hoch, die an der Kante des mittleren Betts überstehen. An dem schwachen Lichtschein an der Decke erkenne ich, dass sie wieder über ihrem gebrauchten Uniglass hängt und so viele Informationen wie möglich in sich einsaugt.

Sie ist so ein kleines Ding. Nicht größer als Zila. Wenn man sie so sieht, käme man nie darauf, was für einen Ärger wir ihretwegen am Hals haben. Na ja, solange ihr Auge nicht wieder so komisch glüht …

Ich weiß, dass sie uns echt tief in die Scheiße geritten hat. Ich weiß, dass es klüger wäre, sie einfach an die GIA zu verkaufen und zu beten, dass wir nicht von irgendwelchen Kriegsgerichten ins Gefängnis gesteckt werden. Aber ich habe mein Leben lang von draußen zugeschaut. War immer ein Problem. Eine Last. Eine Anomalie. Genau wie sie. Und deshalb bin ich mir jetzt in einem Punkt ganz sicher.

Wir Außenseiter müssen zusammenhalten.

Ich liege im Dunkeln. Beobachte Scarlett, die über uns alle wacht. Sie beugt sich vor und zupft Cats Decke ein Stück weiter hoch, dann deckt sie auch ihren Bruder zu. Sie hat so was an sich … unter der scharfzüngigen Art und dem Sexappeal … etwas fast Mütterliches. Goldenboy kümmert sich um uns, weil wir sein Squad sind. Aus Verantwortungsgefühl.

Scarlett kümmert sich von *Herzen* um uns.

Sie begegnet meinem Blick. »Schlaf jetzt, Finian«, flüstert sie.

Ich schließe die Augen und lasse mich von den tiefen Atemzügen meiner Squadmates in den Schlaf lullen.

Ich träume von zu Hause, von Trask mit seiner roten Sonne und den weit verzweigten Stadtnestern tief in der Erde. In meinem Traum bin ich über Tage, und es schneit. Winzige Flocken wirbeln vom Himmel herab und breiten eine dicke Decke über die gnadenlos unwirtliche Landschaft aus weißem Stein, die sich endlos in die Ferne erstreckt.

Aber eins ist echt schräg.

Seit wann ist Schnee denn bitte blau?

Ich wache auf, weil Tyler und Cat sich im Flüsterton streiten.

»Ist mir egal«, zischt sie. »Das ist voll unheimlich, Ty. Und wir sind sowieso schon am Arsch. Sie wird per Fahndungsaufruf gesucht. Wir müssen sie ausliefern.«

»Wir wissen nicht mal, was das ist«, wendet er genauso leise ein.

Dann höre ich Zilas Stimme. »Es scheint immer dasselbe Motiv zu sein.«

Ich wälze mich langsam von der Wand auf die andere Seite. Meine Servogelenke und das Muskelgeflecht reagieren sofort, nur meine Finger werden etwas verzögert aktiviert. Ich hebe mühsam die Lider und erblicke unsere Rumpelkammer und …

Bei allen Bauteilen des Schöpfers.

Im Lichtschein von Cats Uniglass sehe ich eine Zeichnung – *tausendmal* die gleiche Zeichnung in weißer Leuchtfarbe. Sie ist auf jede verfügbare Fläche geschmiert, auf jede dreckige Wand, auf jede Kiste, und von überall rinnt sie langsam Richtung Boden, wo eine riesige Version des Motivs allen Platz einnimmt, der nicht von schlafenden Squadmitgliedern belegt war.

Es ist eine Gestalt. Eine humanoide Gestalt. Aber sie hat nur drei Finger, die von links nach rechts länger werden. Ein Auge ist leer, das andere weiß ausgemalt. Und an der Stelle, wo das Herz sitzt, ist eine geometrische Figur hingepinselt.

Eine Raute.

Da wird Kal wach, und nach einem Stupser von ihrem Bruder schlägt auch Scarlett die Augen auf. Sie stützt sich stöhnend auf einen Ellbogen, drückt den Rücken durch und erstarrt mitten in der Bewegung, als sie die unzähligen leuchtenden Strichmännchen sieht, die unsere bescheidene Hütte zieren. Alle sechs sitzen wir da und starren an die Schmierereien an der Wand.

»Zero hat recht«, sage ich leise. »Das ist mega gruselig, Goldenboy.«

Offenbar wecke ich damit unsere blinde Passagierin, die sich in dem Bett über mir zu regen beginnt. Sie setzt sich auf, lässt die Beine von der Bettkante baumeln und blinzelt gähnend in das Licht von Cats Uniglass. Dann reibt sie sich den Schlaf aus den Augen, sieht sich um und merkt, dass wir sie alle anstarren.

»Was?«, fragt sie. »Hab ich geschnarcht, oder wie?«

An ihren Fingern glänzt Leuchtfarbe.

Ein Streifen Farbe ist quer über ihre Wange verschmiert.

Ihr Blick wandert über die Piktogramme an den Wänden. Zu der Farbe auf ihren Fingerspitzen. Ihr Gesichtsausdruck, als sie begreift, dass sie das war – oder es zumindest getan hat, auch wenn das nicht *sie* war –, bricht mir irgendwie das Herz. Jedenfalls zieht sich etwas in meiner Brust schmerzhaft zusammen.

Hab ich noch nicht oft gespürt, so was.

»Ich …« Ihre Stimme bricht.

Kal lässt sich geräuschlos vom obersten Bett gleiten, betrachtet die Zeichnung eingehend und blickt dann stirnrunzelnd zu Aurora.

»Warum fürchtest du dich?«, fragt er gelassen. »Das ist ein Zeichen. Wir wurden hierher geführt. Und jetzt haben wir einen Hinweis darauf, was wir suchen sollen.«

Das ist das Vernünftigste, was bisher gesagt wurde, aber sein Ton trägt nicht dazu bei, Auri zu beruhigen. Sie kneift die Lippen fest zusammen, hat die Augen weit aufgerissen und kämpft sichtlich dagegen an, laut loszuschreien. Zu weinen. Durchzudrehen. Und just in diesem Moment kommt Dariel zur Tür rein. Ohne anzuklopfen.

Nach dem ersten Schritt bleibt er stehen und blinzelt langsam. »Aha, ihr habt neu gestrichen«, sagt er schließlich. »Die Farbe setz ich euch auf die Rechnung.«

Niemand sagt etwas, denn was soll man dazu auch sagen? Mein Cousin rafft anscheinend nicht, dass er mitten in eine unangenehme Situation geplatzt ist. Er blinzelt wieder und starrt auf die größte Zeichnung, die neben Scarlett auf dem Boden leuchtet.

»Seid ihr so Kunstfuzzis?«, fragt er. »Oder wieso malt ihr dieses olle Teil auf meinen Boden?«

Das bringt Leben in die Bude.

»Du erkennst das wieder?«, fragt Tyler, der sofort auf den Beinen ist.

»Kannst du uns den Scheiß erklären?« Cat in ihrer unverblümten Art.

Scarlett erhebt sich in einer einzigen geschmeidigen Bewegung. Das Stöhnen von eben, die Nacht auf dem harten Boden – alles vergessen. Sie wirft Cat ein »Halt die Klappe«-Lächeln zu und gibt meinem Cousin dann die volle Charme-Dröhnung.

»Du kennst Sempiternity ja tatsächlich in- und auswendig. Ich bin schwer beeindruckt.« Ihr Lächeln wird noch breiter, und sie beugt sich ein Stück vor. »Dieses … olle Teil … suchen wir nämlich. Wenn du uns einen Tipp geben könntest …«

Viele glauben ja, dass alle Betrasker Händler sind – was ziemlich witzig ist, wenn man mal drüber nachdenkt. Ich meine, eine Gesellschaft, die komplett aus Händlern besteht? Wer würde die Waren denn dann herstellen? Wer würde Klempnerarbeiten übernehmen oder neue Kopfhörersysteme entwickeln? Betrasker sind so verschiedenartig und so vielfältig wie jede andere Spezies auch.

Aber dass alle Betrasker gern Geschäfte machen, steht außer Frage. Und einen guten Deal rausschlagen, das können wir. Daher kommt wohl auch unser galaxisweiter Ruf.

Wir sind begnadete Feilscher, und die de Seels ganz besonders.

»Hmmmmmm«, sagt Dariel langsam, mit der Miene eines Mannes, dem gerade dämmert, dass er wertvolle Informationen in der Hand hat. »Ja, *vielleicht* könnte ich das …«

»Für einen Gefallen vielleicht?«, frage ich.

Dariel grinst mich an. »Du schaltest schnell, Kusäng.«

Ich schaue kurz zu Aurora. Zu Goldenboy. Tyler weiß hoffentlich, was er tut und wie eng sich die Schlinge um uns zieht. Aber uns bleibt nicht viel anderes übrig.

Wir folgen Dariel ins Wohnzimmer und drängen uns um ihn, als er sich an seine Konsole setzt. Scarlett legt ihm eine Hand auf die Schulter und sieht zu, wie er sich in das Netz von Sempiternity einloggt. Ich suche mir eine trockene Stelle an der Wand, streiche eine schimmernde Ranke beiseite und lehne mich an den kühlen Stein.

»Es war in einer Ausstellung«, sagt Dariel und wischt mit der Hand durch die Luft, um das holographische Display zu wechseln. »Vor einem Jahr ungefähr. Ich hab die Plakate dafür aufgehängt und mir damit ein paar schnelle Creds dazuverdient. Casseldon Bianchi, Kunstkenner und Bewohner von Sempiternity, hat das Ding für sein Museum gekauft … Hier ist es.«

Dariels Konsole projiziert eine Reklame in 3D. Er wischt noch mal, und das Display beginnt sich zu drehen. Man sieht Vasen und Gemälde, Halsketten, Schalen, Skulpturen und andere Objekte, die mir unkultiviertem Nerd nichts sagen.

Als eine glasierte Keramikschale ins Bild kommt, beugt Auri sich abrupt vor. »Die ist aus China. Was macht die denn hier im All?«

Dariel hebt einen Finger, um das rotierende Display anzuhalten, und schaut interessiert über die Schulter. »Bist du Expertin für Keramik oder so was? Ich hab nämlich …«

»Nein«, antwortet sie. »Mein Dad ist … ich meine, mein Dad war aus China.«

Man sieht ihr an, dass die Korrektur der Zeitform sie total fertigmacht. Sie senkt den Kopf, presst die Lippen aufeinander und schluckt schwer. Dariel bemerkt den Stimmungsumschwung, aber Scarlett lenkt ihn geschickt ab.

»Also ist das ein Sammler?«, sagt sie und beugt sich vor. »Dieser Casseldon Bianchi?«

»Er ist *der* Sammler.« Dariel ist mit seiner Aufmerksamkeit sofort wieder bei ihr. »*Die* Adresse auf dem Weltschiff, wenn man eine Rarität besitzt und sie verkaufen will. Er handelt mit Exotika. Artefakten. Technik. Mit Lebensformen vor allem. Wenn etwas schwer zu kriegen ist, treibt er es garantiert auf. Wenn etwas teuer ist, ist es höchstwahrscheinlich in seinem Besitz.«

»Das hätte ich dir sagen können«, sagt eine muntere Stimme in Auris Brusttasche.

»Pst, Magellan«, flüstert sie und schirmt das Gerät mit der Hand ab. »Später.«

»Doch, wirklich«, sagt das Uniglass. »Ich bin siebzehn Mal klüger als jeder …«

»Ton aus«, bellt Tyler.

Ich sehe Aurora mit hochgezogener Braue an. »Du hast deinem Uniglass einen Namen gegeben?«

Auri wirft mir einen flüchtigen Blick zu. »Als ich es angeschaltet habe, stand da ›Benennen Sie Ihr Gerät‹.«

»Klar, so was wie ›Fins Uniglass‹ oder so.«

»Ich bin eben originell«, sagt sie.

»So kann man es auch nennen«, schnaubt Cat.

Dariels Display hält wieder an, und auf einmal taucht es vor uns auf dem Bildschirm auf – unser mysteriöses Objekt. Es ist eine Skulptur aus einem sonderbaren Metall. Von derselben Gestalt wie unser dreifingriges Wandbild. Im Gesicht der Statue sitzen zwei Schmucksteine: ein glatt geschliffener schwarzer Onyx für das linke Auge und eine schimmernde Perle für das rechte. Tief in der Brust, genau an der Stelle des Herzens, ist ein rautenförmiger Diamant eingefasst.

»Was ist das?«, fragt Tyler mit einem Anflug von Ungeduld in der Stimme.

»Hier steht, es ist ein religiöses Artefakt aus dem … Reich der Eshvaren?« Scarlett beugt sich noch weiter vor, um die Bildunterschrift zu lesen, und pfeift leise. »Angeblich eine Million Jahre alt.«

»So ein Schwachsinn«, prustet Cat.

Aber Auris verschiedenfarbige Augen sind ganz groß geworden, und sie starrt auf Dariels Bildschirm, als hätte man ihr einen Schlag in die Magengrube verpasst. Ihre Stimme ist nur ein Hauch.

»Eshvaren?«

»Alles Schwindel«, beruhige ich sie. »Keine Sorge.«

»Was willst du damit sagen?«, fragt Kal und funkelt mich zornig an.

»Ich meine die Eshvaren. Das ist bloß eine Geistergeschichte, Spitzohr.«

»Ein Haufen Blödsinn«, bestätigt Cat, und ich nehme mir vor, das in meinem Kalender einzutragen, weil wir zum allerersten Mal in etwas einer Meinung –

»Wer«, fragt Auri, und ihr Ton wird schriller, »oder was sind die Eshvaren?«

»Eine alte Märchentantengeschichte«, sagt Dariel.

»Sag ich ja. Eine Geisterstory«, nicke ich. »Das soll ein Volk sein, das vor einer Million Jahre gelebt hat. Es gibt aber keine Beweise dafür.«

»Bis auf die Relikte, die sie zurückgelassen haben«, sagt Kal und zeigt auf die Skulptur.

»Die sind alle gefaked, Kal«, wehre ich ab. »Eine Masche von Kuriositätenhändlern, um reichen Dummköpfen die Creds aus der Tasche zu ziehen. Eltern erzählen ihren Kindern von den

Eshvaren, wenn sie davon träumen, dass die Kleinen mal Spitzenarchäologen werden.«

Kals große, betörende Augen blitzen mich so leidenschaftlich an, dass es mir schwerfällt, mich auf das zu konzentrieren, was er sagt. »Die Syldrathi sind das älteste Volk in der Galaxis. Älter als die Terraner. Älter als die Betrasker. Und wir haben noch Überlieferungen von den Eshvaren. Sie waren die ersten Lebewesen, die interstellare Entfernungen überwunden haben. Die Ersten, die die Raumfalte entdeckten.«

»Und die Terraner erzählen sich immer noch Geschichten von der Zahnfee und vom Weihnachtsmann.« Cat lehnt sich mit verschränkten Armen an den Türrahmen. »Das heißt nicht, dass es sie wirklich gibt.«

Aurora benetzt sich die Lippen und schluckt mühsam.

»Sagt einem von euch … das Wort ›Ra'haam‹ etwas?«

Wir wechseln ratlose Blicke.

»Ich dachte nur, weil … ich das Wort ›Eshvaren‹ schon mal gehört habe«, murmelt Auri. »Und ›Ra'haam‹ auch.«

Ich runzle die Stirn. »Von diesem uralten Uniglass, oder –«

Sie schüttelt den Kopf.

»Im Traum …«

Eine unbehagliche Stille tritt ein. Cat schaut kopfschüttelnd zu Tyler. Tyler betrachtet Auri und tastet nach dem Symbol des Schöpfers an seinem Kragen. Auri starrt unverwandt auf die rotierende Abbildung der Skulptur auf Dariels Bildschirm. Ihr Gesichtsausdruck schwankt zwischen Angst und freudiger Erregung.

»Also gehört dieses Ding Casseldon Bianchi?«, fragt Scarlett in das Schweigen hinein.

Dariel blinzelt. »Das und der halbe Sektor mit dazu.«

Mein Cousin tippt etwas, und auf einem zweiten Monitor erscheint das Bild eines Aliens. Er ist Chellerianer – groß, zweibeinig, breitschultrig. Seine Haut ist glatt und blassblau, der Kiefer kräftig, der Kopf unbehaart. Er hat vier kreisrunde, hellrote Augen. Der Stoff seines sündhaft teuren Anzugs spannt über den Muskeln in seinen vier Armen. Auf dem Bild verzieht er seinen Mund zu einem weißen, weiten Lächeln voller messerscharfer Zähne.

»Das ist Bianchi?«, fragt Scarlett.

»Der einzig Wahre«, bestätigt mein Cousin. »Zum Glück gibt es nur einen von der Sorte.«

»Erzähl mir mehr von ihm.«

Dariel findet sein Grinsen wieder und schüttelt den Kopf. »Märchen hin oder her, meine Hübsche, an den kommt ihr eh nicht ran. Er ist so was wie der heimliche Herrscher von Sempiternity. Er lebt in einem restaurierten Luxusliner – einem dieser Oldtimer-Kreuzer, die Tesellon Inc. im Thiidannebel betrieben hat. Da wird man nur auf Einladung reingelassen, und die meisten, die eingeladen werden, tauchen nie wieder auf. Ihm untersteht der Sicherheitsdienst auf dem gesamten Weltschiff. Unter seinem ›Anwesen‹ gibt es ein Geheimgefängnis, in dem massenhaft Leute verschwinden. Wenn ihr in Angelegenheiten hier seid, bei denen ihr es mit Bianchi zu tun bekommt, empfehle ich euch, entweder sofort abzureisen oder zu begleichen, was ihr bei mir offen habt, bevor ihr Selbstmord begeht.«

»So gefährlich ist der?«

»Schlimmer als die Lysergia-Seuche und die Selmis-Pocken zusammen.«

Ich sehe in die Runde. Cat starrt misstrauisch auf Auris Hinterkopf, Kal schürzt nachdenklich die Lippen, und selbst Zila wirkt etwas überfordert. Scarlett wirft ihrem Bruder einen

Blick zu, aber Tyler mustert immer noch das Bild auf dem ersten Monitor.

Die Figur, die Aurora überallhin gemalt hat.

»Fällt euch was an den Augen auf?«, fragt er gedämpft.

Ich schaue das Display an. Obwohl ich an der Echtheit dieses Dings zweifle, entgeht mir die frappierende Ähnlichkeit der Schmucksteine zu Auris Augen nicht.

Ein dunkles.

Ein weißes.

Tyler packt Dariels Stuhllehne und dreht ihn zu uns um.

»Okay, Chef«, sagt er. »Erzähl uns alles, was du weißt.«

Das Universum

► **Geschichte**

▼ **In grauer Vorzeit**

Den Beginn des Lebens in unserer Galaxis exakt zu bestimmen ist ein Albtraum für Archäolog*innen, Historiker*innen und Mathematiker*innen.

Wir wissen, dass das Universum etwa 13,8 Milliarden Jahre alt ist, aber unter den 475 derzeit bekannten Zivilisationen in der Milchstraße gibt es vollkommen unterschiedliche Zeitbegriffe und Formen der Geschichtsschreibung. Die Syldrathi gelten zwar als älteste Zivilisation der Galaxis, aber ihre Historiker*innen – dämliche Geheimniskrämer – deuten gern mit vielsagendem Gesichtsausdruck und besserwisserischem Lächeln an, dass es vor ihnen noch andere gab.

Kann natürlich sein, dass sie sich das nur ausgedacht haben. Blöde Schnösel.

Weiterführende Informationen zu Gruppen, deren Existenz vermutet, aber nie bewiesen worden ist, findet man unter folgenden Suchwörtern:

► **Die Eshvaren**

► **Die Octarinische Flotte**

► **Die Sainen von Ista**

16 Tyler

»Wow«, murmelt Scarlett.

So einsilbig erlebe ich meine große Schwester nicht oft. Unser Vater hat uns erzählt, dass Scar schon in ganzen Sätzen gesprochen hat, während ich mich noch mit *da-da* abgemüht habe. Aber als wir durch die »**Bianchi-Museum – Besucher willkommen**«-Holographie gehen und das gewaltige Foyer des Museums betreten, verschlägt es mir genauso die Sprache wie ihr. Mein Blick wandert über die eleganten Torbögen über uns, die sanft geschwungene fremdartige Architektur, das Gewirr der Besucher, die wunderschönen Ausstellungsstücke. Wir sind hier, um mehr über Auroras geheimnisvolles Artefakt herauszubekommen, und nach ihrer Graffiti-Session von gestern Nacht ist die Stimmung im Squad ziemlich angespannt. Doch obwohl wir auf diesem kleinen Abenteuer immer tiefer in den Schlamassel geraten, ist der Anblick der Halle wirklich überwältigend.

»Ja, ganz schön beeindruckend«, murmele ich.

»Ich dachte, du stehst nicht auf Blonde, Bruderherz«, gibt Scar zurück.

Ich sehe meine Schwester von der Seite fragend an und merke, dass sie nicht etwa die Architektur, die Besucher oder die Ausstellungsobjekte bewundert, sondern die Securitymänner abcheckt, die an der Tür Wache stehen. Zwei attraktive, bis an die Zähne bewaffnete Terraner in dunkelblauer Powerrüstung. Scar fängt den Blick des Blonden auf und zwinkert ihm zu. Der Typ grinst angemessen begeistert zurück.

»Komm, wir schauen uns mal um«, sage ich.

»Ich schaue mich doch um«, protestiert sie.

Ich packe ihre Hand und zerre sie weiter, ganz auf unseren Auftrag konzentriert. Zum hundertsten Mal frage ich mich, ob ich eigentlich noch bei Trost bin, ob es nicht klüger wäre, Aurora einfach den Behörden auszuliefern, ob mich am Ende dieses wilden Ritts nicht doch bloß eine unehrenhafte Entlassung und eine Gefängniszelle erwarten.

»Du darfst den Glauben nicht verlieren, Tyler.«

Das hat Admiral Adams mir eingeschärft. Und in meinen fünf Jahren an der Aurora Academy konnte ich mich auf unseren Kommandanten immer verlassen. Ihm habe ich es zu verdanken, dass ich zusätzliche Stunden im Simulator bekommen habe, um Kampf in der Schwerelosigkeit zu trainieren. Ihm habe ich es zu verdanken, dass ich meine Astronav-Prüfung wiederholen durfte, weil ich nur 98 Prozent geschafft habe und er meinte, das könne ich noch besser. Ihm habe ich so viele Geschichten von meinem Dad zu verdanken, die er mir in der Kapelle erzählt hat. Wie sie beide als Kampfpiloten in der TDF Karriere gemacht haben. Wie aus Rivalen beste Freunde wurden.

Adams hat bei der Bestattung meines Vaters die Trauerrede gehalten.

Adams war immer für mich da.

Immer.

Aber diesmal …

Du darfst den Glauben nicht verlieren, Tyler.

Scar und ich durchqueren das weitläufige, von simuliertem Sonnenlicht geflutete Foyer des Museums. Ich habe keine Ahnung, woher dieser Teil der Raumstation stammt, aber die Halle ist unfassbar groß – vielleicht war das früher mal ein Frachtschiff?

Stützpfeiler ragen bis zur Decke auf, und dazwischen schieben sich Massen von Besuchern. Betrasker, Rigellianer, Lierer, Terraner. Sämtliche Ein- und Ausgänge werden von Schlägertypen in Powerrüstung bewacht, aber mit unserer Zivilkleidung fallen wir nicht auf. Überall stehen und hängen Gemälde, Skulpturen und andere Kunstwerke aus der ganzen Galaxis. Von Finians Cousin wissen wir, dass sich das Museum auf siebzehn Stockwerke verteilt. Wir brauchen also unbedingt –

»Auskünfte?«

Scar und ich drehen uns zu der Sprecherin um. Eine junge Betraskerin steht hinter uns und lächelt mich warm an. Sie trägt eine figurbetonte blaue Uniform mit Casseldon Bianchis sternförmigem Wappen auf der Brust. Über ihrem kleinen Hütchen drehen sich ein Dutzend holographischer Logos, darunter ein Fragezeichen.

»Benötigen Sie einen Lageplan?«, fragt sie. »Mr. Bianchis Museum kann einen beim ersten Besuch schon etwas erschlagen. Sind Sie an einem bestimmten Ausstellungsstück interessiert?«

»Oh, danke, wie lieb von Ihnen!«, strahlt Scar. Sie fasst in die Tasche ihres langen roten Mantels und hält der Frau ein Bild von der Skulptur hin, die Auri gestern Nacht an alle Wände geschmiert hat. »Wir suchen das hier.«

Die Betraskerin mustert das Foto, und in dem Speicherimplantat an ihrer Schläfe flackert eine winzige LED auf. Kurz rollen leuchtende Zahlenreihen in ihren schwarzen Kontaktlinsen herunter, während ihre Wimpern flattern.

»Namenloses religiöses Artefakt aus dem Reich der Eshvaren«, sagt sie schließlich. »Leider ist dieses Objekt seit einer Weile nicht mehr öffentlich zugänglich. Es befindet sich mittlerweile in Mr. Bianchis privater Sammlung.«

»Besteht denn die Möglichkeit, es wenigstens kurz zu sehen?«, fragt Scarlett und dreht ihr Lächeln noch weiter auf. »Ich studiere nämlich galaktische Geschichte, und meine Abschlussarbeit ist …«

Die Frau schüttelt bedauernd den Kopf. »Wenn Besucher zugelassen würden, wäre es ja keine private Sammlung mehr. Wir haben aber einige andere antike Artefakte auf Ebene dr…«

Da plärrt ein Alarm los, und die Deckenbeleuchtung wechselt zu einem schwachen Rot. Ein Terraner mit Jetball-Cap und einem »I ♥ Earth«-T-Shirt sieht sich erschrocken um, als acht schwer bewaffnete Securityleute ihn und die Vitrine umstellen, auf der er sich abgestützt hat. Aus den Lautsprechern dröhnt eine schrille elektronische Durchsage in zwölf verschiedenen Sprachen.

»Die Ausstellungsstücke bitte nicht berühren.«

»Tschuldigung«, sagt der Typ. Dann nimmt er seinen fettigen StellarBurger von der Vitrine, in der ein kostbares Alienrelikt ausgestellt ist. »War keine …«

Er jault auf, als die Securityleute mit Kotzknüppeln auf ihn einschlagen, bis er in einer Pfütze aus Erbrochenem zusammenklappt. Dann packen sie den stöhnenden Mann unter den Achseln, wuchten ihn hoch und schleifen ihn durch die Menge zum Ausgang. Unser wandelnder Auskunftsschalter sieht sich das Drama stirnrunzelnd an.

»Ihr Sicherheitsdienst nimmt seine Aufgabe ziemlich ernst«, murmele ich.

»Die gehören nicht zum Museum«, sagt die Betraskerin mit sichtlichem Abscheu. »Mr. Bianchi hat das Personal vor dem Maskenball morgen Abend aufstocken lassen.«

»Dem Maskenball?«

Die Frau zeigt auf eine Projektion an der Wand. »Das Weltschiff feiert sein 50. Jubiläum. Es wird ein großes Fest geben.

Mr. Bianchi lädt zu einem seiner Bälle ein. Nur für exklusive Gäste. Sehr aufregend.«

»Ach ja«, nicke ich. »Natürlich. Der Maskenball.«

Sie blinzelt und mustert mich von Kopf bis Fuß. »Sie haben nicht zufällig eine Einladung?«

»Ähm, nein. Ich bin gerade erst angekommen.«

»Schade«, flötet sie. »In einem rückenfreien Kleid sehe ich umwerfend aus.«

Ich lasse meine Grübchen von der Leine, und sie wendet sich mit einem neckischen Lächeln ab und spaziert weiter, um anderen überforderten Besuchern Auskünfte anzubieten. Als ich ihr nachschaue, klingt mir unweigerlich das *rückenfreie Kleid* in den Ohren. Dann sehe ich mich um und merke, dass ich Scarlett verloren habe.

Meine Zwillingsschwester ist über 1,80 Meter groß und hat strahlend blaue Augen und knallorangefarbenes Haar – eigentlich ist sie also kaum zu übersehen. Ich stelle mich auf die Zehenspitzen, schaue mich in dem Gedränge um und entdecke ihren leuchtenden Rotschopf schließlich am Haupteingang. Scar redet mit den zwei Wachmännern und schäkert lachend mit dem Blonden, der in der klassischen Pose eines intergalaktischen Romeos den Ellbogen an der Wand neben ihr aufstützt und sich ganz dicht zu ihr beugt. Sie grinst und spielt mit der Mitarbeiter-Chipkarte, die er um den Hals hängen hat.

Ich trete mit einem Räuspern hinter sie.

»Hey, Bruderherz«, sagt sie. »Das sind Declan und Lachlan.«

»Hey«, sagt der Blonde, ohne mich anzusehen. Der andere nickt nur.

»Sie sind frisch hierher versetzt worden«, erzählt Scar. »Heute ist erst ihr vierter Tag auf dem Weltschiff. Declan ist den ganzen weiten Weg aus den Mars-Kolonien gekommen, ist das nicht der *Wahnsinn*?«

»Scar, wir müssen los«, sage ich. »Wir sind verabredet, schon vergessen?«

Blondie flüstert Scar etwas ins Ohr, und sie boxt lachend gegen seine gepanzerte Brust. Ich massiere mir seufzend die Schläfen.

»Scarlett?« Ich versuche, nicht allzu genervt zu klingen.

Sie wirft mir einen vernichtenden Blick zu, wendet sich wieder zu dem Blonden und hält ihr Uniglass an seines, um ihre Kontaktdaten zu übertragen. »Komm ja pünktlich.«

»Nicht mal der Große Ultrasaurus von Abraaxis IV könnte mich davon abhalten«, sagt er lächelnd.

Ich halte mich im Hintergrund, während sie noch ein bisschen miteinander tuscheln. Dann hakt sich Scar bei mir unter, zwinkert ihm ein letztes Mal zu und spaziert mit mir aus dem Museum. Wir gehen über die Promenade in Richtung von Dariels Wohnung. Die Farben und die Geräuschkulisse des Weltschiffs strömen wie ein Regenbogen über uns hinweg, und ich warte, bis wir außer Hörweite sind.

»Heißes Date heute Abend?«, frage ich dann.

»Um sieben Uhr«, antwortet sie. »Gleich nach seiner Schicht.«

»Das heißt, er kommt noch in Arbeitskleidung. Und hat seinen Mitarbeiterausweis dabei.«

»Ich hab ihm gesagt, dass ich auf Typen in Uniform stehe.«

»Schlaues Mädchen«, sage ich anerkennend.

»Ich bin eben eine Jones.« Lächelnd drückt sie meinen Arm.

Ich erwidere die Geste und bin auf einmal wieder wahnsinnig dankbar, dass sie bei mir ist. Sie lässt zwar keine Gelegenheit aus, mich zu ärgern, aber ich weiß, dass sie mir ans Ende der Galaxis folgen würde, wenn ich sie darum bitte. Wenn Blut dicker als Wasser ist, sind Scar und ich quasi Beton.

»Ich wundere mich ja, dass du keinen Ex hast, der hier auf der Station arbeitet«, sage ich, als wir in einem Turbolift zu den Wohnebenen runterfahren. »Sonst läufst du doch überall irgendwelchen Verflossenen über den Weg.«

»Soll das eine Kritik an der Zahl meiner Beziehungen sein, Baby-Bro?«

»Schöpfer bewahre.« Ich grinse.

»Was kann ich dafür, dass ich mich langweile. Oder dass Jungs langweilig werden.« Scar schürzt die Lippen. »Es gibt da allerdings ein winziges Problem. Besser gesagt ein 1,90 Meter großes Problem.«

»Der andere Wachmann?«

»Ja. Declans Kumpel hat gefragt, ob ich 'ne Freundin hätte.«

»Du hast hoffentlich Nein gesagt.«

»Ich habe ein stärkeres Lockmittel gebraucht. Ich meinte, ich würde eine kennen, die genau Lachlans Typ ist.«

Ich verschränke die Arme. »Scar, du kannst Zila nicht auf ein Double Date mitnehmen. Die bringt es glatt fertig, mit einem Disruptor auf ihn zu schießen, nur um zu testen, was passiert.«

»Ich rede nicht von Zila, Ty.«

»Aber auf Aurora ist ein Kopfgeld ausgeschrieben!«

Meine Schwester verdreht die Augen. »Ich rede auch nicht von Aurora.«

Ich blinzele, als mir die Sache klar wird.

»… Das ist nicht dein Ernst, oder?«

Scarlett kaut auf ihrer Unterlippe und nickt.

»Doch.«

»Auf keinen Fall«, erklärt Cat.

»Pass auf, es ist ganz einfach«, beharrt Scar. »Du musst bloß neben mir sitzen und lächeln, das Reden übernehme ich.«

»Nie. Im. Leben.«

»Ach komm, Süße«, schnurrt Scar. »Wie in alten Zeiten. Du und ich? Zwei Space Queens auf Beutezug? Das wird lustig!«

»Es wird nicht lustig, es wird sch …«

»Sei doch nicht immer so pessimistisch!«

»Ich bin nicht pessimistisch, ich bin realistisch.«

»Umso besser, die beiden sind nämlich echte Schnuckis.«

»Ach so, verstehe.«

»Schnuckis.«

»Nein.«

»Schnu-uckis«, trällert Scar und küsst ihre Fingerspitzen.

»Oh Schöpfer, ich hasse dich gerade dermaßen, Jones!«

Wir haben uns wieder in Dariels feuchter Steinhöhle versammelt und hocken in seinem winzigen Wohnzimmer. Das Lebenserhaltungssystem rattert und rauscht über uns, und das Licht im Raum, das hauptsächlich von den Ranken an den Wänden kommt, ist für menschliche Augen etwas zu schummerig.

Aurora hat sich auf der Couch zusammengerollt und liest auf dem Uniglass, das ich ihr geschenkt habe, die Geschichte des Weltschiffs durch. Kal sitzt in ihrer Nähe, ignoriert sie demonstrativ und betrachtet stattdessen eingehend die importierten Stalaktiten. Ich bin nicht ganz sicher, was zwischen den beiden abgeht, aber ich sollte auf jeden Fall ein Auge drauf haben.

Zila tippt wie immer auf ihrem Uniglass herum, und Scar lehnt am Rahmen der Schlafzimmertür. Dariel ist unterwegs, um irgendwelche Geschäfte zu deichseln, und hat es Fin überlassen, darauf aufzupassen, dass wir ihm in seiner Abwesenheit nicht die Bude abfackeln. So wie Cats Gesicht gerade glüht, könnte das eine schwierige Aufgabe werden.

»Hör zu, das ist eine Mission für zwei Frauen, Cat«, sagt Scar. »Zila oder Aurora kann ich schlecht mitnehmen. Wir müssen die Typen nur so lange bei Laune halten, bis ich eine ihrer Chipkarten auslesen kann. Dann können wir auf das Sicherheitsnetz von Sempiternity zugreifen.«

Finian nickt. »Dariel hat für mich ein paar Netzwerkdiagramme ausgegraben, und ich hab ein bisschen in ihrem System rumgeschnüffelt. Die gesamte Station läuft auf einem neu aufgesetzten Occulus-19-Netz mit mimetischer Verschlüsselung. Wenn wir einen der Hauptknoten angezapft kriegen, könnte ich mich wahrscheinlich ins Kameranetz hacken. Dann würden wir alles auf der Station sehen, könnten also auch in Bianchis Luxusliner gucken und rausfinden, wo er dieses …« Finian blinzelt und wirft einen Blick auf Auris Skulptur, die auf einem der kleineren Monitore abgebildet ist. »Wie nennen wir dieses Teil gleich noch mal?«

»Das Dings?«, schlägt Scar vor.

»Das Bums?«, ergänze ich.

»Trigger«, sagt Zila gedämpft, ohne von ihrem Uniglass aufzusehen.

»Ihr könnt euch euren Trigger sonstwo hinstecken«, sagt Cat und stiert wütend in die Runde. »Für so einen Scheiß bin ich nicht Legionärin geworden.«

»Nur sechzig Minuten, nicht mehr«, beharrt Scar. »Mach dich einfach locker. Du musst dich ja zu nichts aufstacheln lassen.«

Cat tippt vielsagend an ihren Iro.

»Ich hab schon genug Stacheln.«

Scar schaut zu mir, und ich gebe mir einen Ruck und gehe vorsichtig auf meine Pilotin zu. »Cat, ich weiß, das ist keine tolle Mission. Aber wir brauchen Insiderinfos.«

Finian nickt. »In Bianchis Luxusliner kommen wir am ehesten über die Cams rein.«

»Ach, wir vertrauen jetzt der Hohlbirne, die das Antriebslabor verstrahlt hat?«, knurrt Cat. »Na großartig.«

»Glaub mir, ich weiß, wovon ich rede.«

»Dann geh du doch auf das Double Date, Finian«, blafft Cat.

Fin legt gespielt entsetzt die Hände ans Gesicht. »Aber … was soll ich bloß anziehen?«

Cat stürzt sich auf unseren Gearhead, und ich muss sie an den Schultern packen und gewaltsam von ihm wegschieben. Kurz haben wir Körperkontakt, Brust an Brust, was mich an das letzte Mal erinnert, als wir uns so nahe waren. Das letzte Mal, dass ich Alkohol getrunken habe.

Beim Landgang auf Cohen IV.

»Sachte, Legionärin Brannock«, warne ich sie.

Sie starrt Finian böse an, versucht aber nicht länger, sich an mir vorbeizudrängen. Streicht ihre Kleidung glatt und richtet sich die Frisur. Sie trägt ein kurzärmeliges Oberteil, und ich sehe das Abzeichen der Aces zwischen den anderen Tattoos auf ihrem Arm. Ich weiß noch genau, wie wir im Tätowierstudio nebeneinandersaßen, als wir uns die Tattoos stechen ließen, und wie wir den Schmerz später in der Bar betäubten. Wie wir uns über den Tisch hinweg ansahen, während sich immer mehr leere Gläser zwischen uns ansammelten, und wie das alles zu dem großen Fehler führte, den wir dann begangen haben.

So habe ich es hinterher ihr gegenüber genannt.

Das war es ja auch.

Ein Fehler.

Jetzt funkelt Cat auch Aurora zornig an, und der Vorwurf in ihrem Blick ist klar wie Sternenlicht: *Das ist deine Schuld. Ohne dich hätte Tyler seinen Überflieger-Squad bekommen, und ich wäre als seine Pilotin dabei gewesen, und das alles wäre nie passiert.*

Und sie hat recht. Genau so wäre es gewesen. Und ich hoffe nicht zum ersten Mal, dass Battle Leader de Stoy wusste, was sie tat, als sie Auri auf unser Schiff geschickt hat. Ich hoffe, dass Adams wusste, was er sagte, als er mich an meinen Glauben erinnert hat. Weil es nämlich von Minute zu Minute schwerer wird, ihn nicht zu verlieren.

»Bitte, Cat«, sage ich leise. »Wir brauchen dabei wirklich deine Hilfe.«

Mein Ace begegnet meinem Blick und guckt noch mal zu Auri. Die hebt das Kinn und starrt herausfordernd zurück. Cat spannt den Kiefer an. Aber ich weiß schon, was sie gleich sagen wird. Dasselbe, was sie am Morgen danach gesagt hat, als wir in dem zerwühlten Bett lagen und ich ihr erklärte, dass ein Kommandant nicht mit einer Untergebenen zusammen sein darf und ein Alpha nicht mit seinem Ace, dass beste Freunde, die sich seit dem Kindergarten kennen, ihre Freundschaft nicht für mehr aufs Spiel setzen sollten.

»Jawohl, Sir«, sagt Cat.

»Diese Toilette ist nicht groß genug für uns fünf«, sagt Kal.

»Kann ich doch nix für, dass du siebzehn Meter groß bist, Spitzohr«, knurrt Finian.

»Und was Besseres konnten wir uns nicht leisten«, sage ich. »Also hört auf zu motzen, sie werden bald hier sein.«

Ich, Kal, Fin, Zila und Auri stehen dicht an dicht in dem kleinen, dreckigen Bad eines Stundenhotels in einer schmuddeligen Ecke des Ausgehviertels von Sempiternity. Wir sind so eng zusammengequetscht wie Tütensuppen in einer Verpflegungskiste – Fins Ellbogen bohrt sich mir zwischen die Rippen, und Kals linker Stiefel steht in der Kloschüssel. Das Zimmer, zu dem das Bad gehört, ist auf den Namen meiner Schwester gebucht, und die Bar, wo sie und Cat die beiden hoffentlich mühelos um den Finger wickeln, ist nur einen Katzensprung entfernt. Sie können jederzeit zur Tür reingetorkelt kommen, und dann gilt es.

Aber bis es so weit ist …

»Hier drin stinkt's wie in der Unterwäscheschublade meiner vierten Großmutter«, beschwert sich Fin.

»Du weißt, wie die Unterwäscheschublade deiner Großmutter riecht?«, frage ich.

»Meine Familie ist sehr kosmopolitisch.«

»Ich glaube nicht, dass wir unter dem Wort dasselbe verstehen«, murmelt Zila.

»Ähm«, flüstert Auri. »Entschuldigung, aber fasst jemand gerade an meinen Po?«

»… Möchtest du denn, dass jemand an deinen Po fasst?«, fragt Fin.

Kal räuspert sich. »Wenn du es wünschst, kann ich …«

»Pst!«, zische ich.

Ich vernehme den Signalton des elektrischen Türschlosses und gedämpftes Gelächter. Mein Squad verstummt, als wir schwere Schritte und ein besoffenes, wieherndes Lachen hören. Die Tür knallt zu, jemand stolpert, Glas geht zu Bruch.

»Oh neiiiiiin«, dringt eine Männerstimme durch die Badezimmertür. »Declan, du hast den Alk verschüttet.«

»Echt?«, fragt eine zweite Männerstimme.

»Die ganze« – *hicks* – »Flasche.«

»Oh *neiiiiiin.*«

»Declan, komm her zu mir«, säuselt jemand.

Scarlett.

»Lachlan, komm bloß nicht näher«, knurrt jemand.

Cat.

»Warum seid ihr« – *hicks* – »plötzlich zu dritt?«, fragt Declan.

»Mich gibt es nur einmal«, sagt Scar lachend. »Du hast einen in der Krone. Setz dich her.«

»Hätte nichts dagegen« – *hicks* – »wenn ihr zu dritt wärt.«

»Glaub mir, Süßer, ich allein bin schon viel zu viel für dich.«

»Ich … muss gleich kotzen«, verkündet Lachlan.

»Das Gefühl kenn ich«, knirscht Cat.

»Nee, ernsthaft«, rülpst er. »Wo ist das … B-Bad?«

In besagtem Bad wechseln wir fünf einen raschen, entgeisterten Blick.

»Ich spür meine Füße nich mehr«, lallt Declan.

»Weil du immer noch so unnötig rumstehst«, schnurrt Scar. »Na komm, setz dich zu mir aufs Bett.«

»Ohne Sssscheiß, ich spür nix«, gluckst er. »Was warn innem lessn Drink drin?«

»Ungefähr zwölf Milliliter Benzothelemen«, flüstert Zila hinter mir. »Falls Scarlett meine Anweisung exakt ausgeführt hat.«

Ich höre einen dumpfen Aufprall, unmittelbar gefolgt von einem zweiten.

»Klingt so«, sage ich grinsend und öffne die Tür.

Und tatsächlich: Vor uns liegen die zwei Securitytypen aus dem Museum – einer auf dem Boden, einer am Fußende des Betts, beide vollkommen weggetreten. Auf der Bettkante neben dem Blondschopf sitzt meine Schwester mit latent enttäuschter Miene. Cat hockt auf dem zweiten Bett und wirkt latent wütend; sie hat ihre Stiefel auf dem Kerl zu ihren Füßen abgestellt.

»Okay, dann mal los«, sage ich.

Fin beugt sich prüfend über Cats Trophäe. »Wenn ihr mir

gesagt hättet, dass er *so* heiß ist, wäre ich definitiv auf das Date gegangen.«

»Halt die Klappe, Finian«, schnappt sie.

Wir ziehen die schnarchenden Männer nackt aus und wuchten sie auf die Betten. Dann ziehen Kal und ich ihre Powerrüstungen an und hängen uns die Chipkarten um den Hals. Finian starrt erst auf das Foto auf meinem Ausweis und guckt dann zu meinem Gesicht hoch.

»Ich gebe zu, die Ähnlichkeit ist verblüffend«, sagt er.

Ich werfe einen Blick zu dem Fleischberg auf dem Bett. »Wir sehen uns *überhaupt* nicht ähnlich.«

Mein Gearhead reicht mir schulterzuckend ein kleines Gerät. »Ihr Staubkinder seht für mich alle gleich aus, Goldenboy. Das musst du in die Uplink-Knoten einbauen. Zentr…«

»Ich hab dir die ersten sieben Male zugehört, danke.«

Kal schließt die letzten Verriegelungen an seiner Rüstung, streift seine Zöpfe zurück und nickt mir zu. Er gibt eine ziemlich beeindruckende Figur ab. Zum Glück ist dieser Lachlan so ein Riesenkerl.

»Mit der Dosis schlafen sie mindestens sechs Stunden«, sagt Zila und mustert die beiden. »Sie werden sich an fast nichts erinnern.«

»Hauptsache, ihr bringt die Rüstungen wieder zurück, bevor es hell wird«, sagt Scar. Dann presst sie ohne viel Federlesens den Mund auf den Hals des Blonden und beginnt zu saugen.

»Holy cake«, flüstert Auri und macht große Augen. »Sagt bloß, es gibt jetzt auch noch echte Vampire?«

»Beweisspuren.« Scarlett schnappt grinsend nach Luft, und ich sehe den fetten roten Knutschfleck am Hals des Typen. Sie öffnet den Verschluss ihres BHs, zieht ihn durch den Ärmel und drapiert ihn über die Nachttischlampe. Zuletzt malt sie mit knallrotem Lippenstift *Danke* und einen Smiley an die Wand. »An einem Tatort muss man doch Indizien hinterlassen.«

Cat verzieht das Gesicht. »Wenn du glaubst, dass ich meinen BH in diesem Drecksloch liegen lasse, hast du dich geschnitten.«

»Meiner ist groß genug für zwei.«

»Touché«, sagt Cat bedauernd.

»Bist du bereit, Kal?«, frage ich.

Mein Tank zupft den Ausweis um seinen Hals zurecht und verbeugt sich leicht.

»Ich bin immer bereit«, erwidert er.

Wir wenden uns schon Richtung Tür, als uns Auroras Stimme zurückhält.

»He … wartet …«

Sie sieht mich an, als Kal und ich uns zu ihr umdrehen. Sie fährt mit den Fingern durch ihre knochenweiße Strähne, beißt sich auf die Lippe und sucht nach den richtigen Worten.

»Danke«, sagt sie schließlich und sieht in die Runde. »Ich weiß, wie absurd das ist. Ich weiß, dass keiner von uns eine Ahnung hat, was das alles soll. Und es ist mir wirklich unangenehm, dass ich Däumchen drehe, während ihr für mich Kopf und Kragen riskiert. Ich wollte also nur sagen … dass ich euch sehr dankbar bin.«

Ich schaue mich im Raum um. Zila nimmt ihren Dank mit einem Nicken entgegen, Fin deutet ein Lächeln an. Aber ich spüre, dass Scar noch skeptisch ist. Cat sieht nicht mal zu ihr hin. Und Kal starrt sie nur ausdruckslos an.

Auroras Schultern sacken leicht nach unten. Sie presst die Lippen aufeinander und sieht zu Boden. Wahrscheinlich hat sie nicht erwartet, dass alle vor Begeisterung Purzelbäume schlagen, aber trotzdem …

»Gern geschehen«, sage ich.

Sie schaut auf. Ich klopfe ihr auf die Schulter, was mit der Powerrüstung ein bisschen unbeholfen ausfällt. Cat kneift die Augen zusammen, aber Aurora bringt ein mattes Lächeln zustande.

Das ist bestimmt nicht leicht für sie. Zweihundert Jahre in die Zukunft versetzt. Alle, die sie kannte, sind tot, alles, was sie hatte, ist weg. Ich weiß nicht, wie viele Leute das aushalten würden. Aber sie hält nicht nur durch, sie kämpft sogar. Ringt um Antworten, so gut sie eben kann. Sie lässt sich nicht unterkriegen. Selbst wenn de Stoy unsere Fracht nicht als kostbar bezeichnet hätte, damit hat sie bei mir schon einen Stein im Brett.

»Wir schaffen das schon, Auri«, sage ich, um ihr die Angst zu nehmen. »Dafür sind wir ausgebildet. Bleib du nur bei Scar, wir sehen uns dann später bei Dariel, ja?«

»… Okay.«

»Wir verschwenden Zeit, Sir«, sagt Kal hinter mir kalt.

»Ja, schon gut«, seufze ich.

Ich muss dringend mit ihm über Aurora reden.

Ich nicke Scar zu. Sie nickt zurück.

»Seid vorsichtig.«

Und ohne ein weiteres Wort machen wir uns auf den Weg.

Die syldrathische Gesellschaft

▶ **Soziale Gepflogenheiten**

▼ **Wie man mit heiler Haut davonkommt**

Wenn man sich mit den sozialen Gepflogenheiten der Syldrathi beschäftigt, sollte man zuallererst wissen, dass man sie nie und nimmer meistern wird. Ihre Umgangsformen sind unfassbar ausgefeilt, und die meisten Spezies empfinden sie als übertrieben förmlich. Syldrathi verbeugen sich, statt zu nicken. Sie schließen die Augen, statt sich zu verbeugen. Folgende Fettnäpfchen sind unbedingt zu vermeiden:

Sich nicht der ältesten Person im Raum unterordnen. Die Syldrathi glauben, dass Weisheit mit dem Alter kommt. Ziemlich praktisch, schließlich können sie mehrere Hundert Jahre alt werden, sodass jede*r beliebige Syldrathi, mit der*dem man es zu tun bekommt, höchstwahrscheinlich die*der Ältere ist.

Ungebeten Körperkontakt herstellen. Insbesondere solchen intimer Natur. Für Syldrathi fallen darunter Berührungen des Gesichts, des Halses, der Ohren oder der Hände. Umarmungen sind ebenso tabu.

Ihre Mütter beleidigen. Sollte man unbedingt lassen.

17 Kal

Mein Kiefer schmerzt von dem Ellbogenstoß, den ich gestern in der Bar bekommen habe.

Einer der Ungebrochenen hat mir mit einem Tritt die Rippen geprellt, und von einem ungeschickten Schlag sind die Knöchel meiner linken Hand noch leicht geschwollen.

Das war unachtsam von dir, flüstert der Feind im Innern.

Schwach.

Wir steigen in unseren gestohlenen Powerrüstungen in einen Turbolift, um die Sicherheitszentrale des Weltschiffs zu infiltrieren. Das wird nicht leicht, und ich sollte mich gedanklich voll und ganz auf die Mission konzentrieren. Doch stattdessen denke ich an den Kampf mit den Ungebrochenen zurück. Die Verachtung in ihren Augen. Ihr Blut auf meinen Knöcheln.

Ich denke *nicht* an Aurora.

Ich fokussiere auf den Schmerz, wie mein Vater es mich gelehrt hat. Jene endlosen Lektionen im Aen Suun – dem Weg der Welle –, mit denen er mich seit dem Tag meiner Geburt auf den Kampf drillte. Ich erinnere mich, wie wir beide unter den Lias-Bäumen auf Syldra standen, bevor unser Planet verbrannte. Seine Hand an meinem Arm, die meine Hiebe führte. Seine Stimme in meinem Ohr. Er war Wildgeborener, wie ich. Stolz. Furchtlos. Unbesiegbar. Doch am Ende waren all sein Training und all seine Kampfkunst nichts wert.

Und so lasse ich zu, dass ich die Schmerzen fühle.

Die Stellen, wo ich mir meinen Feinden gegenüber eine Blöße gegeben habe.

Und schwöre, dass sie mich nie wieder berühren werden.

»Alles klar bei dir?«

Ich schaue durch die Kabine des Turbolifts zu meinem Alpha. Tyler Jones mustert mich mit seinen stechend blauen Augen, und ich sehe ihm an, dass ihn etwas beschäftigt. Er fragt sich, wie er so schnell so nah an den Abgrund geraten ist. Er fragt sich, ob er aus der Sache jemals wieder herauskommt. Und obwohl er den Vorwurf empört von sich weisen würde, fragt er sich, ob er mir vertrauen kann.

Ich kann es ihm nicht verdenken. Gestern in der Bar war er sofort an meiner Seite, doch das war eine rein instinktive Reaktion – ein Alpha, der einen Squadmate verteidigt.

Was er in den dunklen, stillen Stunden wohl wirklich über mich denkt?

Ich habe den Schmerz in seinen Augen gesehen, als er über seinen Vater sprach. Selbst uns Syldrathi ist der große Jericho Jones ein Begriff. Ein Kommandant der Terran Defense Force, der im Krieg Tausende Syldrathi niedergemetzelt hatte und plötzlich zum Pazifisten wurde. Er stieg zum Meinungsführer im terranischen Senat auf und setzte sich für Frieden zwischen unseren Völkern ein. Es war Jericho Jones, der die erste Runde der Friedensgespräche zwischen Terra und Syldra in die Wege leitete. Es waren *seine* Verhandlungen, die dem Waffenstillstand von 2370 den Boden bereiteten.

Und als der Sternentöter und seine Ungebrochenen die Waffenpause nutzten, um die Werften auf Orion anzugreifen, war Jericho Jones unter jenen Reservisten, die dem Ruf folgten. Dreizehn Jahre lang hatte er kein Kampfschiff mehr geflogen. Auf Terra warteten zwei Kinder auf seine Rückkehr.

Und er kehrte nicht mehr zurück.

Ich frage mich, wie sehr mir Tyler Jones deswegen grollt.

Ich frage mich, ob er sieht, was alle in mir sehen, wenn sie die Glyfe auf meiner Stirn erblicken.

Einen Wildgeborenen.

Einen Verräter.

Einen Mörder.

I'na Sai'nuit.

»Es geht mir gut, Sir«, antworte ich. »Danke der Nachfrage.«

Tyler benetzt seine Lippe an der Stelle, wo sie gestern bei der Schlägerei aufgeplatzt ist.

»Ich weiß nicht so recht, wie ich das ansprechen soll«, sagt er. »Und vielleicht geht es mich auch gar nichts an. Aber du bist mein Tank, und ich bin für dich verantwortlich.«

»Du bist mein Alpha. Frag, was immer du willst.«

»Auri«, sagt er. »Aurora.«

Der Klang ihres Namens ist wie Musik. Ich spüre ein Flattern im Bauch, und unter der Powerrüstung beginnt meine Haut zu prickeln. Ich stelle mir ihre Augen vor, die bodenlosen schwarzen Brunnen ihrer Pupillen, eine umringt von siebzehn verschiedenen Brauntönen, die andere umhüllt von einem Weiß so bleich wie Sternenlicht. Ich denke an ihre Lippen, und ich …

»Was läuft da eigentlich zwischen euch?«, fragt Tyler.

Eine jähe Feindseligkeit brandet in mir auf. Aggressivität. Abwehr. Ich weiß, dass primitive Instinkte hier fehl am Platz sind, und ich kämpfe schon seit dem Moment, in dem ich Aurora in der Ladebucht erblickt habe, dagegen an. Seit jenen ersten Worten, die ich niemals vergessen werde.

»Ich habe dich schon mal gesehen …«

Ich blinzele energisch. Fokussiere meine Gedanken, wie meine Mutter es mich gelehrt hat.

»Zwischen Aurora und mir läuft nichts«, sage ich.

»Du hast sie ›Be'shmai‹ genannt«, entgegnet Tyler. »Vor der Schlägerei in der Bar.«

Wieder kocht die Wut in mir hoch. Der Krieg in meinem Blut vermischt sich mit der überwältigenden Sehnsucht des Sogs. Der Feind im Innern flüstert mir ins Ohr. Bohrt seine Finger in mein Rückgrat. Ich trete ihn zu Boden. Stoße ihn weg. Lasse meinen Kopf leer werden.

Diese Unterhaltung wird nicht gut ausgehen.

Ich räuspere mich und bemühe mich um einen ruhigen Ton. »Bei allem Respekt, aber du hattest wohl recht. Es geht dich nichts an.«

»Mein Syldrathisch ist nicht so gut wie Scars, aber was ›Be'shmai‹ bedeutet, weiß ich.«

Ich lächele bitter. »Nein, das kannst du nicht wissen.«

»Dass der Sog auch zwischen Syldrathi und Terranern auftritt, habe ich noch nie gehört. Ist das so? Hast du Aurora davon erzählt?«

»Nein.« Allein bei dem Gedanken daran bricht mir der kalte Schweiß aus. »Natürlich nicht.«

»Hör zu, ich versichere dir, dass ich dich und deine Herkunft respektiere. Aber wenn du in einem kritischen Moment wegen eines syldrathischen Paarungsinstinkts den Kopf verlierst, dann …«

»Der Sog ist kein bloßer Paarungsinstinkt«, falle ich ihm ins Wort, und meine Stimme wird stahlhart. »Ihn einem Menschenkind zu erklären wäre, als wollte man einem Blinden die Farben des Regenbogens beschreiben. Ihr versteht ihn nicht – *könnt* ihn nicht verstehen.«

Ich schlucke den Stahl herunter. Den Geschmack des Zorns in meinem Mund.

»Sir«, füge ich hinzu.

»Der Sog beruht doch normalerweise auf Gegenseitigkeit, oder?«, fragt er mit schräg geneigtem Kopf. »Was ist denn, wenn ...«

»Das braucht dich nicht zu kümmern.« Es ist mir schrecklich unangenehm, das Thema mit einem Terraner auch nur anzuschneiden. »Ich versichere dir, dass ich es unter Kontrolle habe.«

»Gegen die Ungebrochenen gestern hast du aber ziemlich schnell die Nerven verloren.«

»Ich habe nichts verloren. Ich wusste genau, was ich tat. Die Gewalt war notwendig.«

»Weil sie Auri bedroht haben?«

»Weil du meinen Namen ausgesprochen hast.«

Das lässt ihn stutzen. »Was hat dein Name damit zu tun?«

Ich verschränke die Arme und signalisiere ihm mit hartnäckigem Schweigen, dass das Gespräch für mich beendet ist. Doch Tyler Jones hackt weiter auf der Sache herum wie ein Keddai auf einer Leiche.

»Ich verstehe ja, dass das nicht leicht ist, Kal. Ich weiß, dass ich es nicht wirklich begreifen kann. Aber ich muss wissen, wie schmal der Grat ist, auf dem wir uns hier bewegen. Wir können uns solche Komplikationen gerade nicht leisten. Du musst das unbedingt unter Verschluss halten.«

»Das gilt ja wohl für uns beide. Sir.«

Tyler blinzelt. »Was soll das denn bitte heißen?«

»Ich sehe doch, wie Legionärin Brannock dich anschaut.«

Er reckt empört den Kopf, reicht mir aber trotzdem nur bis zum Kinn.

»Das geht dich nichts an.«

»Das stimmt, Tyler. Es geht mich überhaupt nichts an.«

Wir stehen stumm da, und die Luft zwischen uns knistert vor Anspannung. Das Ding, zu dem ich geformt wurde, ist sich nur zu bewusst, wie leicht es wäre, zuzupacken und dieses Menschenkind zu zerbrechen. Aber der Mann, der ich zu sein versuche, hält seine Arme stattdessen fest verschränkt. Das Gesicht ausdruckslos. Der Puls ganz ruhig. Der Turbolift kommt zischend zum Halt, und mit einem leisen Signalton gleitet die Tür auf. Die Zeit bleibt stehen, und wir ebenso, bis die Tür sich wieder zu schließen beginnt.

Ich strecke blitzschnell die Hand aus, um sie aufzuhalten.

»Nach dir.«

Nachdem er mich einige Sekunden lang wortlos angestarrt hat, geht Tyler aus dem Lift und tippt sein Uniglass an. »Finian, hier Tyler, hörst du mich?«

»Klar und deutlich, Goldenboy.«

»Wir sind auf Level 71. Gib uns den Weg zur Sicherheitszentrale durch.«

»Wird gemacht. Laut Dariel ist in fünf Minuten Schichtwechsel, ihr solltet euch also beeilen, wenn ihr in der Menge untertauchen wollt.«

Wir lassen uns von Finian mehrere Gänge entlang leiten, bis wir ein breites, offenes Gelände erreichen. Dutzende weitere Securityleute in den gleichen Powerrüstungen wie wir strömen auf die ehemalige Luftschleuse eines Raumschiffs zu, das wie ein alter Neltaarischer Kreuzer aussieht, zeigen den diensthabenden Wachen kurz ihre Ausweise und werden durchgewunken. Es ist spät – fast Mitternacht in der Stationszeit –, und die Wachen am Eingang wirken gelangweilt und müde.

Eine gute Kombination.

Vor uns schiebt ein breitschultriger Terraner seinen Ausweis unter den Scanner, der mit einem roten Warnlicht und einem wütenden Summen reagiert. Der Wachposten seufzt und sagt dem Terraner, dass er die Karte noch mal durchziehen soll, was einen weiteren wütenden Summton zur Folge hat.

»Blödes Ding«, sagt der Wachposten und tritt gegen den Scanner.

»Haben's eilig, Boss«, sagt Tyler lässig und hält seinen Ausweis mit dem Daumen auf dem Foto hoch. »Sind verabredet, und die Damen warten nicht gern.«

»Ja, ja, geht einfach durch«, sagt der Mann und verpasst dem Gerät noch einen Tritt.

Während der Hüne hinter uns sich beschwert, zwängen wir uns an der Eingangskontrolle vorbei in die Sicherheitszentrale. Nachdem wir einen langen Hauptgang erreicht haben, tappt Tyler an seinen Ohrstecker.

»Gute Arbeit, Finian«, murmelt er.

»War kein großes Ding. Drahtlose Systeme kriege ich in Nullkommanichts geknackt, wenn du dein Uniglass in unmittelbarer Nähe hast. Jetzt müsstet ihr irgendwo ein Schild finden, auf dem Server Core steht.«

Als wir die Luftschleuse betreten, tasten die roten Laserstrahlen eines weiteren Scanners unsere Ausweise und Rüstungen ab, und eine elektronische Stimme weist uns an, zügig weiterzugehen. Es herrscht großes Gedränge auf den Gängen – die einen melden sich zum Dienst, die anderen gehen nach Hause. Ich entdecke ein Schild zu den Serverräumen und mache Tyler darauf aufmerksam. Meine Schritte sind federnd, mein Lächeln höflich. Ich ignoriere die Anspannung in meinen Muskeln, das Gefühl, von Feinden umringt zu sein, die Gewalttätigkeit, die in mir schwelt. Ich setze ruhig einen Fuß vor den anderen. Die Stimme meines Vaters hallt mir durch den Kopf.

Wir erreichen eine Doppeltür mit der Aufschrift Server Core und einem elektronischen Tastenfeld daneben. Als ein Mann in einer Verwaltungsuniform vorbeigehetzt kommt, tun wir so, als würden wir plaudern. Sobald die Luft rein ist, hält Tyler sein Uniglass vor das Schloss.

Wir warten. Bemühen uns, nicht verdächtig zu wirken. Was nicht gerade einfach ist, schließlich versuchen wir mitten in einer top gesicherten Anlage in diesen Raum einzubrechen.

»Lass dir ruhig Zeit«, murmelt Tyler in sein Komlink.

»Also wenn ihr jemand anderen kennt, der eine achtzehnstellige Verschlüsselung drahtlos hacken kann, nur zu«, kommt die Antwort.

»Ich dachte, du kriegst so was in Nullkommanichts geknackt.«

Das Schloss piept. Die Türen zum Serverraum klicken auf.

»Na, was sagt ihr jetzt?«

Wir stehlen uns hinein und ziehen die Türen hinter uns zu. Die Luft ist kühl, erfüllt von einem Infraschallbrummen. Die langen Serverreihen und die Kabelbündel, die überall verlaufen, werden von flackernden LEDs und Neonröhren beleuchtet. Finians Stimme knarzt in unseren Ohren.

»Wow, das war der Wahnsinn, Finian. Du kannst ja richtige Wunder wirken. Ich glaube, ich werde mein erstgeborenes Staubkind nach dir benennen, weil …«

»Klappe«, blafft Tyler. »Wo bauen wir die Datenwanze ein?«

»Am besten in den tertiären Uplink. Jetzt hör gut zu. Ich werde es in kurzen Wörtern erklären.«

Ich halte an der Tür Wache und spähe durch den Spalt auf den Flur, während Tyler Finians Instruktionen folgt. Draußen marschieren Securityleute vorbei, Nachzügler auf dem Weg zu ihrer Schicht. Eine Snack-Drohne mit einem Tablett voller Kaffee, Zeledin und wach machenden Ernährungspräparaten surrt auf Schienen dahin. Fünf Minuten vergehen, jede so lang wie ein Äon. Dann drehe ich mich um und zische meinem Squad Leader eine Warnung zu.

»Da kommt jemand.«

Tyler schaut von dem Server auf. Er steckt bis zu den Ellbogen in Kabelgewirr. »Bist du sicher?«

Ich spähe wieder zu dem Terraner hinaus, der sich draußen nähert. Der Mann hat die Arme voller Computerzubehör und trägt einen Gürtel mit Elektro-Werkzeug. Er hat einen Dreitagebart, starrt die Securityleute, die an ihm vorbeigehen, mit unverhohlener Verachtung an und wirkt, als hätte er seit sieben Jahren nicht geschlafen.

»Er sieht aus wie jemand, der mit Computern arbeitet, ja.«

»Finian, sind wir fertig?«, fragt Tyler.

»Positiv, ich kriege ein Signal von der Wanze. Wir sind drin.«

»Verstanden«, sagt Tyler und schließt den Serverschrank.

Draußen prallt ein vorbeihetzender Wachmann mit dem IT-Techniker zusammen. Der Techniker flucht und bückt sich, um das Zubehör aufzusammeln, das ihm heruntergefallen ist. Aber er ist nur noch knappe vier Meter von dem Serverraum entfernt. Wenn wir jetzt durch die Tür kommen, kann er uns nicht übersehen.

Tyler tritt neben mich und späht durch den Spalt.

»Das ist nicht gut.«

»Denke ich auch.«

Mein Alpha sieht sich rasch um. Kommt zu demselben Schluss wie ich. Hier drin können wir uns nirgendwo verstecken, schon gar nicht in unseren klobigen Powerrüstungen. Der Feind im Innern flüstert, dass ich mit diesem Techniker geräuschlos fertigwerden würde – ich brauche ihm nur die Luftröhre zu zerquetschen, sobald er durch die Tür kommt. Oder ich breche ihm das Genick. Erwürge ihn. Ein Dutzend verschiedener Todesarten tanzen mir durch den Kopf. Aber der stillere Teil von mir weiß, dass eine Leiche im Serverraum zu

Ermittlungen führen wird, und dann würde unsere Wanze womöglich entdeckt.

Ich denke fieberhaft nach. Aber ich bin nicht derjenige, der im Abschlussjahr in der Prüfung in militärischer Taktik die volle Punktzahl bekommen hat. Das war der Legionär neben mir.

»Vorschläge, Sir?«

Tyler macht ein finsteres Gesicht. Ich sehe ihm an, wie er gedanklich alle Varianten und Optionen durchspielt. Der Techniker kommt jetzt auf die Tür zugeschlurft. Er ächzt und murrt unter dem Gewicht seiner Ausrüstung. Tyler wirft mir einen Blick zu. Holt tief Luft.

»Hör zu, ich entschuldige mich schon im Voraus. Aber egal was kommt, hau mir keine, okay?«

»W …«

Tyler packt den Brustpanzer meiner Powerrüstung und zieht mich zu sich. Die Tür geht auf, und der Techniker kommt in genau dem Moment herein, in dem Tylers Lippen auf meinen landen. Ich reiße die Augen auf. Dem Techniker bleibt der Mund offen stehen.

Ich bin starr vor Schreck. Ich weiß, dass Terraner sich oft ganz beiläufig berühren, sich auf den Rücken klopfen oder die Hände schütteln. Aber das ist viel mehr als ein Händeschütteln. Tyler drückt sich mit seinem ganzen Körper an mich, dreht uns langsam zu dem Techniker um, ohne dass sich sein Mund von meinem löst …

Der Techniker steht an der Tür und glotzt uns an. Tyler bricht den Kuss als Erster ab und setzt ein peinlich berührtes Gesicht auf. Ich bin weiter wie betäubt. Der Techniker umklammert das Equipment auf seinen Armen und tappt rückwärts hinaus.

»Ich … Ich lass euch Jungs noch mal kurz allein«, stammelt er.

Mit einem bedauernden Lächeln zieht er die Tür hinter sich zu. Tyler lässt mich ganz los.

»Alles in Ordnung? Du haust mir jetzt keine rein, oder?«

»Was …«, stottere ich. »Du …«

Tyler wartet, bis ich die Fassung wiedergewonnen habe, und nickt dann Richtung Tür.

»Eine Sekunde noch«, sagt er. »Dann verdrück dich mit zerknirschtem Gesicht nach draußen.«

»Das wird mir nicht schwerfallen«, sage ich.

Tyler gluckst und macht die Tür auf.

»Nach dir, mein Schatz.«

Ich atme tief durch und verlasse den Serverraum in Richtung Haupteingang. Der IT-Techniker steht ein Stück weg im Flur und wendet demonstrativ den Kopf ab. Doch als ich an ihm vorbeigehe, zwinkert er.

Mit brennenden Ohren nehme ich die Treppe und marschiere durch die Gänge der Sicherheitszentrale, bis ich endlich meinen Ausweis durch den Scanner am Eingang ziehen kann. Der diensthabende Wachmann nickt mir zum Abschied zu, ohne überhaupt von seinem Uniglass aufzusehen.

»Schönen Feierabend.«

Ein paar Minuten später stößt Tyler zu mir, und wir brechen zusammen auf. Im Turbolift steht er mit im Rücken verschränkten Händen neben mir und pfeift eine Melodie vor sich hin. Ich muss mir eingestehen, dass seine Geistesgegenwart gerade ein Unglück verhindert hat. Der Techniker glaubt, dass wir in dem Serverraum … dass wir dort zwar nichts Unschuldiges, aber auch nichts Illegales getan haben. Unsere Datenwanze sitzt jetzt also fest im Sicherheitsnetz, und wir haben Augen überall auf der Station.

Eine solche Berührung ist für Syldrathi etwas höchst Intimes.

Sie sollte mit Respekt behandelt und nicht als billiger Trick benutzt werden.

Der allerdings gut funktioniert hat.

»Noch mal Entschuldigung«, sagt Tyler schließlich. »Es musste schnell gehen. Du bist mir doch nicht böse?«

»… Haben sie dir diesen Trick im Taktikunterricht an der Academy beigebracht?«, frage ich.

Mein Alpha schüttelt grinsend den Kopf. »Als guter Taktiker muss man improvisieren können. Und dazu muss man mit dem arbeiten, was man gerade zur Hand hat.«

»Oder zum Mund?«

Tyler lacht. »Oder das. Gut, dass ich mir heute Morgen die Zähne geputzt habe.«

Eine Weile sehen wir schweigend zu, wie die Zahlen auf der Anzeige umspringen.

»Ich wusste gar nicht, dass Syldrathi rote Ohren kriegen, wenn sie verlegen sind«, sagt Tyler wie zu sich selbst.

»Ich werde nicht rot.«

»Für mich sieht das aber schon so aus.«

»Ich bin *nicht* rot.«

»Ooookay«, nickt Tyler. »Auf manche Leute habe ich eben so eine Wirkung, von daher.«

»Gilt die Bitte noch, dir keine reinzuhauen?«

Darauf grinst mein Alpha nur. Und obwohl ich immer noch unter Schock stehe, kann ich nicht umhin, so etwas wie widerwilligen Respekt zu empfinden. Dieser Tyler Jones denkt wirklich schnell. Er kennt kein Zaudern und Zögern. Er sieht auch dann noch klar, wenn alles auf dem Spiel steht, und tut, was für den Sieg notwendig ist. Er ist der geborene Anführer.

Der Lift hält, die Türen gleiten auf, und als ich auf den Flur hinausgehe, höre ich ihn hinter mir in sich hineinglucksen.

»Was gibt es da zu lachen?«, frage ich.

»Mir fiel nur gerade ein, wie Scarlett zu uns gesagt hat, wir sollen uns bitte küssen und wieder vertragen.«

Squads der Aurora Legion

▶ **Squadmitglieder**

▼ **Aces**

Als Profi-Flieger*innen mit Lizenzen für sämtliche Raumschiffe von Shuttles über Kreuzer und Frachter bis hin zu Zerstörern sind die Aces die Pilot*innen der Squads der Aurora Legion. Gib ihnen ein Nadelöhr, und ein Ace fädelt das Garn mit einem Schiff deiner Wahl für dich ein.

Aces gelten als tollkühn, selbstbewusst (mit einem Hang zum Leichtsinn) und überdurchschnittlich gut aussehend – was sie dir auf Nachfrage gern selbst bestätigen.

Als Ace braucht man blitzschnelle Reflexe, absolute Geistesgegenwart und Fortpflanzungsorgane aus stabilem Titan. Mal ehrlich: Sie sind die coolsten Säue im All.

18 Cat

»Also. Ich habe eine gute Nachricht«, eröffnet uns Finian. »Und eine hervorragende Nachricht. Und dann noch eine megaschlechte Nachricht.«

Ty sinkt neben mir auf die Couch, und Scarlett setzt sich dazu. Er und Kal sind gerade von ihrem Job in der Sicherheitszentrale zurückgekommen, nachdem sie die Powerrüstungen zu unseren bewusstlosen Verehrern ins Hotelzimmer gebracht haben. Unser Alpha beugt sich vor, um einen Fleck von seinem Stiefel zu wischen, und seine verwuschelten blonden Haare fallen ihm in die Augen. Aus dem Augenwinkel beobachte ich das Spiel seiner Armmuskeln. Tue, als hätte ich nichts gesehen. Tue, als wäre es mir egal.

»Die gute Nachricht zuerst«, sagt Tyler.

Finian schwingt auf seinem Drehstuhl zu uns rum. Sein Uniglass ist in den Unterarm seines Anzugs gestöpselt, und eine Linse an seinem Handgelenk projiziert einen holographischen Monitor, der in dem Schummerlicht in Dariels Bude hell leuchtet und ein gestochen scharfes Bild zeigt. Ich frage mich, wie groß die Rechenleistung ist, die in dieser Konstruktion steckt. Welches Genie bei so einem Anzug am Werk gewesen sein muss. Finian ist zwar ein nerviger kleiner Pisser, aber zum Glück hat er echt was auf dem Kasten.

»Die gute Nachricht ist: Die Datenwanze funktioniert perfekt«, verkündet er. »Ich bin in ihrem Netz, bewege mich aber nur ganz vorsichtig, damit sie nicht auf mich aufmerksam werden. Und ich habe Zugriff auf sämtliche Überwachungskameras im Luxusliner des berüchtigten Casseldon Bianchi.«

Er macht eine Pause und sieht in die Runde.

»Klatscht bloß nicht alle auf einmal.«

»Was ist die hervorragende Nachricht?«, fragt Scarlett.

Finian tippt auf ein Bedienfeld am anderen Arm seines Anzugs. Sein kleiner Holoschirm flackert noch größer und heller an der weißen Steinwand auf. Er wischt durch die Luft, und die Ansicht wechselt ein halbes Dutzend Mal, bis er findet, was er gesucht hat.

»Die hervorragende Nachricht ist, dass ich unseren Trigger entdeckt habe, glaube ich.«

Aurora springt von ihrem Platz in der Ecke auf. Ihre verschiedenfarbigen Augen sind weit aufgerissen und starr auf den Holoschirm geheftet. Dort erscheint über einem blauen Lichtstrahl die Skulptur, die sie im Abstellraum überallhin gemalt hat – eine aus einem fremdartigen Metall gegossene Skulptur mit dreifingrigen Händen. Die Figur wirkt nicht viel größer als meine Hand. Der Diamant in der Brust und die Perle in ihrem rechten Auge sind tatsächlich echt. Sie schwebt in einer Vitrine aus durchsichtigem Material, vielleicht Glas, wo sie sich langsam um sich selbst dreht.

»Ist es das?«, fragt Tyler.

Aurora starrt hin. Ihr Flüstern ist kaum vernehmbar.

»Ja.«

Sie reißt ihren Blick von der Skulptur los und sieht Tyler an.

»Ich weiß nicht, woher ich das weiß. Ich weiß es einfach. Dafür sind wir hier.«

»Okay«, sagt Tyler und betrachtet das Bild. »Jetzt die schlechte Nachricht, Finian.«

»Ich habe nie gesagt, dass ich eine schlechte Nachricht habe«, sagt unser Gearhead und tippt auf seiner Tastatur. »Ich sagte, ich habe eine megaschlechte Nachricht.«

»Oh Schöpfer«, stöhne ich. »Spuck's endlich aus.«

Finian wirft mir eine Kusshand zu und vergrößert mit einer Bewegung seiner Finger den Bildausschnitt. Ich erkenne einen großen, runden, edel eingerichteten Raum. Hinter riesigen Fensterscheiben ist eine Art Urwald zu sehen. In Dutzenden von warm beleuchteten Vitrinen und Regalen sind fremdartige Gegenstände ausgestellt, manche glatt und elegant, andere verwinkelt und glänzend. Aber alle sind wunderschön.

»Das ist Casseldon Bianchis Büro«, erklärt Finian. »Es liegt genau in der Mitte seines Anwesens. Und die Sicherheitsvorkehrungen sind ein Albtraum für jeden Berufsverbrecher. Wärmescanner. Genetische Sensoren. Ein intelligenter Boden, der auf winzigste Veränderungen der Luftdichte reagiert. Und selbst wenn man all diese Vorkehrungen irgendwie überlisten könnte, gibt es nur einen einzigen Ein- und Ausgang. Mit nur einem Schlüssel. Der, soweit ich das sehen kann, immer um Bianchis Hals hängt.«

Finian ruft ein Bild von Bianchi in einem schicken Anzug auf, wie er gerade eine exotische Skulptur in seinem Museum enthüllt. Sein Lächeln entblößt eine Reihe blendend weißer Fangzähne. Um seinen Hals hängt eine digitale Schlüsselkarte an einer Platinkette.

»Genetisch kodierte polymorphe vierundsechzigstellige Verschlüsselung«, sagt Finian.

»Klingt kompliziert«, sagt Tyler.

»Kompliziert ist noch gar kein Ausdruck. In dieses Büro kommt man schwerer als in die Boxershorts meines Dates beim letzten Ball zum Schöpfungstag.«

»Gibt es denn überhaupt einen Weg?«, fragt Tyler.

»Da bin ich ehrlich überfragt«, seufzt Finian. »Ich habe es mit Lyrik versucht, mit Blumen, ich …«

»Ich rede von Bianchis Büro, Fin. Lüftungsklappen vielleicht?«

Unser Gearhead schüttelt den Kopf und holt die Ansicht des Büros zurück. »Die Schlitze sind höchstens drei Zentimeter breit. Und mit einem Ionenschild versehen. Solange du also keine radikale Diät planst ...«

»Und was ist mit diesen Riesenscheiben?«, will ich wissen.

»Das sind keine Fenster, das sind Wände«, erklärt Finian und kreiselt mit seinem Stuhl einmal ganz herum. »Das gesamte Büro ist von durchsichtigem polarisiertem Silicium umschlossen.«

»Warum?«

»Bianchi kauft Nippes und Artefakte aus der ganzen Galaxis. Aber sein Hauptinteresse gilt exotischen Lebensformen. In seiner Menagerie hält er über zehntausend verschiedene Arten, hab ich in einem Interview im *Galactic Gentleman* vom letzten Monat gelesen.«

»Es gibt noch Leute, die den *Galactic Gentleman* abonnieren?«, fragt Scarlett mit hochgezogenen Brauen.

»Gerüchteweise ...«, murmele ich.

»Ich kaufe ihn wegen der Artikel. Egal, also Bianchis Büro« – Finian tippt etwas, und die Projektion an der Wand weicht einem Schaubild – »befindet sich in der Mitte seiner Menagerie. Und direkt um sein Büro herum liegt das Gehege für sein wertvollstes Ausstellungsstück.«

»Bitte sag, dass das ein kleiner, lieber Terrier namens Lord Woofsly ist«, seufzt Tyler.

»Knapp daneben, Goldenboy«, sagt Finian und wechselt das Display wieder. »Ganz knapp.«

Auf dem Bildschirm erscheint das grässlichste ... Ding ... das ich je gesehen habe. Und das, nachdem ich heute Morgen vor der Dusche schon eine gruselige Begegnung der dritten Art hatte: Da stand Dariel de Vinner de Seel in Unterwäsche vor mir.

Das Monster ist ein einziger Muskelberg mit messerscharfen Zähnen und grellgrünen Augen. Seine Klauen sind lang wie Säbel, seine Haut ist gehörnt und gepanzert, und es stößt ein schrilles, metallisches Kreischen aus – als versuchten zwei Kettensägen, Sex zu haben.

»Kollegen und Kolleginnen, darf ich euch den Stolz von Casseldon Bianchis Menagerie vorstellen«, sagt Finian. »Den Großen Ultrasaurus von Abraaxis IV.«

»Amna diir«, haucht Kal, und seine sonst so coole Fassade bekommt einen winzigen Riss.

»Genau, Spitzohr«, bestätigt Finian. »Ich meine, ich habe keine Ahnung, was du gerade gesagt hast, aber das trifft es genau. Angeblich hat Bianchi seinen vierten Hoden für dieses Ding bezahlt.«

»Warum ist das der *Große* Ultrasaurus?«, fragt O'Malley. »Gibt es den auch noch in kleiner?«

»Er ist der letzte seiner Art in der gesamten Galaxis«, sagt Fin.

»Was ist mit den anderen Exemplaren passiert?«

»Dieses hier hat sie getötet«, erklärt der Betrasker schlicht. »Es ist das letzte seiner Art, weil es alle anderen aufgefressen hat.«

Aurora blinzelt. »Holy cake, es hat *was*?«

»Ja, Ultrasaurier sind als feindseligste Spezies der Milchstraße verschrien.« Finian fährt sich mit der Hand durch seine weißen Spikes, die dadurch noch steiler hochstehen. »Sie haben jedes andere Lebewesen auf Abraaxis IV vernichtet. Und als nichts mehr übrig war, sind sie übereinander hergefallen.«

»Evolutionär betrachtet ergibt das keinen Sinn«, merkt Zila an.

»Warum nicht?«, sagt Finian achselzuckend. »Das machen wir vernunftbegabtere Wesen doch andauernd.«

»Warum stößt es diesen komischen Laut aus?«, fragt Scarlett mit schmerzverzerrtem Gesicht.

»Könnte ein Paarungsruf sein? Wenn man alle potenziellen Damenbekanntschaften auffrisst, fühlt man sich wahrscheinlich irgendwann einsam.«

»Okay, okay«, sagt Tyler. »Ich glaube, wir haben übereinstimmend festgestellt, dass die Menagerie keine Option ist. Wir müssen also durch die Vordertür. Wir brauchen diesen Schlüssel.«

»Der wird uns nichts bringen, Goldenboy«, sagt Finian. »Das ist wie gesagt eine genetisch kodierte polymorphe Zahlenkombination. Das heißt, sie ändert sich jedes Mal, wenn Bianchi damit in Berührung kommt. Und wenn jemand anders auch nur auf die Karte niest, erkennt das System die fremde DNA und riegelt das gesamte Anwesen ab.«

Insgeheim bin ich erleichtert, als ich das höre. Diese Mission wird von Sekunde zu Sekunde unmöglicher. Je schneller Tyler einsieht, dass wir mit diesem Mist nur unsere Zeit verschwenden, desto schneller lassen wir den ganzen Scheiß bleiben.

Ich fahre die bunten Kringel und Linien auf meinem rechten Arm mit den Fingern nach. Das mache ich immer, wenn ich nervös werde. Wenn ich wütend werde. Wenn ich mich erden muss. Meine Tattoos stammen von einem Dutzend verschiedener Künstler, ein wilder Mix aus Farben und Stilen, aber eins haben sie alle gemeinsam. Das Eine, was ich von klein auf geliebt habe.

Flügel.

Drachen. Vögel. Schmetterlinge und Motten. Quer über meinen Rücken und die Schulterblätter habe ich mir einen Falken stechen lassen, genau wie meine Mutter. Sie war Pilotin in der TDF, bevor sie krank wurde. Ich erinnere mich noch an das Lächeln auf ihrem Gesicht, als ich ihr erzählte, dass ich mich der Legion anschließe. Sie sagte mir, sie sei stolz auf mich. Dasselbe sagte sie, als ich zum allerletzten Mal mit ihr sprach. Röchelte es mit der wenigen Atemluft, die ihr die Seuche noch ließ.

»Ich bin stolz auf dich, Kleines.«

Ich frage mich, wie stolz sie wäre, wenn sie mich jetzt sehen würde. Auf der Flucht. Bis zum Hals in Schwierigkeiten. Per Haftbefehl eines Militärgerichts gesucht. Ich weiß, dass Tyler alle Schuld auf sich nehmen wird, wenn wir geschnappt werden. Ich weiß, dass er sagen wird, er hätte uns *befohlen*, ihm zu helfen. Aber so ganz habe ich immer noch nicht verstanden, warum er das tut.

Irgendwas hat er an Bord dieses TDF-Zerstörers gesehen.

Etwas hat O'Malley dort getan, worüber er mit mir nicht sprechen will.

Wir haben uns immer alles erzählt.

»Und es gibt keine Möglichkeit, das Schloss ohne den Schlüssel aufzubekommen?«, fragt Kal.

»Mit göttlicher Hilfe könnte es vielleicht gehen«, sagt Finian. »Aber das ist nicht mal unser dringlichstes Problem. Bianchis Anwesen ist der bestbewachte Teil des Weltschiffs. Ein Hochsicherheitsbunker. Seine Kameras zu hacken ist das eine, aber wir kommen da nie und nimmer rein, ohne erwischt zu werden.«

Schweigen kehrt ein. Und in die Stille hinein meldet sich auf einmal O'Malley zu Wort.

»Ich wollte eigentlich nichts sagen …«

Wir sehen sie alle erwartungsvoll an. Offenbar zögert sie immer noch. Sie kaut auf ihrer Lippe, blickt Spitzohr in die kalten

Augen, streift meinen harten Blick. Dann spricht sie endlich weiter.

»Aber … ich habe heute Morgen in der Dusche etwas gesehen.«

»Da drin ist es echt ekelhaft«, stimmt Scar zu. »Sogar der Schimmel ist schon angeschimmelt.«

»Nein, ich …« Sie schaut wieder zu mir. »Ich habe Cat gesehen.«

»So, so«, grinst Finian. »Ich wusste gar nicht, dass dein Brötchen auf dieser Seite gebuttert ist, Zero.«

»Halt die Klappe, Finian«, knurre ich.

»Hey, für mich ist das völlig in Ordnung.«

»Nein, ich meine …« O'Malley schüttelt den Kopf. »Ich hatte wieder eine … Vision. Mir war ein bisschen komisch im Kopf, vielleicht vom Dampf, keine Ahnung. Also hab ich mich auf den Boden gesetzt und an die Wand gelehnt, und da … habe ich Cat mit einer Maske und in einem schicken Jumpsuit gesehen. Und Scarlett und Tyler auch.« Sie schaut von mir zu den beiden. »Ihr habt alle ausgesehen, als hättet ihr euch für eine … Party aufgedonnert?«

»Eine Party in *dem* Bad?«, fragt Scarlett.

»Ich weiß, es klingt so, aber es war kein Traum«, versichert O'Malley.

Tyler beugt sich mit blitzenden Augen vor und stützt das Kinn auf seine aneinandergelegten Finger.

»Morgen Abend steigt eine Party«, sagt er und sieht in die Runde. »Zum fünfzigsten Jubiläum des Weltschiffs. Bianchi veranstaltet einen Maskenball.« Er sieht O'Malley an und schaltet sein Grübchenlächeln ein. »Wenn wir irgendwie an eine Einladung kommen, können wir einfach in seinen Liner *hineinspazieren*.«

»Ach ja?«, sagt Scarlett. »Und wie soll das gehen?«

Tyler reibt sich das Kinn, studiert das Schaubild und lehnt sich auf der Couch zurück. »Ich arbeite dran. Uns spielen ein paar Dinge in die Hände.«

Tys Zwilling hebt eine Augenbraue. »Und die wären?«

»Na ja, zum einen rechnet ein gefürchteter Gangster wie Bianchi sicher nicht damit, dass er ausgeraubt wird. Niemand ist so dumm, ihm in die Quere zu kommen.«

»Bis auf uns anscheinend«, knurre ich.

Ty zwinkert mir zu. »Unterschätze niemals den Überraschungseffekt.«

»Super«, sagt Finian. »Wir schaffen es also in seinen Palast. Dann müssen wir bloß noch eine Chipkarte vom Hals des gefährlichsten Verbrechers in diesem Sektor klauen, und zwar vor den Augen sämtlicher Partygäste *und* seines Wachkommandos, natürlich ohne den genetischen Sensor auszulösen. Der anschlagen wird, sobald einer von uns den Schlüssel berührt.«

Ich sehe Ty in die Augen. Betrachte seine Lippen. Im Dämmerlicht tanzt der Schimmer der Ranken auf seinem Gesicht, und seine Grübchen bringen sich schon in Stellung. Nicht umsonst war er der Starschüler der Academy. Klar, er hat in den Prüfungen abgeräumt. Aber sein Lieblingsfach war immer Taktik. Wenn wir gamen oder saufen waren oder zum Spaß durchs All düsten, saß Ty in seinem Zimmer und beschäftigte sich mit toten Generälen. Sunzi. Hannibal. Napoleon. Eisenhower. Tankian. Giáp. Osweyo.

Die meisten Jungs wollen Jetballspieler oder Feuerwehrmann werden, wenn sie groß sind.

Ty träumte davon, Marcus Agrippa zu werden.

»Und im Büro müssten wir ja noch mehr Sicherheitsvorkehrungen überwinden«, gibt Scarlett zu bedenken. »Es sei denn, wir hauen einfach die Vitrine kaputt und schnappen uns den Trigger, womit wir dann die ganze Station auf den Fersen hätten.«

Da kommen Tys Grübchen aus der Reserve.

»Klingt nach einer reizvollen Aufgabe«, sagt er.

Ich spüre meine Antwort in mir aufsteigen. Ich kämpfe dagegen an. Ich versuche sie zurückzudrängen. Ty ist mein Squad Leader. Ich gehe, wohin er mich schickt, ich tue, was er befiehlt. Das trichtern sie uns in der Academy ein. Haltet immer zu eurem Alpha.

Immer.

»Nein«, höre ich mich sagen. »Nur über meine Leiche.«

Mein Squad sieht mich an, als ich mit geballten Fäusten aufstehe.

»Schluss mit dem Mist, echt jetzt.«

»Hast du etwas zu sagen, Legionärin Brannock?«, fragt Ty.

»Da kannst du deinen Auspuff drauf wetten«, sage ich und lasse meinem Zorn freien Lauf. Ich bin so verdammt sauer auf ihn, dass ich am liebsten laut losschreien würde. »Das kann man schon nicht mehr dumm nennen, das ist hirntot. Es war schlimm genug, dass wir vor unseren eigenen Leuten fliehen mussten, dass wir terranisches Militär angegriffen und unser Leben aufs Spiel gesetzt haben! Und jetzt willst du, dass wir dem brutalsten Verbrecher des ganzen Sektors in die Suppe spucken, nur um so einen Nippes zu besorgen, den diese Trulla im *Traum* gesehen hat?«

Ich zeige auf O'Malley, stiere Tyler aber weiter böse an.

»Ernsthaft, Ty, bist du jetzt *völlig* durchgeknallt?«

»Das sind keine normalen Träume, Cat«, sagt Tyler. »Und das weißt du auch. Du hast gesehen, was Auri mit der Longbow gemacht hat. Als ich sie in der Raumfalte gefunden habe und kurz davor war, in meinem Anzug zu ertrinken, hat sie uns von der Stelle bewegt. *Sie* hat uns in Sicherheit gebracht. Und du hast gehört, was de Stoy und Adams zu Beginn dieser Mission zu uns gesagt haben.«

»Das ist keine Mission, verdammt nochmal!«, brülle ich. »Das ist ein Einbruch! Und wozu? Um die Wahnvorstellungen dieser Spinnerin zu erfüllen? Bin ich denn die Einzige, die sieht, wie abgeschossen das ist?«

»Ich bin keine Spinnerin«, protestiert O'Malley.

»Oh, sie spricht zu uns!«, sage ich mit einer tiefen Verbeugung. »Wir sind ihrer nicht würdig. Welchen Rat habt Ihr für uns, O mächtige Prophetin?«

Kal hebt eine silberne Augenbraue. »Du machst dich lächerlich, Zero.«

»Leck mich, Spitzohr!«

»Ich behaupte nicht, dass ich weiß, was hier passiert«, sagt O'Malley. »Aber irgendetwas geht hier vor sich. Ich sehe Dinge, bevor sie eintreten. Ich sehe …«

»Siehst du einen Weg, wie wir das schaffen können, ohne dabei draufzugehen, Miss Medium?«, frage ich. »Siehst du *irgendeinen* Weg, wie wir in Casseldon Bianchis persönliches Büro rein- und wieder rauskommen, ohne erwischt zu werden?«

Sie spannt den Kiefer an. Betrachtet das Schaubild an der Wand.

»Nein«, sagt sie leise.

»Na, so was aber auch.«

»Cat«, sagt Tyler. »Schluss damit.«

»Vielleicht hat sie recht, Tyler.«

Alle Blicke wandern zu Scarlett. Sie sieht ihren Bruder an. Ihre Stimme ist weich, ihr sanfter Ton verrät, dass gleich eine schlechte Nachricht kommt.

Tyler holt tief Luft und sieht seine Schwester an. »Scar?«

»Ich will nur sagen, dass unsere Situation ziemlich brenzlig ist. Bevor wir weitermachen, sollten wir vielleicht kurz innehalten und uns fragen, wohin das führt.«

»Zu unserem Rausschmiss aus der Legion, ist doch klar«, sage ich. »Mindestens zu unehrenhafter Entlassung, wenn nicht gar in den Knast. Seit du dreizehn warst, hast du alles dafür gegeben, Legionär zu werden, Tyler. Bist du wegen der Sache mit der Auslese wirklich so sauer, dass du gleich deine ganze Karriere in die Tonne trittst?«

»Mit der Auslese hat das nichts zu tun«, knurrt Tyler. »Du hast doch gehört, was Adams gesagt hat. Wir sollen stark bleiben. Und den Glauben nicht verlieren.«

»Aber warum?«, frage ich. »Was hat *sie* so Besonderes an sich, dass du das willst?«

»Ich weiß es nicht.« Tyler sieht O'Malley achselzuckend an. »Glauben kann man nicht erklären. Glauben heißt Vertrauen.«

Ich knirsche mit den Zähnen. Widerstehe dem Drang, ihn zu ohrfeigen. Ihm ins Gesicht zu brüllen. Ich sehe Scarlett an, und sie schüttelt nur den Kopf. Finians Miene ist undurchdringlich, aber er ist waghalsig genug, sich auf das Abenteuer einzulassen, so viel ist klar. Zila mustert mich, als wäre ich ein Insekt, das sie zu klassifizieren versucht. Kal schweigt, seine kalten violetten Augen sind leicht zusammengekniffen. Ich bin überstimmt. Unterlegen.

»Ihr könnt mich alle mal«, fluche ich, schnappe mir meine Jacke und stürme zur Tür.

»Wohin willst du?«, fragt Scar.

»Ich brauche einen Drink.«

»Habe ich ›Wegtreten‹ gesagt, Legionärin Brannock?«, fragt Tyler warnend.

»Dann schleif mich doch vors Kriegsgericht!«, blaffe ich.

Ich weiß, dass es kindisch ist, die Tür hinter mir zuzuknallen. Ich weiß, dass ich wie ein trotziges kleines Mädchen rüberkomme, das einen Wutanfall hat, weil es seinen Willen nicht durchsetzen kann. Ich weiß es bis ins Mark und bis in die Spitzen meiner Flügel.

Aber ich knalle sie trotzdem so fest zu, dass die Wände wackeln.

»Noch einen.«

Die Bedienung hebt drei Augenbrauen, und ihr Nasenrüssel zittert.

»Sind Sie sicher?«, fragt sie*er. »Sie hatten schon sechs.«

»In der Rolle meiner Mutter werden Sie echt immer besser«, knurre ich und tappe auf den Rand meines Glases.

Die Bedienung zuckt mit allen Achseln, füllt mein Glas nach und wendet sich den anderen Gästen zu.

Ich bin in einer neonbeleuchteten, verrauchten Kaschemme in einem einfachen Viertel des Weltschiffs. Die Band ist laut und aggressiv, der Boden klebrig. Die Art von Bar, in der man um drei Uhr morgens landet, wenn man sich prügeln oder ficken will. Keine Ahnung, wonach mir mehr ist – mal sehen.

Tyler.

Ich kippe das billige Ethanol auf ex runter und zucke zusammen, als das chemische Zeug mir in der Kehle brennt. Warum bin ich so wütend auf ihn? Liegt es wirklich daran, dass er dieses Selbstmordkommando ernsthaft in Erwägung zieht? Oder liegt es an der Person, für die er es tut?

»Du darfst den Glauben nicht verlieren, Tyler.«

Tyler ist stark im Glauben. Das weiß Admiral Adams. Sie waren jeden Samstag zusammen in der Kapelle. Man könnte meinen, im Zeitalter interstellarer Reisen wäre für Religion kein Platz mehr. Als die Menschheit begann, nach den Sternen zu greifen, war der Glauben an ein göttliches Wesen so gut wie tot. Aber nachdem wir erst eine, dann zehn und schließlich Hunderte von fremden Spezies entdeckt hatten, konnten wir nicht umhin zu bemerken, dass sie alle auf zwei Beinen gingen. Auf Kohlenstoff basierten. Sauerstoff atmeten. Die Wahrscheinlichkeit, dass das Zufall war, war viel zu gering, um plausibel zu sein. So etwas kommt nicht von ungefähr.

Und schwupps war der Vereinte Glauben geboren.

Ich berühre das Symbol des Schöpfers an meinem Kragen. Diesen vollkommenen, in Silber geätzten Kreis. Ich wünschte, ich wäre so stark im Glauben wie Tyler. Denn das bin ich nicht. Das werde ich nie sein. Denn obwohl wir Freunde sind, seit ich ihm im Kindergarten den Stuhl über den Kopf gezogen habe, obwohl ich ihm bis ans Ende der Milchstraße gefolgt bin, hat er nicht so an mich – an *uns* – geglaubt, wie er an *sie* glaubt.

»O'Malley«, knurre ich und nicke der Bedienung noch mal zu. Gerade will sie*er mir einschenken, als eine behandschuhte Hand mein Glas abschirmt.

»Das geht auf uns, wenn Sie erlauben.«

Ich frage mich, ob ich meinen Fick für die Nacht gefunden habe. Als ich mich umdrehe, sehe ich, dass das exakte Gegenteil der Fall ist.

Mein Gegenüber ist von Kopf bis Fuß und bis zu den Fingerspitzen in Anthrazitgrau gekleidet. Das Gesicht ist hinter einer spiegelglatten, länglich ovalen Maske versteckt. Ich kann mein Spiegelbild darin erkennen, das vor Verblüffung die Augen aufreißt.

Ach du Scheiße. Die GIA.

Ich erhebe mich von meinem Hocker, und eine zweite graue

Hand schließt sich um meine Schulter. Hinter mir steht ein zweiter Agent. Ich habe mit dem Rücken zur Tür gesessen. Kein Wunder, dass ich sie bei dem Lärmpegel in der Bar und meinem Alkoholpegel im Blut nicht habe kommen hören.

Leichtsinnig.

Ich habe null Chancen. Aber ich packe trotzdem mein Glas, um im Notfall damit auszuholen. Ich werde mich nicht kampflos geschlagen geben.

»Bitte unterlassen Sie jede unnötige Gewaltanwendung, Legionärin Brannock«, sagt Agent Nummer 1 mit geschlechtsloser, hohler Stimme. »Wir möchten uns nur mit Ihnen unterhalten.«

»Ist hier alles in Ordnung?«, fragt die Bedienung und hebt wieder die drei Augenbrauen.

Ich checke die Agenten ab. Die Pistolen, die sich unter ihren Jacken abzeichnen, die Entfernung zur Tür. Füge mich ins Unvermeidliche, während die Musik mir in den Ohren dröhnt und der Alkohol meine Glieder schwer macht. Und setze mich langsam wieder hin.

»Alles okay«, sage ich.

»Noch einen Drink?«, fragt Nummer 1.

»Wenn Sie ihn ausgeben.«

»Den Larassian Semptar«, ordert mein Gegenüber. »Drei, wenn es recht ist.«

Die Bedienung schenkt uns flugs drei neue Gläser ein. Nummer 1 setzt sich auf den Stuhl rechts von mir. Nummer 2 bleibt hinter mir stehen und starrt mich im Spiegel über der Bar an.

Sobald unser Dreiauge davongeschlurft ist, um die anderen Gäste zu bedienen, greift Nummer 1 in die Anzugtasche und platziert mit langsamen, bedächtigen Bewegungen ein Uniglass vor mir auf dem Tresen. Über dem Gerät erscheint das kleine Hologramm eines dritten Agenten – die unheimliche Gestalt in Weiß, die an Bord der Sagan Station die große Klappe geschwungen hat. An den Instrumententafeln im Hintergrund erkenne ich, dass sie auf der Brücke eines terranischen Zerstörers steht.

»Guten Abend, Legionärin Brannock«, sagt die Gestalt mit ausdrucksloser Stimme. »Wir sind einander noch nicht vorgestellt worden. Sie dürfen mich Princeps nennen.«

»Sie sind sicher entzückt.«

Ich hebe meinen Drink an die Lippen und lasse ihn langsam in meine Kehle laufen. Schmecke Rauch, einen Hauch Zucker und Noten von purem Adrenalin.

Die beiden anderen Gläser stehen vor den Agenten.

Unangetastet.

»Sie sind sehr weit weg von zu Hause, Legionärin Brannock«, sagt das kleine Hologramm.

»Mein Zuhause ist das große Schwarz«, antworte ich mit einem alten Spruch der Aces.

»In den Zellen der lunaren Strafkolonie ist es nicht schwarz«, erwidert Princeps. »Es ist grau. Kein Himmel. Keine Sterne. Nichts als Grau. Für immer.«

»Wollen Sie mir Angst machen, Agent?« Ich halte der Bedienung mit vollkommen ruhiger Hand mein Glas hin. »Ich zittere nämlich.«

»Ich weiß, dass es schwer zu sehen ist«, sagt Princeps, während die Bedienung mir nachschenkt. »Aber es gibt einen Ausweg. Für Sie und Ihren Squad.«

»Wir wollen nicht Sie«, spricht Nummer 2 mir von hinten ins Ohr, und die elektronische Stimme kriecht über meine Haut. »Wir wollen nur Aurora O'Malley.«

»Sobald sie in unseren Händen ist, steht es dem Rest von Squad 312 frei, zu gehen«, bestätigt Princeps. »Dann können Sie zur Academy zurückkehren. Ihre Laufbahn fortsetzen. Ihre Freunde wiedersehen. Ihr Leben wieder aufnehmen. Sie brauchen nicht alles wegzuwerfen, worauf Sie hingearbeitet haben, Legionärin Brannock.«

Ich blinzele heftig. Schüttele den Kopf. »Verzeihung, Princess, könnten Sie das noch mal sagen? Ich konnte Sie bei all dem Scheißdreck, den mich das interessiert, nicht gut hören.«

Ich kippe meinen Drink runter und stehe langsam auf.

»Danke für den Semptar.«

Nummer 2 packt meinen Arm mit einer grau behandschuhten Hand. Der Griff ist perfekt. Fest genug, um weh zu tun. Locker genug, um mich wissen zu lassen, dass es noch viel mehr schmerzen könnte.

»Das Mädchen, das Sie aufgenommen haben, ist eine Feindin des terranischen Volkes. Die gesamte Terran Defense Force ist nun in Einsatzbereitschaft und auf ihre Festnahme ausgerichtet. Und wir werden sie uns holen.« Die Stimme wird leise und drohend. »Ob Sie uns helfen oder nicht.«

»Klar, deswegen treiben Sie sich ja auch zu nachtschlafender Zeit in billigen Kaschemmen rum, was?«, höhne ich und gestikuliere in Richtung des Hologramms. »Ihr Obermacker ist nicht mal im selben *Sektor* wie wir.«

»Die *Bellerophon* ist in eben diesem Moment unterwegs zu Ihrem Aufenthaltsort, Legionärin Brannock«, sagt Princeps. »Sie können uns nicht entkommen. Doch eine Invasion der TDF auf dem Weltschiff würde unnötiges Blutvergießen bedeuten. Wir hoffen, dass wir diese Angelegenheit gewaltlos regeln können. Aurora O'Malley hat schon genug unserer Agenten getötet.«

Ich kneife die Augen zusammen.

»Das wussten Sie nicht?«, fragt Princeps. »Sie hat an Bord der *Bellerophon* zwei Agenten ermordet. Sie hat sie mittels Gedankenkraft wie Fliegen zerquetscht.«

Das Hologramm der weißen Gestalt weicht einer Aufnahme von einer Art Verhörzelle. Zwei anthrazitgraue Anzüge. Blut und Eingeweide auf dem Boden und meterhoch an den Wänden verschmiert.

Mir dreht sich der Magen um. Ich schlucke schwer. »Schöpfer …«, keuche ich.

»Das ist das Mädchen, dem Sie Schutz bieten. Sie ist nicht, was sie zu sein scheint, Legionärin Brannock. Sie ist gefährlich. Für Sie. Für jene, die Ihnen am Herzen liegen.«

Ich schüttele den Kopf. »Das habe nicht ich zu entscheiden. Ein Ace hält zu seinem Alpha. Immer.«

Ich werfe einen Blick zu Nummer 2 hinter mir und begegne meinem Spiegelbild in der gesichtslosen Maske.

»Immer.«

»Ihre Loyalität ist bewundernswert«, schnarrt Princeps. **»Aber Tyler Jones' Entscheidungen der letzten Tage müssen Sie doch irritiert haben? Ist er noch der, den Sie kennen?«**

»Aurora O'Malley vermag andere durch die Kraft ihrer Gedanken zu zerstören«, sagt Nummer 2. **»Fragen Sie sich denn nicht, was sie in ihrem Verstand anrichten kann?«**

»Wollen Sie damit sagen, dass sie … uns kontrollieren kann?«, frage ich. »Dass sie *ihn* lenkt?«

»Wir wollen damit sagen, dass Ihre Mutter bis zu dem Tag, an dem sie starb, ein loyales Mitglied der TDF war«, sagt Princeps. **»Und wir hoffen, dass ihre Tochter diese Loyalität teilt.«**

Der GIA-Agent lässt meinen Arm los.

Ich schaue zur Tür. Ich blicke in mein Gesicht in der Maske.

Müde. Alarmiert. Und tief verängstigt. Ich spähe zu dem Hologramm über dem Uniglass auf dem Tresen. Denke daran, wie die Longbow durchgeschüttelt wurde, als wir den Kurs ändern wollten. Wie O'Malley nur ihr Handgelenk zu drehen brauchte, um Scarlett gegen die Wand zu schmettern. Wie Tyler uns immer weiter Richtung Abgrund stößt.

Wie ich am Morgen danach mit ihm in dem zerwühlten Bett lag und zitterte, als er die Linien meiner Tattoos mit den Fingern nachfuhr.

Und es war trotzdem nicht genug.

»Wir können Ihnen eine Garantie geben. Schriftlich. Für Sie und Ihren Squad.«

Ich kaue auf meiner Unterlippe. Knirsche mit den Zähnen. Dann setze ich mich zurück auf meinen Hocker, sehe in das leere Gesicht von Nummer 1 und halte der Bedienung mein Glas hin.

»Noch einen.«

19 Zila

Nie und nimmer kommen wir in Casseldon Bianchis persönliches Büro und wieder raus, ohne erwischt zu werden.

20 Auri

»Ich fass es nicht, dass du geglaubt hast, das Ding könnte mir passen«, murrt Cat hinter mir und zerrt an ihrem Jumpsuit herum. »Die Mädels fallen mir garantiert aus dem Ausschnitt, Scar.«

»Ich hab dir einen BH von mir angeboten«, gibt Scar zurück.

»Ich dachte, das wäre sarkastisch gemeint gewesen.«

Scarlett schenkt Cat ein mitfühlendes Lächeln. »Ein bisschen vielleicht.«

Wir stehen in der langen Schlange, die sich bis zum Einlass zu Casseldon Bianchis großem Ball windet – Ty und ich und dahinter Cat und Scarlett in den glamourösesten Outfits, die Scarlett mit ihren Verhandlungskünsten und Dariel mit seinen Beziehungen für uns auftreiben konnten. Scarlett und Tyler sehen cool aus wie immer, aber Cat fühlt sich so unwohl in ihrem Edel-Dress, als wäre er aus Giftefeu gewebt. Wir rücken langsam auf die Türsteher zu (heißt das bei Aliens auch so?), die unsere Einladungen prüfen werden.

Und wir sind alle nervös.

»Deine Mädels werden nicht rausfallen«, versichert Scarlett Cat noch mal und rückt ihre Maske zurecht. »Der Schnitt soll so sein. Du siehst toll aus. Wow, ich auch. Ich *liebe* dieses Kleid.«

Ich höre Fins Stimme klar und deutlich, aber etwas zittrig in meinem winzigen Ohrstecker. *»Beim Schöpfer, Scarlett … Nicht dass wir hier an der Basis kein dankbares Publikum wären, aber könntest du uns das nächste Mal vielleicht vorwarnen, bevor du uns so eine Großaufnahme bietest? Dariel hat gerade seinen heißen Kaffee über mir* *verschüttet, und ich glaube, in meinem Anzug hat es irgendwo einen Kurzschluss gegeben.«*

»Wollte nur die Moral hochhalten«, schnurrt Scarlett selbstgefällig.

»Ich meine, normalerweise würde ich mich nicht beschweren«, fügt Fin hinzu.

»Ich gebe dir gern einen Grund, dich zu beschweren«, brummelt Cat.

Wir sind jetzt fast am Einlass angelangt, und ich kann die zwei Außerirdischen, die die Einladungen kontrollieren, besser erkennen. Die beiden sehen vollkommen identisch aus: ledrige braune Haut und kleine Köpfe, die mit ihren riesigen, das Gesicht dominierenden Augen an Ferngläser erinnern. Ihre Hälse wirken ein bisschen zu dünn, um das Gewicht des Kopfs zu tragen, und ihre Arme sind lang und spindeldürr. Während ich sie beobachte, beugt sich einer auf seinem silbernen Podest vor, streckt einen langen, zweigähnlichen Finger aus und fährt bedächtig über die Einladung, die eine besonders hochgewachsene Frau mit pinkfarbener Haut vorgezeigt hat.

»Sie schauen sich die Karten ganz schön gründlich an«, murmele ich, und Tyler neigt den Kopf in meine Richtung, um an seinem Vordermann vorbeizuspähen.

»Zuversicht«, murmelt er. »Ruhig weiteratmen. Tu so, als gehörst du hierher.«

Mein Magen krampft sich zusammen. Ich gehöre *nicht* hierher. Ich gehöre in dieser Galaxis nirgendwohin. Ich hätte vor zweihundert Jahren leben sollen. Je müder und verängstigter ich bin, desto dünner werden die Bande, durch die ich mich meiner Familie nahe gefühlt habe. Wenn sie reißen, bleibe ich mutterseelenallein zurück.

Ich bin nicht sicher, was dann passieren wird.

Dariel hat uns geschworen, dass die Einladungen so gut wie echt sind – das heißt, wirklich echt sind sie nicht, aber Fin hat ihm offenbar vertraut. Unseren Betrasker schien es große Überwindung zu kosten, ihn um diesen Gefallen zu bitten, und ich kann mir denken, dass er sich irgendwo in dem komplizierten Geflecht seiner familiären Beziehungen hoffnungslos verschuldet hat. Seither redet er noch mehr und noch frecheres Zeug als vorher. Aus Nervosität wahrscheinlich.

Allmählich lerne ich sie besser kennen, diese sechs Soldatinnen und Soldaten, die mein Leben in Händen halten. Obwohl ich Cats schwelenden Frust wohl auch dann gespürt hätte, wenn sie mir vor fünf Minuten zum ersten Mal begegnet wäre. Ich habe mich bei Ty untergehakt, sie steht Arm in Arm mit Scarlett hinter uns, und ich spüre, wie mir ihr Blick zwei Löcher zwischen die Schulterblätter sengt. Meine Haut beginnt ganz unangenehm zu jucken.

Das Outfit, über das sie sich so aufregt, ist ein absolut atemberaubender maßgeschneiderter Jumpsuit – genau so einer, wie ich ihn in meiner Vision gesehen habe. Er ist marineblau, schulterfrei und trotz ihrer Klagen gut genug geformt, dass nichts ungewollt verrutschen kann. Sie – oder besser gesagt Scarlett – hat ihn mit silbernen Stiefeln kombiniert, die aussehen, als hätte jemand einen Spiegel in Millionen Stücke geschlagen und diese dann in einem perfekten Mosaik auf die Stiefel geklebt. Die Maske, die ihre Augen bedeckt, besteht aus dem gleichen Material.

Außer einem breiten Gürtel aus glänzendem Gold trägt sie keinen Schmuck; ihre prachtvollen Tattoos sind Zierde genug, und die Rückenpartie ihres Jumpsuits ist so tief geschnitten, dass man den spektakulären Falken sieht, der passend zu dem Phönix über ihrem Hals quer über ihre Schulterblätter tätowiert ist. Mit ihrer hellen Haut, den dunklen Augen und dem noch dunkleren Haar sieht sie furchteinflößend aus. So jemanden wie sie würde ich mir an meiner Seite wünschen – wenn ich nur wüsste, ob sie es ist.

So wie sie mich immer wieder ansieht, bin ich mir da nicht so sicher.

Scarletts Kleid ist das perfekte Gegenstück zu Cats Outfit, eine bodenlange Robe in dunklem Türkis – exakt wie in meinem Wachtraum, obwohl ich es ihr vor ihrer Einkaufstour mit keinem Wort beschrieben habe. Bei dem Anblick wurde mir ganz anders.

Woher wusste sie, welches sie kaufen sollte?

Das trägerlose Kleid (in das Fin und Dariel gerade wohl den aufregendsten Einblick ihres Lebens bekommen haben) greift das Zerborstener-Spiegel-Motiv von Cats Stiefeln mit unzähligen silbernen Perlen auf, die wie die ersten Sterne am Nachthimmel über den dunklen Rock verstreut sind. Vom Kreuz bis zum Rocksaum verläuft eine Leiste mit ungefähr dreihundert Knöpfen. Zila und ich – die beiden mit den kleinsten Fingern – haben eine halbe Stunde gebraucht, bis wir sie alle geschlossen hatten. Ihre Maske betont ihre großen blauen Augen mit weiteren silbernen Akzenten.

Jetzt, wo sie nicht mehr in ihren Academy-Uniformen stecken, sehen die beiden ehrfurchtgebietend schön und gefährlich aus. Ich weiß, dass ich allen Grund habe, nervös zu sein, aber neben ihnen fühle ich mich gleich selbst ein bisschen gefährlicher.

Mein eigenes Kleid ist das süßeste Ding, das ich je getragen habe. Genau so eins hätte ich mir für meinen Abschlussball an der Highschool ausgesucht, wenn ich einen gehabt hätte.

Was Callie wohl auf ihrem angehabt hat?

Das taillierte Oberteil ist aus bestickter Seide mit feinen, verschnörkelten Mustern in Rot und Gold und hochgeschlossen wie mein Qipao zu Hause. Das knielange Rockteil besteht aus lauter herrlich bauschigen roten Tüllschichten. Als ich es angezogen habe, hätte ich mich am liebsten wie eine Ballerina im Kreis gedreht, aber Scarlett sah mich lange prüfend an.

»Ich war nicht sicher, ob die Seide passt«, sagte sie.

Ich sah an mir runter und strich mit der Hand darüber. »Es ist perfekt.«

Aber sie wandte den Blick immer noch nicht ab, und es dauerte eine Weile, bis sie in ungewohnt zögerndem Ton weitersprach. »Du hast erwähnt, dass dein Vater … Ich meine, ich weiß, es ist nicht wirklich aus China, aber …«

Erst da begriff ich, dass sie versucht hatte, mir etwas zu kaufen, das mich an zu Hause erinnern würde. Und für einen Augenblick verschlug es mir die Sprache.

»Es ist …« Ich nahm einen neuen Anlauf. »Es ist wirklich perfekt, Scarlett, vielen Dank. Ich glaube, es hätte ihm sehr gefallen. Es war ihm wichtig, unsere Kultur zu bewahren.«

Wenn ich so in der Vergangenheitsform von ihm spreche, klingt es, als redete jemand anderes. Ich höre selbst, wie vorsichtig ich meine Worte wähle und dass meine Stimme ein bisschen zu fröhlich klingt, gerade das Quäntchen zu viel, das ihr verrät, dass meine Munterkeit nicht echt ist.

Dabei war es ihm wirklich wichtig, unsere Kultur in unserer Familie lebendig zu halten. Als ich klein war, konnte ich die Schlafenszeit immer hinauszögern, wenn ich um noch eine Geschichte aus dem großen, altmodischen Märchenbuch im Regal bat. Nachdem er Mom zurückgelassen hatte, war ich so wütend auf ihn, dass ich in unserem Gutenachtgeschichten-Ritual nur ein weiteres Beispiel für etwas sah, das ihm mehr bedeutete als seine Familie. *Mir* hätte er nicht noch mehr Zeit zugestanden, aber seinen ach so wichtigen Traditionen schon.

Jetzt denke ich, vielleicht war das ja nur ein Vorwand für ihn, um ein bisschen mehr Zeit mit mir zu haben.

Scarlett machte sich ausgiebig an meinen Haaren zu schaffen, färbte die weiße Strähne schwarz und klebte die als Leberfleck getarnte Micro-Cam auf meine Wange. Es war ein intimer Moment, aber ihre Berührung fühlte sich nicht aufdringlich an, sondern eher tröstend. »Ty und ich können dich verstehen«, sagte sie leise. »Wir wissen, wie es ist, ein Elternteil zu verlieren. Cat und Zila auch. Wenn du darüber reden willst, ich bin da.«

Vielleicht kam nur die Diplomatin in ihr durch, die versuchte, ausgleichend zu wirken. Aber den Eindruck hatte ich nicht – oder wollte ihn nicht haben. Ich beschloss, eine aufrichtige Geste darin zu sehen.

Fin klatschte kurz Beifall, als wir in unseren Outfits aus unserem Schlafquartier kamen. Zila nickte mir zu und sagte: »Angemessen.«

Kal sah mich überhaupt nicht an.

Ich bin als Einzige von uns sieben offiziell zur Fahndung ausgeschrieben, daher ist ein Maskenball die einzige Gelegenheit, bei der ich mich überhaupt noch in der Öffentlichkeit zeigen kann. Meine aus einem geheimnisvollen roten Samt gefertigte Maske verdeckt die obere Hälfte meines Gesichts, nur die Lippen und das Kinn bleiben frei. Die eingesetzten Glaslinsen kaschieren meine verschiedenfarbigen Augen. Ich sehe aus wie eine Spionin in einer alten Sim.

Ehrlich gesagt komme ich mir damit ziemlich verwegen vor.

Unser Quartett wird von Ty vervollständigt, der sich über sein Outfit fast so lautstark beklagt hat wie Cat. Ich war gespannt zu sehen, ob ein Smoking zwei Jahrhunderte später immer noch ein Smoking ist, und die Antwort war: halbwegs. Sein Anzug hat diesen besonderen Schnitt, bei dem man das Gefühl hat, als wäre er nur lässig übergeworfen, während der perfekte Sitz verrät, dass er ein Vermögen wert ist. Oder wenigstens wirkte es so, nachdem Scarlett ein paar Änderungen vorgenommen hatte.

Er trägt große, schwarze, polternde Stiefel, eine hautenge schwarze Hose (die der Grund für seine Entgeisterung war) mit schwarzen Riemen um den linken Oberschenkel, die wohl ein Pistolenhalfter imitieren sollen, und großen silbernen Reißverschlüssen, die diagonal über seine rechte Hüfte verlaufen. Sein schwarzes Hemd und das Jackett sind ihm wie auf den Leib geschneidert, und seine Maske ist ein schwarzer Swoosh über seinen Augen. Jones-Zwilling Nummer 2 sieht genauso scharf aus wie seine Schwester.

»He, O'Malley«, meldet sich Fin über den Team-Kanal, als nur noch ein Paar vor uns am Einlass steht. *»Ich lese gerade nach, was die Farbe Rot in der chinesischen Kultur bedeutet, und …«*

»Moment, du kannst *lesen*?«, frage ich.

»Ach nee, jetzt klopfst du auch noch blöde Sprüche, um deine Gefühle für mich zu überspielen? Hat denn jedes weibliche Wesen in diesem Team vor, sich in mich zu verknallen?«

»Klappe«, murmelt Tyler. »Wir sind fast drin.«

Als die zwei vor uns durch die große Flügeltür in der wogenden bunten Menge verschwinden, atme ich erleichtert auf. Ich bin mir ziemlich sicher, dass Fin darauf hinweisen wollte, dass Rot die traditionelle Farbe für das Brautkleid ist. Und das mit Cat direkt hinter mir. Während ich Arm in Arm mit Ty dastehe. Sie ist zwar unbewaffnet, aber sie wäre wahrscheinlich imstande, mir den Kopf abzureißen und ihn wie einen Basketball zu dribbeln. Ich habe keine Ahnung, ob Ty von ihren Gefühlen für ihn weiß, aber ich habe nur ein paar Tage gebraucht, um sie zu durchschauen …

Der Alien streckt einen spindeldürren Finger aus und tippt auf Tys Einladung. Die Oberfläche aus biegsamem Plastik färbt sich bei der Berührung kurz blau, bevor sie wieder zu mattem Weiß verblasst. Ich zwinge mich, ruhig zu atmen, und merke, dass ich Tys Arm so fest an mich presse, dass er sich zur Seite neigen muss, um den Größenunterschied zwischen uns auszugleichen. Ich lasse ihn errötend los, und das verschafft mir ausreichend Ablenkung für die nervenaufreibenden nächsten Sekunden.

Der Alien winkt uns weiter und nimmt sich Scarletts und Cats Einladung vor.

Ty und ich treten unter dem Torbogen hindurch, wo ein weiterer Alien – diesmal ein bulliger Betrasker mit einer weißen Porzellanmaske und schwarzen Kontaktlinsen – Instruktionen für die Sicherheitskontrolle erteilt. Wir bleiben an einer Linie auf dem Boden stehen und heben die Hände. Ein Netz aus roten Lichtstrahlen fährt, angefangen vom Kopf, langsam über unsere Körper, vielleicht um unsere Gesichter zu registrieren oder um uns auf Waffen abzusuchen, keine Ahnung.

Über unsere Ohrstecker hören wir wieder Fin, während wir darauf warten, dass Scarlett und Cat den Scan passieren. *»Denkt dran, ich brauche so viel Zeit, wie ihr mir verschaffen könnt, um das Signal abzufangen. Am besten verwickelt ihr Mr. Bianchi in ein Gespräch.«*

»Und hoffen, dass er uns nicht auffrisst«, sagt Tyler leise und wendet mir dabei den Kopf zu, als wollte er mir zärtlich etwas ins Ohr hauchen.

»Je früher er den Schlüssel berührt«, fügt Fin hinzu, *»desto schneller kann ich mich an die Arbeit machen. Vergesst nicht, einer von euch*

muss in weniger als einem Meter Abstand von ihm stehen, wenn sich der Code ändert.«

Sein Ton ist ungerührt, aber ich habe sein Gesicht gesehen, als wir in Dariels enger Wohnung den Plan durchgesprochen haben.

Er ist nicht sicher, ob er das hinkriegt.

Eigentlich müsste ich wahnsinnige Angst haben, aber als Scarlett und Cat durch die Sicherheitskontrolle kommen, stelle ich fest, dass ich irgendwie … seelenruhig bin. Auf seltsame Art gelassen, wie früher vor Orientierungsläufen oder Sportwettkämpfen. Nervös, aber ganz auf mein Ziel konzentriert.

Ich bin nicht mehr das Mädchen, das sich über die albernsten Dinge den Kopf zerbrochen hat, als es nach Octavia aufgebrochen ist – ob es dort auch interessante Jungs in meinem Alter gibt oder ob ich auf meine Erkundungs- und Kartographieausbildung bei Patrice gut genug vorbereitet bin.

Ich bin nicht mehr das Mädchen, das um den Verlust seines sozialen Umfelds getrauert hat, als es die Kryokapsel betrat, oder das sein Plüscheichhörnchen in die eine kleine Kiste mit persönlichen Gegenständen stopfte.

Ich bin jetzt etwas anderes. Und auch wenn ich nicht weiß, was, ist das nicht weniger wahr. Ich spüre es mit jeder Stunde, jedem Tag stärker.

Das heißt nicht, dass mein altes Ich keine Rolle mehr spielt. Ich habe mich auf Erkundung spezialisiert, weil ich überall herumkommen wollte, und in letzter Zeit komme ich wirklich viel herum. Als meine Eltern das Vorbereitungstraining für die Mission absolvierten, musste ich zwei-, dreimal im Jahr die Schule wechseln. Ich habe Erfahrung damit, einen Raum voller Unbekannter zu betreten. Und ich werde jetzt hier hineinspazieren, als hätte ich schon immer hierhergehört.

Scarlett und Cat stoßen zu uns, Scarlett demonstrativ munter, Cat mit finsterer Miene, und wir werfen zum ersten Mal einen Blick in den Ballsaal.

So etwas habe ich noch nie gesehen. Nicht einmal im Traum.

Denn der Saal liegt unter Wasser.

Wir sind in einem riesigen runden Gewölbe, in dem wir uns automatisch an der rechten Wand entlangdrücken, während wir uns orientieren.

Die Wände sind alle aus Glas, und als ich mein Spiegelbild betrachte, wird mir klar, dass ich ein gewaltiges Aquarium vor mir habe. Am unteren Rand schimmert das Wasser in hellem Aquamarinblau, geht dann in ein samtiges Dunkelblau über und leuchtet zuletzt, so hoch oben, dass ich den Kopf in den Nacken legen muss, in einem tiefen Violett.

Wo das Dach anschließt, kann ich nicht erkennen: Weit über uns wölbt sich eine unendliche nachtschwarze Kuppel mit zarten Lichtern, die …

Holy cake, die Kuppel über uns ist die *Galaxis*. Sternhaufen und Nebel ziehen langsam und anmutig ihre vorherbestimmten Bahnen, gleiten aneinander vorbei und durcheinander hindurch wie in einem altmodischen Tanz. Millionen Jahre beschleunigen vor meinen Augen in einem kosmischen Ballett.

Cats Spiegelstiefel und die Silberperlen auf Scarletts Kleid funkeln in dem blauen Licht, und Tys Zähne glänzen weiß, wenn er lächelt. In dem Saal drängen sich bestimmt tausend Gäste, und ich kann nur einige Dutzend Menschen darunter erkennen.

Ich bin unter Wasser. Auf einer Raumstation.

Der Saal ist ein wogendes Kaleidoskop aus schillernden bunten Farben. In dem lebenden, atmenden Wesen, zu dem die Menge verschmilzt, sind alle erdenklichen Silhouetten vertreten. Sämtliche Anwesenden bewegen sich zu Musik, einem leisen, wummernden Bass, der einen herrlichen Kitzel durch meinen Körper jagt. Plaudern und Gelächter branden in Wellen zu uns, als der Beat wechselt und die Menge kollektiv die Hände in die Luft wirft.

Es ist wie in einem Underground-Club, einem sehr erwachsenen intergalaktischen Märchenland mit einem gefährlichen Unterton, wo jedes Gesicht, jedes Geheimnis hinter einer Maske verborgen ist. Und als ich lächele, fletsche ich fast die Zähne. Die letzte Unsicherheit fällt von mir ab. Was ich will, ist hier. Und irgendwo da draußen lockt es mich zu sich.

Mr. Bianchi …

Komm hervor, zeig dich, wo immer du dich verkriechst …

Wie man sich amüsiert

▶ **Partys**

▼ **Berühmte Partys der Geschichte**

Die drittgrößte Party aller Zeiten fand anlässlich der Hochzeit von Julesli dem Großen im gesamten Wroten-System statt. Zu den Feierlichkeiten kamen 437 000 Gäste von siebenundzwanzig Planeten, und es wurde eine von nur drei bekannten Vorstellungen des Verbotenen Tanzes von Bas gezeigt. Zum krönenden Abschluss ehelichte Julesli der Große dreiundsiebzig Frauen – und war vermutlich sehr müde.

Die zweitgrößte Party der Geschichte veranstaltete der Marineadmiral Edward Russell im Jahr 1694 auf Terra. Dieser Tausendsassa füllte 250 Gallonen Brandy, 125 Gallonen Wein, 635 Kilogramm Zucker, 20 Gallonen Limettensaft und 3 Kilogramm Muskat in einen gigantischen Cocktail-Brunnen. Einen echten *Springbrunnen*. Bedienungen in *Kanus* wechselten sich wegen der Dämpfe im 15-Minuten-Takt ab, und die fünftausend Gäste brauchten acht Tage, um ihn leer zu trinken. Admiral Russell, ich bin nur ein einfaches Uniglass, aber meinen Respekt haben Sie.

Die zweifellos größte Party überhaupt feierten die Keet auf Leibowitz VII. Durch eine unglückliche Fehlinterpretation alter Prophezeiungen glaubten die Keet, die Apokalypse stünde bevor, und wollten mit einem rauschenden Fest untergehen. Aus lückenhaften Überlieferungen lässt sich schließen, dass eine fragwürdige Entscheidung rund um ein Tanz-Battle und den größten Antimaterie-Reaktor des Planeten die Prophezeiung vorzeitig wahr machte.

21 Finian

Wie sich rausstellt, fährt Dariel total auf Fische ab. Hätte ich jetzt nicht erwartet.

»Schau dir den an!« Er ist wie ein Kind bei seinem ersten Ausflug auf den Muthru-Basar – ständig springt seine Aufmerksamkeit von hier nach da. Ich versuche, mein Team mit Hilfe der Überwachungskameras und eines schwindelerregenden Panoramas von Micro-Cams an ziemlich attraktiven Stellen durch den Ballsaal zu leiten, und er starrt bloß wie gebannt auf das Aquarium.

»Das ist kein Fisch«, sage ich. »Das ist ein Stein. Bist du sicher, dass wir verwandt sind?«

»Fisch«, sagt er triumphierend, als der schwach lila gefärbte, mit Flechten bewachsene Stein von einer Wolke leuchtend pink-gelb gefleckter Mini-Tintenfische aufgescheucht wird. Seine Augen klappen auf, er bewegt, was ich für Muscheln gehalten habe und sich jetzt als Flossen entpuppt, und saust in einer Sandwolke davon.

»Na gut, es war ein Fisch«, räume ich ein. »Jetzt ist er weg. Also hilf mir mal bitte.«

»Finian?«, meldet sich unser furchtloser Anführer, den der plötzliche Themenwechsel offenbar irritiert.

Mist, ich hab mein Uni nicht stummgeschaltet.

»Nichts, Goldenboy«, sage ich fröhlich. »Ich verfolge Zila und Kal, Dariel hält über die Kameras Ausschau nach eurem Gastgeber. Habt ihr sch…«

Ich spähe auf den Bildschirm meines Cousins, der schon wieder von einem verdammten Fisch eingenommen wird. Es ist ein riesiges, ovales Ding, ein bisschen wie ein Kebar-Ball, auf den vorne sechs Augen draufgeklebt sind. Aber es sind ziemlich gruselige Augen, alle nach vorn gerichtet, und der Schädel ist komplett durchsichtig, sodass das blaue Wasser dahinter durchschimmert.

»Das ist sein Gehirn«, flüstert Dariel fasziniert und zeigt auf einen weißen Klumpen in dem transparenten Kopf.

»Eifersüchtig, dass er eins hat?«, blaffe ich. »Konzentrier deins mal auf deine Aufgabe, okay?«

Er schnaubt verärgert, während ich auf meinem Monitor zu Zilas Cam switche und den Gedanken verdränge, dass ich gerade wie meine nervigste Mutter klinge.

Ich habe Kal und Zila einen separaten Funkkanal eingerichtet. Goldenboy ist auch zugeschaltet, damit er heute Abend voll im Bild ist.

Na ja, Pech für ihn, dass er nur den Ton hat. In den Genuss der Bilder komme ich.

Die beiden sind gut vorangekommen und haben ihren Zugang schon fast erreicht. Sie marschieren einen ziemlich belebten öffentlichen Gang entlang und sehen in ihren bunten, definitiv gestohlenen Uniformen nur ansatzweise verdächtig aus. Kal trägt einen Stapel flacher Thermobehälter mit der Aufschrift **Uncle Enzo's – allerhöchstens 30 Minuten**. Zila trägt Ohrringe mit Anhängern in Form von winzigen Pizzastücken. Und in einem Lagerschrank unten auf Level 17 liegen zwei bis auf die Unterhose ausgezogene Lieferjungen, die später mit einem mächtigen Kater aufwachen werden.

Zila hat ihren Disruptor wirklich schrecklich gern.

»Okay, Zila, Spitzohr«, dröhne ich, nur um Kal die Stirn runzeln zu sehen. »Der Loop auf den Kameras in eurer Zone klappt schon mal – die Leute in Bianchis Einsatzzentrum sehen jetzt

Archivaufnahmen von leeren Gängen. Aber in den Gängen dahinter läuft die Security Streife. Ich leite euch an den Wachmännern vorbei. Bewegt euch also nur, wenn ich es sage. Klar?«

»Klar, Legionär de Seel«, sagt Zila nur.

»Haltet euer Uni dicht an das Schloss, damit ich es knacken kann.«

Die beiden erreichen eine schwere explosionssichere Tür mit der Aufschrift **Zutritt nur für Personal**. Kal lässt absichtlich die Lieferboxen fallen und flucht ausführlich, während Zila sich neben dem Bedienpanel positioniert. Die Verschlüsselung ist kein Pappenstiel, aber ein von der Academy ausgegebenes Uniglass ist kein Spielzeug, und ich kann Sachen zwar ganz gut reparieren, aber noch besser kann ich sie kaputt machen. Ich brauche siebenunddreißig Sekunden, um die Einbruchschutzelektronik im Schloss zu zerschießen.

Ich werde langsam auf meine alten Tage.

»Okay, in zwölf Sekunden habt ihr freie Bahn«, sage ich. »Übrigens, die Uniform steht dir, Kal. Siehst gut aus.«

Spitzohr rückt das alberne Hütchen auf seinem Kopf zurecht. *»Ich sehe aus wie ein Narr. Sie ist zu eng. Wie soll ich in diesem Aufzug kämpfen?«*

»Keine Ahnung. Sexy?«

»In dir steckt kein großer Krieger, oder, Finian?«

»Na, und in dir steckt kein großer …« Ich verbeiße mir den Konter, als die Wachpatrouille am Ende des Flurs um die Ecke biegt. »Okay, die Luft ist rein, los, los.«

Zila drückt die Tür auf und schlüpft hindurch. Kal folgt ihr, reicht ihr die Schachteln und holt seine Disruptorpistole aus einer der Boxen. Er kann sie da drin zwar nicht benutzen, ohne dass die Hölle losbricht, aber er scheint der Typ zu sein, der sich mit einer Waffe in der Hand einfach wohler fühlt.

Als ich grünes Licht gebe, sprinten sie zum nächsten Flur und verstecken sich schnell in einer Putzkammer, bevor eine weitere Patrouille um die Ecke kommt. Ich habe siebzehn Kameras auf einmal im Blick, gleiche die Route der Patrouille mit dem Lageplan an der Wand über uns ab, um zu erraten, welchen Weg sie nimmt und wie ich meine Schützlinge da durchlotse …

»Großer Schöpfer«, murmelt Dariel neben mir.

Mein Herz setzt kurz aus, und ich schaue zu ihm rüber, was ihn so beunruhigt. Auf seinem Monitor prangt ein riesiges silbernes … Ding. Es hat eine Reihe strahlend weißer Reißzähne, die der Traum jedes Massenmörders wären. Und dahinter *noch* eine Zahnreihe. Scarlett scheint auch davon fasziniert zu sein, denn ihre Micro-Cam folgt ihm, als es sich der Scheibe nähert und in einer Drohgebärde die Hautfarbe wechselt – von silbern über blau zu rot.

»Ich dachte, du bist Atheist«, knurre ich und stupse ihn mit dem Ellbogen an, bevor ich mich wieder auf Zila, Kal und den spektakulären Raub konzentriere, den ich hier zu steuern versuche.

Heutzutage sind gute Mitarbeiter echt schwer zu finden …

Aber bei allem Gemecker – Dariel ist ungefähr so brauchbar wie ein wasserfestes Handtuch – kann ich nicht abstreiten, dass ich meinen Spaß habe. Mit meinem Cousin den neuesten Familienklatsch austauschen, wenn wir nicht gerade über Fische fachsimpeln, im schummrigen Licht der Ranken und meiner Monitore den Geruch von nassem Stein einatmen, meine Squadmates durch nervenzerreißende Abenteuer lenken – das alles versetzt mich geradewegs zurück in meine Kindheit.

Ich lotse meine beiden Assistenten durch weitere sechs Gänge und zwei nur knapp vermiedene Zusammenstöße, bevor es so weit ist. »Okay, Ende der Fahnenstange. Die Schwerkraftgeneratoren befinden sich in dem Raum direkt vor euch. Zeit für Phase 2, Kinder.«

Kal löst sich wie ein Geist aus Zilas Schatten. Zila bleibt vollkommen still stehen, bis er seine Position eingenommen hat. Sie richtet ihre dunklen Augen an die Decke, und ihre dunkle Haut schimmert in dem Licht von oben. Das kann sie gut – wenn sie nichts zu tun braucht, tut sie auch nichts. Vielleicht kanalisiert sie dann ja ihre gesamte Hirnleistung in einen Masterplan für die Übernahme der Galaxis.

»Okay, los«, flüstere ich, und sie spaziert los und setzt ein verwirrtes Gesicht auf, als sie um die nächste Ecke biegt.

Die vier Wachmänner vor den schweren Türen am anderen Ende des Flurs erstarren. Sie registrieren Zilas Lieferantenuniform und die Essensboxen, machen sich langsam einen Reim darauf und richten dann trotzdem die Waffen auf sie.

»Halt!«, brüllt einer, und Zila gehorcht. Zur Sicherheit lässt sie sogar die Schachteln fallen und hebt beide Hände.

»Hier ist Zutritt verboten!«

»Was haben Sie hier zu suchen?«, fragt ein anderer und traut sich nicht näher, bis er besser einschätzen kann, ob sie gefährlich ist. Obwohl ich ihm schon ansehe, dass er sich entspannt. Sie ist so klein. Sie ist zehn Meter weg. Wie könnte sie gefährlich sein?

»Ich habe eine Frage«, sagt Zila in ihrem gemessenen Ton.

Das Quartett wechselt verblüffte Blicke.

»In Unterhaltungs-Sims«, fährt sie fort, *»habe ich häufig Szenen gesehen, in denen Gruppen von Wachleuten von einem vermeintlich harmlosen Eindringling angesprochen werden und sein größerer, gefährlicherer Kompagnon die Ablenkung dazu nutzt, sie außer Gefecht zu*

setzen. Mich würde interessieren, ob Sie dieses Verhalten bei ausgebildetem Sicherheitspersonal für realistisch halten.«

Die vier blinzeln sie an, wie es viele tun, wenn sie Zila Madran begegnen.

»Sind Sie …«

Weiter kommt der Wachmann nicht, denn in diesem Moment lässt sich Kal aus dem Luftschacht über ihm fallen und schlägt ihm auf den Hinterkopf. Binnen weniger Sekunden hat er die drei anderen ausgeschaltet, ohne dass auch nur ein Ächzen zu hören ist. Der Disruptor war überflüssig.

»Ich war mir wirklich sicher, dass du an diesem Punkt erschossen werden würdest«, sagt Zila nachdenklich.

Kal dreht sich mit hochgezogenen Augenbrauen zu ihr um. *»Du hast gesagt, meine Erfolgschancen lägen bei 87,3 Prozent.«*

Sie neigt den Kopf zur Seite. *»Ich wollte dich nicht nervös machen.«*

»Okay, ihr zwei«, sage ich. »Ich schalte mal zum A-Team rüber. Die Schwerkraftgeneratoren sind gleich hinter den Türen da. Kal, versteck die Leichen. Zila, du hast meine Anweisungen.«

»Ist sie gerade mit jemandem liiert?«, flüstert Dariel, den Blick auf Zila geheftet.

»Wenn du mich noch *einmal* störst«, sage ich, »schneide ich dir deine Zehen einzeln ab, und dann kannst du zuschauen, wie ich sie an deine blöden Fische verfüttere.«

Er hält seine Hände hoch, als wollte er sagen: *Schon gut, schon gut. Was ist dein Problem, Mann?*, und ich wende mich zähneknirschend wieder meinen Monitoren zu.

Ich suche den gerammelt vollen Ballsaal Stück für Stück nach Bianchi ab. Aber der sticht aus der Menge heraus wie ein Betrasker in einem Schneesturm, also gar nicht. Er ist blau, wie alles andere im Lichtschein des Aquariums. Dass jedes Wesen auf dieser Party eine verdammte Maske trägt, hilft auch nicht gerade.

Ich gehe methodisch vor und scanne jedes einzelne Quadrat auf dem Raster, bis ich ihn endlich finde. Er hat alle vier Hände in der Luft und schwenkt sie im Takt der hämmernden Musik. Seine messerscharfen Zähne sind zu einem unbändigen Grinsen verzerrt. Er ist von etwas umringt, das ich nur als Harem beschreiben kann, ein Dutzend hübscher junger Dinger verschiedener Spezies, männlich und weiblich, beides und weder noch, die ihn in einem engen Kreis umtanzen, wie Maza-Blumen der Sonne zugewandt.

Dahinter folgt ein Ring aus Securitypersonal, auf das die Beschreibung »furchteinflößend« voll zutreffen würde. Alles Chelerianer wie Bianchi – große, blaue Leiber mit mehr Zähnen als Kopf. Ihre Muskelmasse passt kaum in die Anzüge, die sie tragen, und da Bianchi garantiert die besten Schneider für sich arbeiten lässt, ist dieser Eindruck wohl beabsichtigt. Sie stehen in der Menge, die ihren Chef umgibt, und beobachten die Tanzenden mit ihren je vier Augen. Unter ihren Jacken zeichnen sich verdächtige Ausbeulungen ab.

»Okay, Kinder«, sage ich meinem Team. »Bianchi ist in der nordwestlichen Ecke. Bei der Masse an Securityleuten um ihn rum habt ihr nur eine Möglichkeit, euch an ihn ranzuwanzen.«

»Und die wäre?«, fragt Goldenboy.

»Tanzt euch den Arsch ab.«

»Wird erledigt«, sagt Tyler ohne zu zögern, packt Aurora bei der Hand und zieht sie in die Menge. Ganz schwach höre ich ihr Japsen über der wummernden Musik.

Scarlett und Cat bleiben noch kurz beim Aquarium stehen. Scarlett mustert die anderen Gäste, die an der Wand stehen, aber am Rand des Sichtfelds ihrer Micro-Cam kann ich einen Fisch erkennen, und jetzt hat Dariel mich so weit, dass ich auch hingucke.

Casseldon Bianchi hat tatsächlich ein Exemplar von jeder Spezies, soweit ich das sehen kann. Dieser Fisch ist schlangenförmig, zwei Meter lang und so knallorange wie Scarletts Haar. Aber der eigentliche Partytrick sind die riesigen Giftbeutel zu beiden Seiten seines Gesichts, jeder größer als sein Kopf, die aussehen, als hätte er seine Backen extrem weit aufgeblasen. Seine weißen Augen treten hervor, als wäre er genauso überrascht von dieser Entwicklung wie ich.

Cat hingegen starrt unseren Alpha und unsere kleine blinde Passagierin an, wie schon den ganzen Abend.

Diese Besessenheit ist mir nicht ganz geheuer. Einen Ausbruch haben wir ja schon erlebt, und selbst nachdem sie mit einer Larassian-Semptar-Fahne in Dariels Bude zurückgeschlichen kam, war sie seltsam unruhig.

»Ähm, Zero«, sage ich. »Kannst du mir mal einen Rundumblick verschaffen?«

Sie gehorcht und beschreibt langsam einen Dreiviertelkreis, sodass ich mir die Menge genauer ansehen kann. Die Überwachungskameras liefern mir zwar genauso gute Bilder von oben, aber wie erwartet hat unser unfehlbares Face den subtilen Hinweis rausgehört und wendet sich sofort ihrer Begleiterin zu.

»Was die können, können wir schon lange!«, ruft Scarlett, packt Cats Hand und stürmt mit ihr die Tanzfläche.

Cat prustet, und Scarlett lacht, und obwohl meine Nerven zum Zerreißen angespannt sind, muss ich auch grinsen. Scarlett hat ein tolles Lachen. Und jetzt schwenkt sie unsere Pilotin mit beiden Armen herum und kippt sie in einer extravaganten Pose nach hinten.

Im Saal sind so viele Spezies vertreten, dass jeder Gast auf seine eigene Art tanzt. Allein, zu zweit, zu zehnt, mit verschränkten Händen, ineinander verschlungen oder ohne jeden Körperkontakt. Nach fünf Jahren an der Aurora Academy, die nur von Terranern, Betraskern und neuerdings vereinzelten Syldrathi bevölkert war, bin ich eine so bunte Mischung nicht mehr so gewohnt wie früher. Auf so einer Raumstation haben meine Großeltern gelebt, bei denen ich aufgewachsen bin, und ich habe es geliebt.

Und vermisst.

Scarlett und Cat legen jetzt einen total irren Tanz hin, mit übereinander gelegten Händen, die schnurgerade in ihre Bewegungsrichtung gestreckt sind.

»Was macht ihr denn da?«, lache ich über Funk.

»Tango. Alter terranischer Tanz, sehr romantisch«, keucht Scarlett, obwohl Cats Gelächter nahelegt, dass sie ihn nicht so ganz hinkriegen.

Goldenboy und Aurora wissen nicht recht, wie sie miteinander tanzen sollen, aber sie gucken beide von den anderen Tanzenden ab und kommen allmählich rein. Ich bin ein bisschen schadenfroh, dass es wenigstens *eine* Sache gibt, in der er nicht auf Anhieb glänzt. Aber vor allem schieben sie sich hartnäckig näher an unseren Casseldon Bianchi ran.

»Okay, ihr müsst dicht genug ran, damit ich das Signal abfangen kann«, erinnere ich sie, während ich noch einmal über die Kameras die Lage checke. »Aber nicht so nah, dass diese Schlägertypen euch den Kopf abbeißen. Mindestens …«

»Einen Meter«, ergänzen Ty und Auri im Chor.

»Sie lernen ja doch noch was!«

Auf dem anderen Kanal meldet sich Zila. *»Finian, ist das so richtig positioniert?«*

Ich gucke auf meinen zweiten Bildschirm. Mist, sie sind schon mit den Schwerkraftgeneratoren zugange. Ich muss weiter jonglieren, ich muss alle meine Bälle in der Luft halten.

Ha, klingt irgendwie obszön.

»Sieht gut aus«, sage ich. »Die Sprengsätze müssen auf den sekundären Puffer.«

»Das ist klar«, bestätigt Zila.

»Gerade kommt eine zweite Patrouille in eure Richtung«, warne ich. »Ihr solltet euch was überlegen, falls sie merken, dass die Wachleute fehlen, und den Kopf zu euch reinstecken. Ein Ablenkungsmanöver vielleicht.«

»Kal, hast du dir heute Morgen die Zähne geputzt?«, funkt Tyler dazwischen.

»Ich glaube nicht, dass es dazu kommt. Zum Glück«, antwortet Kal.

Tyler lacht dazu, und ich höre Auri fragen, was denn so lustig ist. Ich nehme mir vor, ihn selbst danach zu fragen. Später. Gerade bin ich zu beschäftigt.

»Verteilt die Fernzündungen und dann nichts wie weg«, sage ich zu Zila und Kal.

Ich werfe einen Blick auf den anderen Monitor, wie es bei Goldenboy und Aurora steht. Sie sind jetzt ganz nah – ich kann Bianchi schon über ihre Micro-Cams sehen. Nur noch zwei Reihen maskierter Tänzer trennen sie von ihrer Beute. Sie schlängeln sich in dem Strudel aus Licht und Farben durch die Securityleute, ganz dicht an dem magischen Radius von einem Meter. Die Bodyguards schauen misstrauisch, aber nicht bissig. Wahrscheinlich haben Ty und Auri, die sich die ganze Zeit dämlich angrinsen, genau die richtige Ausstrahlung: hübsch und hirnlos.

Die Masche scheint zu funktionieren.

Ich halte die Finger schon über meinem Uplink bereit, um mich auf das Signal zu stürzen, wenn Bianchi seinen biometrischen Schlüssel berührt. Keine Ahnung, ob ich das bei den Datenmengen im Saal überhaupt hinkriege. Da einen bestimmten Datenstrom zu erwischen, wird sein, als müsste ich unter tausend Messern, mit denen ich beworfen werde, ein einziges fangen. Und im Fangen war ich schon in der Schule nicht besonders gut.

Gut, dass wir nicht mehr in der Schule sind.

»Okay, nur noch ein St…«

Die Tür zu unserer Bude donnert so heftig auf, dass sie aus den Angeln springt und in einen Stapel von Dariels Krempel kracht. Die Schachteln fliegen in alle Richtungen, die Blätter der Flic-Ranken leuchten durch die jähe Erschütterung hell auf, und ein Stalaktit bricht aus der Decke und verpasst mich um Haaresbreite, bevor er auf dem Boden zerbirst.

Adrenalin schießt mir durch die Glieder, und ich hechte ohne nachzudenken zu den Kabeln, mit denen ich meine improvisierte Überwachungszentrale verbunden habe, um sie rauszureißen. Auf allen meinen Monitoren flackert ein graues Standbild auf, und ich sehe mein Team nicht mehr.

Durch die Tür bricht ein Spezialkommando mit gesicherten Waffen. Ihre Tac-Rüstungen sind nicht gekennzeichnet, aber es ist nicht zu übersehen, dass es alles Terraner sind. Militärische Haarschnitte. Der Körperbau von Kraftpaketen, die den ganzen Tag mit Muskelaufbau beschäftigt sind.

Dariel glotzt sie an wie einer von seinen verdammten Fischen.

»Ihr kommt viel zu früh!«, brüllt er.

Mir sinkt das Herz in die Hose, als hinter den Schlägern zwei Gestalten durch die Bresche treten. Neutrale graue Anzüge mit neutralen grauen Helmen, die keinen Rückschluss darauf zulassen, wer sich darunter verbirgt.

Scheiße, Scheiße, Scheiße.

Die GIA.

Ich drücke auf die Stummtaste an meinem Uniglass und schiebe es unter eine leere Packung *Just Like Real Noodelz!*™ Und dann erhebt eine der Gestalten ihre monotone elektronische Stimme.

»Guten Tag, Legionär de Seel.«

Dinge zum Davonlaufen

► **Lebensformen**

▼ **Ultrasaurus (Abraaxis IV)**

Die Ultrasaurier von Abraaxis IV gelten allgemein als feindseligste Spezies in der Geschichte der Milchstraße. Sie hatten mehr Zähne als das Zahnprothesen-Warenlager auf Tphar, weniger Reize als die vom Aussterben bedrohten Schleimbolzer auf Banon III und weniger Freunde als die Einsiedlerin von Barr (die einzige Bewohnerin ihres Sonnensystems). Ihr unfassbar grimmiges Temperament führte dazu, dass sie sich entgegen allen Naturgesetzen in einer blutigen Fressorgie selbst auslöschten.

Es ist ein großes Glück für alles andere in der Galaxis, dass die Ultrasaurier nun fast ausgestorben sind, aber im unwahrscheinlichen Fall einer Begegnung gilt die Faustregel: Je schneller du stirbst, desto besser für dich.

22 Cat

»Finian, wir sind in Position.«

Tylers Meldung über unseren Squadfunk geht in der lauten Musik fast unter. Ich spähe durch die zappelnde Menge, die blinkenden Lichter, das flackernde Blau. Der Beat wummert in meinen Ohren und der Puls in meinen Schläfen, während ich Tyler und O'Malley beim Tanzen beobachte. Sie sind jetzt ganz nah dran an Bianchi, nah genug, dass Finian seine Kunststückchen vollbringen kann. Tyler beugt sich zu O'Malley, als wollte er ihr was ins Ohr flüstern. Sie lächelt, als hätte er was Witziges gesagt. Ich beiße die Zähne zusammen.

»Finian?«, fragt Tyler. *»Kannst du mich hören?«*

Keine Antwort.

Ich spüre wieder das Flattern im Bauch, das seit gestern Nacht immer stärker geworden ist. Seit sich die Agenten von mir verabschiedet und mein Uniglass an ihres gehalten haben, um den Papierkram zu übertragen, die offiziellen Dokumente mit dem GIA-Siegel, die ich mit meinem Daumenabdruck unterzeichnen musste. Wörter wie *Immunität*, *Zusammenarbeit* und *Gefangennahme* waren darin fett hervorgehoben. Wörter, an die ich jetzt lieber nicht denke.

»Hat jemand Kontakt zu Finian?«, fragt Tyler.

»Fin, hörst du mich?«, fragt Scarlett neben mir.

Nichts.

So sollte das nicht laufen.

Tyler beugt sich wieder an O'Malleys Ohr, um seine Lippenbewegungen zu kaschieren.

»Zila, Kal, Status?«

»Die Sprengsätze sind angebracht«, gibt Spitzohr durch. *»Haben den Kontrollraum soeben verlassen.«*

»Wir könnten ein Problem haben. Finian meldet sich nicht. Wenn er das Signal nicht abfangen kann, kriegen wir die Tür zu Bianchis Büro nicht auf.«

»Warum meldet er sich nicht?«

»Das sollt ihr jetzt für uns rausfinden. Geht zurück zur Basis. Macht euch auf Ärger gefasst. Scar, geh du als Backup mit.«

»Und was macht ihr solange?«, fragt Scarlett.

Ich halte wieder Ausschau und entdecke Tylers maskiertes Gesicht in dem pulsierenden Licht. Die Masse aus Leibern wogt um ihn, Bianchi und seine Konkubinen, Lebewesen in allen Formen und Größen zucken und hüpfen im Takt der Musik. Nur er steht vollkommen still und denkt nach.

»Cat, wir treffen uns bei den Toiletten.«

Scarlett sieht mich an, und ich spüre, dass sie zögert. Aber Tyler hat ihr gerade einen Befehl erteilt, und dem wird sie sich nicht vor uns anderen widersetzen. Sie ist ihm gegenüber so loyal wie ich.

So loyal wie ich …

»Sei vorsichtig«, warne ich sie.

»Du auch«, nickt sie.

Wir trennen uns: Scar geht Richtung Ausgang, ich bahne mir einen Weg durch die Menge. Um keine Aufmerksamkeit zu erregen, schieben sich Tyler und O'Malley ganz langsam aus dem Schwarm um Bianchi. Ich lasse eine Hand über die Scheibe des Aquariums gleiten, während ich mich daran entlangdrücke, und merke, dass ein Dutzend Leuchtwürmer der Bahn meiner Finger folgen. Mein Herz pocht. Die Musik ist so laut.

»Alles klar bei dir?«, fragt Tyler, als er mich sieht.

»Jawohl, Sir«, sage ich automatisch.

Ich versuche zu ignorieren, wie O'Malley sich an seinen Arm klammert. Rede mir ein, dass sie von dem allen hier eingeschüchtert ist. Dass sie nicht Bescheid weiß. Nicht Bescheid wissen kann.

»Befehle, Sir?«

»Zilas und Kals Sprengsätze sind bereit.« Er tippt auf sein Uniglass. »Ich kann sie auch ohne Fin zünden. Wenn sie hochgehen, wird unter Bianchis Securityleuten Chaos ausbrechen. Das verschafft uns Zeit zum Zuschlagen, wie geplant.«

»Aber ohne Fin kommen wir doch nicht an den Zugangscode«, wendet O'Malley ein. »Wie sollen wir dann Bianchis Büro öffnen?«

Tyler ruft das Schaubild aus Finians Präsentation auf und tippt hin.

»Die Sicherheitstür ist nicht der einzige Weg in sein Büro.«

»… Das ist doch nicht dein Ernst?«, frage ich.

Tyler zwinkert, und mir rutscht das Herz in die Stiefel.

»Ich improvisiere«, sagt er grinsend.

Ein paar Minuten später drücken wir uns vor einer schweren Plastahltür in einer dunklen Ecke ganz hinten im Ballsaal herum. Hier geht es ruhiger zu, und einige Paare und ein Dreier nutzen das Schummerlicht, um engere Bekanntschaft zu schließen. Auf der Tür prangen große rote Lettern in einer Sprache, die ich nicht lesen kann. Wäre ich für Glücksspiel zu haben, würde ich die Schlüssel meiner Longbow drauf verwetten, dass dort **Menagerie: Zutritt verboten** steht.

Die Tür wird von vier Chellerianern bewacht. Ihre ledrige blaue Haut glänzt in dem fahlen Licht, ihre vier blutroten Augen sind unter dünnen schwarzen Masken verborgen. Jeder von ihnen hat seine vier Arme vor der breiten Brust verschränkt, aber besonders aufmerksam wirken sie nicht. Immerhin gibt es überall Überwachungskameras und hundert weitere Aufpasser im Saal. Und wie Ty schon sagte: Niemand ist so dumm, Casseldon Bianchi in die Quere zu kommen.

Fast niemand.

Tyler sieht mich an, und das Weiß seiner Augen leuchtet.

»Bereit?«

»Ist das eine Fangfrage?«

Wir bücken uns und betätigen die Schalter an unseren Stiefeln. Die Elektromagnete, die Fin in unsere Absätze eingebaut hat, beginnen leise zu summen, als sie uns an dem metallenen Boden festhalten. Tyler sieht O'Malley an und drückt ihre Hand.

»Benehmt euch einfach wie besoffene Idioten«, sagt er.

»Dürfte uns nicht schwerfallen«, murmele ich.

Mit scheppernden Tritten stapfen wir auf die Wachen zu. Es fühlt sich komisch an, mit den Magnetstiefeln zu laufen, aber Tyler setzt sich an die Spitze und torkelt und stolpert, als wäre er hackedicht. Ich stütze ihn und versuche, gleichzeitig verlegen und beduselt dreinzuschauen. O'Malley hält sich ein Stück hinter uns. Die Wachen mustern uns von Kopf bis Fuß, als wir näherkommen.

Tyler hält sein Uniglass hoch und lallt: »Hammse mal die Stationszeit für mich?«

»Zisch ab, Menschlein«, knurrt einer.

Und in dem Moment, in dem er auf uns zutritt, löst Tyler die Zünder aus.

Mit einer winzigen Zeitverzögerung gehen tief unten im Bauch der Station Zilas und Kals Sprengsätze hoch. Erst flackert die Deckenbeleuchtung. Dann verrät mir ein plötzliches Schwindelgefühl, gefolgt von der leichten Übelkeit, wenn sich der Magen im Körper hebt, dass die Schwerkraft an Bord des Weltschiffs aussetzt.

Die Chellerianer beginnen zu wanken und heben langsam vom Boden ab. Sie greifen nach den Wänden, um sich festzuhalten, aber ihre Bewegungen sind zu ruckartig, und sie steuern zu stark gegen. Ich höre die Menge fröhlich juchzen, doch kurz darauf ertönen die ersten Schreie, als sämtliche Ballgäste vom Deck abheben und in Richtung der Sternenkuppel schweben.

Tyler reagiert schnell, ich noch schneller, und schon haben wir beide einem Chellerianer in die Jacke gegriffen und seinen Disruptor hervorgeholt. Ich feuere einmal, zweimal, Tyler ballert dem dritten in die Brust. Der vierte schafft es, Ty zu packen und ihm das Handgelenk zu verdrehen, bevor ich ihm ins Gesicht schieße. Seine roten Augen verdrehen sich, und alle vier Wachen treiben bewusstlos vor uns. Hinter uns kreischen die Paare und der Dreier, aber ihre Schreie gehen in der Panik unter, die im Ballsaal ausgebrochen ist. Überall rudern Leute durch die Luft, ein Meer aus Körpern wabert zu der unbeirrt hämmernden Musik und dem Flimmern der Stroboskope in die Höhe.

»Los!«, befiehlt Ty.

Ich schnappe mir eine Schlüsselkarte vom Gürtel einer der Wachen und ziehe sie durch den Scanner. Die Tür zur Menagerie schwingt auf, und in Nullkommanichts sind Tyler, O'Malley und ich durch und knallen sie hinter uns zu.

Nachdem Tyler Fins Schaubild konsultiert hat, klumpt er mit schweren Schritten voran. O'Malley hat die Augen weit aufgerissen. Ich frage mich, ob die GIA früher bei Dariel aufgeschlagen ist als vereinbart. Ob Fin aus einem anderen tragischen Grund ausgefallen ist. Wie ich verhindern kann, dass die ganze

Sache außer Kontrolle gerät. Wie wir lebend davonkommen sollen.

Wir biegen um eine Ecke und entdecken zwei unter der Decke schwebende Wachleute, die in ihre Funkgeräte brüllen und versuchen, irgendwo Halt zu finden. Wir bringen sie mit einer Disruptorladung zum Schweigen, schlüpfen durch eine schwere Tür und schieben sie hinter uns zu.

In dem Raum dahinter stinkt es wie in einem Abwasserkanal. Ich halte mir stöhnend die Nase zu und betrachte die rehäugigen Viecher in den Käfigen um uns herum. Es sind so was Ähnliches wie Kühe, sanfte, flauschige Vierbeiner mit großen, braunen Pflanzenfresseraugen. Als sie uns sehen, legen sie die Ohren an und quäken ängstlich los.

»Wo sind wir hier?«, flüstert O'Malley.

»In einer Speisekammer«, sagt Tyler. Er hat sein Uniglass in den Übersetzungsmodus geschaltet und scannt die chellerianischen Beschriftungen an der Schalttafel, um den richtigen Knopf zu finden.

»Bianchi isst diese Tiere?«, fragt sie entgeistert.

»Er nicht«, seufze ich. »Sein kleiner Sohn.«

Ty drückt einen Knopf, und ein Stück Boden senkt sich rumpelnd ab und gleitet zur Seite. Darunter kommt eine steile Rampe zum Vorschein, die in der Tiefe verschwindet. Ich rieche feuchte Erde und zarten Blumenduft.

O'Malley hat den Kopf gesenkt, und im ersten Moment glaube ich, dass sie Angst hat. Doch dann hebt sie das Kinn und sieht uns mit entschlossen verkniffenem Mund an.

»Führt das dorthin, wo ich denke, dass es hinführt?«

»In Bianchis Büro?« Tyler nickt. »Ja.«

Ich schüttele den Kopf. »Das ist Wahnsinn, Tyler. Das ist einfach lebensmüde.«

»Bei uns hat der Wahnsinn eben Methode«, sagt er und streift seine Maske und die Jacke ab.

»Dieses Biest hat sämtliche Lebewesen auf seinem Planeten umgebracht. Und du willst einfach so durch sein Reich spazieren?«

»Die Schwerkraft ist noch ausgesetzt, also kann der Ultrasaurus sich nicht richtig bewegen. Wenn wir schnell und leise da durchhuschen, klappt das schon. Wir sind so weit gekommen. Wir können jetzt nicht mehr kneifen.«

»Okay, nehmen wir mal an, das Ding da unten erwischt uns nicht. Wie kommen wir dann in Bianchis Büro?«

Tyler lächelt. »Vertrau mir.«

In O'Malleys Gürtel piepst etwas.

»Euch ist schon klar, dass ihr alle gleich sterben werdet?«

»Pst, Magellan«, flüstert sie und stellt ihn stumm.

Der kleine Schwätzer raubt einem zwar den letzten Nerv, aber diesmal muss ich ihm recht geben. Doch noch bevor ich meinerseits weitere Einwände vorbringen kann, hat Ty seine Magnetstiefel deaktiviert und stößt sich die Rampe hinunter. O'Malley überwindet ihre Angst, reißt sich die Maske ab und stürzt ihm nach. Tja, Tyler Jones' Anziehungskraft ist wohl unwiderstehlich, denn so bescheuert es auch ist, knipse ich ebenfalls die Magnete in meinen Stiefeln aus und schwebe ihm hinterher.

Die Rampe führt auf ein riesiges Freigelände mit einem richtigen Dschungel – einem Regenwald mitten auf einer Raumstation. Nachdem ich das Aquarium gesehen habe, sollte mich das eigentlich nicht überraschen, aber das ist irgendwie noch unglaublicher.

Ich mag mir gar nicht vorstellen, wie viele Creds Bianchi verbrannt hat, um diesen Ort zu schaffen, und wie wütend er sein wird, wenn seinem kostbaren Schoßhündchen etwas zustößt. Über uns wölbt sich ein dichtes Blätterdach aus schillerndem Rot, Orange und Gelb, wie ein immerwährender Herbst. Ranken und prächtige fremdartige Blumen verströmen einen lieblichen Duft. Wir bewegen uns am Rand des Geheges vorwärts, indem wir uns an den gewundenen Ästen der Magentabäume entlanghangeln. Ringsum ist es totenstill, und das Rascheln, das wir verursachen, wirkt ohrenbetäubend laut, obwohl die Blätter nur leise wispern.

Und auf einmal höre ich in der Ferne, durch die Stille, ein geiferndes, gellendes Brüllen.

»Son of a biscuit«, flüstert O'Malley.

»Warum fluchst du nicht einfach mal normal?«, murmele ich.

Da lächelt sie, als hätte ich etwas Witziges gesagt. Wirft mir einen Blick aus ihren verschiedenfarbigen Augen zu. »Tut mir leid, aber … komme ich dir normal vor?«

Ja, okay, stimmt auch wieder …

Ein weiteres Brüllen zerreißt die Luft. Das Geräusch geht mir durch und durch. Tyler holt sein Uniglass hervor, tippt eine Reihe von Befehlen ein und schleudert es so weit er kann in Richtung der Rampe, von der wir gerade gekommen sind.

»Spinnst du?«, zische ich. »Das ist ein Uniglass der Legion! Das Ding ist wertvoller für uns als die Longbow!«

»Vorwärts«, flüstert er nur zurück.

Er bewegt sich in sicheren, gleichmäßigen Stößen voran – er war ja auch Jahrgangsbester in Orientierung in der Schwerelosigkeit. O'Malley folgt ihm vorsichtig, aber flink. Wahrscheinlich hat sie sich bei ihrem Kolonistentraining auf so was vorbereitet, denn ausnahmsweise scheint sie ganz genau zu wissen, was sie tut.

Ich höre ein Scharren und Splittern, das nächste markerschütternde Gebrüll. Tyler ballt die Hand zur Faust und bedeutet uns, anzuhalten. Und als ich über seine Schulter spähe, gefriert mir das Blut in den Adern.

Etwas so Schauderhaftes habe ich noch nie im Leben gesehen – und das will was heißen, wenn man schon Dariel in Unterhose begegnet ist. Es sieht aus, als hätte der Schöpfer sämtliche Monster unter den Betten sämtlicher je geborener Kinder hervorgeholt und sie zu einem großen fetten Übermonster zusammengeknetet – und dann ein Wesen geschaffen, das sich *dieses* Monster mit einem Glas Orangensaft und den Morgennachrichten zum Frühstück genehmigt.

Es ist so hoch wie ein Haus, mit unzähligen Klauen und Zähnen bewehrt, und rudert wild mit den sehnigen Beinen, um in der Schwerelosigkeit Halt zu finden. Die Pranken hat es in der schwarzen Erde vergraben, und offenbar benutzt es seine vorderen Krallen, um sich vorwärtszuziehen – dumm ist es also nicht. Es reckt seine stumpfe, verrotzte Schnauze schnüffelnd in die Luft und stößt wieder ein Brüllen aus, bei dem der Geifer in alle Richtungen spritzt und die schwarzen Pupillen in seinen fünf smaragdgrünen Augen sich weiten. Mein Reptiliengehirn schreit mir zu: *Lauf! Hau ab! Renn weg!* Denn vor diesem Spitzenräuber verblassen alle anderen Raubtiere, die die galaktische Evolution jemals hervorgebracht hat.

»Er wittert uns«, flüstere ich.

»Da ist Bianchis Büro.«

Ich schaue in die Richtung, in die Tyler zeigt, und sehe in dem Dickicht ein Stück von der Hülle aus polarisiertem Silicium, hinter der sich schemenhaft einzelne Möbelstücke und Lichtspots abzeichnen. Die Wand ist vollkommen durchsichtig und wie aus einem Guss. Keine Fugen. Keine Klinken. Keine Türangeln. Nichts.

»Wie kommen wir jetzt da rein?«, zische ich.

»Vertrauen«, murmelt er lächelnd.

Ich mustere den Ultrasaurus. »Wird uns Vertrauen auch an dem Ding da vorbeibringen?«

»Das nicht.« Tyler hebt schelmisch die Augenbrauen. »Das erledigen die Hormone für uns.«

Aus der Ferne dringt ein Geräusch zu uns. Schwach und blechern – ungefähr in der Tonqualität, die man von Uniglass-Lautsprechern erwarten kann. Es klingt, als versuchten zwei Kettensägen, Sex zu haben.

Der Ultrasaurus erstarrt, merkt mit großen Augen auf. Das Geräusch wiederholt sich – es ist die Aufnahme aus Finians Präsentation, die in Endlosschleife abgespielt wird. Ich sehe Tyler an, der mich angrinst, und obwohl ich ihm am liebsten eine reinhauen würde, kann ich nicht anders, als zurückzugrinsen.

Es ist ein verdammter *Paarungsruf.*

»Du eingebildeter A…«

Der Ultrasaurus brüllt und setzt sich sabbernd, röchelnd, röhrend in Bewegung. In seiner Hast, zu Tylers Uniglass zu kommen, lässt er eine Schneise aus entwurzelten Bäumen und Kratern in der Erde zurück. Mit gefletschten Zähnen und blitzenden Augen verschwindet er schließlich in einer Wolke aus zerfetzten Blättern und Zweigen.

»Er wirkt eher … wütend als erregt?«, sagt O'Malley.

»Klar, er glaubt ja auch, dass hier ein zweites Männchen in seinem Revier auf Brautschau ist.« Tyler nickt in Richtung Büro. »Kommt weiter.«

Er stößt sich kräftig vom nächstbesten Baum ab und segelt rasch vorwärts. Ich tauche ihm nach, O'Malley bildet mit ihrem albern aufgebauschten Tüllrad das Schlusslicht. Als Ty fast an der Siliciumhülle angelangt ist, packt er einige dicke Lianen, um sich abzubremsen, und fängt mich auf. O'Malley landet mit leuchtenden Augen neben uns; offenbar ist sie elektrisiert von der Vorstellung, dass wir unserer Trophäe so nah sind. Hier befindet sich etwas Metallisches unter der Erde – Klemmen für die Bürowand, nehme ich an –, und Ty aktiviert seine Magnetstiefel und prallt schwer auf dem Boden auf.

»Wie kommen wir da durch?«, flüstere ich und hämmere mit der Faust gegen die Scheibe.

»Im Zweifelsfall mit Gewalt«, sagt er achselzuckend.

Er zückt den Disruptor, den er Bianchis Wachen abgenommen hat, stellt ihn auf Töten ein und nickt mir zu. Ich stelle ebenfalls auf volles Rohr, und wir feuern gleichzeitig. Grelles Licht blitzt auf, und ein schneidendes Geräusch ertönt. Die Schüsse haben ein wenige Zentimeter tiefes, verkohltes Loch in die Wand gesengt.

Das Dumme ist nur: Das Scheißding ist mindestens einen halben Meter dick.

»Ups«, sagt Tyler. »Tja.«

»Ups, tja?«, sage ich ungläubig.

»Gibt es hier drin ein Echo?«, fragt Ty.

Aus O'Malleys Gürtel kommt ein elektronisches Piepsen.

»Also wenn ich eine Meinung vorbringen dürfte ...«

»Halt verdammt nochmal die Klappe!«, blaffe ich. »Ton aus!«

Wir hören ein fernes Röhren, das Splittern von Baumriesen, die von schwertgroßen Klauen aus der Erde gerissen werden. Ich werfe einen Blick über die Schulter und schaue Tyler an.

»Bitte sag, dass ›Im Zweifelsfall mit Gewalt‹ nicht deine letzte Karte war?«

Tyler ballert wieder auf die Wand und schmilzt weitere Zentimeter weg. Stirnrunzelnd bläst er sich eine Haarsträhne aus dem Gesicht. »Ich dachte wirklich, das würde funktionieren ...«

»Oh Schöpfer«, stöhne ich auf. »Und ich dachte, du hättest in Taktik die volle Punktzahl bekommen?«

Ty hebt seine vernarbte Augenbraue. »Cat, ich zerstöre deine hohe Meinung von mir ja nur ungern, aber jetzt ist vielleicht ein guter Zeitpunkt, um zu gestehen, dass ich mich seit der *Bellerophon* nur irgendwie durchwurstele.«

Ein weiteres Brüllen schüttelt die Blätter durch.

»Mothercustard«, flüstert O'Malley.

Wir drehen uns um und sehen ihn.

Sehen, dass er *uns* sieht.

Sein Maul ist weit offen und präsentiert Reihe um Reihe messerscharfer Zähne. Seine Atemstöße sind heiß wie Feuer, seine Klauen tief in die Erde gegraben, rings um ihn schweben Erdbrocken und zerfetzte Pflanzen. Seine fünf Augen glühen vor Zorn, eine gespaltene Zunge peitscht durch die Luft, als er sich näher zu uns zieht. Ich schaue hoch und sehe ein Dach über mir. Eine Wand hinter mir. Ein Monster vor mir.

Wir sind im Arsch.

»Cat, nach links, nimm Auri mit«, flüstert Ty, während er schon seine Magnetstiefel ausschaltet und sanft in die Höhe schwebt. »Wir arbeiten uns dr…«

Was immer er sagen wollte, Ty kommt nicht mehr dazu, seinen Satz zu beenden. Der Ultrasaurus spannt alle Muskeln an und springt. In der Schwerelosigkeit saust er auf uns zu wie ein Torpedo mit Reißzähnen.

Ich packe O'Malleys Hand, und wir stoßen uns von der Wand ab. Hinter uns kracht der gewaltige Leib gegen die Hülle aus polarisiertem Silicium.

Brüllend scharrt der Ultrasaurus mit seinen Krallen über die Scheibe, und ich riskiere einen Blick über die Schulter. Ty hat sich bis an die Decke hinauf katapultiert. Er prallt hart gegen das Dach, das knirschend nachgibt. Aber er stößt sich schon wieder Richtung Boden ab, gerade als der Ultrasaurus mit den Klauen voran an die Stelle donnert, wo er eben selbst noch geschwebt ist.

»Tyler!«, schreit O'Malley.

Ich weiß, dass ich damit wohl nichts ausrichten werde, aber ich setze trotzdem einen Schuss aus meinem Disruptor ab und werde mit einem befriedigenden Zischeln belohnt, als der Strahl dem Ultrasaurus ein Loch in die Flanke brennt. Ernsthaft verletzt ist er nicht, aber Tyler gewinnt dadurch ein paar Sekunden, um sich mit einem weiteren Hüpfer in Sicherheit zu bringen.

Nur dass ich jetzt Beastieboys ganze Aufmerksamkeit habe.

Das Ungetüm stürzt sich brüllend auf uns, und ich schaffe es in letzter Sekunde, mich und O'Malley aus dem Weg zu ziehen, indem ich einen tief hängenden Ast zu fassen kriege und uns außer Reichweite schwinge. Ich spüre die Klauen hinter mir durch die Luft sausen, eine Haaresbreite an meinem Rücken vorbei. Ich stoße mich von dem Baum ab, fädele uns durch das Gewirr aus Ästen, feuere über die Schulter eine weitere Ladung ab. Ich höre Beastieboy brüllen, rieche brutzelndes Fleisch, spüre O'Malley neben mir. Mein Herz hämmert. Mein Mund ist ausgedörrt.

Ich bin wieder im Flugsimulator. An dem Tag, an dem wir unseren Divisionen zugeteilt wurden. Umringt von den anderen Kadetten. Unter den ungläubigen Blicken unserer Trainer, die meinen Ausweich- und Drehmanövern staunend zusehen. Mit jeder neuen Todesschussmeldung auf den Anzeigen wird der Jubel lauter, während ich weiterfeuere, die Waffen eine Verlängerung meiner Faust, das Schiff eine Verlängerung meines Körpers, bis schließlich der Endstand meiner Fehlschüsse aufleuchtet und alle meinen neuen Namen rufen.

Zero.

Zero.

Zero.

Etwas Großes trifft uns von hinten und schleudert uns beide gegen die Bürowand. Ich stelle fest, dass dieses Monster intelligent genug ist, einen Baum nach uns zu werfen. Um als Letzter seiner Art zu überleben, muss man halt doch ein bisschen Grips haben. Ich knalle hart an die Wand, O'Malley trudelt gegen mich und schlägt sich den Kopf an der Scheibe blutig. Ich beiße mir auf die Zunge und ringe in einer Fontäne aus Spucke und Blut um Luft, während mir der Disruptor aus den Fingern gleitet.

Wir prallen zurück und kreiseln hilflos davon. Kein Halt, nirgends. Als ich nach ihr greife, sehe ich, dass O'Malley bewusstlos ist: Ihre Augen sind ins Weiße verdreht, und aus der Platzwunde an ihrer Stirn quellen rote Blutkügelchen. Über ihre Schulter sehe ich das Monster wieder zum Sprung ansetzen. Ich höre Disruptorfeuer, Ty brüllt etwas.

Aber das Vieh hat mich im Blick. Ich habe es verärgert. Um als Letzter seiner Art zu überleben, muss man sich halt auch festbeißen können.

Ich sehe noch mal O'Malley an. Ihre Augen sind jetzt geschlossen, ihr Mund steht offen. Ich rechne unsere Chancen aus. Und komme zu dem Schluss, dass wir nicht beide zu sterben brauchen. Also lasse ich sie los und trete sie von mir weg.

Sie segelt davon.

Der Ultrasaurus hechtet brüllend auf mich zu.

Tyler feuert, ich sehe den grellen Lichtblitz.

Die Welt bewegt sich in Zeitlupe, ich kreisele in Schwerelosigkeit dahin, während die Walze aus Zähnen und Klauen heranrauscht. Und trotzdem lächele ich. Weil ich fliege.

Weil ich hier, wo alles zu Ende geht, wenigstens fliege.

Und dann krache ich gegen etwas.

Da ist nichts, aber ich krache trotzdem dagegen – eine unsichtbare Kraft, die meinen Flug stoppt. Mich festhält.

Auch der Ultrasaurus schwebt gegen jedes Gesetz der Impulserhaltung und der Schwerkraft, das ich kenne, wie festgenagelt in der Luft. Er brüllt vor Zorn.

Die Luft vibriert, die Welt verschwimmt. Ich schmecke Salz. Aus dem Augenwinkel sehe ich O'Malley. Sie schwebt ebenfalls auf der Stelle, und ihr kurzes Haar flattert wie von Wind bewegt. Ihre Augen sind nun wieder geöffnet, das rechte glänzt gleißend hell, ihre Arme sind ausgestreckt, ein Infraschallsummen schwillt an, als wäre die Luft statisch aufgeladen.

»T-t-ttrig-ggerrrrr«, sagt sie.

Eine Kraftwelle rollt von ihr los, breitet sich zitternd in alle Richtungen aus, fegt über das Unterholz hinweg, drückt die Bäume um, weiter und immer weiter, bis sie Beastieboy trifft.

Und Beastieboy … platzt einfach. Wie ein Insekt, das von einem gigantischen unsichtbaren Schuh zertreten wird. Seine gepanzerte Haut reißt auf, seine Eingeweide werden ausgeweidet, und ich wende den Kopf ab und kneife die Augen zu, damit ich den Rest nicht sehen muss.

Alles wackelt wie bei einem Planetenbeben. Ich spüre etwas Weiches, Schwammiges unter den Füßen. Als ich die Augen aufmache, sehe ich, dass meine Stiefel auf dem Boden stehen.

Großer Schöpfer, sie hat mich bewegt …

O'Malley sinkt langsam herab. Ihre Arme sind weiter ausgestreckt, Blut quillt aus ihrer Nase und schwebt in der Luft. In ihrem Auge lodert noch das geisterhafte weiße Licht, das mich blendet. Aber ich spüre, dass sie mich anschaut. Ich spüre, dass sie mich *sieht*.

»Glaube«, sagt sie.

Ein Zucken durchläuft sie, dann fallen ihre Augen zu, und sie wird ohnmächtig. Langsam rollt sie in Embryonalstellung und treibt wie ein Baby im Mutterbauch dahin.

»Cat!«

Ich drehe mich um und sehe Tyler. Sein blondes Wuschelhaar bauscht sich in der Schwerelosigkeit um seinen Kopf. Er klammert sich mit bleichem, von Ultrasaurierblut bespritztem Gesicht und weit aufgerissenen blauen Augen an einen niedergemähten Baum und zeigt auf etwas hinter mir.

»Schau«, sagt er.

Mein Blick wandert über das Massaker um uns herum zu der Bürowand. Und ich sehe, dass die Kraft von O'Malleys … was auch immer das gerade war … nicht nur den Wald dem Erdboden gleichgemacht und den Großen Ultrasaurus von Abraaxis IV wie einen überdimensionalen Krapfen zerquetscht hat. Sie hat auch die Wand um Bianchis Büro aufgeschlagen wie ein Ei.

Sie hat es vollbracht.

Wir sind drin.

»Siehst du?«, sagt Tyler.

Ich blinzele ihn fragend an, und er lächelt nur.

»Vertrauen.«

Mentale Kräfte

▶ Hypothetische Kräfte

▼ Telekinese

Telekinese ist die hypothetische Fähigkeit, ohne direkte Kraftanwendung auf Materie einzuwirken, d. h. Gegenstände nur mit der Macht der Gedanken zu bewegen.

Während andere mentale Kräfte wie Telepathie, Empathie und leicht ausgeprägte Präkognition in mehreren Spezies eindeutig belegt sind – insbesondere bei den Syldrathi, den Ilesaren und den Kelinrori –, gibt es keine wissenschaftlich nachgewiesenen Fälle von Telekinese. Egal, was S'ren aus der Buchhaltung dir von seinem Großonkel Waybo und den Löffeln erzählt hat.

23 Scarlett

»UNS IST BEWUSST, DASS ZURZEIT AUFGRUND [SCHWANKENDER GRAVITATION] UNANNEHMLICHKEITEN AUFTRETEN KÖNNEN. WIR BITTEN DIE BEWOHNER DES WELTSCHIFFS, RUHE ZU BEWAREN.«

Auf die Archivdurchsage, die aus dem öffentlichen Lautsprechersystem schallt, reagieren Hunderte von den Unannehmlichkeiten betroffene Bewohner mit empörten Rufen. Ich hangele mich aus dem Turbolift und segle zum großen Basar, wo das absolute Chaos ausgebrochen ist.

Verkäufer, Besucher, Waren und alles andere schwebt in der Luft, ein Kuddelmuddel aus Farben und Formen, wie Konfetti bei einer aus dem Ruder gelaufenen Hochzeit. Als ich mich an einer Aufstiegsleiter festhalte, bauscht sich mein Rock in türkis schimmernden, mit Glitzer besetzten Wellen. Ein Glück, dass ich mich heute ausnahmsweise für vernünftige Unterwäsche entschieden habe.

»UNSERE TECHNIKER WERDEN [DIE GRAVITATION] IN KÜRZE WIEDERHERGESTELLT HABEN«, versichert die leicht lispelnde, weibliche Lautsprecherstimme. »WIR DANKEN IHNEN FÜR IHRE GEDULD.«

Die Durchsage wird in einem Dutzend weiterer Sprachen wiederholt, von denen ich nur vier beherrsche. Sie löst einhellige Wut unter den Bewohnern aus. Einige clevere Händler tragen wie ich Magnetstiefel – aber ihre Waren, ihr Kleinvieh und ihre Habseligkeiten fliegen trotzdem davon.

Ich halte mich am Rand des Basars, stoße mich an der Wand

weiter und aktiviere meine Stiefel nur, wenn es nötig ist. Fliegen geht schneller, und die Zeit, die uns zur Verfügung steht, ist anscheinend knapper als geplant.

»Kal, Zila, könnt ihr mich hören?«

»Positiv, Legionärin Jones«, meldet sich Zila.

»Was ist eure Position?«

»Kurz vor Dariels Wohnung. ETA zweiundvierzig Sekunden.«

Ich erreiche das andere Ende des Basars und rufe kopfschüttelnd das Schaubild auf meinem Uniglass auf. »Mist, ich bin mindestens fünf Minuten weg.«

»Wir können nicht auf dich warten«, erklärt Kal.

»Drei Knarren sind besser als zwei, du Haudrauf.«

»Die Techniker des Weltschiffs werden jeden Moment die sekundären Schwerkraftgeneratoren hochfahren. Wenn Finian und Dariel gefährdet sind, kann deine Beteiligung an einem Nahkampf eine weitere Verzögerung nicht wettmachen.«

Ich stoße mich in einen Durchgang, segle in einen weiteren Turbolift.

»Willst du damit sagen, dass ich im Kampf nichts tauge?«

»Ich sage, dass das kein diplomatischer Einsatz ist«, erwidert Kal.

»Pass bloß auf, ich trete dich noch in deinen hübschen …«

»Wir sind da. Ich gehe rein.«

Fluchend hämmere ich auf das Bedienpanel des Turbolifts und aktiviere meine Stiefel, als der Schub mich nach unten drückt. Über meine Uniglass-Verbindung höre ich ein Krachen, gefolgt von Gewehrfeuer. Mit rasendem Herzen düse ich aus dem Lift in den Wohnsektor. Auf Kals Kanal ertönt ein Schrei, dann Disruptorfeuer.

»Kal?«, rufe ich. »Zila, bitte melden!«

Noch mehr Gebrüll, feuchte Aufklatscher, ein weiterer

Schrei. Ich höre Kal auf Syldrathisch schimpfen, und obwohl sein Ton eiskalt ist, flucht er kreativer, als ich erwartet hätte.

»Tiir'na si maat tellanai!« (Vater vieler hässlicher und dummer Kinder!)

»Kii'ne dō all'iavesh ishi!« (Du Bremsspur in der Unterhose des Universums!)

»Aam'na delnii!« (Kleinviehliebhaber!)

Da prasselt Disruptorfeuer los, und die Verbindung bricht ab.

»Kal?«

Ich stoße mich von einer Wand ab, gleite an zwei verwirrt dreinblickenden Jungs vorbei, die halb nackt aus einem Lagerschrank krabbeln. Einer von ihnen trägt eine Uncle-Enzo's-Kappe.

»Zila, kannst du mich hören?«

Ich schaffe es zur Treppe, sause das Treppenhaus hoch und aktiviere noch im Flug meine Magnetstiefel. Mein Puls hämmert mir in den Ohren, und Schweiß läuft mir in die Augen, als ich mich aus dem dämlichen Kleid wickle, losrenne und auf meinem Uniglass den Kanal wechsle.

»Ty, ich glaube, Kal und Zila sind in Schwierigkeiten, ich …«

Ich biege in den Flur, an dem Dariel wohnt, und verstumme. Vor der Tür wartet eine Gestalt in einem dunkelgrauen Anzug. Mit einem gesichtslosen grauen Helm. Hinter ihr in der Wohnung sehe ich Finian zusammengesackt auf seinem Stuhl. Aus einer Platzwunde an seiner Stirn quillt blassrosa Blut. Leichen schweben durch den Raum, und die Wände sind von Gewehrfeuer verkohlt.

Der GIA-Agent verstaut einen Disruptor in seiner Jacke.

»Legionärin Jones«, sagt die Gestalt. **»Wie schön, dass Sie zu uns stoßen.«**

Dinge zum Rotwerden

► **Schimpfwörter und Flüche**

▼ **Hitliste**

Die Beurteilung des Schweregrads von Kraftausdrücken – von blasphemischen Flüchen bis hin zu Beschimpfungen auf der Grundlage von Körperfunktionen – ist immer subjektiv. Die folgenden Ausdrücke sind jedoch weltenübergreifend als besonders effektiv und empörend anerkannt:

[Bitte klicke hier, um deine Identität zu verifizieren und zu bestätigen, dass du das in deiner Kultur gültige Volljährigkeitsalter erreicht hast. Wenn du fortfährst, erkennst du an, dass ich, Magellan, und meine Programmierer*innen nicht für etwaige temporäre oder dauerhafte Schäden, die durch die Ansicht der Ausdrücke auf dieser Liste hervorgerufen werden oder damit in Zusammenhang stehen, haftbar gemacht werden können.]

1. [redacted]

2. [redacted]

3. [redacted]

4. [redacted]

5. [redacted]

24 Tyler

Ohne mein Uniglass komme ich mir irgendwie nackt vor, aber wahrscheinlich steckt es irgendwo im Magen des Ultrasaurus, und ich werde ganz sicher nicht durch dieses eklige Zeug waten, um es zurückzuholen.

Ich stoße mich von den zerfetzten Baumruinen ab, segle über das Gelände und fange sanft Auris schlaffen Körper ein. Sie reagiert mit einem Stirnrunzeln, als ich unseren Flug kurz vor der Wand zu Bianchis Büro abbremse. In dem polarisierten Silicium klafft ein breiter Riss. Über dem druckempfindlichen Boden schweben Scherben durch die Luft – zum Glück hat Aurora zusätzlich zu dem, was sie eben gemacht hat, offenbar auch den Strom und damit sämtliche Alarmanlagen in Bianchis Büro ausgeschaltet.

Was sie eben gemacht hat?

Nenn es ruhig beim Namen, Tyler.

Telekinese.

Ich berühre sie an der Wange und frage leise: »Auri, kannst du mich hören?«

Cat setzt neben mir auf. Sie ist mit Dreck und Blut verschmiert und sieht so aufgewühlt aus, wie ich mich fühle. Aber obwohl wir gerade etwas Unfassbares miterlebt haben, zittert ihre Stimme nicht.

»Ist sie okay?«

»Keine Ahnung«, sage ich und spähe durch die geborstene Wand. »Aber wir müssen weiter, inzwischen ist die Security garantiert hierher unterwegs. Pass mal kurz auf sie auf.«

Ich bette Aurora auf Cats Arme und schiebe mich durch

den Spalt in Bianchis Büro. Die Lichtspots sind erloschen, und Skulpturen, Kunstgegenstände und fremdartige Artefakte, die durch die Wucht von Auris Stoß von den Regalen gefegt worden sind, trudeln durch die Luft. Ein mächtiger Schreibtisch wird von großen Stühlen umkreist, darum herum ziehen Vitrinen ihre Bahn. Mein Herz macht einen Sprung, als ich unser Zielobjekt sehe – die dreifingrige, aus Metall gegossene Statue, die in einem großen Glaskasten schwebt.

Der Trigger.

Ich schaue zu Aurora zurück, die sich in Cats Armen wieder kurz rührt. Die Kraft, die von diesem kleinen, zarten Mädchen aus einer anderen Zeit ausgeht, übersteigt alles, was ich bisher erlebt habe. Wenn Admiral Adams' und Battle Leader de Stoys Botschaft, die Ereignisse auf der *Bellerophon* und Auris Visionen mich nicht längst überzeugt hätten, dass wir in etwas verwickelt sind, was weit größer ist als wir selbst, dann hätte der Tod dieses Ultrasaurus, den sie ausgepresst hat wie einen Pickel, meine letzten Zweifel beseitigt.

Als ich in Cats weit aufgerissene Augen blicke, sehe ich es dort endlich auch.

Glaube.

Ich hoffe, er kommt nicht zu spät.

Cat stößt sich ins Büro und schwebt mit Aurora auf den Armen knapp über dem Boden. Auri öffnet stöhnend die Augen und blinzelt ein paarmal. Es dauert einige lange Sekunden, bis sie klar sieht, mich entdeckt, sich daran erinnert, wo sie ist. Doch dann heften sich ihre verschiedenfarbigen Augen auf den Trigger, ein Ruck geht durch ihren Körper, und sie ist auf einmal hellwach. Ihr Atem wird schneller. Sie blickt erst die Skulptur, dann mich an. Ihre Stimme ist heiser, als hätte sie sich die Seele aus dem Leib geschrien.

»Das ist es«, flüstert sie.

Ich ziehe meinen Disruptor und feuere auf eine andere Vitrine. Glasscherben fliegen durch die Luft, die vierköpfige Statue wird an die Wand geschleudert und zerbirst. Ich stelle die Waffe etwas niedriger ein, schieße auf die nächste Vitrine und sehe die Scheibe springen, aber nicht brechen.

Besser.

Ich drehe mich zu der Vitrine mit dem Trigger um und feuere. Auf der Scheibe erscheint ein Netz aus tausend spinnwebfeinen Rissen. Ich klopfe mit dem Griff meines Disruptors dagegen, und das Glas bricht in genau dem Moment, in dem die Schwerkraft zurückkommt.

Wir plumpsen alle abrupt und völlig unvorbereitet zu Boden, ich lande in einem Sprühnebel aus winzigen Glassplittern auf dem Bauch. Cat und Auri krachen neben mir auf den Boden. Draußen klatschen mit einem widerwärtigen Geräusch die Eingeweide des Ultrasaurus auf die Erde, gefolgt von einem schweren, feuchten Rums, als der Rest des Körpers nachkommt. Ich stemme mich auf die Knie hoch.

Offenbar haben Bianchis Techniker die Hilfsgeneratoren angeworfen.

Irgendwann musste uns ja die Zeit davonlaufen.

Hinter mir höre ich eine Abfolge elektronischer Töne. Schwere Riegel gleiten beiseite. Mein Herz krampft sich zusammen, als mit einem leisen, düsteren Summen die Bürotür aufgeht.

Ich weiß zwar, was ich sehen werde, wenn ich mich umdrehe, aber mir wird trotzdem flau im Magen, als ich einen Blick über die Schulter werfe. Ein grässlicher Wutschrei gellt durch den Raum, bei dem mir vor Schreck der Disruptor aus der Hand fällt.

Wir waren so nah dran.

Umringt von seinen Bodyguards kommt Casseldon Bianchi hereingestürmt. Ausnahmslos alle sind Chellerianer – groß wie Kleinwagen und bis an die Zähne bewaffnet. Bianchis vier Augen sind vor Zorn weit aufgerissen, seine Reißzähne drohend gefletscht. Aber es ist nicht der Anblick der zerschossenen Vitrinen und der kaputten Antiquitäten zwischen den Scherben auf dem Boden, der ihm weiteres Wutgebrüll und Fäusteschütteln entringt. Es ist der blutige Schleimhaufen draußen vor der Glaswand. Seine wertvollste Trophäe, sein Schoßhündchen – das seltenste Tier der Galaxis –, reduziert auf ein Häuflein Brei.

»*Skaa taa ve benn!*«, donnert er.

Er wendet sich mir zu, und seine vier roten Augen verengen sich zu Schlitzen.

»*Menssch-lein*«, zischt er.

Sein Fausthieb reißt mich von den Füßen und schleudert mich gegen die Wand. Ich knalle mit den Knien auf den Boden, schmecke Blut im Mund, ein brennender Schmerz durchzuckt mich. Bianchi schnappt sich einen Disruptor von einem seiner Schläger und richtet ihn auf meinen Kopf. Auri kreischt meinen Namen, Cat hebt ihre Waffe und wird von sämtlichen Bodyguards ins Visier genommen.

»Hier drin bitte nicht schießen, meine Herren«, ertönt eine geschlechtslose elektronische Stimme.

Ich schaue auf und presse keuchend die Hände auf den Magen. Ein GIA-Agent in einem neutralen grauen Anzug betritt den Raum, gefolgt von einem zweiten.

Bianchi poltert etwas auf Chellerianisch. Mit drei Armen zeigt er auf die schwabbeligen Überreste seines Ultrasaurus, mit dem vierten bedroht er mich weiter mit der Waffe.

»Das verstehe ich durchaus, Mr. Bianchi«, sagt der Agent und weist auf Auri. »Aber wie wir Ihnen bereits erklärt haben, ist dieses Subjekt für Terra von außerordentlicher Bedeutung. Wir sähen es nicht gern, wenn es als Kollateralschaden aus Ihrem kleinen Wutanfall hervorginge.«

Bianchi legt den Kopf schräg, stiert den Agenten von oben herab böse an und antwortet in perfektem Terranisch.

»Das ist mein Schiff. Meine Welt. Deine Gesetze haben hier keine Gültigkeit, Mensssch-lein.«

Man sieht das Gesicht zwar nicht, aber die Gestalt in Grau spricht, als zuckte sie mit keiner Wimper. »Sie hätten von diesem Raub nichts bemerkt, wenn wir Sie nicht darüber informiert hätten, Mr. Bianchi. Da wäre etwas Dankbarkeit durchaus angebracht.«

»Wenn ihr mich früher gewarnt hättet, wäre mein Haustier nicht tot!«

»Die *Bellerophon* ist nur wenige Stunden vom Weltschiff entfernt, Sir. Bei ihrer Ankunft wird unser Princeps Sie für Ihre Verluste angemessen entschädigen. Wir benötigen nur das Mädchen. Was die übrigen Verräter angeht« – der Agent zeigt auf mich und Cat –, »wird ein Mann mit Ihrer Reputation sicherlich großes Vergnügen daran haben, sie einer Spezialbehandlung in seinen Kerkern zu unterziehen.«

»Moo-ment«, sagt Cat und tritt vor. »So war das nicht abgemacht!«

Ich drehe mich mit aufgerissenen Augen zu ihr um. »Abgemacht?«

Sie weicht meinem Blick aus und starrt stattdessen den GIA-Agenten an. »Sie haben uns Immunität garantiert! Sie sagten, wir könnten unser altes Leben wieder aufnehmen!«

Der Agent legt den Kopf schräg. »Wir haben gelogen, Legionärin Brannock.«

»… Du hast uns verraten?«, zische ich Cat zu und balle die Fäuste.

Sie sieht mir in die Augen, und ihr kommen die Tränen. »Ich … Ich habe es für den Squad getan, Ty.«

»Für den Squad?«, brülle ich. »Du hast mich dem Squad zuliebe hintergangen?«

»Hintergangen?« Cat klingt ungläubig. »Wenn uns jemand hintergangen hat, dann ja wohl du!«

»Was?«

»Na und ob!« Cat zeigt auf Auri. »Seit sie aufgetaucht ist, schmeißt du sämtliche Vorschriften über Bord! Kloppst uns alle in die Tonne, und wofür? Für *die*?« Sie presst die Hände an die Brust und säuselt: *»Oh, ich bin so süß und hilflos, Mr. Jones, würden Sie mich in Ihre großen, starken …«*

»Ach, darum geht es also?«, frage ich. »Um dich und mich?«

Bianchi tritt knurrend vor. *»Genug …«*

»Das hat nichts mit *uns* zu tun!«, kreischt Cat, ohne ihn zu beachten. »Es geht um die Legion! Um die Academy! Um alles, worauf wir von klein auf hingearbeitet haben, Tyler! Und das alles wirfst du weg, nur weil dich so ein Flittchen angelächelt hat?«

»Es war ein Fehler, Cat!«, brülle ich. »Was beim Landgang zwischen uns passiert ist, tut mir leid! Es tut mir leid, dass ich es vermasselt habe! Aber kommst du jetzt endlich mal drüber weg?«

Sie reißt die Augen auf. »Du verdammtes …«

Sie stürzt sich auf mich, verpasst mir einen Kinnhaken und stößt mich so fest gegen einen Schaukasten, dass ich mir den Kopf an der Scheibe aufschlage. Ich kontere sofort, ramme Cat gegen die kaputte Vitrine des Triggers und reiße das Gestell mit, als wir in dem Scherbenhaufen zu Boden gehen. Sie bearbeitet mein Gesicht mit Fäusten und hört gar nicht mehr auf zu schreien.

Ringsum bricht Chaos aus: Einige der Chellerianer lachen sich über die dummen *Mensssch-lein* ins Fäustchen, die beiden GIA-Agenten versuchen uns zu trennen, Auri kauert auf dem Boden und hält sich die Ohren zu, Bianchi hebt seinen Disruptor und feuert an die Decke.

Die Agenten ziehen Cat von mir weg. An ihren Knöcheln klebt mein Blut. Sie keucht, schlägt wild um sich, brüllt mich weiter an.

»Du mieses Schwein! Ich mach dich fertig, du scheiß …«

»GENUG!«, donnert Bianchi. *»Bringt sie in mein Gefängnis!«*

Eine der grauen Gestalten packt Aurora am Arm und schleift sie aus dem Schutt. »Wir werden Ms. O'Malley wie vereinbart nach Terra zurückbringen.«

Bianchi baut sich vor dem Agenten auf und verschränkt alle vier Arme.

»Die Gunst der terranischen Regierung ist Ihnen gewiss, Mr. Bianchi. Ich versichere Ihnen, unsere Dankbarkeit ist schier grenzenlos.«

»Wenn sie mir ihre Dankbarkeit bezeugt, kann sie mir ja vielleicht auch erklären, warum sich zwei ihrer Agenten ohne meine Erlaubnis auf dem Weltschiff aufgehalten haben.«

Der Agent hebt die Schultern. »Die Global Intelligence Agency hat ihre Augen überall, Mr. Bianchi.«

Der Gangster knirscht mit den Zähnen. Doch schließlich nickt er knurrend. Die chellerianischen Bodyguards packen Cat und mich. Die GIA-Agenten nehmen Auri in die Mitte und marschieren entschlossen aus dem Raum. Unsere Wächter stoßen uns grob vorwärts, Cat und ich stiefeln mit knirschenden Schritten los und lassen Bianchi, der betrübt zu den Überresten seines Haustiers hinausstarrt, allein zurück.

Wir werden Seite an Seite abgeführt, hinter Auri und den GIA-Agenten. Cat würdigt mich keines Blickes. Aus der Platzwunde an meiner Lippe, die sie wieder aufgeschlagen hat, rinnt mir Blut über das Kinn. Ich höre Auri keuchen und die Agenten mit leisem, metallischem Zischen atmen. Die Partymusik scheint verstummt zu sein.

Die Agenten drängen in einen Turbolift und drücken die Taste für den Hafen. Einer der Bodyguards zieht eine Chipkarte durch einen Schlitz und drückt eine andere Taste – vermutlich zu der Ebene von Bianchis berüchtigtem Geheimgefängnis, aus dem noch niemand je zurückgekehrt ist.

Ich stehe mit dem Gesicht zur Lifttür, hinter mir sechs Chellerianer und dahinter die beiden GIA-Agenten. Alles tut mir weh. Einer der Bodyguards sagt höhnisch grinsend etwas zu mir.

»Ich spreche kein Chellerianisch«, gebe ich zurück und lecke über meine blutige Lippe.

»Er fragt, ob du nicht ganz richtig im Kopf bist«, erklärt einer der Agenten hilfsbereit. »Ob du ernsthaft geglaubt hast, in dieses Büro einbrechen zu können, ohne erwischt zu werden.«

Ich grinse den Kerl an und werfe dann einen Blick zu der gesichtslosen Spiegelmaske.

»Nein, habe ich nicht.«

Der Agent zieht seinen Disruptor und setzt den Chellerianer mit einem Betäubungsschuss auf den Hinterkopf außer Gefecht. Der zweite Agent zieht ebenfalls seine Waffe, feuert einem Bodyguard, der in diesem Moment herumfährt, ins Gesicht und ballert einem dritten voll in die Brust. Kurze Panik, die nächste Betäubungssalve, und schon liegen alle sechs Wachleute zuckend und sabbernd auf dem Boden.

»Tja.« Scarlett nimmt ihre GIA-Maske ab, betrachtet ihr Spiegelbild und richtet ihr feuerrotes Haar. »Das ist ja nicht gerade glatt verlaufen.«

»Hinterher ist man immer schlauer«, sage ich. »Wie geht's Finian?«

»Sein Exoanzug ist beschädigt, aber er lebt«, antwortet Zila unter der zweiten GIA-Maske. »Kal hat ihn zur Longbow zurückgebracht.«

»Das hätte übel ausgehen können«, murmelt Cat. »Die Wichser haben mir zugesichert, dass sie warten, bis wir den Zugangscode haben, bevor sie die Wohnung stürmen.«

»Jedenfalls wissen wir jetzt, dass es richtig war, der Global Intelligence Agency nicht zu vertrauen«, sage ich lächelnd.

Cat lächelt zurück. »Wenn sie wirklich so intelligent wären, hätten sie nicht erwartet, dass ein Ace seinen Alpha verrät. Sie hätten doch wissen müssen, dass ich schnurstracks zu dir zurücklaufe und dir alles erzähle.«

Ich drücke ihre Hand, und sie strahlt mich an wie das Licht von tausend Sonnen: heiß, triumphierend und gefährlich.

»Gute Arbeit, Legionärin Brannock.«

»Haltet immer zu eurem Alpha«, sagt sie. *»Immer.«*

Die Tür gleitet auf, und vor dem Turbolift wartet Dariel auf uns. Er glotzt uns mit offenem Mund an.

»Wie jetzt, es hat *funktioniert?*«, fragt er und mustert die bewusstlosen Chellerianer zu unseren Füßen.

»Unterschätze niemals den Überraschungseffekt«, sage ich und marschiere an ihm vorbei.

Wir stürmen den Flur entlang und durch eine Luftschleuse zu den Docks. Nach dem Schwerkraftausfall herrscht noch heilloses Durcheinander, aber die Aufräumtrupps sind schon am Werk. Dariel versucht, mit mir Schritt zu halten, und kratzt sich mit verwirrter Miene am Kopf. Ich sage es nur ungern, aber ich vermute, Finian hat seinen Grips eher von den anderen drei Seiten seiner Familie geerbt.

»Okay, erklärt es mir noch mal«, sagt Dariel.

»Das«, schnauft Zila und zieht ihren Helm ab, »wäre dann das dritte Mal.«

»Ich bin ein Lover, kein Denker«, sagt er augenzwinkernd. »Hast du übrigens eine Nummer, die ich …«

»Es war, wie Finian gesagt hat«, unterbreche ich ihn. »Wir wären da nie und nimmer reingekommen, ohne erwischt zu werden. Aber nachdem die GIA versucht hat, Cat zu bestechen, habe ich sie einfach mit eingeplant. Eigentlich war es so gedacht, dass wir Bianchis Code abfangen und damit in sein Büro gehen. Die GIA hätte deine Wohnung zu der mit Cat vereinbarten Zeit stürmen, Fin verhaften und unsere Verbindung kappen sollen. Dann hätten sie Bianchi vor dem Diebstahl gewarnt, und alle wären ins Büro gewalzt, um uns zu schnappen. Hätte die GIA Bianchi schon früher Bescheid gegeben, wären wir einfach von seinen Securityleuten abgeknallt worden, und sie hätten nichts davon gehabt. Aber wenn sie uns auf frischer Tat ertappt hätten, wären sie die Helden gewesen.«

»Und ein dankbarer Bianchi hätte ihnen Auri übergeben, während wir anderen erschossen worden wären«, ergänzt Cat.

»Aber die GIA hat meine Bude zu früh gestürmt …«, wendet Dariel ein. »Und Fin niedergeschlagen.«

»Darum mussten wir stattdessen durch das Ultrasaurusgehege«, bestätige ich. »Und Kal musste die Wohnung entern, um die GIA auszuschalten, anstatt sie aus dem Hinterhalt zu überfallen.«

»Das war … ganz schön krass«, murmelt Dariel.

»Noch mal: Die Sauerei tut uns echt leid«, sagt Scar.

»Die Hauptsache war, dass wir an die GIA-Uniformen kommen«, sage ich. »Man sieht ja nicht, wer unter diesen Masken steckt. Und Scar kann einem sowieso fast alles vormachen.«

Dariel blinzelt. »Also … habt ihr das alles nur gemacht … um erwischt zu werden?«

»Genau«, sage ich. »Aber wir mussten bei Eintreffen der GIA unbedingt *im Büro* sein. Dann konnten Cat und ich nämlich unsere Prügelei inszenieren.«

»Damit Bianchi von unserer Trophäe abgelenkt ist«, nickt Cat.

»Und niemand auf mich achtet«, sagt Auri leise.

Dariel dreht sich zu ihr um. Mit einem triumphierenden Lächeln greift sie in die rote Tüllmasse um ihre Hüfte und holt eine dreifingrige, aus einem fremdartigen Metall gegossene Statue mit einem blinkenden Diamanten in der Brust und einer schimmernden Perle im rechten Auge daraus hervor.

»Klassische Irreführung«, sage ich leichthin. »Taktische Grundlagen, zweites Semester.«

»Wie lang wird es dauern, bis Bianchi bemerkt, dass das Ding weg ist?«

»In Anbetracht der Unordnung, in der wir sein Büro hinterlassen haben«, sagt Zila, »würde ich schätzen, noch drei oder vier Minuten. Ungefähr.«

»Und die *Bellerophon* ist auf dem Weg hierher«, sagt Cat. »Mr. Princeps wird wohl nicht sonderlich glücklich darüber sein, was Kal mit den einzigen beiden Agenten gemacht hat, die die GIA an Bord des Weltschiffs hatte.«

»Nicht glücklich ist noch gar kein Ausdruck«, sagt Scarlett.

Auri blinzelt. »Uuund … warum machen wir dann nicht, dass wir wegkommen?«

Das ist eine gute Frage, auf die mir keine gute Antwort einfällt. Und so machen wir, dass wir wegkommen. Rennen an den Beladern und Dockarbeitern vorbei, tauchen in das Labyrinth der Ankerplätze ein und sprinten durch den durchsichtigen Verbindungstunnel zu unserer Longbow. Die Luftschleuse ist offen, und Kal wartet auf uns. Seine Uncle-Enzo's-Lieferuniform ist mit Blutspritzern übersät, und er hält ein Disruptorgewehr in der Hand. Er sieht uns, und obwohl er mit der typischen syldrathischen Coolness reagiert, heben sich seine Mundwinkel zu einem Lächeln.

Aurora erwidert seinen Blick.

Sein Lächeln erstirbt.

»Wir sollten los«, sagt er.

Ich nicke, drehe mich zu Dariel um und schüttele ihm zum Dank die Hand. »Ich weiß nicht, was Fin dir schuldet, aber jetzt schulde ich dir auch so einiges, Chef. Wenn du mal meine Hilfe brauchst, sag einfach Bescheid.«

Scarlett küsst Dariel auf die Wange und zwinkert. »Danke, Romeo.«

Mit einem schiefen Grinsen wendet sich Dariel an Zila. »Krieg ich von dir auch einen Kuss?«

»Danke, tschüs«, sagt sie und marschiert an ihm vorbei in unser Schiff.

Aurora zaubert ein zweites Artefakt unter ihren Röcken hervor – eine aus einem grünlichen Stein gemeißelte kleine Figur – und hält sie Dariel hin. »Das hab ich für dich eingesteckt. Falls du Geld zum Umziehen brauchst.«

Er steckt sie grinsend ein. »Könnte sein«, gibt er zu. »Und danke. Diese Stalaktiten waren nicht billig.«

Wir anderen springen schnell an Bord. Mit einem letzten Gruß Richtung Dariel verschließen wir die Luftschleuse hinter uns und verteilen uns auf unsere Plätze auf der Brücke. Finian sitzt schon an seiner Station. Sein Anzug sieht ziemlich ramponiert aus, und er werkelt mit einem Photonenschweißer am linken Unterarm herum. Doch als er uns kommen sieht, hellt sich sein geschwollenes, unglückliches Gesicht auf. Auf seinem Schoß sitzt Kleeblatt.

Cat schiebt sich auf den Pilotensitz.

»Das ist mein Drache«, sagt sie mit finsterem Blick.

»Ich habe ihn nur für dich gehalten«, sagt Finian und wirft ihr das Stofftier zu.

»Warum?«, fragt sie, als sie Kleeblatt auffängt.

»Ich dachte, wir könnten Glück gebrauchen.«

Cat grinst, küsst den Drachen auf den Kopf und beginnt, Befehle in ihre Konsole zu hämmern. »Halt die Klappe, Finian.«

Wir schnallen uns an und gehen die Vorflugkontrollen durch. Meine Finger gleiten über meine Konsole, und ich weiß nicht weiter. Ich weiß, dass die *Bellerophon* im Anflug auf Sempiternity ist. Ich weiß, dass die GIA nicht ruhen wird, bis sie Auri hat. Ich weiß nicht, wer oder was Auri ist oder wohin sie uns führt. Bestimmt werden wir auch von den terranischen Schlachtschiffen gejagt, die in der Raumfalte patrouillieren, und mit Casseldon Bianchi haben wir uns soeben einen weiteren Todfeind eingehandelt.

Aber darüber mache ich mir später Gedanken. Erst mal müssen wir hier weg, bevor …

»ACHTUNG«, dröhnt es aus den Lautsprechern. »ACHTUNG. WEGEN EINER FAHNDUNGSAKTION SIND AUF ANWEISUNG VON CASSELDON BIANCHI BIS AUF WEITERES SÄMTLICHE ABFLÜGE VOM WELTSCHIFF UNTERSAGT. BITTE FAHREN SIE IHRE TRIEBWERKE HERUNTER UND …«

»Haltet eure Unterhosen fest, Kinder!«, brüllt Cat.

Sie zündet die Steuerraketen, und die Andockklammern schnappen quietschend zu, um uns zurückzuhalten. Doch unter heftigem Rucken und dem Kreischen von Metall düsen wir mit voller Kraft voraus ins All und lassen das Weltschiff hinter uns zurück. Der Schub drückt mich in meinen Sitz, und mir bleibt kurz die Luft weg. Und da fällt mir auf, wie froh ich sein kann, dass ich überhaupt noch atme.

Wir sind weg.

Wir haben es geschafft.

Ich lasse den Blick über meine Crew wandern. Squad 312. Diese Truppe aus Verrückten und Vollidioten, diese Außenseiter, die niemand in der Aurora Academy in seinem Team haben wollte. Und mir wird klar, was wir da gerade Phänomenales abgezogen haben.

Ich denke daran, dass jeder Einzelne von ihnen auf meine Weisung hin ins Auge des Sturms gegangen ist. Weil sie an mich geglaubt haben. Ohne mit der Wimper zu zucken. Und sie sind nicht einfach nur gegangen.

Sie sind *geflogen.*

Auri hat sich auf einem Crewsitz zusammengekauert und die Knie ans Kinn gezogen. Sie ist verletzt, müde und blutverschmiert, aber in ihren Augen brennt ein neues Feuer. Sie hat die Faust um den Trigger geschlossen und starrt ihn an, als könnte er ihr alle Antworten auf alle Fragen liefern.

Was bin ich?

Warum bin ich hier?

Was soll das alles?

Und jetzt, wo wir ihn in Händen halten, drängt sich die Frage in mir auf. Ich weiß, dass wir ein Teil von etwas viel Größerem sind. Etwas, das sich seit mindestens zweihundert Jahren anbahnt. Vielleicht sogar mehr. Etwas, von dem die Leiter der Academy schon vor uns wussten. Etwas, von dem auch die GIA weiß.

Ich komme mir vor wie ein Bauer, der von Feld zu Feld

geschoben wird. Und sosehr ich mich auch bemühe, ich kann das ganze Schachbrett nicht überblicken. Aber wer fünf Jahre an einer Militärakademie verbracht hat, kennt sich immerhin ein bisschen mit Gewehren aus.

Und wenn dieses Ding in Auris Hand der Trigger ist …

Wo ist dann die Waffe?

Und wofür ist die Waffe gedacht?

Teil 3

Schwarzes Herz

Das Universum

- **Die Raumfalte**
  - **Risiken**

Der hyper-intelligente Dr. Ramasculus Ch'far Si-Liento der Dritte von Voli VI gilt weithin als der Einzige, der die mathematischen Grundlagen einer Reise durch die Raumfalte wirklich versteht. Si-Liento klonte sein Gehirn dreimal und schloss es an ein lokalisiertes Bio-Netzwerk an, das mit 1 ExaFlop^3 rechnen kann. Trotzdem scheitert er noch daran, Raumfaltenberechnungen zu parsen und gleichzeitig eine Frühstücksbestellung aufzugeben. Will heißen: Es ist ziemlich kompliziert.

Zum Glück muss man nicht verstehen, wie man von A nach B kommt, um zu wissen, was unterwegs schiefgehen kann. Zu den Risiken einer Reise durch die Raumfalte gehören:

- **Halluzinationen**
- **Raumfaltenstürme**
- **Langfristige Hirnschäden**
- **Unvorhergesehene Schließung eines Tors**
- **Psychosen**

Angesichts der Entfernungen, die ein Schiff in der Raumfalte zurücklegen kann, sollte man allerdings bedenken, dass man garantiert an Altersschwäche sterben würde, bevor man sein Reiseziel auf herkömmlichem Transportweg erreicht.

25 Auri

Vor zehn Minuten sind wir in die Raumfalte eingetaucht, und seither hat noch niemand ein Wort gesagt.

Die Farben sind monochrom, schwarz, weiß und alle Abstufungen dazwischen. Das Feuer in Scarletts Haar ist zu Asche geworden, Zilas tiefbraune Haut glänzt stahlgrau. Das Schiff fliegt ruhig dahin, und ich sitze auf einer der langen, gepolsterten Sitzbänke an der Rückseite der Brücke. Der Trigger liegt schwer in meiner Hand.

Von den Zähnen bis zu den Zehen tut mir einfach alles weh, und ich bin vor Erschöpfung ganz benommen – aber auch beflügelt. Nicht nur vom Adrenalin des Überlebens, sondern auch von dem Gefühl, dass ich auf dem Weg bin, der mir bestimmt ist. Wohin er führt, weiß ich nicht – ich weiß ja nicht mal, was als Nächstes kommt –, aber meine Intuition sagt mir, dass ich das Richtige tue.

Das Richtige? Nach wessen Regeln? Und wozu?

Wenn ich diesem Weg folge, werde ich dann erfahren, was aus meinem Vater und den anderen auf Octavia geworden ist? Werde ich erfahren, warum meine Regierung auch mich eliminieren will?

Werde ich erfahren, was ich bin?

Ich schaue auf die Statue in meinen Händen und streiche mit den Fingern darüber. Sie sieht alt aus, von der Zeit geglättet. Die Berührung fühlt sich richtig an; als gehörte die Statue in meine Hände. Aber ich habe keine Ahnung, was ich damit anfangen soll.

Tyler bricht das Schweigen als Erster. Er schnallt seine Gurte ab und steht auf. Sein schicker Smoking ist jetzt stärker zerrissen, als die Mode erlaubt. »Wir müssen entscheiden, wohin es als Nächstes gehen soll«, sagt er.

Dann macht er eine Pause und sieht sich auf der Brücke um. Betrachtet die müden Gesichter seines Squads. Seine Mundwinkel verziehen sich zu dem Grübchenlächeln, das er so gut draufhat. »Eigentlich wollte ich sagen«, verbessert er sich, »dass das absolut sensationell war. Ich könnte nicht stolzer sein, mit jedem Einzelnen von euch zu dienen.«

Das sind die richtigen Worte. Ich sehe, dass jeder in der Runde ein ganz kleines bisschen in die Höhe wächst.

Trotzdem klingt Fin wie immer, als er antwortet. »Danke, Goldenboy. Aber du hast recht. Wir müssen uns klar werden, wo wir jetzt hinfliegen, sonst dienen wir höchstens unseren Verfolgern. Und ich habe keine Lust, mit Schwerverbrechern wie euch in eine Zelle gesteckt zu werden.«

Cat spricht, ohne sich zu uns umzudrehen, obwohl ich gern ihr Gesicht gesehen hätte. »Ich gebe zu, dass ein paar ungefähre Koordinaten ganz hilfreich wären.«

Ich klappe den Mund auf und wieder zu und starre den Trigger in meinen Händen an. Dieses Ding, für das wir gerade unser Leben aufs Spiel gesetzt haben. Jetzt sehen mich alle an – bis auf Kal natürlich, der mich so geflissentlich ignoriert wie immer. Aber ich spüre, dass alle anderen auf eine Antwort von mir warten.

Ich habe keinen blassen Schimmer, wo wir jetzt hinsollen.

Ich werde von Zila erlöst, die sich ebenfalls abschnallt und aufsteht. »Ich übernehme die medizinische Versorgung«, sagt sie in demselben nüchternen Ton wie immer, obwohl sie eben nicht nur die Schwerkraft auf einer kompletten Raumstation ausgeschaltet hat, sondern auch sechs chellerianische Bodyguards, die dreimal so groß waren wie sie. »Scarlett, könntest du den Proviant holen? Die Essenszeit steht an. Und wir sollten uns umziehen.«

Die Aussicht auf Essen weckt unsere Lebensgeister, und nachdem die Jones-Zwillinge selbsterhitzende Mahlzeiten verteilt haben, machen wir in stillschweigender Übereinkunft erst mal Pause. Auf meinem Beutel steht *NotPork'n'Apple Casserole and Pie!*, wobei ich nicht sicher bin, ob ich das »NotPork« oder das »And Pie!« beunruhigender finden soll. Ich schüttele die Tüte, bis die Folie sich warm anfühlt, und reiße sie dann an der gestrichelten Linie auf.

Aus meinem Gürtel ertönt ein mittlerweile vertrautes Piepsen. **»Du weißt schon, dass da weder Schweinefleisch noch Apfel drin ist, oder?«**

Ich luge misstrauisch in den Beutel. Wahrscheinlich hat Magellan recht, aber ich zucke mit den Schultern und schiebe es mir trotzdem in den Mund.

»Ty, wir müssen reden«, sagt Scarlett.

»Oh-oh«, antwortet Tyler mit vollem Mund. »Gespräche, die mit diesem Satz anfangen, sind noch nie gut ausgegangen.«

Zila steht neben Fin und tupft etwas auf die Wunden in seinem Gesicht. »Wir sollten besprechen, was wir in Dariels Wohnung gesehen haben. Die Information könnte unsere nächste Entscheidung beeinflussen.«

Cat schaut von Scarlett zu Zila. »Was habt ihr gesehen?«

Kal meldet sich leise zu Wort. »Als wir den GIA-Agenten die Uniform ausgezogen haben, damit Scarlett und Zila sie anlegen können, haben wir gesehen, dass mit ihnen etwas nicht stimmte.«

Tyler wirft ihm einen Blick zu. »Nicht stimmte? Was soll das bitte heißen?«

Scarlett legt ihre *Just Like Fish Dumplings™* weg. »Das erzählen wir lieber nicht, das müssen wir *zeigen.*«

Sie trägt vom Hals abwärts immer noch ihre graue GIA-Uniform, deren Brustplatte sie jetzt aufklipst, um ihr Uniglass aus der verschwitzten Corsage ihres Kleids zu holen. Sie richtet das Gerät auf den Hauptbildschirm und überträgt mit einem Wisch ein Bild darauf.

Die Flugbahnanzeige weicht einem Foto, und der gesamte Squad erstarrt in Schweigen.

Cat ist die Erste, die es durchbricht, mit einer Stimme, die ich von ihr noch nie gehört habe.

»Ach du *Scheiße.*«

Auf dem Bild ist eine Frau zu sehen – eine Terranerin. Sie muss etwa Mitte dreißig sein, obwohl das auf den ersten Blick schwer zu erkennen ist. Sie ist tot. Ihre Wangen sind eingefallen, ihr Mund steht leicht offen, und ihre Haut hat einen leblosen, stumpfen Grauton. Und wo das rechte Auge der Frau sein müsste, befindet sich … eine Pflanze?

Sie erinnert mich an die Sukkulenten, die meine Mutter früher in unserer Wohnung hatte. Dicke, saftige, rautenförmige Blätter, keines viel größer als mein Daumennagel, wuchern in einem dichten Strauß aus ihrer rechten Augenhöhle. Sie haben denselben matten Farbton wie die Haut der Toten, sind dunkelrot gerändert und werden von feinen Adern durchzogen.

Über die rechte Gesichtshälfte hat sich eine Art Moos ausgebreitet. Es besteht aus weichem Flaum und zarten Härchen, bedeckt die halbe Stirn und verschwindet am Hals unter ihrem schwarzen Unterhemd. Unter ihrer Haut verlaufen die gleichen spinnennetzartigen schwarzen Äderchen wie in den Blättern.

Es ist, als wäre sie aus Stein und die Blätter und das Moos wüchsen aus ihr heraus. Kein Wunder, dass Kal meinte, mit ihr stimme was nicht. Was ich da sehe, ist abgrundtief *falsch.* Es sollte eigentlich nur widerwärtig und bizarr sein, aber stattdessen spannen sich alle meine Nerven an, und Panik prickelt mir im Rücken.

»Ich kenne mich mit den Krankheiten der Menschenkinder nicht gut aus«, sagt Kal gedämpft. »Aber ich nehme an, so etwas kommt nicht häufig vor.«

»Nein«, sagt Ty. So zittrig habe ich seine Stimme noch nie gehört. »Das heißt, diese Frau war eine der GIA-Agenten? Sie konnte sprechen und gehen?«

Ich hebe noch einmal den Blick. Irgendwie … Etwas stimmt da wirklich ganz und gar nicht, aber das Gesicht der Frau kommt mir auch irgendwie *vertraut* vor. Ich halte die Hand so vor mich, dass sie das Auge mit dem unnatürlichen Pflanzenbewuchs verdeckt, und starre die andere Gesichtshälfte an.

Dann dreht sich mir der Magen um.

»Tyler, ich … ich kenne sie.« Ich bringe nur ein Krächzen zustande.

Ty hebt seine vernarbte Augenbraue. »Hast du sie auf Sempiternity gesehen?«

Ich schüttele den Kopf. »Ich kannte sie *damals.* Bevor ich eingefroren wurde.«

Den Blick, den die sechs wechseln, spüre ich mehr, als dass ich ihn sehe.

»Das ist unmöglich«, sagt Scarlett. »Dann wäre sie ja über zweihundert Jahre alt. Dass du im Kryoschlaf überlebt hast, war ein verrückter Zufall, Auri. Willst du behaupten, dass ihr dasselbe passiert ist, auf einem anderen Schiff, das nie in die Schlagzeilen kam?«

»Entweder das, oder sie hat einen tollen Moisturizer«, wirft Fin ein, aber niemand lacht.

»Ich weiß«, sage ich matt. »Aber das ist Patrice Radke. Sie hat die Abteilung Erkundung und Kartographie der Siedlung auf Octavia III geleitet.«

Ich reiße den Blick von dem Bild los und stelle fest, dass sie mich alle anstarren. Manche erwartungsvoll. Andere skeptisch. Aber alle hängen an meinen Lippen.

»Sie wäre meine Betreuerin gewesen«, flüstere ich. »Ich sollte meine Lehre in Erkundung und Kartographie bei ihr absolvieren. Sie und mein Dad … sie …«

»Danke für deine Glückwünsche zu meinem Geburtstag, Dad.«

»Danke für die Gratulation zu meiner Titelverteidigung im All-States-Turnier. Danke, dass du daran gedacht hast, Callie vor ihrer Aufführung alles Gute zu wünschen. Sie hat übrigens hervorragend gespielt. Aber vor allem – danke dafür. *Mom hat keine Fluggenehmigung für Octavia bekommen, also hast du sie einfach* ersetzt*? Ihr seid noch nicht mal geschieden!«*

Und dann habe ich die Verbindung gekappt. Die letzten Worte, die ich je an ihn gerichtet habe, waren eine Aufzählung von Dingen, die er verkackt hat.

Und jetzt ist er tot …

Ich sehe in Patrices lebloses Gesicht, und mein Herz setzt einen Schlag aus.

Aber wenn sie …

»Offiziell gab es keine Kolonie auf Octavia III«, sagt Zila. »In den Archiven steht, dass die *Hadfield* nach Lei Gong unterwegs war.«

»Dann steht da was Falsches«, entgegne ich.

Zila legt den Kopf schräg und mustert mich auf ihre forschende Art. »Und diese Patrice gehörte vor ungefähr zweihundertzwanzig Jahren zu den Vorgängersiedlern eurer Expedition.«

Es klingt nicht danach, als stelle sie das infrage. Sie scheint nur laut nachzudenken. Die anderen sind weniger überzeugt, auch wenn niemand so unverhohlen Zweifel äußert wie früher. Aus dem Stadium sind wir mittlerweile raus.

»Das hört sich total verrückt an«, sage ich. »Aber ich bin mir ganz sicher.«

Nur dass Patrice Radke seit über zwei Jahrhunderten tot ist.

Andererseits bin ich ja selber 237 Jahre alt.

Auf einem Raumschiff voller Außerirdischer. Mit denen ich gerade eine Raumstation ausgeraubt habe.

Nichts ist unmöglich.

Aber etwas stimmt hier *überhaupt* nicht.

Squads der Aurora Legion

▶ **Squadmitglieder**

▼ **Brains**

Die Brains sind die Wissenschafts- und Sanitätsoffizier*innen der Squads der Aurora Legion (AL). Die meisten verfügen über einen erschreckend hohen IQ, eine exklusive Mitgliedschaft im Nerd-Club und die Neigung, sich Hals über Kopf in gefährliche Situationen zu stürzen, weil sie »interessant« sein könnten.

Brains behandeln Verletzungen, versorgen ihre Alphas aus dem Stegreif mit wissenschaftlichen Informationen und finden nebenher auch mal raus, wie man nur mithilfe eines Zahnstochers und eines Kaugummis Dinge in die Luft jagen kann.

Ich will ja keine Klischees verbreiten, aber Leute mit derart vielen Hirnzellen sind manchmal ein bisschen … komisch.

26 Kal

»Und der andere GIA-Agent sah auch so aus?«, fragt Tyler.

Ich nicke. Denke daran zurück, wie ihre Körper sich anfühlten, als meine Fäuste sie trafen. Wie seltsam es klang, als sie zu Boden fielen. Ihr Fleisch war … unnatürlich, als ich es berührte. Fasrig. Nass. Die Knochen bogen sich wie grüne Schösslinge, statt zu brechen wie trockenes Holz.

»In meiner Zeit an der Aurora Academy habe ich mit vielen Terranern gerungen«, sage ich. »Diese Agenten waren nicht menschlich.«

»Aber sie gehören der GIA an«, wendet Cat ein. »Der höchstrangigen Abteilung des Nachrichtendienstes der TDF.«

»Dann könnten eure Verteidigungskräfte Probleme haben«, erwidere ich.

Ich spüre Aurora in meiner Nähe. Ihre Gegenwart ist wie Sonnenlicht auf meiner Haut, das mich warm umhüllt. Ich versuche, mich auf das Gesicht unseres Alphas und unsere schwierige Lage zu konzentrieren, aber der Sog zu ihr ist wie die Schwerkraft. Ein bodenloser Brunnen, in den ich mich mit Freuden stürzen würde, um darin zu ertrinken.

»Wie kommt eine 260 Jahre alte Octavia-Siedlerin in die GIA?«, fragt Aurora. Ich höre den Schmerz in ihrer Stimme. Sie kannte diese Frau. Hatte sie vielleicht sogar gern.

»Ähm, ich hätte eine noch brennendere Frage«, sagt Fin und nickt Richtung Auri. »Soweit ich weiß, ist unsere blinde Passagierin die Einzige, die länger als ein paar Jahrzehnte im Kryoschlaf überlebt hat. Wie kann es sein, dass eine 260 Jahre alte Terranerin überhaupt noch am Leben ist?«

»Das war sie wahrscheinlich nicht.«

Wir drehen uns zu Zila um, die auf ihr Uniglass blickt.

»Für einen ausführlicheren Test blieb mir keine Zeit«, fährt sie fort. »Aber beide Agenten wiesen Anzeichen epidermaler Zersetzung auf, die auf eine beginnende Nekrose schließen lassen.«

»Willst du damit sagen, dass sie tot waren, bevor Kal sie überfallen hat?«, fragt Tyler.

»Die entsprechenden Anzeichen waren vorhanden, ja.«

»Aber sie konnten trotzdem sprechen und sich bewegen?«

»Dafür habe ich keine Erklärung. Vielleicht hat dieser Bewuchs« – sie zeigt auf die silbrigen Blätter, die aus der Augenhöhle der Agentin sprießen – »etwas damit zu tun. Wie bei den betraskischen Saski-Polypen oder den terranischen Nematomorpha.«

Zila sieht in lauter leere Gesichter.

»Nematomorpha sind Parasiten, die auf Terra heimisch sind«, erklärt sie. »Würmer, die in anderen Organismen heranreifen und dann chemisch auf das Gehirn ihres Wirts einwirken, um ihn dazu zu bringen, sich in ein Gewässer zu stürzen, wo sie sich mit anderen Nematomorpha paaren.«

»Und ihr habt die Uniformen trotzdem angezogen?«, fragt Cat fassungslos.

»Ich habe die Kleidung der GIA zuvor gründlich bestrahlt«, antwortet Zila ungerührt.

»Sie hat ihren Disruptor wirklich *sehr* gern«, murmelt Finian.

»Ich wünschte, wir hätten eine der Leichen zu weiteren Untersuchungen an Bord bringen können«, seufzt Zila.

»Nein, danke«, sagt Tyler und betrachtet schaudernd die Aufnahme auf dem Bildschirm. »Je weiter wir von diesen Dingern weg sind, desto besser. Vielleicht war es ein Virus, den sie sich an Bord des Weltschiffs eingefangen haben?«

»Unwahrscheinlich«, sagt Zila.

»Und selbst wenn, wie sind sie so alt geworden, dass sie sich dort anstecken konnten?«, fragt Fin.

Aurora starrt mit leerem Blick vor sich hin. Vielleicht ist sie in Erinnerungen an diese Frau versunken, die Partnerin ihres Vaters, die als ihr Feind wiedergekehrt ist.

»Auri, erkennst du diesen Mann?« Scar projiziert das Foto des zweiten Agenten, den ich getötet habe, auf den Bildschirm. Bei ihm ist es ähnlich: Aus seinem Auge sprießen sonderbare Wedel, aus seinem Ohr und durch die Haare wachsen Büschel bunter Blumen, und die rechte Gesichtshälfte ist von einer Art Flechte bedeckt. In den Blättern, die sich über die Wange des Mannes ausbreiten, sehe ich ein Gespinst aus feinen Adern. Dunkel wie Blut.

Aurora kaut auf ihrer Lippe. »Vielleicht … Er könnte ein Ingenieur gewesen sein.«

»Also auch ein Octavia-Kolonist«, sage ich.

»Der seit zweihundert Jahren tot sein müsste«, ergänzt Scar.

»In Anbetracht der Umstände sieht er eigentlich ganz gut aus«, sagt Fin. »Für sein Alter.«

Der Witz wird mit eisernem Schweigen aufgenommen, aber insgeheim bewundere ich Finian dafür, dass er wenigstens versucht, die Stimmung aufzulockern. Abgesehen von dem Dröhnen der Triebwerke und dem Brummen unserer Konsolen ist es grabesstill auf der Brücke. Aurora starrt auf den Hauptbildschirm, die leblose Haut dieser Leute, die sie kannte, die Pflanzen, die aus ihren Köpfen wachsen. Ich spüre das Zittern in ihrem Körper, die Angst in ihrer Seele. Wie gern würde ich die Hand nach ihr ausstrecken, ihr Trost spenden. Aber ich kämpfe mit aller Kraft gegen den Sog an. Als ich das Wort an sie richte, versuche ich, mir meine Sehnsucht nicht anmerken zu lassen.

»Der Trigger.« Ich nicke in Richtung der Statue. »Sagt er dir irgendetwas?«

Sie schüttelt nur den Kopf.

»Wir haben gerade unseren Arsch für dieses Dingsbums riskiert«, knurrt Cat. »Alles umsonst, oder wie?«

»Ich weiß es nicht. Es fühlt sich … richtig an. Es soll hier bei mir sein. Aber ich weiß nicht, was ich damit anfangen soll.« Aurora schüttelt den Kopf und sieht Tyler an. »Wisst ihr was, warum fliegen wir nicht einfach zu Octavia III und sehen nach? Wenn diese Kolonisten …«

»Geht nicht«, unterbricht Cat sie. »Der Planet ist gesperrt, schon vergessen?«

»Korrekt«, ertönt eine digitale Stimme aus Auroras Gürtel. **»Octavia III ist auf Befehl der terranischen Regierung seit mehreren hundert Jahren Sperrgebiet.«**

»Und weiß irgendjemand auch, warum?«, fragt Aurora.

Das Gerät piepst. **»In den Archiven steht, dass bei Probemessungen ein aggressives Pathogen in der Atmosphäre von Octavia III entdeckt wurde. Daraufhin wurde das System abgeriegelt, um das Virus an der Ausbreitung zu hindern.«**

»Aber offenbar ist es trotzdem passiert!«, sagt Aurora.

»Wir sollten das unbedingt den Behörden melden«, sagt Scarlett.

Ich zeige mit dem Kopf auf die GIA-Leichen auf dem Bildschirm. »Diese Leute *sind* eure Behörden.«

»Egal, was wir machen«, sagt Cat, »nach Octavia III können wir auf keinen Fall. Auf die Missachtung galaktischer Sperren steht eine verdammt hohe Strafe.«

»Sie meint die Todesstrafe«, erklärt das Gerät. **»Aber in der denkbar schmerzhaftesten Form.«**

»Ja, danke, Magellan«, seufzt Aurora.

»Hey, kein Problem«, antwortet er. »Ich erwähne es ja nur, weil du manchmal nicht die hellste im …«

»Ton aus«, sagt sie.

Mit hängendem Kopf betrachtet sie den Trigger in ihren Händen. Ich sehe, wie sie mit sich ringt. Sie will erfahren, was wirklich mit den Menschenkindern geschehen ist, die sie liebte. Mit der Kolonie, die es angeblich nie gegeben hat. Doch gleichzeitig ist ihr bewusst, was dieser Squad schon für sie riskiert hat. In welcher Gefahr wir ihretwegen schweben. Und sie scheint uns nicht noch einmal bitten zu wollen, unser Leben für sie aufs Spiel zu setzen.

»Auri, erinnerst du dich an den Kampf vor Bianchis Büro?«, fragt Tyler. »Was du mit dem Ultrasaurus gemacht hast?«

»Nein«, flüstert sie.

Ich spüre die Angst in ihr anschwellen. Ich möchte sie nur ungern der Lüge bezichtigen, aber ich ahne, dass sie nicht die Wahrheit sagt. Ein Teil von ihr erinnert sich sehr wohl daran. Nur will der Rest von ihr es nicht wahrhaben.

»Vielleicht hat diese … Macht, die du hast, etwas mit dem Trigger zu tun?«, überlegt Tyler. »Kannst du versuchen …«

Da ertönt ein leises Alarmzeichen, und auf den Monitoren blinken Warnleuchten auf. Cat fährt zu ihrer Konsole herum, und Tyler springt ebenfalls an seinen Platz und tippt eilig auf seinem Pult.

»Ein LADAR-Sensor hat uns erfasst«, meldet Cat. »Mir wird ein Flugobjekt angezeigt … hinter uns, Kurs sieben sechzig A-12 Gamma vier.«

»Visualisieren«, sagt Tyler.

Cat ruft eine Ansicht des Raumschiffs auf, das unseren Radiusalarm ausgelöst hat. Als das Bild aufscheint, sinkt die Stimmung auf der Brücke merklich.

Ich lebe nun seit zwei Jahren unter Terranern, aber es macht mich immer noch fassungslos, wie ausgesprochen *hässlich* ihre Schiffe sind. Syldrathische Raumfahrzeuge sind in der Zeit gefrorene Momente stählerner Schönheit. Es sind unsere Lieder an die Große Weite, in der sie dahinsegeln – elegante Muster, sanfte Kurven und eine glatte, schimmernde Hülle.

Im Vergleich dazu ist der Zerstörer, der uns jagt, ein grober, zweckmäßiger Klotz mit stumpfer Schnauze. Auf seinem schwarzen Rumpf prangen das Logo der Terran Defense Force und ein Name in weißen Lettern.

»Die *Bellerophon*«, sagt Tyler.

»Wir wussten ja, dass sie zum Weltschiff unterwegs waren«, sagt Cat achselzuckend. »Jetzt sind sie also auch mal angekommen.« Sie sagt es lässig, und wie immer blufft sie gut, aber sie weiß, was wir alle wissen. Princeps ist an Bord. Der Erste unter Gleichen, der Aurora mit eiskalter Zielstrebigkeit verfolgt.

»Hey, dann können wir ja gleich die Behörden verständigen«, sagt Fin.

Die Stimme unseres Alphas ist angespannt.

»Cat, könnten wir ihnen entwischen?«

Unser Ace schüttelt den Kopf. »Auf lange Sicht würden sie uns wieder einholen. Eine Longbow ist langsamer als ein Zerstörer, und sie haben viel mehr Treibstoff. Und ich will ja nicht meckern, aber wir haben immer noch kein Ziel. Ich fliege momentan nur geradeaus und versuche, es möglichst schick aussehen zu lassen.«

Scarlett nickt und verschränkt die Arme. »Und wenn wir zu lange in der Raumfalte bleiben, drehen wir bald alle am Rad.«

»Wir brauchen einen Kurs«, pflichtet Cat ihr bei.

Alle Blicke richten sich auf Aurora. Sie blickt auf den Trigger in ihrer Hand und dreht ihn hin und her, als müsste sie ein Puzzle lösen.

»Ich …« Sie schüttelt den Kopf. »Ich habe keine A…«

BÄMM!

Der Disruptorblitz taucht die Brücke in weißes Licht. Aurora wird von dem Strahl getroffen, stolpert rückwärts und lässt den Trigger fallen. Binnen eines Herzschlags bin ich aufgesprungen. Ein jäher, entsetzlicher Zorn erfüllt mich. Zila steht mit der Pistole in der Hand vor Aurora und mustert sie mit undurchdringlichem Blick.

»Ja, sie hat das Ding *echt* gern«, sagt Fin.

»Zila, *spinnst* du?«, fragt Scarlett.

»Ich teste eine …«

Weiter kommt Zila nicht. Mit einem Aen-Hieb gegen die Schulter betäube ich ihren Arm, sodass ihre Waffe klirrend zu Boden fällt.

Hör auf.

Doch der Feind im Innern ist entfesselt. Der Anblick der ohnmächtigen Aurora hat seine Käfigtüren weit aufgestoßen, und das Untier heult mordlüstern auf. Das Lied des Tötens durchströmt meine Adern, als ich die Pistole aufhebe. Mein Puls kreischt. Meine Sicht ist messerscharf. Ich lege den Finger auf den Abzug und richte die Waffe auf Zilas Kopf.

Hör. Auf.

Etwas trifft mich von hinten und schlägt mir den Disruptor aus der Hand. Ich rolle auf die Füße, stürze mich auf meinen Gegner, spüre meine geballte Faust auf Knochen treffen. Ich höre die Stimme meines Vaters in meinem Kopf. Er feuert mich an. Ich fühle seine Hand auf meiner Schulter, als er meinen Hieb gegen Tylers Hals führt. Ich spüre sein Lachen, als mein Alpha ächzend und um Luft ringend zurückstolpert, als sein Blut aufspritzt. Cat greift mich von der Seite an, aber ich mache mich los. Reiße mit hämmerndem Herzen meine blutverschmierten Hände in die Höhe.

Hör auf.

In diesem Moment füllt der Feind mein ganzes Wesen aus. Der Sog hat ihn freigelassen. Selbst hier in der Raumfalte sehe ich rot. Ich kann nicht atmen. Kann keinen klaren Gedanken fassen außer dem, dass Aurora verletzt ist, dass sie Hilfe braucht, sie, die mein Ein und Alles ist, meine …

»KAL, HÖR AUF!«, schreit Scarlett.

Hör.

Auf.

Ich schließe die Augen. Kämpfe mit allem, was ich habe. Der Feind ist so stark. Der Sog ist so mächtig. So laut. Für sich genommen wären sie schon fast unwiderstehlich, aber gemeinsam sind sie stärker als die Kräfte, die meine Zellen zusammenhalten und das Universum einen. Es ist anders als alles, was ich jemals erlebt habe. Ich kann es nicht erklären. Kann es nicht mit Vernunft ergründen.

Aber ich *muss* es beherrschen.

Es gibt keine Liebe in Gewalt.

Es gibt. Keine Liebe. In Gewalt.

Langsam öffne ich die Augen. Tyler rappelt sich mit blutverschmiertem Kinn hoch. Cat hockt am Boden und hält sich die Rippen. Zila drückt sich flach an die Wand, starrt mit großen Augen auf das Durcheinander und saugt an einer schwarzen Locke.

»Sie war auf Betäuben eingestellt«, flüstert sie.

»Gerade haben wir uns doch noch so prima verstanden«, spottet Fin.

Ich beuge mich über Aurora. Alles, was ich so mühsam verborgen habe, kocht jetzt hoch. Die Mauern aus Eis, hinter denen meine Gefühle versteckt waren, liegen in Scherben. Mein Herz trommelt gegen meine Rippen.

Aurora hat durch Zilas Schuss das Bewusstsein verloren. Ihr Kopf ist gegen den Beschleunigungssitz gesackt, ihre Augen sind wie im Schlaf geschlossen.

Aber ihr ist nichts passiert, sehe ich jetzt.

Alles ist gut.

»Seid ihr alle in Ordnung?«, fragt Tyler mit von meinem Hieb heiserer Stimme.

Langsames Nicken in der Runde.

»Kal, du hast mir gesagt, du hättest das im Griff!«, sagt er mit zornigem Blick.

»Es tut mir leid«, sage ich. Was ich getan habe, erschüttert mich. Dass ich derart ausgerastet bin. »Ich … Es war nicht meine Absicht … Ich wusste nicht, dass die Waffe nicht töten sollte. Und als ich Aurora bedroht sah …«

Ich schüttele den Kopf. Ringe um Worte. Aber wie könnte ich jenen, die nie den Himmel erblickt haben, beschreiben, wie Fliegen sich anfühlt?

»Es tut mir leid«, sage ich noch einmal und sehe Zila an. »De'sai. Schande über mich.«

»Legionärin Madran, was sollte das?«, fragt Tyler sie.

Zila blinzelt ihre Benommenheit weg. »Mir kam der Gedanke, dass Auroras verborgene Gaben meist dann aufgetreten sind, wenn sie geschlafen hat oder ohnmächtig war. Ich dachte …«

»Du dachtest, es wäre eine gute Idee, sie ohne Vorwarnung zu *beschießen*?«

»Es war ein kalkuliertes Risiko, Sir«, sagt Zila. »Wenn ich Aurora gewarnt hätte, wäre die Wahrscheinlichkeit einer desaströsen Abwehrreaktion drastisch gestiegen.«

Meine Squadmates wechseln Blicke. Offenbar sind sie unschlüssig, wer von uns beiden die größere Gefahr für sie darstellt – Zila oder ich. Es mag unentschuldbar sein, aber ich habe wenigstens einen *Grund* für meinen Gewaltausbruch. Zila … passt einfach nicht hierher. Als wäre sie schlicht nicht in der Lage zu verstehen, was man tun und was man besser lassen sollte.

Tyler schließt die Augen und massiert sich die Schläfen.

»Zila, du bist die Klügste auf diesem Schiff«, sagt er. »Vielleicht sogar eine der Klügsten in der gesamten Legion. Weißt du, was dein Problem ist?«

»Ich … ich würde mich über Feedback freuen, Sir«, entgegnet sie.

»Dein Problem ist, dass du dich mit allem auskennst, nur mit anderen Leuten nicht.«

Da muss sie schlucken.

Ich glaube, ich sehe Tränen in ihren Augen glänzen.

»Ich bin …«

Cat springt fluchend rückwärts, als Aurora sich auf einmal kerzengerade aufrichtet. Ihre Muskeln sind angespannt, ihr ganzer Körper hart wie Stahl. Ihre Augen sind offen, die rechte Iris strahlend weiß. Ihr Haar weht wie von einer Brise bewegt, ein schwaches dunkles Licht umkränzt ihren Körper. Da sie unmittelbar neben mir steht, spüre ich die elektrische Spannung auf ihrer Haut. Schmecke Natrium auf der Zunge. Spüre eine Kraft in der Luft und in meiner Brust pulsieren.

»Tja.« Finian hebt an Zila gewandt eine helle Augenbraue. »Du hast es herbeigerufen.«

»… Aurora?«, frage ich.

Sie streckt die Arme aus und hebt langsam vom Boden ab.

»Nnnna-a-ain«, sagt sie.

»Auri, hörst du mich?«, fragt Tyler und tritt vor.

Die Spannung knistert. Meine Haare stellen sich auf. Die Longbow zittert, der Strom flackert, ein schwaches Schreien schwillt an. Aurora richtet ihre gleißenden verschiedenfarbigen Augen auf Tyler, und ihre Lichtaura glänzt schwarz.

Scarlett kommt langsam näher, offenbar ohne Furcht, mit vor sich erhobenen Händen.

»Wer bist du?«

Das Schiff bebt um uns, das Schreien wird lauter und das Licht schwärzer, während Aurora zu sprechen versucht.

»N-nnnichtwer«, antwortet sie. *»Wasn-nnnichtwernichtw-w-wer-WAS.«*

»Okay, *was* bist du?«, fragt Scarlett.

»Eshvarennnnnn-n-nn«, erwidert sie.

Bei diesem Wort beschleunigt sich mein Puls. Der Name des Alten Volkes, das vor Hunderttausenden von Jahren ausstarb. Die Ersten von uns, die die Raumfalte fanden. Die Ersten von uns, die von Stern zu Stern reisten. Ich blicke triumphierend zu Finian, sehe die Skepsis in seinen schwarzen Augen dahinschmelzen. Aurora legt den Kopf zur Seite, und mein Herz zieht sich zusammen, als Blut aus ihrer Nase quillt und ihr über das Kinn läuft.

»Was willst du?«, fragt Tyler, der sich festhalten muss, als ein Ruck durch das Schiff geht.

Aurora antwortet nicht. Ihr Blick wandert über die Brücke, bis sie den Trigger erspäht, der unter die Hauptkonsole gerollt ist. Sie streckt die Hand danach aus, und die Statue erzittert und schwebt scheinbar von selbst in die Höhe. Aurora verengt die Augen und ballt die Hand zur Faust. Auf der Statue erscheinen Risse, und man hört das Knarren und Ächzen von Metall.

Ich trete unwillkürlich vor. Wir haben für diese Skulptur unser Leben riskiert, wir haben alle …

»Nein!«

Der Trigger zerbirst, Metallsplitter wirbeln durch die Luft. Ein Bruchstück ritzt mir die Wange auf, ein weiteres saust an meiner Kehle vorbei, das Schreien gellt mir in den Ohren. Und dort, vor Aurora, schwebt der Diamant, der in der Brust der Skulptur eingefasst war. Er ist größer, als ich dachte – nur ein kleiner Teil von ihm war sichtbar, wie die Spitze eines aus dem Meer ragenden Eisbergs. Er glüht von innen, und auf seine Oberfläche ist ein kompliziertes Geflecht aus Spiralen geritzt.

Aurora winkt den Edelstein zu sich, und er schwebt zu ihr und senkt sich auf den Teller ihrer kleinen Hand. Als er ihre Haut berührt, füllt eine Projektion aus purem Licht die gesamte Brücke aus. Ein Kaleidoskop aus Milliarden winziger heller Nadelstiche, Wirbel und Spiralen und Konstellationen, die jeder Kadett der Aurora Academy auf Anhieb erkennen würde.

»Die Milchstraße!«, brüllt Cat über das tosende Schreien hinweg.

Unsere gesamte Galaxis.

Der Edelstein schimmert, pulsiert. Und in der Vielzahl glitzernder Sternensysteme leuchten auf einmal Dutzende Sonnen glutrot auf. Die einzigen Farbtupfer in all dem Schwarz und Weiß der Raumfalte, dunkelrot wie menschliches Blut. Das Schreien in der Luft wird ohrenbetäubend laut. Ich spüre eine unerklärliche Panik in mir aufsteigen. Den anderen geht es ebenso. Durch die feinen Verästelungen unseres Geistes jagt instinktive, schiere Angst. Es ist ein Urgefühl. Die Angst des Talaeni, wenn der Schatten des geflügelten Drakkan auf seinen Rücken fällt.

Die Todesangst des Gejagten.

Ich kämpfe dagegen an, als ich die Projektion betrachte. Unsere Galaxis erstreckt sich vor uns, um uns, kreist um das gewaltige schwarze Loch in ihrem sturmumbrausten Herzen.

Ein unfassbares Firmament, an dem winzige rote Lichtpünktchen pulsieren.

Und mir wird klar, was wir da vor uns haben.

»Das ist eine Sternkarte!«, brülle ich über das Schreien hinweg.

Die Galaxis gerät in Bewegung. Als würde die Zeit vorwärts fließen. Schneller und schneller wirbelt sie um das glänzende schwarze Herz. Eine endlose Spirale aus Milliarden Sternen, die aufeinandertreffen und verschmelzen, aufglühen und verlöschen.

Die inneren Systeme kreisen schneller, überholen die langsameren Sterne am äußeren Rand, strömen über sie hinweg und durch sie hindurch und versetzen mit ihrem Schwung das Sternenlicht in Wellen. Ein kosmischer Tanz. Mit einem Wimpernschlag ziehen Jahrmillionen vorbei. Und das Rot beginnt aus jenen wenigen erleuchteten Sternen auszufließen, eine Blutlache, die sich immer weiter ausbreitet, bis die ganze Galaxis tiefrot gefärbt ist.

Aurora sieht mich an. Ihr weißes Auge glüht von einem inneren Licht, das Blut strömt jetzt über ihr Kinn und trieft auf das Deck unter ihr. Bei dem Anblick brüllt der Sog in mir auf. Der Wunsch, sie zu beschützen, überwältigt mein Denken, meinen ganzen Verstand. Sie zeigt auf die Bilder auf dem Hauptbildschirm. Die GIA-Agenten mit den toten, überwucherten Gesichtern.

»Ra'haam«, sagt sie.

»Du tust ihr weh!«, sage ich.

»Gestalt«, erwidert das Ding in Aurora und zeigt auf den dunkelroten Fleck. *»Hütet euch. Ra'haaaaaa-a-ammm.«*

»Lass sie frei!«

Ich greife nach Auroras Hand. Eine schneidende Kälte verbrennt mich. Ich spüre das Deck unter meinen Füßen abfallen. Ich spüre die endlose Leere um mich, spüre, wie klein ich bin, ein winziger Tropfen aus belebtem Kohlenstoff und Wasser in einem unendlichen Ozean.

Alles, was ich durchlebt habe. Alles, was ich erlitten habe. Die Zerstörung meines Heimatplaneten. Der Untergang meiner Kultur. Der Massenmord an meinem Volk. Meine Mutter. Meine Schwester. Mein Vater. Der Krieg dort draußen und der Feind im Innern.

All das erscheint mir bedeutungslos.

»Allllles«, sagt Aurora. *»Verbrrrrennnnt.«*

Dann schließt sie die Augen und bricht in meinen Armen zusammen.

»Leck mich am Allerwertesten, ist alles in Ordnung mit ihr?«, fragt Cat.

Zila stürzt zu Aurora und misst mit ihrem Uniglass ihre Vitalparameter. Die Longbow hat aufgehört zu rütteln, und das grässliche Schreien ist abgebrochen, als hätte jemand eine Lampe gelöscht. Tyler und die anderen starren auf die Überreste der Sternkarte, die langsam verblasst, wie die Punkte auf der Innenseite der Augenlider, nachdem man in die Sonne geschaut hat.

»Herz schlägt normal«, meldet Zila, und ich seufze vor Erleichterung laut auf. »Atmung ist normal. Alles ist normal.«

»Ähem.« Scarlett hebt langsam die Hand. »Das sehe ich etwas anders.«

»Schließe mich an«, sagt Fin, der immer noch große Augen macht.

Tylers Blick ist auf die verblassende Sternkarte geheftet. Der rote Fleck ist wieder geschrumpft, bis nur noch die ursprüngliche Konstellation rot glühender Sonnen in der schwarzweißen Kulisse zurückbleibt.

Kopfschüttelnd sieht er zu mir und auf das Mädchen in meinen Armen.

»Bring sie ins Krankenzimmer. Zila, du gehst mit. Vergewissere dich, dass mit Auri alles in Ordnung ist.«

Ich werfe Zila einen Blick zu, aber sie wirkt schon wieder ganz gefasst, trotz meines Angriffs. Also nicke ich und hebe Aurora sanft wie ein schlafendes Baby an. Als wir die Brücke verlassen und durch den Gang zum Krankenzimmer gehen, höre ich Scarletts leise Stimme hinter mir.

»Was zur *Hölle* hat das alles zu bedeuten, Ty?«

Doch die Tür schließt sich, bevor unser Alpha antworten kann.

Und ich bleibe in der Stille zurück.

27 Zila

Ich beuge mich mit einem Med-Scanner über die bewusstlose Aurora. Sie liegt auf einem digitalen Pflegebett im Krankenzimmer, und ich lasse mir ihre Vitaldaten anzeigen. Seit ich sie betäubt habe, sind fast fünf Minuten vergangen – sie müsste jeden Moment wieder aufwachen.

»Ist alles in Ordnung?«, fragt Kal hinter mir leise.

»Die Messungen haben nichts Auffälliges ergeben.«

»… Ich meinte bei dir, Zila.«

Mein Arm ist immer noch etwas taub von seinem Schlag, aber Schmerz empfinde ich nicht. Als ich ihm einen Blick zuwerfe, sieht er mich voller Besorgnis an. Doch die Besorgnis weicht Erleichterung, als Aurora sich rührt und stöhnend eine Hand an die Stirn führt. Ich bin vergessen; er hat nur noch Augen für sie. Mit leicht geöffneten Lippen tritt er zu ihr.

»W-was hat mich da erwischt?«, flüstert Aurora.

»Ich lasse euch allein«, höre ich mich sagen.

»Zila …«, sagt Kal, als ich mich zum Gehen wende. »Es tut mir aufrichtig leid. Ich wollte dir nur die Waffe abnehmen.«

»Ich verstehe«, lüge ich.

Als ich hinausgehe, hallen Tylers Worte in mir wider.

»Dein Problem ist, dass du dich mit allem auskennst, nur mit anderen Leuten nicht.«

Das stimmt nur halb.

Ich habe zu viel über die Menschen gelernt, als ich sechs Jahre alt war.

Ich weiß alles, was ich wissen muss.

Aber verstehen kann ich sie deswegen noch lange nicht.

28 Kal

Ich hätte es kommen sehen müssen.

Aurora schlägt die Augen auf, das Licht glänzt matt in ihrer perlweißen Iris, und die Erleichterung, die mich durchflutet, entweicht als leiser Seufzer.

»Be'shmai …«

Ich helfe ihr, sich im Bett aufzusetzen, und sehe zu, wie sie die letzte Benommenheit von Zilas Disruptorladung wegblinzelt. Der Gedanke, dass sie unversehrt ist, löscht das Feuer, das mich auf der Brücke verzehrt hat. Um bei der Wahrheit zu bleiben, ist schon ihr bloßer Anblick wie Wasser in einer endlosen Wüste. Aber so zerrissen habe ich mich noch nie in meinem Leben gefühlt. Denn so darf es nicht weitergehen.

»Woran erinnerst du dich?«, frage ich.

Geradezu hypnotisiert sehe ich zu, wie sie nachdenklich die Stirn runzelt.

»Zila … hat auf mich geschossen.«

»Sie wollte dir nichts Böses«, sage ich. »Sie hoffte nur, das zu erwecken, was in dir ist.«

Aurora sieht zu mir auf, und mein Herz beginnt ein wenig schneller zu schlagen, als unsere Blicke sich treffen.

»Eshvaren«, flüstert sie.

»Das Alte Volk«, nicke ich. »Irgendwie haben sie mit dem allen zu tun. Und du bist ein Teil davon, Aurora.«

»Das ist doch Wahnsinn.« Sie schließt die Augen und reibt sich die Schläfen, als quälte sie etwas. »Ich habe alles mitangesehen. Obwohl ich bewusstlos war. Es war, als … als wäre ich außerhalb meines Körpers. Und würde alles auf einem

Videobildschirm verfolgen. Wie Zila auf mich schießt und du …«

Unsere Blicke treffen sich wieder, und mein Herz verkrampft sich. Ich erwarte einen Tadel. Eine gerechte Ermahnung für die Gewalt, die ich unter uns entfesselt habe. Ich spüre den Feind im Innern, der sich in meiner Brust zusammengerollt hat. Den Schatten meines Vaters im Rücken.

»… Du hast mich verteidigt«, sagt sie.

Ich blinzele. Schüttele den Kopf. »Nein. Ich habe mich schändlich verhalten.«

Da sieht sie mich richtig an. Von oben bis unten.

»Ich kapier dich einfach nicht, Legolas«, sagt sie. »Ich verstehe dich *überhaupt nicht*. Mal nennst du mich eine Belastung oder behandelst mich wie Luft. Und dann ballerst du dich auf einmal durch einen TDF-Zerstörer, um mich zu befreien, oder fällst über deinen eigenen Squad her, um mich zu schützen.«

Sie schüttelt seufzend den Kopf.

»Was *soll* das alles?«

Ich hole tief Luft und zögere, bevor ich den Absprung wage. Sobald ich es einmal ausgesprochen habe, gibt es kein Zurück mehr. Aber ich hätte es nie so weit kommen lassen dürfen. Und ich kann nicht mehr.

»Es ist höchste Zeit, dass ich dir davon erzähle. Warum ich mich dir gegenüber so benehme.«

»Warum du dich wie ein Saftsack aufführst, meinst du?«

Sosehr mir das Herz weh tut, spüre ich doch meine Mundwinkel in die Höhe wandern, während ich nach den richtigen Worten suche, nach einer Erklärung, die all das verständlich machen kann.

»Alles hat eine Schwerkraft, Aurora«, sage ich schließlich. »Nicht nur Planeten. Nicht nur Sterne. Jede Zelle in unseren

Körpern, jede Zelle in der Schöpfung übt eine Anziehungskraft auf die Gegenstände und Lebewesen in ihrer Umgebung aus. Und … das empfinde ich. Für dich.«

Sie runzelt leicht die Stirn, und ihre Augen schimmern in dem warmen Licht. Für einen Moment ist sie so wunderschön, dass mir die Luft wegbleibt. Doch ich ringe entschlossen danach. Denn wenn ich es jetzt nicht sage, werde ich es womöglich nie tun.

»Wir Syldrathi nennen es den Sog«, sage ich. »Wir fühlen uns instinktiv … zu jemandem hingezogen. Es ist eine elementare Verbindung. Eine Naturerscheinung. Wie die Schwerkraft. Ich habe noch nie gehört, dass jemand aus meinem Volk den Sog zu einem Menschenkind gefühlt hat. Aber bei dir geht es mir so, Aurora.«

Sie öffnet den Mund, als wollte sie etwas sagen, aber die Worte fließen nun unaufhaltsam aus mir heraus.

»Ich wollte nicht, dass die anderen davon wissen. Und dir wollte ich nicht noch eine Sorge mehr aufbürden, wo du doch schon so viele hattest. Ich dachte, weil du mich gesehen hattest, bevor wir uns begegneten … wären wir vielleicht … vom Schicksal verbunden oder dergleichen.« Ich schüttele den Kopf, komme mir schrecklich töricht vor. »Daher versuchte ich, dich vor Gefahren zu schützen, ohne dich merken zu lassen, was ich empfand. Ich wollte dir nicht das Gefühl geben, eine Verpflichtung eingehen zu müssen.«

»Was … was für eine Verpflichtung würde das bedeuten? Wenn ich Syldrathi wäre?«

Eine lange Stille tritt ein.

»Der Sog ist ein lebenslanges Band«, sage ich dann. »Zwischen Liebenden.«

Sie schluckt, sichtlich um Worte verlegen.

»Ich hätte es nicht so weit kommen lassen dürfen«, seufze ich. »Ich hätte ein Menschenkind niemals in diese Lage bringen dürfen. Es ist nicht fair, weder dir noch den anderen gegenüber. Und du solltest diese Wahl nicht treffen müssen.«

Wieder atme ich tief durch und nicke vor mich hin. Schüttele die Angst ab, die mich packt. Spüre den Riss in meiner Brust breiter werden, bis er so dunkel und so tief ist, dass ich vielleicht nie wieder daraus auftauchen werde.

Aber es ist besser so.

»Ich kann meine Gefühle für dich nicht abstellen«, sage ich. »Aber ich habe in der Hand, wie ich damit umgehe. Sobald wir herausgefunden haben, was es mit dem Trigger und der Sternkarte auf sich hat, werde ich den Squad verlassen. Ich habe den Krieg, der mein Volk zerreißt, schon zu lange ignoriert. Ich kann mich nicht länger fernhalten. Wenn wir diesen Weg zu Ende gegangen sind, wirst du mich nicht wiedersehen müssen.«

Das Schweigen zwischen uns ist so tief und so kalt wie die Große Weite. Ich kann mir kaum vorstellen, dass es jemals endet. Doch dann piept mein Uniglass in der Stille, füllt den randlosen Abgrund und bricht den Bann.

»Kal?«, ertönt Tylers Stimme. *»Hörst du mich?«*

Ich berühre das Gerät an meinem Gürtel. »Ich höre.«

»Auri ist wach, sagt Zila?«

Ich sehe in diese verschiedenfarbigen Augen, spüre den Schmerz wie eine Klinge in mein Herz fahren. »Sie ist wach.«

»Es gibt hier etwas, das ihr zwei euch ansehen solltet.«

»… Wir kommen.«

Ich tippe wieder auf das Uniglass, um die Verbindung zu beenden. Betrachte das Mädchen, das mir gegenübersitzt, Jahrhunderte und Lichtjahre entfernt von allem, als was und wo sie aufzuwachen glaubte. Mein Mund schmeckt nach Blut und Asche.

Was kann man sagen, wenn einem für das, was man empfindet, die Worte fehlen?

Was kann man tun, wenn es nichts mehr zu tun gibt?

»Wir sollten gehen«, sage ich.

Und ohne ein Wort rutscht sie vom Bett und marschiert zur Tür hinaus.

29 Cat

Ich arbeite am Navcom, als O'Malley und Spitzohr zurück auf die Brücke kommen. Sie sieht aus wie durch den Reißwolf gedreht, und er macht ein Gesicht, als hätte jemand seinen Welpen ermordet und ihm den Kopf ins Bett gelegt. Aber ganz ehrlich, wir haben jetzt größere Probleme als Gefühlskisten. Die *Bellerophon* kommt immer näher, und nach dem, was wir gerade entdeckt haben …

»Auri, alles okay bei dir?«, fragt Scarlett, die Gefühlskisten natürlich ein bisschen höher bewertet als ich. Das kann sie gut.

O'Malley wirft Spitzohr einen Blick zu, und ich sehe die Lüge in ihren Augen, bevor sie sie ausspricht. »Alles in Ordnung.«

»Cat, zeig es ihnen«, sagt Ty.

»Verstanden.«

Mit einer schnellen Drehbewegung meines Handgelenks projiziere ich die Navcom-Bilder auf den Holobildschirm. O'Malley blickt auf die kreisende Spirale aus glitzernden Sternen.

»Was ist das?«, fragt sie.

»Die Karte in deinem Trigger hat insgesamt zweiundzwanzig Sterne hervorgehoben«, sage ich. »Ich habe diese Systeme auf die Karte der bekannten Regionen der Galaxis übertragen.«

»Hat 'ne Weile gedauert«, sagt Finian. »Hinschauen allein hat sie nicht weitergebracht.«

»Es gibt ungefähr zweihundert Milliarden Sterne in der Milchstraße, du Blödmann. Die hab ich nicht alle auswendig im Kopf.«

Er schnaubt. »Ich dachte, du müsstest das draufhaben.«

»Halt die Klappe, Finian.« Meine Finger fliegen über das Pult, und unter den Milliarden Sonnen leuchten zweiundzwanzig rote Punkte auf. »Die meisten der farbig markierten Systeme sind noch unerforscht. Und viele davon sind extrem weit weg, selbst wenn man durch die Raumfalte reist. Aber siehe da, sie befinden sich alle an einer bekannten Schwachstelle der Raumfalte.«

»Also haben sie alle ein natürliches Tor?«, fragt Spitzohr.

»Scheint so, ja.« Ich tippe eine Reihe von Befehlen. »Und ihr kommt nie und nimmer drauf, welches System unserem momentanen Standort am nächsten ist.«

Kal hebt fragend eine Augenbraue, und ich werfe die Antwort auf den Hauptbildschirm. Über unseren Konsolen schwebt die holographische Darstellung eines hell leuchtenden Sterns. Er wird von sieben Planeten umkreist, und die dritte Welt befindet sich in der bewohnbaren Zone. Darunter wird in Leuchtschrift der Name des Systems angezeigt.

»Octavia«, flüstert Auri.

Ich schaue erst Ty, dann Scarlett an. Und jedes Mitglied dieser idiotischen Truppe auf dieser idiotischen Mission, für die wir uns an der Academy fünf Jahre lang den Arsch aufgerissen haben. Wir wissen alle, dass das kein Zufall sein kann. Die offiziellen Archive wollen uns was von Lei Gong weismachen, aber die GIA-Agenten mit dem irren Pflanzenzeugs im Gesicht waren laut O'Malley ehemalige Octavia-III-Kolonisten. Sie sagt, dass ihr Schiff, die *Hadfield*, nach Octavia III unterwegs war, als es vor zweihundert Jahren verschwand. Und jetzt führt uns diese Millionen Jahre alte Karte – wofür auch immer sie gut sein soll – direkt zu diesem verfluchten Planeten.

»Quizfrage, Legionäre«, sagt Tyler. »Nehmen wir an, ihr

seid die GIA, und es gibt ein System, von dem ihr die Leute fernhalten wollt. Und nehmen wir weiter an, ihr könnt den Zugang nicht einfach verschließen, weil es an einer natürlich vorkommenden Raumfaltenöffnung liegt. Wie verhindert ihr, dass jemand sich da umguckt?«

»Vielleicht könnte man eine Geschichte über ein tödliches Virus in die Welt setzen«, murmelt Scarlett.

»Vielleicht ist das keine Geschichte«, erinnere ich sie. »Zila meinte doch, die Kolonisten in den GIA-Uniformen seien schon vorher tot gewesen. Vielleicht waren sie mit dem Virus infiziert, vor dem diese Sperre uns warnt.«

»Und warum haben sie dann in den Archiven Octavia durch Lei Gong ersetzt?«, fragt O'Malley. »Warum haben sie alle Spuren der Kolonie gelöscht? Und jagen den letzten Menschen, der noch eine Verbindung zu dem Ort hat?«

Tyler verschränkt die Arme über seiner breiten Brust. »Ich weiß ja nicht, wie es euch geht, aber ich habe allmählich das Gefühl, dass es auf Octavia etwas gibt, was die GIA vor uns geheim halten will. Beziehungsweise was Auri nicht sehen soll.«

»Ra'haam«, murmelt Zila.

Kal nickt. »Hütet euch.«

Das gefällt mir alles ganz und gar nicht. Regierungsverschwörungen, Vertuschungsversuche und weiß der Geier was noch. Aber wir haben dringlichere Probleme.

»Die *Bellerophon* ist in Funkweite«, meldet Scar. »Gerade geht eine Nachricht ein.«

»Anzeigen«, befiehlt Tyler.

Das Bild des Octavia-Systems weicht einer Gestalt in weißem Anzug, weißem Hemd, weißen Handschuhen. An der Wand hinter ihr prangt das geflügelte Wappen der Terran Defense Force. Das Gesicht ist eine glatte weiße Spiegelmaske.

»Guten Morgen, Princeps«, sagt Tyler.

»Legionär Jones«, erwidert die Gestalt. *»Sie sind angeklagt, Mitarbeiter der Global Intelligence Agency ermordet, einer polizeilich gesuchten Person zur Flucht verholfen und gegen zahllose Vorschriften der Aurora Legion verstoßen zu haben.«*

»Ging ziemlich rund in den letzten Tagen«, stimmt Tyler zu.

»Wenn Sie erst einmal in die lunare Strafkolonie geschickt worden sind, wird Ihnen das Lachen schon vergehen«, donnert Princeps. *»Hiermit befehle ich Ihnen, Ihre Triebwerke herunterzufahren und Ihre Position beizubehalten, bis unser Enterkommando eintrifft.«*

»Und wenn ich mich weigere?«

»Werden wir Ihr Fahrzeug zerstören«, sagt Princeps.

»Tut mir leid«, sagt Tyler kopfschüttelnd, »aber das glaube ich Ihnen nicht. Ich fürchte, Ihnen wird nichts anderes übrig bleiben, als uns zum Octavia-System zu folgen.«

Zum ersten Mal, seit wir Princeps begegnet sind, wird er laut. *»Für dieses System gilt auf Befehl der terranischen Regierung eine galaktische Sperre!«*

»Aufregend, oder?«

»Sie werden …«

Mit einer Kopf-ab-Geste bedeutet mir Tyler, dass ich die Verbindung kappen soll, und ich wechsle wieder zu der holographischen Ansicht des Octavia-Systems. Abgesehen von dem Brummen der Triebwerke ist es mucksmäuschenstill auf der Brücke. Scarlett mustert ihren kleinen Bruder mit erhobener Augenbraue, und ich bin auch ziemlich baff. In all den Jahren, die ich ihn schon kenne, habe ich noch nie erlebt, dass Tyler sich einer Anordnung von oben widersetzt hat. Kein einziges Mal. Aber in den letzten Tagen ist aus dem Musterschüler der Academy ein interstellar gesuchter Verbrecher geworden.

Und Schöpfer steh uns bei, ich glaube, er kommt allmählich auf den Geschmack.

»Ganz schön hoch gepokert, Bruderherz«, sagt Scar.

»Das sehe ich anders«, sagt er. »Der GIA ging es doch von Anfang an darum, Auri gefangen zu nehmen. Und sie haben alle zu töten versucht, die wussten, dass sie sie in Gewahrsam hatten. *Darum* geht es hier.« Er zeigt auf das Hologramm. »Jetzt ist klar, dass es auf Octavia etwas gibt, was die GIA geheim halten will. Und was auch immer es ist, es hängt mit Auris neuen Fähigkeiten zusammen. Ihre Trancen haben uns zu dem Trigger geführt, und der Trigger führt uns nach Octavia. Ich weiß zwar auch nicht, ob Battle Leader de Stoy und Admiral Adams wussten, was uns erwartet, aber ich glaube, dieser Weg war uns bestimmt. Ich glaube, dass hier etwas viel Größeres geschieht, als uns allen klar ist.«

Er sieht jedem Einzelnen von uns in die Augen.

»Aber ab jetzt befinden wir uns im freien Fall. Ich nehme es keinem von euch übel, wenn ihr aussteigen wollt. Bisher jagt uns nur die terranische Regierung. Wenn wir in einen galaktischen Sperrbereich eindringen, werden wir von sämtlichen Regierungen der Galaxis gejagt.«

Tyler hat recht, das wissen wir alle. Eine galaktische Sperre ist die röteste rote Linie, die es gibt. Sie wird nur für die allergefährlichsten Sektoren in der Galaxis verhängt, in denen Krankheiten ausgebrochen oder Phänomene aufgetreten sind, die eine unmittelbare Gefahr für die gesamte galaktische Zivilisation darstellen. Die Lysergia-Seuche. Selmis-Pocken. Zeitstürme. Von Systemen, die zu galaktischen Sperrgebieten erklärt worden sind, hält man sich besser fern. Wenn man diese rote Linie überschreitet, wird einem nicht der Prozess gemacht, da wird man standrechtlich vaporisiert, fertig.

Tyler blickt noch einmal in die Runde. »Wer von euch gehen will, kann jetzt runter auf Level 3 und mit der Fluchtkapsel das Schiff verlassen. Meinen Segen habt ihr.«

Scarlett stemmt die Hand in die Hüfte. »Das ist nicht dein Ernst, oder?«

»Doch, Scar. Wir wissen nicht, was wir auf Octavia vorfinden werden. Dafür ist keiner von uns in die Legion eingetreten.«

Sie geht über das Deck auf ihren Bruder zu, legt ihm beide Hände auf die Schultern und dreht seinen Stuhl zu sich herum. Auch wenn sie keine eineiigen Zwillinge sind, sehe ich in solchen Momenten deutlich, wie ähnlich sie sich sind. Wie stark das Band zwischen ihnen ist. Unzerreißbar.

Scarlett beugt sich vor und küsst Tyler auf die Wange.

»Ich bin *deinetwegen* in die Legion eingetreten, Dummerchen.«

»Ein Ace hält zu seinem Alpha«, sage ich.

Tylers Blick begegnet meinem.

»Immer«, ergänzt er.

Ich lächle zurück. »Immer.«

»Ich bin nicht normal«, sagt Zila in die eintretende Stille hinein.

Wir sehen sie an. Ihr Blick ist gesenkt, und sie spielt mit ihren goldenen Ohrringen. Ich erkenne erst jetzt, dass sie die Form von winzigen Pizzastücken haben. Ihre Locken sind ein dunkler Vorhang um ihr Gesicht, ihre Stimme ein Flüstern.

»Zila?«, fragt Scar.

»Die einzigen Orte, wo ich jemals wirklich hingepasst habe, sind die Orte in meinem Kopf«, fährt sie fort. »Das war schon richtig erkannt, Sir: Ich verstehe andere Leute nicht.« Sie sieht sich auf der Brücke um. »Aber ich glaube, von allen Orten, wo ich nicht hingepasst habe, passe ich hier ein bisschen besser her.«

Scar lächelt. »Wer will schon normal sein, wenn man stattdessen interessant sein kann?«

Zila sieht Scar an und nickt. »Ich bleibe.«

Kal ergreift von seinem Platz an der Waffenkonsole das Wort. Mit glühendem Blick sieht er zu O'Malley hinüber.

»Ich werde diesen Weg bis zum Ende mitgehen.«

»Na, dann viel Glück dabei«, sagt Finian. »Aber wenn wir in galaktisches Sperrgebiet eindringen, geht das mir persönlich zu weit. Ich mache mir doch nicht sämtliche Regierungen der Galaxis zum Feind, nur damit ein zweihundert Jahre altes, telekinetisch begabtes Staubkind uns weiter wie Kebar-Bälle durch die Luft schmeißen kann, sobald jemand es anpustet. Viel Spaß bei eurer Selbstmordmission, Leute!«

Wir sind alle ein bisschen baff, glaube ich. Der ganze Squad sieht zu, wie sich Finian auf seinem Stuhl einmal ganz herumdreht, aufsteht und langsam, mit quietschendem Exoanzug, zur Tür humpelt. Verdenken kann ich es ihm nicht. Schließlich ist er Betrasker, und Ärger haben wir bisher nur mit Terra. Wenn er klug spielt und jetzt mit uns bricht, könnte er vielleicht sogar …

Finian wirbelt zu uns herum und zeigt direkt auf mich.

»Ätsch, bätsch!«

»… Was?«

Auf seinem Gesicht breitet sich ein selbstgefälliges Grinsen aus. »Gebt's zu. Ihr habt echt geglaubt, dass ich die Biege mache, oder?«

Ich muss gegen meinen Willen ebenfalls grinsen, schnappe mir Kleeblatt und schleudere ihn quer über die Brücke. Fin versucht nicht, ihn aufzufangen, und das Plüschtier prallt gegen seine Brust und plumpst zu Boden.

»Du bist ein Arschloch, Finian«, seufzt Scarlett.

»Schon klar«, gibt er zurück. »Aber ich bin *euer* Arschloch.« Er verzieht das Gesicht.

»Moment, nein, das kam jetzt ganz verkehrt rüber. Bäh. Sorry. Terranisch als Fremdsprache, ihr versteht …«

Tyler grinst und mustert seinen Squad 312. Die meisten von uns kennen sich erst seit ein paar Tagen. Wir sind schon zusammen durch dick und dünn gegangen. Vielleicht gehen wir als Nächstes durch die Hölle. Aber trotz allem weiß ich eins: Es gibt niemanden im großen weiten Weltraum, dem ich lieber folgen würde.

»Nimm Kurs auf Octavia, Zero.«

Ich salutiere und schicke ein Lächeln hinterher.

»Jawohl, Sir.«

***

Wir sind fast am Raumfaltentor vor Octavia angelangt, als die *Bellerophon* uns unter Beschuss nimmt.

Princeps hat eine Stunde lang versucht, uns noch mal zu kontaktieren, aber Ty hat Scarlett angewiesen, die eingehenden Nachrichten zu ignorieren. Hier drin ist es auch ohne dringliche Warnungen von der GIA schon laut genug. Seit zwanzig Minuten jaulen unsere Alarmsysteme, weil die Signalstelle am Tor uns darauf hinweist, dass wir uns einem galaktischen Sperrgebiet nähern, dass ein Eindringen in das Octavia-System »lebensgefährlich« sei, »katastrophale Folgen« haben könne und einen »Verstoß gegen galaktische Gesetze« bedeute, »niedergelegt im Vertrag von Verduum IV und mitunterzeichnet von bla, bla, bla«.

Ich fange schon an, mein Leben zu hassen.

Und dann kommt eine Rakete auf uns zugeschossen und ich weiß wieder, warum ich es so liebe.

Wir haben unsere schicken Fummel ausgezogen und tragen wieder Uniform, sind also wenigstens passend gekleidet. Ich setze unsere Täuschkörper ein, rufe den anderen zu, dass sie sich festhalten sollen, und starte mit einem brutalen Ausweichmanöver durch. Unsere Monitore gleißen hell auf, als die Rakete hinter uns explodiert und die Raumfalte in reines, blendendes Weiß taucht.

»War das ein atomarer Sprengkopf?«, fragt Scarlett mit großen Augen.

»Ach du lieber Augustin!«, sage ich spöttisch.

»In dem Lied geht es um den Schwarzen Tod«, belehrt mich Zila. »Mit ›Alles ist hin‹ ist die Pest gemeint, und …«

»Ja, danke, kleine Legionärin Sonnenschein«, sagt Finian. »Morbide terranische Verse hin oder her, ich glaube, eure Artgenossen da draußen versuchen uns gerade umzubringen, was unser furchtloser Anführer vorhin *für unwahrscheinlich erklärt hat*!«

Tyler sieht ungläubig auf seine Radarschirme. »Das hätte ich wirklich nicht gedacht …«

»Nicht *gedacht*? Du bist doch angeblich ein taktisches Genie!«

Ty hebt seine vernarbte Augenbraue. »Finian, ich zerstöre deine hohe Meinung von mir ja nur ungern, aber jetzt ist vielleicht ein guter Zeitpunkt, um zu gestehen, dass …«

»Haltet euch fest!«, brülle ich.

Drei weitere Raketen sausen auf uns zu, und aus den Schienenkanonen der *Bellerophon* bricht eine Feuersalve. Ich hämmere auf mein Instrumentenpult, werfe noch eine Runde Täuschkörper ab, zickzacke durch den Feuersturm. Die Triebwerke schnurren unter mir, meine Finger fliegen gedankenschnell über die Schalter. Die Explosionen versengen die Raumfalte in einem Umkreis von Tausenden Kilometern. Aber unsere Longbow ist schneller, wirbelt durch den Kanonenhagel, taucht knapp unter den geräuschlosen Salven hindurch und entkommt dem Inferno ohne einen einzigen Kratzer.

»Diese Wichser machen ernst«, knurre ich.

»Wie lang noch bis zum Raumfaltentor?«, fragt Tyler.

»Eintritt in vier Minuten einunddreißig Sekunden.«

»Kannst du sie bis dahin auf Abstand halten?«

Ich zwinkere ihm zu. »Ich werde meinem Spitznamen alle Ehre machen.«

Wir sehen es schon vor uns. Im Gegensatz zu den sechseckigen Toren aus Titan, die wir Terraner benutzen, und den tränenförmigen Kristallportalen der Syldrathi ist diese Öffnung vollkommen natürlich. Sie wirkt wie ein schimmernder Riss im Stoff der Raumfalte – als hätten die Klauen eines sagenhaften Tiers den Raum zerfetzt. Sie ist zehntausende Kilometer breit, und an den Rändern kräuselt sich Quantenlicht. Dahinter flimmert das All wie eine Fata Morgana. Und durch diesen undenkbaren Ritz in der Haut des Universums blinkt uns von fern der Stern Octavia entgegen, ein roter Punkt im farbigen Meer des Echtraums.

Die *Bellerophon* nimmt uns jetzt mit ihren Schienenkanonen unter Dauerbeschuss. Der letzte Zweifel, ob sie uns tatsächlich umbringen wollen, wird ausgeräumt, als ein Dutzend Granaten keine hundert Meter entfernt an unserem Backbordflügel vorbeisausen.

»Oh Schöpfer, das war knapp«, stößt Finian zwischen den Zähnen hervor.

»Halt die Klappe«, knurre ich. »Ich hab alles im Griff. Eintritt in den Echtraum in sechzig Sekunden.«

Da kracht eine Salve in unser Heck und reißt ein Loch von der Größe eines Fußballs in die Hülle. Ein Alarm kreischt los, und die automatischen Einschlusssysteme riegeln das leck geschlagene Deck sofort ab. Ich werfe einen Blick auf die Schadensmeldung und sehe, dass unser Maschinenraum getroffen worden ist.

Nicht gut.

»Ich dachte, du hättest alles im Griff!«, brüllt Finian über den Alarm hinweg.

»Ich dachte, ich hätte dir gesagt, dass du die Klappe halten sollst!«

Kal lächelt, seine Augen leuchten. Im Chaos der Schlacht fühlt er sich sichtlich wohl – so entspannt erlebe ich ihn zum ersten Mal. »In dir steckt kein großer Krieger, oder, Finian?«

»Und in dir steckt kein großer …« Der Betrasker kneift seine großen schwarzen Augen zusammen und überlegt. »Warte, warte, da hatte ich gestern was richtig Gutes …«

Eine weitere Uransalve rast steuerbord keine drei Meter an uns vorbei. Ich fliege hart am Anschlag, aber sie haben einfach zu viele Kanonen. Longbows sind nicht dafür gebaut, es mit Schlachtschiffen aufzunehmen; das ist, als würde man einen Terrier in den Kampf gegen einen Dobermann schicken. Klar, der Terrier kann sich aufplustern, aber egal, wie schnell und wie wütend er wird, am Ende macht der Große den Kleinen zum Zahnstocher.

»Eintritt in den Echtraum: fünfzehn Sekunden!«

»Alle festhalten!«, brüllt Tyler.

Auf unserem Bildschirm klafft der Riss auf. Der Druck wird spürbar, kriecht über meinen Körper, dehnt meine Haut. Die Warnhinweise zu der Sperre, zu dem Leck im Maschinenraum und dem Beschuss durch die *Bellerophon* schwellen zu einem ohrenbetäubenden Chor an. Mir wird flau im Magen, als sich die gesamte Galaxis auf den Kopf stellt. Kurz wird es vollkommen still, dann dröhnen die Triebwerke wieder los, die Realität schlägt zu, und wir rauschen in die einladende Farbenpracht des Echtraums hinaus.

Die gute Nachricht ist: Wir sind halbwegs heil geblieben.

Die schlechte Nachricht ist: Die *Bellerophon* ist immer noch dicht hinter uns.

Wie eine Feuerwalze bricht sie aus der Raumfalte hervor und schießt eine weitere Granatensalve ab. Keine Ahnung, was die GIA ursprünglich mit der Festnahme von O'Malley bezweckt hat, aber jetzt scheinen sie wild entschlossen, den Schaden zu begrenzen, indem sie uns einfach pulverisieren. Warum, ist mir schleierhaft – auf meinen Radarschirmen wirkt Octavia wie ein ganz normales System. Ich kann nichts entdecken, was sie um jeden Preis – auch wenn es Auroras Tod bedeutet – verstecken oder schützen müssten.

Als wir näherkommen, bestätigt sich, dass Octavia III ein hundsgewöhnlicher M-Klasse-Planet ist. Ein Körnchen aus blaugrünen Landmassen und blaugrünem Wasser. 74 Prozent Ozean. Milde Temperaturen, vier Hauptkontinente. Mit anderen Worten – öde.

Was an diesem Kaff-Planeten wollen sie denn bitte vor uns …

»Sir.« Zila schaut von ihren Instrumenten auf, erst zu Aurora, dann zu Tyler.

»Was ist, Legionärin?«, fragt Ty.

Mit einer Drehung ihres Handgelenks wirft Zila ein Luftbild des Kontinents unter uns auf den Hauptbildschirm. Und dort, in einem sattgrünen Tal an einem glitzernden Band Wasser, drängen sich dreißig oder vierzig *Gebäude*.

»Das ist Butler«, flüstert Aurora. »Die erste Siedlung der Octavia-Kolonie.«

Also stimmt es doch. Es gab hier tatsächlich eine Siedlung. Auf diesem Planeten lebten Menschen. Familien. Kinder. Und dann ist etwas passiert, das der Nachrichtendienst der Terran Defense Force in den letzten zweihundert Jahren vertuscht hat.

»Scheißlügner«, murmele ich.

Ich schaue auf die Ansicht der *Bellerophon* hinter uns und warte auf einen Befehl von Tyler. Seine Wette, dass die GIA uns nicht töten würde, ist nicht aufgegangen, und jetzt stehen wir vor dem Dilemma, einem Schiff zu entwischen, für das wir zu langsam sind, oder ein Schiff zu bekämpfen, gegen das wir keine Chance haben. Bis Octavia III ist es nicht mehr weit, aber die Raketensysteme der *Bellerophon* haben uns längst erfasst, und die Schienenkanonen sind schon wieder geladen. Außerdem verlieren wir Energie – anscheinend hat der Treffer vorhin unseren Reaktorkern beschädigt. Und ich bin zwar gut, aber ich weiß ehrlich nicht, ob ich gut genug bin, um den Karren für ihn aus dem Dreck zu ziehen.

»Die *Bellerophon* funkt uns wieder an«, meldet Scarlett.

Tyler sieht sich seufzend auf der Brücke um. Ich sehe es in seinem Blick: die Angst um seine Leute, die Enttäuschung über sich selbst. Wir sind Octavia III jetzt so nah, dass ich die Wolkenwirbel in der Atmosphäre und die gezackten Umrisse der Kontinente unter uns erkennen kann. Aurora ist aufgesprungen und starrt auf die Aufnahme der Kolonie auf dem Hauptbildschirm. Auf den Ort, an dem sie den Rest ihres Lebens verbringen sollte.

Fast hätten wir es geschafft. Fast hätten wir sie nach Hause gebracht. Aber vielleicht war Tylers Vertrauen am Ende doch nicht gerechtfertigt? Vielleicht ist diese Reise jetzt endgültig vorbei?

»Schalte sie frei«, weist er Scarlett an.

Auf unserem Hauptbildschirm erscheint das Hologramm

von Princeps mit der weißen, ausdruckslosen Spiegelmaske und der toten Metallstimme.

»Legionär Jones«, sagt der Agent. *»Das ist unsere letzte Warnung. Wenn Sie nicht sofort Ihre Triebwerke herunterfahren, werden Sie …«*

Die Übertragung wird von dem Knall einer Explosion übertönt, und der Feed ist kurz unterbrochen. Dann scheppert auf der Brücke der *Bellerophon* ein Alarm los, und auch bei uns piepst ein Warnsignal. Ich schaue auf meine Radarschirme und versuche zu begreifen, was ich da sehe.

»Cat, Status?«, bellt Ty.

»Die *Bellerophon* wird … angegriffen?«

»Von wem?«

Ich schüttele den Kopf. »Da draußen schwirren ein halbes Dutzend Energiesignale rum, aber ich kriege keine LADAR-Infos rein. Auf dem Radar ist fast nichts zu sehen.«

»Ansicht?«

Ich rufe eine Ansicht der *Bellerophon* auf. Man kann erkennen, dass die Backbordtriebwerke was abbekommen haben und Kühlflüssigkeit ins All entweicht. Der Zerstörer wird von einem Dutzend schlanker, halbmondförmiger Schiffe umschwärmt, die in der Dunkelheit kaum sichtbar sind. Sie sind komplett schwarz, und die Piloten fliegen in einem Winkel, der den LADAR-Sensoren möglichst wenig Oberfläche bietet. Sie haben aus dem Hinterhalt zugeschlagen und schmelzen mit ihren Plasmakanonen die Hülle des Zerstörers weg. Und ich frage mich, ob wir gerade durch ein Wunder in letzter Minute gerettet worden sind oder noch tiefer in der Scheiße stecken als vorhin.

»Das sind chellerianische Tarnkappenfregatten«, sagt Kal.

Über Funk hören wir Princeps donnern: *»Achtung, nicht identifizierte chellerianische Raumschiffe. Sie beschießen ein Fahrzeug* *der Terran Defense Force unter dem Kommando der Global Intelligence Agen…«*

»Ich weiß genau, wen ich beschieße, Mensssch-lein«, knurrt es zur Antwort, und das furchteinflößende Gesicht des berüchtigtsten Gangsterbosses des gesamten Sektors materialisiert sich auf dem Bildschirm. *»Ihr GIA-Schranzen habt mich reingelegt, und wer Casseldon Bianchi einen Dolch in den Rücken stößt, hat sein Leben verwirkt!«*

»Da will wohl jemand seinen Trigger zurück«, flüstert Scarlett.

»Ähm.« Finian wirft Aurora einen Blick zu. »Wer sagt ihm, dass wir ihn kaputt gemacht haben?«

Wir haben jetzt den Gravitationstrichter von Octavia III erreicht, und die Kühlflüssigkeit, die aus den Backbordtriebwerken der *Bellerophon* entweicht, wird in einer langen Spirale in die obere Atmosphäre des Planeten gesogen.

Die chellerianischen Schiffe surren flink wie Kolibris durch das Schienenkanonenfeuer des Zerstörers und piesaken ihn mit Schüssen wie ein Schwarm Ameisen einen Elefanten. Aus den Buchttoren der *Bellerophon* steigen ihre kleineren Jäger auf. Die meisten stürzen sich auf die Schiffe der Chellerianer, doch eine Staffel – mindestens ein halbes Dutzend – nimmt geradewegs Kurs auf uns.

Unsere Energiepegel sinken schnell, aber jetzt kann ich zeigen, was ich draufhabe. Ich düse auf die herannahenden Jäger zu und fädele die Longbow durch die Feuerbahnen. Meine jahrelange Ausbildung, meine Instinkte, der Rhythmus, den ich im Blut habe – all das kann sich jetzt voll entfalten. Meine Hände fliegen über die Schalter, mein Körper wird eins mit dem rollenden Schiff.

Ich tauche im Sturzflug in den Gravitationstrichter von

Octavia III ab und breche am unteren Ende mit vollem Karacho daraus hervor. Kal hat das zweite Waffenpult besetzt, und zusammen jagen wir eine Feuergarbe in den TDF-Schwarm. In einem Glücksrausch sehe ich zu, wie die Jäger zu Gejagten werden. Wie die Chellerianer und die *Bellerophon* sich gegenseitig in Stücke schießen. Wie blaue Flammen zischen und Splitter durch die Luft wirbeln, während wir unsere Verfolger einen nach dem anderen erledigen.

Bis mir einfällt, dass meine Mutter TDF-Pilotin war.

Und mir klar wird, dass in diesen Jägern echte Menschen sitzen.

Ich habe noch nie lebende Piloten abgeschossen. All die Trainingsstunden im Cockpit, die Prüfungen, die mir meinen Spitznamen eingetragen haben – das war alles nur simuliert. Das da draußen sind *echte Menschen.* Terraner, die für etwas kämpfen, an das sie glauben.

Genau wie ich.

Unser Triebwerk beginnt zu stottern. Die Energielevel erreichen den roten Bereich. Und der Gedanke an die Leute in diesen Cockpits macht mich nachlässig. Die *Bellerophon* steht in Flammen, Sauerstoff entweicht aus ihrer geschmolzenen Hülle und verbrennt im All. Auch die Chellerianer hat es zerfetzt; die Trümmer ihrer schnittigen schwarzen Tarnkappenschiffe glitzern wie Glasscherben, als sie ins Nichts davonwirbeln.

Eine nukleare Explosion zerreißt die obere Atmosphäre von Octavia III – das letzte Aufbäumen der sterbenden *Bellerophon.* Über Funk hören wir Bianchi brüllen, als sein Raumschiff getroffen wird. Ich sehe den Feuerball, verfolge die elektromagnetische Druckwelle, die auf uns zurast.

Ich will uns noch hochziehen, aber die Triebwerke haben nicht mehr genug Saft – meine Kleine ist zu schwer verletzt, um das Tempo zu schaffen, das ich bräuchte. Der EMP-Stoß trifft uns in einer Welle aus Licht und Klang, mein Instrumentenpult beginnt Funken zu sprühen.

Ich werde in meinen Gurten zur Seite geschleudert. Höre Fin aufschreien. Alarmsirenen gellen. Die Temperatur steigt. Wir schlagen auf die Atmosphäre auf, und unsere Longbow flippt auf der Gashülle dahin wie ein Stein über Wasser. Ich kämpfe gegen den Sog nach unten an, zerre mit aller Kraft an meinen Hebeln. Aber wir haben zu viel Energie verloren.

Der Schaden ist zu groß.

»Wir gehen runter!«

Keine Suchergebnisse gefunden:

Ra'haam

Zu deiner Suche gab es null Treffer, Boss. Ich konnte nichts finden. Wie peinlich.

Vorschläge:

Überprüfe, ob alle Wörter richtig geschrieben sind.

Versuche es mit anderen Suchbegriffen.

Versuche es mit allgemeineren Suchbegriffen.

Schalte mich aus und wieder an.

30 Finian

»Ty, jag die Stabilisatoren hoch! Squad, Brace- oder Gebetsposition!«

Cat bedient ihre Konsole, als wäre sie einer unserer vierarmigen chellerianischen Freunde da oben: Ihre Hände sind überall gleichzeitig, legen Schalter um und tanzen über die Knöpfe, um noch ein bisschen Auftrieb aus unserem verwundeten Schlachtross zu kitzeln.

»Alle anschnallen!«, befiehlt Ty. Aurora gurtet sich auf einem zusätzlichen Beschleunigungssitz an der Rückseite der Kabine fest, und um mich herum machen sich meine Squadmates für den Eintritt bereit. »Es ist so weit.«

Ein Ruck durchläuft das Schiff, die Longbow neigt sich wütend kreischend nach rechts, und Zila kracht in die gegenüberliegende Wand, bevor sie es auf ihren Platz geschafft hat. Niemand kriegt auch nur eine Hand in ihre Richtung, um ihr hochzuhelfen, und Cat stößt weiter einen Befehl nach dem anderen aus. In Einsätzen ist Goldenboy unser Alpha, aber er ist dazu ausgebildet, ihr in solchen Situationen zu assistieren, und sein hübsches Gesicht ist hoch konzentriert.

»Stabilisatoren aktiviert«, meldet er.

»Fühlt sich aber nicht so an!«, brüllt Cat, als der nächste Ruck unser Fahrzeug durchschüttelt wie auf einer holprigen Straße. Wenn diese Straße eine schwindelerregend steile Abfahrt wäre, an deren Ende es runter in den Abgrund geht.

Schöpfer steh uns bei, wir werden alle sterben.

»Doch, sind aktiv!«, bestätigt Ty, während Zila ihren Stuhl von hinten zu fassen kriegt, sich auf den Sitz wirft und auf den

Anschnallknopf schlägt. Die Gurte surren über ihre Schultern und rasten ein.

»Hier sind überall Luftlöcher«, knurrt Cat. Wir geraten wieder in Turbulenzen, und mein Exoanzug versucht mich mit einem hartnäckigen Summen an den Handgelenken darauf hinzuweisen, dass ich gefälligst aufhören soll, ständig das Schwerkraftlevel zu wechseln, weil er sich nicht schnell genug anpassen kann.

»Neuer Versuch?«, fragt Tyler. Vor unserer Frontscheibe wirbelt blauer Himmel vorbei, und kurz erhaschen wir einen Blick auf den Kontinent unter uns. Er ist sehr viel näher als vorhin.

»Noch nicht!«, brüllt sie über den Annäherungsalarm und die Sperrhinweise. »Mach die APU klar, wir müssen ohne Triebwerke landen, wenn der Treibstoff …«

Bevor sie den Satz beenden kann, ist es auch schon so weit. Der Strom flackert und fällt aus, sämtliche Lichter auf der Brücke erlöschen, die Sirenen und Warnsignale um uns herum geben alle gleichzeitig den Geist auf. Und jetzt wissen wir endgültig, wie es sich ohne Stabilisatoren lebt.

Ty bewegt stumm die Lippen, als er das Hilfstriebwerk anwirft, und ich glaube, ich höre auch Kal etwas flüstern, obwohl sein schönes Gesicht wie immer keine Regung erkennen lässt. Meine Handgelenke haben ihren Vibrationsalarmprotest eingestellt, denn zur Zufriedenheit meines Anzugs bin ich endlich in gleichbleibender Schwerkraft. Eine Schwerkraft des Typs »von unkontrolliertem Sturzflug in den Sitz gepresst«. Also womöglich die letzte Form, die mein Anzug noch kompensieren muss.

Alle sind still, und alle Mienen haben den gleichen düsteren Ausdruck. Keiner will Cat und Ty auch nur mit einem Mucks von der Arbeit abhalten.

»APU läuft«, meldet unser Alpha. »Fährt hoch.«

»Bestätigt«, sagt Cat, als die Lichter auf dem Armaturenbrett wieder anspringen. »APU bei hundert Prozent, Zeit läuft.«

Jetzt geht es ums Ganze. Die Longbow kann nicht mehr aus eigener Kraft landen, aber das Hilfstriebwerk liefert uns ein ganz klein bisschen Extrapower. Gerade genug, damit unsere Pilotin die wichtigsten Instrumente und eine Lenkhilfe benutzen kann.

Gerade genug – vielleicht, wenn man Zero ist –, um das Ding zu schaukeln.

»Touchdown in 1 Minute 15!«, meldet sie, und ich würde am liebsten die Augen zukneifen und ein Stoßgebet sprechen, meinen Glauben in die Höhe recken und eine Belohnung für die vielen Jahre Gefolgschaft einfordern.

Aber so funktioniert es nun mal nicht, und ich kann auch gar nicht die Augen zumachen. Der Horizont kommt wieder in Sicht, und ich sehe einen wogenden blaugrünen Ozean, einen Küstenstreifen, kurz schimmert das spiegelglatte Band des Flusses auf.

»Hilfsenergie bei 70 Prozent«, meldet Ty leise und angespannt. Er hat alles getan, was er tun konnte, und sieht jetzt wie wir alle unserem Ace zu, wie sie darum kämpft, die Longbow in einen kontrollierten Sinkflug zu bringen.

»Touchdown in 60 Sekunden«, keucht sie.

Wird die Energie bis zur Landung reichen?

Oder uns ein paar Sekunden vorher im Stich lassen?

Ich reiße den Blick von der Aussicht los und sehe mich in meinem Squad um. Auri macht ein Gesicht, als müsse sie sich gleich übergeben, und Kal beobachtet sie besorgt. Zila hat den Kopf leicht zur Seite geneigt – wahrscheinlich rechnet sie gerade unsere Überlebenschancen aus und muss sich auf die vielen Nullen vor und hinter dem Komma konzentrieren. Scarlett fixiert Cat und bewegt dabei stumm die Lippen, aber wohl eher nicht im Gebet.

»40 Prozent«, meldet unser Alpha bedrückt.

»Touchdown in 45 Sekunden.«

Ich kann schon die Bäume sehen. Der Wind fegt in Wellen über das blaugrüne Blätterdach, das sich wie Wasser kräuselt, und ich stelle mir vor, dass die Longbow ein Kieselstein ist, den jemand über die Oberfläche springen lässt.

»15 Sekunden.«

»13 Prozent.«

»Wenn ich eine Meinung vorbringen dürfte …«

»Ton aus!«, schreien sieben Stimmen gleichzeitig.

»Brace!«, brüllt Cat, ohne mit der Wimper zu zucken, und ringt mit vollem Körpereinsatz darum, das Schiff auf einen langen Streifen aus hellem Sand und dunklen Steinen zu steuern.

Die Longbow jault auf, als sie in krachendem Stakkato über die Felsen brettert und sich dabei mächtige Dellen einfängt.

Niemand meldet mehr Zahlen, aber der Countdown tickt in meinem Kopf weiter.

Sieben. Sechs. Fünf.

Am Armaturenbrett gehen die Lichter aus, und Cat stößt fluchend und mit zitternden Armen den Steuerknüppel von sich.

Vier. Drei. Zwei.

Wir krachen in den Sand, heben noch mal ab, krachen wieder runter und schlittern unhaltbar vorwärts. Das Schiff wird so heftig durchgeschüttelt, dass ich kaum Luft bekomme, der Lärm schwillt unerträglich an, der Rumpf gleitet am Wasser entlang. Wir knallen gegen etwas Hartes und werden in einem Halbkreis herumgeschleudert, bis wir endlich zum Halten kommen. Ich kann die Schneise sehen, die wir hinter uns durch den Strand gezogen haben. Von oben ist das definitiv der größte »Sie sind hier«-Pfeil, den wir uns wünschen könnten.

Aber wir leben.

Bis auf die leisen Knackgeräusche in unserer Hülle, die sich langsam abkühlt, herrscht Schweigen. Ich ringe keuchend um Luft, während ein Dutzend stiller Alarme an allen möglichen Stellen meines Anzugs mich darüber informieren, dass ich unter extremem physischem Druck stehe (*danke, war mir gar nicht aufgefallen*). Niemand spricht. Langsam drehen sich Tyler und Cat auf ihren Stühlen zu uns herum und vergewissern sich, dass wir alle unversehrt geblieben sind.

»Also«, sage ich und bemühe mich, mit fester Stimme zu sprechen, »ich will euch ja nicht die Laune verderben, aber ich glaube nicht, dass wir unsere Kaution auf dieses Ding wiederkriegen.«

Scarlett lacht als Erste. Sie schnallt sich zitternd ab, stützt die Ellbogen auf die Knie und vergräbt den Kopf in den Händen. Nach und nach lösen die anderen ebenfalls ihre Gurte, stehen auf, recken und strecken und schütteln sich.

Ich warte erst mal ab, bis ich genug motorische Kontrolle habe, um die Hand zu heben und den Auslöseknopf in der Mitte meiner Brust zu betätigen. Niemand scheint zu merken, dass ich nicht freiwillig sitzen bleibe.

»Ist noch Energie da?«, fragt Goldenboy nicht allzu hoffnungsvoll.

»Nicht mal genug für mein Lieblingsspielzeug«, sagt Cat und streicht mit der Hand über ihre Konsole. »Und das hat eine super Akku-Laufzeit.«

Er lächelt ihr zu und legt ihr eine Hand auf die Schulter. »Das war der Wahnsinn, Cat. Das war … Das nenne ich Fliegen.«

Sie lächelt zurück und atmet zitternd durch. »Man soll ja

alles wenigstens ein Mal ausprobieren im Leben. Aber das war's dann auch für mich. Das muss ich nicht noch mal haben.«

Darüber lachen wir alle – wir sind so fertig mit den Nerven, dass wir über alles lachen würden. Aber Tyler schaltet schon wieder in den Arbeitsmodus.

»Zila, verteil die Schutzanzüge. Ich will nicht, dass hier irgendjemand auch nur ein Luftmolekül ungeschützt einatmet. Kal, hol die schweren Waffen. Wir haben keine Optiken, von daher müssen wir auf die altmodische Art Ausschau nach Verfolgern halten. Und wir sollten die Longbow absuchen und klären, wie wir sie wieder für den Weltraum fit kriegen.«

Aurora ist ebenfalls aufgestanden und starrt auf den Ausschnitt der Welt, die uns da draußen erwartet. Ihre Augen sind weit aufgerissen, ihr Gesicht bleich.

Zila händigt uns die Schutzanzüge aus, und Kal, Ty und die anderen ziehen sich ihre gleich über. Nur Scar, der offenbar aufgefallen ist, dass ich mich seit unserer Bruchlandung nicht gerührt habe, beugt sich über die Hauptkonsole zu mir und drückt augenzwinkernd auf den Verschluss an meiner Sicherung. Die Gurte gleiten über meine Schulter zurück in den Sitz.

»Du hast mich schon immer in Fahrt gebracht«, sage ich. Ich klinge fast wie der alte Finian. Aber sie ist ein brillantes Face und macht ihren Job mindestens so gut wie ihr Bruder seinen als Alpha. Klar war sie diejenige, die spitzgekriegt hat, dass mit mir was nicht stimmt.

»Brauchst du Hilfe beim Anlegen deiner Schutzausrüstung?«, fragt sie.

»Wie, du willst mich jetzt dazu überreden, *mehr* Sachen anzuziehen? Das nenne ich einen Rückschlag.«

»Das mach ich gern«, sagt sie und senkt die Stimme, damit

die anderen nichts mitbekommen. »Wie geht's deinem Anzug?«

Ehrlich gesagt reagiert er nur schleppend auf meine Bewegungen, viel langsamer, als er sollte. Der EMP, der die Systeme unserer Longbow lahmgelegt hat, hat auch meinen Anzug erwischt. Eigentlich ist er gegen so etwas abgeschirmt, aber offenbar nicht gut genug – einer atomaren Explosion im All habe ich ihn halt noch nie ausgesetzt. Und die Stunden, die ich bräuchte, um ihn wieder auf Vordermann zu bringen, haben wir schlicht und einfach nicht.

»Alles in Ordnung«, wehre ich ab.

»Fin?« Sie fällt nicht drauf rein, aber ihr Ton ist trotzdem sanft. Und das ist ein Schlag in die Magengrube. Ich will keine Anteilnahme, am allerwenigsten von ihr. Wenn sie mitfühlend guckt und ich den Eindruck habe, dass sie gleich was tröstlich Gemeintes sagen wird, dann werde ich …

Aber als ich hochschaue, sehe ich in ihren blauen Augen nicht das Mitleid, das ich erwartet habe. Höchstens eine leichte Besorgnis. Und das ist wohl auch der Grund, warum ich in demselben gedämpften Ton wie sie zu einer Antwort aushole. Und sage, was ich noch nie laut ausgesprochen habe.

»Scarlett, ich will nicht immer der sein, der Hilfe braucht. Jedes Mal, wenn andere mich als schwach wahrgenommen haben, musste ich dafür zahlen. Volle Schwerkraft ist zu viel für mich? Schickt mich weg von Trask, weg von meiner Familie und meinen Freunden. Ich kann nachts nur bei niedriger Schwerkraft schlafen? Verfrachtet mich in der Academy weit weg von allen anderen in ein Einzelzimmer. Der Anzug funktioniert nicht richtig? Dann würde dein Bruder mich schonen, wenn es hart auf hart kommt, und euch alle in Gefahr bringen. Und wenn man einmal Schwäche zeigt, wird man das nie mehr los. Also mach bitte kein großes Ding draus. Ach ja, und wenn du deinen üblichen Scarkasmus mal abstellen könntest, wär das auch super.«

Scarlett zieht eine perfekt geschwungene Augenbraue in die Höhe. »*Scar*kasmus?«

»Ja, passt, oder? Bin ich gestern Nacht draufgekommen.«

Beim Schöpfer, Finian, hast du gerade durchblicken lassen, dass du gestern Nacht an sie gedacht hast …?

»Keiner hier wird auf dich runterschauen, wenn du Hilfe annimmst, Fin«, sagt sie.

»Du hast leicht reden«, sage ich und tippe auf meinen Exoanzug. »Ich bin doch nicht ohne Grund bei der Auslese als Letzter von allen Gearheads übrig geblieben.«

Nach einer langen Pause zieht Scar eine Schnute. »Finian?«

»… M-hm?«

»Hast du schon mal darüber nachgedacht, dass es vielleicht gar nicht am Anzug liegt, dass du als Letzter ausgewählt worden bist?« Sie durchbohrt mich mit ihrem Blick. »Ich will nicht behaupten, dass er den Leuten nicht auffällt. Ich meine nur, dass du … vielleicht, *möglicherweise* … als Letzter ausgewählt worden bist, weil du alles tust, damit dich die gesamte Galaxis für ein unerträgliches Arschloch hält?«

Ich weiß nicht, was ich dazu sagen soll. Das hat gesessen.

»Das ist schon okay, Fin«, sagt sie leise. »Die Familie versiegelt deinen Bau, richtig?«

Sie hat mich tatsächlich durchschaut. Betrasker wollen Teil einer Gruppe sein – das ist ihnen ein tiefes, instinktives Bedürfnis. Das ist nicht bloß eine kulturelle Sache, das steckt in unserer DNA. Da kann ich den anderen vorspielen, was ich will, wir sind einfach nicht gern allein.

Und obwohl ich lieber mit Casseldon Bianchis Ultrasaurus

Tango tanzen würde, als es laut auszusprechen, hat ein Teil von mir von Anfang an die Fühler ausgestreckt. Ich kann nicht anders, ich sehne mich nach Beziehungen zu anderen wie eine Blume nach der Sonne. Und als ich mich auf der Brücke umsehe, wird mir klar, dass ich in diesem Squad vielleicht, nur *vielleicht* meinen Clan gefunden habe.

Also lasse ich meine Hand in ihre fallen, sie bewegt fast unmerklich den Arm, und schon hat sie mich hochgezogen. Für einen Moment stehen wir nur wenige Zentimeter voreinander entfernt. Ihre großen blauen Augen blicken tief in meine.

Oh Schöpfer, ich mag sie wirklich sehr.

Dann zwinkert sie mir zu und hält einen Schutzanzug hoch. Das silbrige Material fließt uns wie Wasser durch die Hände. Scarlett stützt sich zufällig genau im richtigen Augenblick auf ein Knie, um ihren Anzug über den Schuh zu fummeln, hebt danach meinen ein Stück an, sodass ich das Bein leichter hineinbekomme, und keiner kriegt es mit.

Aber bis wir alle von Kopf bis Fuß eingepackt sind, ist klar, dass es ziemlich schlecht um mich steht. Ich kann mich kaum bewegen, Gehen ist noch schwerer, und mein Anzug bestürmt mich mit Warnsignalen, die ich per Knopfdruck abstelle.

Zila meldet, dass uns von oben derzeit keine Gefahr droht, und so steigen Cat und ich in den Bauch der Longbow, um den Maschinenraum zu inspizieren. Erstaunlicherweise scheint er nur halb so schwer beschädigt zu sein, wie ich mich fühle. Unsere Hülle ist glatt durchschlagen worden, als wäre sie ein nasses Blatt Papier. Das Loch lässt sich reparieren, aber die Kanonensalve hat das Herz unseres Schätzchens gründlich demoliert.

»Wie sieht es hier drinnen aus?«, fragt Tyler, der sich von hinten an uns ranwanzt.

»Chaotisch«, antwortet Cat und zeigt auf unseren Energiekern. »Der Reaktor ist total im Arsch.«

»Ich weiß, ich bin sonst eher fürs Schwarzmalen zuständig, aber so schlimm ist es alles in allem gar nicht«, merke ich an. »Die Ausbesserung der Hülle übernehmen die automatischen Reparatursysteme. Der Reaktorkern ist ein separates Bauteil, der ließe sich leicht austauschen. Gesetzt den Fall, dass wir was stark Radioaktives finden, mit dem wir die Treibstoffzellen ersetzen können.«

»Okay, aber wo würden wir so was finden?«, fragt Tyler.

»Ich habe uns Richtung Siedlung gelenkt, als wir runtergegangen sind«, sagt Cat. »Müsste ungefähr zehn Kilometer von hier sein.«

Ich bin schwer beeindruckt, dass sie es überhaupt so nah rangeschafft hat. Aber das klingt nach einem Plan.

»Dann sollten wir den Raumhafen der Kolonie suchen«, sage ich. »Ich gehe mal davon aus, dass sie einen hatten, und die Chancen stehen gut, dass die Leute hier nie evakuiert worden sind, sonst wäre irgendwann durchgesickert, dass die Sperre nur vorgeschoben ist. Das heißt, ihre Schiffe müssten noch am Boden sein. Mit ein bisschen Glück und Spucke könnten wir einen funktionierenden Reaktorkern basteln.«

»Hört sich gut an«, nickt Ty.

»Ja, klar«, höhnt Cat. »Wenn man unter ›gut‹ versteht, dass wir mit gehfähigen Verletzten zehn Kilometer strammen Fußmarsch durch feindliches Gelände bewältigen müssen, um eine Kolonie zu erreichen, die es angeblich nie gegeben hat, und das auf die Gefahr hin, dass uns die TDF von oben attackiert.«

»Cat«, sagt Tyler mit einem Grübchenlächeln, das Eierstöcke aus zwanzig Metern Entfernung explodieren lassen könnte. »Wie oft soll ich es dir noch sagen? Man muss Vertrauen haben.«

Zwanzig Minuten später stehen wir aufbruchbereit an der Laderampe der Longbow. Mit dem gehfähigen Verletzten hat Cat natürlich *mich* gemeint – offenbar fällt es doch mehr auf, als ich dachte. Aber weil ich auch derjenige bin, der uns am ehesten einen funktionierenden Reaktorkern beschaffen kann, können sie mich wenigstens nicht im Schiff zurücklassen. Hinter uns erstreckt sich der Ozean, vor uns ein kurzer Dünenstreifen, und jenseits davon erheben sich blaugrüne Hügel. Das Rauschen der Wellen wirkt irgendwie surreal.

»In welcher Richtung geht's zur Kolonie?«, fragt Ty.

Cat schürzt die Lippen und tippt mit dem Finger an ihren Gesichtsschutzschirm. »Nach Westen, glaube ich? Obwohl, wenn ich so drüber nachdenke …«

»Es geht da lang«, sagt Aurora mit einem Fingerzeig.

»Sicher?«, fragt Ty.

Sie antwortet mit kräftiger Stimme. So selbstbewusst habe ich sie noch nie erlebt. »Für einen Platz an Bord der *Hadfield* habe ich zwei Jahre lang alles über den Planeten gelernt. Und ich wollte mich hier auf Kartographie spezialisieren. Wir befinden uns ungefähr zwölf Kilometer nordwestlich der Siedlung. Unwegsames Gelände. Zu Fuß vielleicht drei Stunden.«

Ty nickt beindruckt. »Dann sollten wir besser mal los.«

Über den Sanddünen liegt eine fast unheimliche Stille, als die Ersten von uns die Rampe hinuntergehen, und die Welt ringsum scheint aus nichts als sanften Linien und endlosem Himmel zu bestehen. Die Luft ist voller Flocken, die ich zunächst für Schnee halte, und auch der Boden ist davon bedeckt. Aber als ich die Ladebucht der Longbow verlasse, stelle ich fest, dass es kein Schnee ist, sondern …

»Pollen«, sagt Zila mit Blick auf den schwach leuchtenden Staub, der vom Himmel schwebt.

Ich schlucke schwer und strecke die Hand nach den blauen Dingern aus.

Aurora führt uns über die Dünen, weg von der Brandung und unserem ramponierten Schiff. Bei jedem Schritt zischt mein Anzug vernehmlich, und im Anstieg habe ich große Mühe, nicht auf dem losen Sand wegzurutschen. Scarlett geht neben mir, nah genug, um mich wissen zu lassen, dass sie da ist, wenn ich sie brauche. Aber ich beiße mich durch, schaffe es auf die Hügelkuppe und sehe die Landschaft vor uns.

»Schöpfer, steh uns bei«, flüstere ich.

Bis auf den Strand ist alles – die Felsen, die Erde, einfach alles – von einem niedrigen Gewächs mit tränenförmigen, fleischigen Blättern bedeckt, die genauso aussehen wie das Zeug, das aus der Augenhöhle dieser Patrice Radke gewachsen ist. Man hat fast den Eindruck, dass es alles eine einzige Pflanze ist, ein kriechender Teppich. Auch die Bäume sind vollständig davon umhüllt; um ihre Stämme winden sich lange Ranken. Dazwischen schimmern hie und da Flecken von flachem, silbrigem Gras, das mich an die Flechten auf den Gesichtern der GIA-Agenten erinnert.

»… Sollte das hier so aussehen?«, fragt Tyler.

»Nein«, sagt Aurora kopfschüttelnd.

Ein paar hundert Meter weiter ragt ein alter Funkturm in die Höhe – der einzige sichtbare Hinweis darauf, dass es hier einmal eine Kolonie gegeben hat. Aber auch der ist von demselben bizarren Gestrüpp eingesponnen, nur mit dickeren, schwereren Stielen, die sich um die Träger schlingen wie die Tentakel eines ospherischen Hemikryptors. Die Pflanzen scheinen den gesamten Turm mit sich in die Tiefe zu ziehen wie ein gesunkenes Schiff.

Es ist fast wie ein Pilz. Und es überwuchert *alles*.

»Das …« Aurora blinzelt mehrmals. »Das hab ich schon mal gesehen.«

»Ich auch«, flüstere ich mit brüchiger Stimme.

Der Squad sieht mich fragend an. Ich greife nach dem Symbol des Schöpfers an meinem Kragen, aber der Schutzanzug ist im Weg. Das Herz schlägt mir bis zum Hals.

»Ich habe davon geträumt«, sage ich und schaue Auri an. »Ich dachte, es wäre blauer Schnee, der vom Himmel fällt. Er war überall – genau wie hier. Aber es war nicht auf Octavia. Die Welt, von der ich geträumt habe …« Ich sehe kopfschüttelnd in die Runde. »War mein Heimatplanet. Trask.«

»Ich würde davon abraten, hier auch nur *irgendetwas* zu berühren«, sagt Kal.

»Auf keinen Fall«, bestätigt Tyler mit blassem Gesicht. »Haltet die Augen offen und fasst nichts an.« Er schultert sein Disruptorgewehr. »Und jetzt vorwärts marsch.«

Dem ist nichts hinzuzufügen, und so marschieren wir weiter, durch das wogende blaugrüne Gestrüpp hindurch. Auroras Miene ist wie versteinert, ihr Blick auf den Boden und die Pflanzen vor ihr geheftet. Hinter ihr stapft Kal, der ebenfalls ein Disruptorgewehr trägt. Ab und zu wendet Auri kurz den Kopf, um sich zu vergewissern, dass er bei ihr ist, aber sie sucht keinen Blickkontakt.

Scarlett spaziert neben mir dahin, als wäre ihr leichter silberner Schutzanzug ein echter Feeney und dieses Brachland ihr Laufsteg. Cat trottet ein Stück vor uns – wahrscheinlich muss sie nach der aufreibenden Notlandung erst wieder richtig zu sich kommen. Tyler und Zila bilden das Schlusslicht. Er trägt den Sicherheitsbehälter, den wir für die Reaktor-Ersatzelemente brauchen, und sie ist – tja, so stoisch wie eh und je. Im Laufen schaut sie mit dem Fernglas in den Himmel statt auf das, was direkt vor ihr liegt. Aber immerhin macht sie keine Anstalten, auf jemanden zu schießen. Das ist ja schon mal was.

Das Gestrüpp wird immer dichter, und bald bahnen wir uns einen Weg durch etwas, was früher wohl ein lichter Wald war, bevor es von diesem … Zeug erstickt wurde. Ich stapfe schweigend voran, in die Erinnerung an meinen Traum versunken, und weil mein Gehör für das leise, gequälte Ächzen und Zischen meines Anzugs geschärft ist, bin ich vielleicht der Einzige, der das Geräusch wahrnimmt.

Hinter uns.

Raschel, raschel.

Ich bleibe stehen und spähe mit zusammengekniffenen Augen über die Schulter.

»Alles klar, Finian?«, fragt Goldenboy, als er zu mir aufschließt.

»… Wissen wir, welche Fauna hier heimisch war?«

Zila wirft mir einen Blick zu. »Gibt es einen Grund für deine Frage?«

»Mir war so, als hätte ich was gehört«, gebe ich zu, während mein Puls ein bisschen zu sehr beschleunigt.

»Die Tierwelt auf Octavia war nicht sehr vielfältig«, sagt Auri von vorn. »Jedenfalls den frühen Untersuchungen und Berichten der Biologieabteilung zufolge. Aber in den Laboren gab es Mäuse. Und Schimpansen. Mit denen hat mein Vater gearbeitet.«

»Was gab es da?« Meine Fantasie spult eine lange Reihe von Viechern ab, zu denen dieser Name passen könnte, die meisten davon mit Klauen und Zähnen, mit denen ich lieber nicht Bekanntschaft schließen möchte. Kal ist sofort in Alarmbereitschaft und packt sein Gewehr noch fester.

»Schimpansen«, wiederholt Auri.

»*Pan paniscus*«, fügt Zila erklärend hinzu.

»Sie sind fast so groß wie ein durchschnittlicher Erwachsener«, erzählt Auri. »Haben denselben Körperbau wie wir und denselben Stammbaum. Nur dass sie ein schwarzes Fell haben. Und sehr gut klettern können.«

»Also sind es quasi behaarte Menschenwesen?«, frage ich. »Was ist dann der Unterschied zwischen so einem Vieh und … Habt ihr O'Donnell mal kennengelernt? Der saß in Mechatronik hinter mir, und ich muss echt sagen …«

»Sie sind keine Menschen«, unterbricht mich Tyler. »Sie sind sehr intelligent, aber es sind Tiere. Wozu waren sie in der Kolonie, Auri?«

»Für erste Umweltexperimente«, antwortet sie. »Sie sind die nächsten Verwandten des Menschen, unsere DNA ist fast identisch. Deswegen waren sie auch in den allerersten Raketen, die von der Erde ins All geschossen worden sind.«

»Moment«, sage ich. »Diese Viecher sind schlau genug, um ein Raumfahrzeug zu steuern?«

Kal hebt sein Gewehr und beschreibt einen langsamen Kreis. »Das klingt, als wären sie tödliche Feinde …«

»Nein«, beruhigt uns Auri. »Sie sind nicht gefährlich, wirklich. Und sie haben diese frühen Raumschiffe auch nicht selbst gesteuert, sie sind nur mitgeflogen. Wir haben sie ins All geschickt, um zu beobachten, wie sich das auf sie auswirkt. Weil sie uns physiologisch so ähnlich sind.«

Spitzohr und ich wechseln einen vielsagenden Blick.

»Aber wenn diese Schimpatzen …«, beginne ich.

»Schimpansen«, verbessert sie.

»Wenn sie die Schiffe nicht steuern konnten – wie haben sie sie dann gelandet?«

»Mussten sie gar nicht«, sagt Auri. »Das lief alles automatisch.«

»Aha«, sage ich langsam. »Also wenn ich das richtig verstehe, habt ihr Staubkinder diese Tiere, die fast so intelligent sind wie ihr, in Raketen gesteckt und ins All geschossen, um rauszufinden, ob sie dabei draufgehen?«

»Das waren nicht wir persönlich«, verteidigt sich Cat, und Team Terra scharrt verlegen mit den Füßen.

»Krass«, sage ich und sehe in die Runde. »Wussten wir Betrasker von diesem Schimpacken-Mord, als wir uns mit euch verbündet haben?«

»Schluss jetzt, Finian. Selbst wenn es hier Schimpansen gab, ist das zweihundert Jahre her, und …« Tyler bringt seinen Satz nicht zu Ende. Wahrscheinlich denkt er dasselbe wie wir alle: Patrice Radke und ihr Farnwedel-Freund haben auch vor zweihundert Jahren gelebt. Was sie nicht davon abgehalten hat, die Galaxis unsicher zu machen.

Bei allen Bauteilen des Schöpfers …

»Waffen«, sagt Kal nur, und als wir weitergehen, halten wir alle eine in der Hand.

Ich höre das Rascheln nicht noch mal.

Aurora führt uns durch den überwucherten Wald, und dicker Blütenstaub rieselt auf uns herab wie klebriger blauer Regen. Bald sind unsere Schutzanzüge davon bedeckt, und wir müssen uns auch vor den stacheligen Blättern in acht nehmen, denn die Anzüge sind zwar robust, aber nicht unzerstörbar. Zwei Stunden und mehrere Kämpfe gegen das Dickicht später erreichen wir einen Hügelkamm und sehen Butler in dem Tal vor uns liegen.

Oder zumindest das, was von der Siedlung noch übrig ist. Sämtliche Gebäude liegen unter einem grünblauen Schlingenteppich, der alle Ecken und Kanten verschwinden lässt. Die Ranken kriechen über Beton und Stahl, die Sporen tanzen und wirbeln in schwach leuchtenden Schauern vom Himmel.

Schön ist das irgendwie. Bis mir mein Traum einfällt, in dem diese blauen Pollen meinen Heimatplaneten bedecken. Und ich Auris Sternkarte vor mir sehe. Wie sich der rote Fleck von den markierten Sternen ausbreitet wie Blut.

Da fängt mein Herz wieder an zu bummern.

Erst nachdem ich ein paar Schritte weitergehumpelt bin, merke ich, dass Auri oben auf dem Hügel stehen geblieben ist. Unter dem Gesichtsschutz laufen ihr unaufhaltsam Tränen über die Wangen, während sie die Siedlung unter uns betrachtet. Ich mache nicht kehrt, aber Scarlett stapft wieder zu ihr hoch.

»Wenn die *Hadfield* es geschafft hätte, wäre ich da unten«, sagt Auri leise, aber deutlich vernehmbar. Es ist so still, dass nichts anderes sie übertönt.

»Aber jetzt bist du hier«, sagt Scarlett sanft. »Und du hast uns. Ich kannte deine Familie nicht, aber ich glaube, sie hätten sich gefreut, dass du eine Crew gefunden hast.«

Aurora schnieft laut und unmanierlich. »Mein Dad hat meine Mom verlassen, als sie von der Teilnehmerliste für die Expedition gestrichen wurde. Eigentlich hatten sie und meine Schwester ihn schon verloren. Aber als die *Hadfield* verschollen ist, haben sie uns wahrscheinlich beide verloren geglaubt.« Sie schüttelt den Kopf. »Und ich … Ich kann nichts für sie tun. Ich kann nie wieder zurück und ihnen sagen, dass es mir gut geht.«

Sie schnieft wieder, bevor sie mit zitternder Stimme weiterspricht.

»Bei meinem letzten Gespräch mit meinem Dad … haben wir uns gestritten. Ich habe Sachen gesagt, die ich nicht so gemeint habe. Und das waren die letzten Worte, die er je von mir gehört hat. An so was denkt man nicht, wenn man mittendrin steckt. Man denkt, dass die Familie immer da sein wird.«

Alle schweigen. Die Brise wispert über die Pollendecke und

streicht in Wellen über die sonderbaren Pflanzen, die sacht erzittern.

Ich weiß nicht, was ich darauf sagen soll. Meine Familie zählt Hunderte Mitglieder. *Allein* zu sein, ist schlicht … undenkbar. Ich habe mich zwar oft isoliert gefühlt, vereinzelt und im Stich gelassen, aber ich war nie so allein wie Aurora jetzt.

»Ich glaube«, sagt Zila langsam, und ich mache mich auf eine weitere taktlose Bemerkung gefasst, »wenn deine Schwester und deine Mutter die Wahl gehabt hätten, dich entweder tot zu wissen oder zu *glauben*, dass du tot bist, ohne je Gewissheit zu haben, dann hätten sie sich für Letzteres entschieden. Wenn meine Familie noch am Leben sein könnte und der Preis dafür wäre, dass ich es nie erfahre, würde ich ihn zahlen.«

Was gibt es da noch zu sagen?

Und oh Wunder, Aurora schenkt Zila ein kleines, trauriges Lächeln.

Unser Mädchen aus einer anderen Zeit trauert nicht nur um ihre Familie, sondern auch um sich selbst – niemand von uns weiß mehr, was sie eigentlich ist, auch wenn wir dem Pfad folgen, den sie uns vorzeichnet. Aber sie sehnt sich bestimmt nach ein bisschen Normalität. Und das können wir alle nachempfinden.

Irgendwie … einträchtig setzen wir sieben unseren Weg fort, der schrägste Haufen, der je auf einem verlassenen, von unheimlichem Grünzeug verseuchten und von Spezialkräften abgeriegelten Planeten im galaktischen Niemandsland unterwegs war. Aber wir haben noch ungefähr zwanzig Minuten bis nach unten, mir ist total flau im Magen, und alle brüten still vor sich hin. Wird Zeit, dass mal einer was Auflockerndes sagt.

»Also«, fange ich an. »Noch mal zu diesen Schimpfnasen …«

»Schimpansen«, sagt Tyler mit Leidensmiene.

»Ja, okay. Habt ihr immer noch welche?«

»Sie sind ausgestorben«, sagt Cat. »So wie du gleich auch.«

»Sehr witzig, Zero. Aber seid ihr sicher, dass ihr euch die nicht ausgedacht habt? Das klingt einfach zu abgefahren. Behaarte Staubkinder, die Raumschiffe fliegen und fast die gleichen Gene haben wie ihr?« Ich gluckse. »Da glaub ich nicht dran.«

Und genau in diesem Moment bricht ein knurrendes, pelziges, pechschwarzes humanoides Ding mit spitzen gelben Zähnen, die einen Ultrasaurus neidisch machen würden, kreischend aus dem Dickicht hervor und springt geradewegs auf mein Gesicht zu.

[keine Suchergebnisse gefunden]

► **[unbekannt]**

▼ **[unbekannt]**

Error Type 4592.

Keine Verbindung verfügbar. Du hast keinen Empfang.

Du musst allein klarkommen, Boss.

31 Auri

Fin knallt auf den Boden, und der größte Schimpanse, den ich je gesehen habe, landet mit voller Wucht auf ihm. Aus seinen Augen wuchern dichte Grünpflanzen, auf seinem Rücken wächst ein Teppich aus wunderschönen Blumen, und als er das Maul aufreißt und drohend knurrt, sehe ich bis tief in den Rachen rötlich-grüne Blätter glänzen.

Ich werde von schierem Grauen gepackt, als das Ding ein-, zweimal mit beiden Händen gegen den Gesichtsschutz hämmert, sodass Fins Kopf auf den Boden prallt. Kal hat sein Gewehr schon im Anschlag, aber als hätte der Schimpanse die Gefahr bemerkt, packt er Finn an den Schultern, schleudert ihn im Weiterrollen herum wie eine Lumpenpuppe und benutzt ihn so als Schutzschild.

»Hiiilfe!«, jault Fin.

»Aee'na dō setaela!«, stößt Kal hervor, fällt auf die Knie und tritt wie wild um sich. Entsetzt sehe ich, dass die Ranken ringsum vorschnellen, sich um seine Knöchel und das Gewehr schlingen und beide von dem Monstrum wegziehen. Ich schreie auf, und Scarlett ist mit einem Satz an meiner Seite und feuert mit ihrem Disruptor auf die Pflanzen.

Tyler tritt dem Schimpansen so heftig in den Rücken, dass er kreischend davonschlittert und Cat einen Schuss absetzen kann. Ein greller Lichtblitz, ein weiteres schauriges Kreischen – aber der Strahl scheint dem Affenwesen nichts anhaben zu können. Es rollt sofort auf die Füße und stürzt sich wieder brüllend auf Fin, während Zila um zwei Schritte vorrückt, ihren Disruptor hebt und auf eine Gelegenheit zum Schuss lauert.

Scarlett ballert weiter auf die Ranken, die Kal gepackt haben, und als ich versuche, seine Beine loszureißen, sieht er mir für einen langen, intensiven Moment in die Augen. Nach seinem Geständnis im Krankenzimmer haben wir uns noch so viel zu sagen, und auf einmal habe ich panische Angst, dass es nicht mehr dazu kommen wird. Ich höre einen Schrei, fahre herum und sehe, wie Fin aus dem Kampfgetümmel herausgeschleudert wird. Er kracht auf die Erde, in seinem Anzug knackt es laut. Ich renne hin, packe ihn unter den Achseln und schleife ihn weg.

Das Affenwesen stürmt auf Ty zu, und von der Wucht des Zusammenpralls fliegt Ty in hohem Bogen nach hinten. Mir fällt ein, wie mein Dad mir eingeschärft hat, dass ein Schimpanse vier Mal so stark sei wie ein Mensch und man in seiner Nähe immer wachsam bleiben müsse. Cat brüllt Tys Namen und feuert noch mal auf das Monstrum, das zu ihr herumwirbelt, sie mit seinen moosbedeckten Händen und den gelben Zähnen angreift und davonschleudert. Schreiend rollt sie noch ein ganzes Stück weiter, bis sie reglos auf der Seite liegen bleibt.

»Schieß doch!«, brüllt Ty Zila zu, die hektisch nach einer Position sucht, aus der sie keinen von uns trifft.

Ich werfe die Hände in die Höhe und versuche verzweifelt, die Kraft herbeizurufen, die mir so oft in der Not geholfen hat. Die Luft um mich herum erzittert. Hinter meinen Augen schwillt ein leises Brummen an. Aber meine Gedanken spielen völlig verrückt, rasen vor dem Geschehen vor mir davon, kreischen mir zu, dass ich fliehen, meine Freunde im Stich lassen, mich in Sicherheit bringen soll, *weg, nur weg*.

Jetzt fährt die Kreatur zu mir herum, und obwohl Pflanzen aus ihren Augenhöhlen sprießen, weiß ich, dass sie mich anschaut, dass sie mich *sieht*. Sie zieht die Lefzen zurück und will mir mit einem schrillen Schrei an die Kehle gehen.

Da stößt Kal, der hinter dem Gesichtsschirm seines Schutzhelms kaum zu erkennen ist, ein unbändiges Gebrüll aus, lässt sein umschlungenes Gewehr fallen und reißt sich von den Pflanzen los, um sich auf das Monstrum zu stürzen.

Er wirft den Schimpansen um, und sie rollen ineinander verkeilt über den Boden, bis Kal sich rund macht, beide Stiefel in die Brust des Wesens stemmt und es mit einem Zuruf an Zila von sich wegtritt.

Und Zila feuert genau im richtigen Moment.

BÄMM!

Der Kopf des Schimpansen ist einfach … weg. Stattdessen wirbeln tausend winzige Sporen in die Höhe und stieben auseinander, als der Kadaver zu Boden kracht.

Cat liegt immer noch zusammengekrümmt und wimmernd auf der Seite. Ty kriecht hastig zu ihr, und Zila schlittert so blitzschnell, wie ich es bei ihr noch nie erlebt habe, auf Knien zu ihr hin und zieht dabei ihr Erste-Hilfe-Kit aus dem Rucksack.

Kal hockt keuchend vor den Überresten der Kreatur. Mit trommelndem Herzen helfe ich dem stöhnenden Fin auf alle viere. Scarlett hat die angriffslustigen Ranken zu Asche geschossen. Ihre Hände zittern, und sie hält die Waffe auf die Landschaft ringsum gerichtet, falls sich dort noch etwas unerwartet rührt.

»Auf drei«, sagt Zila leise, und unendlich sachte rollen sie und Tyler Cat auf den Rücken, damit sie die Wunden inspizieren kann.

Oh nein. Nein.

»Oh Schöpfer«, flüstert Fin, und obwohl er sichtlich Schmerzen leidet, greift er schon nach Zilas Tasche.

Cats Schutzanzug ist auf der gesamten linken Seite aufgerissen. Ich sehe Blut, Haut und Knochen, ich sehe ihre Rippen, ich sehe …

Sie ist der Luft ausgesetzt.

Und noch während ich wie gelähmt vor Entsetzen hinstarre, trudelt eine winzige Spore in Zeitlupe herab und landet auf ihrer Haut.

»Die Pollen«, japse ich und versuche, ihre Wunde mit beiden Händen abzudecken. Binnen Sekunden sind meine Schutzhandschuhe blutgetränkt.

»Wenn wir die Blutung nicht stoppen, kommt es auf die Pollen nicht mehr an«, sagt Zila nur, lässt sich von dem zitternden Fin ein Spray geben und sprüht die Wunde damit ein.

»Über uns!«

Kal springt von dem Kadaver des Schimpansen auf und zeigt auf eine weiße Raumfähre, die in einem weiten Bogen über den Himmel saust. Ich weiß nicht, ob die *Bellerophon* sich noch im Orbit befindet, aber jetzt ist klar, dass mindestens ein Schiff den Kampf zwischen der TDF und Bianchis Fregatten überlebt hat. Vor meinen Augen schwenkt der Shuttle um und hält auf die Schneise der Zerstörung zu, die wir bei unserer Landung am Strand wie einen Wegweiser hinterlassen haben.

Rasch sinkt er tiefer.

Cat stöhnt, als Zila ihren Anzug mit einer Art Kunststoffpflaster zuklebt, was weitere wertvolle Sekunden kostet. Tyler wacht wie zu Eis erstarrt an Cats Seite und zieht seine Schlüsse.

»Zila«, sagt er leise. »Sie braucht mehr als eine Notfallversorgung, oder?«

»Ja, Sir. Das muss sofort gründlich behandelt werden.«

»Zur Longbow können wir nicht zurück.« Ty starrt erst auf

den sich nähernden TDF-Shuttle und dann zu der Kolonie im Tal. »Auri, Vorschläge?«

Ich schließe die Augen, krame in meinem Gedächtnis, was ich über Butler weiß, beschwöre die Lagepläne und Karten herauf, die ich mir damals eingeprägt habe. Mein erschöpftes, überstrapaziertes Gehirn setzt eine gefühlte Ewigkeit lang aus, bevor die Erinnerung zurückkehrt.

»Es gibt eine Klinik«, sage ich. »Im Westteil der Siedlung.«

Tyler steht auf und späht zu der gruseligen grün-grauen Blätterschicht über den Häusern. »Ich glaube, ich sehe das Gebäude. Fin, kannst du gehen?«

»Ja, Sir«, sagt Fin nur. Er richtet sich mit gequältem Gesicht auf, und sein Anzug protestiert mit einem leisen, zischenden Fiepen. Vor Schmerz kneift er die Augen zusammen. Aber er beklagt sich nicht.

»Okay«, sagt Tyler. »Scar, Zila, wir bringen Cat in die Klinik. Kal, du bringst Fin in den Raumhafen der Kolonie und suchst nach einem brauchbaren Reaktorkern.«

»Ich kenne den Weg«, sage ich. Es klingt tapferer, als ich mich fühle.

Ty nickt. »Behaltet Auri bei euch, und bleibt über Funk in Verbindung. Gebt mir sofort Bescheid, wenn ihr fündig werdet.«

Kal strafft die Schultern und nickt mir zu. Ich rubbele mit meinen Handschuhen über das moosige Gras, um sie notdürftig von Cats Blut zu befreien, und mir dreht sich der Magen um, als es die Farbe wechselt – von grünblau zu dunkellila. In meinem Kopf schrillen Alarmglocken. Ich spüre es in meinen Knochen. Ich spüre es unter meinen Füßen und in dem Himmel voller tanzender Sporen.

Hier ist etwas ganz und gar, *entsetzlich*, widernatürlich falsch.

In mir hebt ein Flüstern an. Ein Echo meiner eigenen Stimme.

Hütet euch.

Ra'haam.

Cats Kiefer sind verkrampft, und dass sie nicht gegen die Aufteilung unserer Truppe protestiert, sich mit keinem Wort einmischt, macht mir mehr als alles andere klar, wie schwer verletzt sie ist. Kal zieht mich hoch, und kurz stehen wir Seite an Seite da und betrachten das verwundete Mädchen und ihre Freunde, die sie umringen.

Ich habe sie alle hierher geführt.

Es ist meine Schuld.

»Geht«, sagt Tyler, ohne aufzusehen. »Viel Erfolg.«

Kal holt sein Disruptorgewehr aus der Asche. Als wir uns hinter Fin, der schon losgehumpelt ist, auf den Weg machen, erlaube ich mir einen letzten Blick zurück.

Ich kann die Vorahnung nicht abschütteln, dass ich Cat nicht wiedersehen werde.

Weil Fin nur langsam und qualvoll vorankommt und jetzt auch noch den Sicherheitscontainer für den neuen Reaktorkern zu schleppen hat, sind es weit mehr als zwanzig Minuten bis zu der Ebene, in der der Raumhafen liegt. Ich kann seinen Exoanzug unter der biologischen Schutzausrüstung zwar nicht sehen, aber die Warnmeldungen sind noch aus mehreren Metern Entfernung zu hören. Kal und ich halten unsere Waffen im Anschlag, obwohl ich gar nicht sicher bin, ob ich meine bedienen könnte. Wir bemühen uns alle drei, nicht bei jedem eingebildeten Geräusch hochzuschrecken.

Wir umrunden die verwaiste Kolonie – mittendurch ginge es schneller, aber Kal meint, das Gelände eigne sich zu gut für einen Hinterhalt. Seine Stimme ist fest, seine Bewegungen sicher, und ich merke, dass ich immer näher an ihn heranrücke.

Meine Gedanken springen wie wild hin und her – von dem Shuttle, der jetzt nicht mehr am Himmel zu sehen ist, zu Cats bleichem Gesicht und ihrer blutenden Wunde und zurück zu verschwommenen Erinnerungen an Dinge, die auf dem Weltschiff passiert sind. An jenes andere Ungeheuer, das ich vernichtet habe, ohne es überhaupt zu berühren. Den anderen gegenüber habe ich behauptet, dass ich davon nichts mitbekommen habe, aber das war gelogen. Wie ich Kal schon im Krankenzimmer gestanden habe, kann ich inzwischen alles sehen. Als wäre ich ein Passagier in meinem eigenen Körper, der durch die Fenster meiner Augen guckt. Ich erinnere mich, wie ich den Ultrasaurus getötet habe. Ich erinnere mich, wie ich nach Zilas Schüssen auf mich den Trigger zerbrochen habe, was ich gesagt habe, als die Sternkarte auf der Brücke der Longbow aufleuchtete, und ganz besonders erinnere ich mich an das Wort, das ich in meinen Träumen immer wieder höre, seit ich zwei Jahrhunderte zu spät aufgewacht bin.

Eshvaren.

So machtvoll, wie dieser Planet mich abstößt, so machtvoll ruft, lockt mich dieses Wort zu sich. Ich muss unbedingt herausfinden, was es mit diesem Urvolk auf sich hat. Das ist der einzige Gedanke, der meine Ängste und Fragen für einen Moment verdrängen kann.

Na ja, nicht der einzige.

Kal geht lauernd und mit erhobenem Gewehr neben mir. Jede seiner Bewegungen ist auf ätherische Art anmutig und fließend und zugleich hochpräzise. Der Krieger, der in ihm steckt, ist jetzt so stark an die Oberfläche getreten, dass ich fast nichts anderes sehe. Ich kann nicht vergessen, wie er sich auf den Schimpansen geworfen hat, der mich angreifen wollte. Ohne Rücksicht auf sein eigenes Leben. Furchtlos und wild.

Er sieht mich an. Sieht genauso schnell wieder weg.

Er ist anders als alles und alle, die ich kenne. Ich meine, ich hatte schon mal was mit Jungs, aber zwischen Kino und Popcorn am Freitagabend und dem Geständnis einer lebenslangen Liebe liegen dann doch Welten – Galaxien sogar.

Aber als er mir im Krankenzimmer seine Gefühle offenbart hat, war es, als hätte er ein Licht angeknipst. Und was das in mir auslöste, kam so vollkommen unerwartet, dass mir die Worte fehlten. Nach all der Zeit, in der er mich immer ignoriert oder von allem ferngehalten hat, wo ich selbst hätte aktiv werden können, war ich mir absolut sicher, dass er mich tatsächlich als Belastung empfindet. Und dass er mich nur verteidigt, weil er sich Tylers Befehlen verpflichtet sieht.

Jetzt weiß ich, dass es umgekehrt ist: Der Abstand, den er zwischen uns wahrt, beruht auf Pflichtgefühl. Und wenn er mich verteidigt, dann tut er das aus einem ganz anderen Grund.

Wie er so neben mir geht, den Blick geradeaus gerichtet, jede Faser seines Körpers angespannt und kampfbereit, ist das ganze Chaos, der ganze Wahnsinn um uns herum gleich viel erträglicher.

Bei ihm fühle ich mich sicher.

Wir erreichen den Raumhafen und schieben uns vorsichtig an den Ranken vorbei, die sich um die offenen Tore winden. Niedergeschmettert sehe ich mich um. Die Andockbuchten, der Tower, die Schiffe, alles ist von dem grünen Zeug überwuchert. Die Hüllen der Skiffs, der Frachter, der Orbitalschiffe verschwinden unter langen Kriechpflanzen und sonderbaren Blumen, und darüber breitet sich die Schicht aus klebrigen blauen Pollen, die überall auf uns niederregnen.

Das Gelände ist riesig. Wie sollen wir hier jemals finden, was wir brauchen?

»Mothercustard«, murmele ich.

»Ich weiß nicht, was das ist«, sagt Finian. »Es klingt jedenfalls nicht lecker. Aber wir sind noch nicht verloren, Auri. Die Elemente, die wir suchen, haben eine Halbwertszeit von einigen Millionen Jahren. Falls es die hier gibt, kann ihnen das bisschen Unkraut nichts anhaben.«

»Und sie könnten in den Reaktoren dieser Schiffe sein?«, fragt Kal.

»Keine Ahnung«, sagt Fin. »Diese Kähne sind älter als mein vierter Opa, und ich bin nicht sicher, was für Antriebe damals benutzt worden sind. Aber die GIA könnte bald hier sein, also teilen wir uns lieber auf, damit wir schneller suchen können. Wenn ihr ein Schiff mit einem aktiven Kern findet, schickt mir ein Bild davon auf mein Uni.«

»Gut.« Kal nickt. »Wir bleiben in Funkkontakt.«

»Keine Sorge«, sagt Fin. »Wenn ich noch einen Schlimpansen sehe, schreie ich so laut, da brauche ich das Uniglass nicht.«

Kal hebt eine Augenbraue. »In dir steckt kein großer Krieger, oder, Finian?«

»Und in dir steckt kein großer …« Fin verzieht das Gesicht und seufzt. »Ach, vergiss es.«

Mühsam wuchtet er den Sicherheitscontainer hoch und humpelt in Richtung des größten Frachters davon. Kal und ich gehen zu den Skiffs, er mit erhobenem Gewehr voran, ich dicht dahinter. Er hält mir die Hand hin, um mir über ein Knäuel aus Schlingpflanzen zu helfen, während er gleichzeitig einen Blick zu Fin wirft, ob bei ihm alles in Ordnung ist. Erst jetzt erkenne ich, dass seine Aufmerksamkeit immer bei mir ist, dass er immer über mich wacht.

»Kal …«, beginne ich leise.

Ich habe keine Ahnung, was ich sagen soll. Ich weiß nur, dass ich darüber reden will. Er merkt sofort auf, obwohl seine glühenden violetten Augen weiter über die Gebäude und Schiffe ringsum wandern.

»Was ist, Be'shmai?«

»Ich habe viel nachgedacht. Über das, was du gesagt hast.«

Er schweigt, was ich gut verstehen kann. Er hat mir schon einmal sein Herz ausgeschüttet. An seiner Stelle wäre ich auch nicht scharf drauf, das noch mal zu machen.

»Ich bin froh, dass du es mir erzählt hast«, sage ich. »Das war sicher nicht leicht.«

Eine Weile sagt er nichts dazu, aber ich sehe ihm an, dass er über meine Worte nachdenkt. Seine Antwort kommt erst, als Fin schon lang außer Hörweite ist.

»Nein«, sagt er. »Aber ich war dir die Wahrheit schuldig.«

Während wir uns dem ersten Skiff nähern, betrachte ich die Ruinen dieses Ortes, der meine Heimat geworden wäre. Kal hält sein Uniglass in Richtung der Triebwerke, offenbar um eine Art Messung durchzuführen. Nach einigen Sekunden schüttelt er seufzend den Kopf – Fehlanzeige. Der Energiekern auf dem Skiff ist tot. Wir gehen weiter.

»Es tut mir leid, dass ich nicht gleich darauf geantwortet habe«, setze ich noch mal an. »Es kam … überraschend. Na ja, für dich wahrscheinlich auch. Als du es zum ersten Mal gespürt hast, meine ich.«

»Oh ja.« Er macht eine Pause. »Ihr Terraner sagt: Wir sind dort zu Hause, wo unser Herz ist. Als meine Welt starb, nahm ich an, dass auch mein Herz tot war. Ich glaubte nicht, dass ich jemals solche Gefühle haben würde. Für irgendjemanden. Geschweige denn ein Menschenkind.«

»Aber jetzt hast du sie.«

»… Ja«, sagt er.

»Und du willst weg, wenn das hier vorbei ist.«

»Ja.« Er geht weiter, mit dem Gewehr im Anschlag, ich neben ihm. »Mein Eintritt in die Legion war eine Flucht. Vor dem Krieg, der mein Volk entzweit. Vor dem Krieg in meiner Seele. Doch wenn ich meine dunklere Seite verleugne, wenn ich sie in einen Käfig sperre, wenn ich sie nicht als Teil meiner selbst anerkenne … mache ich sie nur noch stärker. Ich kann nicht abstellen, was ich bin. Ich muss meinen Zorn entfesseln, um ihn zu beherrschen.«

Er hebt die Schultern.

»In der Sippe meiner Mutter gibt es den Spruch: Ke'tma indayōna be'trai. Das bedeutet … Wenn du deinen wahren Weg gehst, gehst du nicht allein. Ich werde meinen Weg gehen können, wenn ich weiß, dass du deinen gehst. Indem ich deine Wünsche respektiere, achte ich den Sog, der mich gerufen hat. Und mein Weg führt mich zurück zu meinem Volk. In unseren Krieg.«

Ich sehe ihm an, wie viel ihm diese Worte abverlangen. Wie sehr die Vorstellung, wegzugehen, ihm das Herz bricht. Ich sehe, dass er mir etwas vormacht. Er ist kein besonders guter Lügner, merke ich jetzt, wo ich die Zeichen besser deuten kann.

Ich schaue auf den Disruptor, den er hält. Das Blut an seinen Händen.

»Bist du sicher, dass das dein wahrer Weg ist?«

Er folgt meinem Blick, umklammert sein Gewehr noch fester.

»Ich bin ein Krieger, Aurora. Nur dazu bin ich bestimmt worden.«

Ich betrachte ihn von der Seite und wünschte, er würde mich ansehen, aber er konzentriert sich stur auf unsere Umgebung. Und während das Schweigen sich in die Länge zieht und ich über seine Worte nachdenke, wird mir plötzlich bewusst, dass er nicht der Einzige ist, der seinen Weg erst noch finden muss.

Denn wenn ich ehrlich bin, habe ich Angst vor dem, was ich werde. Ich kann es jetzt in mir spüren, wenn ich genau hinschaue. Was hier vor sich geht, ist so viel größer als ich. Und obwohl ich weiß, dass ich ein Teil davon bin, habe ich Angst, darin verloren zu gehen. Aber wenn ich es kontrollieren könnte, wenn ich diese sonderbare Macht, die in mir steckt, hätte herbeirufen können, dann hätte ich den Kampf beenden können, bevor Cat verletzt wurde.

Wenn ich so meine Freunde schützen könnte, wäre es das Risiko doch wert.

Allmählich glaube ich, dass ich die Wahl habe: Entweder reite ich auf dieser Welle und bestimme selbst die Richtung, auch wenn ich mich nur mühsam über Wasser halten kann, oder ich lasse mich davon wegspülen und in die Tiefe reißen, bis ich ertrinke.

Während ich Kal so betrachte, wird mir klar, wie ähnlich wir uns sind. Wir sind beide allein. Beide heimatlos. Beide sind wir von höheren Mächten auf einen Weg geschickt worden, den wir uns nicht ausgesucht haben. Er hat gesagt, er habe noch nie davon gehört, dass ein Syldrathi diesen Sog einem Menschen gegenüber empfunden hat. Diesem Gefühl *und* der Bestimmung zum Krieger ausgeliefert zu sein – das muss hart sein.

»Es tut mir leid«, sage ich schließlich. »Dass du diese Wahl nicht selbst treffen kannst.«

Er blickt kurz in den Himmel, und das Sonnenlicht fängt sich in seinen violetten Augen. »Wählt ein Mond den Planeten, den er umkreist? Wählt ein Planet seine Sonne? Wer bin ich, dass ich die Schwerkraft leugnen könnte, Aurora? Wenn du heller strahlst als jedes Sternbild am Himmel?«

Ich betrachte den fremden Jungen neben mir. Die verschorften Knöchel, die arrogante Anmut, den kalten Blick. Es wäre so leicht, nur eine Waffe in ihm zu sehen, wenn auch eine schöne. Eine Verkörperung der Gewalt. Und doch erkenne ich jetzt, hier auf diesem undenkbaren Planeten, was vielleicht möglich ist. Für ihn. Für mich.

Für uns.

»Du magst zum Krieger bestimmt worden sein, Kal«, sage ich. »Aber du bist mehr als das.«

Ich schiebe meine freie Hand in seine und drücke sie. Im ersten Moment zuckt er zusammen, als wäre er überrascht. Doch dann, ganz sachte, erwidert er den Druck. Sein Blick huscht zu mir und gleich wieder weg.

»Was bedeutet der Name, mit dem du mich ansprichst?«, frage ich.

»Be'shmai?«, fragt er. »Dafür … gibt es kein passendes Wort in eurer Sprache.«

»Und was wäre ein nicht so passendes Wort?«

»Liebste.«

Uns trennen zwei Schutzanzüge und ein Schleier aus blauem Blütenstaub, und auf einmal wünschte ich, wir wären weit fort von hier. Irgendwo, wo es still und warm ist. Wo wir ganz für uns sein könnten.

»Kal«, sage ich und ziehe leicht, behutsam an seiner Hand, damit er stehen bleibt.

Er hält gründlich Ausschau, bis er sicher ist, dass über uns und um uns herum keine unmittelbare Gefahr droht. Dann blickt er durch das Sichtfenster seines Helms zu mir herab.

Ich halte mein Gewehr weiter mit einer Hand fest – so wichtig diese Unterhaltung ist, mittendrin sterben will ich nun auch nicht – und lege meine andere Hand auf seine Brust. Dorthin, wo bei einem Menschen das Herz wäre. Kurz irritiert mich der Gedanke, dass ich nicht einmal weiß, ob das bei einem Syldrathi auch so ist.

Noch etwas, das ich lernen will.

»Ich bin dir dankbar«, sage ich leise, »dass du versucht hast, mir die Verpflichtung zu ersparen. Ich kann mir gar nicht vorstellen, wie hart das für dich gewesen sein muss. Das war sehr ehrenwert.«

Er schluckt, und für den Bruchteil einer Sekunde wankt seine Selbstbeherrschung. »Natürlich«, flüstert er. »Für dich würde ich …«

Unter meiner Hand auf seinem Brustkorb spüre ich seinen Atem schneller werden, aber um meinetwillen hält er still.

Ich glaube, ich könnte ihn mit dem Gewicht einer Fingerspitze auf dem Boden festnageln.

»Ich frage mich«, spreche ich leise weiter, »ob du noch etwas für mich tun könntest. Eins nur.«

»Alles, was du willst«, sagt er fast tonlos.

Ich kann nicht anders. Ich lächle ein bisschen.

»Wäre es dir möglich, mich selbst entscheiden zu lassen, wie ich zu dir stehe? Ich möchte nichts versprechen, was ich nicht halten kann, aber wenn du mir die Gelegenheit gibst, dich kennenzulernen, mag ich dich ja vielleicht auch. Hast du daran schon mal gedacht?«

Er sieht mich unverwandt an, und durch das Sichtfenster erkenne ich, dass seine Ohren sich ganz leicht rot färben.

»Nein«, gesteht er ruhig. »Nie.«

Sehr sanft, sehr behutsam kralle ich meine Hand in den

Stoff seines Schutzanzugs und ziehe ihn zu mir. Ich spüre die getrockneten Tränen auf meinem Gesicht brennen, sehe seine Augen in allen Violetttönen schimmern, erkenne den blutigen Kratzer auf seiner Wange, wo ihn eine Scherbe des berstenden Triggers getroffen hat. Und als unsere Helme sich berühren, sind wir uns so nah, dass ich seine Wimpern zählen kann.

Und um meinetwillen hält er still.

»Ich weiß nicht, wie es weitergeht«, sage ich leise. »Aber warum schauen wir nicht einfach, wohin dieser Weg uns führt? Finden es gemeinsam heraus?«

»Du würdest …« Hoffnungsvoll lässt er den Satz in der Schwebe.

»Ich bin keine Syldrathi«, flüstere ich. »Ich kann nicht so unermesslich tief empfinden wie du. Aber wenn du aufhören könntest …«

»Ein Saftsack zu sein?«, ergänzt er, und ein Lächeln umspielt seine Mundwinkel.

Ich muss lachen. »Vielleicht«, erwidere ich. »Dann könnten wir uns zumindest überraschen lassen, was passiert. Meinst du, das könntest du für mich tun?«

Das ist keine leichte Frage, das weiß ich. Ich bitte ihn darum, sein Herz ungeschützt zu lassen, nur um zu sehen, ob ein Mädchen einer anderen Spezies seine Liebe erwidern kann. Ich bitte ihn darum, ein bereits lebenslanges Band noch enger werden zu lassen und damit noch größeren Kummer auf sich zu nehmen, wenn er doch geht. Und ich weiß nicht, was ich ihm im Gegenzug dafür bieten kann.

Aber wir tragen so viel in uns, das sich ähnelt. Und irgendwas zieht mich zu ihm hin.

Ich glaube, es ist das Risiko wert.

Sein Blick streift in die Ferne, während er über den Vorschlag nachdenkt, und diesmal bin ich diejenige, die wartet. Mein Atem geht jetzt so schnell wie seiner, und ich kann meine Herzschläge zählen.

Ich bin bei zehn, als er mich wieder ansieht, immer noch so nah, Helm an Helm.

»Ja«, murmelt er.

»Ja«, wiederhole ich.

Sein Lächeln ist so weich, dass es in meinem Bauch zu kribbeln beginnt. Und dann knistert Finians Stimme aus Kals Uniglass.

»Spitzohr, bist du da?«

Wir fahren auseinander. Werden in die Wirklichkeit zurückgerissen. Mein Puls hämmert, und meine Hände zittern, als Kal das Gerät an seinem Gürtel berührt.

»… Ich höre dich, Finian.« Er blinzelt, als erwache er aus einem Zauberbann.

»Okay, bitte schlagt euch nicht um mein Autogramm, aber ich glaube, ich habe eine Lösung für uns gefunden. Ich bin in dem alten D-Klasse-Frachter am Südende des Hafens, kommt mal her und schaut euch das an.«

»Wir sind unterwegs.«

Kal schenkt mir ein liebevolles, warmes Lächeln. Ich hole tief Luft und nicke. Er streckt mir seine Hand hin und umschließt meine ganz fest, als ich sie ihm reiche. Dann hievt er sein Gewehr in die Höhe. Nach außen hin ist er wieder ganz der Krieger, der Soldat. Aber jetzt ist er auch noch etwas anderes.

Er ist mein.

Und Hand in Hand bahnen wir uns einen Weg durch das wogende Blau.

»Wollt ihr zuerst die gute Nachricht oder die schlechte Nachricht?«

Fin lehnt an der Konsole des uralten Frachters, die er wie durch ein Wunder mit seinem Uniglass, einem zwischen zwei Panels geklemmten Schraubenzieher und einem offenbar schnell zusammengeflickten Notstromaggregat wieder zum Laufen gebracht hat. Die blauen Pollen kleben auf sämtlichen Oberflächen, und durch Risse in der Hülle haben sich Kriecher und Ranken geschoben und überwuchern fast alles. Unter diesen Umständen kann ich nur staunen, dass Fin es nicht nur geschafft hat, das Ding anzuschalten, sondern ihm sogar noch Informationen entlockt hat.

»Die gute Nachricht«, sage ich.

»Die schlechte Nachricht«, sagt Kal gleichzeitig.

Fin sieht, dass wir uns an den Händen halten, und grinst.

»Na, schön, dass sich bei euch Hübschen noch was anbahnt. Die schlechte Nachricht ist, dass keiner dieser Kähne hier einen Kern hat, der mit unserem kompatibel ist.« Er wirft mir achselzuckend einen Blick zu. »Anscheinend habt ihr Staubkinder damals noch simple Plutoniumantriebe verwendet. Aber die gute Nachricht ist, dass ich wahrscheinlich trotzdem synthetisieren kann, was wir brauchen. Dafür müsste ich nur den Hauptreaktor der Kolonie anschmeißen.«

»Ssssie ssssollten nicht hier ssssein.«

Die Stimme kommt von irgendwo hinter uns. Wir wirbeln herum und sehen drei Gestalten im Dämmerlicht stehen. Die erste ist ein breitschultriger, kräftiger Mann, die zweite ein blasserer, jüngerer Mann ungefähr in meinem Alter, und die letzte eine Frau mit dunkelbrauner Haut und schwarzem, verfilztem Haar, das ihr bis zur Hüfte reicht. Aus den Augen der drei sprießen Blumenbüschel, und an den Seiten ihrer Gesichter wächst Moos. Es verschwindet am Hals in den Ranken, die sie umhüllen und sich um ihre Arme und Beine schlängeln. Die GIA-Agenten auf dem Weltschiff schienen von derselben … Seuche befallen zu sein, aber diese Leute sind davon zerfressen.

»Holy cake«, flüstere ich.

Die Frau mustert mich.

»Aurora?«, fragt sie. Auf einmal klingt sie fast herzlich.

Kal tritt zwischen uns und hebt seine Waffe.

»Bleibt, wo ihr seid!«

Der jüngere Mann schiebt sich einen Schritt vorwärts. Die Ranken um die Arme der Frau beginnen sich zu bewegen, aber es ist ihre Stimme, die mich packt. Ihre Augen sind Blumen, aber ich weiß irgendwie, dass sie mich anschaut, dass sie mich *sieht*, als sie wie eine Schlange zischelt.

»Ssssie liefert sssich unsss ausss?«

»Jayla«, sage ich langsam, versuchsweise. »Jayla Williams.«

Noch eine Kolonistin. Sie war die Volontärin, die ein Jahr vor mir für Patrices Kartographie-Team ausgewählt wurde. Sie legt den Kopf schräg, als müsse sie meinen Anblick erst noch verarbeiten. Als wäre ich der letzte Mensch im ganzen Weltall, mit dem sie hier gerechnet hat. Die hellblauen Augen des stämmigen Mannes sind auf Kal geheftet, der Jüngere wippt zischend auf den Fersen. Wie auf Kommando kriechen die Bodendecker und Schlingpflanzen, die den Raumhafen überwuchern, in unsere Richtung, rücken langsam, lauernd auf uns zu.

»Ssssie werden die Sssprosssung nicht aufhalten«, sagt die Frau kopfschüttelnd und entblößt ihre schwarzen Zähne. »Ssssie ssssollten nicht hier sssein!«

»Ich warne euch nicht noch mal«, sagt Kal.

Der junge Mann sieht ihn verwirrt an. Kommt noch einen Schritt näher.

»… Wasss issst ›ich‹?«

Blitzschnell hechten sie alle gleichzeitig vor. Ihr Tempo ist schwindelerregend. Kal kann nur zwei Schüsse absetzen – der erste verwandelt den Kopf des größeren Mannes in eine Fontäne aus blauen Sporen, der zweite sengt ein schwarzes Loch durch die Brust des Jüngeren, der auf der Stelle zusammenbricht. Doch Jayla hat es zu Kal geschafft und schlingt ihre verwucherten Finger um sein Gewehr.

Ich reiße meinen Disruptor hoch, aber mit einem unfassbar schnellen Kick tritt sie mir die Waffe aus der Hand und stößt mich auf die Knie. Dann greift sie Kal an, dem es gelingt, den Schlag zu blocken, ihr Handgelenk zu packen und ihren Arm zu hebeln.

Keuchend ringen die beiden miteinander. Kal überragt sie deutlich, aber ich sehe, dass seine Kiefer verkrampfen und seine Halsschlagader hervortritt. Ich versuche verzweifelt, zu meinem Disruptor zu krabbeln, aber die Pflanzen ringeln sich um meine Hände und Knöchel wie vorhin bei Kal, als uns der Schimpanse angefallen hat.

Wie Schlangen kriechen die Ranken an Kals Stiefeln hoch, schlingen sich um seine Schienbeine und fesseln ihn. Seine Augen weiten sich ungläubig, als die Frau sich vorstemmt und seinen Disruptor mit unfassbarer Kraft herumbiegt, bis der lange Gewehrlauf unter seinem Kinn klemmt. Er beißt die Zähne zusammen, als ihre Finger sich um den Abzug schließen.

»Be'shmai«, stößt er hervor. »Lauf.«

BÄMM!

BÄMM!

BÄMM!

Die Frau taumelt zurück, als die Disruptorschüsse fallen. Der erste trifft sie in den Brustkorb, der zweite in die Schulter, und der letzte durchschlägt ihr blühendes Auge und bricht aus dem Hinterkopf hervor.

Eine grünlich-blaue Masse spritzt auf die Wand hinter ihr. Sie gibt ein sonderbares Geräusch von sich und wankt kurz hin und her. Dann sinkt Jayla Williams langsam in sich zusammen, und die Pflanzen um uns herum erstarren.

Kal schaut über die Schulter zu Fin, der mit gezückter Disruptorpistole hinter ihm steht. Er hebt eine silberne Augenbraue und mustert ihn von oben bis unten.

»Gut geschossen«, flüstert er, noch sichtlich um Fassung ringend.

Fin grinst und schiebt die Pistole zurück in den Halfter.

»M-hm. Bin kein großer Krieger, was?«

32 Scarlett

»Halt durch, Cat, hörst du?«, sagt Tyler. »Wir sind fast da.«

Das Mädchen auf seinen Armen, meine Zimmergenossin, meine beste Freundin, stöhnt zur Antwort.

»S-sie kommen …«

»Scar, wie weit noch bis zur Klinik?«, fragt mein Bruder.

Ich kann das Gebäude schon hinter den Pollenschleiern aufragen sehen. Es ist drei Stockwerke hoch – wahrscheinlich das größte in der Siedlung, abgesehen von dem Reaktor. Unter dem dicken Geflecht aus blaugrünen Ranken, blutroten Blumen und silbrigen Blättern sind die grünen Kreuze auf den Wänden kaum erkennbar. Die ganze Kolonie wirkt wie eine antike Ruine auf Terra, die vor vielen Jahrhunderten von ihren Bewohnern aufgegeben und von der Natur zurückerobert worden ist. Nur dass mich das Gefühl beschleicht, dass die Leute hier nichts aufgegeben haben. Und dass hier nichts *natürlich* ist.

Tyler trägt Cat auf den Armen, weil sie zu stark verletzt ist, um selbst zu laufen. Zila bildet ungerührt wie immer die Nachhut. Ich habe die Spitze übernommen und bin nicht halb so ruhig wie sie. Mein Blick zuckt hektisch hin und her, ich schwitze unter dem Schutzanzug, und mein Atem geht schnell. Die Pflanzenwelt bedeckt alles, wogt und schwankt wie Wellen an der Meeresoberfläche – immer in unsere Richtung. Der blaue Blütenstaub ist dick und klebrig, und ich muss ständig stehen bleiben, um ihn vom Sichtfenster meines Helms zu wischen. Ich denke an Cat, an den Riss in ihrem Anzug, und frage mich …

»Bewegung!«, ruft Zila, die ihr Uniglass konsultiert. »In dreihundert Metern!«

Ich sehe sie mit langen, gleichmäßigen Sprüngen durch den Dunst heranstürmen. Ihr Fell ist mit Unkraut, Ranken, stacheligen Blättern und blutroten Blumen bewachsen, aber darunter sind immer noch die Schimpansen erkennbar, die sie einmal waren. Sie bewegen sich schnell, kriechen wie Spinnen an den Wänden der Gebäude empor oder schwimmen durch das Dickicht, als wäre es Wasser. Sie werden uns erreichen, bevor wir es zu der Klinik schaffen.

»Feuer eröffnen!«, brüllt Tyler.

Ich gehe auf ein Knie und ballere los. Der Rückschlag meines Disruptors fährt mir in die Arme. Offen gestanden bin ich eine schlechte Schützin. Im Abschlussjahr habe ich die meisten Trainingseinheiten damit verbracht, mit meinem Partner im Schießstand zu flirten (Troi SanMartin. Ex Nr. 48. Pro: liebt seine Mutter. Kontra: hat mich beim Vornamen seiner Mutter gerufen). Aber Tyler hat zu den besten zehn Prozent gehört, und Zila schläft wahrscheinlich mit ihrem Disruptor unterm Kissen.

Die Schüsse hallen laut durch die leeren Straßen. Vielleicht bilde ich es mir nur ein, aber jedes Mal, wenn ein Affenwesen getroffen wird, könnte ich schwören, dass ich die Pflanzenwelt um uns herum … flüstern höre. Die Blätter zittern wie von einem Windstoß bewegt, dabei weht kein einziges Lüftchen. Blaues Blut spritzt, und die Tiere fallen kreischend zu Boden, aber es kommen immer mehr nach.

Ich sehe eins auf mich zugaloppieren. Seine bemoosten Lefzen sind zurückgezogen, die Augen voller Blumen. Ich setze das Gewehr an und versuche, mich an meinen Unterricht zu erinnern, aber meine Hände zittern. Ich schieße einmal, zweimal. Der dritte Schuss trifft das Affenwesen in den Arm. Es wird im Kreis herumgeschleudert und rast dann weiter. Rückt bis auf vierzig Meter heran. Zwanzig.

Der Schimpanse springt auf mich zu und öffnet das Maul zu einem Schrei. Und sein Kopf … geht einfach immer weiter auf.

Die Lippen schälen sich vom Gesicht ab.

Das Gesicht löst sich vom Schädel.

Der Schädel klappt vom Rumpf weg, bis sich die *gesamte obere Körperhälfte* wie eine schaurige Blume geöffnet hat, um mich zu verschlingen.

Ich bin vor Grauen wie erstarrt, jetzt nur noch fünf Meter entfernt, und meiner Kehle entringt sich ein Schr…

BÄMM!

Das Affenwesen platzt wie ein Wasserballon. Tylers Disruptorstrahl schleudert es zur Seite und zerfetzt es im Unterholz. Als das Blut auf die Pflanzen spritzt, erzittern und seufzen sie, aber Zila schießt sie zu Asche, bevor sie vorschnellen und uns packen können. Mit wild trommelndem Herzen und schlotternden Knien stehe ich da und suche nach einer lässigen Bemerkung, aber meine freche Schnauze ist mir irgendwie abhandengekommen. Ty hat Cat schon wieder hochgehoben, um weiterzumarschieren. Ich sehe das Blut auf ihrem Schutzanzug, den notdürftig abgeklebten Riss, die blauen Pollen auf dem silbrigen Stoff.

Als Ty das Sichtfenster ihres Helms sauber wischt, sehe ich, dass ihre Augen auch blau geworden sind.

Sie waren doch braun.

»T-Tyler«, stöhnt sie. »Sie k-kommen.«

»Scar, wir müssen los«, sagt mein Bruder. »Sofort.«

Seine Stimme ist stahlhart, aber ich spüre die Angst in ihm. Wir kennen uns schon länger, als wir auf der Welt sind. Ich durchschaue ihn besser als jeder andere. Und ich weiß, dass der gefasste Ton und die ruhigen Hände nur Fassade sind. Darunter hat er schreckliche Angst.

Um uns.

Um *sie*.

Ich blinzele energisch. Nicke knapp. Und dann rennen wir los. Durch die überwucherten Straßen, durch die wogenden Farne, bis endlich die Klinik vor uns aufragt.

Wir müssen die Ranken wegschießen, um durch den Eingang zu kommen. Ich weiß nicht, was Tyler sich davon verspricht. Selbst wenn das Gebäude nicht von diesem … Befall verschluckt worden wäre, ist die Anlage zweihundert Jahre alt. Erst jetzt, wo wir davor stehen, wird mir klar, wie verzweifelt und aussichtslos dieser Plan ist.

In dem Gebäude ist es dunkel – die Fenster sind zugewuchert, die Elektrizität schon lange tot. Wir schalten die Suchlichter an unseren Schutzanzügen an und lassen die grellen Strahlen durch die düsteren Räume wandern. Auch hier drin ist alles von Pflanzen bedeckt. Moos auf dem Boden, Kriecher und klebrige Blumen an den Wänden.

»Zila, was brauchen wir?«, fragt Tyler.

Zila mustert Cat und schüttelt den Kopf. Durch den Gesichtsschirm des Helms sehe ich, dass ihre Wimpern über den blauen Augen flattern. Ihre Haut ist schweißnass. Ich könnte schwören, dass sie leicht silbrig glänzt.

»Ich bin nicht sicher, Sir«, gibt Zila zu. »Ich habe solche Symptome noch nie …«

»Dann lass dir was einfallen«, blafft er. »Du bist mein Brain. Ich brauche dich jetzt.«

»Das Medikamentenlager«, sagt sie. »Ich weiß nicht, was sie hier für Substanzen hatten und was nach zweihundert Jahren noch zu gebrauchen ist. Aber vielleicht kann ich so etwas wie einen antibakteriellen Wirkstoff oder Blocker fabrizieren, wenn wir einen Vorratsraum finden.«

»Alles klar«, nickt Tyler. »Los.«

Wir kämpfen uns durch die dunklen Räume der Klinik. Der Pflanzenteppich gurgelt und quietscht unter unseren Schritten, und es herrscht eine drückende Hitze, wie in einer Sauna. Ich höre Cats flache Atemzüge, das Wummern meines Herzens. Wir schauen hinter jede Tür, aber alles ist überwuchert, unbrauchbar, unkenntlich. Vage Formen, die vielleicht einmal Betten waren oder Computer, winzige Körnchen von leuchtendem blauem Blütenstaub in der Luft.

Cat, die immer noch von Tyler getragen wird, hebt eine Hand und fasst ihn an der Schulter. »Tyler …«

»Cat, entspann dich einfach, okay?«, sagt er. »Wir schaffen dich hier raus.«

»D-du …« Sie schüttelt den Kopf, schluckt mühsam. »D-du ver … stehst nicht.«

»Cat, Süße, bitte«, flehe ich. »Das Sprechen strengt dich zu sehr an.«

»Ich … sehe«, flüstert sie.

»Was siehst du?«, fragt Zila.

»Agenten.« Cat schließt ihre neuen blauen Augen. »K-kommen.«

»Der Shuttle vorhin.« Zila schaut zu Tyler. »Überlebende von der *Bellerophon*.«

»Zila, was passiert mit ihr?«, frage ich.

Unser Brain schürzt nachdenklich die Lippen. Ich sehe an ihrem Blick, dass ihr geniales Gehirn auf Hochtouren arbeitet. Ihre Teilnahmslosigkeit ermöglicht ihr eine Klarheit, um die ich sie beneide. Ich frage mich, woran es liegt, dass sie so geworden ist.

Nachdem sie eine Weile nachgegrübelt hat, dreht sie sich um und schießt mit ihrem Disruptor auf die Wand – sie bleibt wohl lieber bei Methoden, mit denen sie sich auskennt. Der Strahl versengt ein Stück von dem Bewuchs; von den blaugrünen Blättern bleibt nichts als Asche zurück. Genau wie vorhin, als wir die Affenwesen getötet haben, läuft ein Zittern, ein Flüstern, ein Schaudern durch die Pflanzen ringsum. Und mit Schrecken sehe ich, dass auch Cat erbebt.

»Ohhh«, stöhnt sie. *»Ohhhh.«*

Zila fährt mit ihrem Uniglass in wenigen Zentimetern Abstand über Cats Körper. Das Gerät piepst und klickt, als spielte Zila darauf Klavier.

»Legionärin Madran?«, fragt Tyler.

Zila schüttelt den Kopf. »Es gibt so wenige Daten. So viele Variablen. Aber diese Gewächse, die infizierten Tiere, alles, was uns hier begegnet ist, scheint ... miteinander in Verbindung zu stehen. Wenn eines verletzt wird, empfinden die anderen Schmerzen.«

Ich denke an Auroras Worte auf der Brücke der Longbow zurück, als sie auf die leuchtenden roten Punkte auf der Sternkarte gezeigt hat.

»Gestalt«, flüstere ich.

Zila nickt. »Ja. Ein Gebilde aus einer Vielzahl von Organismen, die in Wirklichkeit ein einziges Wesen sind. Es ist, als wäre alles auf diesem Planeten, alles, was von diesen Gewächsen befallen ist, miteinander verbunden.«

Plötzlich krümmt sich Cat auf Tylers Armen, und ihr ganzer Körper beginnt zu zucken. Sie fletscht die Zähne, und während sie von Krämpfen durchgeschüttelt wird, bettet er sie vorsichtig auf den Boden. In seinen Augen schimmern Tränen.

»Cat?«, fragt Tyler. »Cat, kannst du mich hören?«

»Ra'haam«, stöhnt sie, wie Aurora zuvor auf der Brücke.

»Halt durch, wir finden eine Lösung, versprochen.«

Cat stöhnt, wirft den Kopf nach hinten, und ihr Rücken biegt sich so extrem durch, dass sie vom Boden abhebt.

»Ra'haaaaa-a-a-aam!«

Ich fühle mich so nutzlos, ich könnte schreien. Mein ganzes Entsetzen spiegelt sich in Tylers Körperhaltung, in der Art, wie er sich über sie beugt, ihr hilflos, zaghaft über den Arm streicht, als könnte sie bei der Berührung zerbrechen.

Ich weiß, was damals beim Landgang vorgefallen ist. Keiner der beiden hat es mir erzählt, aber ich habe es mir zusammengereimt, als sie mit ihren neuen Tattoos und einer neuen Distanz zwischen ihnen zurückgekommen sind. Ich konnte sehen, dass Cat den Graben schließen wollte. Ich konnte verstehen, warum Tyler dagegen war. Warum er es als Fehler empfunden hat. Warum es vielleicht das Beste gewesen war, was beiden je hätte passieren können. Denn sosehr sich Ty auch in der Rolle des Anführers, des Soldaten gefällt, sosehr er sich wünscht, jemand zu sein, auf den unser Vater stolz wäre – ich weiß, ein Teil von ihm ist auch in Cat verliebt.

Nur das *Wie* ist ihm noch nicht klar.

Aber was wird er tun, wenn er sie verliert?

»Ich f-fühle es«, zischt Cat, und Schweiß perlt auf ihrer Stirn. »Ich kann ssie alle fühlen. Dieser Ort, dieser Planet … Ich w-weißßß, was es issst.«

Mit einem Seufzer sinkt sie zurück auf den bemoosten Boden. Ihre Augen sind offen und schimmern in demselben schwach leuchtenden Blau wie der Blütenstaub, der in der Luft um uns schwebt. Und mich packt das kalte Grauen, als ich erkenne, dass ihre Pupillen nicht mehr rund sind.

Sie haben die Form von Blumen.

»Cat?«, fragt Zila und kniet sich neben sie. »Was ist Ra'haam?«

Unser Ace sieht Zila mit Tränen in den Augen an.

»Wir.«

»Beim Schöpfer«, flüstert Tyler. »Deine Augen …«

Cats Hand schnellt vor und packt Tyler so fest am Arm, dass er zusammenzuckt.

»B-bring sie hier w-weg, Tyler«, stößt sie zwischen zusammengebissenen Zähnen hervor. »Auri vor allem. Es hätte euch alle getötet, um sie davon abzuhalten, diesen Ort hier zu finden. Aber jetzt, wo sie hier ist … darf es … sie nicht bekommen.«

»Cat …«

»Ich kann es f-fühlen.« Sie schüttelt den Kopf, und die Tränen strömen ihr über die Wangen. »Ich kann es in mir fühlen, Ty. Bei der Liebe des Schöpfers … bring … bring sie weg von hier.«

Meine Hände zittern, und ich kriege kaum Luft. Die Schluchzer, die in meiner Kehle aufsteigen, hindern mich am Sprechen. Stattdessen sagt Zila, was ich denke.

»Aber die Sternkarte in dem Trigger hat uns hierher geführt«, wendet sie ein.

»Ver… Versteht ihr denn nicht?« Cats Rücken biegt sich wieder durch. »Das w-war keine Einladung. D-das w-war eine *Warnung* …«

Sie verstummt, schließt die Augen. Ein Zittern erfasst sie, wie im Fieber. Ich schaue meinen Bruder an, sehe sein aschfahles Gesicht. Die Verzweiflung in seinem Blick. Den Kummer. Dasselbe bodenlose Gefühl, das sich auch in mir breitmacht. In dieser Klinik gibt es kein Gegenmittel. Ein feindliches Raumschiff ist im Anflug – GIA-Agenten in ihren gesichtslosen grauen Rüstungen und wer weiß was noch. Er muss Prioritäten setzen. Er muss die Bedürfnisse der Gruppe über seine eigenen Gefühle stellen. Wie gute Anführer das nun mal tun.

Sein Blick begegnet meinem. Und ich spreche zu ihm, ohne ein Wort sagen zu müssen.

Weise uns den Weg, Bruderherz.

Er greift in den Werkzeuggürtel um Cats Anzug und holt ihr Uniglass heraus. »Kal, Status?«

»Wir sind im Raumhafen nicht fündig geworden«, antwortet unser Tank. *»Aber Finian sagt, er kann die notwendigen Komponenten synthetisieren, wenn er auf den Hauptreaktor der Kolonie zugreifen kann. Wir sind jetzt dorthin unterwegs.«*

»Geht es allen so weit gut?«

Kal senkt die Stimme, als wollte er nicht von den anderen gehört werden.

»Aurora ist … beunruhigt. Wir sind weiteren Kolonisten begegnet, die von derselben Krankheit befallen waren wie die Schimpansen. Eine sprach von … Sprossung?«

»Jaaaa«, stöhnt Cat, die sich auf dem Boden windet.

Ich nehme ihre Hand, und sie öffnet die Augen und sieht mich an. Beim Anblick der unnatürlichen Farbe und der blütenförmigen Pupillen würde ich am liebsten wegschauen. Doch stattdessen drücke ich ihre Finger und bemühe mich um ein Lächeln.

Tyler holt zitternd Luft. »Wir vermuten, dass mindestens ein GIA-Agent an Bord dieses Fahrzeugs ist – es hat sich wohl aus der *Bellerophon* abgesetzt. Es befindet sich im Anflug auf uns.«

»Der Reaktor ist das bestgesicherte Gebäude der Siedlung, Sir. Wenn wir einen Abwehrkampf planen, sollten wir uns dort versammeln.«

»Verstanden, wir kommen zu euch.«

»Ich werde bis dahin Vorschläge ausarbeiten, was wir zur Abschreckung unternehmen können.«

»Wir beeilen uns.« Tyler schluckt schwer. »Kal … Schärfe den anderen ein, auf ihre Schutzanzüge zu achten. Du hast dafür zu sorgen, dass ihre Ausrüstung unter keinen Umständen beschädigt wird, ist das klar?«

»Ist Zero …«

»An die Arbeit, Legionär. Wir sind gleich da, Ende.«

Ty tippt auf das Uniglass, geht neben Cat in die Hocke und legt sich ihren Arm um die Schulter, um sie hochzuheben. Aber Cat legt ihm kopfschüttelnd eine Hand auf die Brust.

»N-nein …«, flüstert sie. »Lass mich hier, Ty.«

Er hebt seine vernarbte Augenbraue, und kurz kommt der Charmeur in ihm zum Vorschein. »Ach, seit wann versuchst du dich als Komikerin?«

»Ich meine … es ernst«, haucht sie. »Lass m-mich g-gehen.«

»Auf keinen Fall.« Er drückt Cat an sich und steht mühelos auf. Ihr Kopf fällt zurück, ihr Körper hängt schlaff herunter, aber sie nimmt ihre letzte Kraft zusammen, um den Kopf zu heben und ihm in die Augen zu sehen.

»Ich k-kann es sehen, Ty«, flüstert sie. »Und es kann euch alle … d-durch mich sehen.« Sie schüttelt den Kopf, und in ihre Stimme mischt sich ehrfürchtiges Staunen. »Es ist so groß, Ty. Es ist so g-groß, und es reißt mich in sich hinein, und du musst mich g-gehen lassen.«

»Nein«, sagt er.

»Bitte«, fleht sie.

»Jetzt hör mir mal zu, Brannock«, sagt Ty, und trotz der Tränen in seinen Augen ist seine Stimme hart wie Stahl. »Wir sind die Aurora Legion, und wir lassen unsere Leute nicht zurück. Hast du mich verstanden?«

Sie fährt mit der Zunge über ihre Lippen, und ihr fallen die Augen zu.

»Legionärin Brannock, ich habe etwas gefragt!«, brüllt er.

Cats Augen zucken wieder auf, und sie holt tief und zittrig Luft.

»Außerdem«, fährt Ty in seinem besten Exerzierton fort, »muss ich dich hoffentlich nicht daran erinnern, dass ich dein Vorgesetzter bin. Solltest du also mit dem Gedanken spielen, einfach liegen zu bleiben, solltest du auch nur daran *denken*, jetzt die Flatter zu machen, dann trete ich dir so gewaltig in den Arsch, dass dir mein Scheißstiefel oben rauskommt, haben wir uns verstanden?«

Tyler Jones, Squad Leader erster Klasse, flucht nicht. Tyler Jones kifft nicht, trinkt nicht und tut auch sonst nichts, was wir Normalsterbliche machen, wenn wir Spaß haben wollen. Ich kann mich nicht erinnern, wann ich zum letzten Mal solche Ausdrücke von ihm gehört habe. Cat wahrscheinlich auch nicht.

»Haben wir uns *verstanden*?«, donnert er.

Das verfehlt seine Wirkung nicht. Cat schluckt schwer, und ihre Augen scheinen wieder etwas wahrzunehmen. Sie zieht den Arm um seine Schultern enger, als sie flüstert.

»J-jaw…«

»Ich höre nichts, Legionärin Brannock!«

Cat blinzelt heftig, nickt langsam. »Jawohl, Sir.«

Der Blick, den Ty Zila und mir zuwirft, lässt keine Widerrede zu. Ich sehe den Anführer in ihm, ich sehe unseren *Vater* in ihm, so klar und deutlich, dass ich ihm am liebsten weinend um den Hals fallen und ihm sagen würde, wie stolz ich auf ihn bin. Aber stattdessen stehe ich stramm. Weil Legionäre das so machen.

»Scar, du übernimmst die Spitze«, befiehlt Ty. »Zila, du deckst uns nach hinten. Wir marschieren jetzt zack, zack zum Reaktorturm und schließen zum Squad auf. Wenn uns was in die Quere kommt, ballern wir es zurück in die Hölle. Heute stirbt mir hier niemand in dieser Einheit, ist das klar?«

»Jawohl, Sir«, erwidern wir.

»Gut. Dann los.«

33 Auri

Um mich herum verwandeln Tyler und sein Squad den Reaktor in einen Verteidigungsposten. Sie verrücken schwere Schränke, um Eingänge zu blockieren, ballern Ranken von Fenstern weg und überlegen, wie wir uns mit dem, was hier übrig geblieben ist, noch besser absichern können.

Ich mühe mich mit einem massiven Tisch ab, kippe ihn vorsichtig auf die Seite und schiebe ihn als eine Art allerletzten Schutzschild vor Cat, falls sie uns durch die Fenster angreifen. Immer wieder streift mein Blick zu Kal, und obwohl er vollauf damit beschäftigt ist, Lasten zu stemmen, die wir anderen nicht mal mit vereinten Kräften heben könnten, sind seine Augen mir jedes Mal schon zugewandt.

Während ich den Tisch in die richtige Position bringe, sind meine Nerven zum Zerreißen gespannt. Die GIA-Agenten kommen meinetwegen, aber ich weiß, dass sie keine Rücksicht auf Verluste nehmen werden. Wir können nicht mehr zur Longbow zurück, ohne zu kämpfen. Jede Hoffnung auf eine Reparatur oder Flucht ist zunichte. Von hier aus werden wir Widerstand leisten. Und ich habe schreckliche Angst.

»Der GIA-Shuttle befindet sich jetzt im Landeanflug auf uns.« Drüben am Fenster senkt Zila ihr Fernglas. Wie immer ist sie die Ruhe selbst. »ETA drei Minuten.«

»Frage«, sagt Scarlett. »Könnten wir ihr Schiff benutzen, um zurück ins All zu fliegen?«

Finian, der auf allen vieren an einem halb zerlegten Computersystem herumwerkelt, rappelt sich mit einem leisen Quietschen seiner Servogelenke auf. Er hat seinen Sicherheitsbehälter über ein Gewirr aus Kabeln und Rohren mit dem Reaktorkern verbunden, und offenbar hält das Ganze nur mit Gebeten und Klebeband. Wenn ich es richtig verstanden habe, entstehen in diesem improvisierten Laborkessel gerade die Elemente, die wir brauchen, um den Reaktor der Longbow zu reparieren, wenn wir es hier wegschaffen.

Falls wir es hier wegschaffen.

Er humpelt ans Fenster, späht zu der Raumfähre hoch, schüttelt den Kopf.

»Das ist bloß ein Kurzstreckenhüpfer«, sagt er. »Für den Transport durch die Atmosphäre. Wenn wir durch die Raumfalte zurückwollen, brauchen wir die Longbow.« Er sieht Tyler an. »Aber dieses Ding könnte uns ruck, zuck zur Longbow bringen. Wenn wir, nur mal so als Beispiel, einen genialen Taktiker mit toller Frisur und einem tollkühnen Plan für den Diebstahl hätten.«

Tyler blickt von dem Disruptorgewehr auf, das er gerade mit Kal auf ein behelfsmäßiges Dreibein an einem anderen Fenster montiert.

»Ich arbeite dran«, murmelt er.

»Okay, während du deine Bürste suchst, gehe ich rauf in die Kontrollzentrale«, verkündet Fin. »Mal sehen, ob ich die Sicherheitsprotokolle in der Stromversorgung überschreiben und die Leistung hochjagen kann.«

»Wozu?«, fragt Scar.

»Um die metallischen Bestandteile des Gebäudes unter Strom zu setzen. Das Gerüst, die Treppen, so was. Dann ist der Weg hier rein abgeschnitten. Und die GIA wird gegrillt.«

»Aber erwischt es uns dann nicht auch?«

Er schüttelt den Kopf. »Wenn wir auf dem Beton bleiben, passiert uns nichts. Bevor ich mit euch Flaschen losgeschickt worden bin, habe ich in meiner Freizeit im Antriebslabor der Academy experimentiert und rausgekriegt, wie ich die Abgabe bei einem einfachen DeBray-Energieversorgungsnetz um sieben Prozent steigern kann. Das System hier scheint mir ganz ähnlich aufgebaut zu sein.«

»Dieses Antriebslabor, in dem du rumgespielt hast«, sagt Tyler. »Das war nicht zufällig das Labor, das du *verstrahlt* hast?«

»Hey, beschwer dich bloß nicht. Du musstest die Prüfung in Raumdynamik dann ja auch nicht schreiben.« Er setzt sein übliches Grinsen auf, aber keinem von uns ist nach Rumblödeln zumute.

»Ich glaube nicht, dass das eine gute Idee ist«, sagt Ty.

»M-hm. Leider sind uns die guten Ideen schon lange ausgegangen. Ich krieg das hin, Goldenboy.«

Tyler kaut auf seiner Unterlippe und seufzt. »Zila, geh du mit. Vielleicht kannst du was helfen.«

»Jawohl«, sagt Zila ruhig und wendet sich vom Fenster ab.

Als Finian an Tyler vorbeihumpelt, packt der ihn am Arm. »Hör mal zu.«

Mit einem Blick zu mir senkt er die Stimme, aber ich höre es trotzdem.

»Diese Agenten wollen Auri.« Er sieht kurz zu Cat und wieder zurück zu Fin. »Es wäre schlecht, wenn sie ihnen in die Hände fällt. Kannst du schnell was austüfteln? Ich meine, für den Fall, dass wir vor der Wahl stehen zwischen Gefangennahme und …«

Finian erwidert Tylers Blick. Er ist schlagartig ernst geworden.

»Mache ich.«

Tyler nickt, und Fin und Zila gehen ohne ein weiteres Wort ins Obergeschoss.

Mein Atem kommt zu schnell, mein Herz flattert. Die neuen Teile meines Ichs drängen an die Oberfläche, aber ich weiß nicht, wie ich sie lenken oder wie ich ihnen die Zügel überlassen soll.

Für den Fall, dass wir vor der Wahl stehen zwischen Gefangennahme und …

Wie ist das alles passiert? Wie ist es so weit gekommen?

In dem Versuch, die Kontrolle über mich zu gewinnen, spreize ich mehrmals die Finger und balle sie wieder zur Faust, während ich um den Tisch herumgehe und mich neben Cat im Schneidersitz auf dem Boden niederlasse.

Alles um mich herum reißt an meinen Nerven und jagt ein Prickeln durch meine Glieder. Das Gefühl unmittelbarer Gefahr sitzt mir im Nacken. Ich bin sicher, dass die Pflanzen uns auf Schritt und Tritt beobachten, dass der Planet über die Pollen, die durch ein kaputtes Fenster herein und durch das nächste wieder hinaus schweben, jede unserer Bewegungen registriert.

Fast verlässt mich der Mut, aber ich spüre, dass ich dabei auch an eine andere Grenze komme.

Ich stehe an der Schwelle zu …

Cat rührt sich neben mir, und ich nehme ihre Hand in meine und drücke sie leicht. Ihre Wimpern heben sich, und sie richtet ihre blumenförmigen, von einer strahlend blauen Iris umgebenen Pupillen auf mich. Wir sehen uns lange in die Augen, dann atmet sie leise stöhnend aus.

»Ich kann es spüren«, flüstert sie, und ich weiß nicht, was ich sagen soll, denn ich spüre es auch. »Es holt mich.«

»Das lassen wir nicht zu«, flüstere ich zurück.

In ihrem Blick liegt Angst, liegt Schmerz, liegt ein *Wir wollen uns doch beide nichts vormachen*, und mir bricht das Herz, weil das alles auf ihrem Gesicht mit der sich langsam silbern färbenden

Haut nichts zu suchen hat. Nicht bei einem Mädchen in meinem Alter.

Aber sie ist nicht in meinem Alter, oder?

Die Blätter um uns flirren, obwohl es keinen Luftzug gibt, und ich spüre die Jahrhunderte unter meiner Haut. Die Macht, die sie bergen.

Im Vorbeigehen legt Kal eine Hand auf meine Schulter, nur eine Sekunde lang. Einen Atemzug lang. Ich denke daran zurück, was er gesagt hat. Über den wahren Weg. Und obwohl ich es noch nicht ganz verstehe, weiß ich, dass alles, was bisher passiert ist, mit mir zu tun hat. Mit dieser Macht in mir.

Es gibt einen Grund dafür, dass die Existenz dieser Kolonie vor aller Welt geheim halten worden ist.

Es gibt einen Grund dafür, dass die GIA mich verfolgt und ebenfalls auszulöschen versucht.

Es gibt einen Grund dafür, dass ich zu etwas anderem werde, zu viel mehr als einem Menschen.

Es gibt einen Grund dafür, dass ich uns auf das Weltschiff und zu dem Trigger gebracht habe.

Und es gibt einen Grund dafür, dass der Trigger uns hierher geführt hat.

Irgendwie hängt das alles zusammen. Und obwohl es mir Angst macht, weiß ich, dass ich keine Angst mehr haben darf.

Alles, was passiert ist, alles, was ich geworden bin … kann ich nicht mehr aufhalten.

Stattdessen muss ich meinen Zorn entfesseln, um es zu beherrschen.

Ich denke an diese Siedlung. Was ihren Bewohnern widerfahren ist. Ich denke an meine Familie. An meine Mom und Callie, als sie die Nachricht erhalten haben, dass ich verschollen bin. An meinen Dad, als er es erfahren hat, an die Dinge, die wir uns in unserem letzten Gespräch hätten sagen sollen.

Ich denke an alles, was ich verloren habe. Ich denke daran, dass ich aus der Zeit gefallen bin, dass ich eine Macht habe, die ich nicht verstehe. Und als ich den Blick senke, als ich Cat wieder ansehe, in ihre Blumenaugen schaue, belauert von den räuberischen Blättern und Ranken dieses Planeten und gegen einen immer stärker werdenden Fluchtreflex ankämpfend …

… wandelt sich etwas.

Es ist, als würde Feuer Eis hinwegschmelzen. Als würden positive und negative Ladungen zusammenstoßen. Als würde ich zum ersten Mal seit zweihundert Jahren erwachen. Ich spüre, wie mein Geist sich ausdehnt, spüre das herrliche Spiel von Muskeln, die zu lange untätig geblieben sind. Eine unbändige Kraft steigt in mir auf. Mit einem Mal bin ich *größer, stärker,* und obwohl ich mich nicht vom Fleck gerührt habe – ich sitze immer noch im Schneidersitz neben Cat und halte ihre Hand –, hat alles eine neue Dimension gewonnen.

So fühlt es sich also an, es unter Kontrolle zu haben.

Ich weiß nicht, was *es* ist, aber alles, was ich in Trance getan habe, alles, was mich zum Passagier, zur Gefangenen in meinem eigenen Körper gemacht hat, ist jetzt zu einem gewissen Grad mein. Etwas Größeres. Höheres. Mit meinen eigenen Händen aus dem Nichts gegriffen.

Ich wende den Kopf und lasse meinen Blick über den Squad wandern. Ich kann die Empathie spüren, die in Kal lodert – ein unstetes, violett schimmerndes Licht, das von seinem übrigen Wesen fast erstickt wird. Es durchzieht ihn wie feine, versteckte Goldadern in Felsgestein. Als mein Geist es streift, flackert und zittert es zur Antwort.

Ich sehe es auch in Scarlett, und ein bisschen, sehr viel schwächer, in Tyler. Es fließt unter der Oberfläche seiner Gedanken dahin. Die Jones-Zwillinge sind Menschen, und kurz zuckt ein Zweifeln in mir auf: Hat der Planet auch sie erfasst? Doch gleich darauf erkenne ich, dass das nicht stimmt. Die Energie, die die Pflanzen, die Blätter und Ranken um uns erfüllt, sie in einem Strom vernetzt, der in meiner Wahrnehmung jetzt wie Elektrizität knistert, ist ganz anders als alles, was ich in Scarlett spüre, in Tyler, in Kal, in mir.

Aber als ich wieder zu Cat hinunterschaue, sehe ich diesen Strom in einem hoffnungslos komplexen Geflecht durch ihren Körper fließen, wie ein Netz aus feinen Blutgefäßen, das sich in alle ihre Glieder erstreckt.

Wo soll ich überhaupt anfangen, *das zu entwirren?*

Ich weiß, auch wenn ich es nicht wahrhaben will, dass ich das nicht kann.

Es ist zu viel. Zu tief.

Es hat sie.

Ich versuche es trotzdem, packe im Geist eine Handvoll der übernatürlichen Energie, die sie gefangen hält, und verbrenne sie, konzentriere meine Gedankenkraft darauf, bis nur noch Asche übrig ist. Cat stöhnt, und noch während ich hinschaue, kriecht die silbrige, grün-grau-blau schillernde Energie in ihr voran und schließt die Lücke, als wäre sie nie dagewesen.

Sie ist überall, wie die Ranken.

Also probiere ich etwas anderes und taste mich in Cats Geist vor. Vielleicht kann ich von dort anfangen und das fremde Bewusstsein aus ihren Gedanken sengen. Als ich in sie eintauche, schlägt mir eine Fülle an Emotionen entgegen. Ihr Schmerz, ihre Angst, ihr Zorn fließen in mich, und kurz schrecke ich zurück. Dann überwinde ich meinen inneren Widerstand und lasse mich ganz darauf ein, denn mit solchen Gefühlen sollte niemand allein bleiben müssen.

Ich bin hier, ich bin hier.

Ich drücke ihre Hand und dränge mich an der schroffen äußeren Barriere vorbei. Und dahinter finde ich die wahre Cat, ein Strudel aus Leben und Liebe und Energie, in dem die Rot-, Orange- und Goldtöne ihres unverkennbaren inneren Wesens kunstvolle Muster bilden, wie wirbelnder Wind, wie ein Kreisen im Flug.

Ich finde ihre Liebe zu Scarlett, die Trauer um ihre Mutter, ihre unbändige Freude am Fliegen. Ich finde ihre starke, tiefe Liebe zu Tyler, in der bittere Enttäuschung mitschwingt.

Und ganz von selbst – unbeabsichtigt, aber vollkommen natürlich, so wie es sein sollte – beginnt mein Geist mit ihrem zu tanzen.

Wir sind nicht mehr in dem Reaktor. Alles um uns herum ist verschwunden.

Wir sind an einem anderen Ort, nur wir beide, und alles andere ist unwichtig.

Mein Geist ist mitternachtsblau mit silbernen Sprenkeln, Sternenlicht und Nebel zu Cats feurigen Winden. Um sie zu berühren, muss ich mich öffnen, muss alle meine Gefühle, alle meine Erinnerungen freilassen. Cat sieht meine Liebe zu meiner Schwester Callie, riecht den Duft des warmen Gesteins und der würzigen Blätter am Gipfel meines Lieblingswanderwegs, wo ich so viele glückliche Momente erlebt habe. Durch mich schmeckt sie eine Prise der Chilis, mit denen mein Vater kocht. Sie ist bei mir, als ich nach der Trennung zusehen muss, wie meine Mutter leidet – und dann schaut sie weg und bewegt sich. Packt die Erinnerung und stößt sie von sich fort.

Im ersten Augenblick bin ich verwirrt. Bis sie mir ohne Worte, nur über eine Flut von Bildern, ihre Absicht vermittelt: Sie will diese Dinge nicht wissen, weil sie sie nicht teilen will.

Wenn es sie in Besitz nimmt.

Wir konzentrieren uns beide auf die Tür zwischen uns – sie zieht, ich schiebe – und knallen sie mit vereinten Kräften zu. Schweiß läuft mir in Strömen den Rücken runter, und ich reiße keuchend die Augen auf.

Ihr Blick erwartet mich bereits.

»Du s-solltest nicht … h-hier sein«, flüstert sie.

Hinter mir werden Stimmen laut. »Klappt es jetzt?«, brüllt Fin von oben.

»Ja«, ruft Kal Richtung Decke.

»Ich weiß«, flüstere ich Cat zu. »Alles hier ist verkehrt. Aber die Sternkarte in dem Trigger hat uns diesen Ort gezeigt …«

»Ach, Auri … v-verstehst du d-denn nicht? Der T-Trigger … ist –«

Ihre Augen weiten sich, und ihr Japsen ist meine einzige Vorwarnung, bevor ihr Geist nach meinem greift – aber jetzt sind die Rottöne dunkel wie Blut und die Gelbtöne unangenehm grell. Das ist Cats Geist, aber Cat ist nicht am Steuer.

Ich versuche, sie abzuwehren, und mache meine mentalen Mauern so stark, wie ich nur kann. Stelle mir vor, dass sie aus Stein sind, dass ich in einer winzigen Festung sitze, die meinen Geist umringt. Aber der Feind drängt jetzt von allen Seiten heran. Ich spüre, wie das fremde Bewusstsein über ihren Geist in mich eindringen will.

Ein Wesen.

Ein einziges, gigantisches, unfassbares Wesen.

Es kommt von überall, ein Netz, das den gesamten Planeten umspannt – es ist jede Pflanze, jede Ranke, jede Blume, jede

Spore, die in der Luft schwebt. Ich kann seine Vorgeschichte sehen, seine Absicht und sein Potenzial. Und als wäre die Zeit aufgehoben, kann ich auch seine Zukunft sehe.

In dem Zeitraum, über den sich diese Reise erstreckt, bin ich nichts weiter als ein Körnchen Staub. Ich muss an die Kuppeldecke von Casseldon Bianchis Ballsaal denken, an den langsamen Tanz der Galaxien, die auf dieser kosmischen Leinwand vorbeizogen, einander umschlangen und umkreisten.

Dieses … *Ding* ist aus einem äonenlangen Dämmerschlaf erwacht und reitet nun auf dem Kamm einer Welle, die vor Millionen Jahren ihren Anfang nahm. Dieser Planet, alle Planeten auf der Sternkarte des Triggers werden weiter wachsen, reifen, anschwellen, bis sie wie Samenkapseln aufplatzen und ihre Sporen, die Infektion, durch die natürlichen, unverschließbaren Tore in die Raumfalte hinausschleudern, und von dort …

Von dort überallhin.

Das ist der Moment, bevor ein Tsunami losbricht.

Das ist das Ra'haam.

»Du *kannst* es aufhalten.« Cats Keuchen reißt mich aus meiner Betäubung. Der Ansturm auf meine Festung verebbt, die Rot- und Goldtöne verblassen zu Cats Farben und ziehen sich dann ganz zurück. Blut läuft ihr aus der Nase, ihre Brust hebt und senkt sich, die blauen Augen sind starr auf mein Gesicht geheftet. »Sie haben es schon einmal aufgehalten. Und jetzt kannst du es aufhalten, Aurora.«

»Ja«, hauche ich.

Denn jetzt kann ich ermessen, wie weit diese Geschichte zurückreicht. Wie arrogant die Vorstellung ist, dass in den 13,8 Milliarden Jahren, in denen sich das Universum nun schon ausbreitet, dieser Krieg hier und jetzt – in der Milchstraße, zu unseren Lebzeiten – zum allerersten Mal ausgetragen wird.

Ich sehe, wie das Ra'haam beim letzten Mal erwacht ist.

Wie es damals versuchte, die Galaxis zu verschlingen.

Und scheiterte.

Danach, erkenne ich, hat es sich versteckt. Verwundet. Beinahe tot. Denn hinter der Flut, hinter dem Getöse dieses unfassbaren Dings um mich herum und tief in meinem Innern spüre ich noch etwas anderes. Die Stimme, die mich ruft. Die Stimme, die mich die ganze Zeit über gerufen hat.

Die mir sagt, wer ich bin.

Wer *sie* waren.

Die, die sich wehrten. Die sahen, wozu das Ra'haam anwachsen würde, wenn ihm niemand Einhalt gebot. Und denen ihre Individualität wichtig genug schien, um dafür zu kämpfen.

Das Alte Volk.

Eshvaren.

Und obwohl sie schon vor Äonen untergegangen sind,

haben sie uns die Waffe vermacht,

die wir brauchen werden,

um es wieder

zu besiegen.

Und der Trigger ist nicht etwa eine uralte Statue oder ein darin verborgener Edelstein. Er ist keine Sternkarte aus Juwelen, die sich ein Gangster unter den Nagel gerissen hat.

Der Trigger …

»Auri«, keucht Cat.

»Der Trigger … bin *ich.*«

Ringsum rascheln die Blätter, und von draußen höre ich das Dröhnen eines Triebwerks. Das Wummern eines langsamen Landeanflugs, das Knirschen eines Fahrwerks, das auf der Erde aufsetzt. Noch bevor ich Tylers Stimme höre, weiß ich, dass er sprechen wird.

»Sie sind da.«

Cat beißt die Zähne zusammen, und ich weiß, dass sie versucht, ihr Wissen vor dem Ding, vor ihnen – dem, das durch sie kriecht und sie in Besitz nimmt – abzuschirmen. Die Stimme, die draußen ertönt, ist glatt, künstlich verstärkt, geschlechts- und alterlos.

»Wir wollen Aurora O'Malley.«

Princeps.

Über unseren Uniglass-Kanal flachst Fin: *»Möchte jemand Seine Hoheit darauf hinweisen, dass es höflich wäre, bitte zu sagen?«*

Scarlett lässt ihren Bruder am Fenster stehen, rennt zu mir und kniet neben Cat nieder. »Geh«, murmelt sie mir zu und nimmt Cats Hand, als ich sie loslasse.

Ich husche geduckt zu Tyler. Sie haben die Ranken rund um das Fenster weggesengt, aber noch während ich neben Tyler in Deckung gehe, sehe ich einen verkohlten Trieb über das Fensterbrett kriechen und nach einem neuen Halt suchen. Wenn ich mich an die Wand drücke, kann ich die Gestalten vor dem Gebäude beobachten, ohne mich selbst zu zeigen.

Auf dem blaugrünen Gestrüpp vor dem Reaktor ist eine Raumfähre gelandet. Sie trägt das Kennzeichen der *Bellerophon* und hat eine Landerampe ausgefahren. Am Ende der Rampe steht Princeps in seinem makellosen weißen Anzug unter dem blauen Pollenregen, einen Schritt dahinter ein zweiter GIA-Agent in dem typischen Anthrazitgrau, und rund um den Shuttle drängen sich Dutzende weiterer Gestalten.

Das sind keine GIA-Agenten. Und es sind so viele.

In der Menge erkenne ich einige Schimpansen mit moos- und knollenbewachsenem Fell. Aber die anderen erkenne ich auch unter den Umhängen aus silbrigen Ranken und den Blumen, die aus ihren Haaren und Augenhöhlen wuchern.

Menschen.

Kolonisten.

»Ah, Aurora.« Obwohl ich mich nicht aus der Deckung gerührt habe, sieht Princeps mich voll an. »Da bist du ja.«

Ich gehe das Risiko ein und strecke einen Fühler meines mitternachtsblauen, sternenübersäten Geistes aus, um in dem grün-silber-blau-grauen Morast des Pflanzendickichts da draußen den Geist von Princeps zu finden. Aber es ist wie bei Interferenzen von Funkwellen – in dem Durcheinander von Energieströmen kann ich mein Ziel nicht ausmachen.

Als er weiterspricht, ist sein Ton so ausdruckslos wie immer. Keine Ahnung, ob er meinen Kontaktversuch wahrgenommen hat. »Wir warten schon so lange auf dich, Aurora.«

»Dann wartet noch ein bisschen länger«, rufe ich zurück. Meine Stimme ist fest. »Kommt in zweihundert Jahren noch mal.«

»Wir hatten dich aus den Augen verloren. Wir konnten dich nicht finden.«

»Ihr solltet mich auch nicht finden!«

»Jetzt wissen wir, dass du in der Raumfalte versteckt warst. Es war feige von den Eshvaren, dich dort zu verbergen. Das war schon immer ihre Art. Ihre Schwäche. Dieselbe Schwäche, die wir nun auch in dir spüren. Du hättest einfach zulassen sollen, dass wir dich im All verbrennen. Es war töricht, dich uns auszuliefern.«

Tyler legt mir von hinten eine Hand auf die Schulter, als hätte er Sorge, dass ich mich offen ans Fenster stelle und mit Princeps diskutiere. Aber ich bleibe ganz still und schaue nur, denn jetzt hebt Princeps beide Hände an seinen Helm und klipst ihn mit den Daumen auf.

Ich stehe wie vom Donner gerührt da, als er langsam, unendlich langsam, in einer Bewegung, die zwei Herzschläge und

13,8 Milliarden Jahre währt, den Helm abnimmt und mir das Gesicht darunter zeigt.

Und ich weiß es schon eine Sekunde, bevor ich es sehe.

Trotzdem bleiben mir bei dem Anblick die Luft, die Gedanken und alle Kraft weg.

Unter den fleischigen Blättern, die aus seinem rechten Auge wachsen, unter dem silbrigen Moos, das sich über die gräuliche Haut bis unter seinen Uniformkragen zieht, kann ich seine Gesichtszüge immer noch erkennen. Seine runden Wangen, die Falten auf der Stirn, über die meine Mutter gescherzt hat, dass er sie schon mit fünfzehn gehabt habe, weil er sich so über die Welt wunderte.

»Daddy …«

In meinem Kopf schwellen die Worte an wie hässliche, triefende Schlitzwunden in meinem silbrig schimmernden Sternennebel. Plötzlich bin ich wieder mitten in unserem letzten Gespräch.

Danke für deine Glückwünsche zu meinem Geburtstag, Dad.

Danke für die Gratulation zu meiner Titelverteidigung im All-States-Turnier.

Aber vor allem – danke dafür.

Ich habe die Verbindung abgebrochen, bevor seine Antwort zu mir übertragen wurde. Bevor ich sehen konnte, wie jeder meiner Sätze ihn getroffen und verletzt hatte.

»Du hast mir gefehlt, Jie-Lin«, sagt er.

Mein Herz fällt in sich zusammen.

»Es war so bitter«, sagt er kopfschüttelnd, »von dir getrennt zu sein, obwohl du von Anfang an bei uns hättest sein sollen. Wir hatten uns beide noch so viel zu sagen.«

Ich höre mich schluchzen. Meine mentale Festung beginnt zu bröckeln, Stein um Stein. Ich dachte, ich hätte ihn für immer verloren. Ich dachte, ich wäre vollkommen allein. Und jetzt ist er hier, und auf einmal bricht meine Trauer mit voller Wucht über mich herein, eine Lawine, der ich nichts entgegensetzen kann. Meine Sicht verschwimmt vor Tränen, mein Atem kommt so schnell, dass mein Helm von innen beschlägt.

Der Helm, der mich von ihm trennt.

»Wir sind alle verbunden«, sagt mein Vater und streckt die Hand nach mir aus. »Wir sind eins. Wenn du dich uns anschließt, werden wir vollständig sein.«

»Auri«, sagt Ty neben mir leise. »Das ist nicht dein Dad.«

»Doch«, bringe ich heraus. »Das b-begreift ihr nicht. Ich kann sie alle geistig wahrnehmen. Wenn er es nicht wäre, w-wäre es leicht.«

Aber es ist so, so schwer. Denn jetzt kann ich es in dem grün-silber-blau-grauen Geflecht unter der Oberfläche der Dinge erkennen: Ich sehe, ich spüre, wie Cats wunderschöne Rot- und Goldtöne zu trübem Braun werden, während sie mit dem Gestaltwesen um uns verschmelzen.

Und ich sehe noch so viel mehr.

Mein Vater greift nach mir. Zeigt mir die Verbundenheit, in der ich aufgehen könnte. Wie großartig sie ist. Wie komplex und wunderschön. Und obwohl sie alle eins sind, obwohl jedes Leben und jedes Bewusstsein, das dieses Ding im Laufe der Äonen verschlungen hat, mit den anderen zu einem allumfassenden Ganzen verschmolzen ist, spüre ich *ihn* unter den Vielen.

Ich sehe jeden einzelnen Faden des Gewebes, das er einmal war. Das er *immer noch* ist. Ich kann die Teile, die zu *ihm* gehören, in diesem Schwarmbewusstsein deutlich ausmachen.

Er ist immer noch da. Ich könnte mich immer noch bei ihm entschuldigen. Könnte zulassen, dass er mich lachend in seine

Arme zieht. *Und wegen so einer kleinen Sache hast du dich die ganze Zeit gequält?*, wird er sagen.

»Jie-Lin«, ruft er. »Ich brauche dich.«

Kal, der an die Wand gelehnt dasitzt, schaut mich an. Unsere Blicke treffen sich, und auch wenn er sicherlich nichts davon weiß, strecken sich die goldenen Fühler seines Geistes nach mir aus, ringeln sich um mein Mitternachtsblau und geben mir Kraft.

»Ich weiß, wie es ist, seine Familie zu verlieren, Be'shmai.«

In ihm ist unendliches Mitgefühl, doch sein Gesicht ist leer. Ich spüre den Schmerz dieser Erinnerung, erahne eine Geschichte, die ich hören will.

Sein Verlust gleicht meinem.

»Sobald wir hier wegkommen« – und Kal betont das *sobald* –, »forschen wir nach Spuren deiner Schwester. Deiner Mutter. Was aus ihnen geworden ist. Vielleicht ist von deinem Blut noch etwas geblieben. Aber hier hast du keine Familie, Be'shmai. Das da ist nicht dein Vater.«

Und in der kurzen Stille danach erkenne ich, dass er recht hat. Einst hat mein Vater hier gelebt, und er wurde von dem Ra'haam in Besitz genommen und ging in diesem Ganzen auf.

Aber er ist jetzt nicht hier.

Das sind alles nur Echos.

Ich nicke langsam, und Tränen laufen mir übers Gesicht, während ich mit letzter Kraft meine inneren Mauern wieder aufrichte.

Ich war nie für das Ra'haam gedacht, und ich werde mich ihnen nicht anschließen.

Ich gehöre jetzt zu den Eshvaren.

»Jie-Lin«, ruft das Ding dort draußen. »Komm mit uns.«

»Nein!«, schreie ich.

»Es ist zwecklos, dich zu widersetzen. Komm.«

»Niemals!«

Da endlich verändert sich die ausdruckslose Stimme von Princeps, von dem Ding, das einmal mein Vater war. Und ich höre sein Bedauern und seine Entschlossenheit, als er den Helm wieder aufsetzt und noch einmal spricht.

Ein einziges Wort.

Ein Flüstern.

»Cat.«

34 Cat

Ich bin alles.

Ich bin nichts.

Ich bin ich.

Ich bin …

»Cat.«

Ich bin ein in sauberes Weiß gehülltes Baby und ich schmiege mich an die Brust meiner Mama und ich friere und ich habe Angst und ich höre zum ersten Mal in meinem Leben eine Stimme und das macht nichts weil ich weiß dass es jemand ist der mich liebt

»Catherine, aber ich nenne sie Cat.*«*

Ich bin ein kleines Mädchen an ihrem ersten Tag im Kindergarten und ein Junge schubst mich von hinten und ich drehe mich um und ich sehe blondes Haar und ein Grübchenlächeln und ich packe einen Stuhl und donnere ihn auf seinen Kopf und das macht nichts weil ich weiß dass er mich eines Tages lieben wird

»Aua, Cat*!«*

Ich bin fünfzehn Jahre alt und sitze vor dem Bildschirm und ich sehe den Tod in den Augen meiner Mutter und obwohl sie sechzigtausend Lichtjahre weit weg ist und wir zum allerletzten Mal miteinander sprechen macht das nichts weil ich weiß dass sie mich liebt

»Ich bin stolz auf dich, Cat.*«*

Wir sind achtzehn Jahre alt und die leeren Gläser stapeln sich vor uns und wir wissen genau worauf wir zusteuern und das macht nichts weil ich tief im Herzen weiß dass du mich liebst

»Oh, Cat *…«*

Und ich liege am Morgen danach da und obwohl er vor zehn Minuten gegangen ist schmecke ich ihn noch auf meinen Lippen und rieche ihn auf meiner Haut und obwohl er bestechend logisch argumentiert hat kann ich nicht aufhören zu weinen

weil

er

mich

nicht

liebt

Ich kann so weit sehen. Ich bin eintausend Augen. Die Augen in dem Schädel, mit dem ich geboren wurde, das Fleisch im Bann der schleichenden

Vergiftung

Ansteckung

Erlösung

in meinem Blut.

Aber mehr noch: Ich kann durch *sie* sehen. Durch die sprießenden, wuchernden Ranken um das Gebäude, in dem mein Körper sich zersetzt. Durch die Samen, die in leuchtend blauen Wirbeln um uns tanzen. Durch die Hüllen, die es bewohnt. Auswüchse, gewandet in das Fell niederer Primaten, in GIA-Uniformen oder die Haut von Kolonisten.

Alles, was es berührt hat.

Absorbiert.

Umarmt.

Ich bin alles.

Ich bin nichts.

Ich bin ich.

Ich bin …

… *wir.*

»Cat.«

Ich höre die Stimme des Ra'haam durch die Fäden, die es in meinem Körper spinnt. Ich fühle, wie groß es ist. Wie unfassbar alt. Ein unermessliches Bewusstsein, das sich über zahllose Sterne erstreckt. Eine Legion aus einem und Milliarden, vermehrt durch jeden Geist, den es umfing.

Umringte.

Zu sich rief.

»Warum bekämpfst du uns, Cat?«, fragt es in meinem Kopf.

»Weil ich Angst habe«, antworte ich. »Weil ich mich nicht verlieren will.«

»Diese Vereinigung bedeutet keinen Verlust. Sie bereichert. Du wirst so viel dazugewinnen, wenn du in uns bist. Du wirst niemals ungewollt oder ungeliebt sein. Du wirst wir sein. Wir werden du sein. Immer.«

»Aber die anderen … Scarlett und …«

»Auch er wird in uns aufgehen. Eines Tages werden wir dies alles umspannen. Alles.«

»Umspannen?« Ich schüttele den Kopf. »Verschlingen, meint ihr.«

»Wir sind keine Zerstörer. Wir sind Erlöser. Aus dem Gefängnis des Ichs in die Freiheit des Einsseins. Wir sind Selbstaufgabe. Wir sind Liebe.«

Diese Stimme habe ich auch gehört, als ich neu auf der Welt war und zitternd und ängstlich zum ersten Mal von dem Schutzwall der mütterlichen Brust aufgeblickt habe.

Aber jetzt zittere ich nicht mehr.

Ich fühle mich gewärmt.

Ich fühle mich geborgen.

Aufgehoben.

Ausgelöscht.

Und ich liege in einem Reaktor in einer vergessenen Kolonie irgendwo im galaktischen Niemandsland auf dem Boden und ich verliere alles was ich war und jemals sein werde und das macht nichts weil ich weiß

ich *weiß*

ich WEISS

dass es

mich

liebt.

Wir stehen auf. In der Haut, die einmal Cat war.

Sie gehört uns, und wir gehören ihr.

Einst umspannten wir Welten. Kommunizierten mit ganzen Systemen. Doch jetzt ist so wenig von uns übrig. Ein dürftiges Netz, das seine frühere Größe fast vergessen hat. Unzählige Äonen lang haben wir geschlummert. So wenig von uns ist erwacht – gerade genug, um kleine Fühler durch die winzigen Häute zu ziehen, die vor Jahrhunderten in dieses Brutnest gestolpert sind. Und sie auszuschicken, uns zu beschützen, während wir noch einige hundert Jahre weiterschliefen.

Bald jedoch werden wir sprießen. Neu beginnen.

Blühen und bersten.

Wir blicken durch die Augen der Cat-Haut. Die Haut namens Scarlett erwidert unseren Blick. Ein winziges, verängstigtes Ding, eingekerkert in seinem eigenen Fleisch und Gebein.

»… Cat?«

Wir beachten sie nicht. Starren die Andere an.

Die Feindin.

»Aurora«, sagen wir.

Wir spüren den Abdruck unseres alten Widersachers in ihren Genen. In ihrem Geist. Die letzten Eshvaren starben vor einer Million

Jahren. Aber wir wussten, dass sie einen Weg finden würden, uns noch lange nach ihrem wohlverdienten Untergang Schaden zuzufügen. Sie versteckten etwas in der Raumfalte, das seither schläft. Das auf den richtigen Zeitpunkt wartet. Auf den Auslöser.

Auf sie.

Wir sind Cat. Cat ist wir. Und so wissen wir, dass die Häute namens Finian und Zila dort oben Vorbereitungen treffen, den Reaktor implodieren zu lassen, damit wir uns Aurora nicht einverleiben können. Wenn sie unser ist, können wir die Waffe der Eshvaren finden. Wenn sie unser ist, haben wir die Einzige, die sie bedienen kann. Die weiß, was wir sind, wo wir schlafen und wie wir aufgehalten werden könnten.

Wenn sie unser ist, gehört uns die Galaxis.

»Cat?«

Die Haut namens Tyler spricht. Die Spitze in ihrer törichten Hierarchie. Er blickt vom Fenster zu uns herüber. Er ist allein.

Wie sie alle.

So unvorstellbar allein.

»Das ist nicht mehr Cat«, flüstert Aurora.

Wir schlagen zu. Erheben uns in den vielen Häuten, die wir in uns aufgenommen haben, seit die Octavia-Kolonisten tief unter dem Mantel des Planeten erstmals auf uns gestoßen sind. Winden uns. Krümmen uns. Fließen voran. Zuerst greifen wir nach der Haut namens Kaliis – Auroras Beschützer. Wir peitschen vor, mit Dornen und Stacheln. Wir sind viele, er ist einer. Und obwohl er uns im Erwachungsstadium noch überlegen ist, brauchen wir nur eine winzige Öffnung in seinen Schutzanzug zu reißen, um ihn uns einzuverleiben.

Er weiß es. Er fließt und fällt wie Wasser. Die anderen Mitglieder der Gruppe geraten in helle Aufregung. Die Scarlett-Haut hebt ihre Waffe. Wir fegen sie beiseite. Die Finian-Haut und die Zila-Haut brüllen, als wir oben vorschnellen und ihnen die Werkzeuge aus den

Händen schlagen. Sie alle in stachelige Blätter und Blumenteppiche hüllen.

Die Tyler-Haut steht wie gelähmt. Sieht nur, was die Cat-Haut einmal war. Unfähig zu sehen, was sie geworden ist.

Mehr.

»Cat, hör auf!«

Draußen hebt die Princeps-Haut die Arme. Unsere Gewächse um den Reaktor erzittern. Klammern. Ziehen. Der Beton in dem Bauwerk ächzt und stöhnt. Risse tun sich auf. Die elektrische Ladung, die die Finian-Haut in das Metall gejagt hat, knistert und versengt uns. Aber wir sind viele. Was verbrannt und verkohlt ist, fällt ab und wird sofort ersetzt. Das Gebäude zerbricht, die Mauern stürzen ein, das Dach hebt sich. Die Hautwesen schreien, als Betonstaub auf sie niederregnet und totes Metall kreischt.

Das Gerüst gibt nach.

Die Hülle birst.

Der Boden unter ihnen klafft auf.

Doch sie fallen nicht.

»Nein.«

Die Aurora-Haut schwebt in der Luft. Das rechte Auge glüht weiß. Die Arme sind ausgestreckt. Das Licht, das von ihr ausgeht, verbrennt uns. Die Kraft der Eshvaren pulsiert in ihr. Nur ein Bruchteil ihrer eigentlichen Macht.

Aber so scharf.

So hell.

Wir stürzen uns auf sie – die Cat-Haut, die Princeps-Haut, die Agenten-Haut, die vielen Formen, die wir in unserer Zeit auf diesem Planeten in uns aufgenommen haben. Sie bäumt sich in rasendem Zorn auf, der in Schockwellen über uns fegt, Teile von uns zerfetzt, unsere Ranken um ihre Freund-Häute zerreißt, damit sie sie sanft auf den Boden betten kann.

Doch sosehr sie auch wütet, die Kraft in ihr ist eben erst erwacht. Sie hat keine Vorstellung, was sie wirklich vermag. Sie ahnt nicht, was noch in ihr schlummert. Und sie ist eine.

Wir sind viele.

Zu viele.

Wir schlagen sie. Umklammern sie. Krallen uns in sie. Gegen unsere Allgewalt ist das Disruptorfeuer von ihren Freund-Häuten nichts als ein Sommerregen. Für jedes Stück, das sie versengen, erhebt sich ein neues. Gestalt. Myriade. Hydra.

Und sie blickt zu uns auf. Aus ihren Augen leuchtet unser einstiger Widersacher.

Und sie fleht.

»Cat, hilf mir!«

Wir lachen. Fühlen die psychische Energie, die sie in den Geist der Cat-Haut schickt. Aber wir haben sie schon in uns willkommen geheißen. In unserer Liebe empfangen. In der Wärme unserer Einzigkeit, in unserer lebenden, atmenden Ganzheit geborgen. Es gibt keine Cat mehr.

Es gibt nur das Ra'haam.

… Aber

Da …

…

… Nein.

NEIN.

Ich bin nichts.

Ich bin alles.

Ich bin wir.

Aber obwohl es jetzt in mir ist
in fast allem was ich war
gibt es in einem dunklen Winkel immer noch
ein winziges Fünkchen
von
mir.

Ich bin zurück im Flugsimulator der Academy. An dem Tag, an dem ich mich für die Pilotendivision qualifiziert habe. Ich attackiere das Netz um mich herum, entschlüpfe ihnen schneller, als sie reagieren können. In meinem Kopf höre ich die Stimmen der anderen Kadetten. Den mit jedem tödlichen Treffer lauter werdenden Jubel, während ich den Mooshänden ausweiche, die nach mir greifen, die mich zurückhalten wollen.

Ich packe es. Drücke fest zu. Halte es in seiner Gesamtheit – Princeps, den anderen Agenten, die Schimpansen, die Kolonisten, die Fühler, alles – stockstill. Es sind so viele. Es ist so groß. So massiv. So schwer.

Und ich schaue sie nacheinander an, durch die Augen, die nur noch wenige Momente meine sein werden, bevor mein Funke für immer erlischt.

Diese Crew, die meine Familie war. Meine Freunde. Die hellwache Auri, die stille Zila, den bissigen Fin, den verschlossenen Kal, die lässige Scarlett und meinen schönen, traurigen Tyler. Ich strecke eine zitternde Hand nach ihnen aus.

Ich spüre, wie die Finsternis sich um mich zusammenzieht, um mich zu verschlingen. Und ich erinnere mich, wie Admiral Adams mir beim Abschied in die Augen gesehen und die Worte gesprochen hat, die mich jetzt mit einem blendenden Glanz erfüllen.

Wir die Legion
Wir das Licht

Das die Dunkelheit durchbricht

»Du kannst uns nicht bekämpfen, Cat.«

Seht mich an.

»Du kannst uns nicht für immer aufhalten.«

Das brauche ich auch gar nicht.

»Wir sind Legion.«

Das

bin

ich

auch

Ich stoße in das ganze Netz vor. In die Energiefäden, die alles und alle von uns miteinander verbinden. Richte die Kraft der Vielen gegen es selbst. Ich muss meinen Freunden nur Zeit verschaffen. Gerade genug, dass sie weglaufen, sich retten, von diesem infizierten Stück Land fliehen können. Um sich neu zu formieren und herauszufinden, was Auri in Wahrheit ist und was sie zu tun hat.

Diese Niederlage ist ein Sieg.

Ich spüre Auri in meinem Geist. Wie sie sich mir zuwendet und ihr funkelndes Mitternachtsblau unser loderndes Blaugrün überstrahlt.

Ich kann sie nicht lange festhalten, O'Malley …

»Cat, ich …«

LAUFT!

Durch Princeps und die anderen geht ein Zittern. Sie stürmen gegen die winzige Armee meines Ichs an. Aurora kann fühlen, wie sie Welle um Welle gegen mich branden, um mich zu ersticken. Sie weiß besser als alle anderen, dass es aussichtslos ist. Und so dreht sie sich zu Tyler um, der mich immer noch voller Entsetzen anstarrt.

»Tyler, wir müssen weg«, sagt sie.

Er blinzelt sie an, als ihm klar wird, was sie meint.

Tyler, wir müssen sie zurücklassen.

Ich fahre in die Muskeln, die mir gehört haben. Spüre Tränen in meine neuen blauen Augen steigen, als ich Luft in die Lungen und durch die Stimmbänder zwinge.

»Ty«, flüstere ich. »Du musst mich gehen lassen.«

»Cat, *nein.*«

»Bitte …«

Ich kann sie fühlen. Alle. Diese Crew, die meine Familie war. Diese sechs, die meine Freunde waren. Sie sind Mitglieder der Aurora Legion, und sie lassen ihre Leute nicht zurück. Aber insgeheim weiß jeder von ihnen, dass ich nicht mehr lange Leute sein werde.

Ich spüre, wie es mir entgleitet. Sich meinem Griff entwindet. Die Gewächse, Princeps, die Kolonisten werfen sich vor, und Aurora reißt die Hände in die Höhe, um den Ansturm mit einer Kugel purer telekinetischer Kraft abzuwehren. Ich kann es nicht mehr aufhalten. Ich kann mich nur noch an dieses winzige Stück Ich klammern, dieses letzte winzige Inselchen in einem Meer warmer, süßer Dunkelheit.

Ich will sie nicht verlassen. Aber wenn ich in das Ra'haam blicke – in alles, was es ist und was es werden kann –, keimt die grauenvolle Erkenntnis in mir auf, dass ich es genauso wenig verlassen will.

Ich schaue Tyler an. Die Narbe, die ich ihm verpasst habe, als wir Kinder waren. Die Tränen in seinen Augen. Und da sehe ich es. Hier, wo alles endet. Hell durchbricht es die Dunkelheit.

»Cat …«, flüstert er. »Ich …«

»Ich weiß«, hauche ich.

Ich erzittere.

Spüre es von allen Seiten herankriechen.

»Lauft«, flehe ich, »solange ihr noch könnt.«

Sie laufen. Humpelnd. Schluchzend. Finian schleppt den Reaktorbrennstoff, den er synthetisiert hat, Kal und Zila stützen ihn. Scarlett, die vielleicht besser verstanden hat als ihr Zwillingsbruder, hat Tyler untergehakt. Aurora führt sie mit erhobenen Armen zu dem GIA-Shuttle, und alles von uns prallt an ihrer telekinetischen Kraftblase ab, die peitschenden Ranken, die krallenden Hände, alles, was die sechs verschlingen will.

Ich folge ihnen mit etwas Abstand. Gehe durch das wimmelnde, schnappende, beißende Dickicht, die Trümmer des geborstenen Reaktors, die Ruinen der vernichteten Kolonie. Um mich tanzt ein blauer Wind. Ich spüre, wie er sich in mir voranarbeitet und den Funken umschließt. Das letzte Körnchen. Das, was von mir bleibt.

Ich fühle seine Macht.

Ich fühle seine Wärme.

Ich fühle seine Verheißung.

Ich nehme meinen Helm ab.

Und ich bin neunzehn und eine Million Jahre alt und stehe in einem wogenden blaugrünen Meer, als die sechs, die meine Freunde waren, sich in die kleine Raumfähre zwängen. Ich spüre die Sporen durch die Luft tanzen und unter dem Erdmantel brodeln und erahne all das Wissen in dieser Einzigkeit, die mich umarmen will. Ich bin eine Million Lichtjahre von meinem Geburtsort entfernt und doch zu Hause. Und ich bin außer mir vor Glück und wie gelähmt vor Angst, und ich lache und schreie und ich bin alles und ich bin nichts und ich bin Cat und ich bin Ra'haam, und als sich die runde Luke des Shuttles schließt, als ich ihnen nachschaue mit Augen, die zum allerletzten Mal meine sind, dreht er sich um und erwidert meinen Blick.

Und es macht nichts.
»Lebwohl, Tyler.«
Weil
ich
weiß
dass
er
mich
liebt

35 Tyler

Sie ist tot.

Wir schweben über Octavia III im All. An unsere Flucht aus der Kolonie in dem gestohlenen Shuttle erinnere ich mich nur dunkel. Auch den trudelnden Aufstieg unserer verkrüppelten Longbow habe ich kaum mitbekommen. Um uns herum treiben die Trümmer der *Bellerophon* und von Bianchis Tarnkappenschiffen durch das schwarze Nichts. Sternenlicht glitzert auf den Wrackteilen.

Ich kauere auf dem Platz des Kopiloten und starre den Pilotensitz neben mir an. Dort hockt Kleeblatt mit seinem abgewetzten grünen Fell und den aufgeplatzten Nähten und starrt mit seinen vorwurfsvollen Plastikaugen zurück. Ein einziger Gedanke beherrscht mich.

Ich konnte sie nicht retten, und jetzt ist sie tot.

Auf dem Hauptbildschirm leuchtet Auroras Sternkarte. Ein holographisches Modell der gesamten Milchstraße, die unaufhörlich um ihr schwarzes Herz kreist. In ihren Spiralarmen heben sich zweiundzwanzig Planeten glutrot gegen die Dunkelheit ab. Zweiundzwanzig Warnsignale. Zweiundzwanzig Fragezeichen.

Finian und Zila haben ihre Reparaturen abgeschlossen – unsere Longbow ist wieder für Flüge durch die Raumfalte gerüstet. Ich muss nur die Koordinaten in den Bordcomputer eingeben und den Befehl absetzen, dann können wir durchstarten. Aber ich tue nichts. Sitze nur da, die Ellbogen auf die Knie gestützt, und rühre mich nicht.

Die anderen haben sich um mich versammelt. Verletzt und

abgekämpft. Von Blut und blauen Flecken gezeichnet. Still trauernd.

Sieben, jetzt sechs.

Alle warten auf ein Wort von mir.

Und ich weiß nicht, was ich machen soll.

Wir sind immer noch gesuchte Verbrecher. Ein von der TDF, der GIA und womöglich auch unserer eigenen Legion gejagter abtrünniger Squad. Selbst wenn wir nicht vom terranischen Militär zum Abschuss freigegeben wären, könnten wir nicht zur Aurora Academy zurück – dort lauert garantiert schon die GIA auf uns. Und nach allem, was wir über Octavia erfahren haben, über das Ra'haam und die zweiundzwanzig Planeten, auf denen dieses Ding … brütet, dürfen wir nicht riskieren, dass Auri ihnen in die Hände fällt. Nicht nach allem, was wir schon verloren haben.

Wir können nicht mehr nach Hause.

»Diese Niederlage ist ein Sieg.«

Alle Köpfe fahren zu Auri herum. Irgendwie wirkt sie älter, dieses Mädchen aus einer anderen Zeit. Härter. In ihren verschiedenfarbigen Augen lodert ein neues Feuer. Sie steht auf, klein und zart, aber mit gestrafften Schultern, Kal neben sich. Und sie ballt die Hände zu Fäusten, als sie mich ansieht.

»Was?«, frage ich.

»Das hat Cat zu mir gesagt.« Ihre Augen schimmern vor Trauer, ihre Stimme schwankt bei der Erinnerung an ihre letzten gemeinsamen Momente. »Das war eins der letzten Dinge, die sie zu mir gesagt hat, Tyler: ›Diese Niederlage ist ein Sieg.‹«

Scarlett, die stumm vor sich hinweint, schüttelt den Kopf. »Wie das?« Sie wischt sich über die Augen und verschmiert dabei ihren Mascara. *»Wie?«*

»Wir kennen jetzt unseren Feind«, erklärt Auri und zeigt

auf die Karte. »Wir wissen, wo das Ra'haam schlummert. Wir wissen, dass es jedes einzelne Lebewesen in dieser Galaxie verschlingen will, bis wir alle in ihm aufgegangen sind. Wir wissen, dass die Eshvaren vor einer Million Jahren einen Krieg gegen das Ra'haam geführt und es *besiegt* haben. Wir wissen, dass sie eine Rückkehr befürchteten und eine Waffe hinterlassen haben, um es zu bekämpfen. Wir wissen, dass ich der Trigger für diese Waffe bin.« Sie blickt sich auf der Brücke um. »Und wir wissen, dass wir es aufhalten müssen.«

»Wie?«, fragt Finian. »Sämtliche GIA-Agenten, denen wir bisher begegnet sind, waren von dem Ding befallen. Wer weiß, wie weit es sich schon ausgebreitet hat? Nichts gegen euch, Freunde, aber eure gesamte terranische Regierung ist suspekt.«

Bei der Erinnerung wird Auroras Gesicht aschfahl. Ich sehe ihr an, dass sie an ihren Vater denkt – an das, was von ihm übrig war. Wie er ihr auf dem Planeten da unten die Hand hingestreckt hat.

»Jie-Lin, ich brauche dich.«

Doch dann wird ihr Blick stahlhart. Sie schüttelt den Kopf.

»Die Infektion ist am Körper deutlich sichtbar. Die Kolonisten, die hier auf Octavia befallen worden sind, müssen die GIA infiltriert haben, um den Planeten zum Sperrgebiet erklären und das Ra'haam verstecken zu können. Aber wenn es möglich wäre, die Infektion durch Körperkontakt zwischen angesteckten Personen weiterzuverbreiten, gäbe es nach zweihundert Jahren keine Menschen mehr.« Sie betrachtet die Sternkarte, die pulsierenden roten Punkte. »Ich glaube nicht, dass das Ra'haam im Dämmerzustand stark genug ist, sich weiter auszubreiten. Es kann nur Leute befallen, die versehentlich auf einen dieser Brutplaneten geraten. Aber noch schläft es zu weiten Teilen. Noch ist es schwach. Noch haben wir eine Chance.«

»Um was zu tun?«, fragt Zila leise. »Wie bekämpft man so was?«

»Mit der Waffe, die die Eshvaren uns vermacht haben. Mit mir. Wenn wir die Sprossung verhindern, von der die Rede war, wenn wir diese zweiundzwanzig Planeten davon abhalten können, die Infektion durch ihre Raumfaltentore zu verbreiten, dann gelingt es uns vielleicht, dieses Ding ein für alle Mal zu vernichten.«

»Wir sind gesuchte Verbrecher«, wendet Scarlett ein. »Wir haben terranische Militärfahrzeuge angegriffen und sind in ein galaktisches Sperrgebiet eingedrungen. Wir werden von sämtlichen Regierungen der Galaxis gejagt werden. Es gibt niemanden, der uns helfen könnte.«

Kal verschränkt die Arme. »Dann machen wir es eben allein.«

»Wir sechs?« Finian prustet los. »Gegen die ganze Galaxis?«

Ich berühre den Ring meines Vaters an der Halskette unter meinem Hemd. Spüre das Metall auf meiner Haut und überlege, was er sagen würde, wenn er mich jetzt sehen könnte. Ich starre auf die Sternkarte. Wäge unsere Chancen ab. Wie aussichtslos, wie wahnsinnig das alles ist.

Ich frage mich, ob ich immer noch glaube.

»Da müsste schon ein Wunder passieren«, murmle ich schließlich.

Einen Moment sitzen wir schweigend da. Ich mustere Kleeblatt, fahre die Augenbrauennarbe nach, die Cat mir verpasst hat. Meine Brust tut so schrecklich weh, dass ich instinktiv prüfe, ob ich blute. Auf der Brücke hört man nichts als das leise Brummen der Triebwerke. Das Schlagen unserer gebrochenen Herzen.

Da spricht Zila in die Stille hinein.

»So gut wie jedes Partikel im Universum war einmal Teil

eines Sterns«, sagt sie leise. »Jedes Atom in deinem Körper. Das Metall in deinem Sitz, der Sauerstoff in deinen Lungen, der Kohlenstoff in deinen Knochen. All diese Atome sind Milliarden Lichtjahre von hier in einem gigantischen kosmischen Ofen geschmiedet worden. Das Zusammentreffen von Ereignissen, die zu diesem Moment geführt haben, grenzt an Unmöglichkeit.« Sie legt mir die Hand auf die Schulter und drückt sie leicht. Die Berührung ist unbeholfen, als wüsste sie nicht so recht, wie das geht. »Dass wir überhaupt existieren, ist ein Wunder.«

»Was willst du sagen?«, flüstere ich und schaue zu ihr hoch.

Sie sieht mir fest in die Augen. »Ich erinnere dich an etwas, das du uns selbst einmal ans Herz gelegt hast.«

»Und das wäre?«

»Dass man manchmal einfach Vertrauen haben muss.«

Ich schaue zu ihr. Zu meinem Squad. Das Loch im Raum, wo Cat sitzen sollte, ist wie ein Loch in meiner Brust. Doch dann sehe ich meiner Zwillingsschwester in die Augen, die so verweint und so verzweifelt sind wie meine. Und sie spricht zu mir, ohne ein Wort zu sagen.

Weise uns den Weg, Bruderherz.

Ich stehe auf. Mein Blick wandert über diese fünf, die für mich ins Auge des Sturms geflogen sind. Mag sein, dass die ganze Galaxis uns auf den Fersen ist. Mag sein, dass wir morgen schon tot sind. Doch als ich zum Pilotensitz rübergehe und Kleeblatt auf die Monitore über Cats Konsole setze, weiß ich, dass sie alle dasselbe denken wie ich. Wir sind es Cat schuldig, gegen dieses Ding zu kämpfen. Mit allem, was wir haben.

»Wir müssen das nicht allein tun, Kal«, sage ich.

Ich sehe die fünf nacheinander an.

»Wir tun es gemeinsam.«

Aurora lächelt. Es ist ein schwaches, zittriges Lächeln, aber es ist echt. »Squad 312 für immer.«

Kal blickt mir in die Augen. Und nickt langsam.

»Wir die Legion«, sagt er.

»Wir das Licht«, setzt Scarlett fort.

»Das die Dunkelheit durchbricht«, sagen wir im Chor.

Ich nehme auf dem Pilotensitz Platz und gebe einen Kurs in die Raumfalte ein. Auf einmal erwacht die Brücke zum Leben: Mein Squad begibt sich an die Konsolen, die Triebwerke fahren hoch, über unsere Schalter und Monitore fließt Licht in allen Farben des Regenbogens.

»Wo geht's hin, Goldenboy?«, fragt Finian.

Ich hebe den Blick zu der Sternkarte über uns.

Zweiundzwanzig Warnsignale.

Zweiundzwanzig Fragezeichen.

Zweiundzwanzig *Angriffsziele.*

»Offenbar befinden wir uns mitten in einem Krieg.« Ich nicke Aurora zu. »Und offenbar haben wir den Trigger schon.«

Gleißend durchbrechen unsere Triebwerke die Dunkelheit.

»Dann wollen wir mal unsere Waffe suchen.«

Squadmitglieder

► **Ehrenschulden**

▼ **Danksagung**

Um ein Buch zu schreiben, braucht man bekanntermaßen mehr Hirnmasse als das Hajji-Kollektiv von Een III und mehr Hände, als ein Tausendfüßler Füße hat. Da die Verfasser weder das eine noch das andere in ausreichendem Maße besitzen, waren sie auf umfangreiche Hilfe angewiesen. Ohne die folgenden wissenschaftlich bestätigten Lebensformen gäbe es dieses Buch nicht:

Squadmitglieder: Seit diese Reise mit *Illuminae* begonnen hat, werden wir von einem treuen Squad begleitet, über das wir immer nur staunen können. Buchhändler*innen, Bibliothekar*innen und Leser*innen – wir sind so, so dankbar für eure Unterstützung. Dank euch können wir tun, was wir lieben, und wir teilen es liebend gern mit euch. Ein riesiges Dankeschön natürlich auch an all die Vlogger, Blogger, Twitterer, Bookstagrammer und alle anderen, die für unsere Bücher die Trommel rühren – ohne euch wäre das alles nicht möglich!

Expert*innen: Den vielen Fachleuten für medizinische, kulturelle, wissenschaftliche, soziale und sonstige Fragen danken wir vielmals für die Hilfe bei der Arbeit an diesem Buch – und jegliche Fehler, die noch darin zu finden sind, gehen wie immer auf unsere Kappe. An alle, die hier nicht aufgeführt sind, und an Jess Healy Walton, Amy McCulloch, Yulin Zhuang, C.S. Pacat, Dr. Kate Irving, Lindsay »LT« Ribar und Claerie Kavanaugh: Wir schulden Ihnen was. Wir schulden Ihnen eine Menge. Professor Brian Cox, Professor Carl Sagan, Dr. Neil deGrasse Tyson,

Commander Scott Kelly, Commander Chris Hadfield sowie Hank Green und die Teams von SciShow Space: Sie haben dieses Buch verändert, ohne es zu wissen. Danke für die Inspiration!

Verleger*innen: Admiralin Barbara Marcus und das ganze Team von Random House: danke, danke, danke. Unsere wunderbare Lektorin, Melanie Nolan, die tolle Karen Greenberg, Ray Shappell, Kathleen Go, Artie Bennett, Aisha Cloud, John Adamo, Josh Redlich und Judith Haut sowie die vielen Genies in Marketing, Presse- und Öffentlichkeitsarbeit, Herstellung, Korrektorat und mehr haben dieses Buch zu dem gemacht, was es ist. Wir würden jederzeit einen raffinierten Juwelenraub mit euch planen. International haben wir das große Glück, in herausragenden Verlagen untergekommen zu sein, darunter Allen & Unwin, wo wir insbesondere Anna McFarlane, Radhiah Chowdhury, Jess Seaborn und dem gesamten australischen Team danken, und Rock the Boat, wo Captain Juliet Mabey eine Spitzencrew anführt. Ein Riesendankeschön an diese Teams und an die Übersetzer*innen, die unsere Bücher in eure eigenen Sprachen bringen.

Agent*innen: Ohne Josh und Tracey Adams, Cathy Kendrick und Stephen Moore an Bord hätte unsere Longbow nie und nimmer abheben können. Danke für alles, was ihr für uns tut, und die vielen Extra-Bemühungen – und ein Riesendankeschön an die wunderbaren Agent*innen im Ausland, die die Aurora Legion in alle Welt getragen haben.

Musiker*innen: Folgende Genies haben den Soundtrack zu diesem Buch beigesteuert: Joshua Radin, Matt Bellamy, Chris

Wolstenholme, Dominic Howard, Buddy, Ben Ottewell, The Killers, Weezer, The Scissor Sisters, Marcus Bridge & Northlane, Ludovico Einaudi, Oliver Sykes & BMTH, Ronnie Radke & FIR, Trent Reznor & NIN, Danny Worsnop & AA, Maynard James Keenan & Tool, Winston McCall & PWD, Ian Kenny & the Vool, Robb Flynn & MH, Chris Motionless & MIW, Anthony Notarmaso & ATB, Jamie Hails & Polaris und ganz besonders Sam Carter, Tom Searle & Architects.

Support- und Wartungscrew: Für folgende Leute würden wir es mit dem Großen Ultrasaurus von Abraaxis IV aufnehmen: Meg, Michelle, Marie, Leigh, Kacey, Kate, Soraya, Eliza, Peta, Kiersten, Ryan, Cat, die Roti Boti Gang, die Crew von House of Progress, Marc, Surly Jim, B-Money, den verdammten Batman, Rafe, Weez, Sam, Orrsome und die Hidden City Rollers. Wie immer danke an Nic, dass du uns miteinander bekannt gemacht und die ganze Sache ins Rollen gebracht hast, und an Sara Rees Brennan für die phänomenale Geschichten-Geburtshilfe.

Familien-Einheiten: Unseren Familien danken wir wie immer für die unendliche Unterstützung und Begeisterung und für alles, was ihr gebeten und ungebeten für uns tut. Wir sind so dankbar, dass es euch gibt. Wir lieben euch und schulden euch mehr Gefallen, als selbst ein Betrasker zählen könnte.

Partner*innen: Amanda und Brendan – ohne euch würden wir das alles weder tun können noch tun wollen. In Liebe, Dankbarkeit und heimlichem Staunen, dass ihr es so unbeirrt mit uns aushaltet: danke, dass ihr uns in euren Squad aufgenommen habt.

Alle Bände der *Aurora Rising*-Trilogie:
Band 1: *Aurora erwacht*
Band 2: *Aurora entflammt*
Band 3: *Aurora erleuchtet*

Zu diesem Buch ist im Argon Verlag ein Hörbuch, gelesen von Alexander Pensel, Julia Preuß, Luise Georgi, Charlotte Puder, Martin Valdeig, Loris Kubeng, Andine Pfrepper und Armin Zarbock, erschienen, das im Buchhandel erhältlich ist.

Aus Verantwortung für die Umwelt hat sich der Fischer Kinder- und Jugendbuch Verlag zu einer nachhaltigen Buchproduktion verpflichtet. Der bewusste Umgang mit unseren Ressourcen, der Schutz unseres Klimas und der Natur gehören zu unseren obersten Unternehmenszielen.

Gemeinsam mit unseren Partnern und Lieferanten setzen wir uns für eine klimaneutrale Buchproduktion ein, die den Erwerb von Klimazertifikaten zur Kompensation des CO_2-Ausstoßes einschließt.

Weitere Informationen finden Sie unter: www.klimaneutralerverlag.de

Der Auftakt der mega-spannenden »Unearthed«-Dilogie

Auf der Erde hätten Jules und Amelia sich gehasst: er ein verwöhnter Jung-Wissenschaftler, der sich in den Kopf gesetzt hat, die Erde vor dem Ressourcen-Kollaps zu retten; sie eine Plünderin, auf der Suche nach irgendetwas, was sie zu Geld machen kann. Fernab der Erde, auf dem kargen Planeten Gaia, müssen sie zusammenarbeiten, denn sie haben dasselbe Ziel: den verlassenen Tempel der Unsterblichen. Nur gemeinsam können die beiden die kryptischen Rätsel lösen und die tödlichen Fallen überwinden, die das Innere des Tempels schützen. Doch können sie einander wirklich vertrauen?
Packende Action, schlagfertig-witzige Dialoge: »Lara Croft« meets »Indiana Jones«

Amie Kaufman / Meagan Spooner
Unearthed.
Weiter, wenn ihr euch traut
Band 1
Aus dem amerikanischen Englisch von Karin Will
496 Seiten, broschiert

Weitere Informationen zum Kinder- und Jugendbuchprogramm der S. Fischer Verlage finden Sie unter *www.fischerverlage.de*

AZ 7335-0314/1

Eine rasante Jagd quer durch Europa, ein Pageturner bis zur letzten Seite

Amelia und Jules kehren auf die Erde zurück, um die Menschheit vor den drohenden Gefahren zu warnen. Wobei ihre Rückkehr etwas »holprig« verläuft – und ihr Absturz im Raumschiff der Unsterblichen ist nicht das Schlimmste. Denn niemand glaubt ihnen, dass der Untergang der Menschheit unmittelbar bevorsteht, obwohl eine Pandemie schon als erstes Warnzeichen um sich greift. Jules und Mia haben keine andere Wahl, als die Dinge selbst in die Hand zu nehmen, die Rettung der Erde liegt nun allein in ihrer Hand.
Der zweite Band und Abschluss der mega-spannenden »Unearthed«-Dilogie.

Amie Kaufman / Meagan Spooner
Undying
Wir werden euch finden
Aus dem Amerikanischen von Karin Will
448 Seiten, broschiert

Weitere Informationen zum Kinder- und Jugendbuchprogramm der S. Fischer Verlage finden Sie unter *www.fischerverlage.de*

AZ 7335-0539/1